蔡东藩
中华史
元史 现代白话版

蔡东藩◎著　李珂◎译释

北京联合出版公司
Beijing United Publishing Co.,Ltd.

　　一批年轻的文化人，为了让更多读者体会蔡东藩《中国历朝通俗演义》的魅力，经过艰苦努力，以专业的精神和严谨的态度，将蔡著的"旧白话"——这种"白话"今天已经不大读得懂了——重新译为今人能够轻松理解的当代白话。毫无疑问，这是让蔡著得到传承的最好方式。他们的工作"活化"了蔡著，既是对于原著的一次致敬，也是一种新的可能性的展开。翻译整理后的作品，为普通读者提供了方便，无论任何人，都可以轻松地进入中国历史的深处。

　　蔡东藩的《中国历朝通俗演义》是一部让我印象深刻的书，少年时代曾经激起过我的强烈兴趣。那是二十世纪七十年代中期，可以读的书少得可怜，但一个少年求知的兴致是极高的，阅读的兴趣极强，加上当时的课业没有什么压力，因此可以读现在的青少年未必有时间去读的"杂书"。当时中华书局出版的蔡东藩的《民国通俗演义》就是让我爱不释手的"杂书"，它把民国时期纷乱的历史讲得有条有理，还饶有兴味。虽然一些大段引用当时文件的部分比较枯燥，看的时候跳过了，但这部书还是深深吸引了我。后来就要求母亲将《中国历朝通俗演义》都借来看。通过这部书，我对历史产生了兴趣。历史的复杂、深刻，实在超出一个少年人的想象，看到那些征战杀伐、宫闱纷争之中人性的难测，确实感到真正的历史与那种黑白分明的历史观大不相同。当时，我们的历史知识都是从"儒法斗争"的框架里来的，历史在那个框架里是那么单纯、苍白；而蔡东藩所给予我的，却是一个丰富和芜杂得多的历史。在这部书里，王朝的治乱兴衰，人生的枯荣沉浮，都让人感慨万千，不得不去思考在渺远的时间深处的人的命运。可以说，我对于中国历史的真正了解，就是从这部历史演义开始的。

　　三十多年前的印象一直延续到今天。不得不承认，这部从秦朝一直叙述到民国的煌煌巨著，确实是了解中国历史的最佳读本。这是一部难得的线索清楚、故事完整、细节生动的作品。它以通俗小说"演义"历史，以历史知识"丰富"通俗小说，既可信又可读。

蔡东藩一生穷愁潦倒，他的经历是一个普通中国人的经历，他对于历史的描述是从普通人的视角出发的。他不是一个鲁迅式的启蒙者，但他无疑具有一种另类的现代性，一种与五四新文学不同的表达策略。蔡东藩并不高调激越，他的现代性不是启蒙性的，不是高高在上的"我启你蒙"，而是讲述历史，延续传统。他的作品具有现代的想象力，表现了现代市民文化的价值观。

在《清史通俗演义》结尾，蔡东藩对于自己做了一番评价，足以表现一个落寞文人的自信："录一代之兴亡，作后人之借鉴，是固可与列代史策，并传不朽云。"他自信自己的这部著作，足以与司马迁以来的史学名著"并传不朽"。

蔡著的不可替代之处，不仅在于他准确地挑出了历史的大线索，更重要之处在于，他关注了历史深处的人的命运。有些历史叙述者，过于追求所谓"历史理性"，结果常常忘记历史是鲜活生命的延展。在这些人笔下，历史变成了一种刻板和单调的表达。而蔡著不同，他的历史有血液、有温度，是可以触摸的。他的历史是关于人性的故事。

从蔡著中，我们可以感受到活的历史，体验到个人命运与国家、文化之间密不可分的关联。冯友兰先生在《西南联大纪念碑》的碑文中这样阐释中国文明的命运："我国家以世界之古国，居东亚之天府，本应绍汉唐之遗烈，作并世之先进。将来建国完成，必于世界历史，居独特之地位。盖并世列强，虽新而不古；希腊罗马，有古而无今。惟我国家，亘古亘今，亦新亦旧，斯所谓'周虽旧邦，其命维新'者也。"今天，中国文化所具有的历史连续性和不断更新的魅力正在焕发光芒，冯先生对于中国未来的期许正在成为现实。

在这样的时机，蔡著《中国历朝通俗演义》的新译，就更显其价值。我们期望读者能够从中获得阅读的乐趣，并从历史中得到启示，走向更好的未来。

让我们和读者一起进入这个丰富的世界。

是为序。

张颐武

张颐武：著名评论家、学者，北京大学中文系教授，博士生导师。

目　录

传奇的家族

蒙古的先祖，本来是唐朝时候室韦的分部，一直居住在中国北方，以打猎为生，自成一个部落。后来和相邻部落发生摩擦，屡战屡败，弄得全军覆没，只剩下几个人逃到山中。那座山名叫阿儿格乃衮山，层峦叠嶂，高耸入云，只有一条小道可以出入。中间是一大片平地，土地肥美，水草茂盛，简直就是世外桃源。几个男男女女在此住下，互相婚配，不到几年生了好几个孩子。有一个孩子名叫乞颜，长大后气力过人，所有毒虫猛兽遇到他，全部被他三下五除二杀掉。他的后代特别繁盛，当地人称他为乞要特，"乞要"是"乞颜"的谐音，"特"字是繁荣的意思。

几十代后，该家族出了一个朵奔巴延。一天，朵奔巴延跟随哥哥都蛙锁豁儿出外游牧，到了不儿罕山，只见丛林茂盛，古木参天，一派生机勃勃的样子。都蛙锁豁儿对弟弟说："兄弟！你看这座大山，比咱们居住地如何？"朵奔巴延说："这座山好得多呀！咱们趁着闲暇逛一会儿吧。"都蛙锁豁儿同意，于是二人携手同行，费了好些气力才爬到山顶。兄弟俩挑了一块平坦的大石头坐下休息。二人四面瞭望，只见云雾缭绕，山岚回环，仿佛山外还有青山。山下有两条河流环绕，倒映着山林的景色，显得特别优美。

朵奔巴延越看越喜欢，跳起来喊道："大哥！这座大山简直太好了！咱们不如迁居到这里吧！"哥哥却说："你不要忙！待我仔细看看再说！"

朵奔巴延问："看什么？"都蛙锁豁儿说："你没见山下有一群行人吗？"朵奔巴延不解："行人有什么关系！"都蛙锁豁儿说："那行人里面有一个好女子！"朵奔巴延不等哥哥说完就问："哥哥莫不是想娶那个女子为妻？"都蛙锁豁儿说："不是啊，我已经有妻子了。那个女子如果没嫁人，我想去向她提亲，把她配给你好不好？"朵奔巴延嘀咕着："离得这么远，也不知道长得好看还是难看。"都蛙锁豁儿说：

"你要不信，自己去仔细看看！"朵奔巴延年少好色，听说有美女，就大步跑了过去。

离得这么远，哥哥怎么能看清呢？原来，都蛙锁豁儿的一只眼睛特别敏锐，能看到几里以外，所以部落里的人都叫他"一只眼"。

朵奔巴延一口气跑到山下，果然看见前面来了一群人，赶着一辆黑车，车上坐着一位年轻貌美的女子。朵奔巴延竟然看呆了，美人已经来到面前，他还在目不转睛地盯着。忽然觉得背后被击了一掌，扭头一看，是哥哥都蛙锁豁儿。哥哥问："你看呆了吗？何不问问她的来历？"朵奔巴延这才回过神，忙问来人："你们是从哪里来的呀？"有一位老者回答："我们是豁里剌儿台蔑尔乾一家，是巴儿忽真人。"朵奔巴延又问："这个年轻女子是你什么人呢？"那老者答道："是我外孙女。"朵奔巴延又问："她叫什么名字？"老者回答："我叫巴尔忽歹簸尔乾，只有一个女儿，名叫巴儿忽真豁呵，嫁给了豁里秃马敦的官人。"朵奔巴延听了不禁长叹："真扫兴！真扫兴！"转身对都蛙锁豁儿说，"这事不成，咱们回去吧！"

都蛙锁豁儿反问："你还没听清楚，为什么就说不成？"朵奔巴延答道："他说的名字我记不清了，只听他说女儿已经嫁人了。"都蛙锁豁儿嗔怪道："瞎说！他说的是他女儿，并不是他外孙女！"朵奔巴延这才恍然大悟，便道："大哥办事稳重，还是请你问他吧。"于是都蛙锁豁儿和老者行过礼，问明了底细，才知道这个美人叫阿兰郭斡。因为豁里秃马敦地区禁捕貂鼠一类的猎物，所以这些人才来到这里。都蛙锁豁儿又问："这座山已经有主人了吗？"那老者回答说："这座山的主人叫晒赤伯颜。"都蛙锁豁儿接着问："原来是这样。不知你外孙女可曾许配人家？"老者回答还没有。都蛙锁豁儿就为弟弟求亲，老者大致问了一下家庭情况，就去对外孙女说明。

这时候的朵奔巴延目不转睛地望着美人，只盼望她立刻答应，谁知道这位美人偏偏低着头不说话。经老者劝说了半天，那美人才脸泛桃花，轻轻点了点头。朵奔巴延喜出望外，不等老者回话，就急忙跑到老者面前，要向老者大礼参拜，不料却被大哥伸手拦住。朵奔巴延退了两步，心里埋怨哥哥。后来老者和都蛙锁豁儿商量了一番，都蛙锁豁儿才叫过朵奔巴延拜见老者。随即双方定下迎婚的日期，然后告别离去。

朵奔巴延在路上问哥哥："他既然同意把美人嫁给我，为什么今天不把她带走，还要拖延日子？"都蛙锁豁儿说："我们又不是强盗，难道要抢亲不成!"朵奔巴延这才没了话。

过了几天，都蛙锁豁儿挑选出两张鹿皮、两张豹皮、两张狐皮和几张鼠獭皮装上车，让朵奔巴延穿上娶亲的新衣服，带着几名仆人来到不儿罕山迎亲。到了晚上，已经把美人接回。第二天行过夫妻对拜之礼，朵奔巴延和阿兰郭斡就入了洞房，一夜的欢娱自然不必细说。婚后生了两个儿子，长子取名布儿古讷特，次子取名伯古讷特。

过了几年，都蛙锁豁儿就病逝了。都蛙锁豁儿有四个儿子，全都非常傲慢，不把朵奔巴延当亲叔叔看待。朵奔巴延非常气愤，带着妻子和两个儿子到大哥坟前哭了一场，随后搬到了不儿罕山居住。朵奔巴延白天打猎，夜里和妻儿尽享天伦之乐，倒也快活自由。偏偏老天不作美，没过几年，朵奔巴延受了风寒，竟然卧床不起。临终时，朵奔巴延和娇妻爱子诀别，又把后事托付给了连襟玛哈赍，然后一声长叹，与世长辞。

朵奔巴延死后，阿兰郭斡年轻守寡，难免独自伤心，整天叹气。幸亏玛哈赍细心照顾，经常来往，所有的家事也都替她分担，阿兰郭斡的心情才渐渐好了起来。

转眼过了一年，阿兰郭斡的肚子居然大了起来，几个月之后生下一个男孩。说也奇怪，还没等这个男孩断奶，阿兰郭斡的肚子又大了起来，几个月之后又生了一个男孩。旁人议论纷纷，阿兰郭斡却毫不在意，从生到养，和以前丈夫在时一样。偏偏这肚子又要作怪，十个月之后，又生下一个男孩。临产时，满屋子的祥光，好像有神仙降临，乳儿的哭声也和平常孩子不一样。阿兰郭斡很是欣慰，头一个儿子取名不衮哈搭吉，第二个儿子取名不固撒儿只，第三个儿子取名孛端察儿。三个孩子都是蒙古人种，眼睛都应该是栗黄色，但是孛端察儿眼睛却呈现灰色，而且异常聪明伶俐，所以阿兰郭斡格外钟爱。

古讷特两兄弟已经长大成人，心里很是纳闷，背地里说道："我们母亲没了丈夫，为什么生了这三个儿子？家里只有姨父常来，莫不是和他生的吧？"这话被阿兰郭斡听到，就对两个儿子解释："你们认为我无夫生子，必定和他人有私情，对吗？你们哪里知道这三个儿子是天赐的！自从你们父亲死后，我并没有异心，只是每夜都有黄白色人从天窗进来，在我的肚子上摩挲，把他的光透进我的肚子，后来我就怀了孕，连生三个男孩子。看来这三个孩子不是凡人，以后他们做了帝王，你们两个才能明白!"

古讷特两兄弟面面相觑，说不出一句话。阿兰郭斡接着说："你们以为我说谎吗？我如果耐不住寂寞，完全可以再嫁，何必做出这种伤风败俗的事？你们要是不信，等几个晚上自然知道真假！"当天晚上，古讷特兄弟果然见有白光闪进阿兰郭斡的屋子里，到黎明才出来，于是古讷特兄弟也有些相信了。

转眼间孛端察儿已经十几岁了。一天，阿兰郭斡杀羊备酒，与五个儿子一起饮酒。喝到一半时，对五个儿子嘱咐道："我已经老了，以后不能和你们一起饮酒了，但你们五个人都是从我一个肚子里生的，将来必须和睦相处，不要争斗！"说到这里，看着孛端察儿说："你去拿十支箭来！"不一会儿，孛端察儿拿来了十支箭，阿兰郭斡让五个儿子各折一支箭，五人随手折断。阿兰郭斡又让他们把五支箭绑在一起，再叫他们轮流折。五个人轮着折，都不能折断。阿兰郭斡笑着说："这就是'一箭易折，合则难摧'的道理。"五个儿子点头记下。

又过了几年，阿兰郭斡出外游玩时偶感风寒，没过几天就病危了。阿兰郭斡把五个儿子叫到床前交代："我也没有什么特别的嘱咐，只是折箭的事情你们必须牢记！"说完撒手而逝。

五个儿子把母亲安葬之后，大儿子布儿古讷特提议分家，把所有家产平均分成四份，只把孛端察儿一个人踢了出去，分毫不给。孛端察儿很气愤："我也是母亲所生，为什么四个哥哥都有家产，我却没有？"布儿古讷特辩称："你年纪还小，没有分家产的资格。家里有一匹秃尾巴马给你就是了！你的饮食由我们四家承担，怎么样？"孛端察儿还要争论，可是其余三个哥哥也齐声赞同大哥的意见，他看自己势单力孤，就知道再争也没用了。

勉强在一起住了几个月，见哥哥、嫂子都非常冷淡，孛端察儿不由得懊恼起来："我在这里干什么？还不如自己出去谋生！"于是把秃尾巴马牵出来，背上弓箭，带着刀剑，飞身上马，顺着斡难河扬长而去。

到了巴尔图山，见这里草木茂盛，山水环绕，倒也是个幽静的地方。他就下了马，把秃尾巴马拴在树旁，取出刀顺手砍掉草木，用木头做架，草束做瓦，花了一昼夜工夫筑起一间茅草屋。幸好腰里带着干粮，孛端察儿随便吃了一些充饥。第二天出外瞭望，远远看见有一只黄鹰正在吃一只野鸭。他眉头一皱，计上心来，就拔了几根长藤，做成一条绳子，随手做了个圈套，悄悄地来到黄鹰背后。正巧黄鹰抬头，他一下子套住黄鹰，对它说："我孤身一人，你给我做个伴，我打野物养你，你也捉些野物养我，好吗？"黄鹰好像听懂了他的话，低头听命。孛端察儿于是带着黄鹰回家，只见山脚下有一只狼，叼着野物狂奔。他从背后取出短箭，"嗖"的一声把狼射倒，然后取了死狼，并把狼吃剩的野物一并带着回到草屋。然后用火烤狼当食物，并把狼吃剩的野物给黄鹰吃。这黄鹰非常驯服，没过几天，已经和孛端察儿相依为命，形影不离。有时它飞到野外猎取食物，然后带回来给孛端察儿。孛端察儿非常高兴，欣然和黄鹰分享。

转瞬间已经过了残冬。到了春天，野鸭一齐飞来，大多被黄鹰捉住，每天能捉几十只，孛端察儿就把吃剩的挂在树上自然风干。只是有时想喝马奶，却一时得不到。孛端察儿登高远望，看见山后有一些民居，差不多有几十家，就徒步去讨马奶。这里的人起初不肯给，孛端察儿提出愿意拿野物交换，他们才答应。从此，孛端察儿与他们天天往来，只是没有互通姓名。

孛端察儿的哥哥不衮哈搭吉想念小弟，前来寻找。来到该地探问，居民说有这么个人，只是不知道姓氏和住址。这时恰好有一个英俊少年，架着鹰，骑着马，翩翩赶来。那些居民喊道："来了，来了!"不衮哈搭吉回头一看，那少年不是别人，正是小弟孛端察儿。二人见面大喜，紧紧握手，叙谈起别后情形。不衮哈搭吉劝小弟回家，孛端察儿先推辞了一番，随后也就同意了，和不衮哈搭吉回到草房，简单收拾了一下，当天起程。

过了几天，山村里有一个怀孕的妇人正在河里挑水，忽然看见孛端察儿带了几个壮汉跑了过来，妇人问："你莫非又来讨马奶？"孛端察儿却说："不是，我请你到我家去。"妇人纳闷："请我去干什么？"正说着，冷不防被孛端察儿伸出双手抱了起来，妇人连忙叫喊，已经来不及了。

蒙古开国

孛端察儿抱着这名妇人飞快往回跑。居民听说有强盗，都跑来看个究竟，不料几名强盗冲了过来，手里拿着明晃晃的刀枪，大声喊道："谁敢乱动，就杀了谁!"居民一见这种情形，都吓呆了。有几个眼快脚长的转身要逃，却被这群强盗大步赶上，刀剑齐下，立即人头落地，大家只好听话不动。强盗把他们一个个反绑，又把他们的家产和牲畜抢劫一空，然后带上人和东西回了大寨。

这些强盗是从哪里来的呢？原来，孛端察儿跟着哥哥回去时，在路上对哥哥说："人身有头，衣裳有领，无头不成人，无领不成衣。"不衮哈搭吉一脸茫然，孛端察儿又说了好几遍，他还是不明白，便问："你念的什么咒语？"孛端察儿回答："我说的不是咒语，是眼前的好计策。"不衮哈搭吉又问什么计策，孛端察儿说："哥哥找到我的地方，虽然有一群居民，却没有头领管束他们。如果把他们的人和财产全都抢来，那时既有妻妾，又有奴隶，还有财宝，岂不能快活一生吗？"不衮哈搭吉便道："你说得是，等回去和兄弟们商量商量再作决定吧。"

孛端察儿非常高兴，和哥哥回到家，见了布儿古讷特等人，已经忘了先前的仇恨，当即提议抢劫的事。布儿古讷特一向见利忘义，连声说好。然后布儿古讷特找来家丁，让孛端察儿打头阵，不衮哈搭吉和不固撒儿只紧随其后，自己和同父弟弟伯古讷特在后面接应。一行人陆续出发，孛端察儿冲到山村，先把那位孕妇抢了回来。继而不衮哈搭吉兄弟和布儿古讷特兄弟抢劫居民和财物。等兄弟几个返回寨中，查点手下随从，一个也不缺，只是少了孛端察儿。一问妻儿，才知道孛端察儿早已经跑回来，和他抢来的妇人进帐取乐去了。

布儿古讷特说："先不管他，现在发落居民要紧。"当即命令家丁带进俘房，问他们愿不愿意当仆人。居民被他们吓得浑身发抖，只好唯命是从。布儿古讷特命人给他们松绑，让他们散住在帐外，听候号令，又把抢来的牲畜等家产安置妥当。

这时，孛端察儿才慢慢溜达出来。布儿古讷特不满地说："你倒快活！大白天的就干起那鸳鸯勾当！"孛端察儿反驳："哥哥都有媳妇，难道当弟弟的就不能娶媳妇？"布儿古讷特见一位妇人来到近前，脸蛋泛红，鬓发微松，肚子稍稍隆起，立刻称赞："好一个妇人，正好做我的弟媳妇！"然后问她名字，那妇人答道："我叫勃端哈屯，是札儿赤兀人氏。"孛端察儿叫她拜见几个哥哥，妇人勉强行过了礼，随即回到后帐。

布儿古讷特有些嫉妒："你有这么好看的媳妇，我们却没有，这不太公平吧！"孛端察儿说："俘房里面也有几个好看的妇女，何不叫她们当妾？"布儿古讷特恍然大悟："好主意！"就和兄弟四人出了帐，各自挑了几名美妇带回去陪侍。几个妇女被他们威胁，哪里敢抗拒，只好由他们寻欢作乐。

　　后来，孛端察儿的妻子生下一个儿子，取名札只剌歹。此后又生下一个男孩，名叫巴阿里歹。生过两个男孩之后，那妇人容颜已衰，孛端察儿又从别处娶了一个媳妇，还把陪嫁来的女佣据为小妾。后妻生了个儿子合必赤，妾生了个儿子沾兀列歹。合必赤的儿子名叫土敦迈宁，土敦迈宁的儿子有八九个之多。此后人丁兴旺，氏族越来越繁盛。五世之后传到哈不勒，哈不勒开拓疆土，声势渐盛，各氏族都推举他为首领，称他为哈不勒可汗。

　　当时，金国正值全盛时期，先占了辽地，又兴兵南下，攻占了中山、太原、河间三镇，接着打过两河，直捣宋都，俘虏了宋徽宗、宋钦宗二帝，并且把宋高宗赶到杭州。金国一味前进，没精力顾及后方，哈不勒趁这个机会称王，渐渐有了称霸北方的心思。金主晟听说了他的大名，派使臣召他上朝。哈不勒带上几名壮士，骑着骏马来到金国京城。金主晟见他体格魁梧，气魄不凡，对他非常尊敬，每次赐宴都让臣下殷勤款待。哈不勒担心食物中有毒，就借口要洗手，离席到别处呕吐食物，然后再入席，因此百杯不醉。金人大多善于饮酒，见他酒量如此之大，都非常诧异。

　　一天，金主在殿上摆宴。哈不勒连喝了几十杯，有了醉意，不觉酒兴大发，手舞足蹈起来。之后，又大步来到皇帝座前，要去捋金主的胡须。当时大臣们都要上来杀哈不勒，呵斥声、拔剑声四起。亏得金主晟度量过人，和颜悦色地对哈不勒说："你赶快入席，不要上来！"哈不勒这才知道失礼，慌慌张张地谢罪。金主晟说："酒后失礼，不足为罪。"接着又赐给他几匹锦缎、几匹好马，叫他回寨。哈不勒道谢而出，然后快马加鞭，径直回寨。

　　金国的大臣都说哈不勒怀有反意，此时不除，必为后患。金主晟起初想和哈不勒修好，后来被大臣们一怂恿，就有些动摇了。又见大家众口一词，也未免开始怀疑起来，于是派将士日夜兼程前进，要追回哈不勒。哪知哈不勒已经有了戒备之心，风驰电掣般跑回了寨子。等金使到来，他已经准备好说辞了："你们金国是堂堂的大国，金主晟是堂堂的大国君主，昨天让我回家，今天又叫我回去，如此出尔反尔是什么道理？我不能服从！"金将见他理直气壮，只好怏怏返回。

　　没过几天，金国使臣又来到哈不勒的寨子，正赶上哈不勒出去打猎没回来，他岳父吉拉特氏接待了金使。哈不勒回来听说了这件事，就对部众说："金使来这里，一定是打算除掉我以绝后患。今天不如把他们杀掉，先下手为强！"说完冲进大帐，手起刀落，把金使砍为两段。金使的随从出来反抗，被部众杀得一个不留。

消息传到金国，金主大怒，派胡沙虎率兵征讨。胡沙虎是个没用的家伙，贸然闯进蒙古境内，既不认识道路，也不懂得兵法，只是一味地乱闯。哈不勒却很厉害，率部众埋伏在山里，坚壁不出。胡沙虎在蒙古境内转来转去，看不见一个人，日子久了，粮食吃完，只好带兵回国。不料刚出蒙古边境，蒙古兵却漫山遍野地追来。金兵你逃我窜，被蒙古兵大杀一阵，血流满地，尸横遍野。胡沙虎催马先逃，才算保住性命。

哈不勒大获全胜，厉兵秣马，严加防范，专等金兵再来。这时金主晟去世，同族孙子亶继位，因为堂叔挞懒专权，金主亶就和叔叔兀术密谋，要诱杀挞懒。挞懒扔下家眷逃往漠北，到哈不勒那里借兵报仇。哈不勒见有机可乘，自然答应。从此，蒙古人连连进犯金国边境，把西平、河北二十七个寨子陆续攻克。金主亶听说边疆被侵犯，就同南宋议和，催促将士归国，防御北方边关。当时金国的名将要算是皇叔兀术。兀术归国后奉命出征蒙古，满心指望马到成功，谁知大小数十战，相持一两年，仍然不分胜负。兀术担心重蹈胡沙虎的覆辙，就决定议和，把西平、河北二十七个寨子割让给了蒙古，每年再给牛羊若干头，米豆若干斛，并称哈不勒为蒙古国王，这才算罢兵修好。这是宋高宗绍兴十七年间的事情。

哈不勒共有七个儿子，可是到他年老病危时，却让他的堂弟俺巴该继承了国统，又嘱咐儿子要服从堂叔，不得违抗。儿子一律遵从，哈不勒这才瞑目去世。

俺巴该继位后，国势日渐强盛。后来，哈不勒的小舅子赛因特斤得了重病，去邻近的塔塔儿部请巫医治疗，治了很久也不见效，最后死掉了。家人认为巫医误人，就把他斩了。塔塔儿人不肯罢休，于是兴兵复仇。哈不勒的七个儿子听说母族被攻打，立即率部众去救援。两下交战，难解难分，哈不勒的六儿子合丹骁勇善战，手持一杆长枪，所向无敌。塔塔儿酋长木秃儿防备不及，被合丹刺落马下，幸亏部众奋力抢救才保住性命，医治了一年才痊愈。后来塔塔儿部再次发兵进攻，几番激战，丝毫没占到便宜。到最后一战，塔塔儿部大败，木秃儿也死于合丹手下。

塔塔儿人表面求和，暗中却计划报仇雪恨。他们花重金哄骗俺巴该，俺巴该信以为真，答应和塔塔儿结亲，把爱女嫁给该部落的继任酋长。俺巴该亲自送女儿成亲，到了塔塔儿部，冷不防伏兵四起，把父女二人一起抢去。哈不勒的大儿子斡勤巴儿哈合听说堂叔和堂妹被抢，连忙到塔塔儿部要人。塔塔儿人不由分说，又把斡勤巴儿哈合抓住，随后把俺巴该等人一并送到金国。

金国对蒙古怀恨在心，就把俺巴该和斡勤巴儿哈合用酷刑处死，只放回随从布勒格赤，让他回去报信。随后金国开始厉兵秣马，准备与蒙古决一雌雄。

布勒格赤回国后，众人商议报仇事宜，随后立哈不勒的四儿子忽都刺哈为可汗，然后发兵进攻金国。金兵不是对手，只得筑起高垒固守。忽都刺哈久攻不下，只好大肆抢掠一番回国。蒙古向来崇尚武力，忽都刺哈可汗勇武绝伦，有拔山之力，一顿饭能吃掉一只羊，声音大如洪钟，每每唱起蒙古歌，隔着七道岭都能听见，因此继位几年，威名远扬。在儿子、侄子当中，忽都刺哈唯独喜爱侄子也速该，觉得这孩子英武不亚于自己，渐渐地有了传位给他的意思。

也速该从小就膂力过人，善于骑射，能拉开强弓。平时打猎所得的禽兽比别人都多。到十五岁时，也速该想娶个美貌女子为妻，无奈部落中没有美女，所以一直拖延下来。

一天，也速该到斡难河放鹰，遇见一对夫妇，男子骑马，妇女乘车，向河边走来。那妇人眼如秋水，面若桃花，也速该从没见过这么漂亮的美妇，就上前询问："你们是哪里人，来这里干什么？"那男子说："我是蔑里吉部人，叫客赤列都。"也速该又指着妇人问："这是你什么人？"那男子回答："这是我的妻子。"也速该心怀鬼胎，就撒了个谎："我有话和你细说，你稍等片刻，我去去就来。"说完三步并作两步跑远了。

不一会儿，远远地见也速该带着两个壮汉飞快地跑过来。夫妇二人着急起来，妇人说："我看那三个人来者不善，恐怕要害你，你快跑吧！留得青山在，不怕没柴烧，像我这样的妇女多得很，将来再娶一个，让她叫我的名字就是了。"说完脱下衣裳留给男子做个纪念。那男子刚接过衣裳，也速该三人已经赶到，男子拨马就逃。也速该让弟弟看着妇人，自己和二哥捏坤太石追赶男子，追了七个山头，那男子已经跑远了。

也速该和哥哥返回来，拉着妇人乘的车往回走。那妇人哭道："我丈夫是个好人，从来没有做过坏事，如今却被你们害得这么惨，你们良心上过得去吗？"也速该笑道："我是世界上最好的人，赶走了你丈夫，再还你一个好丈夫！"妇女仍然哭个不停。

到了帐中，也速该忙去禀告忽都剌哈。忽都剌哈很高兴："好！好！就给你做妻子吧！"那妇人又哭了起来，忽都剌哈劝解道："我是这里的国王，他是我的爱侄，将来我死后他会做国王的，你嫁给他为妻，岂不是要做国王夫人吗！"妇人听到"国王夫人"，不禁转悲为喜，眼里的泪珠立刻止住了。忽都剌哈安排她和也速该成婚，也速该喜不自禁。等到交拜后进了洞房，在灯下仔细再瞧，那妇人比刚见时更加美艳，也速该就迫不及待地与她行起了云雨之欢。事后，也速该才想起问妇人的姓名，得知妇人叫诃额仑。从此朝欢暮乐，几度春风，竟然结下珠胎，生出了一个大名鼎鼎的人物来。

忽都剌哈可汗讨伐金国，无功而返，就想去征讨塔塔儿部。也速该自告奋勇当先锋，当即点齐兵马，浩浩荡荡地杀向塔塔儿部。塔塔儿部早有防备，听说也速该到来，忙令铁木真和库鲁不花两个头目率众抵御。也速该催马前进，无人敢挡。铁木真出来阻拦，和也速该战了几个回合，被也速该一声大喝单手活捉。库鲁不花急忙去救，也速该故意往回跑，等到库鲁不花追到身后，他却突然转身，手中长枪直刺入库鲁不花的马肚子，那马受伤倒地，库鲁不花也随着倒下。蒙古部众立刻一拥齐上，把库鲁不花也活捉了。塔塔儿部大为恐慌，连忙选了两员猛将前来抵挡，一个名叫阔湍巴剌合，一个名叫札里不花。两员战将颇有智谋，知道也速该勇力过人，便用坚壁清野的法子来困扰也速该。也速该无计可施，急得团团转，几次进攻都没什么效果。突然听说忽都剌哈患病，只得班师回国。

到了迭里温盘陀山，弟弟前来向也速该贺喜。也速该说："出兵多日，只捉住两名敌将，有什么可贺的！"弟弟却说："捉住敌将已经可喜，还有一桩更大的喜事，我嫂子生下了一个奇子！"

小英雄逃难

原来，也速该的兄弟和妻子诃额仑听说他班师回国，全都远远地来迎接他。一行人走到迭里温盘陀山前时，诃额仑忽然肚子疼痛，不多时就分娩，生下了一个棱角分明的婴儿，大家都视为奇子。更有一件怪异的事，这个婴儿刚出娘胎时，右手握得特别紧，旁人打开一看，竟是一个红色的血块，坚硬如石，大家都说这是吉祥之兆。

也速该听弟弟说完，半信半疑，连忙去看诃额仑母子。诃额仑虽然疲倦，却风姿依旧。再瞧那个婴儿，果然不同寻常，两眼炯炯有神。也速该大喜："我这次出征，第一仗便捉住了敌将铁木真，现在生了这个奇异的儿子，不妨也取名叫铁木真，做个纪念。"大家都很赞成。

也速该带领家眷赶回国，急忙去探视忽都剌哈可汗的病情。忽都剌哈已经病危，也速该不觉伤心泪下。忽都剌哈拉住也速该的手，凄然道："我要和你诀别了！国事就交给你做主，你不要畏缩，也不要莽撞，要见机行事。"也速该答应了，又把俘获敌将以及生了个儿子的事情告诉了忽都剌哈，忽都剌哈很欣慰。当天晚上，忽都剌哈就去世了。

办完了丧事，也速该继位，远近各族都十分敬畏他，完全服从他的命令，没有人敢违抗。也速该逍遥自在，闲暇时左拥娇妻，右抱小儿，享受着天伦之乐。此后，诃额仑又相继生下三个男孩，一个取名合撒儿，一个取名合赤温，一个取名铁木格。后来又生了一女儿，取名铁木仑。合撒儿出生后，也速该又娶了一个妇人，生下一个男孩，取名别勒古台，至此也速该共有五个儿子。到铁木真九岁时，也速该带他出游，准备去诃额仑的娘家挑选一个好女子给铁木真订婚。走到扎克撒儿山和赤忽儿古山之间时，遇到了弘吉剌族人德薛禅，二人聊得颇为投机。也速该就把要挑选儿媳妇的事情告诉了德薛禅。德薛禅说："我昨天晚上做了一个梦，非常奇异，莫非应验在你儿子身上！"也速该问他是什么梦，德薛禅说："我梦见一个官人，双手擎着日月，飞到我手上停住。"也速该连忙道喜："这官人把日月送给你，料想是你的福分，可见你后福不浅啊！"德薛禅说："我的后福，看来要全仗你儿子了。"也速该听了很诧异，德薛禅解释："我梦中见到的官人，相貌和令郎特别相像。如果不嫌弃，我有一个爱女叫孛儿帖，愿意嫁给令郎为妻。将来我家子孙如果再生好女孩，就世世代代献给你们皇帝家做后妃，好不好？"也速该大笑，然后就要到他家亲自去看看他女儿。

来到家中，德薛禅立即让爱女出来，只见她小小年纪就已经很有风韵。也速该大喜，问她年龄，比铁木真只大一岁。也速该当即决定留下马匹作为聘礼，然后要带儿子告辞，德薛禅苦苦挽留，也速该父子才住了一个晚上。

第二天，也速该起程，要带德薛禅的爱女同行。德薛禅有些舍不得："我的孩子少，现在不忍分离，听说亲家多子多福，何不把令郎留在这里给我做个伴？"也速该想了想，就答应了："我儿子留在你家倒无所谓！只是他年纪还小，事事需要照顾，恐怕会给你添麻烦。"德薛禅说："你的儿子就是我的女婿，还客气什么！"

也速该留下铁木真，上马返回。走到扯克撒儿山附近时，见有塔塔儿人设帐摆宴，非常丰盛。正在瞧着，已经有塔塔儿人拦住马头请他入席。也速该生性豪爽，再加上一路饥渴，于是下马加入酒宴，酒足饭饱后起身道谢，然后上马继续赶路。途中觉着肚子隐隐作痛，还以为是偶感风寒，谁知回到了家中，却绞痛难忍。一连三天，医治无效。也速该这才猛然醒悟："我中毒了！"忙叫族人蒙力克进见，对他说："你父亲察剌哈老人很忠诚，你也应当像你父亲一样。我儿子铁木真现正在弘吉剌族做女婿，我回来的途中被塔塔儿人毒害。你快去领回我儿子，快去！快去！"

蒙力克急忙去找铁木真。等铁木真回来，也速该已经一命归天。铁木真号啕大哭，母亲诃额仑也泣不成声。安葬也速该后，孤儿寡母伤心极了。族人欺负他们孤寡，母子几人日子过得十分艰难。只有蒙力克父子仍然遵照也速该的遗言，悉心照顾他们。诃额仑母子很是感激。

这时，俺巴该部族渐渐繁盛，成了一个大部落，叫做泰赤乌部。也速该在时他们还服从管辖，等到也速该死后一年，遇上春祭，诃额仑去得晚了些，竟被他们斥责回来，连腊肉也不给。诃额仑气愤地说："也速该是死了，难道我的儿子不会长大吗？为什么连一份腊肉也不给我？真是欺人太甚！"这话传到泰赤乌部，俺巴该有两个妻妾，她们对部众说："诃额仑太不像话！我们祭祀难道一定要请她吗？从今以后，我族人不要理她母子，看他们能怎么样！"从此，泰赤乌部和诃额仑母子绝交，并且笼络也速该族人投奔泰赤乌部。附近各族全都依附泰赤乌部，也速该的部下也难免要受他们的控制。

哈不勒可汗有个小儿子叫脱朵延，是铁木真的叔辈，一直得到也速该的信任，现在也叛变归顺了泰赤乌部。铁木真苦苦挽留也没留住，察剌哈老人也竭力劝阻，脱朵延却说："水已经干了，石头也碎了，我留在这里干什么？"察剌哈还苦苦相劝，却惹恼了脱朵延，竟然拿来一柄长枪向察剌哈乱刺，察剌哈急忙躲闪，背上已经中了一枪。察剌哈忍痛跑回家，脱朵延率众离去。

铁木真听说察剌哈受伤，连忙到他家中探视。察剌哈忍着痛对铁木真说："我死不足惜，可是你们孤儿寡母却怎么过下去呀！"说着，不禁伤心落泪。

铁木真哭着回家，告诉了母亲诃额仑。诃额仑气得柳眉倒竖，凤眼圆睁："这帮家伙欺人太甚！我虽是一个妇人，也不是好欺侮的！"说完便带着铁木真，出去召集族人。族中还有几十人，诃额仑带领他们去追叛变的族人。

诃额仑亲自上马，手持大旗在后面压队，并叫随从带上长枪准备厮杀。转眼间，脱朵延带走的族人已经被诃额仑追上。诃额仑大喊道："叛徒站住！"脱朵延等人急忙转身，见诃额仑面带杀机，妩媚中显出英武之气，不由得惊慌起来。诃额仑指着脱朵延质问："你是我家的长辈，为什么背叛我们的部族而去？我丈夫也速该待你不薄，我母子原本要靠你扶持，别人叛变倒也罢了，你也叛变，有何脸面见地下的先人！"脱朵延哑口无言，只好拨马就走，那些族人也要跟着走。

诃额仑更加愤怒，叫家人递过长枪，自己快马加鞭赶上，冲进叛众队中，横着长枪，把叛众拦住一半，大喝一声："休走！谁敢再向前迈一步，问问我的枪同意不同意！"那些叛众从没见过诃额仑有如此胆量，还以为她身怀武功一直深藏不露，吓得一群人面如土色。诃额仑见他们有些害怕，又缓和了一下语气说："如果叔伯子弟们还有些忠心，不愿意对我还手，我感谢你们！你们不要和脱朵延一般见识，须知瓦片尚有翻身的日子，你们不念先夫也速该的情意，也应当可怜我们母子。只要你们效力几年，等我的儿子们长大成人，一定也和先夫一般武艺高强，那时我们知恩必报，有仇必复。叔伯子弟们仔细想想，来去请便！"说完命令铁木真下马跪在地上，向众人下拜。叛众看见这种情况，不由得心都软了下来，也下拜答道："我们愿意以死效力！"于是众人跟着诃额仑母子回归了本部。

到家后，诃额仑听说察哈剌老人已经去世，母子二人连忙去奔丧。

二人大哭一场，族人见他们如此有情有义，渐渐地又都归附了诃额仑。无奈泰赤乌部落越来越强盛，对诃额仑母子的仇视也与日俱增。诃额仑担心儿女们遭毒手，经常教导她的五个儿子同心协力，慢慢找机会报仇雪恨。铁木真兄弟都非常听话，很是团结，一起生活多年，从没发生过矛盾。

一天，兄妹六人一起去山中打猎，不料遇到了泰赤乌部的部众，那些人一起来抓他们。别勒古台连忙把弟弟、妹妹藏在山谷里，自己和两个哥哥抄起弓箭抵御。泰赤乌人见他们年幼，丝毫不把他们放在眼里，冷不防听见弓弦声响，为首的被射倒在地。其余部众一看，放箭的是别勒古台，于是向他摇手，大声喊道："我们不是来抓你的，而是要捉你哥哥铁木真！"铁木真听到敌人指名捉拿，不禁心慌，连忙上马逃去。

泰赤乌人放过别勒古台等人，直追铁木真。铁木真逃到帖儿古捏山，钻进丛林。泰赤乌人不敢贸然前进，只是四面围守。铁木真在林中待了三天，只能采些野果充饥。最后忍不住饥渴，牵马出来，忽然听见"啪嗒"一声，马鞍子掉到地上。铁木真叹着气说："这是上天阻止我，叫我不要前行！"于是回去待了三天。又想出来，没走几步，见一块大石头挡住了去路，铁木真犹豫道："莫非老天还不叫我出去吗？"只好又回去待了三天。最后铁木真实在饥渴难忍，只好把心一横，心想："出去也是死，留下也是死，不如出去试试！"于是牵马走出，把拦路的大石头用力推开，接着缓步下山。刚到山脚，铁木真猛听得一声呼哨，顿时吓得手忙脚乱，连人带马掉进了陷坑。两边垂下铙钩，把他连人带马拉起，铁木真立刻被绑，周围都是泰赤乌人。

铁木真叹了口气，只好束手待毙。可巧当天是立夏，泰赤乌部众按照旧例在斡难河边摆宴饮酒，没工夫理会铁木真，只把他关在营中，派一个小兵守着。铁木真暗想："此时不跑，更待何时？"于是两手捧着木枷，突然来到小兵身旁，用木枷向小兵撞去。小兵猝不及防，被他撞倒，铁木真脱身逃走。一口气跑了好几里，身子疲惫不堪，就在树林里坐下休息。又怕泰赤乌人追上，就想了一个办法，他跳进河水中，只把脸露在外面，不知不觉睡着了。忽然听见有人喊他："铁木真，你怎么蹲在水里？"铁木真大惊，擦眼一看，是一个泰赤乌人，名叫锁儿罕，不由得失声叫道："哎呀不好！我命休矣！"锁儿罕道："你不要慌！我不会伤害你的。"铁木真这才起身，拖泥带水地走到岸上。锁儿罕道："我看你这孩子太可怜，不忍心害你。你快逃吧。如果见着别人，千万别说见过我!"说完转身离去。

铁木真暗想：自己已经极度困倦，不能再跑，如果再遇到泰赤乌人，恐怕没有第二个锁儿罕，不如悄悄地跟着他到他家里，求他设法救我。主意已定，便悄悄地跟在锁儿罕后面。锁儿罕才进家门，铁木真也已经赶到。锁儿罕见了铁木真大惊："你为什么不听我的话，还来到我家？"铁木真哭着说："我肚子已经饿极了，也口渴极了，又没有了马，哪里还能走得远啊！只求你老人家救我一命！"

锁儿罕还在迟疑，屋里走出两个少年，问道："这就是铁木真吗？山里的鸟雀如果被追，小树小草都知道把它藏起来，难道我们父子还不如草木吗？阿爹救救他吧。"锁儿罕点了点头，忙叫铁木真进屋，给他端上马奶、麦饼等食物。铁木真饱餐一顿，连连拜谢。又问了两个少年的名字，大的名叫沈白，小的名赤老温。铁木真说："如果我有得志的那一天，一定报答老人和两位哥哥的大恩大德。"

话音未落，忽然有一名少女前来。锁儿罕给铁木真引见，铁木真见她娇小可人，不由得非常爱慕。只听锁儿罕说："这是我的小女儿，叫合答安。你在这里恐怕会被人察觉，不如暂时藏在羊毛车里，叫我小女儿看着。如果饥渴，就对我女儿说。"又转身对合答安吩咐道，"他吃东西，你就拿来给他。"合答安遵命，带着铁木真来到羊毛车旁，打开车门，先搬出一大堆羊毛，让铁木真藏进去，再把羊毛搬回去，把他挡住。这时天气炎热，铁木真连声喊热。合答安娇声嘱咐："别叫，别叫！你要想保全性命，还是忍耐点好！"铁木真听了这话，才不敢出声。

到了夜间，合答安拿来食物，把羊毛拨开，给他充饥。二人交谈起来，很是投机。铁木真叹道："可惜！可惜！"合答安问："你说什么？"铁木真说："可惜我聘过妻子了！"合答安听了，拉着脸说："你不要胡思乱想！今天夜里想必没人来，你可以躺在羊毛上面，我把车门开着，凉快一点儿。"铁木真答应，又看着合答安缓步离去，他却辗转反侧，难以入睡。后来实在困极了，才强忍情肠，迷迷糊糊地睡去。约莫睡了三四个时辰，听见金鸡报晓，不免吃了一惊，静等了好一阵，忽然见合答安跟跟跄跄地跑来对铁木真说："不好了！不好了！外面有人来捉你了！快快用羊毛盖住！"

巧遇豪杰

铁木真藏在羊毛车里，被合答安一喊，吓得魂飞魄散，慌忙向合答安哀求："好妹子！你快把我盖住，我心里一慌手脚都不能动了。"合答安听完，急忙扯出一大堆羊毛，叫铁木真钻进车里，外面用羊毛堵住，又把车门关好，然后飞快离开。合答安刚走，外面已经有人进来，大声喊道："莫不是藏在车里？赶快搜！"话音刚落，车门已经被他们打开，窸窸窣窣地掀羊毛。铁木真缩成一团，屏住呼吸，一动也不敢动，只听锁儿罕说："这么热的天，羊毛里怎么能藏人呢？热也要热死了。"

那帮人听了这话，也就没再继续搜。又过了一阵，铁木真才听到他们乱哄哄地离去，心里默念："谢天谢地谢菩萨！"念了好几遍，又听见合答安叫他出来，铁木真这才敢拨开羊毛出来。锁儿罕长出一口气："好险啊！不知道是谁走漏了消息，说你躲在我家，来了好多人到处搜查，险些连我父子的性命也毁在你手里！幸亏天神保佑，才瞒过这一时。我看你不便常住我家，还是早点找你母亲兄弟去吧！"说完叫来小儿子，嘱咐道："马房里有一匹没鞍的骡子，你去牵来。"又对女儿说："厨房里有煮熟的羊肉和马奶，你去盛在皮筒里，给他带在路上吃。"锁儿罕又让大儿子取来弓箭，送给铁木真防身。铁木真倒身下拜，锁儿罕连忙说："不必多礼，我看你年少有为，将来一定有出人头地之日，所以冒险救你。等你富贵的那一天，不要忘了我就好！"铁木真下跪道谢："您是我的重生父母，我如果有出头之日，必当厚报！"说完拜了又拜。锁儿罕把他扶起，铁木真又向赤老温兄弟行礼，然后对锁儿罕的女儿合答安也深施一礼，并说道："你为我提心吊胆，送水送饭，我终生不敢忘记！"合答安连忙躲闪，铁木真见她两腮泛红，杏眼含娇，不由得恋恋不舍。还是锁儿罕催他快走，他才背上弓箭等物品，骑上骡子出了门。

走不多远，铁木真回头望着锁儿罕家门，只见合答安也在门口望着他。铁木真又远远地与她挥手告别，然后顺着斡难河飞奔而去。幸好一路平安无事。铁木真经过别帖儿山，来到豁儿出恢山，只听有人拍手喊着："哥哥回来了！"铁木真一看，山南有几个人，正是他的母亲和兄弟。铁木真连忙下了骡子，跑上前去，母子抱头痛哭。铁木真讲述了别后的经历。合撒儿在旁边劝道："我们想着哥哥，天天来这里探望，今天终于相见，高兴还来不及，怎么哭起来没完了！"母子二人这才止住了哭泣。

一家人相偕而返，来到不儿罕山前，山中有一道古连勒古岭，岭中有条桑沽儿河，还有个大湖泊。此地獭狸特别多，獭狸外形像鼠，肉味鲜美。铁木真提议："这里环境不错，我们就在这里住下吧，一则水草丰茂，二则也可防备敌人。"诃额仑说："也好！"一家人找了一块平整的开阔地，扎下帐篷，慢慢地把老家的仆人和骡马都迁徙过来。也速该有八匹好马，铁木真很是喜爱，亲自喂养，全都养得膘肥体壮。

一天中午，八匹好马全被歹人偷走，只有一匹老马由别勒古台骑去打猎，才没有被盗。铁木真正在着急，见别勒古台打猎回来，连忙对他说明情况。别勒古台说："我去追！"合撒儿却说："你去不合适，还是我去追吧！"铁木真发话了："你们两个都还小，还是我去吧！"说完就带上弓箭，骑着那匹老马，顺着那八匹马的足迹向北追去。铁木真追了一天一夜。天色大亮时，遇见一个少年，正在道旁挤马奶，铁木真拱手问道："你可曾见到八匹马从此经过？"那少年说："太阳没出来时曾有八匹马经过。"铁木真解释说："那八匹马是我的家产，被人偷走，我特地来追。"少年打量了铁木真一番，便道："看你像是饿坏了，马也已经困乏，不如稍稍休息一会儿，喝点马奶，我陪你一起去追，怎么样？"

铁木真大喜，下了马，从少年手中接过皮筒，喝了几口马奶。少年把挤奶的皮筒用草盖好，把铁木真骑的马放了。又拉过自己的两匹马，一匹黑脊白肚的牵给铁木真骑，一匹黄马做了自己的坐骑，二人一前一后，开始长途追赶。途中铁木真问他姓名，他说自己父亲名叫纳忽伯颜，他叫博尔术，是孛端察儿的后人。铁木真说："孛端察儿是我的十世前远祖，你我同出一族，今天多亏你帮助，真不知怎么感谢你才好！"博尔术说："路见不平，拔刀相助，况且你我本是同宗，理应帮助！"二人一路上说着话，倒也少了很多寂寞。

追了三天，见有一个院落，外面有个牲口圈，拴着八匹骏马。铁木真对博尔术说："兄弟，你在这里等着，我去把马牵来。"博尔术却说："我既然和你一起来了，岂有等着的道理！我和你一起进去。"说完，抢先进去把八匹马牵出来，交给铁木真。铁木真让马先走，自己和博尔术在马后并肩往回赶。

刚走了没多远，那贼人追来，博尔术忙说："贼人到了，你快把弓箭给我，看我射退他。"铁木真不同意："你先走，让我和他厮杀一番！"博尔术答应一声，催马先走。当时太阳已经西沉，天色已晚，铁木真拉弓等着。不久，后面有一个骑白马的赶来，手拿一根套马竿，大喊："休走！"话音未落，铁木真的箭顺风而去，立刻把那人射倒在地。铁木真拨马就走，追上博尔术，二人继续前行。

　　两兄弟走了三天三夜才到博尔术家。博尔术的父亲纳忽伯颜正在门外张望，见博尔术回来，含着泪说："我就生了你这么一个儿子，为什么见了好伙伴就跟他同去，也不回来说一声？"博尔术无言以对，铁木真连忙下马解释："令郎是义士，同情我丢失好马，所以来不及向您说一声，就和我一起去追。幸好把马追了回来，我情愿替他受罚！"纳忽伯颜对铁木真说："你们平安回来就好，我只是因为儿子失踪，着急了好几天，并没有责怪他的意思。"铁木真对博尔术说："如果不是你帮忙，这马也追不回来！这八匹马我们两个可以分享，你要多少？"博尔术立刻拒绝："我见你遇到困难，所以才助你一臂之力，难道是贪图你的马匹吗？我父亲只有我一个儿子，家中财产足够我用，我不会要你的马的！"铁木真不便再说，就要告辞，博尔术拉着他回到他们见面的地方，取回挤奶的皮筒，又到家里宰了一只肥羔羊，烧熟了，用皮裹着，连同盛满马奶的皮筒，一并送给铁木真作为路上的食物。

　　铁木真受人厚赠，谢了又谢，起身和他们父子告辞。刚要走，纳忽伯颜对博尔术说："你去送他一程吧。"铁木真连忙称不敢，纳忽伯颜嘱咐道："你们两个都是年轻人，以后应该互相照顾才是。"铁木真答应："这个自然！"铁木真辞别了纳忽伯颜，和博尔术徒步前行，彼此谈了家里的境况，不知不觉已经走出了几里地。铁木真拦住博尔术，不让他再送，二人手拉着手，珍重道别。

　　博尔术去后，铁木真从八匹马中选了一匹，快马加鞭，跑回桑沽儿河边的家中。他母亲兄弟正在担心，见他得马归来，全都喜出望外。

　　此后安安稳稳地过了几年。一天，诃额仑对铁木真说："你的年纪也不小了，当年你父亲在时，为了你的婚事，在回来的路上中毒身亡，我们母子历尽艰辛，总算安然无恙。想必那德薛禅亲家也应惦念着你，你该去探望他才对。如果他还同意你们成婚，倒也了结了我的一桩心事。而且家中多个妇女，也好给我当个帮手。"弟弟别勒古台说："我愿随哥哥同去。"诃额仑同意："也好，你们就一起去吧。"

第二天，铁木真兄弟带了干粮，辞别母亲，上马起程。一路上青山绿水，二人也来不及细看，只顾着日夜兼程地赶路。两三天后，来到德薛禅家。德薛禅见女婿到来，非常高兴，又见过别勒古台，彼此寒暄几句，随即摆上酒宴。德薛禅对铁木真说："我听说泰赤乌部嫉妒你，几次想加害于你，我好生担忧，今天能再次相会，真是老天保佑啊！"铁木真就把自己先前经历的艰苦，详细讲了一遍。德薛禅感叹道："吃得苦中苦，方为人上人。你此后应当发迹了。"别勒古台把母亲的意思大致讲了讲。德薛禅说："男大当婚，女大当嫁，今天就成婚吧。"说着就让他妻子搠坛出来相见。铁木真兄弟起身行礼，搠坛称赞铁木真："好几年不见，长得这般魁梧，我女儿好福气呀！"又指着别勒古台问铁木真："这是你的兄弟吗？也是一个少年英雄！"二人道谢。酒席撤下后，德薛禅立即安排婚礼，到了晚间已经布置妥当。德薛禅让女儿孛儿帖换了装，在厅堂和铁木真行交拜之礼。礼毕之后，夫妇一同入内帐，彼此打量，一个是英俊魁梧的好汉，气度不凡；一个是亭亭玉立的美少女，举止优雅。二人都非常欢喜，手拉手进入罗帏，卿卿我我，恩爱缠绵去了。

过了三天，铁木真担心母亲挂念，就要回家。德薛禅说："你想念母亲，我也不好强留。我女儿既然已经嫁给你，自然也该一起去拜见你母亲。我明天送你们回家。"铁木真忙说："有弟弟做伴，路上可以无忧，不敢劳岳父大驾！"搠坛说："我也要送女儿去，顺便和亲家母相见。"铁木真劝不住，只得让他们去。

第二天一早，一家人办齐了行李起程。德薛禅和铁木真兄弟骑马在前面，搠坛母女坐车在后面跟随。到了克鲁伦河，离铁木真家已经不远，德薛禅就此返回。搠坛一直送到铁木真家，见了诃额仑，二人不免一番寒暄，搠坛又让女儿孛儿帖对婆婆行过婆媳之礼。诃额仑见儿媳戴着高高的帽子，穿着大红衣服，楚楚动人，心中非常欢喜。孛儿帖也不慌不忙，先按照蒙古的传统，手拿羊尾油，对着灶台叩头，又把羊油送进灶台点着，行祭灶礼。然后一跪一叩，拜见诃额仑，诃额仑受了礼。新娘又见过合撒儿等人，各送他们一件衣服作为见面礼。另有一件珍贵的黑貂鼠皮袄，也是孛儿帖带来的礼物。铁木真见了，便对诃额仑说："这件袄子是稀有的珍品。我父亲在时，曾帮助克烈部收复领土，克烈部首领汪罕脱里和我父亲交情深厚，曾饮酒结盟。我眼下穷途末路，需要别人扶持，我想把这件皮袄献给汪罕脱里。"诃额仑点头同意。

搠坛回家后，铁木真搬到了克鲁伦河，叫兄弟妻子陪着母亲诃额仑居住，自己带上别勒古台，拿着黑貂鼠皮袄去见汪罕脱里。汪罕脱里亲自接见了他兄弟二人，非常热情。铁木真呈上袄子，然后说："你老人家与我父亲从前很是亲密，见到你老人家如同见到我父亲一般！我没有别的东西孝敬你老，只有妻室带来一件皮袄，是献给公婆的见面礼，我特地转送给你老人家！"汪罕脱里大喜，收下了袄子，并询问他目前的状况。等铁木真讲完，汪罕脱里说："叛乱的族人，我帮你收拾；逃亡的族人，我帮你召回。你不要担心，我会帮助你！"铁木真磕头道谢。铁木真兄弟住了好几天，然后告辞而别。

铁木真在路上奔波了几天，回到家中。正在休息，忽然来了一位老妇人报告："帐外人喊马叫的，不知出了什么事？"铁木真大惊而起："莫非是泰赤乌人又来了，这可如何是好？"

借力复兴

铁木真听到帐外有喧哗声，料想是歹人到来，连忙让母亲兄弟等人暂时躲避。大家牵了马匹，慌慌张张地骑马逃走。铁木真又让妻子孛儿帖和进来报事的老妇人同乘一辆车，准备躲进不儿罕山。谁知一出帐外，敌人已经蜂拥而来，分不清有多少人。铁木真惊慌失措，只好掩护着老母亲和小妹，飞快地往山里逃，妻子孛儿帖的车子不一会儿就落得很远了。孛儿帖正在害怕，却已经被敌人追到，敌人厉声大喝："车里是什么人？"那老妇人战战兢兢地回答："车里除了我，只有羊毛。"一个敌人说："既然是羊毛也就罢了。"另一个人却说："兄弟们何不下马看看？"那人下了马，把车门拉开，见里面坐着一个年轻妇人，已经抖成一团，不由得笑道："好一团柔软的羊毛！"说完把孛儿帖拖出去，驮在马背上扬长而去。

铁木真还不知道妻子被掳，带领着母亲兄弟藏在密林里面，只听山前山后呼喊声接连不断。等到天黑，铁木真才敢出去看，刚一探头，就见一队敌人经过。幸亏敌人背对着他，才没被发现，隐隐约约听有人嚷着："夺我诃额仑的仇恨至今未报！可恨铁木真躲在山中，搜捕不到，现在捉住他的妻子，也算解了我的一半仇恨！"说完下山去了。可怜铁木真，如同鸟失伴侣兽失群，还要藏头缩脑，唯恐被敌人发现，没了性命。

当晚，一家人在丛林中住了一宿。第二天，铁木真派别勒古台去山前山后打探。别勒古台回来报告说敌人已经离去，铁木真还是不敢出来。又接连在山里住了三天，探听到敌人确实走远，这才和母亲兄弟下山。到了山脚，铁木真哭着拜山神："多谢山神护佑，我们才保全性命，今后必当时常祭祀，报答山神的大恩大德！我的子子孙孙也会一样祭祀。"说着，屈膝跪拜，跪了九次，拜了九次，又用马奶祭奠山神，然后才离去。

原来，这伙敌人正是蔑里吉落来的。铁木真的母亲诃额仑，本来是蔑里吉人客赤列都的妻子，当年被也速该抢了去，这次蔑里吉部特地聚众报复，抢走了孛儿帖。

铁木真万般无奈，只好去求克烈部酋长救他妻子。当即和弟弟合撒儿、别勒古台一起来到克烈部，见了酋长汪罕脱里，哭着下拜说："我的妻子被蔑里吉人抢走了！"汪罕脱里承诺："我一定帮你灭掉仇人，夺回你妻子。你可以以我的名义，去通知札木合兄弟，让他们发兵两万，在喀尔喀河上游作为你的左臂，我率领两万人马作为你的右臂。不怕蔑里吉不灭！"

铁木真拜谢而出，对合撒儿说："札木合也是我族的前辈，小时候和我一起玩过。并且他和汪罕脱里交情好，此次去求救，想必他会来帮我。"合撒儿说："我去走一遭，哥哥不必去了！"铁木真又对别勒古台说："这次兴兵，不灭蔑里吉誓不罢休！我有个好朋友博尔术，你可以替我请来，做个帮手。"铁木真讲了路径，别勒古台答应着去了。

铁木真回家等候。两天后，别勒古台和博尔术一同赶到。铁木真正去迎接他们，合撒儿也回来了。合撒儿对铁木真说："札木合已经答应起兵，约了汪罕脱里及我们兄弟在不儿罕山会合。"铁木真又说："还需要去通报汪罕脱里。"合撒儿忙说："我已经去过了。汪罕脱里的大军马上就出发了。"铁木真大喜："你的速度这么快！我有这样的好兄弟，真是天助我也！如果你嫂子回来，我夫妻应当给你磕头。"合撒儿说："哪有兄嫂拜弟弟的道理！不要说这种话了，我们还是赶快带上粮草器械，去与两部大军会合吧。"

于是，铁木真、合撒儿、别勒古台、博尔术四人起身前往不儿罕山。到了不儿罕山下休息一宿。第二天清晨，只见旌旗招展，有大队人马从北边而来，四人连忙上前迎接。来的正是札木合兄弟，两下相见，格外高兴，只是汪罕脱里的兵马尚未赶到。过了一天，还是没有消息。又过了一天，仍是杳无音信。铁木真非常焦急，直到第三天中午，才见有大队兵马到来。札木合担心是敌军，严阵以待。那边过来的士兵也举着刀枪，步步相逼，等走到近前，彼此才认出是自己人。札木合见了汪罕脱里，大声嚷道："你我约定日期，我们风雨无阻，你为什么误期三天?"汪罕脱里辩称："我部落有事，因此来晚了!"札木合说："这就不对了，咱们约好的话如同宣誓一般，你误期应当受罚!"汪罕脱里有些不高兴。铁木真连忙调停，二人才重归于好，于是众人起兵出发。

札木合分析形势："蔑里吉部共有三个部族，分居三地。住在布拉克卡伦的头目，叫做脱黑脱阿;住在斡儿寒河的头目，叫做歹亦儿兀孙;住在合剌只的头目，叫做合阿台答儿马剌。我听说脱黑脱阿就是客赤列都的哥哥，他为弟弟报仇，所以与铁木真为难。他们的驻地布拉克卡伦就在这座不儿罕山背后，我们可以翻过山去，连夜袭击，趁他不备，抢他个干干净净，岂不是好计?"铁木真欣然答道："果然是好计。我们兄弟愿意打头阵。"札木合说："很好!"铁木真兄弟和博尔术催马上山，大队兵马在后面跟随。

不到一天的工夫，铁木真等人已经绕到山后，大队人马砍树做成木筏，渡过勤勒豁河，来到布拉克卡伦，然后乘夜突袭，把帐篷里的男女老少全部捉住。天亮后检查俘虏，却没有脱黑脱阿，铁木真的妻子孛儿帖也不知下落。铁木真把俘虏叫来，挨个儿审讯，问到一个老妇人，是脱黑脱阿的妻子，她答道："夜里有打鱼捕猎的人前来报信，说你们的大军已经渡河过来，脱黑脱阿就跑到斡儿寒河，去投奔歹亦儿兀孙去了。我们来不及逃跑，所以被掳。"铁木真忙问："我的妻子孛儿帖，你可见过?"老妇人回答："孛儿帖是你妻子吗? 她被劫到这里，本来是为报客赤列都的旧仇。因为客赤列都几天前已经死去，所以打算把她嫁给客赤列都的弟弟赤勒格儿为妻。"铁木真大惊，连忙问道："已经成婚了吗?"老妇人答道："还没有。"铁木真又问："她现在到哪里去了?"老妇人说："大概是和族人一同逃走了吧。"

铁木真匆匆上马，去找妻子孛儿帖。这边两部联军又杀到斡儿寒河去捉拿歹亦儿兀孙，歹亦儿兀孙却已经和脱黑脱阿结伴逃走，只留下族人和牲畜，被两军抢得精光。联军又来到合剌只一带，合阿台答儿马剌听到消息，想带着家属逃走，不料却被两军拦住，任凭他再怎么勇猛，也只有束手就擒了。家眷们更不必说，好像牵羊一样，一股脑儿被大军牵走。联军欢呼雀跃回营，只有铁木真没回来。

铁木真快马加鞭寻找妻子。他猛跑了几里，遇到许多难民逃命，就留心察看。只看见一群蓬头垢面的妇女，并没有自己那娇滴滴的妻子，铁木真心里非常焦急。不知不觉已经跑出去好远，只见遍地苍凉，连个人影儿都没有，失声叫道："一定是我跑得太快，那些难民全都落在后面了。此地如此荒凉，连鬼都找不出一个，哪里有我的娇妻，不如回去再找！"

当即勒马返回，走到薛凉格河，又遇见一群难民，仍然没有妻子的踪影。他坐在马上，忍不住放声大哭："我的妻啊，你难道死了吗？我的妻孛儿帖，你死得好苦啊！"边哭边叫，却引出一个人来，上前拉住缰绳，铁木真低头一看，是一个白发苍苍的老妇人。就问："你要干什么？"老妇人说："小主人，你难道不认得我了吗？"铁木真仔细一看，才认出是和妻子同行的老妇人，连忙下马问道："我的妻子还在吗？"老妇人回答说："刚才我们是一起逃出来的，后来被难民一挤又失散了。"铁木真跺着脚说："这可怎么办？"老妇人安慰他："想必她不会走得太远。"

铁木真来不及上马，连忙拉着缰绳随着老妇人一起找。二人四处张望，见河边坐着一个少妇，正在啼哭。老妇人远远地指着说："可是她吗？"铁木真扔下马匹，飞也似的跑到河边，果然那坐着的少妇正是自己日夜思念的妻子孛儿帖。铁木真连忙拉着她的手说："我的妻啊，你为我受苦了！"

孛儿帖见丈夫到来，心中无限欢喜，眼泪像断了线的珠子一般纷纷落下。铁木真也不免洒了几点英雄泪，便道："快随我回去吧！"于是把孛儿帖扶起来，带着老妇人，顺原路返回。幸好马匹由老妇人牵着没跑，铁木真把孛儿帖扶上了马，自己和老妇人步行回寨。

这时候，合撒儿等人已经带了数十名部众前来找哥哥，兄弟相遇，高高兴兴回到大寨。汪罕脱里、札木合全都为铁木真高兴。铁木真感激不尽。当即大摆宴席，开怀畅饮。晚上，又把那些抢来的妇女中有姿色的分给了部落首领，其余的都分给了两部的头目，能做妻的做了妻，不好做妻的做了奴婢。铁木真看见一个五岁的小孩子，名叫曲出，是蔑里吉部酋长撇下的小儿子，面目清秀，衣裳整洁，口齿也非常伶俐。铁木真拉着他说："你给我做养子吧。"曲出特别聪明，立刻喊铁木真为父亲，叫孛儿帖母亲。

第二天，札木合、汪罕脱里商议，把所得的牲畜器械等物平均分作

023

三份，铁木真应得一份。铁木真却嚷着："汪罕脱里是我的父辈，札木合也是我的尊长，你们二人同情我困苦，兴兵替我报仇，帮我消灭了蔑里吉部，夺回了我的妻子。二位的大恩，我铁木真感激不尽，怎么敢再接受这些东西呢？"札木合不答应，一定要给他，铁木真只好留下了一小部分，大家这才没了异议。

联军拔营起寨，带上俘虏各自回兵。人马来到忽勒答合儿崖前，发现这里有一大片开阔地，就停下驻扎。札木合对铁木真说："你我从小相交，曾经在这里一同玩击髀石游戏，我现在还记得我给你一块石做的髀石，你却还给我一个铜铸的髀石。虽然相隔多年，但你我的交情应当像从前一样！我就在这里设下营帐，你也去把母亲兄弟接来，我们一起住在这里，岂不更好？"铁木真大喜，就让合撒儿兄弟去接他母亲弟妹。汪罕脱里告辞回去。

过了两天，合撒儿兄弟带着诃额仑等人来到营寨。从此，铁木真和札木合一起居住，和睦相处。到了夏天，草木茂盛，札木合与铁木真骑马出游，翻山越岭，到了一处最高的山峰，二人并马而立。札木合得意扬扬地说："我看这漠北一带野兽虽多，却没有大的狼虫虎豹，如果有了一头，一定会把这些羊羔吃个干干净净！"铁木真听得莫名其妙，只好含糊答应着。回营后，铁木真对母亲诃额仑讲起了此事，随即问道："我不明白他的话是什么意思。一时不好回答，特来问明母亲。"没等诃额仑回答，孛儿帖说："这句话的意思，是他自己想做虎豹吧。有人曾说他喜新厌旧，如今咱们和他住在一起一年多，恐怕他已经厌烦了。听他的话，莫非要加害咱们。咱们不如见机行事，趁着交情未绝的时候好好地分手。"诃额仑点头赞同。铁木真听了妻子的话也觉得有道理。第二天就去对札木合说："我母亲想回老家看看，我也不好违背母亲，只能陪她老人家一起回去。"札木合问："你怎么也想回去？莫非我有怠慢你之处？"铁木真忙说："这话从何说来？不过暂时告别，以后还可以再相见。"札木合说："要去就去吧。"

铁木真打点行装，带着家人，领了数十名奴仆，当天起程，从小道回到桑沽儿河。路上遇到泰赤乌人，泰赤乌人害怕铁木真进攻，慌忙逃走，撇下一个叫阔阔出的小孩。铁木真说："这孩子和曲出很像，正好做我的第二个养子，服侍我的母亲。"当即禀告诃额仑，诃额仑倒也满心欢喜。到了桑沽儿河老家，他们渐渐有了好多奴仆，牲畜也越来越多，铁木真于是有了大志向，开始招兵买马，想组建一个大部落。那些从前散去的部众也逐渐归来。铁木真不计前嫌，反而给以优待，因此远近部落争相归附。三四年后，铁木真帐下已经有三四万人马，比也速该在时更加兴旺了。大家推戴铁木真为首领，呈现出一派王者开创大业的新气象。

旗开得胜

铁木真当上部落首领后，招抚临部，举贤任能。任命汪古儿、雪亦客秃、合答安答勒都儿三个人管理饮食内务，迭该负责放牧牛羊，古出沽儿负责修造车辆，朵歹管理部中人口，忽必来、赤勒古台、脱忽剌温和弟弟合撒儿掌管兵器，合勒剌歹和弟弟别勒古台放马，阿儿该、塔该、速客该、察兀儿罕当军师，速别额台勇士负责军事。博尔术是铁木真的患难之交，所以格外器重，特别提升为帐下总管。安排妥当之后，铁木真又派答该、速客该去拜访汪罕脱里，合撒儿、阿儿该、察兀儿罕去拜访札木合。不久，两处回报，说汪罕脱里热情款待，只不过要铁木真不要忘了前时的情意。札木合却对铁木真有些不满，还记着半路分离的事。铁木真说："由他去吧，我总不能先破坏盟约。如果他先来找我挑衅，我也不会让着他。大家小心防着，随机应变就好。"

众人领命，全都尽心尽力。铁木真修缮车马，整顿装备，以防不测。果然不出两年，札木合与铁木真部落为了争夺马匹在撒阿里一带产生摩擦，竟然闹出一场大战祸来。

撒阿里以萨里河得名，在蔑里吉部西南，过去是忽都剌哈可汗的大儿子拙赤居住的地方。忽都剌哈是也速该的叔叔，他的长子拙赤是铁木真的表叔。一天，拙赤命令部众在野外放马，忽然来了一群其他部落的歹人，抢走了他的几匹马，手下部众不敢阻拦，前去报知拙赤。拙赤大怒，来到帐外，顾不上骑马，独自一个人拿着弓箭前去追赶。从早上追到黄昏，追了几十里，才隐约看见有几个人牵着马在前面走，那些马正是拙赤的。拙赤怕寡不敌众，就悄悄地跟在后面。等到天色昏黑，他紧赶几步，弯弓搭箭，把为首的人射倒。然后猛然间大喊一声，回声震荡山谷，那边的贼人不知道有多少人追来，霎时间四散奔逃，拙赤把马赶了回去。

射倒的人正是札木合的弟弟秃台察儿。札木合听了报告，不禁悲愤地说："铁木真忘恩负义，我早就想灭了他。如今他的族众又射死我弟弟，此仇不报，誓不为人！"随即四处派人，约了塔塔儿部、泰赤乌部，以及邻近的各个部落，共十三部，合兵三万，杀向桑沽儿河。

铁木真还没有听到消息，亏得乞剌思种人孛徒先来归降，孛徒的父亲捏坤听说札木合出兵的消息，连忙派木勒客脱、塔黑二人从小路去报知铁木真。铁木真正在古连勒古山游猎，得到这个消息，连忙召集部众，共得三万人，分为十三队。连老母亲诃额仑也换上了戎装，跨上骏马，与铁木真一起出征。

到了巴勒朱思的旷野，远远地看见敌军已经翻过山岭而来，风驰电掣一般，眨眼间就要到了。铁木真连忙命令各军稳住阵脚，严防敌军突袭。说时迟，那时快，这边的部众刚刚摆开阵势，那边的敌军已经赶到。两边仓促交锋，任凭铁木真再怎么能耐，也抵挡不住那帮锐气十足、野蛮不怕死的敌兵。铁木真知道事情不妙，只好且战且退，不料敌人却紧紧跟随，直逼到斡难河畔。铁木真各军跑进一处山谷，博尔术断后，堵住谷口，这才得以休整。铁木真检点部众，伤亡的不在少数，幸好退兵还有秩序，没有溃不成军。铁木真闷闷不乐，还是博尔术献计："敌人此来，气焰正盛，速战对他们有利。我军只好暂时避让一阵，不与他们硬拼，等他们锐气衰了，失去耐心，想退兵了，那时我军一齐掩杀，定能大获全胜！"

铁木真依照他的计策，命令部众固守，不准轻举妄动。札木合几次来袭击，都被博尔术精选的弓箭手射退。原来，胡人行军打仗不带粮饷，专靠沿途掳掠，或猎取一些飞禽走兽充作军粮。这时，札木合所率的各部没地方抢夺，军兵不免饥饿，于是四处去打野物，整天不在营中。博尔术登高瞭望，只见敌军都在游猎，东一群、西一队，势如散沙，立即进帐禀报铁木真："敌人已经懈怠了，我军正好趁此机会出击。"铁木真当即命令各部准备好作战兵器，一齐杀出。

这时札木合正在帐中，远远地听到一声呼哨，慌忙出帐察看，有探马来报告："铁木真来了！"札木合急忙号令军兵抵御，怎奈部下大多外出打猎，一时来不及回来。铁木真的大军像潮水一般，汹涌澎湃地向大营杀来。札木合心慌意乱，手足无措，其余十二部的头目也不知所措。朵儿班部、散只兀部、哈答斤部已经先逃掉，就连札木合的部众也被他们动摇，逃走了一半。札木合见势不妙，急忙挑了一匹好马，从帐后逃走。札木合一逃，军中没了主帅，谁还肯上前抵挡？霎时间众人四散奔逃，只剩了一座空帐。铁木真部下十三翼军队已经养足了精力，锐不可当。把敌帐推倒后，他们又奋力追赶，碰着一个杀一个，打倒一个捆一个，札木合带来的十三部人马全都抱头鼠窜，只恨爹娘少生了两条腿，来不及逃生的，都白白地送了性命！

铁木真追了三十余里，才鸣金收兵。大家纷纷前来报功，总共歼敌数千人，还有俘虏数千名。铁木真把眼一瞪说："快去拿大锅来，把他们炸了！"可怜几千名俘虏全都被活活炸死。铁木真收兵回营，此后声威大震，附近的兀鲁特、布鲁特两族也都来投诚。

一天，铁木真率领侍从去打猎，遇到泰赤乌部下的朱里耶人。侍从对铁木真说："这是咱们的仇人，请主子下令，把他们全都抓来。"铁木真却说："他们既然不来加害咱们，咱们为什么去抓他们？"朱里耶人起初非常害怕，后来见铁木真没有要害他们的意思，就到围场旁来观看。铁木真问："你们怎么跑到这里了？"朱里耶人说："泰赤乌部虐待我们，我们流离失所，所以才来到这里。"铁木真问他们有没有粮食，回答说不多；又问有没有帐篷，回答说没有。铁木真说："你们既然没有营帐，不妨和我们一起住，明天打到野物，我分给你们一些。"朱里耶人欢呼雀跃。

铁木真果然遵守诺言，并且叫手下部众好生对待他们。朱里耶人非常感激，都说泰赤乌部首领昏庸无道，铁木真宽厚待人，是一个大度的主子，不如离开泰赤乌，投奔铁木真。这话传到泰赤乌部，赤老温听到了，率先来归降。铁木真感念从前的情意，待他和博尔术一样。勇士哲别，一向以善于骑射著称，当年巴勒朱思开战时，他曾经为泰赤乌部酋长布答效力，射死了铁木真的战马，现在见赤老温得到优待，他也投奔了铁木真。铁木真不计前嫌，全都以诚相待。此后邻近的大小部落陆续带领妻儿老小来投奔铁木真。铁木真非常高兴，命令在斡难河边摆酒宴庆贺。

从前与巴勒朱思开战时，铁木真的堂兄弟薛撒别吉立有战功。薛撒别吉有两个母亲，大母亲名叫忽儿真，二母亲名叫也别该，铁木真全都邀来赴宴，让她们陪着自己的母亲诃额仑。司膳官失乞儿在诃额仑前敬完酒，接着到也别该面前敬酒，然后给忽儿真敬酒，不料却挨了一个耳光。失乞儿莫名其妙，忽儿真说："你为什么不先给我敬酒，却奉承那个妇人？"失乞儿大哭而出，诃额仑默不作声，铁木真从旁劝解，忽儿真才算罢休。

一波未平，一波又起。薛撒别吉的仆人在帐外偷马缰绳，被别勒古台撞见了，当场把他捉住。忽然，从旁边闪出一人，拔剑砍来，别勒古台连忙躲闪，右肩已被砍着，鲜血直流。别勒古台忍痛问那个人："你是谁？"那人说："我叫播里，是薛撒别吉的马夫。"别勒古台的左右听了这话都嚷着："狗奴如此无礼，快杀了他！"别勒古台拦住众人说："我伤得不重，不要因我争斗，我去通知薛撒别吉，叫他好好管教手下就是了。"话音未落，薛撒别吉已出来了。别勒古台正要说明缘由，他却不分青红皂白，大声质问："你为什么欺负我的仆从？"别勒古台一听，气得浑身发抖，立即去折了一截树枝，要和薛撒别吉决斗。薛撒别吉也不肯相让，捡起一条木棍，与别勒古台打在一处。激战了好一阵，薛撒别吉败下阵来，夺路而逃。别勒古台进入大帐，又听说忽儿真掌打司厨，便拦住忽儿真，不让她回去。

正在争论间，忽然有探马来报，金主派了完颜襄攻打塔塔儿部。铁木真说："塔塔儿害死我祖父，大仇未报，如今正好趁这个机会前去夹攻。"正说着，薛撒别吉派人来道歉，并来接忽儿真。铁木真对来使说："薛撒别吉既然自己知罪，我也就不与他计较了，他母亲就跟你一起回去吧。你对薛撒别吉说明，我要攻打塔塔儿部，叫他率兵来会，不得误期！"使者奉命，带着忽儿真离去。

铁木真等了六天，薛撒别吉杳无音信，只好自己率军前进。来到浯勒札河，和金兵前后夹攻，大破塔塔儿部营帐，杀死了首领摩勤苏里徒。完颜襄对铁木真说："塔塔儿无故叛国，所以我率兵北征。幸亏得到你的帮助，才杀死叛党。我一定要上奏我主，封你为招讨官。你此后应当为我国效力才是！"铁木真答应着，完颜襄随即收兵回国。铁木真进入塔塔儿营帐中，搜到一个婴儿，坐着银摇车，裹着金绣被，就把他抱起来。铁木真见他长相不凡，就收为第三个养子，取名失吉忽秃忽，随即凯旋。不料，薛撒别吉却暗中带兵来袭，把队伍最后的老弱残兵杀了十多人，又夺了五十人的衣服、马匹，扬长而去。

铁木真听到消息大怒："前几天，薛撒别吉在斡难河畔赴宴，他的母亲打伤我的厨子，他的马夫又把别勒古台的肩膀砍伤。我看在他是同族的面上，才原谅了他，和他修好，约他前来合攻塔塔儿仇人。他不来倒也罢了，反将我的部卒杀的杀，掳的掳，真是岂有此理！"于是带着兵马穿过沙漠，来到客鲁伦河上游，攻入薛撒别吉帐中。薛撒别吉已带着家人逃走了，铁木真掳走了他的部众，收兵而回。

过了几个月，铁木真余怒未消，又率兵去征讨薛撤别吉。铁木真追到迭列秃口，把薛撤别吉抓住，历数了他的罪状，然后将他斩首，并杀了他弟弟泰出勒，赦免了薛撤别吉的其他家属。铁木真见薛撤别吉的儿子博尔忽少年英俊，就收为养子，后来博尔忽以善战闻名。回来的路上，遇见一个札剌赤儿族人，名叫古温豁阿，带着几个儿子来归降。其中一个儿子名叫木华黎，智勇过人，后来得到铁木真恩宠，和博尔术、赤老温等人一样受到优待。

札木合兵败后非常郁闷，整天想着纠集邻部，再同铁木真决一雌雄。听说西南乃蛮部幅员辽阔，独霸一方，就去行贿通好，约他们进攻铁木真。乃蛮部在天山附近，族长名叫太亦布哈，曾经受金国封爵，称为大王。胡人习惯称呼大王为可汗，因此称他为大王可汗，蒙人因此相传，称他太阳可汗。太阳可汗有个弟弟，名叫古出古敦，和哥哥不和，二人分部统治，弟弟自称不亦鲁黑可汗。札木合的使者来到，太阳可汗迟疑不决，不亦鲁黑可汗却愿意发兵相助。随后不亦鲁黑可汗率兵到达乞湿勒巴失湖一带。铁木真听到后，先发制人，约上汪罕脱里，从小道袭击不亦鲁黑。不亦鲁黑仓促之间毫无防备，被杀得全军溃散。铁木真等人得胜而归。

那时，哈答斤部、散只兀部、朵儿班部、弘吉剌部见铁木真日渐强盛，都很恐惧，几个部落在阿雷泉开大会，杀了一牛一羊一马祭告天地，歃血为誓，定下了攻守同盟的密约。札木合趁机联络他们，于是各部落推举札木合为古儿可汗。泰赤乌、蔑里吉两部酋长，乃蛮部不亦鲁黑可汗，也想着报仇，就来会札木合。塔塔儿部的残兵败将也另立酋长，听说各部开会，也日夜兼程赶到。各部落一齐来到秃拉河，推戴札木合做盟主，同各部酋长对天盟誓："我们齐心协力，共同对抗铁木真，如果谁泄露机密，或怀有异心，必定死无葬身之地！"立了誓，共同上岸，挥刀砍树，做出警戒的样子。然后各出兵马，连夜袭击铁木真的营帐。

豁罗剌思种人豁里歹和铁木真出自同族，跑去报告了铁木真。铁木真连忙戒备，又派使者去约汪罕脱里，请他火速出兵救援。汪罕脱里率兵来到客鲁伦河，铁木真已经勒马等着，两下相见，共同商议军情。汪罕脱里说："敌军要偷袭，必定心怀叵测，要多设探哨才好。"铁木真说："我已经派了部下阿勒坛等人去做探哨了。"汪罕脱里又说："我也应当派人前去打探。"然后派他儿子鲜昆为头领，带领一队部众前去侦察敌情，自己和铁木真缓缓前进。

过了一宿，阿勒坛来禀告铁木真："敌兵的前锋已经到阔奕坛原野了。"铁木真说："阔奕坛离这里不远，我军是不是应当迎战？"汪罕脱里却说："鲜昆也不知跑到哪里去了？怎么还没来报？"阿勒坛答道："鲜昆吗？听说他已经前去迎战了。"铁木真急着说："鲜昆轻易冒进，恐怕会遭到毒手，我们应当快去救他！"于是两军快马加鞭，直奔阔奕坛原野。

这时候，札木合的联军已经杀来。乃蛮部酋长不亦鲁黑可汗仗着自己骁勇，担当先锋。远远望见汪罕脱里的前队军马只有寥寥数百人，不由得笑道："这几个敌兵，不值得我一扫！"正要带部众掩杀，忽然望见远处尘土飞扬，汪罕脱里、铁木真两军汹涌而来，不亦鲁黑大惊失色："我本想趁他不备去偷袭，他怎么先知道了？"

正在疑虑的时候，札木合后军赶到，不亦鲁黑忙去向札木合禀报。札木合说："不用怕！蔑里吉部酋长的儿子忽都能呼风唤雨，只要叫他作法，迷住敌军，我们就可以掩杀了！"不亦鲁黑说："这是一种巫术，我也略懂一些。"札木合大喜道："快快使出来！"不亦鲁黑于是会同忽都，取来一盆净水，各自从怀中取出几枚石子，大的像鸡蛋，小的像棋子，泡在水中，然后二人对天祈祷，不知念的什么咒语。叽里咕噜念了好一阵子，果然风师雨伯好像听他们驱使一般，一时间天昏地暗，风雨大作。

英雄连交桃花运

札木合见起了风雨，心中大喜，急忙命令各军做好准备，单等铁木真阵势一乱，就立即掩杀过去，杀他个片甲不留。铁木真正要列阵，忽然间阴云密布，狂风骤雨迎面袭来，不免有些惊慌，只好命令部众严密防守。汪罕脱里的部下却骚乱起来。铁木真担心牵动全军，乱了阵脚，越发急上加急。

猛然间，风势一转，雨点变向，都往札木合联军那边扑去。札木合正在得意，不防有这种变化，慌忙和不亦鲁黑等人商议。怎奈不亦鲁黑等人只会招来风雨，不会停止，只是呆呆地望着天空发愣，一句话也说不出来。此时对面铁木真的军队已经喊杀声震天，摇旗杀到。札木合满心欢喜都变成了愁云，不禁仰天长叹："天神啊！为什么只保佑铁木真，却不保佑我呢?"话音未落,只见军队已经纷纷败退,札木合见局势无法挽回,只好拨马而逃。各部酋长都已经吓得浑身发抖,哪还有心思恋战,自然一并逃走了。于是札木合全军大败,有的被砍,有的被俘,有的坠崖,有的互相踩踏,有的自相残杀,死伤惨重。

铁木真想趁此机会灭掉泰赤乌部,就请汪罕脱里追杀札木合,自己率兵追杀泰赤乌人。泰赤乌部酋长见铁木真追来,慌忙收拾残兵败将转身迎战。怎奈军心已乱,屡战屡败,保命要紧,只好连夜拼命逃走。那些来不及逃走的部众,大多被铁木真大军掳掠了去。

铁木真忽然想起锁儿罕一家的救命之恩,连忙亲自去找。到了岭上,忽然听到一个娇滴滴的声音在喊:"铁木真救我!"铁木真顺着喊声过去一看,是一个穿红衣服的妇人。连忙派人上前询问,军兵回报说,是锁儿罕的女儿,名叫合答安。铁木真听到"合答安"三个字,连忙抢步上前。铁木真到了合答安面前,见她虽然容颜有些变化,风姿却不减当年,关切地问:"你怎么在这里?"合答安回答说:"我的丈夫被军人赶走了,我看见你骑马前来,所以喊你救我!"铁木真大喜:"快跟我来!"说着,叫部卒牵过一匹健壮的战马,亲自扶合答安上马,二人并马下山。合答安在路上求铁木真为自己寻找丈夫。铁木真含糊答应着,然后命令部卒传下军令,就地扎下大营。

铁木真安排已毕,却没有心思检点俘虏,只是命令部众留意巡逻,严防不测。当晚在后帐备好酒宴,拉着合答安并肩饮酒。合答安不好落座,只在铁木真旁边站着相陪。铁木真情不自禁,把她搂入怀中,让她坐在自己的腿上,低声说:"我从前在你家避难时,承蒙你殷勤照顾,这段恩情我一直念念不忘!早就想和你结为夫妇,只是因为我当时处境太艰险,连已经聘下的妻子都不知道什么时候能娶,所以不敢开口。现在我身为部落首领,又有幸和你重逢,看来这是前世注定的姻缘,总应当结为夫妻才对呀!"合答安却说:"你已经有了妻室,我也已经有了丈夫,怎么能结合呢?"铁木真笑道:"我身为部落首领,多娶几个夫人算什么?听说你的丈夫已经被军人杀死了,剩下你孤身一人,正好给我做第二夫人!"合答安听说丈夫已死,不禁伤心泪下。铁木真又安慰她:"你还在想念丈夫吗?人死不能复生,还想他有什么用。"边说边替她擦眼泪。合答安心里好像有只小鹿乱撞,不知所措。铁木真又畅饮了几大杯,趁着酒兴,抱着合答安一同就寝去了。

第二天,合答安的父亲锁儿罕进帐来见铁木真。铁木真迎上前去说:

"你们父子待我恩重如山，我日夜想念你们，怎么现在才来？"锁儿罕解释："我早就想投奔你，所以派二儿子先来归附。我如果早来，怕我们的部落酋长不依，要杀我全家，所以才来得迟了些。"铁木真说："当年的大恩大德一定报答。我铁木真不是负心之人，你老人家尽管放心。"锁儿罕道谢，铁木真命令部下拔帐回营。

到了客鲁伦河上游，铁木真派部卒探听汪罕脱里的消息。等派去的人回来禀报，才知道札木合被追，走投无路，已经投降汪罕脱里，汪罕脱里收兵回营了。铁木真不高兴地说："他怎么不派人通报我一声！"别勒古台在旁边说道："汪罕脱里既然已经撤兵，咱们也不必过问。只有塔塔儿是我们的世仇，我们正好可以乘胜进攻，灭掉他。"铁木真说："暂且回去休息几天，再去征讨也不为迟。"

过了一个月，铁木真发兵攻打塔塔儿部。塔塔儿部已经有了防备，纠集族众，准备决一死战。铁木真探知敌人早有准备，不敢轻敌，当下号令各军，约法三章。第一条，临战时不得抢掠财物；第二条，战胜后也不得贪财，等安排妥当后，再把敌人的财物论功行赏；第三条，人马前进或后退，都必须遵守统帅命令，不奉命令擅自行动者斩，进攻中畏缩不前者斩。经过一番整顿之后，军中气象焕然一新。接连和塔塔儿部交战了几次，塔塔儿人虽然奋力抵挡，怎奈寡不敌众，弱不敌强，最终一败涂地。塔塔儿部酋长再次逃去。

铁木真军兵又追杀了一程，方才收兵。检查帐下，阿勒坛、火察儿、答力台三人违背命令，私自抢劫财物。铁木真大怒，派哲别、忽必来二将把他们三个人传进大帐，申明军法，打算行刑处斩。部下全都替他们求情。铁木真说："你们三个人与我祖父同出一族，我又怎么忍心处斩，但众人既然已经立我为族长，并发誓遵从我的命令，我当然不能因私废公。现在大家替你们求情，你们就应当诚心悔过，将功赎罪。"说完又命令哲别、忽必来："你二人去把他们所得的财物取来充公，不要替他们隐藏。"哲别、忽必来奉命而行，阿勒坛等人也退出帐外，三个人全都闷闷不乐。

原来，阿勒坛是忽都剌哈可汗的二儿子，是铁木真的堂叔。火察儿是也速该的亲侄子，是铁木真的堂弟。答力台是也速该的胞弟，是铁木真的叔父。当初铁木真做首领时，阿勒坛等人首先推戴，所以铁木真记在心中，现在才有这番劝勉。

铁木真召集宗族，和他们秘密商议说："塔塔儿的仇怨我一直牢记，这次如果战胜了他，我打算把他们所有的男子一概处死，妇女全部当做奴婢使用，这才能解我们心头之恨。"部族全都赞成。别勒古台出来以后，塔塔儿人也客扯连和别勒古台是老相识，就问他商议的什么事，别勒古台把实情说了，也客扯连急忙去通报塔塔儿人。塔塔儿人知道迟早也是一死，干脆拼起了命，来进攻铁木真。亏得铁木真有所防备，急忙命令部下出来抵挡，塔塔儿人杀不过铁木真的部下，退到山边，依山扎寨，凭着有利地势死守。铁木真率军进攻，苦攻了两天才把山寨攻破。当时，塔塔儿人除了妇女，每人手里都拿着一把刀，乱杀乱砍，双方伤亡几乎相等。等到塔塔儿的男子全部被杀死，铁木真的部下也死伤惨重。

铁木真查出泄露军机的是别勒古台，就命令别勒古台去捉拿也客扯连。别勒古台去了好半天，回来说，也客扯连查无下落，大概已经死在乱军中了，只抓到他的一个女儿。铁木真大怒："因为你泄露一句话，害得我军死伤惨重，此后商议大事，你不准进来！"别勒古台唯唯遵命。铁木真又问："你捉来的女子现在何处？"别勒古台说："就在帐外，我去把她押进来。"

别勒古台把那女子押进大帐，只见她衣冠不整，头发蓬松，战战兢兢地跪在地上。铁木真大喝："你父亲害死我部许多人，就是把他碎尸万段也不足以偿还我部下的性命。你既然是他的女儿，也应当斩首！"那女子听完更抖作一团，勉强说了"饶命"两个字。谁知才一开口，那天生的娇声已经像银铃一般飘进铁木真耳中。铁木真不禁动了情肠，便道："你想让我饶命吗？抬起头来！"女子慢慢地仰起脸，铁木真一瞧，只见她愁眉半锁，泪眼迷离，好像是带雨的海棠，又仿佛是弱不禁风的杨柳，别有一番风韵，暗想："如此俊俏的脸庞，恐怕我那两个妻妾也比不上。"随即答道："要我饶你的性命，除非你做我的姜婢！"女子说："如果大王饶我不死，奴婢甘愿陪侍帐下。"铁木真欣然答应："很好！你先到帐后梳洗去吧。"

话音刚落，立即从帐后出来几个奴婢，前来搀扶那女子进了后帐。铁木真这才命令别勒古台退出，又把营中的事情吩咐给众将，然后到后帐休息。才到后帐，那女子已经前来迎接，铁木真拉住她的玉手，仔细端详了好一阵，只觉得她身材丰满，美艳绝伦，就轻声问："你叫什么名字？"女子说："我叫也速干。"铁木真不由得称赞："好一个也速干！"那女子把头一低，摆弄着腰带，显出娇羞的神态。铁木真拉着她并肩坐下说："你父亲确实有罪，我杀了他，你会怨我吗?"也速干回答不敢。铁木真笑道："如果做我的妾婢，未免委屈了美人，我现在就封你做夫人吧。"也速干跪下道谢。铁木真当即同她一起饮酒，二人情话喃喃，从傍晚起，一直饮到半夜，然后命令奴婢撤去酒席，铁木真催也速干卸了妆，二人同入罗帏，一夜缠绵。

第二天清晨，也速干先起来梳洗打扮。一会儿，铁木真也醒了，也速干过去侍奉，只见铁木真睁着两眼，盯着她的面庞，一声不出。也速干嫣然一笑："看了一夜，还没看清楚吗?"铁木真说："你的芳容，百看不厌。"也速干又说："堂堂一个部落首领，眼光却这么差，对我还这般模样，如果见了我的妹子也遂，恐怕要发狂了。"铁木真忙问："你的妹子在哪里?"也速干说："刚刚与她丈夫成亲，现在不知道逃到哪去了。"铁木真接着说："你妹子如果有美色，自然不难找到。"当即命令亲兵去找也遂，嘱咐道："你们如果见到绝色的美女，就是我要找的那个人。"

过了半天，亲兵带了一位美妇进来。铁木真一看，只见她面如桃花，眼似秋水，肌肤好像凝脂一般，相貌很像也速干，但是身姿轻盈，又比也速干略胜一筹。铁木真问："你可叫也遂?"那妇人回答是。铁木真说："好极了! 你姐姐已经在后帐，你可以进去和她相会。"也遂就进去见了也速干，也速干劝她与自己一起服侍铁木真。也遂却说："我的丈夫被他的部下赶走了，我很是想念丈夫，你为什么叫我服侍仇人呢?"也速干解释："是我们塔塔儿人先毒死了铁木真的父亲，所以才受其害。他现在富贵得很，威武得很，嫁给他有什么不好? 胜似嫁给那个亡国奴!"也遂默然无语。也速干又劝了她半天，也遂说："他既然身为首领，又正在壮年，料想他早有妻子，那我岂不是只能做他的妾婢?"也速干说："听说他已经有了两个妻室。她们的心思我不能预料，我的位置倒情愿让给阿妹。"也遂缓缓回答："以后我们再商量吧。"

话音未落，只听得有人接了一句："还商量什么? 多好的一位姐姐，情愿把自己的位置让给妹子，做妹子的要领情才对啊。"说完大帐揭开，铁木真龙行虎步地走了进来。也遂惊慌失措，连忙躲到姐姐身后，不料姐姐反而把她推出来，正和铁木真撞了个满怀，铁木真顺手搂住美女，也速干趁机走出去。一个柔弱的女子如何能抗拒身强力壮的铁木真? 或许已被姐姐说得有些动心，也遂此时也只好半推半就了。

第二天，铁木真升帐，命令也遂在右侧侍立，也速干在左侧侍立。

属下部众纷纷上前道贺。铁木真很是欣慰，不料也遂却不住地长吁短叹，几乎要流出泪来。铁木真看到，暗暗生疑，随即让木华黎传令，叫来所有部众分队站立。众人依令执行，其中有一个人，形色仓皇，孤零零地站着。铁木真问他是什么人，那人说："我是也遂的丈夫。"铁木真大怒："你是仇人的子孙，我不去抓你，你反倒自己来送死。将他推出去，斩首示众！"不到一刻，手下已经把首级呈上。也遂在旁边看着，禁不住泪珠涟涟。退下之后，呜呜咽咽地哭了半天，也速干苦苦相劝，她才止住眼泪。后来，时过境迁，也遂也就渐渐地乐享荣华富贵了。

铁木真攻打塔塔儿部凯旋后，又想讨伐蔑里吉部。一天，忽然有人报称蔑里吉人已经被汪罕脱里的部下攻击，汪罕脱里赶走了酋长脱黑脱阿，杀了脱黑脱阿的长子，抢走了脱黑脱阿的妻室和人口牲畜等。铁木真愣了半天，才说："就由他去吧。"

温都尔山之战

汪罕脱里大肆抢掠蔑里吉部，得到了无数男女、牲畜，没有赠送一点儿给铁木真，也没有派使者通报铁木真。铁木真仍然忍着，又约汪罕脱里去攻打乃蛮部。汪罕脱里带兵到来，两军整队出发。铁木真听说不亦鲁黑在额鲁特，立即杀了过去。不亦鲁黑料到不是对手，闻风而逃，翻过阿尔泰山去了。铁木真指挥部众紧追不舍，抓住了他的部落头目也的脱孛鲁，经审讯得知不亦鲁黑已经逃远，铁木真只得收兵回营。谁知走到半路，突然杀来了乃蛮的余部，曲薛吾、撒八剌两个头目统领一队人马袭击铁木真。铁木真跑到汪罕脱里的军中，再次约定迎战乃蛮，汪罕脱里自然答应。天色已晚，两军各自驻扎大营，按兵防守。

第二天黎明，铁木真的部下早早起来准备开战。铁木真远远望见汪罕脱里的营帐上面有飞鸟往来，非常惊诧，急忙命令部下去打探，部下报称汪罕脱里营内的灯火还点着，只是帐里空无一人。铁木真说："莫非他们跑了不成？我和他联军而来，他却弃我远去，扰乱我的军心，我不如暂且退兵，等探听到确切的消息再来也不为迟。"原来，汪罕脱里听信了札木合的谗言，误以为铁木真将来必定与自己反目成仇，因此不辞而别。铁木真虽然恨汪罕脱里，却考虑到他是误信谗言，因此仍然忍耐。

不久，忽然有人报称汪罕脱里的部众被曲薛吾等人从背后袭击，抢走了大量辎重，连儿子鲜昆的妻子也被劫走了。铁木真说："谁叫他弃我而去？"话音未落，又有人来报，说汪罕脱里派使者求援。铁木真吩咐："带他进来。"来使觐见，详细讲述了本部被袭击的情形，并说蔑里吉部的首领本已经被俘，如今也逃跑了。现在汪罕脱里虽然派人追击乃蛮，但恐怕不能取胜，听说贵部有四员良将，所以特来求援。铁木真笑着问："先前弃我而去，现在又来求我，到底是什么意思？"来使道："先前是因为误信谗言，所以才撤兵，现在如果贵部肯再发援兵，我们自然感激不尽。即使再有十个札木合，也无法进谗言了。"铁木真说："我和你们首领的情意不亚于父子，都是因为部下进谗离间，才会生疑。现在既然情急求援，我就叫四位良将和你同去。"来使连连道谢。于是铁木真命令木华黎、博尔术、赤老温、博尔忽四将带着兵马，随来使一同前去救援。

四将来到阿尔泰山附近，远远地听见喊声动地，鼓角震天，知道前面已经开战。四将又登山瞭望，只见汪罕脱里的部众被乃蛮军杀得大败，七零八落地逃下阵来。木华黎等人急忙下山，率兵飞马去救。那时汪罕脱里已经丧失了二将，鲜昆的马腿也中了箭，险些被敌人抓去。正在危急时刻，木华黎等人赶到，先救出鲜昆，然后上前迎战。乃蛮头目曲薛吾等人虽然战胜，却难免疲乏，怎么能禁得住一支生力军的冲击呢？四将如生龙活虎一般，骁勇无比。不到几个回合，曲薛吾部下纷纷败退。木华黎等人越战越勇，把敌人杀得四散奔逃。曲薛吾等人顾命要紧，只好丢弃了辎重，落荒逃去。鲜昆的妻子以及所有被掠夺的人和财物，通通夺回，交给鲜昆带回。

鲜昆回去报知汪罕脱里，汪罕脱里大喜："从前铁木真的父亲曾经救我于危难之中，今天铁木真又派四杰救我，他们父子两个真是天地间难找的好人！我现在年纪老了，此恩此德，如何报答？"随即命使者召见四杰，只有博尔术前往，汪罕脱里赠给他锦衣一件、金樽十具，对他说："我已经年迈，将来这些百姓，不知要叫谁统领。我的弟弟们大多没什么本领，我只有一个儿子鲜昆，也跟没有差不多。你回去对你主子说，如果他不忘旧情，能和鲜昆结为兄弟，做我的义子，我也就安心了。"博尔术奉命返回，报告铁木真，铁木真说："即使我视他为义父，他却未必视我如义子，但既然他已经感恩悔过，我和鲜昆做兄弟又有什么不可呢？"于是派使者再报汪罕脱里，约定在土兀剌河重修旧好。汪罕脱里如约而至，铁木真也按时赶到，在土兀剌河岸置酒相会。双方把酒畅饮，气氛非常融洽，然后订下盟约，对敌时一同对敌，出猎时一同出猎，不可再听信谗言。然后铁木真拜汪罕脱里为义父，鲜昆为义弟，既而告辞而回。

接着铁木真又要同汪罕脱里联姻，打算为长子术赤求婚，娶汪罕脱里的女儿抄儿伯姬为妻。鲜昆的儿子秃撒哈也要娶铁木真的长女火真别姬为妻。铁木真认为，既然汪罕脱里的女儿肯当自己的儿媳妇，自己的女儿也不妨嫁过去。只有鲜昆闷闷不乐，于是婚约没达成。

札木合又趁机挑拨，私通阿勒坛、火察儿、答力台三人，引诱他们背叛铁木真，归顺汪罕脱里。三人本来就对铁木真心怀怨恨，听了札木合的哄骗，竟然暗中投奔了汪罕脱里。札木合对鲜昆说："铁木真因为婚事不成，和乃蛮部太阳可汗私下来往，恐怕要害汪罕脱里。"鲜昆开始还不肯信，阿勒坛三人来归降后也说有这么回事，鲜昆就派人去告诉汪罕脱里："札木听说铁木真要害我们，我们应当趁铁木真没行动之前，先除掉他。"汪罕脱里说："铁木真既然和我结为父子，怎么会反复无常呢？如果他有这种歹心，天神也不会保佑他。札木合说的话，不可相信。"

又过了几天，鲜昆又来到父亲面前，说铁木真的部下阿勒坛等人前来投诚，也是这么说的，父亲为什么还不相信。汪罕脱里说："他屡次救我，我不应当负他。况且我剩下的日子不多了，只要我的尸骨能安置一处，我死也就瞑目了。你要怎么做，就自己看着办吧，总之要谨慎才好！"

鲜昆和阿勒坛等人商量出一条毒计。什么毒计呢？原来是打算表面上同意婚约，暗中诱捕铁木真。定下毒计后，鲜昆就派人去请铁木真前来赴宴，并说要当面订立婚约。铁木真胸怀坦然，毫不怀疑，只带了十名随从，当天起程。路过明里也赤哥家时，就到他家中小憩。明里也赤哥曾经在铁木真帐下做事，如今告老还乡。铁木真讲述了赴宴的原因，明里也赤哥提醒铁木真："我听说鲜昆先前妄自尊大，不同意婚约，现在为什么又答应婚约，请你赴宴，莫非其中有诈？你不如以路途遥远、人马疲惫为借口，派使者代你前往，以免大意上当。"

铁木真同意，于是派不合台、乞剌台二人赴宴，自己带领八名随从返回，静待不合台、乞剌台的回音。不料二人两天没回来，铁木真率领几百骑兵出发，到中途迎接他们。忽然来了一个人，说是有机密要事求见铁木真。军兵带他进了大帐，那人对铁木真说："我是汪罕脱里部下的牧人，名叫乞失里，我听说鲜昆不讲信用，表面上答应婚事，暗中却设下埋伏。现在已经留下贵使，正要发兵袭击你们。我恨他居心叵测，出尔反尔，特来告诉你们。请你们赶快准备迎战，他的军队马上就要到了！"铁木真大惊失色："我手下不过几百人，哪能敌得住他们的大队兵马？我们再回营寨也已经来不及了，不如赶快到附近山中躲一躲，避开他的兵锋！"于是立即拔营起帐。走了一里多地，来到温都尔山，铁木真登山向西一望，见没有什么动静，这才稍稍放心。当晚就在山后宿营。

天快亮时，铁木真的侄儿阿勒赤歹正在山上放马，突然望见敌军大队杀来，慌忙报知铁木真。铁木真仓促备战，担心寡不敌众，特地召集部下商议。大家面面相觑，只有畏答儿奋然说道："兵在精不在多，将在谋不在勇。我军应当急发一支前队，从山后绕到山前，袭击敌人背后。再由主子率兵，截击他们前军，如此前后夹攻，不怕不胜！"铁木真点头，派术撒带做先锋，带兵出击。术撒带却假装没听见，只是用马鞭梳理马鬃，默不作声。畏答儿在旁瞧着，便道："我愿意前去！万一阵亡，我有三儿子，求主子格外抚恤！"铁木真说："这个自然！天神保佑你，一定不会失利。"畏答儿正要出发，帐下闪出折里麦，说："我也愿意一起去。"折里麦跟随铁木真多年，此时愿意奋勇杀敌，铁木真自然应允。铁木真对他说："你与畏答儿一同前去，彼此互为援应，我就放心了。到底是多年的老朋友，这才是安危与共呢！"二将分兵出征。

帐下听说铁木真夸折里麦忠勇，不由得热血沸腾，大家纷纷找铁木真请命，愿意决一死战，连术撒带也摩拳擦掌，决心出战。铁木真当即命令术撒带率领前队，自己带着后队，一齐来到山后列阵迎敌。

此时，畏答儿等人已经绕到山前，正遇到汪罕脱里的先锋只儿斤。只儿斤手执大刀，迎面杀来。畏答儿也不与他答话，二人挥刀战在一处。只儿斤是有名的勇士，刀法很纯熟，畏答儿抖擞精神，与他交战。正在难解难分的时候，畏答儿部下的军兵全都大刀阔斧地向只儿斤军中冲杀过去。只儿斤的部下连忙前来阻挡，不料敌人全不怕死，好像一群猛虎，这边拦着，冲破那边，那边拦着，又冲破这边，阵势被他们冲乱了，只儿斤的部下被迫退了下去。

只儿斤不敢恋战，也虚晃一刀要逃走。畏答儿催马紧追，折里麦也率兵跟上。这时汪罕脱里的第二队兵马赶到，头目叫秃别乾。只儿斤见后援已到，又拨转马头，反身力战。折里麦怕畏答儿疲乏，连忙上前接应。秃别乾也杀了上来，畏答儿立即迎战。汪罕脱里兵势越来越盛，畏答儿见自己后面只有一支孤军，心中一慌，刀法未免一松，被秃别乾的长枪拨开，正中马肚子，那马负痛奔回，畏答儿驾驭不住，被马掀倒在地。秃别乾赶上几步，举着长枪来刺畏答儿，不防前面突然上来一将，把秃别乾的长枪拨开，哗啦一声，秃别乾的长枪竟然飞向天空去了。秃别乾剩了空手，慌忙拨马往回跑。那员来将立即救起畏答儿，又从敌军中夺下一匹战马，让畏答儿骑上。畏答儿略略休息，又杀进敌阵去了。

来将是什么人，如此神勇？正是术撒带部下的前锋，名叫兀鲁，此人力大无穷，一举击退了秃别乾，救下了畏答儿。兀鲁去追秃别乾，汪罕脱里的第三队援兵又赶到，为首的叫董哀。董哀当即上前截住兀鲁，又是一场恶战，术撒带领兵救援，大家奋勇拼杀，把董哀的部下杀退。

董哀刚刚退去，汪罕脱里的勇士火力失烈门又领着第四队军兵赶到了。术撒带大喝一声："杀不尽的死囚，快上来试试我的宝刀！"火力失烈门并不回答，恶狠狠地抡起双锤，来击术撒带。术撒带一挡，觉得来势很是猛烈，料定他有些勇力，于是格外留神，和他厮杀在一处。二人大战数十回合，不分胜负。兀鲁见术撒带战他不下，拨马来相助。火力失烈门毫不畏惧，又战了好几个回合，忽然见对面阵中，举着最高的旄旗，料知铁木真亲自到来，他竟撇下术撒带等人，直捣中军。

术撒带等人正想截击，鲜昆又率大军前来接应。术撒带等人只好前去抵挡鲜昆，不能顾及铁木真。铁木真身旁幸好有博尔术、博尔忽二将，二人见火力失烈门杀到，急忙上前与他交战。二将都骁勇善战，双战火力失烈门，也不过杀个平手，这下惹恼了铁木真的三儿子窝阔台，他挺身出战，三人把火力失烈门围住。火力失烈门眉头一皱，计上心来，竟向博尔忽一锤挥去，博尔忽把头避开，马也随之而动，火力失烈门趁这个机会跳出圈外，转身逃走。博尔术等人哪里肯舍，一齐追去，火力失烈门引着他们来到汪罕脱里的大军前，又转身来战，霎时间各军齐上，把博尔术等人困在中间。博尔术等人知道中计，但事已至此，无可奈何，只好拼命鏖战，与敌人杀个你死我活。于是两军对阵，汪罕脱里的兵胜过铁木真的五六倍，铁木真军中人人各自为战，将爹娘所生的气力一齐使出，还是杀不退敌人的大军。

鲜昆下令："今天不捉住铁木真，不得退军！"话音才落，忽然有一箭射来，不偏不倚，正中鲜昆脸上。鲜昆大叫一声，向前倒去，伏鞍而逃。这支箭是术撒带射的，正好射中鲜昆，于是术撒带趁势追赶鲜昆。鲜昆的军兵并不乱，边战边退。术撒带追了一程，担心前面有埋伏，只好中途撤回。铁木真见敌兵渐渐退去，也派人止住众将，命令众将不得穷追。于是众将全部收兵返回。畏答儿却抱着脑袋，狼狈地跑回来。铁木真问他怎么了，畏答儿说："我听到撤兵的命令，就脱掉铠甲断后，不料脑后中了一支流箭。"铁木真含着眼泪说："我军这场血战，全靠你自告奋勇激起大家的斗志，因此才能以寡敌众，侥幸不败。你却中了流箭，我好不痛心！"于是和畏答儿并马回营，亲自给他敷药，然后扶他进帐休息。自己检点将士，伤亡虽然有几十人，还好没有太大损失。只有博尔术、博尔忽及窝阔台三个人还没有回营，铁木真连忙派兀鲁、折里麦等人带着几十名骑兵前去寻找。

原来，博尔术、博尔忽及窝阔台三个人被火力失烈门引兵围住，正在万分危急的时候，幸亏术撒带射中鲜昆，奋力上前相救，三人才夺路而逃。等到杀出重围，已经人困马乏了，窝阔台脖子上中箭，鲜血直流，博尔忽把流血用嘴吸出，又拣了一处僻静的地方歇了一宿，这才回营。那时，兀鲁、折里麦等人已足足找了一夜，清晨才与三个人会面。

大破汪罕脱里

博尔术、博尔忽及窝阔台三人回营，铁木真亲自慰劳。博尔忽说："汪罕脱里的大军虽然暂时退去，然而兵势仍然强盛，倘若再来攻击，恐怕我们寡不敌众，必须再想个好办法才是！"大家沉默了好半天，木华黎说："咱们不妨一面撤军，一面召集部众，等兵势壮大，再和汪罕脱里决一雌雄。等破了汪罕脱里，乃蛮也就站不住脚，定会被我们灭掉。那时我们北据大漠，南图中原，成就大业也不是难事！"铁木真拍手称赞，当即拔营向东撤军，来到巴勒渚纳，暂时休整。当时天冷水干，河流都已经污浊了，铁木真在河边一边舀水，一边和属下将士发誓，慷慨地说："咱们患难与共，安乐与共，如果我日后相负，天诛地灭！"将士们听了这话，都愿意如约，欢呼声传出好几里。

铁木真当下命令将士召集部众，不过几天，部众纷纷来集合，共得到四千六百人。铁木真把人马分为两队，一队派兀鲁带领，一队由自己统带，然后行围打猎，储作军粮。畏答儿伤口尚未痊愈，也随着出猎，铁木真拦不住他。不料他却劳累过度，导致伤口裂开，竟然不治身亡。铁木真把他的遗骨葬在呼恰乌尔山，亲自祭奠，大哭一场。将士们见主子有情有义，全都感动得热泪盈眶。铁木真见军兵士气大振，于是命令兀鲁等人从河东出兵，自己率兵从河西出发，约定到弘吉剌部会齐，一起进攻汪罕脱里。

大军来到弘吉剌部，铁木真派兀鲁去对他们的首领说："我们和贵部本来是姻亲，如果你们愿意跟从，我们就重修旧好；否则请以兵马来见，一决胜负！"那位部落首领叫帖儿格阿蔑勒，自知不是铁木真的对手，就前来归附。铁木真和他相见，彼此叙起了旧时的情意，谈得非常投机。这段姻缘出自哪里呢？原来，铁木真的母亲诃额仑和妻室孛儿帖全是弘吉剌氏人，所以才这样说。弘吉剌部在蒙古东南，他们既然愿意为从属，铁木真也就免去了后顾之忧。

铁木真继续率兵向西进发，来到统格黎河边扎下大营，派阿儿该、速客该二人快马送信告知汪罕脱里，信中大略写道：

父汪罕！汝叔古儿罕，尝责汝残害宗亲之罪，逐汝至哈剌温之隘，汝仅遗数人相从。斯时救汝者何人？乃我父也。我父为汝逐汝叔，夺还部众，以复于汝。由是结为昆弟，我因尊汝为父。此有德于汝者一也！父汪罕！汝来就我，我不及半日而使汝得食，不及一月而使汝得衣。人问此何以故，汝宜告之曰：在木里察之役，大掠蔑里吉之辎重牧群，悉以与汝，故不及半日而饥者饱，不及一月而裸者衣。此有德于汝者二也！曩者我与汝合讨乃蛮，汝不告我而自去，其后乘我攻塔塔儿部，汝又自往掠蔑里吉，虏其妻孥，取其财物牲畜，而无丝毫遗我。我以父子之谊，未尝过问。此有德于汝者三也！汝为乃蛮部将所掩袭，失子妇，丧辎重，乞援于我。我令木华黎、博尔术、博尔忽、赤老温四良将，夺还所掠以致于汝。此有德于汝者四也！昔者我等在土兀剌河滨两下宴会，立有明约：譬如有毒牙之蛇，在我二人中经过，我二人必不为所中伤，必以唇舌互相剖诉，未剖诉之先，不可遽离。今有人于我二人构谗，汝并未询察，而即离我，何也？往者我讨朵儿班、塔塔儿、哈答斤、散只兀、弘吉剌诸部，如海东鸷鸟之于鹅雁，见无不获，获则必致汝。汝屡有所得而顾忘之乎？此有德于汝者五也！父汪罕！汝之所以遇我者，何一可如我之遇汝？汝何为恐惧我乎？汝何为不自安乎？汝何为不使汝子汝妇，得宁寝乎？我为汝子，曾未嫌所得之少，而更欲其多者；嫌所得之恶，而更欲其美者。譬如车有二轮，去其一则牛不能行。遗车于道，则车中之物将为盗有；系车于牛，则牛困守于此，将至饿毙；强欲其行而鞭箠之，牛亦唯破额折项，跳跃力尽而已！以我二人方之，我非车之一轮乎？言尽于此，请明察之！

又传信给阿勒坛、火察儿等人：

汝等嫉我如仇，将仍留我地上乎？抑埋我地下乎？汝火察儿，为我捏坤太石之子，曾劝汝为主而汝不从；汝阿勒坛，为我忽都剌哈可汗之子，又劝汝为主而汝亦不从。汝等必以让我，我由汝等推戴，故思保祖宗之土地，守先世之风俗，不使废坠。我既为主，则我之心，必以俘掠之营帐牛马，男女丁口，悉分于汝；郊原之兽，合围之以与汝；山薮之兽，驱迫之以向汝也。今汝乃弃我而从汪罕脱里，毋再有始无终，增人笑骂！三河之地①，汝与汪罕脱里慎守之，勿令他人居也！

接着告知鲜昆：

我为汝父之义儿，汝为汝父之亲子，我父之待尔我，固如一也。汝以为我将图汝，而顾先发制人乎？汝父老矣！得亲顺亲，惟汝是赖。汝若妒心未除，岂于汝父在时，即思南面为王，贻汝父忧乎？汝能知过，请遣使修好；否则亦静以听命，毋尚阴谋！

汪罕脱里见到两位使者，只说自己无心去害铁木真。只有鲜昆愤愤地说："他称我为姻亲，怎么又经常骂我？他称我父为义父，怎么又骂我父忘恩负义？我没工夫和他辩解，只有交战了。我胜了，他听我的；他胜了，我听他的。还要派什么使者，讲什么废话！"

鲜昆又对部落头目必勒格别乞说："你给我竖起大旗，备好鼓角，把军马器械一一办齐，好与铁木真决一死战！"

阿儿该等人见汪罕脱里无意修好，随即返回报告铁木真。铁木真因为汪罕脱里势力还很强大，也有些顾虑。木华黎说："主子别怕！我有一计，一定让汪罕脱里兵败身亡。"铁木真急忙问计，木华黎让铁木真屏退左右，然后对铁木真附耳说明。高兴得铁木真手舞足蹈，当下拔起营寨，退回巴勒渚纳。途中遇到挪乾思察罕等人来投诚，又有回教徒阿三从居延海来归降，铁木真一律优待。

到了巴勒渚纳，忽然见弟弟合撒儿狼狈而来。铁木真问其缘故，合撒儿说："我因为收拾营帐，晚走了一步，不料汪罕脱里竟然派兵来袭，把我的妻子和儿子掳去。如果不是我跑得快，险些也被捉了。"铁木真气愤

---

① 三河之地：三河指土拉河、鄂尔昆河、色楞格河，皆为汪罕脱里所属地。

地说："汪罕脱里如此可恶！我这就率兵前去，夺回你的妻儿。"旁边闪出木华黎阻拦："万万不可！主子难道忘记了我前面的话了吗？"铁木真说："他抢走了我的弟媳妇和侄儿，我难道就此善罢甘休不成？"木华黎劝道："属下自有良策，不但被掳去的人可以归还，就是他汪罕脱里的妻子，我们也要掳过来。"铁木真说："你既然有这种好办法，我就听你的。"木华黎于是拉上合撤儿的手一同进帐，二人商议了一番，决定按计行事。

没过几天，属下报称答力台回来归降，铁木真立即出帐迎接。答力台磕头谢罪，铁木真亲自将他扶起，并且说："你既然已经悔过归来，我还有什么可说的？我一定不记前嫌！"答力台说："先前阿儿该等人前去传谕，我知道主子还会念及旧情，就打算回来，只是因为从前反叛，罪过太大，想要立功赎罪。如今又接到木华黎的来信，急忙变计，秘密与阿勒坛等人商议，想除掉汪罕脱里报功。不料被他察觉，派兵来抓捕我们，情急之下跑了回来，还望主子宽恕！"铁木真问："阿勒坛等人回来了吗？"答力台说："阿勒坛、火察儿等人担心主子不肯宽恕他们，投奔别处去了。只有浑八邻和撒哈夷特部、呼真部随我一起归降，请求主子收留！"铁木真爽快地说："来者不拒，你尽管放心！"铁木真见了浑八邻等人，好言抚慰一番，编入部下。然后整顿兵马，从巴勒渚纳出兵，打算从斡难河进攻汪罕脱里。

刚到半路，忽见合里兀答儿及察兀儿罕飞马前来，后面带着一个俘虏，铁木真大喜。二人下马禀报："昨天我们受头领合撤儿密令，去见汪罕脱里。汪罕脱里听信了我们的话，派了一个使者随我们回来，我们把他捉住，来见主子。"铁木真问："你们对汪罕脱里怎么说的？"二人说："合撤儿头领想了一计，假称要投降汪罕脱里，叫我先去通报，汪罕脱里中了计，所以命使者随同前来。"

刚说到这里，合撤儿从旁边闪出，对二人说："把来人带上来。"二人便把俘虏推了上来。合撤儿问："你叫什么名字？"那人回答："我叫亦秃儿乾。"刚说到"乾"字，合撤儿拔刀出鞘，一刀把那人斩为两段。

铁木真惊问："你怎么斩了汪罕脱里的人？"合撤儿说："留他有什么用，不如杀掉！"铁木真又问："你不想报妻儿被抢的仇了？"合撤儿回答："妻儿的仇是急着想报，但这些举动，都是木华黎教我干的。"铁木真说："木华黎专会捣鬼，想必其中必有一番妙用。"合撤儿解释："木华黎教我派使者诈降，谎称哥哥离开我不知去向，我的妻子和儿子已被义父留下，我也只能来投奔义父，如果义父能念我先前的功劳收留我，我就束手归降。没想到汪罕脱里竟然这么容易中计，叫这个送死鬼来见我，我的刀早就闲得发慌，怎么能不出出风头？"说完放声大笑。

铁木真连声称赞："好计！好计！以后应当怎么进行？"木华黎此时已经赶到，接着说："汪罕脱里经常暗中派兵偷袭我们，我们为什么不学他一招呢？"合里兀答儿说："汪罕脱里丝毫没有防我起兵，这几天正在大设宴席，咱们正好袭击。"木华黎说："事不宜迟，赶快前去！"于是铁木真命令军兵不再扎营，日夜兼程进发，由合里兀答儿为向导，沿着客鲁伦河向西行军。快到温都儿山时，合里兀答儿说："汪罕脱里设宴的地方就在这座山上。"木华黎说："咱们暗中赶来，他必定不会防备，这次正好灭他个干干净净，不要让一个人漏网！"铁木真说："他们在山上，听见我军杀到，必然下山逃走，必须截断他的去路才好。"木华黎说："这个自然。"当下命令前军上山去攻汪罕脱里，铁木真亲自率领大队人马绕到山后，截断敌人的去路。计划已定，大家分头行动。

汪罕脱里正和部众在山上大宴，全都喝得酩酊大醉，酒气熏天。猛听得一声呼哨，千军万马杀上山来。众人惊慌失措，人来不及穿铠甲，马来不及上鞍，哪里抵挡得住铁木真的大军！霎时间，纷纷四散奔逃，向山后跑去。刚到山脚，不料伏兵四起，比上山的兵马又多过十倍，汪罕脱里叫苦不迭，只得硬着头皮上前厮杀。谁知杀开一层又是一层，杀开两层又添两层，整整杀了一天一夜，一个人也没能逃出，还伤亡了好几百名士兵。第二天又战，铁木真大军仍然如铜墙铁壁一般，没有一丝漏洞。到了第三天，汪罕脱里的部众大都人困马乏，不能再战，只好束手就擒。

铁木真大喜，派部下把汪罕脱里的军兵全部捆绑起来，自己亲自检点，单单少了汪罕脱里父子。再派人到各处追寻，都茫然不知二人去向。又审讯俘虏，只有合答黑吉说："我主子早已走远了。我因为担心主子被抓，特地与你们苦战了三天，好叫他走得远些。我为主子被俘，死也甘心，你要杀就杀，不必多问！"铁木真见他相貌堂堂，举止不俗，不禁赞叹："好男儿！报主尽忠，临危受命！但我并不是要灭掉汪罕脱里，实在是因为他欺我太甚，即使抓住汪罕脱里，我又怎么忍心杀他呢？你如果能体谅我的用心，我不但不杀你，而且要重用你。"说着起身离座，亲自给他解开绳子。合答黑吉被他的情义感动，于是俯首投诚。

此时，合撒儿早已经找到妻子和儿子，领了回来。铁木真检点俘虏，还有一群被捉的妇女，其中有两个绝代美女，是汪罕脱里的侄女，一个名叫亦巴合，一个名叫莎儿合帖泥。亦巴合年长，铁木真纳为侧室；莎儿合帖泥年轻，和铁木真的四儿子年龄相仿，就给四儿子做了妻子。其余所得财物，全部分给功臣。大家欢呼雀跃，喜不自胜。

汪罕脱里领着儿子鲜昆，从山间逃走，急急如漏网之鱼，惶惶如丧家之犬。走到数十里的地方，已经静悄悄地没了声响，这才敢稍稍休息。汪罕脱里仰天长叹："人家对我一片诚心，我却要怀疑他，弄得身败名裂，纯粹是自取灭亡啊！"鲜昆听了这话，气得脸色大变，双眼圆睁。汪罕脱里说："你闯了这么大的祸，还要怪我吗？"鲜昆骂道："你这个老不死的东西！既然偏爱铁木真，你到他家去养老吧！"说完自己扬长而去，剩下汪罕脱里一人，孤独凄凉，一瘸一拐地往前走。走到乃蛮部的地界上，沿着鄂昆河上游过去，觉得口渴，取水就喝。谁知来了个乃蛮部的守将，名叫火力速八赤，怀疑汪罕脱里是个奸细，不分青红皂白，竟然把他杀死了。鲜昆撇下汪罕脱里，自己前往波鲁土伯特部，以抢劫为生，后来被部人驱逐，逃到回民的地界，被回族酋长抓住，将他斩首示众。克烈部从此灭亡。

乃蛮部将火力速八赤杀了汪罕脱里，当即把他的首级割下，献给了太阳可汗。太阳可汗说："汪罕脱里是我的前辈，现在既然死了，我要祭他一祭。"然后把汪罕脱里的人头供在案上，亲自舀上马奶，作为奠品，对他的头笑着说："多饮一杯，不要客气！"话音未落，那人头也晃了一晃，眼睛动了动，口也开了开，似乎也还他一笑。太阳可汗不觉大惊，险些跌倒在地上。

此时，从帐后走出一个浓妆艳抹的妇人，娇声问："可汗为什么这般惊慌？"太阳可汗一看，是爱妻古儿八速，便道："这……这死人头竟笑起我来，莫非有祸事不成！"古儿八速说："好大一个主子，却怕这个死人头，真是没用！"说着走近案旁，把人头提在手中，一下扔在地上，摔得血肉模糊。太阳可汗问："你这是干什么？"古儿八速说："不但这死人头不必怕他，就是灭掉汪罕脱里的鞑子铁木真，我们也要除掉他。"乃蛮人信奉回教，所以称蒙古人为鞑子。太阳可汗被爱妻这么一激，也壮起胆来，上前去踩汪罕脱里的人头，然后对古儿八速说："铁木真那鞑子灭了汪罕脱里，莫不是想做皇帝吧？天上只有一个太阳，地上怎么能有两个主子呢！我去把那鞑子灭了，怎么样？"古儿八速说："灭了鞑

045

子，他如果有好妇女，你一定赏几个给我，好服侍我洗浴，替我挤牛奶、羊奶！"太阳可汗拍着胸脯说："这有什么难的！"于是召集部将卓忽难进帐，吩咐道："你到汪古部去，叫他做我的帮手，夹攻铁木真。"卓忽难遵命而去。

铁木真称帝

太阳可汗要攻打铁木真，派使者卓忽难到汪古部，提出两部夹击。这时帐下有一个人进谏："铁木真刚刚灭掉汪罕脱里，声势很盛，眼下难以用武力战胜，我们应当休养生息，耐心等待时机。万万不可轻举妄动！"太阳可汗一瞧，是部下可克薛兀撒卜剌黑，不禁愤然说道："你懂得什么？我要灭掉铁木真，简直易如反掌！"于是不听忠言，仍派卓忽难去汪古部。

汪古部在蒙古东南，靠近长城，同金国接壤，与蒙古属于不同的种族，历来属于金国，现在乃蛮打算与他们结为同盟，这才派使者通好。汪古部落酋长阿剌兀思见了卓忽难，暗想蒙古路近，乃蛮路远，远水难救近火，不如就近结交。主意已定，就把卓忽难留住。后来，卓忽难催着要回音，惹恼了阿剌兀思，竟然把他绑住，送给了铁木真，还派使者带上美酒作为赠品。铁木真大喜，优待来使，临别时回赠了大量的马匹和牛羊，并让使者给阿剌兀思捎话："将来我如果得了天下，必当报答。酋长如果愿意，可以派兵与我们共讨乃蛮。"来使奉命返回。

铁木真召集众将商议，准备起兵攻打乃蛮。部下意见不一，有的说乃蛮势力强大，不可轻敌；有的说春天马匹疲乏，等到秋天才能出兵。铁木真的弟弟铁木格说："你们不愿意出兵，却推说马匹疲乏，我的马正肥壮，难道你们的马就都瘦弱吗？况且乃蛮能攻我，我就能攻乃蛮，胜了他既可以扬名，又可以享受他的财物。胜负本是天定，怕他什么！"别勒古台也说："乃蛮仗着人多势众，就妄想夺我土地，我们如果趁他不备，出兵攻击，要夺他的土地也很容易。"铁木真说："两个弟弟的意见与我相同，那我就出兵了。"然后整顿兵马，择日起程。汪古部也来相会，联军来到乃蛮境外，在哈勒合河畔扎下大营，等了好几天，并没有见到敌军出来。

光阴似箭，转眼又刮起了秋风，铁木真决定主动进兵。先祭了大旗，然后任命忽必来、哲别为先锋，进攻乃蛮。太阳可汗也发兵出战，并约蔑里吉、塔塔儿、斡亦剌、朵儿班、哈答斤、撒儿助等部落，以及汪罕脱里部落的余众作为后应。两军在杭爱山相遇，摆开了阵势。铁木真的前哨有一个小兵，骑着白马，因为鞍子不慎脱落，战马受惊，冲进了乃蛮的军中，被乃蛮部下拿去。那马非常瘦弱，太阳可汗看到后，和众将商议说："蒙古的马如此瘦弱，我如果退兵，他们必然追击，马匹必然更加疲乏，那时我们再与他们交战，定可取胜。"部将火力速八赤讥笑道："你父亲生平临阵只知道前进，从来没有马尾向人的时候。如今你做了主子，却如此胆小，倒不如让你妻子来，还有些勇气。"太阳可汗的儿子叫屈曲律，也跟着说："我父亲像妇人一般，见了这些鞑子，就说要退兵，真是可笑！"太阳可汗听了恼羞成怒，于是命令部众出兵交战。

铁木真命令弟弟合撒儿率领中军，自己来到阵前指挥。太阳可汗登上山岭向东瞭望，只见敌阵非常严整，旗旄遮天，刀剑刺眼，不由得惊叹："怪不得汪罕脱里被他灭掉，这铁木真确实厉害！"正说着，只听得鼓角一响，铁木真的军队一字排开杀出，乃蛮部的各军也出去迎战。双方你刀我剑，你枪我矛，正杀得天昏地暗，忽然听到一声呼哨，铁木真阵中冲出一大队弓箭手，向乃蛮部狂射，箭羽纷飞，乃蛮部立刻有多人被射倒。太阳可汗正在惊慌，突然来了一个人，大声叫道："太阳可汗快撤！铁木真部下的箭手一向有名，不可轻视啊！"这人就是先投靠汪罕脱里、后投靠乃蛮的札木合。原来，札木合因为汪罕脱里兵败身亡，转而投奔乃蛮部，此时见铁木真来势凶猛，料知乃蛮必败，所以叫太阳可汗赶紧退走。太阳可汗听了更加害怕，当即下令撤军，命令一下，军心立时散乱，被铁木真追杀一阵，杀得七零八落。此时天色已晚，铁木真也鸣金收兵，太阳可汗这才收集残兵败将，在纳忽山崖驻扎。

当晚，太阳可汗正想就寝，忽然有人报称敌营中火光四起，亮如白昼，恐怕要来劫营，必须赶紧防备。太阳可汗急忙下令，命令部众严阵以待。到了夜半，却毫无动静，正要解甲休息，军中探马又来报告："敌营中又有火光了。"太阳可汗不能再睡，只好坐着等待天亮，营中军兵也乱了一夜，片刻也没合眼。

天刚亮，铁木真便率军前来进攻。太阳可汗急忙带上札木合，上山瞭望，满眼全是敌军，前队有四员大将，威武逼人。太阳可汗问札木合："那四员大将是什么人？"札木合回答："他们是铁木真部下著名的四将：忽必来、哲别、折里麦、速不台，全都骁勇善战，无人能敌。"太阳可汗大惊："真的吗？那我们要离他们远点了！"于是再向上登山，回望敌军，只觉得气势更盛了，为首的一员大将，骑着高头骏马，追风一般杀过来。又问札木合："那个后来的是什么人？"札木合说："他叫兀鲁，有万夫不当之勇。铁木真临阵冲锋，经常要靠着他打前阵。"太阳可汗忙说："这么说也要离他远些才好。"又登上几层山峦。再望敌阵，最后的镇军大帅，龙形虎背，威风凛凛，相貌堂堂，不由得惊叹："好一个主帅！莫非他就是铁木真吗？"札木合说："正是铁木真。"太阳可汗转身再上，快爬到山顶时才站稳了。

札木合没跟他一起上去，而是对左右说："太阳可汗当初准备起兵时，视蒙古军像小羊羔一般，说什么要吃他的肉，剥他的皮。如今一见到铁木真大军，就吓得丢了魂似的，步步倒退，以这种情形，一定要被铁木真消灭了。我们还是赶紧逃吧，免得和他一同受死。"说完，急忙带着左右下山，又派人到铁木真军中，报称太阳可汗确实无能，你们可以趁此机会上山，定能把他一举歼灭。

铁木真听后心中大喜，重赏来人。原来，铁木真想吓退太阳可汗，所以夜间在营外放火，骚扰敌军；天亮后则耀武扬威，摆足气势，让太阳汗不敢轻视。此时得了札木合的密报，就准备趁机进攻，士兵全都热血沸腾，巴不得立刻上山。只有木华黎进言："且慢！等到夜间再进攻不迟。我军先堵住山口，防他逃出就好。"铁木真就在山下扎营布阵。乃蛮兵也来争夺有利地形，都被铁木真军杀了回去。当即惹恼了乃蛮大将火力速八赤，一口气跑上山顶，质问太阳可汗："铁木真来了，你为什么不下山督战？"问了几遍，也不见他回答，反而见他叉着腰坐到地上。火力速八赤着急地说："不能下山督战，就上山固守，为什么一言不发？"太阳可汗仍然不答。火力速八赤又大声喊道："你媳妇古儿八速已经打扮好了等你凯旋，你快起来杀敌吧！"说到这里才听见太阳可汗缓缓地说："我……我太累了，明……明天再战吧。"火力速八赤只好摇着头下山，命令部众上山防守。

转眼间夕阳西下，夜色微茫。铁木真的营中毫无动静，乃蛮军因为昨晚都没睡，疲倦至极，多半卧在山前，到梦乡里去了。不料睡得正香，强敌纷纷杀到，好多人来不及起身，就已做了无头之鬼。只有火力速八赤带着几名勇士前来拦截，与铁木真军混战在一起，虽然丝毫不让，怎奈军心已散，队伍已经土崩瓦解，单靠这几个勇士，根本解决不了问题。最终他们力尽身亡，一同做鬼去了。

铁木真瞧着火力速八赤赞叹道："乃蛮部竟然有如此勇士，如果他们个个如此，咱们怎能取胜？可惜我不能活捉他。"那时部下争着追杀乃蛮军，乃蛮军都往山上逃，想要从山顶绕到山后，不防山后全是悬崖峭壁，前无去路，后有追兵，只好拼着命跳了下去，十个人摔死了八九个，就是侥幸没有摔死的，也是骨断筋折了。太阳可汗在山上躺着，缩成了一团，被铁木真部下搜到，好像老鹰捉小鸡一般，一把抓去。还有没杀死的乃蛮兵，全都跪地请降。其余如朵儿班、塔塔儿、哈答斤、撒儿助等各个部落的余众也全部投诚。只有太阳可汗的儿子屈曲律和蔑里吉部酋长脱黑脱阿逃去。铁木真率兵紧追不舍，顺道来到乃蛮的旧部，把男女牲畜全部掠走，连同太阳可汗的妻子古儿八速也一并抓了去。

当下铁木真升坐大帐，先把太阳可汗推进来，简单问了几句，太阳可汗抖成一团。铁木真笑道："这等没用的家伙，留你有什么用！"立刻下令斩首。又把古儿八速带上。她不等铁木真开口，柳眉倒竖道："可恨你这鞑子！灭我部落，杀我夫君，我被你抓住，只有一死而已，何必多问。"说着把头向桌案撞去。不料铁木真已经伸出双手，顺势把她的头托住，忽然觉得有一种芬芳沁人心脾，铁木真仔细一瞧，只见她眼如秋水，脸似朝霞，虽带着几分愁容，却越发觉得楚楚可怜。不禁笑道："你恨我们鞑子，我却偏要你做个鞑婆！"古儿八速把头移开，垂泪回答："我是乃蛮皇后，怎么能做你的妾婢呢？"铁木真说："你不肯做妾，又有何难？我让你做皇后怎么样？"古儿八速听了这话，瞟了铁木真一眼，低着头说："我可不愿意。"铁木真知道她芳心已动，就命令投降的妇女拥她进了内帐。

当晚，铁木真在乃蛮的旧帐中同古儿八速举行了交拜之礼，然后大开宴席，和众人一同欢饮。酒席散尽，铁木真来到后帐，搂住古儿八速同入寝帐。古儿八速已经不像开始那样反抗，半推半就，又惊又喜，一夜的枕席风光，比死去的丈夫胜过十倍。从此，她死心塌地侍奉铁木真，铁木真对她也格外宠爱，比也速干等人还要亲昵。

铁木真灭掉了乃蛮，又向西追击蔑里吉部酋长脱黑脱阿。到了喀喇喀拉额西河，见脱黑脱阿背水列阵，当即指挥大军冲杀过去。战了几十个回合，脱黑脱阿败逃。铁木真又追了一程，没抓住脱黑脱阿，只捉了他儿媳妇，以及他的部众几百人。铁木真见被捉的妇人颇有姿色，就问明底细，知道了她是脱黑脱阿的儿子忽都的妻子。铁木真召第三子窝阔台进见，把那妇人赏给了他，窝阔台自然欢喜。

铁木真正打算继续进兵，忽然有个蔑里吉部人来献一个女子。献女子的是父亲，名叫答亦儿兀孙；被献的女子是女儿，名叫忽阑。铁木真问："你为什么今天才来献上女儿？"答亦儿兀孙答道："因为半路遇上了巴阿邻人诺延，留我住了三宿，所以来迟。"铁木真又问："诺延在哪里？"答亦儿兀孙说："诺延也跟着来投诚了。"铁木真大怒："诺延留你女儿，莫非有什么歹心吗？"当即命令左右出帐，去拿诺延，女子忽阑说："诺延担心途中有乱兵，所以才留我们住了三天，并没有什么邪念。我的身体仍是完全的，如果蒙你收为婢妾，不妨立即检验。"话音未落，诺延已经由左右推了进来，他对铁木真说："我向来忠心对待主人，得到的所有美女、好马一律献上，如果有歹心，情愿受死。"铁木真点头，就让答亦儿兀孙和诺延出帐，自己拉着女子忽阑，亲自检验去了。过了半天，铁木真又召诺延进见，对他说："你果然忠诚，我应当封你要职。"诺延称谢而出。

答亦儿兀孙没得到赏赐，非常失望，于是暗中联络蔑里吉投降的残兵，来到色楞格河安营扎寨，背叛了铁木真。后来铁木真派人前去征讨，小小一个营寨，不堪一扫，霎时间踏成平地。所有叛徒全都做了刀下鬼，答亦儿兀孙没有了下落。铁木真听说叛徒已平，又进兵追击脱黑脱阿。到了阿尔泰山，已经是年终岁尾，就在山下设帐过年。

第二年春天，铁木真听说脱黑脱阿已经逃到也儿的石河上，并和屈曲律会合，铁木真当即整顿兵马，要起兵进发。正赶上斡亦剌部首领忽都哈别乞前来投降，铁木真就让他做向导，直奔也儿的石河滨。脱黑脱阿等人仓促抵抗，战了半天，部下伤亡过半，大势已去。铁木真军确实厉害，一阵乱箭把脱黑脱阿射死，脱黑脱阿的四儿子逃掉。屈曲律带着蔑里吉部的残兵败将以及乃蛮部落的遗民，投奔西辽国去了。

铁木真赶走了屈曲律等人后，担心大军长途跋涉，人马疲惫，就下令班师。临走时忽然听说札木合被人抓到，献至军前，铁木真立即召见来人。来人进帐报告："我是札木合的朋友，因为惧怕您的天威，不敢私藏，所以把他抓来。"铁木真还没回答，只听帐外有喧嚷声，就喝问什么事。左右回答："是札木合在外面说话呢。"铁木真又问："他说什么？"左右答道："他说老乌鸦会抓鸭子，奴婢也能抓主人。"铁木真点头："说得不错！"就命左右将来人推出，在札木合面前杀掉。

接着铁木真又让合撒儿传话给札木合说："我们本来是故交，我先前曾受过你的恩惠，不敢忘记，你为什么屡次加害我？如今既然又见面，不妨做我的助臂。我不是记仇忘恩的人，况且我与汪罕脱里交战时，你就已离开汪罕脱里，等到与乃蛮交战时，你又把乃蛮的实情通告我军，我也时常惦念。你不要多心，留在我帐下吧。"札木合对合撒儿感叹："我先前和你们主子相交，情谊很深，后来因为被人离间，所以彼此猜疑，我今天已经没脸和你们主子相见。铁木真已经收服各部，大位已定，从前能够协助时，我没有给他做助手；如今他将要成为大汗，要我做助手干什么？他如果不杀我，也会像背上芒刺一样，反使他不得心安。天数难逃，不如让我自尽吧。"合撒儿返报铁木真，铁木真说："我本来不忍心杀他，他要自尽，就依他吧。"札木合当即自杀，铁木真用厚礼安葬了事。铁木真凯旋，到了斡难河旧帐，和母亲、妻子欢聚，大家非常开心。

　　宋宁宗开禧三年冬，铁木真在斡难河召集部族，准备称汗。大帐前，竖起九面大旗，迎风飘扬。大帐上面，坐着八面威风的铁木真，两旁侍从森严站立。各部酋长先后拜见，纷纷道贺。铁木真起坐答礼，各部酋长齐声说："主子不要多礼，我们情愿同心拥戴，奉你为大汗！"铁木真还有些犹豫不决，合撒儿朗声说道："哥哥威德过人，怎么不能做统领？我听说中原有皇帝，哥哥也称皇帝就更好了。"部众听后，欢声如雷，全都喊着万岁。只有一人闪出来提议："皇帝不可以没有尊号，依我看，可以加上'成吉思'三个字更妙！"众人一看，是阔阔出，阔阔出平时喜欢占卜，颇为灵验。大家同声赞成："太好了！"铁木真也非常欢喜，于是择日祭告天地，登上大汗之位，自称成吉思汗。"成吉思"三个字是什么意义呢？"成"是大的意思。"吉思"，蒙古语中表示最大。后来，铁木真又在杭爱山下建了都城，根据地形地势，取名叫做喀喇和林。

蒙古军大举入关

　　铁木真称汗后，首先封赏功臣。除了兄弟封王外，木华黎立下首功，博尔术其次，成吉思汗封他二人为左、右万户。其余众将，一律按功行赏，共封了九十五人为千户。又因为术撒带杀敌勇猛，在扫平汪罕脱里、乃蛮两大部时战功卓著，特别封他为世袭统领，又赏他一个美女，就是前面提到的女子亦巴合。她自从被掳后，做了成吉思汗的侧室。亦巴合出帐时，成吉思汗对她说："我不是嫌你没有德行、容颜衰败，也不是嫌你身体不洁，不过是因为术撒带出征时立下大功，所以将你赐给他。"成吉思汗又把亦巴合的嫁妆和家产一并送去，只留下一只金杯作为纪念。从此，亦巴合和术撒带就成为长久夫妻了。

封赏已毕，成吉思汗又宰牛杀马，大宴群臣。喝到半醉时，成吉思汗问木华黎等人："人生在世，什么算是最大的乐事？"木华黎说："荡平世界，统一乾坤，这是人生第一乐事。"成吉思汗说："不错，但你只知其一，不知其二。"博尔术说："骑着高头大马，穿着华丽的衣服，架着大鹰，乘着暮春天气到旷野打猎，这是人生最大乐事吧？"成吉思汗笑而不答。博尔忽接着说："骑马观看老鹰在天空搏击飞禽，倒也是人生一大乐事。"成吉思汗还是笑而不答。忽必来说："围猎的时候，野兽受惊四散奔逃，瞧着是一件乐事。"成吉思汗摇头说："你们几个所说的，都比不上木华黎的志愿，但我的看法和木华黎有相同之处，也有不同。"群臣都说："愿听主子的乐事。"成吉思汗说："人生最大的乐事，莫过于杀掉仇敌，就像摧毁枯木，然后抢夺他的骏马和他的财物，并把他的妻女抢掠回来作为自己的妻室。这是最快乐的事情！"说完放声大笑。

后来，成吉思汗又对木华黎、博尔术说："此前平定北方大漠全是你们的功劳。我有了你们的辅佐，就如同车有了辕，身体有了臂膀，希望你们能始终辅佐我，同心协力，共建霸业！"木华黎提出夺取中原的计划。成吉思汗点头说道："进图中原，需要依靠你来出谋划策！"木华黎自信地说："我们可以先攻取西夏，再灭掉金国，继而图谋大宋。这样逐步施行，总会有成功的一天！"成吉思汗赞同："言之有理，那我们就从进攻西夏开始吧。"计策已定，大家举杯痛饮。这年是丙寅年，也就是成吉思汗即位元年，历史上称为元太祖元年。蒙古人把寅称做虎，因此当年也称为虎年。

西夏建国，历史很久远，始祖叫拓跋思恭，是北方党项部的后裔。唐末黄巢兴兵时，拓跋思恭曾出兵救援大唐，因为有战功，所以唐主封他为夏国公，还赐他李姓，居住地称为夏州，就在蒙古南面。传到李元昊时，土地越来越广大，李元昊就自称皇帝，定都兴庆。当时西夏号称有雄兵五十万，多次进犯大宋边境。金国兴起以后，西夏逐渐衰弱，而且多次发生内乱，到了李仁孝继位时，奸臣专权，国势岌岌可危。幸亏金世宗发兵相助，平定内乱，西夏才没有灭亡，以后西夏成为金国的属国。李仁孝死后，儿子李纯祐继位，后来李仁孝的堂弟李安全篡位，自立为王，国家再次陷入混乱。此时，成吉思汗统一蒙古，立志南下，于是气息奄奄的西夏国就首当其冲成为攻击对象了。

成吉思汗本来打算立即发兵，只是因为刚登上王位，难免有一番经营。比如建筑宫室、设立堡寨、制定官阶、修正礼仪，全是创始之举，不是一两个月就能完成的。

光阴易逝，转眼又是一年。成吉思汗整顿兵马，准备向南进攻西夏，忽然听说吐麻部作乱，就派博尔忽率兵征讨。吐麻部在额尔齐斯河附近，属蒙古东北境。从前，成吉思汗族人中有个叫豁儿赤的，从小和成吉思汗做伴，曾经对成吉思汗说："你如果做了大汗，我要在你的领地内挑选美女三十人，作为妻妾，你不要忘记。"成吉思汗登上汗位，就让他从降服的百姓中挑选三十个美女。

豁儿赤奉命而行，寻访得知吐麻部美貌女子最多，就派吐麻部人忽都合别乞到部中去选美女。谁知部民不肯服从，竟然把忽都合别乞捉住，送给部落酋长。正赶上部落酋长都剌莎合儿病重去世，由妻子孛脱灰塔儿浑代为管辖，孛脱灰塔儿浑当即把忽都合别乞关押起来。豁儿赤听说这个消息，自然去禀报成吉思汗。成吉思汗派博尔忽率兵征讨。博尔忽轻视吐麻部，行军时不加戒备。快到吐麻部时，天色已晚，就在树林深处扎下营寨。夜间忽然伏兵四起，竟然把博尔忽军冲散，博尔忽被吐麻部人杀死。

成吉思汗得到消息，怒气冲天，要亲自讨伐。木华黎、博尔术一齐劝阻，成吉思汗才另派都鲁伯为大将，带兵再次出征。都鲁伯有了前车之鉴，格外小心，他在博尔忽殉难的地方设下空营，虚张声势，自己却带领精兵，从小道绕到吐麻部。吐麻部的女酋长听说博尔忽被杀死，非常高兴，在帐中摆下宴席，和部众饮酒。正在兴高采烈的时候，突然都鲁伯军一拥而入，众人吓得魂飞天外，连躲避都来不及，个个束手就擒。女酋长孛脱灰塔儿浑逃到帐后躲藏，正遇上忽都合别乞，被他拦腰一抱，大踏步抢了去。帐外的部众全都被都鲁伯军抓住，赶到斡难河。成吉思汗命豁儿赤从掳来的妇女中挑了三十人，只把女酋长孛脱灰塔儿浑赏给了忽都合别乞，忽都合别乞自然称心，女酋长也不得已相从。

而后，成吉思汗派兵进攻西夏，连连攻下几座城池。又听说西北吉里吉思荒原上有两个部落派使者求和，一个部落叫伊德尔讷呼，另一个

053

部落叫阿勒达尔。两个部落都和乃蛮部接壤，见乃蛮被灭，因此和成吉思汗通好。成吉思汗领兵回国，接见来使。两位使者献上名鹰、白骟马、黑貂鼠等贡品，成吉思汗大喜，殷勤款待。当时成吉思汗已经有了几个女儿。大女儿名叫火真别姬，原打算许配给鲜昆的儿子秃撒哈，后来因为婚约不成，就嫁给了亦乞剌思人孛徒。二女儿名叫扯扯乾，因为忽都阿别乞先来归附，他有个儿子名叫脱亦列赤，成吉思汗就把二女儿许配给了脱亦列赤。三女儿名叫阿勒海别姬，许配给了汪古部首领的侄儿镇国。这三个女儿中，要算阿勒海别姬最贤惠，出嫁后，成了镇国的贤内助。

兔年过去，接着是龙年和蛇年，成吉思汗逐渐声名远扬，威震西域。回疆的畏兀儿部也派来使者求和。成吉思汗欣然同意，并向他征收地方物产。畏兀儿部酋长亦都护于是收集珠宝、绸缎，派使臣阿惕乞剌黑等人上前去拜见，并对成吉思汗说："我们听得大汗的威名，如同拨云见日一般，太高兴了。如果蒙大汗恩赐，同意我们做从属部族，我们的主子情愿给您做义儿，始终为您效力！"成吉思汗说："你们主子既然肯来归附我，我愿意收他做第五个义儿。我还有一个好女儿，许给他为妻，叫他快来见我！"阿惕乞剌黑等人奉命回去后，亦都护果然亲自前来，成吉思汗就把自己的女儿阿勒敦许配给了亦都护。亦都护也不推辞，只说是回国后再派人来迎娶。等到亦都护回去后，却杳无音信。原来，亦都护的正妻心中妒忌，不让他迎娶，所以就拖了下去，后来亦都护的正妻死后，才完成嫁娶的事情。

成吉思汗收服了畏兀儿部落后，就全力去攻打西夏。西夏主李安全不得不发兵抵挡，任命长子做元帅，部将高令公做副手，率兵拒守乌梁海城。蒙古兵来到城下，高令公出城迎战，不到几个回合就被蒙古兵活捉了，其余的兵将逃进城中。蒙古军猛攻城池，昼夜不停，吓得李安全的儿子屁滚尿流，连夜打开了后门，抱头鼠窜。

还有一个西壁氏，是西夏太傅，跑慢了一步，被蒙古军活捉。蒙古军最终夺了乌梁海城，进攻克夷门，如同进入无人之境。西夏大将明威令公带了兵马前来拦阻，一场鏖战后也被抓去。从此，西夏无人敢挡，蒙古军长驱直入，围攻西夏都城。李安全惊慌失措，一面派使臣到金国求援，一面召集全国人马死守城池。蒙古军攻了几次，因为城墙坚固，一时很难攻克。成吉思汗想了一条计策，命令军兵挖开护城河，打算把城外的河水灌进城中。不料河堤一开，大水四下奔流，城中没被淹没，城外倒先泛滥成灾，成吉思汗只得撤兵，另派额特进城招降李安全。李安全等待援兵没到，不得已只好和成吉思汗议和，并把爱女察合献给成吉思汗。成吉思汗得了美女非常欢喜，就暂时答应了西夏的和议，撤兵而回。

李安全迁怒金人救援太迟，出师攻打金国的葭州，被金将庆山奴击败，李安全就到蒙古求援，怂恿成吉思汗讨伐金国。成吉思汗正准备向南进攻，现在西夏求援，正好有了借口。于是操练兵马，造箭制盾，打算兴兵南下。可巧金使到来，说是新君继位，特来通告。成吉思汗问："新君是什么人？"金使答道："卫王永济。"成吉思汗笑道："我以为金国的皇帝是天上人，没想到像这种庸碌的人也能做皇帝，真是太奇怪了！"金使有些不高兴，质问道："你曾经受过大金国的封爵，今天我主派我到此颁旨封官，你理应竭诚下拜接受，怎么说出这种话来？"成吉思汗大怒："我的宗亲俺巴该被你们金人活活处死，我正想发兵报仇，你反而要我拜受诏旨，快给我滚出去！"原来，金主永济是熙宗亶的侄儿，其间经过三次传位，才传到永济。永济没有什么威望，以前成吉思汗进献金国岁贡时，曾经在静州和永济见过面。因为永济软弱，当时成吉思汗就轻视他，现在听说是他继位，成吉思汗料定他无能，不由得笑了起来。

金使回去后，成吉思汗趁着秋高马肥，率领大儿子术赤、二儿子察合台、三儿子窝阔台，统领数万大军出发。前队由哲别率领，快到乌沙堡时，属下报称金将通吉迁、嘉努、完颜和硕率兵来迎战。哲别日夜兼程前进，杀进金营，金将来不及防备，纷纷逃散，哲别攻下乌沙堡，派人到后队报捷。成吉思汗听说先锋得胜，也带兵赶到，会同前队兵马，直接攻打金国西京。守将胡沙虎勉强抵抗了七天，带领部下向东突围败逃，被蒙古兵追杀，伤亡无数。成吉思汗于是派三个儿子分兵进攻，把金国西北的各个州城陆续攻下。

金主永济听说胡沙虎兵败，派招讨使完颜纠坚、监军完颜鄂诺勒等人带着四十万大军，出兵野狐岭防御成吉思汗。野狐岭是西北的要塞，地势高峻，大雁飞过此地时遇到风就会坠落，据说这道岭离天只有十八里。金兵就在此地驻扎，本来有"一夫当关，万夫莫开"的地势，只是完颜纠坚仗着兵多将广，硬要与蒙古军对垒。金兵帐下有一员大将名叫明安，进谏说："蒙古兵来势凶猛，锐不可当，不如屯兵固守，不要与他开战。"完颜纠坚说："我奉命退敌，怎么能不战？"明安提醒他：

"如果想开战，应当火速进兵到抚州，攻他不备。"完颜纠坚却说："我有骑兵二十万，步兵二十万，要堂堂正正和他厮杀一场，免得他再来骚扰。"说完，喝退了明安。

探马来报称蒙古兵已经到了岭西，完颜纠坚又叫明安进见，派他责问蒙古，为什么兴兵进犯。明安出帐，立即跑到蒙古营中，拜见成吉思汗，自称愿意归降，并把金军的情况详细陈述。成吉思汗于是率领精锐部队，趁夜袭击。当时完颜纠坚还在等着明安的回信，冷不防蒙古兵已经以迅雷不及掩耳之势杀到，完颜纠坚所带的四十万大兵不堪一击。况且日落天黑，金兵连自己的人马都分辨不清，迎战的人自相残杀，逃走的人又互相踩踏。蒙古兵趁势乱杀，直杀到天亮，已经是尸横遍野，金兵一个都不见了。

成吉思汗乘胜追击，到了宣德州，一鼓攻下，又派先锋哲别去夺居庸关。居庸关依山而筑，是一座天险之关。哲别到了关下，仔细观察地势，只见山路崎岖，守备牢固，不敢轻敌，先猛攻了一阵，没有占到一点便宜，哲别拔寨退去。守将还以为他胆怯，就出兵追击，谁知半路上中了埋伏，被杀得大败而回。到了关前，只见关上已经插上了蒙古的旗帜，金兵顿时逃的逃，降的降。原来守将是中了哲别的调虎离山之计。

哲别攻克了居庸关，立即迎接成吉思汗入关驻扎。成吉思汗进兵中都，沿途大肆杀戮。大军来到金国都城，金主永济大惊，打算向南迁到汴都，幸亏卫兵誓死决战，出城苦斗，战了一天一夜，才把蒙古兵杀退。成吉思汗退回居庸关，当时已经是羊年了。蒙古军在居庸关停留了几个月，因为天已隆冬，人马疲乏，于是留下部分兵马守关，成吉思汗带领三个儿子回国，等待时机。

转年已是猴年。金国降将耶律留哥本是辽国人，此时他纠集辽国的遗民占据了辽东州郡，自称都元帅，派使者来归附蒙古。成吉思汗命令他防守广宁，等待战机。到了夏天，成吉思汗得到报告，说金主永济被刺杀，金国已经改立升王珣为皇帝。成吉思汗大喜："这是天赐良机，不可坐失。"原来，刺杀金主的逆臣就是在西京失守的胡沙虎。胡沙虎兵败后，金主把他革职，放归故里，不久又召为右副元帅。胡沙虎整天打猎，金主派人斥责他。他发动叛乱，逼迫金主永济出宫，又把永济毒死，另立升王珣为王。于是，成吉思汗兵分三路，浩浩荡荡杀奔金都。

金国左副元帅高琪抵挡失利，蒙古兵进逼中都。胡沙虎得了足病，只能乘车督战。金国的卫兵本来就很勇猛，加上胡沙虎治军严谨，于是他们格外奋勇，争先杀敌。蒙古兵虽然厉害，却被他们杀死了好多人，只好退到了十里之外扎营下寨。第二天，胡沙虎又要出战，派人去召副帅高琪，高琪却不来。胡沙虎假传圣旨去杀高琪，不料高琪先发制人，率兵围住了胡沙虎的私宅。胡沙虎跳墙要逃走，衣襟却被墙角扯住，落地时伤了大腿，被高琪的士兵追上乱刀砍死。高琪取下胡沙虎人头，来到殿上等待治罪。金主珣却下诏赦免，并宣布胡沙虎的罪状，追夺了他的官阶。此后所有兵马都归高琪统带，全力固守都城。成吉思汗也不去强攻，只是派兵分别攻占东南地区，所到郡县纷纷归降，共攻破金国九十余座郡县，河南、河北、山东一带几千里，尸骨累累，血流成河。

蒙古部将准备再攻中都，成吉思汗不同意。只派使臣告知金主说："山东、河北等郡县已经全部被我占有，你只有一个燕京，难道我不能踏平吗？但我念你可怜，也就不再逼迫了，你如果能感激我的仁慈，立即带着财物来犒劳我军，我就会撤军。"金主珣还在犹豫不决，右丞完颜承晖说："不如先和他们议和，等他们撤军再想办法。"金主珣这才派完颜承晖去求和，成吉思汗说："金银财宝，我军已够用了，只是你们主子应当有女儿，何不送来给我做夫人？"完颜承晖唯唯听命，返回报告金主珣。金主珣没办法，只得把故主永济的女儿打扮成公主模样，送给成吉思汗，又献上金帛、童男童女各五百人、马三千匹，派完颜承晖送蒙古军出居庸关。

册立储君

成吉思汗得了金国公主，如约出关回国。其实金国公主的姿色不过平常，成吉思汗因为她是大国公主，也按照皇后的礼仪对待她。而且金国公主刚刚十五六岁，成吉思汗当时已经年近花甲，老夫配少妻，因此格外宠爱。

金主珣听说蒙古撤兵，就打算把都城迁到汴京，以防敌人再次进攻。左丞相图克坦镒等人极力劝阻，金主珣不听，执意命令完颜承晖为都元帅，和穆延尽忠一起辅佐太子守忠在中都驻守，自己则率领六宫起程南迁。此事被成吉思汗得知，愤然说道："他既然和我修和，为什么又要南迁？我想他必然心中怀恨，不过借着和议作为缓兵之计。我偏要先发制人，破他的诡计。"于是调集兵马，准备出兵。正巧金国军中卓多等将领刺杀了主帅，击败金都的守军，派使者来蒙古请求归降。成吉思汗命令萨木哈、舒穆噜明安等人率兵去与卓多等人相会，卓多等人带领蒙古大军越过长城，再次包围中都。

金太子守忠逃往汴京，留下完颜承晖和穆延尽忠固守，蒙古兵一时不能攻克。成吉思汗派木华黎为后援，率兵南下。此前，木华黎随军出征金都时，曾经收降史天倪兄弟。史天倪，永清人，有个堂兄名叫史天祥，堂弟名叫史天安、史天泽，全都智勇双全，足以担当大任。木华黎把他们视为心腹，曾举荐史天倪为万户，其余的也都提升为队长。现在木华黎奉命南征，带着史天倪等人出发。史天倪对木华黎说："金国丢弃河北，迁都汴梁，最是失算。辽河两岸是金国的咽喉要地，我们不如夺他的北都，再控制辽河东西的诸县，扼住他的咽喉。那时的中都就成为孤城，自然唾手可得了。"

木华黎赞同，带兵占领了辽西，继而进攻金国的北都。金国守将银青领兵二十万在和托戍堡一带阻击，被蒙古兵杀败，银青逃进城中。部将完颜昔烈、高德玉等人不服银青统领，发动兵变杀死银青，改推寅答虎为帅。木华黎探到消息，当即命令史天祥进攻，寅答虎抵挡不住，只得投降。北都攻下后，辽西的郡县闻风归附，中都危在旦夕。

金国留守完颜承晖非常焦急，派人向汴京告急。金主珣派御史中丞李英等人率兵救援。金兵和蒙古兵在霸州相遇。李英嗜酒，治军松弛，两军对垒，李英先喝了一百多杯酒，临阵时骑在马上东倒西歪。蒙古兵冲杀过来，如虎入羊群一般，金将抵挡不住，被蒙古人杀入中军。李英还没醒酒，在马上晃了晃，突然落地，蒙古兵将眼明手快，把他一枪刺死。

金军中没了主帅，当即败退。从此中都失去外援，成了一座孤城。完颜承晖和穆延尽忠商量，决定死守。穆延尽忠年老昏庸，言语放肆，满口糊涂话。完颜承晖知道形势不妙，当即写下遗表，历数穆延尽忠和左副元帅高琪的罪状，派师安古送到汴都，自己告别家人，服毒自尽。

穆延尽忠整理行装准备出逃，快要出通元门时，金国的妃嫔全都等在路旁，请他带领着出城。穆延尽忠说："我先出城打探一下，然后回来和大家一同起程。"妃嫔们信以为真，让穆延尽忠先出了城，穆延尽忠带着爱妾等人飘然出城，一去不回。可怜众妃嫔进退无路，惊慌失措。后来，蒙古兵一拥而入杀进城，老的丑的全都死在刀下，几个有姿色的，通通被蒙古兵扯的扯，抱的抱，调笑取乐去了。中都一破，宫室被烧毁，国库中的财宝被抢掠殆尽，金国祖宗的灵位一股脑儿被扔进了粪坑，金都燕京从此消失。

师安石带着表文来到汴京，穆延尽忠也随即赶到。金主看过表文，追封完颜承晖为广平郡王，不但没处罚穆延尽忠，反而封他做了平章政事。直到穆延尽忠谋反，才伏法被杀。

成吉思汗听说燕京战事得利，于是亲自率领精兵杀奔潼关。潼关是汴京的西路要塞，地势险峻，屡攻不下。成吉思汗另外派大将从小道进关，却被金国花帽军击败，无奈之下只得撤军。成吉思汗命令木华黎管辖燕云，建立行省，并封他为国王，兼任太师，赐给誓券金印。然后对他说："我攻打北方，你攻打南方，我们分路进攻。你一定要为我立下大功！"木华黎接受使命，从中都调兵遣将，攻取了河东各个州郡，继而攻陷太原城。金元帅乌库哩德升在战斗中力竭身亡。

降将明安带领部队杀奔紫荆关，活捉金国元帅张柔。张柔性情豪爽，同乡人大多慕名跟随。金国中都副经略苗道润特别器重张柔，举荐他为昭义大将军，管理元帅府政事。苗道润被他的副手贾瑀所害，张柔率众报仇，途中忽然遇到蒙古兵，在狼牙岭交战，落马被捉。明安早就听说他的大名，劝他投诚，张柔于是归降，然后召集部众，连续攻下雄、易、安、保各州，进兵攻打贾瑀。贾瑀占据孔山台坚守，张柔围攻半个月，断了他的水道，大破孔山台，活捉贾瑀，剖出贾瑀的心肝祭祀苗道润。

张柔据守满城，金国大将武仙带领数万兵马来攻。张柔大军刚刚派出，帐下只剩下几百人，只好命令老弱妇女登城防守；自己率将士暗中出城，突然攻击武仙背后，捣毁敌人军械。武仙军猝不及防，还怀疑是敌人的援兵赶到，不由得惊恐万分，不久又看见后山旗帜飞扬，更加害怕，于是四散奔逃。张柔乘胜追击，歼敌数千，从此威震河北。接着又连续攻克深州、冀州以北，镇州、定州以东，共三十余座城池。武仙率兵来争夺，一个月中交了十七战，张柔都打了胜仗。武仙走投无路，木华黎派兵夹攻，武仙只好献出真定城，请求投降。木华黎任命史天倪掌管河北西路军事，封武仙为副职。

乃蛮部被灭后，太阳可汗的儿子屈曲律投奔西辽。西辽国地处葱岭东西一带，由耶律大石建国，又名黑契丹。从前辽被金所灭，剩余的部众随着皇族耶律大石向西迁到回纥的地界，然后联合回纥诸部，建立了一个大国。耶律大石有志恢复旧国，然而大业没完成，半路而死。传到孙子直鲁克时，东方的许多部落纷纷归顺蒙古，西辽国势渐渐衰落。屈曲律前来投奔，觐见直鲁克，哭着请求直鲁克帮助自己收复失地。直鲁克正仇视蒙古，而且听说屈曲律熟悉东部的形势，因此就留下他做帮手，并答应找机会出兵。直鲁克的妃子格儿八速生有一个女儿晃，才十五岁，颇有姿色，屈曲律瞧着很是爱慕，就格外在直鲁克面前献媚。直鲁克年老糊涂，专喜欢听人阿谀奉承，渐渐地对屈曲律宠信有加。后来见屈曲律流露出求婚的意思，就把女儿嫁给他为妻。

屈曲律得了公主，权力越来越大，就想东征，收复旧部，然后占领西辽。屈曲律对直鲁克说："我父亲虽然故去，但旧部还很多。目前蒙古正在侵略南方，没心思顾及西边，我正好去召集旧部。一来可以加强我们的力量，二来可以报我的杀父之仇。"直鲁克大喜，欣然派屈曲律东行。

屈曲律到了东方，乃蛮的旧部果然前来归附，屈曲律趁势劫掠各个部落。路上遇到花剌子模国王派使者通好，于是他和来使秘密商议，想一起夺取西辽，约定东西夹攻，如果成功，东方归屈曲律，西方归花剌子模。商议已定，花剌子模使臣回去报知国主，兴兵前来。

花剌子模又是什么国呢？原来，就是唐代所称的货利习弥国，国王名叫穆罕默德，是突厥的后裔，信奉回教。老国王伊儿亚尔司兰在世的时候，被西辽击败，每年都要向西辽贡奉财物。穆罕默德继位后，虽然照旧贡奉，心中却感到很耻辱。现在得到屈曲律的密约，哪有不同意的道理。屈曲律当即带领父亲的旧部进攻西辽国都。直鲁克派大将塔尼古出城迎战，把屈曲律杀退。此时花剌子模国王穆罕默德已经到了西辽，屈曲律和他会军再次进兵。西辽大将塔尼古又出来接战，穆罕默德和屈曲律前后夹击，杀败塔尼古，并把他生擒。

西辽都城中的守军听到消息后顿时大乱，屈曲律趁机杀进城中，直鲁克来不及逃跑，被敌军围住。屈曲律向众人假惺惺地说："直鲁克是我的岳父，不得加害。"于是命令部众在外面守着，自己率领随从觐见直鲁克。直鲁克惊慌失措，便道："你不要害我，我让位给你就是了。"屈曲律说："你是我妻子的父亲，就同我父亲一样，怎么能叫你让位呢？"直鲁克反问："你不要我让位，为什么带兵围攻我的都城？"屈曲律说："我的部众因为见你年迈，不便继续处理国事，让我帮你办事。"直鲁克说："既然如此，你去安抚部众，我就按你说的办。"

屈曲律出去安抚众人，并和穆罕默德量议，把西部西尔河以南的土地让给花剌子模，并免除每年的贡奉。穆罕默德如愿离去。屈曲律自己掌管国事，表面上尊直鲁克为君主，实际上所有的政务，一概不让直鲁克过问。直鲁克忧虑成疾，转年就死了。屈曲律继承了君主之位，听说前丞相的女儿素有美色，就娶为妃子。这个妃子却不信回教，劝他信佛教，屈曲律正在宠爱着她，对她言听计从，就命令民间信佛教，不得再信回教。回教徒阿拉哀丁反抗，屈曲律大怒，把他钉在门上，恐吓众人。又横征暴敛，派兵监听百姓言论，民间异常疾苦，恨不得把屈曲律碎尸万段。

这个消息传到蒙古，成吉思汗派哲别前去征讨。哲别到了西辽，先在民间恢复回教，并把所有苛捐杂税一律免去。百姓拍手称快，全都来迎接哲别。屈曲律知道不能抵挡，于是带领家眷逃走。哲别长驱直入，追击屈曲律到巴克达山。此地道路错综复杂，哲别军正苦于无路可寻，恰好有个牧人前来，经过询问得知了屈曲律的踪迹，哲别就让牧人当向导，搜出屈曲律后，一刀杀掉。屈曲律的家眷全做了俘虏。于是，西辽全境被蒙古占领，蒙古西境就和花剌子模接壤了。

哲别撤兵后，蒙古商人去花剌子模做生意，讹答剌城主抢去金银，又把蒙古商人全部杀死。成吉思汗派使臣责问，使臣又被杀害，于是成吉思汗下令亲征。

当时是成吉思汗十四年六月，成吉思汗西行之前同各位皇后话别，只带上忽阑随行。也遂说："主子已经老了，又逢酷暑，何苦亲自跋山涉水呢，不如派几个皇子去。"成吉思汗说："我不在军中，总不放心，况且我精力还很旺盛，一时还死不了，就是死了，也不枉争战一场，没有什么遗憾了。"也遂含泪道："各个皇子中，皇后所生的一共有四个，主子千秋万岁后，应当由谁来继承皇位呢？"成吉思汗沉默半晌答道："你说得也是，属下的大臣一直没人提起，所以我也就拖延过去。等我去问明皇子再说。"

成吉思汗当即召进四个儿子，先问术赤："你是我的长子，将来愿意继承皇位吗？"话音未落，察合台突然质疑："父亲怎么问他？难道要他继承吗？他是蔑里吉种，我们怎么能归他管辖呢！"成吉思汗有些生气："胡说！"察合台争辩："我母亲不是曾被蔑里吉人掳去吗？回来就生了术赤，父亲难道忘记了？"没等成吉思汗答话，术赤却奋然跳起，一把将察合台的衣领揪住，厉声说道："父亲还没说话，你竟敢这么说？你不过有些力气，此外有什么能耐！我现在就和你比赛射箭，你如果胜我，我就把大拇指剁去；我和你再角斗，你如果击倒我，我就是死了也无话可说！"察合台不肯让步，也把术赤的衣领揪住。

正在喧嚷时，家族的人都前来劝解。阔阔搠思开口道："察合台，你不要胡说！你没出生时，天下大乱，互相攻击，大家都不安生，你贤良的母亲不幸被掳。你说这种话岂不伤你母亲的心？你父亲当初立国时，你母亲和你父亲同样辛苦，才把你们抚养成人。你母亲对你们恩情比海还深，你尚未报亲恩，怎么反而出言不逊！"成吉思汗接着说："察合台，你听见了吗？术赤明明是我的长子，你下次不准胡说！"察合台微笑着说："就凭术赤的气力和能力，也不用争执，我和术赤只愿为父亲效力就是了。倒是我弟弟窝阔台，敦厚谨慎，可以继承父亲的大业！"成吉思汗听完，又问术赤。术赤回答："察合台已经说过了，我应允就是。"成吉思汗说："你们兄弟要亲密无间，不要再吵闹，免得被人耻笑。我们蒙古天高地阔，等大功告成后，你们各守封国，岂不更好？"二人不再争执，成吉思汗又问窝阔台："你两个哥哥让你继承汗位，你意下如何？"窝阔台答道："承蒙父亲恩赐，感谢两位哥哥抬举，但做儿子的也不能马上答应。我没有什么能力，小心行事也许还能应付，只怕后嗣不才，不能承继，又该怎么办？"成吉思汗说："你既然能小心行事，还有什么说的！"又问四儿子拖雷："你承认哥哥吗？"拖雷说："我只知道饿了就吃，困了就睡，派我去征战时就出征，此外没有别的志向了。"

成吉思汗又召来合撒儿、别勒古台、铁木格和侄儿阿勒赤歹说道："母亲已经去世，弟弟合赤温也已经病死，眼下只有三位弟弟，以及合赤温的儿子阿勒赤歹，算是最亲的人了。我今天和你们说明，由三儿子窝阔台将来继我大业，术赤、察合台、拖雷三人各自封土，据守一方。我儿子不应当违背我的意愿，但愿你们也要牢记，不要忘了。日后窝阔台的子孙如果没有才能，我的其他子孙中总会有一两个好的，可以继位。大家能同心协力，自然国运长久，我死后也就瞑目了。"

合撒儿等人答应。成吉思汗见立储的大事已定，于是命令哲别为先锋，速不台紧随其后，自己率领四个儿子以及忽阑夫人统领大军作为后应，当天起程出征。又派使臣到西夏，命令他们会师西征。派去的使臣回来禀报，说西夏不肯发兵。成吉思汗大怒："他敢小看我吗？等我征服西域，再去剿灭了他！"然后点齐兵马，准备祭旗出发。

祷告完毕，忽然狂风骤起，黑云密布，转瞬间大雪飘飘，不到半天，竟然下了三尺厚。成吉思汗惊奇地说："现在正是六月，天气应当炎热，为什么下起雪来？"忽然从旁边闪出一人说道："主子不要担心，盛夏时候骤遇严寒，这是上天的肃杀气象，正是要我主奉天之命讨伐敌人啊！"成吉思汗听完大喜。

征战中亚

夏天下雪本来极其反常，却有人说是杀敌的预兆。这人是谁？原来是辽国的皇族耶律楚材。耶律楚材曾经官拜金国的员外郎，博览群书，通晓天文、地理、律历、术数。蒙古南征，中都被破，恰好耶律楚材在中都，成吉思汗听说后召他为谋臣。每次咨询，耶律楚材无不通晓，占卜尤为灵验。成吉思汗称他为天赐良臣，对他言听计从。现在耶律楚材说大雪预示吉祥，成吉思汗自然深信不疑。

成吉思汗带上耶律楚材随行，发兵西征。耶律楚材又定下军令，所过之处秋毫无犯。到了也儿的石河畔，柯模里、畏兀儿、阿力麻里等部落全都派使者来会，说愿意发兵随同出征。成吉思汗就在当地驻扎下来。过了腊月，各部兵马会齐，方才继续进兵，大军直指讹答剌城。

城主伊那儿只克有数万人马，防守完备。成吉思汗屡攻不下，攻了几个月，眼看就要破城，不料又来了花剌子模的援军，头目叫哈拉札，进城协助防守，城池又坚固起来。成吉思汗不愿在此地长期恋战，准备兵分四路出击。留下察合台、窝阔台一军继续围攻讹答剌城；派术赤一军向西北进攻毡的城；阿剌黑、速客图、托海一军向东南进攻白讷克特城；自己率领四儿子拖雷，带着大军向东北渡过忽章河进攻布哈尔城，截断花剌子模援军。

察合台、窝阔台的军队奉命留下来继续攻城，几个月过去了，城中粮尽援绝，哈拉札想要投降，伊那儿只克誓死坚守。二人有了异议，哈拉札连夜率领亲军突围出走。察合台奋力追杀，把哈拉札抓住。审讯得知城里的虚实，然后立即把他斩首示众。当下督兵猛攻，前仆后继，把城墙垛口捣毁，大军鱼贯而入。伊那儿只克巷战又败，退守内城。又相持了一个月。无奈城中粮食用尽，军兵一半饿死，一半战死，只剩下两个小卒，还在登屋揭瓦，飞瓦片砸蒙古军。察合台、窝阔台一起杀入，只见伊那儿只克握着双刀，单身出来，二人忙把他截住，并指挥人马把他团团围住。不管伊那儿只克如何凶悍，最终被蒙古兵射倒，关入囚笼，押送到成吉思汗大军。成吉思汗下令把白银熔化，灌进伊那儿只克的嘴里和耳朵里，终于报了那杀死商人和使臣的仇恨。

此时，术赤麾师西北，先攻撒格纳克城，派畏兀儿部中的哈山哈赤进城招降，却被城里人杀死。术赤大怒，猛攻七昼夜，攻陷城池，把城中守军全部杀光，留下哈山哈赤的儿子把守城池。又向西攻陷了奥斯恳、八儿真、遏失那斯三城。大军快到毡的时，守将早已逃走，术赤派兵攀城墙而上，城池很快被攻克。术赤继续向西攻陷了养吉干城，又设置了留守官吏。

阿剌黑等三将来到白讷克特城，一攻即下，随即驱赶城中壮丁，进攻忽毡城。城主玛里克紧守河中的小洲，弓箭和石头都射不到，小洲和忽毡城遥相呼应，互为掎角。敌人造了十二艘大船，裹上毡子涂上泥，抵御蒙古军的火箭。蒙古三将同他们战了六七次，仍不能取胜，而且伤亡了上千名兵卒，只得派快马向成吉思汗求援。成吉思汗刚刚收降布哈城、塔什干城，进兵布哈尔。途中得到阿剌黑等人的军报，立即分拨人马支援。援军来到忽毡，阿剌黑等人兵力重新强盛。然后指挥壮丁运石头填河，筑堤坝准备抵达小洲。玛里克派船来争，全被蒙古兵击败，没办法只得返回小洲中，召集大船，准备把所有兵士和辎重连夜运往白讷克特城。不料阿剌黑等人已经早有准备，他们用铁索锁住河面，阻拦敌船前进。蒙古兵听见有撞击声，立即吹起呼哨，召集各军。霎时间两岸军马齐集，都用强弩猛箭攒射过来。玛里克料到难以进城，就离船登陆，边战边退。蒙古兵一拥齐上把敌军杀光，只有玛里克逃脱。

各路军队纷纷报捷，依次来会大军。此时成吉思汗已经攻克布哈尔城，追击到阿母河。除了投降的免死之外，反抗的守军一律被斩首。成吉思汗亲自登上回教讲台，召集百姓，讲了回主背弃盟约杀死使臣，蒙古起兵复仇等事，并命令富人出资犒劳蒙古军。回民不敢抵抗，只好遵命。

成吉思汗听说花剌子模国王穆罕默德，带兵驻扎在撒马耳乾，于是继续东征。原来撒马耳乾在阿母河东，所以成吉思汗大军又从西面杀来。穆罕默德听说蒙古大军赶到，吓得慌忙逃走。城中还有四万守军，城墙坚固，守具完备。成吉思汗料定不易攻克，就命令大军先围城。既而术赤等三路兵马会集城下，四面围攻。城中守兵出战，被成吉思汗设下埋伏，诱敌深入险地，全部杀掉。守将阿儿泼带领亲兵突围逃出，城中没有主帅，守军只好投降。成吉思汗假装许诺免死，等军兵和百姓出来，叫降兵结起辫子，编入军籍。到了夜间，暗中命令部下斩杀降兵，一个不留。随后俘获工匠三万名、壮丁三万名，充当奴隶。还有五万百姓，命令他们出钱二十万，才得以安居。成吉思汗部署已定，又派哲别、速不台二将各率一万人马追击穆罕默德，二将领命前去。

穆罕默德逃跑时，母亲和妻子住在乌尔鞑赤城，和撒马耳乾仅隔一条阿母河。穆罕默德担心母亲和妻子遭到兵祸，就派人劝她们赶快逃走。成吉思汗打探到了他母亲和妻子的住址，派部下丹尼世们到乌尔鞑赤，对穆罕默德的母亲说："你儿子穆罕默德得罪了我国，所以我们发兵来讨伐他。你的领地我们不会侵犯，赶快派亲信前来议和！"穆罕默德的母亲支尔乾，竟然置之不理，把丹尼世们赶出去，自己领着妇女向西逃走。支尔乾是康里部人，康里部从前在阿拉伯海东北岸，是突厥族的支部。花剌子模将士大多属于康里部人，平时仗着支尔乾的威势，专横无度，不听穆罕默德的命令。穆罕默德自知力量薄弱，只得望风逃去。

穆罕默德的长子札兰丁随父出逃，有心号召部民扼守阿母河，穆罕默德却不同意。札兰丁又请求自己担任统帅，穆罕默德还是不答应。他的二儿子屋克丁一直驻扎在依拉克①，现在派人迎接父亲，报称有兵有粮，可以固守，穆罕默德于是决定向西去投奔二儿子。随从大多是康里部人，途中阴谋叛乱。幸亏穆罕默德事先有戒备，晚上转移住处，只留下空帐，才躲过一劫。穆罕默德更加害怕，于是借口出猎，仅带了札兰丁以及心腹数人，偷偷逃往依拉克去了。

哲别、速不台二将昼夜穷追，军兵来到阿母河，却没船渡河。二将下令伐木编筏，装起辎重器械，外面裹上牛羊兽皮，全军渡过阿母河。然后分兵进军，哲别进攻西北，速不台进攻西南，沿路招抚，快到里海时，两军会合。穆罕默德已经逃到依拉克，听说蒙古军将到，立即向西逃走。屋克丁派人侦察，报称蒙古军沿里海南岸杀来，距依拉克不过几十里，吓得穆罕默德心惊肉跳，坐立不安，竟然也弃城逃走。

穆罕默德逃到伊兰②，住了几天，又向东逃到马三德兰，行李全都丢了。马三德兰以前的部落酋长曾被穆罕默德杀掉，土地也被他兼并。现

---

① 依拉克：即伊拉克。

② 伊兰：即伊朗。

任部落酋长的儿子听说仇人到来，立即聚众报仇，杀进穆罕默德帐中，不料穆罕默德已经事先逃去。马三德兰人追到里海，见穆罕默德已经上船离岸。岸上的追兵用箭去射，那小船行驶如飞，任凭他有百步穿杨的能力也射不着了。穆罕默德躲在东南角的小岛中居住，不幸中了风寒，加上忧惧成疾，越来越重，两眼一翻，呜呼哀哉！

札兰丁把父亲埋葬，再从岛中溜出，向东回到乌尔鞑赤。这时候，支尔乾早已逃走，城中还有六万守军，大半是康里部人，要加害札兰丁。札兰丁听到消息又逃走。路上遇到玛里克，率领三百骑兵西行，于是和他会合，绕道东南，投奔哥疾宁去了。

哲别、速不台两军，来到马三德兰，探知穆罕默德已死在海岛，也就按兵不追，只在马三德兰一带搜剿余众。忽然听说旁边的伊拉耳堡有穆罕默德的母亲和妻子等人藏匿不出，二将于是率军围住堡垒。堡垒在万山中间，丛林幽深，树荫晦暗，两军不便进兵，各自远远地围着，围了个水泄不通。老天也好像助强欺弱，竟然连月不下雨，堡垒里无处饮水，堡内人口渴得要命，都想出去逃命。无奈出来一个，被捉一个；出来两个，被捉一双。等到堡内的人纷纷出来，二将就知道堡垒已经内乱，于是带兵杀入堡垒，把穆罕默德的母亲等人一并捉住，押送成吉思汗军前。成吉思汗赦免了支尔乾，只杀了她的幼孙。剩下的四个女子，一个给了丹尼世们，两个给了察合台，还有一个给了先前被杀的商人的儿子。察合台留下一女，一女给了部将。这就是穆罕默德家眷的结局。

哲别、速不台正准备撤军，忽然接到成吉思汗命令，说里海北面有个钦察部，曾经收纳蔑里吉部的兵卒，应当前去征讨，叫他们不要急着班师。二将不好违抗，只得再接再厉，向西北进攻。

成吉思汗自从平定撒马耳乾后，驻军多日，又到渴石避暑。直到秋季，才亲自率领拖雷进攻南方，另派术赤、察合台、窝阔台去征乌尔鞑赤。

乌尔鞑赤没有主帅，兵民推举康里人库马尔为首领，防御蒙古军。术赤等人的兵马快到城下时，守兵出城防御，被诱到数里之外，中了埋伏被蒙古军杀败。从此，城里的军民一意坚守，不再出战。这座城地跨阿母河，城墙坚固无比，短期难以攻克。术赤先派使者招降，城主库马尔不从。于是伐木架桥，指挥三千军兵进攻。不料守兵杀出，把三千人困在中间，杀得片甲不留。术赤急忙发兵去支援，无奈桥已被毁，前后隔断，只好眼睁睁看着三千人通通做了无头鬼。

察合台想要乘风放火，毁他城墙，可是术赤想要在此地称王，不许放火，于是兄弟不和，一时无法决定。拖延到七月，还没攻克，察合台兄弟派人禀报成吉思汗。成吉思汗问明实情，下诏斥责，改命窝阔台统领大军。窝阔台来到两位哥哥那里，极力和解，这才合力进攻。攻了几天仍然无效，后来蒙古兵挖开河水灌进城中，城中立刻大乱。窝阔台带兵攻陷城池。城主库马尔仍然带领守军死战了七昼夜，最终力尽身亡。术赤留守城中，察合台、窝阔台会合成吉思汗军去了。

成吉思汗此时已攻下阿母河两岸，继而渡河进攻塔里寒山，所向披靡。然后分军给拖雷带领，命令他前往呼罗珊一带荡平各寨，做哲别、速不台二将的后援，拖雷离去。成吉思汗进攻塔里寒寨，此寨极其坚固，四面都是大山，守兵非常剽悍，遇到敌军全都拼命厮杀。蒙古军虽然身经百战，到底也贪生怕死，打了几仗，没占到一点儿便宜，反而伤亡惨重。成吉思汗亲自督战，也被寨兵击退。只好在山下扎营，想召回拖雷军合攻，等了很久拖雷却没到。

原来，拖雷军向北去攻呼罗珊，沿着阿母河西岸进发，所过城寨恩威并用，倒也非常顺手。刚到呼罗珊西北，接到成吉思汗召还的消息，只得从里海东岸绕回。里海的南面有个木乃奚国，信奉回教，拖雷军大抢了一番，再从东南回兵，攻破匿察兀儿及也里等城，这才到塔里寒山和成吉思汗军相会。成吉思汗已经等了好几个月，于是合兵再攻山寨，接连攻了好多天，才把城墙攻破，杀败守军，守城的步兵全部战死，只有骑兵奔逃。算起攻寨起止的日子，总共花了七个月。大家在寨中休息避暑。不久，察合台、窝阔台也领兵赶到。

凉风一起，暑气渐消。成吉思汗接到探马报告，说穆罕默德的长子札兰丁在哥疾宁纠集剩余人马，和班里城城主蔑力克汗联合，声势颇盛。札兰丁的兄弟屋克丁出兵驻扎在合儿拉耳一带，有军兵一千多人。成吉思汗准备亲征，南下攻打札兰丁，命令哲别等人分兵攻打屋克丁。哲别奉命，派偏将台马司、台纳司二人去攻合儿拉耳。屋克丁在合儿拉耳那里还没有什么兵力，听说蒙古军杀到，连忙逃到苏吞阿盆脱堡，台马司等人率兵追击，围攻半年，城堡攻破，屋克丁被杀。

札兰丁整顿装备一年之久，召集了六七万人马，又得到蔑力克汗相助，有恃无恐，出兵抵御蒙古军。成吉思汗统兵南征，越过巴达克山，来到八米俺城，围攻不下，于是命令养子失吉忽秃忽带领前军先向东南进发。

失吉忽秃忽到了喀不尔①，遇到札兰丁。两军会战，从早晨杀到黄昏，双方各有伤亡。第二天再战，失吉忽秃忽考虑到敌众我寡，秘密命令在军中扎起毡人像，放在大军之后，好像援军一般。札兰丁军队果然怀疑蒙古兵有后援，边战边退。只有札兰丁奋然说道："我们人多势众，怕他什么？"随即把人马分为三队，自己率领中军，命令蔑力克汗率领右翼，阿格拉克率领左翼，两翼包抄，把失吉忽秃忽军围住。失吉忽秃忽知道计策已经被破，连忙命令军兵按照旗帜所指的方向攻击敌阵。谁知敌军已经四面集合，像铜墙铁壁一般，困住吉里忽秃忽。吉里忽秃忽顾命要紧，只好挥着大旗，率兵拼命厮杀，冲开一条血路后，向北逃走。敌军趁势追杀，蒙古兵死伤无数，军械、马匹也被夺去了许多。自从蒙古军出征西域，这次算是第一次大败仗。

失败的消息传到八米俺，成吉思汗正因为爱孙莫图根攻城中箭身亡，非常悲哀。莫图根是察合台的儿子，少年骁勇，善于骑射。这次阵亡，不但察合台痛哭不止，就连成吉思汗也悲伤流泪。成吉思汗又接到吉里忽秃忽兵败喀不尔的消息，不禁咬牙切齿，发誓要把八米俺城攻下，以便救援吉里忽秃忽。于是成吉思汗督军猛攻，亲自搬运弓箭和石头。察合台报仇心切，不顾什么危险，亲自带领军兵登城，城上城下，尸首堆积如山。蒙古兵只进不退，搬来尸体当做梯子，奋勇拼杀，终于攻克了城池，又把城中男女老幼一律杀死，连牛羊马匹也通通剁死，并把城墙全部拆毁，至今当地仍然荒无人烟，真是一场惨劫！

成吉思汗不待休整，立即带领大军南行。一路上连饭也来不及煮，只命令军兵吃生米充饥。途中遇到失吉忽秃忽的败军，成吉思汗责备他贪胜轻敌，并命令他引领大军来到喀不尔，回忆当时列阵的形状，成吉思汗当场指出失误之处，然后命令大军日夜兼程前进。到了哥疾宁，听说札兰丁已经逃奔印度河，于是放弃攻城，带兵加紧追赶。

札兰丁既然已经战胜失吉忽秃忽军，为什么又往印度河方向逃走了呢？原来，失吉忽秃忽兵败时，曾经有一匹骏马被敌人夺去，蔑力克汗和阿格拉克都想得到这匹战马，相争不下。蔑力克汗一时性起，突然抢起马鞭朝阿格拉克脸上猛抽，阿格拉克大怒，率部众离去。札兰丁失去了得力助手，不免惊慌，后来又听说成吉思汗亲自率兵来报复，所以向南奔逃，蔑力克汗也跟随前往。

---

① 喀不尔：现在阿富汗的首都。

距印度河大约一里时，札兰丁回头一看，后面尘土飞扬，料想是成吉思汗大军赶到，知道来不及渡河，只好列阵等待，准备一决雌雄。成吉思汗大军果然厉害，刚一交战，蒙古兵就个个大刀阔斧冲进敌阵中。失吉忽秃忽奉了密令，猛攻右翼蔑力克汗军。蔑力克汗支撑不住，向后退去。不料蒙古军已经绕到前面，拦住去路，蔑力克汗一时措手不及，被蒙古军刺落马下，一命呜呼。

札兰丁失去了左膀右臂，势单力孤，大势已去。从早晨战到中午，手下仅剩数百人。幸好成吉思汗有意活捉他，下令禁止军兵放箭，札兰丁这才突围而出。札兰丁跑到河边，被失吉忽秃忽军截住，上天无路，入地无门。他急中生智，竟然催马跑上一段高崖，纵马一跳，连人带马，跳入印度河中去了。

得胜班师

札兰丁跳进印度河，蒙古军看得很清楚，以为他从悬崖上跳进水中，不是摔死，就是淹死。不料他从水中卸了军装，凫水逃去。众将见札兰丁在眼皮底下逃去，非常气愤，争着要下水追捕。成吉思汗对几个儿子说："好一员猛将，我平生头一次见到这样勇敢的人！如果他漏网，我们必有后患！"部将八剌主动请命渡河追击，成吉思汗同意。八剌于是命令兵丁斩木做筏，渡河南下。

成吉思汗又返攻哥疾宁城，城中守将早已逃去，军兵开城投降。窝阔台奉成吉思汗密令，假装查户口，叫军民暂时住在城外，工匠、妇女却不得一同出城。到了晚间，窝阔台悄悄带部下出城，把哥疾宁的军民全部屠杀，工匠和妇女都做了俘虏。

成吉思汗沿着印度河西岸北行，搜捕札兰丁余党。听说西域一带的百姓反复无常，索性分兵四处出击，遇见反对蒙古的部落一律屠杀，共杀掉一百六十万人，方才收刀。

继而得到八剌军报，称已经攻破壁耶堡，正要进攻木而摊城。因为天气酷热，一时不便开战，只好扎下营寨等待秋凉。札兰丁不知去向，等探实再报。成吉思汗说："我本想创立大业，所以征战一生，并没有要退兵的意思。现在匪首在逃，不得不继续讨伐，否则功亏一篑，岂不可惜！"耶律楚材婉言上谏："札兰丁孤身远逃，谅他也没有什么能力了，况且我军转战西域已有四五年，威名大震，能罢手就罢手吧。"成吉思汗问："如果我进敌退，我退敌进，怎么办？"耶律楚材答道："加固城墙，设置官吏，在要隘屯兵，即使敌人死灰复燃也无妨。"成吉思汗沉默半晌才说："先等哲别军报，再作打算。"耶律楚材不便再劝。

大家休息几天，接到哲别军的消息，称蒙古兵已经向西越过太和岭①，战胜了钦察的援军，进兵俄罗斯去了。成吉思汗说："哲别大军远征得手，一时不能回来，我军守着这里也没什么事，不如渡河南行，接应八剌，平定印度才好！"随即下令继续进兵。

当时正是盛夏，暑气逼人。印度位于赤道附近，更加炎热，蒙古军行军几里，就觉得气喘吁吁，精神疲惫，汗流不止。来到印度河，军兵全都下马饮水，那水热得好像开锅了一般，几乎喝不到嘴，军兵都皱着眉，恨不得立刻回老家。耶律楚材又想进谏，忽然看见河边来了一头大兽，身高几丈，外形像鹿，尾巴像马，鼻子上长有一角，浑身绿色，不禁暗暗惊异。成吉思汗也瞧见了，便命令将士："这么大的野兽，我从没见过，你们快用箭射它！"将士奉命，全都举起弓箭，准备射向大兽。猛然听得一声巨响，仿佛是人在说话，好像在说"汝主早还"四个字。耶律楚材立即拦住弓箭手，然后来到成吉思汗面前。正要开口，成吉思汗先问："这是什么兽？"耶律楚材回答说："此兽名叫角端，能说人话，圣人出世，这兽也跟着出现，它能日行一万八千里，灵异如同鬼神，弓箭、石头都不能伤它。"成吉思汗又问："据你说来，这是一头吉祥之兽了？"耶律楚材说："正是！这兽是只精灵，有好生之德，讨厌杀人，上天降下此兽，应当是在警告主子。主子是上天的儿子，天下的百姓全是主子的儿子。愿主子顺应上天之意，保全百姓性命！"成吉思汗正要回答，只见大兽大叫了几声，然后疾驰而去。就对耶律楚材说："天意如此，我也不便进军了，那就班师吧。"耶律楚材赶紧说："主子奉天而行，这是天下百姓的福分啊！"

成吉思汗当即下令撤军，并派人渡过印度河催促八剌班师，八剌当天撤兵会合大军。蒙古军由北向东渡过阿母河，经过布哈尔时，回民大多叩拜，成吉思汗召主教进见。当地主教名叫曷世衷甫，拜见成吉思汗，详细讲述了教规。成吉思汗说："你们的教规很有道理，但我听说回民礼拜，必须赶到教祖的墓地麦加，这也未免太拘泥了。都是上天掌管，

---

① 太和岭：即高加索山。

为什么要限定地域呢?"曷世衰甫不好辩解,只好唯唯听命。成吉思汗又说:"我已征服此处,以后再祈祷,可以用我的名字。你作为主教,还有各处的教士,全部免去赋税徭役,你替我通告百姓。"成吉思汗就在布哈尔暂时驻扎,然后派使者召术赤来会,并召哲别、速不台班师还朝。

住了几天,成吉思汗起兵东行。大军经过撒马尔乾,渡过忽章河,到了叶密尔河,皇孙忽必烈、旭烈兀来迎接成吉思汗,成吉思汗大喜。两个孙子都是拖雷的儿子,忽必烈十一岁,旭烈兀才九岁,都很善于骑马射箭。二人随同成吉思汗进入围场,忽必烈射中一只兔子,旭烈兀射中一只鹿,献给成吉思汗。成吉思汗喜上眉梢,命令用捕获的野兽以及从西域所得的财宝犒赏三军。成吉思汗又住了几天,等待长子术赤以及哲别、速不台等人,可惜都没等到,只好先回国去了。

哲别、速不台二将北征钦察。他们带兵绕过里海,辗转来到太和岭。又凿山开道,运过车马,正碰上钦察部落的部头目玉里吉以及阿速、撒耳柯思等部落头目汇集大军前来抵御,哲别、速不台仓促间来不及列阵,差点被敌军逼进险地。哲别、速不台定下一条计策,派西域降将曷思麦里到玉里吉军中求和说:"我们本是同族,并没有要加害你的意思,不过是西征到此,请不要疑心。"玉里吉等人信以为真,带兵退去。哲、速二将带兵出了险地,登高遥望,隐隐望见阿速部的旗帜。速不台对哲别说:"敌军信了我们的话,全部撤退,在途中必定不会防备,我们就此掩杀过去,如何?"哲别连称妙计,二人派兵去追玉里吉等人。不一会儿,已经赶到阿速部背后。蒙古军一声呼哨,好像猛虎下山一般,猛扑过去。阿速部后队还没反应过来,身上都已挨上刀斧,霎时间纷纷落马。前队刚要抵抗,突然硬箭飞来,又死伤无数,阿速部的队伍顿时手忙脚乱,四散奔逃。前面就是钦察部众。玉里吉听到后面呐喊,惊问什么事。大家都摸不着头脑,玉里吉就派儿子塔阿儿领着亲兵前去探望,正与蒙古军相遇。没等开口搭话,塔阿儿已经被一枪洞穿前胸,坠马死掉。剩下的小兵更不值一扫,通通被斩落马下。玉里吉还在等儿子,见塔阿儿半天没回来,就勒马回望。突然间来了一队蒙古军,玉里吉还以为是塔阿儿等人来会自己,笑脸相迎。蒙古军不分青红皂白,手起刀落,把玉里吉杀死了。其余部众早已溃不成军,被蒙古军杀掉了大半。蒙古军又追出几里,前面已经没了人影,当即扎下大营。

哲、速二将虽已取胜,但是担心孤军深入,寡不敌众,于是派使者到术赤处告捷，并请求支援。术赤刚刚攻下乌尔鞑赤城，驻军在里海东部，当即分兵大半去支援。

哲别等人得到援兵，向北攻到浮而嘎河。正赶上河里的冰层已经冻实，蒙古军踏冰过河，攻下阿斯塔拉乾大镇，然后大肆抢掠。继而得到探报，称钦察部酋长霍脱思罕领着部众杀来了。原来霍脱思罕是玉里吉的哥哥，听说弟弟和侄子阵亡，举兵前来报仇。哲别命令曷思麦里诱敌，只准败，不准胜，自己和速不台分兵埋伏，专等钦察兵到，奋起厮杀。曷思麦里刚刚出发，钦察兵已赶到，望见曷思麦里部下不过几千人，而且衣衫不整、器械凌乱，钦察兵全都哈哈大笑，没把他们放在眼里。曷思麦里冲出阵前，指挥军兵和钦察前队大战一场，结果不分胜负。霍脱思罕见前队战不下敌人，就督军齐上，打算包围曷思麦里军。曷思麦里担心陷入重围，于是率兵退走。

钦察部众只认为是蒙古军败退，全都抢先争功，也不顾什么军中纪律了。曷思麦里令部下抛弃甲杖，惹得追兵眼热，下马争抢，曷思麦里又回军来战，和钦察部众小斗了一阵，接着退走。一退一追，到了一座大山前，峰峦险峻，山路崎岖，曷思麦里率军进山去了。霍脱思罕报仇心切，奋力追赶。到了山间，只见峰回路转，霍脱思罕有些辨不清方向。正在疑虑时，山上号炮齐起，弓箭、巨石如雨点般纷纷落下，霍脱思罕慌忙下令退军，把后队变作前队，夺路而出。快要出山口时，被速不台大军堵住，开始霍脱思罕还没有恐慌，指挥部众和速不台军鏖战起来，倒也颇起劲。谁知曷思麦里军又从他背后杀出，霍脱思罕顾了前面不能顾后面，顾了后面不能顾前面，这才手忙脚乱起来，只好拼了老命，冲开一条血路，逃命去了。前后夹攻的蒙古军只在山里屠杀敌兵，不防霍脱思罕逃掉。霍脱思罕跑出好几里才敢喘息，检点兵马，十成中已经少了六七成，垂头丧气败逃。不料走到太阳落山时，猛听得喊声再起，前后左右，又有大队蒙古军杀到，霍脱思罕险些跌落马下。亏得手下还有几百名精兵，拼命保护，等到杀出重围，已经战死十之八九。

霍脱思罕逃脱后，回到本部，担心蒙古军进攻，自己无兵可敌，没办法只得逃到俄罗斯。俄罗斯又叫阿罗思，唐懿宗初年，在北海建国，后来疆土逐渐扩大。北宋时，该国创立封建制度，分封七十部，子孙因为继承权的问题常年争战。南俄各邦中，有个哈力赤部，酋长名叫密只思腊，是霍脱思罕的女婿，略通军事，在同族争战中多次取胜，骄傲自大。听说岳父远道而来，连忙迎进城中，问明详情，当即大怒："什么蒙古兵，敢如此强横！等我出兵把他们踏平。"

霍脱思罕说："蒙古将士很有蛮力，而且诡计多端，防不胜防。幸亏我逃得快，才保住性命。"密只思腊笑着说："他来的只是孤军，我们邻部很多，一经号召，立刻会前来集合，定要替岳父报仇。"于是召集各部酋长，商议发兵。计掖甫部酋长罗慕、扯耳尼哥部酋长司瓦托司拉甫和密只思腊交情最好，听到消息率先赶到。南方各部酋长也陆续赶到。大家经过商议，决定不等敌人来到，主动出境迎击。

几天的工夫，各部兵马全部会齐，共聚集了八万二千人，从钦察部出兵。霍脱思罕也收集残兵，专等蒙古军来到时一齐掩杀。那时哲别、速不台二将，已经得知俄罗斯会师前来，未免有些胆怯。二人想了一计，派出十个人来到俄罗斯军中，密只思腊召进，问明来意。十个人说："钦察部容纳叛军，所以我军才前来征讨他们，我们和俄罗斯各部向来没有仇怨，一定不会侵犯你们。况且我国敬信天神，和俄罗斯的宗教信仰相似，贵部何不助我共击仇人？"没等他们说完，霍脱思罕闪出阻拦："以前我弟弟玉里吉就是信了他们的鬼话，才遭毒手，你千万不能再信他们！"密只思腊气愤地说："如此可恶，杀了来使再说！"然后喝令左右，绑住八人，立即斩首，只留下二人回去报信。

哲别又派出两个人到俄罗斯军中，说是两国相争，不斩来使，如今你们无端杀我使者，上天必定不会保佑，赶快约定战期，与你决一胜负。霍脱思罕又要杀来使，密只思腊提醒："杀他一两个人有什么用，不如借他的口，回去报告战期。"随即对使者喝道："饶你们的狗命！快叫你们主将前来受死！"使者抱头逃回。

密只思腊打发回来使，立即带领一万骑兵东渡帖尼博耳河。正巧，蒙古偏将哈马贝沿河探察，手下只带了几十名随从，被密只思腊军一通掩杀，逃避不及，蒙古兵被杀得一个不剩。哲别听到报告，急忙命令全军向东撤退，密只思腊越发趾高气扬，紧追蒙古军，一直追到喀勒吉河，蒙古军在河南扎营，密只思腊在河北扎营。霍脱思罕也带兵来会，计掖甫、扯耳尼哥各部兵马也陆续到了河边，和密只思腊南北列阵。密只思腊轻敌贪功，没有和南军商议，自己率领北军渡河来杀蒙古军。蒙古军也不示弱，双方就在铁儿山附近，枪对枪，刀对刀，大战起来。从正午杀到黄昏，双方死伤相当。速不台见钦察军也在敌阵，于是带着精兵，冲入钦察军中，去杀霍脱思罕。钦察军已经被蒙古兵吓破了胆，没战先慌，猛然见蒙古军杀到，立即惊恐万分。霎时间阵势大乱，密只思腊阻挡不住，也只好跟着败退，慌忙渡河向西逃走。前军渡过后，密只思腊下令把船只凿沉，后队士兵来不及渡河，被杀得身首异处，通通到鬼门关报到去了。

蒙古军乘胜渡河，进攻计掖甫、扯耳尼哥等部落。各部还没得知密只思腊大败，毫无防备，蒙古军杀到，把他们团团围住，他们真是插翅难逃。又是一番血战，俄罗斯兵马十个中死了八九个。蒙古军大摆酒宴，把活捉来的头目捆绑之后，横在地上，上面压上木板，当做板凳。将领们在板上高坐，痛饮了好几个小时。等到席散时，板下的俘虏大多被压死，只有扯耳尼哥部酋长还活着，哲别命人把他押送到术赤军中，斩首示众。

俄罗斯的大部落酋长攸利第二汗派侄儿康斯但丁带兵来援，行军到扯耳尼哥部时，听说各部全都战败，康斯但丁慌忙逃回，俄罗斯全境震惊。哲别正要继续进兵，不料染上瘟疫，只好屯兵休养。正好成吉思汗派来的使臣也到了，催促他们班师，哲别、速不台立即奉令回国。到了里海东部，把术赤的军兵全部交还，然后继续赶路。哲别的病却越来越重，竟然在中途病故。

成吉思汗驾崩

速不台班师回国，成吉思汗出来迎接。听说哲别去世，成吉思汗悲痛万分，封哲别的儿子生忽孙为千户，继承父亲的爵位。成吉思汗派使臣传旨给术赤，命令他在钦察以东、忽章河以北驻扎，新收服的各部全部归他统治。至于西北未平定的地方，则命令他随时平定。术赤虽然奉旨，却不愿再出征，只在里海北岸萨菜地设下牙帐，整天游猎度日。他派使者返报，只称自己得病，不便出征，成吉思汗也没再过问。

成吉思汗对西夏一直耿耿于怀。当年西征时，成吉思汗曾经约西夏出兵，夏兵却不到；又召夏主的儿子来蒙古做人质，夏主又不答应。而且成吉思汗听说汪罕脱里的余众大多逃到西夏躲藏，心中更加气愤，于是准备亲征。

也遂皇后听到要征讨西夏的消息，前来劝阻，成吉思汗不听。也遂说："南方已经设了国王，为什么还要劳圣驾亲征？"成吉思汗说："国王木华黎早已死了，他儿子孛鲁虽然继承了王位，毕竟经验还不足，不及他父亲。况且现在降将武仙再次背叛，都元帅史天倪被杀，孛鲁正在调兵遣将征讨叛贼，哪有什么余力去平西夏？只有我亲征了。"也遂说："主子西征才归来，又要南征，恐怕士卒也疲乏了，总需要稍稍休息一下才好。"成吉思汗屈指数着："我登上汗位已经二十年，西北一带总算平定了，只是南方一直没有收服，我必须亲自出马，就算今年冬天不出征，明年春天也一定要去讨伐。"也遂说："明年主子亲征，一定要准我随行。"成吉思汗有些不理解："忽阑随我西征，曾经抱怨困乏得很，你的身体比她还要娇弱，何苦要随我南下呢？"也遂解释说："主子出生入死，臣妾却安居深宫，良心上很是不安，如果主子允许我随行，侍奉左右，就算跋山涉水，我也心甘情愿，怕什么劳苦呢？"成吉思汗听了高兴地说："你的阿姐就很谦恭，你又这么忠诚，好一对姐妹花，有你们姐妹一同服侍我，也算是我的艳福不浅，死也甘心了！"说完一把将也遂抱入怀中，亲昵了一阵。当晚又召也速干来做伴，巫山云雨，极尽欢娱。

木华黎自从得了真、定二州后，又连年出兵，接连占领了辽河东西、黄河东北的各个郡县。然后东下齐鲁，西攻秦晋，把金国的土地占去了大半。只是他屡攻凤翔没有攻下，只好撤军到解州。不久木华黎生病，于成吉思汗十八年三月病故。当时成吉思汗还在西域，听到丧报，悲痛欲绝，追封木华黎为鲁国王，谥号忠武公，命他儿子孛鲁继承爵位。

木华黎死后，山东州县又起兵反叛蒙古，武仙也早有异心，诱杀了都元帅史天倪。史天倪的弟弟史天泽，正送老母亲回燕州，听到变故后立即返回，然后派使者来到孛鲁那里，请求援兵讨伐叛逆。孛鲁派手下大将统领军队前去救援，并与史天泽的大军相会，合力击败了武仙。武仙又和宋将彭义斌联合，再攻史天泽，史天泽发兵出战，斩了彭义斌，武仙逃去。

过了新年，转眼是元宵节。元宵节一过，成吉思汗立即下令南征。也遂皇后也穿上了戎装，紧随在成吉思汗后面。成吉思汗骑着一匹红鬃马，在簇拥之下出征了。来到郊外，成吉思汗命令部众就地设围，亲自打起了猎。忽然一头野猪跑了过来，成吉思汗不慌不忙，开弓搭箭，一发即中。心中正在得意，突然马头昂起，马足乱蹬，成吉思汗一不留神，竟然被掀翻在马下。

部将连忙前来救护，扶起成吉思汗，换了匹马。成吉思汗仍然有些头昏目眩、神志不清，随即命令军兵停止围猎，扎下军营。当晚，成吉思汗感到身体不适，生起寒热病来。

第二天一早，也遂皇后对众将说："昨晚主子生病，南征的事暂时放下吧，还请大家商议才好。"大家商议了一会儿，自然依了也遂的意见，然后奏知成吉思汗。成吉思汗说："西夏听说我半路回去，必定认为我是怕他。我现在就在这里养病，先派人到西夏，责问他不派儿子来做人质，并擅自容留叛逃之人，看他有什么话说？"

当下派使臣到西夏，对夏主说："你先前与我国约定，情愿归降，而我军出征西域时，你却不派兵跟从。近来又不派儿子来做人质，并擅自接纳汪罕脱里的余众，你可知罪吗？"此时夏主李安全早已死掉，族中的侄子遵顼继位，后来又传给儿子德旺。德旺昏庸无能，听了蒙古使臣的责问，战战兢兢说不出话，旁边闪出阿沙敢钵说："都是我的主意。你们要同我厮杀，就到贺兰山来战；要金银绸缎，就到西凉来取。此外不必多说，快快走！"。

蒙古使臣回来禀报，成吉思汗勃然大怒，喝令大军急速进兵。左右都来劝阻，成吉思汗怒道："他说这样的大话，我怎么能回去？就是死了，魂魄也要去找他，何况我还没死！"于是带病上马，率领大军直指贺兰山。贺兰山在河套附近，距宁夏府六十里。西夏人依为天险，山上树木青白，远望如同骏马，塞北人称骏马为贺兰，所以得名。蒙古大军到了山前，见夏兵已经在山麓驻扎，一问他们领兵的头目是谁，正是此前说大话的阿沙敢钵。

阿沙敢钵见蒙古军杀到，立即率众下山，前来迎战。蒙古兵却全然不动，只是用强弓硬箭攒射夏兵，阿沙敢钵见没有一点儿缝隙可寻，只得退回。过了一阵，又来袭击，蒙古兵仍然用老法子，进攻依旧无效。直到西夏第三次冲锋，才听得号角一响，营门大开，千军万马如怒潮一般杀出，锐不可当。西夏那边气势已衰，蒙古这边气势正盛，任阿沙敢钵再能说大话，胆子再大，现在也阻拦不住夏兵败退，没办法只得逃回山寨。蒙古军哪肯善罢甘休，奋力上山，一哄杀进寨中，把阿沙敢钵的部下杀死了一大半，阿沙敢钵落荒而逃。

成吉思汗占据了贺兰山，继续进攻黑水等城。后来因为天热体衰，就在珲楚山避暑。等到暑往寒来，又转攻西凉府以及绰罗和拉等县，所过之处攻无不克。后来，蒙古兵越过沙陀来到黄河九渡，夺取了雅尔等县，再围灵州。夏主派兵来救援，全被蒙古军击退。蒙古兵继而攻陷灵州城，进兵盐州川。此时，天气格外寒冷，北风凛冽，大雪纷飞，于是成吉思汗命令在行营过年。转眼间，冬去春回，已经是成吉思汗二十二年了。

河冰才开化，成吉思汗就率兵渡河，攻下积石州，大破临洮府，又占据了洮河、西宁，进攻德顺。西夏节度使马肩龙坐镇德顺城，颇有威名。听说蒙古兵来到，开城出战，激战三天，蒙古兵死伤不少，马肩龙的部下也死了好几百名。马肩龙只好派人报知夏主，请求救兵。当时夏主李德旺已经去世，国人拥立他儿子继位。小主单名一个睍字，年纪还小，根本不懂得什么军政，满朝将士也都得过且过，互相推托。大家争着开凿山洞，藏匿财物，学狡兔三窟的法子，干脆把马肩龙的军书搁起不报。

马肩龙等不到援兵，长叹一声："只能与城池共存亡了！"又坚守了几天，禁不住敌军猛攻，马肩龙亲自率左右出城，舍命死战。最后被蒙古兵团团围住，他仍然横眉立目，砍死数名蒙古兵，无奈蒙古兵箭如飞蝗，马肩龙身中数箭，大叫一声，吐血而亡。马肩龙一死，城中没了主帅，很快被攻陷。

成吉思汗得了德顺州，到六盘山避暑，派兵直逼夏都。夏主睍惊慌失措，急忙召文武大臣商议，哪知所有大臣全都跑到土窟中避难去了。后来听说土窟中的大臣都被蒙古兵搜到，财物夺走，性命了结。夏主睍见都城难保，只好把祖宗传下的一尊金佛，以及金银器皿、男女、马匹等献到蒙古军前。成吉思汗听到后，一定要夏主睍亲自出降。夏主睍束手无策，只得哭着祭告宗庙，出城来到六盘山，觐见成吉思汗。成吉思汗命令他在门外行礼。礼毕，把夏主睍绑在帐下，然后命令将士进军夏都。蒙古将士一进夏都，抢掠财物，掳掠男女，见有姿色的妇女当即污辱。耶律楚材却只取了几部书、两匹骆驼和数担大黄。后来蒙古兵在途中染上瘟疫，亏得耶律楚材的大黄，救活了上万人。

几天后夏主睍就被杀掉了，其家属也一律处死。夏国自从元昊称帝，共传了十代，经历二百零一年。

成吉思汗正要班师，忽然觉得寒热交加，不住地咳喘。也遂皇后日夜侍奉，所有军医也全来诊治，怎奈寿命已到，医药无效。成吉思汗弥留之时，也遂皇后在旁边，成吉思汗拉着她的纤手说："你侍奉我多年，如今又随我远征，灭了西夏。本来指望回国以后，和你共享荣华富贵，不料病入膏肓，无药可救。我死后，你回去告知你的阿姐以及各位皇后，一定要节哀，不必过分悲伤。"也遂不等成吉思汗说完，早已泪流满面。成吉思汗强忍着泪说："人生如朝露，来去匆匆，有什么伤心的？你叫大臣进来。"也遂立即召集群臣，成吉思汗说："我的病恐怕是治不好了，可惜几个皇子都没跟着。术赤在西域死了，我叫察合台前去奔丧，还没回来。窝阔台又被派去攻打金国，拖雷留守故都，不能远离。现在只有你们随着，算来也都是我的亲戚故旧，后事全仗你们了。窝阔台谨慎老成，我先前已经传他继位，只是他一时不能回都，你们替我传旨，叫拖雷暂时监国。"又指着也遂皇后说："她随我亲征西夏，并且侍奉我多年，太辛苦了。我没什么可报答她的，只好把西夏的俘虏和玉帛多分给她一份，不枉她辛苦一场。"群臣齐声遵命。成吉思汗休息了片刻，又对群臣嘱托："还有一桩大事，为我传谕窝阔台。西夏一灭，金国已经势单力孤，但金国兵精，况且金兵西集潼关，南据连山，北驻黄河，此后我军去攻打，即使能战胜，恐怕也不能很快灭掉。我们只有借道南宋，宋、金是世代仇敌，必定同意。我国出兵唐州、邓州，直捣大梁，金都被困，定要调集潼关兵马，那时远水不解近渴，已经没有用了。即使他们的援兵远道而来，千里驰援，必定人马疲惫，也不是我们的对手，灭金就很容易了。"说完，闭上了眼睛，与世长辞。

成吉思汗享年六十六岁。从登上大汗之位算起，经历二十二年。其间南征北战，所向无敌。现在的内外蒙古、辽吉两省以及中国西北部，包括天山南北，直到中亚细亚、阿富汗、伊朗东部、高加索山附近的部落都被成吉思汗征服。史家称他用兵如神，所以灭掉四十国，扫平西夏。其实是西北一带，各族分散居住，既没有独立的精神，又没有持久的团结，彼此猜忌，互为仇敌，即使勉强联合，也是乌合之众，因此成吉思汗才能乘时崛起，削平各部。而且他手下人才济济，武有四杰，文有耶律楚材，又任用得当，因此所向披靡。并且成吉思汗所创立的军事建制，也与众不同，其特点如下：

一、蒙古人自幼狩猎，练习骑射，所以骑兵特别精干。这样的骑兵，每人配有战马三四匹，战马可以替换，因此能够终日驰骋。

二、骑兵远行，遇到紧急军事，只用马奶及干酪为粮食，或者刺马出血饮下充饥，可以支撑十天，所以进兵速度特别快。

三、编定军队。以十倍递进，每十人为一队，队长叫做十户；十户以上有百户，统十户百人；百户以上有千户，统百户千人；千户以上有万户，万户直接归大汗统领。这些大小部长对他的部下，都有无限权力，部下无论什么事，都必须禀告后再行事。军令一出，不得有误，否则无论贵贱，必加刑罚。

四、蒙古兵虽然出战，却仍须纳税，一定要让他妻儿守家，徽完税额，因此蒙古连年兴兵，军饷从不缺乏。

成吉思汗逝世后，就在行营举行丧事。窝阔台连夜赶到，察合台、拖雷也陆续到来，三个儿子都到了，才由蒙古亲王、诸将等人在吉鲁尔河召开大会，宣布成吉思汗遗命，奉窝阔台为大汗。

窝阔台继位，早已经由成吉思汗亲口通告，为什么还要开大会公认呢？这里也有个缘故，因为成吉思汗在位的时候，有一条特立的规定：凡是蒙古大汗新旧更替的时候，必须由亲王、众将以及所属各部酋长召开大会，经讨论通过，才能继承汗位，这个大会叫库里尔泰会。所以窝阔台虽然有成吉思汗的遗命，也要经库里尔泰会通过。

窝阔台即位后，重用耶律楚材。耶律楚材认为从前的国家制度过于简单，请求窝阔台可汗增修朝制。窝阔台应允，于是由耶律楚材修订国家制度，规定皇族、亲王尊长全都要列队朝拜大汗，以后就固定下来。

蒙古扬威

窝阔台继承汗位，颁布法令，修订制度，朝廷的体制比成吉思汗在位时更加完善。窝阔台可汗又按照父亲的遗愿，把西域封给察合台，让他坐镇管辖。西面没有了后顾之忧，窝阔台开始一心一意攻打金国。此时金国派使臣前来吊丧，并赠送贵重礼品。窝阔台对来使说："你们主子总也不归降，如今我父病逝，我们正要出师问罪。这点儿礼物算得了什么！"随即命令把礼品送还，打发回来使。当时，金主珣已经去世，儿子守绪继位。守绪得到使臣回话，非常害怕，又派人送去好多金银财宝，祝贺新君登基。窝阔台不接受。金国使臣走后，窝阔台召集各位王公大臣议事，准备讨伐金国。此前成吉思汗连年出征，所得财物大多立即分掉，国库并没有什么积蓄。现在定下了伐金的计划，耶律楚材于是上奏创立十路征税点，以充军饷，每路设副使二人，都用文人。耶律楚材又推荐陈周、孔道德，而且提出蒙古在马上得天下，但决不可以马上治天下。窝阔台深信耶律楚材的话，从此蒙古除了尚武之外，开始重视起了文人。

窝阔台整顿兵马，储备粮饷。于继位第二年春，带上弟弟拖雷和拖雷的儿子蒙哥率兵攻打陕西。蒙古兵连连攻克六十多座州县，进逼凤翔。金主派平章政事完颜哈达和伊喇丰阿拉带兵赴援。二人走到半路，听说蒙古兵来势凶猛，料定不是敌手，于是逗留不前。金主屡次催促他们进兵，完颜哈达、伊喇丰阿拉只是拖延推诿。后来又听说蒙古兵分攻潼关，二人又报称潼关被攻，形势比凤翔更急迫，不如先救潼关，再救凤翔。金主无可奈何，只好依了他们。他二人带兵奔赴潼关。潼关本来就是天险，而且早就有精兵驻扎，可以固守，完颜哈达等人避难就易，所以改道出兵。于是凤翔空虚，守了两三个月，最终被蒙古兵攻陷，只有潼关依然未被攻下，拖雷亲自督战也没什么效果。

拖雷部下有个叫李国昌的降将说："金国迁都汴京将近二十年，全仗潼关、黄河为天险，我军如果避开此地，走小道从宝鸡出兵，再绕过汉中，沿汉江进发，直达唐邓，那时进攻汴京就不难了。"拖雷点头称赞，派人返报窝阔台。窝阔台说："父亲遗命，令我向宋国借道，出兵唐邓。我先派使臣到宋国向他们借道，如果他们同意，那我们进兵就方便多了，否则再用此计不迟。"于是任命绰布乾为使臣，去南宋借道。到了浥州，拜见统制张宣，二人话不投机，绰布乾竟然被张宣杀死。窝阔台听到消息，立即命拖雷率骑兵三万人进攻宝鸡，攻下大散关。此后又连破凤州、洋州，从武休东南杀出，围困兴元军。窝阔台再派偏将攻取大安军路，凿开鱼鳖山，拆民居做木筏，渡过嘉陵江，一直攻到四川。南宋制置使桂如渊逃走，蒙古兵拔取城寨共四百四十多所。拖雷不想和南宋绝交，于是召回军队，合兵攻陷饶风关，飞渡汉江。蒙古兵大肆抢掠一番，然后继续向东攻打金国。

警报像雪片一般飞到汴京。金主守绪急忙召大臣商议。大家都说，蒙古兵远道而来，必然疲惫，我们不妨在河南州郡屯兵坚守，再从汴京准备粮食数百斛，供应军需。到那时，蒙古军想攻，攻不下；想战，我们又不出兵。等他们粮食吃尽，士气一衰，自然退兵。金主守绪感叹道："自从我们南渡二十年来，各处百姓卖房卖地，甚至卖儿卖女供养军兵，满心指望他们能抗击强敌，保卫家邦。如今敌兵到了，却不能迎战，只是闻风而逃，直到京城告急，还要以守为战。如此软弱，怎么能立国！我已经想好了，一定要先战，然后再守。存亡自有天命，只有不辜负百姓，我心里才能稍安啊！"于是召集众将出兵唐邓，并催促完颜哈达、伊喇丰阿拉二帅火速收兵救援。

完颜哈达、伊喇丰阿拉回兵。到邓州时，偏将杨沃衍、禅华善和此前被史天泽打败的武仙全都率兵来会。完颜哈达的胆子这才壮了些，指挥各军驻扎在顺阳。经打探得知蒙古兵正在渡汉江，部将都主张去阻截，伊喇丰阿拉却不同意。等蒙古兵全部上岸，金兵才进兵禹山，占据有利地形，严阵以待。蒙古兵到了阵前，却一箭不发，又转身退去。完颜哈达下令收兵，众将请求追击蒙古军，完颜哈达说："蒙古军不战而走，定然有阴谋，我们如果追去，正中他们的诡计。"于是向南撤军，走了不到一里，忽然尘土飞扬，遮天蔽日，呼哨声不绝。完颜哈达连忙找了一座小山，登冈瞭望，只见蒙古军骑兵、步兵分为三队，迅速杀来。完颜哈达叹道："敌军果然绕到背后来袭击我们，我看他队伍严整，士气高涨，我们万万不可轻敌啊！"说完急忙下山指挥，准备从小道回避，无奈蒙古军已经杀到，完颜哈达只好与他们接战。两下厮杀，蒙古军稍战即退，伊喇丰阿拉带兵刚要追，谁知蒙古军又回马冲杀，如此十来十回，金兵惨遭蹂躏。幸亏部将富察鼎珠奋力截杀，蒙古兵才渐渐退去。完颜哈达借机沿山扎营，对伊喇丰阿拉说："蒙古兵号称三万名，辎重众多，我们先同敌人相持两三天，如果能趁他退兵时，出兵追击，定能取胜。"伊喇丰阿拉答道："汉江水路已被我断绝，黄河水还没结冰，敌人深入重地，已经没有了归路，我们可等他自取灭亡，不用追击。"

第二天，蒙古兵忽然不见了踪影。探马报称敌军已经退去，完颜哈达、伊喇丰阿拉准备返回邓州。正往前走，忽然从斜刺里杀出敌军，竟然把金兵冲作两截。完颜哈达、伊喇丰阿拉慌忙分兵接战，等到杀退敌军时，后面的辎重却全都不见了。完颜哈达顿足捶胸，伊喇丰阿拉却谈笑自若，他和完颜哈达进入邓州，收集残兵败将，然后对金主谎称大捷。朝廷百官纷纷上表道贺。

金国上下满以为天下太平了，哪知拖雷大军仍然留在中原。窝阔台亲自从河清县白坡镇渡河进兵郑州，接着又派速不台攻打汴京。汴京城中军民没料到蒙古兵会突然杀来，个个惊恐万分。金主守绪也惊慌失措，连忙命令翰林学士赵秉文起草诏旨降罪自己，改元大赦，诏旨说得中肯痛切，凄楚动人。

当时京城的守军不足四万，京城四周防线就有一百二十里，四万兵根本无法严守，只好飞马召完颜哈达、伊喇丰阿拉救援京城。二人一行军，拖雷就派三千铁骑兵追击金军；等金军还击，他偏又退去，金军一走，他又来袭，弄得金军不得休息，疲惫不堪。金兵来到黄榆店，天降大雪，不能前进。速不台派兵阻击金国援兵，于是完颜哈达、伊喇丰阿拉前后被蒙古军隔绝。等到大雪稍停，又得到汴京危急的消息，金兵不得已继续行军。途中又遇到大树塞道，费了无数的兵力，才疏通道路。金兵走到三峰山时，蒙古兵突然两路会合，把金兵四面围住。相持了几天，蒙古军料到金军必然疲惫，故意把包围打开了一面，放他们逃走。金军果然中计，刚一逃出，就被蒙古军夹道伏击，伤亡惨重。武仙带领三十名随从先逃走，杨沃衍等人战死，完颜哈达知道大势已去，忙找伊喇丰阿拉商议，不料伊喇丰阿拉已经不知去向。只有禅华善等人还跟着自己，于是完颜哈达拼命突围，逃到钧州。

窝阔台在郑州听说拖雷和金兵相持，就派琨布哈、齐拉衮等人前去支援。蒙古的援兵到达时，金军已经大败，于是蒙古军两下合兵来到钧州城下，奋力攻击。不久攻陷钧州。完颜哈达藏在密室中，被蒙古军搜到，拉出斩首。拖雷下令招降金兵："你们金国所依仗的地理优势只有黄河，将帅只有完颜哈达，现在完颜哈达被我杀了，黄河被我夺了，此时不降，还等待何时？"金军于是投降了一半，战死一半。

禅华善隐藏不出，等稍稍平定些时，竟然自己来到蒙古军前。禅华善大声喊道："我是金国大将，要觐见主帅议事。"蒙古军把他带进去，拜见拖雷。拖雷问他姓名，禅华善答道："我叫禅华善，是金国忠孝军统领，今天战败，愿以身殉国。只是我死在乱军中，人们会说我辜负国家，今天我清清白白地死，也算得轰轰烈烈，是个忠臣。"拖雷劝他投降，他却破口大骂。惹得拖雷性起，命左右砍断他的双足，他至死不屈。蒙古将士很敬佩，用马奶祭奠，对着尸体说："好男儿，来生一定要与我们做伴！"

伊喇丰阿拉被蒙古兵追到，押着去见拖雷。拖雷逼他投降，伊喇丰阿拉却慨然说道："我是金国大臣，要死就死在金国境内！"之后也被杀死。从此，金国的将帅、精兵死伤殆尽，汴京岌岌可危。

潼关守将纳哈塔赫伸听说完颜哈达等人战死，非常惊慌，竟然和秦蓝守将完颜重喜等人率军向东逃跑。偏将李平打开潼关投降蒙古。蒙古兵长驱直入，追击金兵到卢氏县。金军已经斗志全无，而且山路积雪，跋涉艰难，随军又有很多妇女一路哀号。眼看被蒙古兵追上，没等接战，完颜重喜先下马投降。蒙古部将认为完颜重喜不忠，当场把他斩首。纳哈塔赫伸等人也被追兵抓到，一并斩首。蒙古兵继续进兵，围攻洛阳，留守萨哈连背上生疮，不能出战，投护城河自尽。军民推举警巡使强伸登城死守，守了三个多月，洛阳城无隙可击，蒙古军才退去。

金主守绪因为汴京危急，没办法只好派使臣求和。蒙古部将速不台却说："我只受命攻城，不管别的事。"当时蒙古已经制造出了石炮，运到城下，每一城角放置大炮一百多门，轮番攻击，昼夜不停。幸亏汴京城墙坚固，相传是五代时周世宗修筑，用虎牢土砌成，坚固如铁石一般。城墙虽然被石炮所攻，但只不过外表受了点损失，没有被摧毁。金主又招募一千多精兵挖地道，从护城河过去，烧掉了蒙古兵的炮座。蒙古兵虽然防着，难免百密一疏，因此连续攻城十六昼夜，死伤几十万人马，汴京城仍然安然无恙。

此时，窝阔台想要从郑州回国，派使臣招金主投降，并命令速不台缓攻。速不台对守城金军说："你们主子既然打算讲和，你们可以出来犒劳我军。"金主马上派户部侍郎杨居仁出城，带着牛羊酒肉和金银珠宝，送给蒙古军，并且愿意派儿子到蒙古当人质。于是，速不台退兵，驻军在黄河、洛河之间。金主封荆王李守纯的儿子李鄂和为曹王，派他去做人质，李鄂和不好违抗，哭着前去。

金国参政喀齐喀以为守城是自己的功劳，竟然要率领百官向金主道贺。大臣内族思烈怒斥喀齐喀："在自己的都城下求和，简直是国耻，有什么可贺的？"喀齐喀反而生气地说："国家没亡，君臣平安，难道不是喜事吗？"后来因为金主守绪不想接受朝贺，此事才算作罢。

一波未平，一波又起。蒙古使臣唐庆等人前来议和，暂住在客馆，竟然被金国飞虎兵头目申福杀死，随从官员三十余人一并被杀。和议谈不成了，蒙古兵又长驱而入。金主守绪火速调集各地兵马救驾。当时，武仙逃到留山，召集十万兵马，奉旨救援汴京。还有邓州行省完颜思烈、巩昌统帅完颜仲德也带兵来援。援兵刚到京水，不料蒙古兵已经等候多时了，一声呐喊，好似狼虎入羊群一般，一通乱杀，杀得金兵溃不成军，落荒而逃。

窝阔台回国后，得知金主违背和议杀掉使臣，又亲自出兵来到居庸关，作为拖雷的后援。突然窝阔台汗得了暴病，昏迷不醒。召来巫师占卜，巫师说是金国的山川神灵见蒙古军屠杀金国兵民，尸体堆积如山，因此作祟，应当到各个山川祈祷祭祀，才能消灾。左右命令巫师去祈祷，结果病情不但未见好转，反而越来越重。巫师回来又说祈祷已经没有用，必须由一位亲王代替大汗去死，大汗的病才能痊愈。

　　正说着，窝阔台忽然睁开眼睛要水喝，好像清醒了一些，左右把巫师说的话告诉了他，窝阔台问："哪个亲王能为我代死？"话音未落，拖雷前来探病。窝阔台对他说起了巫师的话。拖雷说："父亲选你做了大汗，如果没了哥哥，谁来管理百姓？不如我替哥哥去死。我出征多年，杀人无数，罪孽深重，神明要惩罚，理应罚我，与哥哥无关！"然后召进巫师说："我替哥哥死，你来祷告。"巫师奉命出去。过了片刻，取来一碗水，对着水念了一番咒语，随即叫拖雷喝下。拖雷饮完水，好像喝酒一般，觉得头晕目眩，对窝阔台说："我如果死了，留下孤儿寡妇，全仗哥哥关照教导。"窝阔台连声答应，拖雷告辞，当晚去世。拖雷共有六个儿子，长子叫蒙哥，次子叫末哥，三子叫忽都，四子即忽必烈，五子旭烈兀，六子叫阿里不哥。后来，蒙哥、忽必烈全都继承过大汗之位，而且忽必烈统一了中原。

　　拖雷死后，蒙古兵推戴速不台为主帅，继续进攻中原。速不台还没到汴京，金主守绪早已先向东逃走。原来，汴京城里粮食已经吃光，而且城中瘟疫肆虐，一个多月里死了几十万人。金主知道大势已去，就在大庆殿前召集军兵，告知京城粮食尽绝，自己准备亲自带兵出城防御。金主守绪又命令右丞相萨布、平章政事博索等人率军护驾，参政讷苏肯、枢密副使萨尼雅布等人留守，然后和太后、皇后等人告别，痛哭而去。出城后茫然不知去向，众将请求去河北，于是金主守绪从蒲城东面渡河。人马渡过一半时，突然刮起狂风，后军没能渡过，蒙古部将辉尔古纳追到，杀死无数金兵，投河自尽的金兵也有六千多人，贺德希战死。

　　金主守绪渡河后，派博索攻打卫州，不料蒙古部将史天泽从真州、定州杀到。博索连忙逃回，报告金主，请求赶快逃往归德。金主只好和副元帅阿里哈等六七人连夜上了小船，偷偷溜走，逃奔归德府。金军听说金主丢下军兵自己逃走，全都四散奔逃。归德主帅什嘉纽勒绎迎见金主，禀告各军情形，并归罪于博索。金主下令把博索斩首示众。金主又派人到汴京去接太后等人，谁知汴京里面又闹出一桩天大的祸案。

　　先前金主守绪出走时，命令西路元帅崔立驻守城外。崔立生性狡诈，而且是个色狼。他阴谋作乱，听说归德有使臣来迎接两宫，他先带兵进城，把守城的讷苏肯及萨尼雅布杀死。随即闯入宫中，对太后王氏说："主子远走，城中不可无主，何不立卫王的儿子从恪？他的妹子在北方当皇后，立了他，也容易和北军议和。"太后吓得浑身发抖，说不出话，崔立就假传太后旨意，派人迎接从恪，尊称为梁王，临时监国。崔立自称太师，兼任都元帅、尚书令，还把自己的党羽全部封了官。

崔立又假称金主要出行，需要召集随驾官吏及陪侍。然后征集妇女到自己的宅中，有姿色的就奸淫，每天多达十几人，昼夜淫乐。崔立还不满足，又禁止民间嫁娶，听说有美女，立即召来强奸，稍有不从，当场杀掉。百姓对他恨之入骨，只有他的爪牙说他功德无量，无人可及。正要立碑吹捧，忽然有人来报速不台大军到了。众将问起防守的事，崔立却从容谈笑着说："我自有妙计！"当晚，崔立出城拜见速不台，和速不台议定投降条款。回城后，搜括金银犒赏蒙古军，并帮助蒙古兵抢掠京城，惨无人道，丧心病狂。他卖国求荣，把金太后王氏、皇后图克坦氏和梁王李从恪、荆王李守纯，包括各宫的妃嫔通通送到速不台军中。荆、梁二王被速不台所杀，其余后妃等人押送和林，在途中饱受非人的虐待，比金国掳掠北宋徽、钦二宗时更加凄惨。

金国灭亡

金国叛臣崔立，劫了后妃等人送到蒙古军中，然后迎接速不台进汴京。速不台向朝廷告捷，又因为多日攻打汴京，士兵伤亡惨重，请求屠城以解愤恨。窝阔台可汗打算同意他的请求，幸亏耶律楚材极力劝阻，窝阔台才命令除了完颜氏一族外，其余的全都赦免。此时汴京的百姓还有一百四十多万户，侥幸得以保全。速不台检验了完颜家族的尸首，然后出城向北继续进攻。崔立将他送出城外，等他回家和妻妾团聚，家中却静悄悄地没有一个人，连忙去看金银财宝，也已经不翼而飞。这才知道是被蒙古兵抢劫了，顿时大哭。转而一想，汴京还在我手里，丢掉的东西还可以弄到手，也就罢了。

金主守绪来到归德，总帅什嘉纽勒绰和富察固纳不和。富察固纳主张向北渡河，以图恢复国家。什嘉纽勒绰却在旁边极力阻止，后来被富察固纳派兵杀死，富察固纳又把金主幽禁起来。金主大怒，秘密和宋珪、纽祜禄温绰、乌克逊爱锡等人商议除掉富察固纳。当时正赶上东北路招讨使乌库哩镐，运四百斛米到归德，劝金主往南迁到蔡州。金主找富察固纳商议，他强烈反对，并且命令军民："再有敢主张南迁的，立斩！"

085

于是金主和宋珪定计，命令纽祜禄温绰、乌克逊爱锡埋伏左右，假装邀请富察固纳议事。富察固纳不知是计，大踏步进来，刚进门，纽祜禄温绰、乌克逊爱锡立即从两边杀出，把他刺死。富察固纳是忠孝军统领，忠孝军听说富察固纳被杀，阴谋叛变。后来金主一再抚慰，总算暂时安定下来。金主从归德赶奔蔡州，路上遇到大雨，泥泞不堪，大臣们的脚全都肿了。

君臣继续赶路，天气仍然不放晴，大雨把一行人浇成了落汤鸡。君臣四下一望，只看见蒿草丛生。金主不禁叹息："没活路了！"到了蔡州，已经是人马困乏，卫兵和仪仗无精打采。众人休息了一个多月，金主任命完颜仲德为尚书右丞，处理军国事务，封乌库哩镐为御史大夫，富珠哩洛索为签书枢密院事。

完颜仲德事必躬亲，上任后开始招兵买马，整顿军备，打算保着金主向西转移，凭借险要的地势防守。无奈金主的近侍却大多得过且过，在当地娶妻成家，不愿意再迁徙。商贩也逐渐赶来，聚成集市。金主也得过且过，挑选美女当做嫔妃，并且大兴土木。完颜仲德多次恳切上谏，金主只表面上答应，毕竟忠言逆耳敌不过无道昏君的色欲。所以表面上虽然停下土木工程，禁止选美，但暗中仍然照旧进行。完颜仲德无可奈何，只好尽力征兵，其他的事只好听天由命。乌库哩镐也是个忠臣，一心想着保全残局。然而忠臣做事往往遭到小人忌恨，那些只会谄媚的奸臣在金主面前搬弄是非，金主半信半疑，越来越疏远忠臣。乌库哩镐忧愤成疾，无法处理政事。

蒙古部将塔察尔布展攻陷洛阳，捉住中京留守强伸。强伸不肯投降被杀。此时窝阔台可汗派王楫来到京湖，商议和南宋合力攻打金国，承诺用河南的土地作为报酬。南宋京湖制置使史嵩之把这个消息报告了朝廷。当时宋理宗赵昀在位，把金国看做世仇，认为正好可以趁此机会报复，于是命令史嵩之同意约定，发兵合攻。王楫报告窝阔台，窝阔台立即命令塔察尔布展顺道到襄阳，和南宋合击蔡州。金主守绪派完颜阿尔岱到南宋借粮，临行时对完颜阿尔岱说："我不曾辜负宋国，宋国实在有负于我。我自从继位以来，经常告诫边境的将士不要侵犯他们的边界，如今他竟然趁我疲敝，同我反目成仇。蒙古灭掉了四十国，然后又灭了西夏。夏亡后又进犯我，我如果亡了必然进攻宋国，唇亡齿寒，自古如此。如果宋国能和我联合，借我粮草救急，我自然不会灭亡，宋国也就安全了。你可以把我的意思传达给宋主，让他斟酌定夺。"

这时的宋朝正在调兵遣将，一心想统治中原，金使的几句话根本无法改变他们的主意。完颜阿尔岱奉命而去，空手而回。金主无奈，只好誓死守孤城，听天由命。蒙古部将塔察尔布展先到蔡州，前锋逼近城下，被金兵出城奋力击退。蒙古后队再来攻城，又被金兵杀退。塔察尔布展不敢强攻，只好分兵筑起堡垒，打算围困孤城。

不久，宋将孟珙等人率兵两万，并带着三十万石粮草，来赴蒙古之约。塔察尔布展大喜，和孟珙约定南北分攻。于是，蒙古兵攻打北面，南宋军攻打南面。城内虽然有完颜仲德、富珠哩洛索等人死守，怎奈北面稍稍安定，南面又吃紧；南面稍稍安定，北面又吃紧。防了弓箭，难防水火，防了水火，难防云梯。况且外无救兵，内无粮草，单靠这有限的兵力，怎么能防守得住？两军分攻不下，再合兵猛攻西城，前仆后继，很快外城被攻破。幸好里面还有内城，完颜仲德调集精锐，日夜死战。

金主见孤城危急，整天以泪洗面，对侍臣说道："我继位十年，自认为没有什么大的过错，死而无憾！只恨祖宗传位百年，到我这里竟然灭亡，我同古时那些荒淫暴乱的君主同为亡国之君，未免痛心！但古时那些亡国的主子，往往被人囚禁，或被杀害，或被奴役，我却不愿意沦落到那步田地，宁可以身殉国。即使死了也可以面对祖宗，不至于无颜相见。"侍臣全都痛哭。金主拿出御用器皿赏给将士，既而又杀马犒劳军兵，怎奈大势已去，回天无力。

勉强支撑了两个月，已经是残年岁尾。第二天就到了金主守绪最末的一年，也是蒙古窝阔台可汗继位的第六年。蔡城死气沉沉，守城的军民全都面目枯瘦，饥饿不堪。低头再看敌军，正在欢呼畅饮，更觉得悽惨万分。金主早上起床后，巡城一周，叹息了好一阵。到了晚间，召东西元帅承麟进见，准备禅位给他。承麟哭着下拜，不敢接受，金主说："我把皇位让给你，实在是不得已的办法。我看此城已经难保，考虑到我身体太肥胖，不便在马上冲锋，只能以身殉城。你身手矫健，而且有谋略，万一能冲出去，保全社稷，我死也安心了！"承麟还要推辞，金主又召集百官，表明了自己的心意，大家也都赞成，于是承麟不得不同意，起身接受了传国御玺。

第二天，承麟继位，百官道贺。礼仪还没结束，忽然有报南城起火，宋军已经攻进城了。完颜仲德连忙出去巷战，怎奈蒙古军相继杀到，四面夹攻，杀声震天。完颜仲德料到不能抵挡，又去找金主守绪，只见他已经悬在房梁上，气绝身亡。完颜仲德当即拜了几拜，出来对将士说：

"我主已经驾崩，我们怎么办？不如跳水而死，随我主一道去吧！"说完，跳进河里自尽。将士齐声答道："大人能死，难道我们不能吗？"然后富珠哩洛索带头，五百余人全部投河。

承麟退守内城，听说金主自尽，君臣大哭。过了一会儿，承麟对百官说："先皇在位十年，勤俭宽仁，一心想恢复旧业，大志未成，以身殉国，难道不可哀吗？应当谥号为'哀'。"史家因此称守绪为金哀宗。没等祭拜完，内城又被攻陷。于是承麟举火焚烧了金主的尸首。霎时间，士兵四起，刀光剑影，可怜受禅一天的承麟也战死在了乱军之中，连尸体都没有找着。金朝自从完颜阿骨打建国，共传六世，换了九个君主，历时一百二十年灭亡。

蒙古部将塔察尔布展和宋将孟珙扑灭了余火，拣出了金主守绪的尸骨，分为两份，一份给了蒙古，一份给了南宋。此外那些金银财宝一律均分。然后议定以陈州、蔡州西北为界线，北面归蒙古，南面归南宋，两国分别撤军。

大约过了半年，南宋忽然兴兵攻打汴州。窝阔台可汗大怒："汴城分为我国属地，宋兵为什么无故进犯，私毁盟约？"然后下令讨伐南宋。札拉呼请求领兵出征，窝阔台发几万大兵，派他统率南下。

当时，南宋部将赵范、赵葵打算收复三京，请求调兵攻打汴京，朝中大臣多数反对。赵葵竟然统领五万淮西兵，会同庐州全子才，合兵攻打汴京。汴京都尉李伯渊长期被崔立压制，秘密谋划报仇，听说宋兵快要到了，就派使者相约投降。李伯渊假装邀请崔立商议守备事宜，崔立一到，李伯渊立即掏出匕首刺进崔立前胸，崔立大叫而死。随从也被伏兵杀掉。李伯渊把崔立的尸体系在马尾上，然后来到军前问："崔立杀人抢劫，荒淫暴虐，大逆不道，古今少有，是否该杀？"众人齐声道："千刀万剐也不为过！"于是崔立立刻被斩首。先祭宋哀宗，然后把尸首放在大街上，凭任军民宰割，不一会儿身上的肉就被割光了。

宋兵攻进汴京，驻扎了半个月，赵葵催促全子才进兵攻打洛阳。全子才因为粮饷没到，准备缓行，赵葵却督促得越来越急，全子才于是派淮西制置司徐敏子统兵一万人进攻洛阳，仅给了他五天的军粮，又派杨谊统领庐州一万五千兵马作为后应。徐敏子到了洛阳，不料城中毫无守备，大军一拥而进。进城一看，只有穷困的百姓三百多户，没有一点财物。宋兵一无所获，眼看粮食又要吃完，不得已只好采蒿草和面作为粮食。

杨谊的军兵来到洛阳城东面，解散做饭。突然鼓角震天，喊声动地，蒙古大帅札拉呼领兵杀到。杨谊仓促间没有准备，哪里还敢抵挡，只好上马逃走，宋军立即溃散。札拉呼进兵城下，徐敏子出城迎战，厮杀了一番，不分胜负。无奈宋军粮食吃光，士兵全都喊饿，徐敏子没办法只得班师而回。赵葵、全子才在汴京一带收复的州郡全是空城，没有粮食可吃，屡次催促史嵩之运粮接济，却久等不到。蒙古兵又来进攻汴京，挖河灌水，宋军大多被淹死，只得班师回朝，如意算盘都成了泡影。蒙古派王楫到南宋，严厉谴责他们负约。黄河、淮河一带从此陷入战乱，没有了宁日。

窝阔台可汗七年，窝阔台派皇子库腾和塔海等人入侵四川，穆德克和张柔等人入侵汉阳，琨布哈和察罕等人入侵江淮，三路大军分兵南下。蒙古军刚刚起程，忽然接到东方探报，称高丽国王杀死了蒙古使臣，于是窝阔台派撒里塔为大将，率兵东征。

高丽本来是宋的属国，辽国兴起后，屡次侵犯高丽，高丽不能抵抗，转而依附辽国。辽国灭亡，又归了金。到蒙古攻金的时候，辽国原来的遗族趁机占据辽东，入侵高丽，高丽北方全部陷落。正赶上蒙古部将哈真东征，扫平了辽人，把高丽的故土仍然还给他们，高丽因此臣服蒙古。窝阔台派使臣征收贡品，当时高丽国王曔刚刚继位，夜郎自大，竟然拒绝了蒙古。蒙古派使臣质问，他却恼羞成怒，杀死来使，公开挑衅。蒙古兵一到，高丽国王曔居然召集兵马，与蒙古兵开战。一个海外小国，向来被人奴役，现在却要同锐气正盛的蒙古军一争胜负，岂不是螳臂当车，自不量力吗？后来屡战屡败，斗大的高丽城被撒里塔攻入。国王曔带领家眷逃到了江华岛，急忙派使谢罪，表示愿意增加岁贡。撒里塔报捷，并且请示命令。窝阔台因为西南正在用兵，没心思顾及东面，于是同意了高丽的请求，命令他派儿子来当人质，不得再叛乱。高丽国王曔只得答应，这才算保全性命，国家没灭亡。

蒙古兵东征的时候，西域发生了叛乱。发动叛乱的人就是兔水西逃的札兰丁。札兰丁逃脱后，部卒也大多渡过了大河，沿途抢掠衣食为生。后来听说八剌渡河追来，一行人又逃往克什米尔西北，等到八剌撤军后，成吉思汗也退了兵，这伙人才回军西行，又向北渡河，收拾残余势力，征服了依拉克、呼罗珊、马三德兰三部。此后札兰丁向北攻入阿特耳佩占部，赶走了他们的酋长鄂里贝克，把他的妃子蔑尔克抢了回来，作为自己的妻室。又向北入侵阿速、钦察等部，结果无功而回。当时邻部凯辣脱人侵入阿特耳佩占属地，并抢走了蔑尔克。札兰丁大怒，纠集部众围攻凯辣脱城。城主阿释阿甫因为哥哥谟阿杂姆在达马斯克地病死，去继承哥哥的位置，留下妃子汤姆塔和部众防守，与札兰丁相持了数年，最终被攻陷，部众多半逃跑。汤姆塔来不及逃脱，被札兰丁抢走，强迫她侍奉自己。

阿释阿甫听说故部陷没，邀集埃及国王喀密耳、罗马国王开库拔脱，联兵东来攻击札兰丁。札兰丁寡不敌众，兵败逃走，带着汤姆塔回到原部。阿释阿甫不想穷追，就派使臣通报札兰丁，让他在东防御蒙古，不得再骚扰西部，此后各自罢兵。

札兰丁答应了，刚想议和，忽然有报蒙古窝阔台可汗派部将绰马儿罕统领三万人马杀到。当时天寒地冻，札兰丁正在饮酒，听了军报毫不在意。他以为天气寒冷，敌军不能短期赶到，因此畅饮依旧，然后鼾睡。到了第二天，蒙古军前锋已经杀到，札兰丁来不及调兵，只好弃城远逃。汤姆塔没跟上札兰丁，被蒙古兵俘虏。札兰丁准备向西逃到罗马，借师御敌。不料蒙古兵追到，厮杀了一阵，札兰丁成了一个孤家寡人，逃进库尔忒山中，被土人劫住，送到头目家，结果被一刀斩成两段。相传札兰丁身材不过中人，少言寡笑，富有胆略，临阵果断，即使寡不敌众，也能沉着应战。只是仗着勇力过人，往往大意。喜欢饮酒作乐，以至于误事，而且对下属太严，将士大多怨恨他，因此转战多年，最终兵败身亡。

绰马儿罕扫平札兰丁，飞书告捷，窝阔台可汗好言嘉奖，并且命令他留下镇守西域。后来绰马儿罕荡平各部，并命汤姆塔以及各部落投降的酋长上朝参拜。窝阔台见他们懂得礼仪，就安抚了一番，然后把他们全部放回，并且下令让绰马儿罕返还侵略的土地，每年除了应纳的岁贡之外，不得额外苛征暴敛。至此里海、黑海之间全都平定，只有钦察以北还没有归服。

窝阔台打算趁机进兵征讨，于是又起兵十五万，命令拔都为统帅，速不台为先锋，皇子贵由、皇侄蒙哥等人陆续进发。拔都是术赤的二儿子，和哥哥鄂尔达非常友爱，跟着父亲驻守西北军中。术赤死后，鄂尔达因为才能不如弟弟，情愿让位，于是定拔都为继承人。拔都受命后，等大军到齐，就派速不台在前面开路，自己率军跟进。速不台来到不里阿里城，此城以前已经降服，现在又叛乱，速不台一到，叛众不能抵御，缴械投降，速不台转攻钦察。钦察部酋长八赤蛮屡次出兵抵抗，同速不台打了几仗，双方死伤相当。蒙哥等人率军跟进，八赤蛮败走。蒙古追兵分道搜捕，他却狡猾得很，一天多次转移，成功躲避了敌人的追踪。

蒙哥命令军兵包围，仍然不能抓获他。后来搜到一名生病的老妇人，讯问八赤蛮的下落，才知道他已经逃到海岛去了。

蒙古军急忙追击，向南追到了里海，捉到八赤蛮的妻子，还是不见八赤蛮，料想他一定逃到了邻近的岛上。正苦于海面茫茫无边，忽然大风刮起，水势随风奔流，海水一下子浅了好几尺，连海底的水草都看得清清楚楚。蒙哥命令军兵试着涉水，才没了半身，不禁大喜："这是上天助我，替我开道呢！"随即指挥军兵涉水去捉八赤蛮。

西征欧洲

八赤蛮逃到海岛，以为总算可以安身了，谁知蒙古军又追到，他赤手空拳怎么能抵抗得了呢？被蒙古军生擒活捉。到了蒙哥面前，八赤蛮立而不跪，蒙哥喝令他跪下，八赤蛮笑着说："我也是一国的主子，兵败被擒，一死罢了，我又不是骆驼，何必跪人？"

蒙哥见他不屈服，下令打入囚车，派军兵监守。八赤蛮对蒙古军兵说："我藏身海岛不料仍然被擒，是天意绝我，我死而无恨。只是风一停，海水又会上涨，你们如果不早撤退，恐怕要被水淹没！"军兵报告了蒙哥，蒙哥传令："杀了八赤蛮，立即班师！"然后把八赤蛮斩首，蒙哥率军离开了里海，又向北攻破俄罗斯部，直到也烈赞城。城主幼里急忙派人到首邦求援，自己带领儿子、夫人出战。蒙哥亲自督阵，和幼里战了半天，不能取胜，只好收兵。

第二天再战，蒙哥派速不台出马。两下酣斗，速不台见幼里背后有一位年少妇人，身材修长，面色白皙，跨着战马，眉目间带着杀气，心中十分爱慕。于是指挥军兵猛攻，从早晨一直攻到中午，幼里兵败，退入城中。速不台心里想着美妇，恨不得立刻攻破城池，于是连夜进攻。

攻了三天却没攻下来，速不台又假意诱惑幼里出来投降，让他交出百姓赋税的十分之一作为岁贡，幼里不同意。速不台大怒，召集军队合围，亲自督战猛攻。城里等待援兵却久等不到，十分惊慌，稍一疏忽，竟然被速不台攻破，把幼里的儿子抓了去。幼里逃进内城，登上城楼固守。速不台审问幼里的儿子，才知道前几天所看见的美妇就是幼里儿子的妻子，就对幼里的儿子说："你去叫你妻子出来，我就饶了你。"幼里的儿子没办法，只好到内城下叫他妻子。

速不台在后面等了好一阵，才见楼上有个美少妇出现，只见她双眉倒竖，冷若冰霜，俯视幼里的儿子喊道："你叫我做什么？你殉城，我殉夫罢了！"速不台说："你如果出来见我，我就饶恕你们夫妇，而且叫你得到好处。"那少妇却冷笑着说："鞑狗！你把我当做什么人看？别人由你凌辱，我却不能，我死也要杀你鞑子！"速不台大怒，把刀一挥，竟然把幼里的儿子杀死。那美少妇也随即从楼上跳下来，摔得血肉模糊，芳容尽毁，一道贞魂，立即随着丈夫一同去了。

幼里见儿子和儿媳全都死了，当即自刎。速不台因为欲壑难平，没处撒气，竟然下令屠城，将城内所有军民一律杀光。又进攻邻近的克罗姆讷城，城主罗曼阵亡。俄罗斯元首攸利第二汗派儿子务赛服洛特来救援，正遇到蒙古军。一阵厮杀，务赛服洛特大败而逃。蒙古兵继续前进，直逼莫斯科城，此城刚刚建立一百多年，防御工事很不完备，攸利第二汗的大孙子正在城中，被蒙古兵冲进城活捉了去。蒙古兵移军俄罗斯首都，攸利第二汗派儿子务赛服洛特和木思提思拉甫守城，自己带兵向北驻扎在锡第河，召集各部，准备抵御。蒙古兵到了城下，让攸利第二汗的孙子招降。城中不肯听从，蒙古军将攸利第二汗的孙子杀掉，然后合力围城。几天以后，城池被攻陷，两个王子巷战而死，妃嫔和官员们全都退到教堂拒守。教堂非常坚固，蒙古军攻打不下，纵火焚烧，烟气熏天，墙壁都烧红了。里面的人一半烧死，一半熏死，全都见上帝去了。

蒙古军又兵分几路，攻击附近各个部落，然后合兵杀奔锡第河。攸利第二汗纠集各部兵马，来抵挡蒙古军。蒙古军果然厉害，不管死活，碰着就砍，见着就杀，一味的横冲直撞。等到敌军大乱，蒙古军却变了阵式，围成一个圆圈，把敌军团团围住。攸利第二汗从没见过这么凶猛的队伍，慌忙带了两个侄儿突出重围。跑了不到几十步，被蒙古军一箭射倒，当场丧命。

蒙古兵再向北进发，只见林木茂密，道路泥泞，骑兵、步兵都不便行走。于是中途返回，转向西南，来到秃里思哥城。城主瓦夕里倒是个血性男儿，他听说蒙古军要到，早已做好了准备，加筑城墙，安排下了强弓毒箭，严阵以待。蒙古兵刚来到城外，他立即带兵冲出城来，不等蒙古兵接近，就命令弓弩手一齐放箭。箭头有毒，只要射入身体，任凭你是条铁汉，也落得一命身亡。速不台先到，被守城的军兵一鼓射退。蒙哥接着赶到，仍被射退。各军只好筑起包围工事，堵住守城军的出入，让他们不战自乱。约莫过了一个月，城中依然镇静，丝毫不见有恐慌情绪。蒙哥主张退兵攻打别处，速不台却不同意，再次督军猛攻。不料城上砸下大石头，每块重好几十斤，夹杂着带火的弓箭，把蒙古军打得焦头烂额。速不台见难以攻破，急忙鸣金收兵，仍然伤亡了一两千人。

从围城之日算起，一攻一守，已经过了五六十天，蒙古军死了七八千人。速不台很郁闷，一面向大营求援，一面和蒙哥定计，带兵撤退。瓦夕里见敌军退去，出城追击。蒙古兵速度奇快，眨眼间已经跑出了一百多里，任凭他怎么拼命追也赶不上，没办法只好返回城中。又过了两天，蒙古兵又到城下。瓦夕里连忙登城守御，一眼望去，蒙古兵马比前时还多。他知道是敌人得了援兵，又来攻城，命令军民小心防守。接连守了三天，蒙古兵虽然来攻，城里的守备却没有疏漏，不曾失手。

到了夜间，守城的军兵因为两宿没合眼，非常疲乏，想休息一下。刚要就寝，忽然城中起火，官兵连忙出来救火，不料城门大开，蒙古兵已经蜂拥而入。守军拦阻不及，只好拼命死战。杀到天明，部众已是七零八落，举目四望，血流成河。瓦夕里正想逃走，猛听得弓弦一响，躲闪不及，已被射中肩膀，翻身落马。来了一个蒙古头目把他抓住，瓦夕里突然掏出刺刀，刺伤敌人的手腕，奋力挣脱。后来蒙古兵一齐追上，瓦夕里自知难以幸免，竟投河自尽了。

原来，拔都并没有亲自赶到，因为速不台求援，他命令合丹不里率兵前去援助，途中和速不台大军会合。速不台命令军兵换了装束，混进城中。只因为城中昼夜严查，不便下手，过了三天，守城的士兵渐渐松懈，于是混进城中的蒙古兵纵火开城，放进蒙古军。

蒙古兵再次屠城，然后南下钦察。当时霍都思罕已经返回，听说蒙古兵将到，连忙逃到了马加①。霍都思罕手下的部众大多投降，蒙古兵又扫平了撒耳柯思、阿速等部，并攻克灭怯思城，直达高加索山西北。

队伍休养一个月，又进攻南俄。计掖甫是南俄的一座大城，先前俄罗斯曾经在此建都，历时三百多年，后来才迁到物拉的迷尔。攸利第二汗战死后，计掖甫城主雅洛斯拉甫去救援不及，就趁着蒙古军南下，自己进入都城当了酋长。扯耳尼哥城主米海勒转而占据计掖甫城。蒙古先攻打扯耳尼哥，守军用开水泼下，攻城的军兵多被烫伤，只得退到计掖甫城下，派人劝说守军投降，不料使者被杀。惹得拔都大怒，指挥全军

---

① 马加：现在的匈牙利。

昼夜围攻。米海勒料定不能守，逃到了波兰，留下部将狄米脱里防守。狄米脱里出战受伤，于是请降。拔都见他忠勇可嘉，免了他的死罪。狄米脱里就为拔都献计，劝他西征。速不台说："他大概是怕我们蹂躏这里，所以才劝我军西行吧。"拔都说："霍都思罕逃到马加，米海勒逃到波兰，我们何不乘胜长驱直入，讨伐他们。"于是派速不台进军波兰，自己率军攻打马加。速不台有个儿子叫兀良合台，骁勇不亚于父亲，自告奋勇要当前锋。速不台同意，大军一举攻进波兰。

波兰当时分成四部，一部叫撒洛赤克，酋长是康拉忒；一部叫伯勒斯洛，酋长是亨力希；一部叫克拉克，酋长是波勒司拉弗哀；一部叫拉低贝尔，酋长是米夕司拉弗哀。蒙古军先进攻克拉克城，波勒司拉弗哀不能抵御，慌忙逃去，城池被烧毁。继而进攻拉低贝尔城，米夕司拉弗哀也望风而逃。亨力希听说两部全都失利，急忙邀集各部前来抵抗敌军，共召集了三万多人，分作五军。第一军是日耳曼人，第二、第三军全是波兰人，第四军也是日耳曼人，亨力希作为第五军。

日耳曼人仗着勇猛，轻易冒进，来到勒基逆赤城，遇见兀良合台。兀良合台并没有同他们交锋，而是先登高遥望，见前面来兵众多，立即下山收兵，向后倒退，派人飞速禀报速不台。速不台领兵前进，兀良合台带兵退后，父子相会，定下计策，速不台离去。

日耳曼军还以为兀良合台胆怯，争着追来。兀良合台勒马等着，追兵来到，然后下令交战。此时，日耳曼军锐气正盛，双方彼此搅作一团，约有两个小时，蒙古兵丢盔弃甲，一哄而逃。日耳曼军怎么肯舍，奋力追赶，蒙古军跑得飞快，日耳曼军也追得起劲。约莫行了几十里，速不台从旁杀到，放过兀良合台军，与日耳曼军厮杀。日耳曼军虽然惊慌，却还有些余勇，仍然招架得住。不料战了片刻，兀良合台已经绕到背后，所率领的蒙古铁骑凶猛无比，与前时大不相同，杀得日耳曼人没处躲闪。忽然听得炮声四起，四面都是大石头飞来，日耳曼人走投无路，霎时间全军覆没。

速不台父子继续前进，正巧碰上波兰军。兀良合台趁着他们刚到，指挥蒙古铁骑突入敌阵，把波兰军冲成好几段。波兰军向北逃走，此时天色已晚，伸手不见五指，前面正撞着第四军日耳曼人，竟自相厮杀起来，等到彼此弄明白怎么回事，蒙古军已经杀到。那时，日耳曼军听说前队兵败，全都吓得魂飞天外，无心恋战，纷纷逃去。亨力希带着后军，因为天色昏黑，不敢前进，只是派人探听前军下落。等得到兵败的消息，这才准备退回，蒙古军却已经赶到。日耳曼军勉强抵御，哪里敌得过蒙古军，不到半个小时，已经被杀得人仰马翻。亨力希知道不妙，正要逃走，身上中了一矛，顿时落马，被蒙古兵斩下首级。部众吓得四散奔逃，五路大军全部溃败，米海勒不知去向。

蒙古军又四处攻略，然后向东南绕行，去接应拔都军。拔都正要进攻马加，先派使者招降。马加首领贝拉刚刚接纳了霍脱思罕，得了四万户百姓，命令他们改信天主教，正自鸣得意，哪里肯轻易归附蒙古！当即拒绝来使，派将士守住山隘，砍伐树木堵住要道。拔都听说马加拒绝归附，立即命令军兵砍木开路，顺道进兵。守兵闻风逃去，贝拉急忙下令征兵，新兵还没来得及集合，蒙古军的先头部队已经到了城下。天主教士乌孤领请求贝拉，愿意率领教徒和军兵出战。贝拉不同意，乌孤领自认为勇敢，竟然出城开战，被蒙古军逼到沼泽地中，教徒全部战死，只有乌孤领逃回了城。

城里军民大惊，全都怪贝拉容留霍脱思罕，得罪了蒙古。贝拉不得已把霍脱思罕押进狱中，又把他处死，派人通告拔都。拔都军仍然不退。贝拉守了几天，召集的军兵已经渐渐汇集，便来战蒙古军。蒙古军连打胜仗，不免骄傲，稍一疏忽，贝拉突然出击，一时间来不及招架，竟被贝拉冲破阵脚，杀伤多人。拔都连忙带兵撤退，贝拉又指挥人马追杀过去。拔都军正在焦急，忽然东北角上又有一标兵马杀到，吓得拔都叫苦不迭。看到旗上大字，才知道是速不台父子的兵马，心中大喜，当即带兵杀回。贝拉见拔都得了援助，就收兵回去。拔都也不追赶，只去与速不台父子会合。拔都说："贝拉兵势正强，不可轻敌。"速不台说："待我去窥探形势，再行定夺。"

第二天，速不台带领几名随从出营。约莫过了半天才返回，对拔都说道："离此不远有条漷宁河，上流水浅，河上有桥，渡过这条河就是马加。我军可以诱敌出来，假装在上游与他厮杀，我再从下游扎木筏偷偷渡河，绕到敌后，断了他的退路。那时他腹背受受敌，一定溃败。"拔都点头同意："这个计策好极了，明天就动手！"速不台说："事不宜迟，我去连夜扎木筏，大约明天下午就能扎成，上游也好进兵了。"拔都点头同意，速不台带兵离去。

第二天一早，拔都升帐点兵，不到中午就已经饱餐战饭，然后出兵来到漷宁河。贝拉得了探报，果然发兵来阻截，蒙古兵见他中计，越发耀武扬威，纷纷争渡。到了桥边，贝拉的守兵刀枪并举，弓箭齐发，蒙古兵连续几次夺桥都被杀退。惹怒了猛将八哈秃，他左手持盾，右手执刀，大声喝道："有胆量的随我来!"话音未落，上来部众一百多人，跟着八哈秃上桥，专门向敌兵集中的地方杀去。其余部众也从后面紧紧跟随。等杀过了桥，八哈秃身上中箭无数，已经像刺蝟一般，狂叫而死，部下也战死了三十多人。

贝拉退回城中，速不台才渡河。拔都又恼怒又郁闷，要撤兵。速不台却说："大王要撤自己撤，我不攻克马加，誓不收兵!"然后带兵进攻马加，拔都不愿意一同前往，就在河边扎营。众将却争着请求进攻，拔都这才分兵相助。贝拉自从争桥失利后，很害怕蒙古军的凶猛，等速不台的军兵一到，更加恐慌。后来见蒙古兵越来越多，竟然趁着夜间，偷偷地逃跑，继而城池被攻陷。速不台和诸将报告拔都。拔都还余怒未消，对众将抱怨："漷宁河一战，速不台误时迟到，导致丧失了我的良将八哈秃!"速不台答道："我说下午发兵，你们午前就已经进攻，那时我的木筏还没扎成，怎么能渡河相救呢?"众将也为他求情，并且都说现在已经夺下马加，不必追究前面的事，拔都这才不说话。

过了几天，蒙古兵继续分兵追击贝拉。听说贝拉逃到了奥斯，蒙古兵追踪前进，所过之处大肆杀掠。欧罗巴洲①震动，捏迷思②各部军民全都挑着担子远走他乡。忽然，蒙古军中传到紧急告讣，原来是窝阔台可汗逝世，六皇后乃马真氏称王了。拔都急忙派贵由先回去奔丧，自己随后部署兵马，班师还朝。

蒙哥残杀同宗

窝阔台可汗晚年纵情酒色，每次饮酒必定彻夜不停。耶律楚材屡次上谏，他都不听，耶律楚材甚至拿着铁口的酒槽子进言："这块铁被酒所腐蚀尚且如此，人的五脏远不如铁坚硬，岂有不损伤的道理?"窝阔台虽然也有所觉悟，然而没过多久就又故态重生。在他继位十三年的二月，有一次打猎回来，又多饮了几大杯，竟然病危。左右急忙召太医诊治，太医报称窝阔台脉象已绝。六位皇后不知所措，赶紧召耶律楚材来商议。

---

① 欧罗巴洲：即现在的欧洲。
② 捏迷思：即现在的德意志。

耶律楚材用"太乙数"预测，称主子命数未终，只因用人不当，奸臣卖官鬻爵，囚禁无辜，这才遭到天谴。应当颁布诏书大赦，以求得老天的宽恕。六位皇后立刻就要颁诏书，耶律楚材又说："一定要主子亲自命令才行！"不一会儿，窝阔台苏醒，同意下赦旨。不久窝阔台痊愈，耶律楚材上奏说此后不宜田猎，窝阔台倒也静守了一两个月。

转眼到了隆冬，草木枯萎，窝阔台又要出猎，只是担心旧病复发，犹豫不决。左右说："不骑马射箭，还怎么取乐？况且冬天狩猎本来就是旧制，出猎一次又何妨！"窝阔台于是出猎五天，来到谔特古呼兰山，在行帐中纵情豪饮，喝了一夜才结束。第二天天光大亮，窝阔台还没起床，左右进帐探视，窝阔台已经说不出话来。等抬回宫中，窝阔台一命归天。

窝阔台可汗刚开始当政时，励精图治，等到灭了西夏和金国之后就渐渐懈怠了。当政七年时，大兴土木，筑和林城，并建造万安宫；九年时，筑瑷林城，建造格根察罕殿；十年时，筑托斯和城，建造迎驾殿。然后广采美女，后宫妃嫔不下数百名，称皇后的有六人。六皇后乃马真氏美貌绝伦，才华出众，巾帼不让须眉。因此，窝阔台很是宠信，宫中的一切事务都由乃马真氏主持，别人不得过问。她生下一子，名叫贵由，就是随军西征的那个王子。乃马真皇后和耶律楚材商议继位的事，耶律楚材说："这事不是外姓臣子所敢参与的。"乃马真皇后有些犹豫："先帝在时，曾打算立皇孙失烈门为储君，但失烈门年幼，儿子贵由又在军中未归，一时真难决定。"耶律楚材说："先帝既然有遗命，应当遵照执行。"话音未落，闪出一个人说："皇子没回来，皇孙还小，何不请皇后称制！"耶律楚材一看，是窝阔台生前的宠臣，名叫奥都剌合蛮。耶律楚材说："这事还须审慎！"乃马真笑道："暂时称制，料想也没什么大碍！"耶律楚材还要上谏，见奥都剌合蛮怒目而视，也就不说话了。

这个奥都剌合蛮原来是回回国商人，窝阔台西征时掳获回来，因为他心性聪慧，善于推算，很快升为监税官。后来又升任总税官，出入窝阔台左右。他善于阿谀奉承，经常陪侍窝阔台长夜饮酒。窝阔台甚至离开他就不高兴，就是六皇后乃马真氏也喜爱他听话，对他异常信任。现在他提出母后称制，连耶律楚材也不敢和他争辩，只好先办理国丧，再商议。窝阔台在位十三年，享年五十六岁，庙号太宗。

丧葬完毕，乃马真皇后临朝听政，提升奥都剌合蛮为相国，无论大小政务，全都听他裁决。还有一个西域回回的妇人名叫法特玛，也是窝阔台西征时所得，选进后宫作为役使，乃马真皇后也很宠爱。奥都剌合蛮和她勾结，遇到反对自己的官僚，就让法特玛进谗言。他们二人内外蒙蔽，陷害忠良，很快朝中旧臣被罢免了一大半。

耶律楚材很郁闷，有时上朝提意见，皇后能听进去的只有十之一二。一天，耶律楚材听说乃马真皇后把御宝和空纸交给奥都剌合蛮，让他遇事自己书写诏书，就勃然大怒，进言上谏："天下是先帝的天下，怎么能把御宝交给相臣呢？"乃马真皇后虽然收回命令，但心中很是不乐。

过了几天，乃马真氏又降下懿旨，凡是奥都剌合蛮所提的建议，令史官员如果不给书写，就降罪砍手。当时耶律楚材是中书令，又进谏道："国家典章法度，先帝全都委托给了老臣，与令史官员有什么关系？而且事情如果合理，臣自当奉行；如果不可以，臣死都不怕，何况斩手呢？"乃马真皇后大怒，喝令退出。耶律楚材大声说："老臣辅佐太祖、太宗三十余年，从没辜负国家，皇后怎么可以这样对待臣？"说完，摘下帽子扬长而去。奥都剌合蛮在旁边对乃马真皇后说："耶律楚材如此狂妄，理应加罪。"乃马真皇后却说："他是先朝功臣，所以我格外宽容，今天饶恕他一回。"

从此，耶律楚材经常称病不上朝，乃马真皇后也乐得清静。忽然接到东方密报，说铁木格大王带兵来到。当时成吉思汗的兄弟只有铁木格还健在，此前他镇守东方，现在听说奸权祸国殃民，因此率兵而来。乃马真皇后大惊，连忙召奥都剌合蛮商议。奥都剌合蛮说："能战就战，不能战就守，如果守不住，就西迁，怕他什么！"

乃马真皇后听完，暗中命令左右卫队准备西迁，但心里也不免犹豫。猛然想起耶律楚材，于是派内臣宣召。耶律楚材一到，乃马真皇后就同他说起西迁的事。耶律楚材坚决反对："朝廷乃是天下的根本，根本一动摇，天下必将大乱。臣观天象，应当没有危险。如果怕铁木格大王进京，何不派他的儿子前往责问，叫铁木格大王把兵马留在半路，上朝陈述缘由。"乃马真皇后对耶律楚材说："你替我传旨，派他儿子立即前往。"耶律楚材遵旨执行。

铁木格带兵走到半路，听说皇子贵由带领西北凯旋军到了和林，又加上自己的儿子奉旨责问，乐得顺水推舟，便道："我只是来奔丧，没有别的意思！"铁木格的儿子禀报乃马真皇后，不久铁木格率兵东撤。贵由回朝后，乃马真皇后打算立他为汗。奥都剌合蛮和法特玛二人认为新君继位，他们一定会失去权势，于是就在乃马真皇后面前说要等拔都回国才可以决定，免得留下麻烦。乃马真皇后听信了他们的话，急召拔都还朝，可是拔都却心怀不平，只是称病推诿，屡次拖延行期。

奥都剌合蛮权势越来越大，无恶不作，耶律楚材竟然忧伤气愤而死。乃马真皇后因为前朝功臣去世，打算厚加抚恤。奥都剌合蛮却出来反对，并说耶律楚材历经两朝，全国贡赋有一半到了他家，还要什么抚恤。乃马真皇后半信半疑，派近臣麻里札去耶律楚材家里察看，见他家中只有十几件乐器，以及古今书画、印章、遗文几千件。麻里札据实报告，乃马真皇后这才给耶律楚材厚葬。后来至顺元年，又追封耶律楚材为广宁王，加封太师，谥号文正公。

乃马真皇后临朝，转眼间已将近四年，西征军早已全部撤回，只有拔都没回来。后来乃马真皇后身患重病，卧床不起，于是紧急召集各位王公大臣，开库里尔泰大会，立贵由为大汗。继位那天，边远属国大多前来朝贺。贵由可汗在位一个月，查出奸臣当道的实情，只因为母后还在，不便大动干戈。又过了几个月，乃马真皇后病逝，奥都剌合蛮才算倒运，被贵由关进大狱，继而处斩。后来又查得回回妖妇法特玛施行巫术，加害皇弟库腾，贵由命人把她裹在毡子里，投进河中，参与的妇女大多处死。只有拖雷的妃子唆鲁禾帖尼在宫中闲居，从不参与阴谋，贵由对她格外敬重，所有内外大事也时常同她商议，拖雷妃于是渐渐干政。

贵由可汗在位二年，除了整顿宫廷之外，没有什么大政出台，而且因为有手脚抽搐的毛病，曾经有一段时间不问朝政。这年秋天，贵由去西部巡游，来到叶密尔河。贵由在西部一住就是几个月，自称西域的水土与身体相宜，颇有恋恋不舍的意思。拖雷妃唆鲁禾帖尼还以为贵由同拔都有矛盾，久住西域，一定有别的打算，于是派心腹密告拔都，让他早做准备。谁知贵由并没有什么阴谋，不过是在外养病。一过残年，贵由竟然病危，不久就去世了。

皇后斡兀立海迷失随驾到西部巡游，现在却密不发丧，先派人报告拖雷妃和拔都，打算自己暂时摄政，等待新君继位。拔都先前得到拖雷妃密报，刚刚起程东行，要见贵由可汗剖明心迹。途中接到噩耗以及皇后摄政的意旨，只好应允。于是，皇后发丧回宫，尊称贵由可汗为定宗，自己抱着小儿子失列门临朝主政。

这年，国内大旱，河水全都干了，野草因高温而自燃，牛马大多死亡，民不聊生。王公大臣都说失列门没有福气，不宜为汗，因此人人失望，各怀异心。拔都在阿勒塔克山，准备召集亲王，开库里尔泰大会。到了会期，只有术赤和拖雷的子孙赶到，察合台已经死掉，他儿子也速蒙哥没到，窝阔台可汗的几个儿子也都没到，皇后斡兀立海迷失派使臣巴拉参加了会议。大家依次坐定，巴拉起身说："从前太宗健在的时候，曾立皇孙失列门为储君，诸位王公大臣也都知道，如今皇后抱着失列门听政，是遵守太宗的遗嘱，亲王百官应当没有异议吧？"正说着，有人高声质问："太宗既然要立失列门，应该早立，为什么太宗驾崩后，又别立定宗，难道这也是太宗的遗命吗？"巴拉一看，是拖雷的儿子忽必烈，便道："太宗驾崩时，失列门还年幼，国家不可以没有年长的君主，所以改立定宗。现在定宗驾崩，失列门也渐渐长大，自然应当遵照太宗的遗命。"说到这里，拖雷的二儿子末哥失声笑道："太宗的遗命谁敢违抗？只是六皇后乃马真氏以及你们这帮大臣，先前立定宗，已经违背了遗嘱，今天反而叫我们遵守，岂不是自相矛盾吗？"大家全都认为末哥言之有理，掌声如雷，弄得巴拉面红耳赤，无话可答。

当时，速不台也已经去世，儿子兀良合台在会，起身说道："巴拉说国家不可没有年长的君主，我也赞同，现在如果论起年长望重的，各位王公中要数拔都，何不推他继位呢？"拔都推辞："我无才无德，不敢继位。"大家齐声说："王爷既然不愿继位，只有请王爷推荐一人，也好早定大计。"拔都说："我国幅员辽阔，如果没有像太祖一般聪明睿智的人，恐怕不能继立，我的意思不如推选蒙哥。"众人赞同："就这么定了吧！"蒙哥起座推辞，末哥说："大家都要拔都选择。哥哥先前没有异议，现在选了哥哥，为什么又不同意呢？"拔都也表示："末哥说的是。"

计议已定，巴拉回京报告，皇后斡兀立海迷失和几个儿子很不高兴。派使臣告知拔都，提出会议应当在东部开，不应当在西部开；而且宗亲王公没到齐，不能生效。拔都回答说，祖宗大业不可儿戏，如今已经推立蒙哥为主，请皇后服从大局。如果必须在东部开会，自己也同意。然后，拔都让蒙哥回到东部，由拔都的弟弟伯尔克率领大军护卫。拔都仍然驻守西方，作为外援。

于是东方又要开库里尔泰大会，由唆鲁禾帖尼主持，再次召集诸位王公大臣商议立汗的事。太宗和定宗的子孙仍然没到，拔都派人去劝，也不见回应。拔都大怒，传令各地，决定立蒙哥为汗，宗亲中如果有反对的，按国法处置。亲王大臣都惧怕拔都的威势，再次在斡难河开大会，除了太宗、定宗的子孙以及察合台后代不到外，其余人等全都推戴蒙哥。蒙哥继位当天，亲王在右，妃子在左，末哥、忽必烈等人在前，武将以忙哥撒儿为首，文臣以孛鲁合为首，举行大典。典礼之后，追尊拖雷为皇帝，庙号睿宗，大摆宴席七天。

正在庆贺时，忽然有个车夫克薛杰告变，说自己丢失了一头骡子，出去找，半路上遇到一行车辆，其中的一辆车辕折断，露出兵甲器械，恐怕不怀好意，特来告警。忙哥撒儿听完说："待我出去查问一下。"蒙哥汗同意，就派忙哥撒儿去打探。过了半天，忙哥撒儿带着二十人进来，蒙哥可汗询问得知，为首的名叫按赤台，是奉了失列门的命令来道贺的。其中有几名武士，说是也速蒙哥派来进献贡物的。蒙哥笑着说："既然兄弟们深情厚谊，所来人士都应赐酒宴。"忙哥撒儿答话："来人不止这些，我叫他们留下一大半在半路上等着呢。"蒙哥又笑道："何不叫他们一起来！"

酒宴结束后，蒙哥和忙哥撒儿密谈了一会儿。忙哥撒儿答应着，当夜就把二十名武士和半路上的卫士全部抓了起来。第二天，蒙哥亲自审问，按赤台等人连声喊冤。又命令忙哥撒儿审讯，忙哥撒儿严刑拷打，失列门的差官不堪折磨，全都放声痛骂。

蒙哥可汗因为刚刚继位，不想多杀人。大臣却想杀掉这帮人，蒙哥正在犹豫，有个西域人牙剌挖赤来见蒙哥。此人一直在蒙哥帐下，特别有智谋，蒙哥就问："你是个老成人，阅历也多，正好帮我解解疑团。"牙剌挖赤道："我是西域人，只知道西域的事。从前，希腊国王阿来三得剿灭波斯，要攻打印度，将领中多有异议，命令得不到执行。阿来三得派人请教他的师父阿里斯托忒尔，阿里斯托忒尔并不回答，只是与差人一起游园，遇着荆棘挡道，命令随从全部砍掉，另种新草。派去的人恍然大悟，立即返报阿来三得，于是阿来三得把那些反对自己的将领杀的杀，放逐的放逐，然后发兵平定印度。我就知道这些，主子自己拿主意吧。"蒙哥点头说好。然后命令把按赤台等人一律斩首，又查出那些知情不报的官吏，一律杀死。然后蒙哥改革政令，重封官职，禁止亲王与百姓争财、纵容属下扰民；免去老年人的赋税；命令佛、道等教徒服役；所有蒙古汉地的居民，都归忽必烈治理。后来蒙哥乘辇来到和林，和林的官民大多前来迎接。

蒙哥进城后，继续追捕定宗的党派，或杀掉，或放逐。定宗皇后斡兀立海迷失以及失列门的生母在宫中心怀愤恨，经常口出怨言。蒙哥命令忙哥撒儿带兵进宫，将她二人拖出，严刑审讯。可怜这两个人蓬头赤脚，熬受苦刑，结果是屈打成招，说是心中怨恨新皇帝。蒙哥处死定宗皇后，把失列门的生母裹上毡子投了河，失列门兄弟全部被贬谪，迁到摩多齐处监禁，不准居住在和林。连太宗的老皇后乞里吉帖忽尼也被迫迁出宫，到和林西北居住。所有太宗后妃的家产尽行抄没，分赐给亲王，并派贝喇前往察合台藩地，严厉追究违命大臣。从此，太宗的子孙和拖雷的子孙永成仇敌，蒙古大帝国，就暗暗生出分裂的苗头了。

忽必烈因为立下了佐命大功而得到重用，全权处理漠南军事。他在金莲川开设官府，召用苏门隐士姚枢、河内学子许衡以及辉和尔部人廉希宪。忽必烈讲究王道，体恤民情。姚枢、廉希宪和许衡都是当时的名士，他们感念忽必烈的知遇之恩，各展才能，把京兆治理得井井有条。忽必烈想扩大地盘，于是命令兀良合台统辖大军，分三路进攻大理。大理就是唐朝时的南诏，国王段智兴割据一方，同中原不通音讯。现在遇到蒙古大兵三路夹攻，吓得手忙脚乱，不知所措，勉强召集数千军民出城抵挡，被蒙古兵一扫而空。段智兴走投无路，只得出城求降。

蒙古大军又分兵攻打鄯善、乌爨等部，进入吐蕃。吐蕃[1]，唐朝时曾与大唐和亲，宋朝以后也偶尔进贡，百姓崇尚佛法，信奉喇嘛教。喇嘛指高僧而言，是至高无上的意思。祖师名叫巴特玛撒巴巴，唐玄宗时，他从北印度进入吐蕃，传播喇嘛教，风靡全境，此后喇嘛的势力凌驾于国王之上。蒙古兵攻入吐蕃，所向无敌，而且颁布招降命令，投降者免死，所有旧的习俗，仍然照旧。喇嘛扮底达迎接蒙古军，兀良合台对他以礼相待，于是扮底达带领蒙古军来到都城，劝说酋长唆火脱投降。唆火脱不得已只好从命。

当时，忽必烈亲自作为后援，也带兵攻入吐蕃，同扮底达相见，扮底达对忽必烈以礼相待。扮底达有个侄子拔思巴，刚刚十五岁，精通佛教，忽必烈欣赏他的聪慧，把他留在了身边。正赶上蒙哥降旨召还忽必烈，忽必烈这才命令兀良合台继续向西南进军，自己带着拔思巴凯旋。后来忽必烈继位，封拔思巴为帝师。

---

① 吐蕃：即现在的西藏。

忽必烈称汗改元

　　忽必烈奉旨回朝，来到京兆，听说阿拉克岱尔和刘太平二人奉蒙哥可汗的命令，正在核查各地的财税，京兆地区的官吏全都查出了问题。忽必烈气愤地说："这里的官吏归我管辖，大半是我任命的，难道都贪污不成？这次我出兵西南，离主子太远，朝中一定有小人进谗言，说我短处。我定要上朝辩解，除掉奸臣！"这时姚枢觐见，听了忽必烈的话，连忙进谏："大王虽然是皇上的弟弟，究竟是人臣，不应当同主子争辩。现在不如带着王妃和家人一起去朝廷，表示诚意，谗言也就不攻自破了。"忽必烈想了想说："你讲的也有道理。"等来到和林，拜见蒙哥，就按姚枢所说的话，对蒙哥表示了自己的忠心。蒙哥说："我怕御弟远征，日久身体劳累，因此才召你回来休养，此外并没有别的意思。"忽必烈刚要辩解，只见蒙哥眼中含泪，也不觉悲从中来，落下泪来。

　　第二天，兄弟再次相见，蒙哥打算另外建造城池宫室，作为陪都。忽必烈推荐一个能人，叫刘秉忠。刘秉忠是邢台人，英姿飒爽，不拘小节，因为家境贫寒，所以只当了个府令史，后来辞官不做，出家为僧。忽必烈曾召高僧海云为自己出谋划策，一并邀请了刘秉忠。忽必烈发现刘秉忠应对敏捷，尤其擅长易经推理和预测，因此对他非常赏识。蒙哥派刘秉忠观测风水，选定桓州东面、滦州北面的龙冈。然后派人督工建造，定名开平府。蒙哥非常喜爱这里，少不了广选妃嫔，增设集市。开平府很快变得人气兴旺，十分繁华。此时传来兀良合台的捷报，还有皇弟旭烈兀先前曾经奉命西征，现在也传书报捷，好事一件接着一件。

　　兀良合台从吐蕃进攻白蛮、乌蛮以及鬼蛮等部，所向披靡。罗罗斯和阿伯两国全都投降，兀良合台乘胜攻下阿鲁诸酋，西南各国全部平定。兀良合台又南下进攻交趾。交趾就是安南地界，唐朝时曾设安南都护府，故名安南，世代为中国的藩属。蒙古兵南下，国主陈日煚防守不利，逃到海岛，都城被攻破。陈日煚派使臣议和，蒙古兵也怕天热，于是约定每年进贡若干钱币，同意了和议，九天后撤军。

　　前时，西域回回叛乱，蒙哥可汗的弟弟旭烈兀从和林发兵，沿天山北麓，经阿力麻里直到阿母河畔，召集西域各个侯王合兵向西进军，攻打木乃奚国。木乃奚在里海以南，先前拖雷带兵过境时，只是在城外抢掠了一番，并没有侵入城内。这次旭烈兀要征讨的回教徒大多聚集在该城。旭烈兀兵分三路，同时进攻。左路军命令布喀铁木儿、库喀伊而喀统带，右路军命令台古塔儿怯的不花统领，旭烈兀自己率领中军，杀奔木乃奚城。木乃奚城主兀克乃丁派弟弟萨恒沙来到蒙古军前求和。旭烈兀提出，必须城主亲自来归降，才能恕罪。萨恒沙回去几天，没见动静，旭烈兀带兵攻打，连下几座城堡。兀克乃丁又派使者请求宽限一年，一定亲自来降。旭烈兀不同意，并且对来使说："你们城主如果想投降，就赶快来，还可以饶他不死。"来使走后，仍然没有消息，旭烈兀性起，指挥三路大军昼夜围攻。兀克乃丁见无法拖延，只好出城投降，又把城外五十余座堡垒全部毁去。旭烈兀见兀克乃丁诡计多端，反复无常，想要把他斩首。但是已经有约在前，不便食言，于是劝他进朝，想在途中把他刺杀。然后旭烈兀下令屠城，木乃奚城顿时成了一座血肉模糊的死城。有几个命大的逃出城外，联络回教徒逃往八哈塔等国去了。

八哈塔在现在的阿拉伯东岸，是回教创始人穆罕默德的降生地。穆罕默德著有《古兰经》，被教徒所信仰，称为天方教。后来回教盛传，主教叫做哈里发，翻译成汉语就是替天行道的意思。如今蒙古扫平西域，哈里发的属地所剩无几。此时正当木司塔辛继位，此人昏庸无能，只喜欢听音乐、看戏剧，国事全由大臣主持。旭烈兀趁势进军，先给木司塔辛送信，指责他容留叛党，叫他能战就来战，不能战就来投降。

木司塔辛回信出言不逊，旭烈兀于是向西进兵渡过波斯湾，遇上八哈塔军。蒙古兵前锋受挫，后军继续前进，背水列阵，与八哈塔军激战了一天，没分胜负。两军分别驻扎在河边，蒙古军半夜挖开河堤，水淹敌营，继而进兵突袭。八哈塔军没有防备，猛然听见敌兵到了，急忙起身抵御，不料脚下全是大水，霎时间半身淹没。手下军兵也淹死了大半，逃脱的人也被蒙古军杀了。旭烈兀又合兵攻城，城墙非常坚固，旭烈兀命军兵筑起长垒，四面合围。又拆民房砖瓦，修建炮台，向城里放炮，轰轰隆隆的声音昼夜不绝。木司塔辛吓坏了，急忙派使臣求降。旭烈兀不答应，还是下令猛攻，木司塔辛又派两个儿子出降，都被拒绝，木司塔辛不得已，只得绑上自己出降。旭烈兀下令屠城，历时七天才下令停止。被杀的约有八十万人，只有天主教徒以及外国人不杀。宫内的金银财宝全部被抢。旭烈兀见城里的尸体堆积如山，肮脏不堪，就把人马驻扎在了乡间，命令军兵把木司塔辛带到，斥责他傲慢不恭，然后连同他的长子以及内监等五个人，一律处死。

第二天，又把木司塔辛的次子以及亲朋好友全部杀死。只有小儿子谟拔来克沙得到宽恕。后来谟拔来克沙娶了蒙古女子，生有两个儿子，总算保存了一脉。旭烈兀一面飞书告捷；一面兵分两路，派大将郭侃向东攻打印度，自己率军向西攻打天方去了。

蒙哥可汗听说西南接连告捷，心中非常高兴，就打算大举灭宋。先前乃马真皇后称制时，曾派使臣月里麻思到南宋议和，使臣到了淮上，却被守将囚禁。于是，蒙古兵进攻南宋。淮蜀一带战乱不断。只因蒙古多次发生内讧，没发过大军，所以宋将才能够防守。蒙哥继位后，早就想侵略南宋，听说月里麻思已经死掉，于是举兵南下，留下小弟阿里不哥守和林。

此时南宋在川陕一带，虽然有大将蒲择之、刘整、杨立、张实、杨大渊等人据险防守，无奈遇到蒙古兵马，无不望风披靡。蒙哥南渡嘉陵江，攻剑门，守将杨立战死，张实被擒。蒲择之、刘整等人守成都，被蒙古前锋纽璘攻陷，蒲择之等人兵败。蒙哥攻入阆州，守将杨大渊举城投降。蒙古兵包围合州，先派南宋降将晋国宝招降守将王坚，王坚不肯投降。晋国宝回到次峡口，被王坚派将追回，押到阅武场，痛斥他卖国求荣，罪不能赦，当场传令斩首。

王坚含泪誓师，开城出战，将士无不感动，拼力厮杀，战到天黑。蒙哥不能取胜，只得退兵十里扎寨。过了几天，再次进兵城下，又被王坚率军击退。一攻一守，相持了几个月。蒙古前锋汪德臣挑选精锐军兵，决定强行攻城，在夜里带兵登城。王坚指挥宋军奋力抵御。激战了一夜，直至天亮，城上城下尸体堆积如山。汪德臣大喊："王坚快快投降！"话音未落，猛然见一块大石头从头顶砸下，连忙将头一偏，这块飞石砸到右肩，手中的令旗被击落。蒙古军见主将受伤，放缓了攻城，又赶上倾盆大雨，攻城的云梯折断，只好退去。当晚，汪德臣毕命。

蒙哥攻城将近半年，仍然没能攻下，又折了良将，郁郁寡欢，一病不起。合州城外有座钓鱼山，蒙哥登山养病，却不见好转，眼见得病入膏肓，一命呜呼。蒙古兵撤军治丧，于是合州解围。

蒙哥可汗在位九年，勤于政事，不贪酒色，制度也日臻完善，每有诏书，必定亲自起草，修改几次才定稿，因此群臣不敢乱政专权。而且他精于骑射，喜欢打猎，只是过于迷信占卜，未免显得迂腐。蒙哥可汗庙号宪宗。

亲王末哥等人向国内外发出讣告。当时忽必烈正在领兵渡淮河，进攻黄坡，接到宪宗驾崩的噩耗，众将请求撤兵。忽必烈说："我既然接受先皇旨意，东西并举，进攻南宋，就要有始有终。如今我军已经渡过淮河南下，岂能无功而返？况且兀良合台已经平了交趾，正好约他夹击。就是不能灭掉南宋，也要叫他丧胆！"正说着，旁边有人进言："长江一向称为天险，南宋凭借长江立国，势必死守，我军如果不破他一阵，不足以扬威，末将愿担当此任。"忽必烈一看，是大将董文炳，便道："很好，你就带领左哨军前去。"董文炳领命，和弟弟董文用等人调兵去了。

忽必烈派人送信给兀良合台，然后统领全军接应董文炳。董文炳派弟弟董文用等人驾着大船大举渡江，自己率领骑兵在岸上接应。宋军沿江扼守，倒也有不少人马，江中也有大船驻扎。无奈带兵的都是酒囊饭袋，遇到蒙古军杀来，没等交战已先胆怯；即使勉强接战，也没有一点勇气。董文炳兄弟水陆并进，杀得宋军东倒西歪，仓皇而逃。等到忽必烈率军出发，董文炳大军已经过江了。

第二天大军会合，攻破临江，杀到瑞州，继而合兵包围鄂州。南宋大惊，用了奸邪无能的贾似道出兵汉阳，作为鄂州的援助。贾似道毫无胆略，中途逗留，众将也不遵守军令。贾似道又听说鄂州守将张胜兵败战死，城中死伤达一万三千多人，吓得魂飞魄散，就密派心腹王哀到蒙古大营，请求称臣纳贡。忽必烈不同意，部下郝经上谏："如今国遭大丧，社稷无主，宗族王公都在窥伺皇位。如果他们先发制人，阻止大王，我们势必腹背受敌。不如先和南宋议和，然后立即撤兵，再派一支军队迎接先帝灵位，收取御玺，召集王公大臣治丧，议定储君继位。那时大王顺天应人，自然可以登上皇帝的宝座了。"

忽必烈恍然大悟，于是和南宋定下和议。南宋割让江北土地，每年奉上银、绢各二十万，然后蒙古军退兵北去。兀良合台正在东部接应忽必烈军，带兵攻打潭州，后来得到议和的消息才撤军，又听说忽必烈已经撤回，就也带兵撤退了。贾似道反而派夏贵等人杀了兀良合台殿前卫兵一百多人，诈称宋军大捷。昏头呆脑的宋理宗竟然以为他有再造江山社稷之功，召贾似道回朝中，封为卫国公，并大加宠信。

忽必烈回到燕京，途中听说官军以宪宗遗命为名征招民兵。忽必烈说："我们的兵力很充足，怎么还征兵呢？这一定是和林方面在图谋变乱，所以才有这种举动。"随即贴出安民告示，放回民兵，百姓欢欣鼓舞。忽必烈来到开平，末哥、哈丹、塔齐尔等人都来相会，全都愿意拥戴忽必烈为大汗。忽必烈推辞说不敢接受。后来，又接到西域旭烈兀的来信，称西征军已经凯旋，并殷切劝忽必烈称汗。忽必烈于是同意了众人的请求，不等召开库里尔泰大会就登上了汗位。此时，姚枢、廉希宪等人正受重用，这几个人上马能杀贼，下马能写文章，于是草拟诏书，颁告天下：

朕惟祖宗肇造区宇，奄有四方，武功迭兴，文治多缺，五十余年于此矣。盖时有先后，事有缓急，天下大业，非一圣一朝所能兼备也。先皇帝即位之初，风飞雷厉，将大有为。忧国爱民之心，虽切于己，尊贤使能之道，未得其人。方董夔门之师，遽遗鼎湖之泣。岂期遗恨，竟勿克终。

肆予冲人，渡江之后，盖将深入焉。乃闻国中重以金军之扰，黎民惊骇，若不能一朝居者。予为此惧，骠骑驰归。目前之急虽纾，境外之兵未戢，乃会群议，以集良规。不意宗盟辄先推戴，左右万里，名王巨公，不召而来者有之，不谋而同者皆是。咸谓国家之大统，不可久旷，神人之重寄，不可暂虚。求之今日太祖嫡孙之中，先皇母弟之列，以贤以长，止予一人。虽在征伐之中，每存仁爱之念，博施济众，实可为天下主。天道助顺，人谋与能，祖训传国大典，于是乎在，孰敢不从？朕峻辞固让，至于再三，祈恳益坚，誓以死请。于是俯顺舆情，勉登大宝。自惟寡昧，属时多艰，若涉渊冰，罔知攸济。爰当临御之始，宜新弘远之规。祖述变通，正在今日，务施实德，不尚虚文。虽承平未易遽臻，而饥渴所当先务。呜呼！历数攸归，钦应上天之命；勋亲斯托，敢忘列祖之规？体极建元，与民更始，朕所不逮，更赖我远近宗族，中外文武，同心协力，献可替否之助也！诞告多方。体予至意！

这道诏书颁下之后，忽必烈效仿中夏建元的先例，定年号为中统元年。下诏书道：

祖宗以神武定四方，淳德御群下。朝廷草创，未遑润色之文，政事变通，渐有纲维之目。朕获缵旧服，载扩丕图，稽列圣之洪规，讲前代之定制。建元表岁，示人君万世之传；纪时书王，见天下一家之义。法春秋之正始，体大易之乾元，炳焕皇猷，权舆治道，可自庚申年五月十九日建元为中统元年。惟即位体元之始，必立经陈纪为先，故内立都省以总宏纲，外设总司以平庶政。仍以兴利除害之事，补偏救弊之方，随诏以颁。于戏！秉策握枢，必因时而建号，施仁发政，期与物以更新。敷宣恩恻之辞，表着忧劳之意。凡在臣庶，体予至怀！

年号已定，接下来忽必烈重新修改官阶体制。先前，成吉思汗从北方起兵，部落分散，官制非常简单，最重要的官叫做断事官，兼管刑事和行政，带兵的武官叫做万户，其余没有别的官称。后来，仿照金国设置行省和元帅、宣抚等官。现在忽必烈继位，命令刘秉忠、许衡酌定内外官制，总管政务的叫做中书省，掌握兵权的叫做枢密院，负责官员升迁的叫做御史台。其次有寺、监、院、司、卫、府。外官有行省、行台、宣抚、廉访。有路有府，有州有县。官阶有固定的职位，有固定的俸禄，大致上用蒙古人为首领，汉人和外族人为副职，从此元朝的官阶体制基本完备。忽必烈正在建制的时候，忽然有人报称皇弟阿里不哥居然在和林称帝了。

原来，阿里不哥听说宪宗驾崩，就吩咐心腹设置百官，并联络宪宗的儿子和察合台的子孙召开库里尔泰会，自称大汗。阿里不哥又命令部下刘太平、霍鲁怀等人传信到燕京。不料，廉希宪已经先到了京兆，派人诱捕刘太平、霍鲁怀，在狱中把他们处死了。六盘的守将浑塔噶，正在举兵响应和林，廉希宪不等请旨，就派总帅汪良臣率军前去征讨。忽必烈派哈丹率兵与之会合，杀死了浑塔噶。

廉希宪请罪，说自己擅自调兵遣将，罪该万死。忽必烈不但没有怪罪他，而且传旨嘉奖，并赐他金虎符，封他为秦蜀行省首长。忽必烈亲自率军攻打阿里不哥，在锡默图会战。阿里不哥兵败逃跑，忽必烈带兵撤回。后来，忽必烈听从了刘秉忠的建议，迁都燕京。在位五年后，改年号中统为至元；后来又建国号为元，这也是刘秉忠建议的。忽必烈死后庙号世祖，所以称他为元世祖。

南宋灭亡

元世祖继位后，曾经派翰林侍读学士郝经为国使，翰林侍制何源、礼部郎中刘人杰为副使，到南宋修好。南宋的卫国公贾似道以前答应称臣纳币，本来是权宜的计策，这次元使到来，必定要败露。贾似道心想，瞒过一天算一天，不如把来使幽禁，免得泄露阴谋。于是贾似道把郝经等人幽禁在真州忠勇军营。郝经屡次想上疏宋帝，讲清和战利害，并且请求朝见宋天子，全被贾似道隐瞒不报。元世祖久等使臣，却杳无音信，就派人质问南宋主帅李庭芝。李庭芝据实上报，但也好像石沉大海一般，朝廷毫无反应。于是，元世祖准备举兵攻打南宋，颁布旨意，通报各路将帅：

朕即位之后，深以戢兵为念，故前年遣使于宋，以通和好。宋人不务远图，伺我小隙，反启边衅，东剽西掠，曾无宁日。朕今春还宫，诸大臣皆以举兵南伐为请。朕重以两国生灵之故，犹待信使还归，庶有悛心，以成和议。留而不至者，今又半载矣，往来之礼遽绝，侵扰之暴不已，彼尝以衣冠礼乐之国自居，理当如是乎？曲直之分，灼然可见！今遣王道贞往谕卿等，当整尔士卒，砺尔戈矛，矫尔弓矢。约会诸将，秋高马肥，水陆分道而进，以为问罪之师。尚赖宗庙社稷之灵，其克有勋！卿等当宣布腹心，明谕将士，各当自勉，毋待朕命！

此时，阿里不哥虽然已经兵败逃跑，毕竟还有余党没有肃清，又因为元朝江淮都督李璮图谋反叛，曾经威胁元世祖，世祖打算先扫平内乱。因此，虽然攻打南宋的诏敕在中统二年就已经发布，但各路兵马当时还没有大举进犯。中统三年春季，李璮竟然投降了南宋。世祖大怒，立即派史天泽带领各道兵马攻打济南，围困了几个月，元军攻破城池，活捉李璮，把他大卸八块。中统五年，元世祖改元为至元。阿里不哥率部众来投降，世祖念及兄弟亲情，格外宽恕，免了他的罪过。从此，内乱抚平，元世祖开始一心对外。

此时，南宋潼川副使刘整被贾似道排挤，于是刘整献出泸州十五郡归降元朝。刘整是南宋名将，熟知南宋防务虚实，现在被元朝所用，加封为夔路行省长官，兼任安抚使。刘整和元朝主帅阿术合力谋划，提议修筑白河口城，截断南宋的粮道，进而攻打襄阳。南宋四川宣抚使吕文德依附贾似道，好说大话，听说刘整筑城的消息后，毫不在意，并且说襄阳城池坚固，兵甲储备可以支撑十年，元兵即使来了也不用怕。襄阳守将吕文焕派人报知吕文德，请求事先预防，反而被吕文德斥责。刘整筑完城池，立即和阿术合兵攻打襄阳。吕文焕登城固守，元军攻打了几个月仍然没攻下来。元世祖又派史天泽等人带兵援助，史天泽来到襄阳，见城高池宽，料想不是短期能攻破的，于是筑起长垒围城，把襄阳城围得像铁桶似的，水泄不通。

那时宋理宗已经归天，太子照例继位，史称度宗。度宗比他父亲还昏庸，刚一登基就封贾似道为太师，格外宠信。贾似道上朝，度宗必定答拜；度宗有事咨询，必称贾似道为师相。因此这位贾太师越发威风起来，一帮蝇营狗苟的奸臣整天溜须拍马，称贾似道为周公。贾似道则越来越狂妄，动不动就提出辞官，度宗甚至下拜挽留，眼泪都流下来了。度宗怕他不辞而别，命令卫兵夜里守在他的府外，看住他的行踪。后来又让他在家办公，三天一上朝，而且在西湖的葛岭上为他修了一座豪宅，简直把他当做擎天玉柱，保国元勋。贾似道却更加颐指气使，所有军国大事，一定要先告知他，才能办理，朝中大臣稍有指责，立即被他放逐。度宗稍有不满，他就马上称病辞官，因此言路阻塞，奸臣当道。这位度宗全然昏迷，整天流连深宫，和妃嫔们饮酒调情，乐得把国家政务全部交给贾似道。这位贾师相则每天住在葛岭，建起楼阁亭榭，修筑多宝阁，娶了一个宫人叶氏作为小妾。贾似道还不满足，经常命令手下寻找美女，如果姿色可人，也不管她是娼妓还是尼姑，一股脑儿招到宅中，成天淫乐。他还有一件最喜欢的事情，就是同群妾斗蟋蟀，根本不理朝政。度宗又下旨让贾师相六天一上朝，继而又十天一上朝，他还是不能遵旨，阳奉阴违。那时襄阳越来越危急，吕文焕苦苦支撑，焦急万分，一面向吕文德求援，一面向贾似道搬兵。吕文德背部生疮而死，女婿范文虎继任，和他岳丈一样糊涂，哪里肯发兵救援？贾似道更没有别的计策，只要能瞒着度宗就算妙计。

一天上朝，度宗问贾似道："襄阳被围已经三年，如何是好？"贾似道脸色一变道："蒙古兵早就退了，此话从何而来？"度宗支吾说："前两天有个宫女说起这件事，因此朕才问问。"贾似道又问宫女的姓名，度宗却不敢回答。贾似道又要辞官，度宗再三挽留，他还不答应。度宗没办法，只好把那个宫女赐死。可怜这位红粉佳人，只为了一句真话就平白无故丧了性命！大臣们见了这种情形，谁还敢再提打仗的事。

一天，贾似道良心发现，派李庭芝去救援襄阳，李庭芝却被范文虎多方掣肘。后来范文虎奉旨出兵，只好带着十万兵马赶到鹿门，被元朝部将阿术截杀，吓得魂飞天外，连忙逃走。李庭芝听说范文虎兵败，派勇将张顺、张贵率领精兵前去解救襄阳。两员猛将趁着汉水上涨，催动战船，击鼓前进。来到高头港口，只见满江都是敌舰，密不透风。张贵冒险杀进敌阵，张顺在后面紧跟，竟然冲开一条血路，直达襄阳城下。城里的守军出来接应，把张贵迎进城中，却不见了张顺。几天之后，江上浮出张顺的尸首，身中四枪六箭，满脸怒气，足见其忠勇。张贵见城

110

中危急，只好招募了两名勇士，冒死到范文虎处求援。二人返回报称范文虎同意出兵，张贵于是辞别吕文焕，突围向东去迎接。出了险地，天色已经晚了，抬头一望，见前面来了无数军舰，还以为是援军过来，急忙迎接。谁知来的全都是元军，一时不能躲避，张贵被团团围困，身边的随从全被杀光。张贵身受数十处伤，精疲力竭被捉，英勇不屈而死。从此，襄阳断绝了外援。

不久，樊城失守。樊城和襄阳互为犄角，樊城守将范天顺、牛富本来和吕文焕立下誓约，死守城池，互相援助，现在两员大将战死，襄阳变得更加孤危了。元兵又调来西域人所献的新炮，攻破了襄阳外城，内城更加危急。吕文焕每次巡城，都要望着南方痛哭。元将阿里海涯招谕城中军兵："你们守御孤城已经五年，也算为主尽忠了。如今只剩下一座孤城，外面又没有救兵，白白残害生灵，于心何忍？如果能纳贡归降，我会把你们全部赦免，并且给予提升，你们看着办吧！"又折箭和吕文焕立下誓言，吕文焕这才出城投降，同阿里海涯一起来到燕京，元世祖封吕文焕为襄汉大都督，和刘整一起受到重用。

襄樊失守，江南失去屏障，警报连连送达南宋朝廷。给事中陈宜中上奏，归咎于范文虎，请求把他立即正法。贾似道暗中作梗，只把范文虎降了一级官了事。而度宗宠信贾似道也始终没减。贾似道的母亲死了，度宗下诏用皇家的礼节下葬。贾似道的气焰没衰，主子的福寿却到头了。不久度宗病逝，儿子赵显继位，年仅四岁，由太皇太后谢氏临朝听政，仍然把那个罪魁祸首贾似道当做靠山。元世祖连下诏书，历数贾似道背弃盟约、拘禁使臣的罪名，派出史天泽、伯颜总领各路兵马，同阿术、忙兀、逊都思、塔出等人，以及降将刘整、吕文焕大举入侵南宋。途中史天泽患病，有旨将他召回，并下令各军全归伯颜调遣。没过几天，史天泽病逝。伯颜把大军分为两路，自己和阿术从襄阳下汉江，吕文焕带领水军作为前锋；另派忙兀从东路出兵扬州，刘整率领骑兵为先锋。元军旌旗招展，刀枪林立，浩浩荡荡进攻南宋。南宋危在旦夕。伯颜水军顺汉江南下，攻克沙洋镇，活捉守将王虎臣；继而大破新郢城，杀掉了都统边居谊；又进拔阳逻堡，赶走了淮西置制使夏贵；接着取下鄂州，守将张晏然、程鹏飞投降。

南宋朝廷大惊，只好请出三朝元老统领各路兵马抵御元军。怎奈各路将士全都已经离心离德，陈弈率领黄州兵马叛变，吕师夔在江州叛变，连贾似道极力庇护的范文虎居然也奴颜婢膝地投敌。元朝虽然死了史天

111

泽和刘整，锐气却仍然不减。贾似道听说刘整死掉，还以为是天助自己，连忙调集精兵十三万，陆续进军。前锋交给了孙虎臣，中军交给了夏贵，自己带着后军，出兵来到江上。元将伯颜率领阿术渡江而来，同孙虎臣相遇。两军交战，元军炮声如雷，吓得孙虎臣慌忙跑到小妾的船上。大家都以为他逃走了，顿时四散而逃。孙虎臣本来是夏贵手下的武官，如今新官上任，权力却在夏贵之上，夏贵心中很是不满，本来就在观望，此时也不战而逃。剩下贾似道一军还有什么能耐，干脆也一走了事，哪管什么国计民生。

元兵趁势追杀，江水都染红了。镇江、宁国、江阴的守臣全都弃城逃去，太平、和州、无为等军也都相继投降。贾似道想纳贡求和，派使者来到元军，被伯颜断然拒绝。贾似道又跑到扬州，急得手足无措，只得上疏请求迁都。太皇太后谢氏却不同意。

大臣们看出贾似道要失宠，连连上奏弹劾他，陈宜中最初曾经得到过贾似道的提拔，做了高官，现在也上奏请求杀掉他。朝廷罢了贾似道的官，并放元使郝经等人回国。然后下诏调各地官军护驾，众将大多不到。只有鄂州都统张世杰、江西提刑文天祥、湖南提刑李芾率兵来保驾。无奈南宋大势已去，无可挽回。建康守将赵潜弃城先逃，伯颜安然进城。南宋江淮招讨使汪立信听说建康被攻陷，知道南宋气数已尽，自杀而死。元兵长驱直入常州，攻下无锡，南宋朝廷连忙调张世杰统领兵马，分兵拒守，这才稍稍得手，略微缓解了一下危局。

元世祖派尚书廉希宪、工部侍郎严忠范带着国书来到南宋，还有同南宋议和的意思。廉希宪到了建康，同伯颜会晤，请求带兵自卫。伯颜说："议和之人在言不在兵，兵多反而招疑忌。"后来经廉希宪一再请求，才发兵五百名送行。到了独松关，南宋守将张濡的部众不分青红皂白，竟然出兵袭击，杀掉了严忠范，捉住廉希宪送到临安。伯颜写信责问，南宋朝廷却派使臣回答说，那是边将的个人所为，并没有禀报朝廷。伯颜再派议事官张羽同宋使返回临安，不料到了平江，张羽又被杀死。

元廷非常气愤，大军直逼扬州。李庭芝派部将苗再成、姜才等人率兵阻截，全都吃了败仗。接下来荆南被攻陷，嘉定城叛变，警报一天紧似一天。于是张世杰大举出动水军，和刘师勇、孙虎臣等人屯驻焦山，把战船连成长垒，誓死坚守。元朝统帅阿术登高远望，想了火攻的计策，精选弓弩手，乘船逼近宋军。元兵连发火箭，霎时间，浓烟滚滚，火焰冲天，宋军战船连在一起，进退两难。士兵大部分跳水身亡，刘师勇、孙虎臣等人都砍断战船自己逃了。只剩下张世杰，见兵马已经溃不成军，只得逃回圌山，再请救兵。

此时文天祥来到临安，上疏请求分建四镇，各派专人防守，却被奸臣隐瞒不报。朝廷只把贾似道贬到循州，后来被监押官郑虎臣处死，总算为天下人出了一口恶气，但已于事无补。此后泰州失守，孙虎臣自杀；常州被屠，知州战死，刘师勇逃去；独松关也被攻破，张濡不知去向。既而知州李芾在潭州殉难，都统密佑在抚州遇害。湖南、江西全部落入元朝手中。

南宋朝廷派工部侍郎柳岳赴元军请和。伯颜愤然道："你国杀我使臣，所以我们才兴师问罪。况且你国本来就是从小孩子手里得的天下，现在也由小孩子亡国，这是报应，何必多说废话？"柳岳不得已，只好还朝。此后，南宋又派宗正少卿陆秀夫到元军请求称侄纳贡，伯颜不答应。南宋再降身份，自称侄孙求和，伯颜仍不同意。陆秀夫还朝，陈宜中上奏太后，请求再派使臣到元军，请求封为小国。太后允许，仍然派柳岳前去。柳岳到高邮时，被一个叫嵇耸的平民所杀。

元军继续进兵，攻克嘉兴、安吉，直捣临安。文天祥、张世杰请求宫中皇族转移到海岛，自己率兵抵敌。陈宜中却不同意，找太后商量，派监察御史杨应奎带上传国玺印，出城投降元军。伯颜接受了御玺，召陈宜中出城商议投降事宜，陈宜中吓得连夜逃到了温州。张世杰很气愤，和刘师勇、苏刘义等人率兵退守海岛。只有文天祥还在留守，太后封他为右丞相，到元军那里议降。文天祥辞去丞相之职，来到元军，当面斥责伯颜。伯颜把他囚禁，又派部将进攻临安府，封了府库，并威胁南宋太皇太后亲手写诏书投降。

过了几天，元军又抓走了南宋小皇帝赵㬎、皇太后全氏、福王赵与芮等人。只有太皇太后谢氏因为有病暂时留下，后来也被元兵抬出，送到燕京。度宗还有两个儿子，长子名赵昰，封益王，十一岁；次子名赵昺，封广王，年仅六岁。当临安危急时，二王和母亲杨淑妃偷偷出城，逃到温州。陈宜中迎接这一行人，一同渡海奔赴福州，奉益王为小皇帝，尊杨淑妃为太后，掌管朝政。张世杰、苏刘义、陆秀夫等人相继赶到，一班旧臣又组织朝堂，仍然封陈宜中为左丞相，统领各路兵马，张世杰等人也都封了官职。那时文天祥也从镇江逃回，渡海到了福州，杨太后封他为右丞相。后来与陈宜中议事不和，文天祥出任南剑州督统。

　　元军进兵广州，摧锋军部将黄俊战死。元军又进兵攻破扬州，南宋右丞相李庭芝和指挥使姜才被捉，二人英勇不屈，全都被害。福州一带从此开战，任凭文天祥开府招兵，张世杰传书护驾，都不见成功。小皇帝又和太后杨氏离岸登船，今天漂到这里，明天漂到那里，受尽惊风骇浪，支撑了两年多一点。可怜那十几岁的小皇帝，已经受了惊吓，到了碙州，一命呜呼。众人拥立其弟赵昺为皇帝，赵昺年仅八岁。陈宜中逃亡途中死在海南，朝廷又任用陆秀夫为左丞相，与张世杰共执朝政。陆秀夫书生气十足，逃亡的路上还在训导小皇帝读大学章句。

　　后来元兵追到，一行人逃到厓山。元将张弘范出兵到潮阳，先派部下袭击，活捉了文天祥，再进攻厓山。张世杰又用起连战船为垒的老法子，守住峡口，用泥抹住战船，防备火攻。张弘范倒也没办法，只好派人招降，张世杰不同意。张弘范就分兵堵截，截断了宋军打柴和取水的通道，宋军大惊。元兵又从四面攻击，宋军只好逃走，就连赤胆忠心的张世杰也只好砍断锁链突围，带着十六只战船仓皇逃去。陆秀夫先赶妻儿跳海，接着自己背起小皇帝一同投海身亡。太后杨氏放声大哭："我强忍到今天，无非为了赵氏的孤儿，现在还有什么盼头？"然后也投海而死。张世杰到海陵山下遇到飓风，焚香祷告："我为赵氏也算竭力，一君亡故，又立一君。如今又亡了，我尚未死，还指望敌军退去后再立赵氏，以存社稷。如果天意要亡赵氏，就赶快把我的战船吹翻吧！"话音刚落，大船竟然被吹翻，张世杰溺死。

　　宋朝从太祖至赵昺，共经历三百二十年，如果从南宋算起，共一百五十二年。文天祥目睹山河破碎，异常沉痛，曾经作诗一首，可算作大宋的悼词：

　　长平一坑四十万，秦人欢忻赵人怨，大风吹砂水不流，为楚者乐为汉愁。兵家胜负常不一，干戈纷纷何时毕？必有天吏将明威，不嗜杀人能一之；我生之初尚无疚，我生之后遭阳九，厥角稽首二百州，正气扫地山河羞！身为大臣义当死，城下师盟愧牛耳。闲关归国洗日光，白麻重拜不敢当！出师三年劳且苦，咫尺长安不可睹！非无虓虎士如林，一日不戒为人擒。楼船千艘下天角，两雄相遭相喷薄。古来何代无战争，未有锋猬交沧溟。游兵日来复日往，相持一月为鹬蚌。南人志欲昆仑，北人气欲河带吞。一朝天昏风雨恶，炮火雷飞箭星落。谁雄谁雌顷刻分，流尸浮血洋水浑。昨朝南船满崖岸，今朝只有北船在。昨夜两边桴鼓鸣，今夜船船鼾睡声。北家去军八千里，推牛酾酒人人喜。惟有孤臣泪两垂，明明不敢向人啼，六飞杳霭知何处，大水茫茫隔烟雾。我期借剑斩佞臣，黄金横带为何人？

文天祥杀身成仁

元将张弘范攻破崖山后，大摆酒宴。张弘范邀请文天祥入座，对他说："南宋已亡，丞相忠孝已尽，如果能把辅佐大宋的诚心用来辅佐大元，难道不可以做太平宰相吗？"文天祥泪流满面："国家灭亡不能救，做人臣的死有余辜，岂能贪生投敌？文天祥不敢听命！"张弘范也佩服他忠义，派使者把文天祥送到燕京，张弘范随即撤军。

有一个西域的僧人叫杨琏真珈，曾经在江南传教，如今借着元兵的势力到处奸淫妇女，挖掘宋朝王公大臣的坟墓共一百余座，并把里面的金银财宝全部掠走。他还想把各个陵墓里的尸骨同牛马骨骼聚成一堆，作为镇南浮屠塔。会稽人唐珏不忍看到这种惨状，凑了一百两白银，暗中招集当地的恶少饮酒，席间哭着说："你我都是宋人，怎么能眼睁睁看着皇族的尸骨暴露野外呢？我打算偷出陵骨，换成别的骨头，还望各位助我一臂之力！"这群恶少混当场答应，夜里换出了陵骨，交给唐珏。唐珏造了六具石棺，刻上记号，葬在兰亭山后。又移栽上南宋故宫的冬青树作为标志，后人这才知道宋帝遗骸所在。王公大臣们的尸骨没有和畜类为伍，这也可以算是宋祖有灵了。

张弘范撤军后，不久就病故了。其他的元朝开国功臣因为身经百战也大多体弱多病，相继谢世了。还有一位贤德的皇后弘吉剌氏，在灭宋两年后，抱病而终。皇后弘吉剌氏是德薛禅的孙女，父亲名叫按陈，先前的太祖皇后孛儿帖和按陈是姐弟。元太宗时，曾封按陈为国舅，加封王爵，让他统领弘吉剌部，并且约定他家此后生女孩就当皇后，生男孩就娶公主，世世代代不变。所以元代的皇后大多出自弘吉剌部。

元世祖皇后天性聪敏，通情达理。宋帝赵显被押到燕京，宫廷中人全都来祝贺，只有皇后不到，元世祖说："我现在平定了江南，从此不用再动刀兵，大家都欢喜，你为什么闷闷不乐呢？"皇后下跪起奏："从古至今，没有千年不败的国家，我的子孙如果能幸免，才是真的可喜可贺！"元世祖默然。世祖又把南宋的珍宝堆积到殿上让皇后看，皇后看了一眼就走开了。世祖问皇后想要什么，皇后回答："宋祖多年的积蓄留给子孙，子孙却不能守住，被我朝得到，我怎么忍心私自占有呢？"当时宋太后全氏也被押到燕京，水土不服，皇后替她求情，请求把她送回江南。世祖不同意，并且说："你们妇人没有远见，如果送她回江南，难免生出事非，倒不如留她在此地颐养天年。"皇后听完，格外厚待全太后。此外皇后婉言进谏，随时纠正元世祖的弊政，这样的事情就更多了。

皇后去世后，继皇后是故后的侄女，还是弘吉剌氏，虽然史家也称赞她贤德，但到底不如故后。世祖此时年迈，治理朝政已经力不从心。世祖对待继皇后也赶不上从前对故后的喜爱，所以有时也到民间挑选美女。世祖到上都游幸，借口避暑，其实是纵情声色，寻欢作乐。上都就是开平府，世祖称燕京为中都，称开平为上都。上都里面有旧时的妃嫔等人，没有南迁。蒙古以往的陋俗，做小弟的可以收留哥哥的妻子，做儿子的可以纳娶父亲的姜，甚至私奔苟合、换妻抢妇的事情也屡见不鲜。元世祖粗犷豁达，哪里愿意当柳下惠呢？看见前朝的妃嫔，多半年轻守寡，郁郁寡欢，乐得陪她们解闷，做一个风流天子。这些妃嫔们见主子多情，也就顺水推舟，还管什么名分不名分，节烈不节烈，所以整天百转柔肠，翻云覆雨。元世祖既然这般好色，那皇亲国戚中的不肖之徒，难免争相效仿。民间有奸淫等事情，衙门也不愿过问。据说，在春节和元宵节期间，官府更是放纵百姓为所欲为，因此元朝淫乱的风气为古来所罕见。

好色的君主大多也贪财。世祖在位三年，用回回人阿合马管理财政。阿合马绞尽脑汁，想出了两条加税的计策：一条是增收冶铁税，一条是增收盐税。以前，河南钧徐等州都有铁矿，官吏根据铁的产量作为税额。阿合马大兴铁矿，野蛮开采，征召三千民工，夜以继日地冶炼，每年的铁产量一定要达到一百零三万七十斤，不准缺少。冶铁的民工完不成定额，必须想办法照数补足，这叫做整顿冶铁。河东有许多盐池，有人私自贩卖，价钱比较便宜，老百姓争着购买，因此官盐滞销，税收不足，每年只有七千五百两。阿合马提出每年增加五千两，不管各色人等都要上盐税，这叫做增加盐课。

世祖认为阿合马有能力，于是提升他为平章政事。阿合马得了势更加骄横，竟然要罢免御史台以及各道提刑官，多亏廉希宪当面在朝廷上争辩，才没有实行。此后，阿合马又增设江南财税官、榷茶运司、转运盐使司、宣课提举司，多达五百余人，大半是阿合马的爪牙。他的儿子和侄子不是做参政，就是做尚书。阿合马的霸道惹怒了大臣崔斌，于是崔斌参奏一本，说阿合马乱设官职，祸害百姓，一家人都身处要职，有失公道。世祖虽然稍加采纳，裁减了一些多余的官吏，却始终宠信阿合马，没有给阿合马降罪。不久，反而把崔斌降为江淮行省左丞。阿合马趁机报复，派人清算江淮的银钱和粮谷，诬陷崔斌和阿里伯、燕铁木儿私自勾结，盗取官粮四十万，并擅自改任官员八百余名，应当派人调查治罪。世祖准奏，派都事刘正去查办，结果查无实证。参政张澍等人奉旨再查，这帮人迎合阿合马，竟然把崔斌等人诬陷下狱，判成死刑。

皇太子真金向来仁德，听说崔斌等人定成死罪，顾不得吃饭，扔下筷子急忙派手下的飞毛腿去制止，可是已经来不及了。一时间，远近愤怒，民怨沸腾。益都千户王着秘密铸了一柄大锤，和僧人高和尚定计，要除掉阿合马。正赶上皇太子跟着世祖去了上都，留下阿合马守燕京，王着就派了两个僧人到中书省，假称太子要回京做佛事。被侍卫高觿、张九思盘问，仓促间有些语无伦次，于是侍卫拿住两个僧人审讯。没等审出结果，枢密副使张易又假称奉了太子的命令，率兵来到东宫。高觿问他来意，张易对他附耳说："太子有令，立即诛杀左相阿合马。"这话一传，几个人半信半疑，不得不派人出迎。王着派同伙冒充太子，见一个，杀一个，夺路冲进建德门。当时已经二更天，王着来到东宫，传唤文武百官。阿合马扬鞭驾马而来，被王着手下的党羽推落马下，斥责他欺君害民，举起铜锤照着脑袋砸下，当即脑浆进出，倒地而死。一伙人又杀死中书郝镇，捉住右丞相张惠。顿时宫中哗然，秩序大乱。高觿、张九思开门喊道："这哪里是皇太子？分明是贼人叛乱。"便命令卫士抓捕乱党。留守布敦击倒伪太子，乱党四散奔逃。高和尚逃走，王着被捉住。高觿等人急忙派人报告上都，世祖听完奏报，立即命令和尔郭斯回京扫除叛贼。和尔郭斯捉住高和尚以及张易，全部斩首示众。王着也被斩首。王着临刑大喊："王着为天下除害，今天虽死，将来必定被人纪念，我死也值得了！"

叛乱平定，世祖返回燕京，还以为阿合马是冤死，要厚加抚恤。枢密副使孛罗历数阿合马的罪状，世祖这才恍然大悟，怒道："该杀！该杀！只是冤枉了王着。"又命人剖开阿合马的棺材，剁碎尸首，扔给饿狗吃掉。百姓纷纷围观，无不拍手称快。阿合马的家产全部没收充公，又逮捕了他儿子忽辛。忽辛当时是江淮右丞，被逮捕后，许多大臣责问他，忽辛却指着大臣们质问："你们都曾私分过我家钱财，怎么还来问我？"参知政事张雄飞厉声问忽辛："我接受过你家钱财吗？"忽辛答称没有，张雄飞说："如此看来，应当我问你。"于是世祖派张雄飞审清了忽辛的罪行，将忽辛推出斩首。世祖又听说郝镇结党作恶，也下旨抛尸。还有右丞相耿仁也和郝镇同罪，押下大狱处死。其余奸党一律革职，共罢免了官员七百一十四人，撤销官府二百多处。朝政总算恢复了正常秩序。

世祖于是励精图治，派都实探察黄河源头，命令郭守敬修订历法，焚毁道书，管理海运，免除了燕南、河北、山东的赋税。召来衍圣公孔洙任国子监祭酒，开办浙东学校，这些做法都是当时的仁政，传为美谈。

忽然有个福建的僧人上奏，报称土星冲犯帝座，必须防止变故。世祖本来就尊崇僧侣，曾经拜拔思巴为帝师，皈依佛教。现在听到福建僧人告知危险，自然迷信起来。元朝扫平南宋以后，江南多盗贼。漳州人陈桂龙以及侄子陈吊眼，起兵占据高安砦。建宁路总管黄华叛乱，占据了崇安、浦城等县，自号头陀军，改用宋祥兴年号。福州人林天成也揭竿响应。又有广州人林桂方、赵良钤等人发动一万余人割据一方，号称罗平国，改用延康年号。虽然各路元帅清剿与安抚兼施，或杀掉，或收降，然而叛乱仍然没有平定。自从福建僧人告变之后，朝廷又听说有中山狂人自称宋主，聚集了一千多人，还有原来南宋的一位丞相参与。京城也得到匿名传单，上面写着某日"要烧掉蓑城苇，率领两翼兵起事，定会成功，请丞相不必担忧。"先前宋帝赵显被掳到燕京时，封为瀛国公，和南宋的大臣们寓居在蓑城苇。传单出现后，元廷立即撤去蓑城苇，把一帮人迁到了上都。又怀疑丞相指的是文天祥，于是世祖传旨召见文天祥。

文天祥来到燕京，先到枢密院见了丞相孛罗。孛罗让他下拜，文天祥只是微微施礼，然后昂首说道："天下事有兴有废，从帝王到将相，生死存亡，哪个朝代没有？文天祥今日只求早死！"孛罗问："你说有兴有废，试问从盘古至今，有几个皇帝几个王？"文天祥说："一共十七史，从何处说起呢？我今天不是应考人士，何必论述？"孛罗又问："你不肯说兴废之事，倒也罢了，但你既然奉了君主之命，把宗庙土地都给了别人，何必还要逃走？"文天祥义正词严地说："把国家送人就是卖国，卖国的人只知道求荣，还能逃走吗？我先前辞去宰相不受，奉旨出

118

使军中被拘。后来贼臣献国，国家已亡我本当死，但因度宗的两个儿子还在浙东，老母也还健在，所以才冒死逃走。"孛罗又问："抛弃先帝德祐的储君别立两个君王，也算是忠臣吗？"文天祥答道："古人有言，'社稷为重，君为轻。'我别立君主，无非是为社稷打算。那些追随徽、钦二帝向北而去的人并不是忠臣，而追随高宗的人才是忠臣。"孛罗无法答对，继而又问："宋高宗称帝还有先王的遗命，你所立的二王，并不是正统，莫非是篡位不成？"文天祥大声反问："景炎乃是度宗长子、德祐的亲哥哥，难道不是正统吗？德祐离去，景炎才立，难道是篡位吗？陈丞相奉太皇之命，保护二王出宫，难道不算受命吗？"说得孛罗面红耳赤，恼羞成怒："你立二王，最终南宋却灭亡，究竟有什么功劳？"文天祥说："立君主是为了保全社稷，保全一天，就要尽一天臣子的责任，管什么有功无功？"孛罗又说："既然知道没有功劳，何必再立呢？"文天祥愤然道："你也有君主，你也有父母，这就好比父母有病，明知年老体弱，将不久于人世，却没有不给用药的道理。一定要尽心尽力，才算无愧，至于有效与否，就要听天由命。文天祥今天情愿以死报国，何必多问！"

孛罗要杀文天祥，世祖和大臣们敬佩他忠勇仁义，不同意用刑。后来谣言四起，世祖又招降文天祥，答应只要他愿意投降元朝，就加封他为丞相，文天祥答道："文天祥是宋朝宰相，不能事二主，请立即赐死，就算你的大恩了。"世祖心中不忍，命令左右把他带下去。后来，孛罗等人进谏，说不如遂了文天祥的心愿，免得再生谣言，世祖才下诏处死文天祥。

文天祥被押到刑场，态度从容，向南拜了又拜，然后慷慨就义，年仅四十七岁。忽然有诏书传到，下令刀下留人，但已经来不及了。内臣返报世祖，并呈上文天祥的衣带，上面写着三十二个大字，分为八句。头两句是："孔曰成仁，孟曰取义"，中间二句是："惟其义尽，是以仁至"，末四句是："读圣贤书，所学何事？而今而后，庶几无愧！"世祖连连赞叹，并且叹息："好男儿！好男儿！可惜不肯为我所用，现在已经死了，太可惜了！"于是封文天祥为卢陵郡公，谥号忠武。命令王积翁书写祭文，设坛祭祀，并派孛罗举行祭奠礼。孛罗正要临坛祭奠，忽然狂风大作，烛火熄灭，上面摆着的牌位好像长出了翅膀，腾空飞起，卷到云中。燕京百姓全都惊异不已。

文天祥是卢陵人，家宅对着文笔峰，因此自号文山。他平生写文章没打过草稿，下笔千言。流离逃亡中，感慨悲愤，写过许多诗，人们读了无不流泪。妻子欧阳氏收了文天祥的尸首，见他脸色像活着时一样。义士张毅甫出钱把文天祥葬到老家，正赶上母亲曾氏的灵柩也由家人请回，两个灵位同一天到达城下，也算是忠孝的结果。

文天祥一死，谣言渐渐平息。不料辽东来了一道警报，说是元朝十多万大军全部葬身日本海。

失败的东征

日本自古与中国隔海相望，与高丽国也仅隔一道海峡，因为接近日出的地方，所以取国名为日本。唐朝时日本曾经派使进贡，后来元朝征服高丽，和日本却始终没有通使。元世祖至元二年，高丽赵彝等人来和元朝修好，奏称日本可以通使，请元世祖派使臣东渡。世祖本是个好大喜功的雄主，听了赵彝等人的话，自然应允。第二年秋季，世祖任命兵部侍郎赫德为国家信使，礼部侍郎殷弘为副使，带着国书东行而去。到了高丽，高丽国王又派使臣为向导，一行人航海到了日本。上岸后，却没见有人出来接待，只得西归。世祖又命起居舍人潘阜等人带着国书再去，留在日本住了六个月，仍然没人理睬，也只好回来。

至元六年，高丽权臣林衍犯上作乱，要废掉高丽国王，国王情急之下来到元朝请求援兵。世祖发兵一万人护送高丽王回国。当时林衍已经死了，乱党听说元朝大军赶到，全部逃窜。高丽王复位，非常感激元朝。世祖又派秘书监赵良弼东渡，并命令高丽王派人将赵良弼送到日本，一定要得到一个结果。赵良弼到了日本，始终没有见到国王，只是与日本外交官吏弥四郎相见，弥四郎带领他来到太宰府西守护所。据日本官吏称，从前听高丽谈论中国，多次说中国要来讨伐日本，所以才不接待中国的来使。现在听说中国作为大国有主动修好的意思，大大出乎日本人的意料。但他们借口京城离当地还很远，先派人跟随使臣回元朝报告，日后定当与中国通好。赵良弼没办法，只好派属下张锋先带领日本的二十六个使者赶回燕京。世祖召姚枢、许衡等人进见，并且问："日本使臣这次来，恐怕是受了主子的差遣，来窥视我朝的强弱，你们以为如何？"姚枢、许衡齐声说："正如圣上所见，现在不应当准他进见，只要好好待他，看他以后作何打算，再作商议。"世祖点头同意。

姚枢、许衡退出后，留下日本使臣住在客栈，一个多月没有召见。日本人感到索然无味，也就请求回国了。赵良弼听说日本使臣回国也就回了元朝，此后赵良弼又往返日本一次，仍是徒劳无功。日本为什么对元朝如此冷漠呢？原来，日本当时正是藩臣专权，主张闭关锁国政策，首领北条时宗尤其顽固，无论哪国使臣一概拒绝。他们对待元使还算格外客气的，任凭他们来去自由。后来又派使臣同行，虚情假意地周旋一番，这已经是第一等的好态度了。偏偏元世祖不明缘由，硬要与他通使，反而令日本恼怒起来，于是决意谢绝。

至元十一年，高丽王去世，世子晵继位。世祖因为高丽归顺多年，就把皇女忽都鲁揭里迷失嫁给了高丽王晵，并命令他发兵五千，帮助元军东征日本。然后命令实都和洪茶邱，率领大小战船九百艘，载着一万五千名水军，会同高丽军兵，航海进入日本境内。日本听说元兵到来，也不派将士出战，只是命令军民守住要隘，坚壁以待。元兵地形生疏，不敢鲁莽进攻，耽搁了好几天，费了无数粮饷和弓箭。等到箭尽粮竭，只好掳掠了一番，捉住几个日本人，夺了一些牛马，便算了事，回来复命。

过了一年，世祖又派礼部侍郎杜世忠、兵部侍郎何文著等人出使日本，再次被日本拒绝。到了至元十七年春，世祖再派杜世忠等人东行，所带的国书措辞严厉，惹恼了日本大臣，竟然把杜世忠等人杀死。世祖听到消息勃然大怒，立即命令阿喇罕、范文虎以及实都、洪茶邱等人调兵十万，浩浩荡荡东征。

阿喇罕年老体衰，不想远行，只因君命难违，不敢推辞，没办法只好硬着头皮率兵东征。途中屡次拖延，到高丽后竟然逗留不前，只说是风水不利，不便行军。此后，阿喇罕几次召集部将开会，有的说应当进兵壹岐岛，可以扼住日本要口；有的说应当先取平壶岛，作为屯兵之地，然后转攻壹岐岛。阿喇罕理不出头绪，心绪不宁，从此饮食不安，夜不能眠，竟然旧病复发，只得拜表辞官，不久就在军中死掉了。

世祖派安塔哈去继任，还没到军中，范文虎却想要争功。以前他受制于阿喇罕，不能施展，曾经讥笑阿喇罕老朽无用，现在阿喇罕死掉，军中推他为统帅。一朝权在手，便把令来行。范文虎当即下令发兵，向平壶岛进发。平壶岛四面环水，日本人称之为悬海，西面有五个岛屿交相错杂，叫做五龙山。元兵到了平壶岛，正要找地方停泊，突然天昏地暗，狂风大作。车轮般的旋风从海面上刮起，顿时白浪翻腾，海啸声大作，战船全都摇荡不已。船上的将士东倒西歪，有眩晕的，有呕吐的，就连范文虎也支撑不住了。当时船队大乱，随风飘荡，万户厉德彪、招讨王国佐、水手总管陆文政等人全都逃命要紧，哪管什么军令，带着数十艘战船擅自离去。

范文虎见船队散走，心中焦急，慌忙命令船队到五龙山避风。来到山下，检点战船，十成中已经逃去了三四成。留下的战船也多半是帆折桅断，伤痕累累。范文虎叹息了一阵，只得命令军兵休息几天，修复船中的器械。无奈海上的大风接连不断，稍稍平静片刻，接着又是阴风怒号。而且那时正是秋凉天气，秋风刮个不停。更恐怖的是又刮起了飓风。范文虎和手下众将全部吓得魂不附体，只得三十六计走为上策，慌忙挑拣坚固的大船，解开缆绳向西逃去。

军中没了主帅，又没有像样的战船，进退两难，只有一个张百户算是最高的长官，被军兵推戴，称为张总管，几万人都听他指挥。张总管趁着风势稍弱，命令军士上山伐木，修造船只，想要回朝。不料日本军舰从岛中杀出，来攻元军。元军虽然有七八万人，但却早已无力厮杀了。你推我踩，乱作一团。结果是上天无路，入地无门，有两三万人做了刀下之鬼，有两三万人溺死在海中，还有两三万人做了日本的俘虏。日本人一问是蒙古兵、高丽兵，全部杀死。只是赦免了南宋汉人一万多名，后来逃回来的只有三个人。

范文虎逃回燕京后，禀告了兵败的状况，并且归咎于厉德彪、王国佐等人擅自逃走，不受管制。后来经安塔哈调查，厉德彪等人逃到高丽，把部兵遣散，自己也隐姓埋名，藏匿起来。一时间也捕获不到，于是成了悬案。世祖又命安塔哈为日本行省丞相，与右丞彻尔特穆尔、左丞刘二巴图尔一起招兵造船，准备再次大举东征。中丞崔彧以及淮西宣慰使昂吉尔都上疏谏阻，世祖不听。恰逢南方占城违抗朝廷，元世祖准备南征，只好把东征的事暂时搁在一边。

占城在交趾南方，旧称占婆国。兀良合台征服交趾后，曾派使臣招降占城，没有成功。世祖命令右丞唆都带兵南下，把占婆国立为行省。占城王子补的不服，世祖命令唆都进兵征讨。唆都率领战船一千艘出兵广州，渡海杀到占城。占城发兵迎战，号称有二十万军兵。两军在南海

122

中激战起来，杀得天昏地暗，鱼龙逃避。从上午杀到下午，不分胜负。唆都大怒，带着几百名死士率先冲入敌阵中，各军也不敢怠慢，鱼贯跟随，把敌舰冲开。元军又趁势掩杀，占城兵不能抵挡，立刻四散奔逃，被杀以及被淹死的士兵，不下五万。唆都接着进兵大浪湖，同占城兵再战，又斩首几万级。元军趁势攻城，王子补的逃进山谷，城中将士只得求降。

唆都进城安抚百姓，打算追捕补的，忽然来了个占城大使，名叫宝脱秃花，说是奉了王子之命，前来纳贡投诚。唆都说："既然愿意归降，应当马上让王子来见。"宝脱秃花只说是贡品没准备好，需要延迟几天。唆都答应了，派他回去。转眼间过了十多天，却杳无音信。唆都这才知道是诈，继续带兵深入。转战到木城之下，见四面都是堡垒，唆都有些害怕，于是下令撤军。走出去没几里，斜刺里忽然杀出占城军，截住了元军的归路，唆都猝不及防，中了埋伏。亏得众军拼死而战才得以逃脱，一检点军兵，已经伤亡了一半。元军只得退出占城，奏请增兵。

世祖封第九个儿子脱欢为镇南王，命令他和左丞李恒领兵南下，去援助唆都军。脱欢要取道安南，就近出兵占城，并命令安南国王陈日烜接济军粮。去使回来传话，说陈日烜愿意供给粮饷，但不肯借道。脱欢也不管安南同意不同意，只管前进。来到安南，只见边境上都有重兵驻扎，抗拒元军。脱欢也扎住大营，整顿装备，准备交战。安南管军官阮盝出兵接战，不到几个回合，阮盝败走。元军奋勇前进，杀得安南兵七零八落，抓住安南部将杜伟、杜祐。一审问，才知道陈日烜的堂兄陈峻官封兴道王，镇守边界，是他不许元军通过。脱欢写文书声讨，叫他退兵开路，没见答复。脱欢再次带兵深入，连破要塞，抓获安南大将段台，兴道王陈峻逃走。

元军在途中捡到安南遗弃的一篇文稿，是陈日烜写给脱欢的公文。上面写道："以前接到诏书时，大军没有入境，如今因为占城抗命，大军经过本国，难免残害百姓。保护百姓是本国的责任，本国不能同意。还望王子遵守前诏，撤回大军，本国会准备贡物献上。"脱欢看完，当即命令属下书写答复文书，文中说："我朝讨伐占城，曾经传书给你国，命你开路备粮，不料你却违抗朝命，派兴道王等人领兵迎战，射伤我军。我军不得已接战，这次祸及百姓，实在是由你自己挑衅引起。如今同你约定，即日收兵开道，安抚百姓。百姓只要各务生计，我军一定秋毫无犯，如果你国再不同意借道，那么大军将蹂躏你国，请不要后悔。"

这道文书才送走，忽然侦探兵来报，说安南王陈日烜调集军船一千余艘来助兴道王拒战。脱欢说："他既然如此执迷不悟，我不如从速进兵。"于是亲自率兵出征，直达富良江。只见江中战船一字排开，挂着兴道王的旗帜，色彩鲜明。脱欢命令将士驾着木筏全面进攻，夺得敌船二十余艘，兴道王再次败走。元军连筏为桥，渡过江北，北岸上全都竖着木栅栏，元军用炮猛攻，守军也发炮还击，声震天地。到了晚间，来了安南使臣阮效锐，上疏谢罪，并且请求班师。脱欢不同意。第二天，再攻木栅栏，栅栏内已经没有一个人。脱欢命令军士拆开栅栏，继续进兵，直指安南城下。陈日烜弃城逃去，弟弟陈益稷率众投降。脱欢进城，搜查宫中，毫无珍宝，只有一些文件等物品，也全部被涂抹。脱欢见陈日烜逃走，急忙派将士追击，抓获官吏多人，只有陈日烜不知去向。此时唆都已带兵来会，奉脱欢命令，也向南追陈日烜去了。

脱欢暂时住在安南城，却没有了军粮。军兵也大多劳累生病，加上水土不服，瘟疫蔓延，每天都有伤亡，不得已决定退兵。于是元军出城向北撤兵，抵达富良江口，刚要上山伐木，以便筑桥渡河，冷不防山林里面一声呼哨，伏兵四起，大队安南兵恶狠狠地杀向元军。元军仓促迎战，纪律不整，军械不全，被敌兵得了先机，杀得大败。脱欢一面督战，一面命令军兵迅速修筑浮桥，等到桥上可以通过时，岸上的元军已经有一半受了伤。脱欢自己先过了桥，留下李恒断后。安南兵见元军渡江，干脆用起毒箭，顺风四射。元军且战且走，桥窄人多，一时无法全部通过。再加上毒箭飞来，左躲右闪，就是侥幸没中毒箭，也难免失足落水。因此元军各队不是中箭，就是被淹，好久才渡过河。李恒也带队过来，右脸颊上受了箭伤，血流满面。安南兵还要追杀，亏得元军手快，把桥拆断，这才阻止了追兵。

这一番厮杀元军吃亏不小，狼狈退入思明州，李恒伤重死掉。还有唆都一军，与脱欢相距二百里，追击敌人没赶上，只好半路折回。唆都还以为脱欢留在原处，仍然顺原路撤军，谁知到了乾满江，前后左右全是安南兵。唆都无处躲避，拼着命与敌人厮杀。无奈杀开一重又是一重，杀开两重又有两重，等到杀透重围，手下已经没有几个人了，唆都身上也受了重伤。再看前面又是江流，没有桥可以渡过；后面的喊杀声仍然不绝，唆都进退无路，投江而死。残兵败将都随着跳江，葬身鱼

124

腹去了。

世祖听到消息大怒，再发蒙古军一千人，加上新招募的汉军四千人，派往思明，归镇南王统辖，再讨安南。又命令左丞相阿尔哈雅等人在各省大举征兵，陆续接济。吏部尚书刘宣奏称安南臣服已久，岁贡并没有延期，应当赦免，并且镇南王出兵刚回来，伤病还没有痊愈，如果再派他进兵征讨，军兵难免寒心，况且南交一带瘴气肆虐，不如稍稍延缓些时日，将来再议。世祖看完奏折也觉得有道理，就派使臣去通知脱欢撤军。脱欢撤军，暂时驻扎鄂州。

至元二十三年，世祖封陈益稷为安南国王。再次命令镇南王脱欢统率江淮、江西、湖广三省的蒙古军，以及汉军七万人、云南军六千人、海外四州黎兵一万五千人讨伐陈日烜，并带上陈益稷。右丞阿八赤、程鹏飞、参政樊楫以及所带部队，全部归镇南王调遣，于是水陆并举，分道前进。安南王陈日烜听说元兵大举进攻，就分兵防守。元兵士气正盛，逢关即破，遇险即登，大小十七战全都得胜，然后深入安南国国都。陈日烜弃城入海，脱欢进入城中，令将士航海追寻。

大海茫茫，无边无涯，上哪儿找去？结果徒劳无功。用兵几个月，已经是至元二十五年春，右丞阿八赤对脱欢说："敌军放弃巢穴，逃入大海，是想等我们疲惫再出兵交战。我军全是北方人，到了春夏之季，南方的瘴气就要发作，我们怎么能支撑？而且粮草也快要用尽，不如退兵为是。"脱欢迟疑不决，陈日烜派使者来请降，元军也就地驻军等着。过了一段日子，仍然没有音讯。

脱欢派阿八赤等人沿海巡查，回来禀报说海口有安南兵。脱欢正准备派兵去攻，无奈天气炎热，军兵又接连生病，先前所得到的险隘陆续失守，脱欢不得不率兵退回。陈日烜的确厉害，从海上召集了三十万大军，绕出安南国北方到了东关，截住元军退路，连营等待。元军也有防备，步步为营。接近东关时，侦察得知安南兵在前面，元军立即小心防备，准备上前夺路。安南兵初次接战，不太起劲，只是沿途散乱地分布，每天和元军交战几十个回合。后来元军行到东关，四面都是大山，安南兵全部埋伏在山脚，几乎像蚂蚁一般。元军正在惊愕，突然敌军队里鼓声一响，千万支利箭扑面飞来。

125

海都挑起内乱

元军在东关遇到强敌，安南兵连放毒箭，元军许多将士身受重伤。元军包扎伤口再战，还是杀不退敌兵。阿八赤、樊楫两个人保住脱欢先走，想闯过东关。不料安南兵却专门朝大旗杀来，势不可当，任凭阿八赤、樊楫等人奋力冲杀，都无路可走。阿八赤对脱欢说："王爷保命要紧，赶紧扮作士兵，不要让敌军注意，以便逃生。我们愿誓死报国！"脱欢只好脱下战袍，带着亲兵混到大队人马当中，找机会逃走。阿八赤、樊楫二人先后战死。脱欢正要冲出重围，安南兵又追杀上来。幸亏先锋苏都尔率领精兵回身奋战，才把安南兵截住。可笑这位镇南王脱欢穷极生智，不敢走大道，只往偏僻小路奔逃，才算保全性命。

到了思明州，败军陆续赶来。脱欢仔细检查，十成中死了五六成，比上次的损失还要多一倍。脱欢异常沮丧，只好如实上奏。世祖听说脱欢两次大败，勃然大怒，下诏严厉斥责，责令他留守扬州，终身不准回朝。世祖准备另选良将，改日再出征。

不久，安南派来使臣，献上一座金人，并且以谦卑的言辞谢罪，世祖这才把南征的事暂时搁起。当时元廷虽然连年用兵，却多半无功而返。只有相答吾儿以及台布等人分道进攻缅国还算得手，收降了西南夷人十二部，大军直指缅城。缅国就是今天的缅甸，同云南接壤，当时国王联络附近各个部落，声势颇盛。后来被元军打败，逃到白古。此后缅国派人求降，表示愿意纳贡，元军才撤退。周边的印度、暹罗以及南洋群岛等部落也都随后纳贡，元朝的威势也算遍及西南了。

世祖雄心不减，又要储备粮饷，再征日本和安南。因为经费紧张，有位卢世荣自称善于理财，于是得宠。此人自称生财有法，不必扰民就可以增加收入。因此世祖提升他为右丞相。卢世荣滥发钱钞，专权揽势，坑害官员和百姓。后来陈天祥上奏弹劾他，世祖才召卢世荣上朝对质，由世祖亲自审讯，一一核实他的罪行，下旨处斩。

福无双至，祸不单行。卢世荣刚刚被正法，皇太子偏又病重。这位皇太子就是真金，生病的原因还要从王着诱杀阿合马说起。事情发生后，真金心中很是不安。到了至元二十二年，忽然有位南台御史上奏请求世祖禅位。大臣认为世祖精神矍铄，必定不会准奏，就把奏折搁起。当时卢世荣正得势，任用阿合马余党，竟然假公济私，奏称太子要阴谋篡位，大臣擅自隐匿奏章。世祖非常愤怒，只是因为太子向来尽孝，世祖才勉强容忍，不加责难。此事被太子听说了，忧惧成疾，没过几天，竟然与世长辞了。

世祖正在悲伤，忽然西北一带又传来警报，竟然发生了一桩同族自相残杀的祸案，并逐渐引起了分裂。从此，元朝接连用兵，纷纷扰扰几十年。其实这叛乱之源早就埋下了。原来，太祖称帝到世祖统一神州，前后不过七十年，除了亚洲最北部、最南部之外，全洲领土几乎全都被元朝占有，就连欧洲的东北部也是元朝的领土。元朝成为一个庞大的帝国，自从黄帝以来，是绝无仅有的。当时蒙古各个王族都分有领土，最大的有四国，分别如下：

一、伊儿汗国。阿母、印度两河以西，包括西亚细亚一带，都归其治理，也称伊兰王国。旭烈兀的子孙在此地称君，都城在玛拉固阿。

二、钦察汗国。在伊儿汗国北方，东自吉利吉思荒原，西至欧洲马加境，从秃纳河①下游到高加索以北地区全归其管领，也称金账汗国。拔都的子孙在此地称王，都城在萨莱。

三、察合台汗国。在阿母河东面，以及西尔河东南，包括天山附近的西辽故地全都归其管领。察合台的子孙君临此地，都城在阿力麻里。

四、窝阔台汗国。包括阿尔泰山附近的乃蛮故土归其治理。窝阔台的子孙君临于此，以也迷里附近作为都城。

这四汗王国名义上属于元朝统治，但一切内政都由他们自己处理。世祖先建立阿母河行省，监制伊儿和钦察两个属国；又设置岭北行省，监制窝阔台属国；再设立阿力麻里及别失八里两个元帅府，监制察合台属国；还有一帮皇族宗亲镇守满洲，因此又设立了辽阳行省。世祖本以为这样内外约束，上下牵制，能够长治久安，没想到凡事都有两面性，这种体制也是一样。窝阔台汗国自从宪宗继位后，心中就愤愤不平。等到世祖继位时，阿里不哥挑衅，当时太宗的孙子海都成为窝阔台汗国的首领，曾经暗中帮助阿里不哥谋反。阿里不哥兵败，海都却积蓄兵力，图谋不轨。

此时察合台早已经死掉，他的本家孙子亚儿古当上了可汗，同海都联盟。世祖探明底细，派使臣到察合台汗国罢免了亚儿古，另立察合台

---

① 秃纳河：即多瑙河。

的曾孙八剌为汗。并且命令八剌联合钦察汗国，与拔都的孙子蒙哥铁木儿彼此联手，共同牵制海都。谁知八剌却不怀好意，唆使海都合谋颠覆钦察汗国。海都带兵入侵钦察，蒙哥铁木儿早已经听说，暗中出兵袭击海都后面。海都回军抵抗，八剌又背着海都，把海都所侵占的领地据为己有。海都怒不可遏，好言向钦察汗国求和，而且得到钦察的援兵，杀退八剌。八剌非常狡猾，送信给海都，说自己要向燕京借兵，同他拼命。海都也不想事态严重，不得已同他讲和。不久三汗勾结，在怛罗斯河边聚会，效仿库里尔泰大会，推举海都为蒙古大汗。

海都传书给伊儿汗国，迫令他一起拥戴自己，共同抗击燕京。伊儿汗国的始祖叫旭烈兀，是世祖的亲弟弟，向来服从世祖。旭烈兀去世后，他儿子阿八哈继承父亲遗志，不肯附和海都。海都就与八剌联合，攻打伊儿汗国的东部，同时约钦察汗蒙哥铁木儿侵略伊儿汗国西北。阿八哈颇有其父的遗风，很有军事才干，调集部众迎击海都和八剌的联军。两军相遇，阿八哈稍战就退，引诱敌兵深入险地，然后四面埋伏，大破敌兵。海都、八剌差点被擒，幸亏逃得快，才算保住性命。

阿八哈战败联军，又去迎击钦察兵。钦察兵却很厉害，听说阿八哈到来，他就退兵，阿八哈一回去，他又杀出来。敌进我退，敌退我进，弄得阿八哈积劳成疾，不久就病死了。儿子阿鲁浑继位。阿八哈的弟弟阿美德不服，多次与阿鲁浑争王位。阿鲁浑虽然还能支撑，毕竟内乱未平，没有精力对外，所以海都的势力越来越嚣张，竟然准备进攻燕京。

元廷早就想去征讨海都，世祖考虑到原本都是一家，不忍心发兵，只是派使臣招降。海都却不肯归降，于是世祖派皇子那木罕为大帅，和宪宗的儿子昔里吉，以及木华黎的孙子安童带兵防御。不料昔里吉反叛，做了海都的内应，反而把那木罕、安童两个人拘禁起来。世祖听到后，急忙派右丞相伯颜率兵去救那木罕等人。伯颜日夜兼程进兵，听说昔里吉已经领着海都部众快要到和林了。伯颜火速进兵，在鄂尔坤河畔遇到昔里吉，伯颜指挥军兵攻破昔里吉军大营，救出那木罕、安童。昔里吉逃走，伯颜正打算乘胜追击，忽然来了燕京的钦差调伯颜还朝。

伯颜班师还朝，世祖对伯颜说："海都尚未剿平，乃颜又谋反，所以召卿归来，商议军事。"伯颜问："乃颜也敢谋反吗？究竟有没有真凭实据？"世祖说："乃颜多次征兵，朕命行省阇里铁木儿不动声色观察，他说乃颜不时口出怨言，将来必定要叛逆。"伯颜分析说："西北亲王不在少数，如果乃颜一反，胁从王族，祸乱定会蔓延。现在不如趁他尚未起兵，派使臣宣抚为好。"世祖问谁能胜任，伯颜毛遂自荐，然后奉旨离去。

这个乃颜又是谁呢？原来就是太祖的弟弟别勒古台的曾孙。别勒古台曾经官封广宁路、恩州二城城主，斡难、克鲁伦两河间是他的封地，子孙世袭为王。传到乃颜时，赶上海都叛乱，乃颜受他的鼓动，也想起兵造反。

伯颜奉命北行，车中装满了裘皮衣物，每到一处驿站，就分给驿官几件，驿官很是感激。等见到乃颜，伯颜反复抚慰，乃颜只是含糊答应。伯颜看出他的野心，料想不是几句话就能挽回的，只得不辞而别，连夜返回。驿官纷纷为他提供好马，伯颜这才得以飞速逃回。等到乃颜发兵来追，他已经跑出境外了。

伯颜禀报世祖，世祖很是忧虑。宿卫使阿沙不花提出："要讨伐乃颜，必须先安抚亲王，如果亲王能听我们的命令，乃颜势单力孤，不怕不受擒。"世祖就派他去说服亲王。阿沙不花能言善辩，一到西北境内，就扬言乃颜打算投诚。亲王听后大为沮丧，阿沙不花一路畅通无阻，把亲王说得心惊肉跳，不敢再抗衡朝廷。

阿沙不花回京，世祖决定亲征，封桑哥为尚书，筹备钱财粮饷。桑哥是卢世荣的余党，一旦手握政权，免不得横征暴敛。世祖急于讨逆，也顾不得许多了。

元军来到乃颜境内，世祖见手下军兵站在阵前，大多同乃颜兵对面交谈，世祖很是担忧。左丞叶李提出建议："兵贵奇不贵多，临敌当用智取。蒙古将士与乃颜兵多是亲友，谁肯为陛下出力呀？臣建议让汉军在前列，用汉人督战，再令蒙古大军断他后路，乃颜必然不戒备，等我大军冲出，定能取胜！"

世祖采纳了他的建议，派左丞李庭等人率领汉军作为先锋。李庭带兵来到撒儿都鲁，见前面尘土飞扬，就知道叛军到了，当即下令列阵。乃颜兵一字排开，号称有十万，前锋是塔布台，随后的头目名叫金嘉努。乃颜率领中军。世祖亲自指挥军队迎战，厮杀了一天，没分胜败，傍晚各自收兵。

第二天，世祖继续督军接战，乃颜兵却坚守不出。两下相持了几天，彼此都没什么动静。司农卿铁哥献计："乃颜不出战，明明是有意磨灭我们的锐气，然后再来袭击，我军如果与他相持，就正中了他的诡计。现在请陛下布一道疑阵，扰乱敌人军心，逼他自行退去，才能用奇兵制

129

胜。"世祖问他细节，铁哥附耳说如此如此。世祖大喜，决定依计行事。

乃颜虽然坚守，但是每天也在侦察元军。一天晚上，得到探马报告，说元世祖正在饮酒，态度很是从容，旁有大臣陪着，也都显出很闲适的样子，莫非准备长驻此地不成。乃颜连忙与塔布台等人商议，塔布台说："元主如此闲暇，肯定是兵精粮足，我军如果同他相持，反而要受其牵制，不如趁夜退兵，据险扼守。"乃颜听他这么一说，也很担心，于是命令部众趁夜撤退。部众巴不得立即回去，得了撤军的命令，马上收拾行装，全营忙乱。

李庭探明情况，立即请世祖下令，派出十多名死士，带上火炮，摸进敌阵。乃颜部众正要逃走，冷不防炮声四起，声如震雷，叛军无心恋战，全都一哄而散。李庭率领汉军奋力出击，随后是玉昔铁木儿所率领的蒙古军，先后追杀，如虎入羊群一般。

汉军一直被蒙古军轻视，现在得到重用，格外勇猛。蒙古军见汉军个个奋勇，也有心争功，顾不得什么情意了。况且已经得了胜仗，乐得乘势追击，杀个痛快。乃颜部众实在晦气，逃到东边遇着汉军，跑到西边又碰着蒙古军，而且夜黑风高，辨不清道路，心慌脚乱，死伤无数。塔布台身受重伤而死，金嘉努不知去向。乃颜抱头乱窜，不料道路崎岖，马行不稳，陷入泥潭中，竟然把乃颜掀翻在地。元军追到，把他生擒。乃颜是大逆不道的叛贼，自然被斩首。

世祖班师而回，忽然辽东宣慰使塔出快马上奏，说乃颜余党失都儿等人侵犯咸平，请火速救援。世祖派皇子爱牙赤领兵一万多人前去支援。咸平东北一带与乃颜接壤，塔出担心事态扩大，连忙率领十二骑快马，星夜前行，沿途又征集了数百人，直奔建州。一到建州，正遇上失都儿的前军，约数千名，头目叫做大撒拔都儿。塔出毫不畏惧，一马当先，冲锋陷阵，手下新招的数百人也各自为战，全都非常勇猛，以一当十，经过一番激战，竟然把大撒拔都儿杀退。

塔出身中两支流箭，仍然指挥自如，看不出一点痛苦的表情。忽然得到探报，说叛党从小道向西杀出，要袭击皇子爱牙赤，塔出连忙调兵，绕道拦截。人马在懿州附近与叛党帖古歹相遇，两军对阵，只见帖古歹手举大旗指挥，志得意满的样子，塔出弯弓搭箭，嗖的一声穿入敌阵，不偏不倚，正中帖古歹的口里，一箭毙命。叛军见没了主帅，不战自乱，塔出追到阿尔泰山方才收兵。

塔出回到懿州，懿州百姓在道旁烧香叩拜，流着眼泪说："如果不是您来到，我们就没命了!"塔出下马抚慰："今天能赶走叛党，上靠皇帝洪福，下赖将士勇猛，我有什么功劳，不敢承受大礼。"然后安抚百姓，让他们各自回家，说此后可以安居乐业了。同时上疏报捷，世祖下诏嘉奖，赏给他明珠、虎符，封为蒙古万户。皇子爱牙赤也带兵还朝。无奈乃颜的余党还是没有肃清，海都又多次侵犯和林，于是世祖派皇孙铁木耳镇守辽河，右丞相伯颜出镇和林。

南宋的忠臣

乃颜余党不时在西北一带出没，头目是火鲁火孙和哈丹等人，多次骚扰边境。皇孙铁木耳出兵讨伐，都指挥土土哈等人杀败了火鲁火孙，又战胜哈丹，收复辽东，设置东路万户府，此后西北基本安定。哈丹虽然多次来骚扰边境，最终也被守兵击退，只有海都仍然侵犯和林。

伯颜还没出发，世祖先派皇孙甘麻剌会同宣慰使怯伯共同讨伐海都，并派土土哈接应。怯伯表面上服从甘麻剌，暗地里却和海都私通。大军行到航爱山，怯伯反而带着海都部众来袭击甘麻剌，把他团团围困。甘麻剌左冲右突也杀不出重围，心里焦急万分。幸亏土土哈率兵杀到，冲进敌阵，把甘麻剌救出，让他先走，自己率兵断后。敌人还不肯善罢甘休，紧追不舍。土土哈挑选精兵，在山两旁设下埋伏，等追兵接近，自己先去截杀，继而假装败逃的样子，诱敌进山，接着号炮一响，伏兵四起。敌军腹背受敌，被杀得大败，只好夺路逃走。

世祖接到军报，打算亲征，于是率领大队人马来到北方，土土哈率军前来迎接。世祖拍着他的后背称赞："从前太祖治理西北，曾经与臣下发誓共患难。今天我得到爱卿，福气不亚于我的先人，爱卿要再接再厉，不要辜负了朕的厚望!"土土哈叩头拜谢。海都听说世祖亲征，立刻不战而退。

世祖班师回朝，这时福建参知政事带着南宋遗臣谢枋得来到燕京。谢枋得天资聪颖，是个奇才，曾做过南宋江西招谕使。南宋灭亡，谢枋得逃到建阳，在驿桥边占卜为生，连老人和孩子都知道他。至元二十三年，世祖派御史程文海访求江南人才。程文海召集了许多名士，包括赵孟𫖮、叶李、张伯淳，以及南宋宗室赵孟頫等，共二十人，谢枋得也在其中。当时，谢枋得正在给母亲守丧，写信给程文海极力推辞。后来南宋状元宰相留梦炎投降元朝，再次推荐谢枋得，谢枋得又写信斥责留梦炎，大骂留梦炎身为江南人士，却不顾廉耻，丧失气节，令人惭愧。留梦炎见到书信，心中羞愧，亏得脸皮厚，乐得做自己的官，由他笑骂。

参政天佑听说元廷求贤纳才，假装召谢枋得进城卜卦。等谢枋得一到，就劝他归顺元朝。谢枋得不答应。天佑再三劝降，谢枋得又开始骂人。天佑强为容忍，可是谢枋得越骂越难听，令天佑非常难堪。天佑就反唇相讥："封疆大臣，应当死在所封的疆域。你身为南宋大臣，为什么不去死？"谢枋得说："汉朝司马子长曾经说过，死，有重于泰山，有轻于鸿毛。韩退之也这样说。盖棺才能论定，你何出此言？"天佑却说，"这都是强词夺理！"谢枋得接着说道："从前，张仪曾对苏秦的门人说过，苏君得志，仪何敢言。今天是参政得志的时代，枋得就不必多说了。"

天佑大怒，派人硬抬着谢枋得往北走。临行前，老朋友都来送别，赠诗摆满了一桌子。其中张子惠的诗最真挚，有一联佳句："此去好凭三寸舌，再来不值半文钱。"谢枋得看到这句，不禁叹息："承蒙老朋友规劝，我当铭记在心。"于是躺在担架中，任凭他们抬着走。途中有侍从喂他饭菜，他却一口不吃，饿了二十多天还没饿死。过了长江后，侍从又多次劝他吃饭，他犹豫了一番，才吃了些蔬菜和水果。等到了燕京，他已经困倦不堪，勉强起身，就问起故国太后的住所，以及瀛国公所在地。匆匆觐见，下拜痛哭；回去后，仍然绝食。留梦炎派医生带着药和米汤给他吃。谢枋得大怒，把东西扔在地上，过了五天，与世长辞。世祖听说谢枋得殉节而死，很是叹息，命人把他归葬。儿子谢定之迎接父亲的骸骨，葬在信州。

还有一位才华横溢的学士姓刘名因，是保定容城人。他并没有做宋朝的官，元朝统一后，他仍然不愿当官，专心研究道学，恪守程、朱学说，特别喜爱诸葛孔明"静以修身"这句话，称自己的居所为"静修斋"。尚书不忽术举荐刘因，有诏书封他为官，刘因不得已上朝。世祖封他为右赞善大夫。他敷衍了几天，上奏称继母年老，请求回家养老送终，辞官而去，所得的俸禄一律返还给朝廷。后来世祖又封他为集贤学士，刘因仍然称病推辞，世祖称他为不召之臣，由他回家休养。他于至元三十年去世，世祖加封他为翰林学士，赐爵容城郡公，谥号文靖。

除了刘因，第二个名士要算杨恭懿，祖籍奉元。至元初年，和许衡一起被召见，杨恭懿婉言谢绝。太子真金用汉人聘四皓的礼节请他上朝，命他制定科举制度、修订历法。历法修订完成后，授他为集贤学士兼太史院事。杨恭懿辞官不做。不久又召他当中书省参议官，杨恭懿仍然不答应，和刘因同年病逝。

元初的著名学者，应当推这两个人为大儒了。此外要算国子监祭酒许衡。只是许衡一直拿着元朝奉禄，老了以后回到故乡怀孟，七十三岁寿终。他曾经对儿子说："我被虚名所累，不能辞官，死后不要谥号，不要立碑，只要写上'许某之墓'四个字，让子孙知道我墓的所在，我就知足了。"许衡死后，世祖加封他为司徒，封为魏国公，谥号文正。许衡虽然后悔辅佐元朝，却对儒家文化有功。元朝等级森严，有七匠、八娼、九儒、十丐等阶级，幸亏有许衡维持，才使儒家文化得以保存并延续。

世祖从西北撤军，驻扎在龙虎台。一天，忽然听到空中一声巨响，接着山摇地动，世祖大吃一惊。第二天，得到各地警报，原来是发生了地震，受害最重的要算武平路，黑水涌出地面，大地突然塌陷数十里，毁坏官府四百八十间，民房不计其数。于是，元世祖命令左丞阿鲁浑涯里召集集贤、翰林两院官员，查找灾害的原因。众官员都看着桑哥，怕他势力太大，不敢直说。只有集贤直学士赵孟頫直言上奏，弹劾桑哥。桑哥曾负责征收税款和谷物，其间虐待民众，百姓怨声载道。赵孟頫上奏除掉桑哥以平天灾。世祖命他起草诏书，却被桑哥看见，桑哥悻悻地说："这道诏书一定不是皇上的意思。"赵孟頫说："税款和谷物长期征不到，定是因为应征的百姓已经大多死亡，所以无法上缴。百姓苦不堪言，如果不罢免贪官，将来百姓造反，恐怕追悔莫及。"桑哥哑口无言。

后来，世祖召见赵孟頫，与他谈起叶李和留梦炎。赵孟頫说："留梦炎是臣的父辈，为人正直，多谋善断，有大臣风范；叶李所读的书臣也读过，论起学识和能力，臣自问不比他差。"世祖笑道："你错了。留梦炎在南宋时身为状元，位至丞相，当贾似道执政时，欺君误国，他却阿谀奉承，毫不上谏。而叶李虽然是一介平民，却能够上疏弹劾贾似道，难道不是远胜过留梦炎吗？"

赵孟頫碰了一鼻子灰，悻悻而出，与彻里相遇，就对他说："皇上论起贾似道误宋，指责留梦炎不上谏，如今桑哥误国超过贾似道，我们不上奏，将来一定难逃责难。但我是疏远的臣子，说话皇上一定不会听，你是皇上的亲信，何不竭诚上奏，拼了性命，除掉虐待万民的奸臣，不就是仁人义士了吗？"彻里被他说服，回答说肯定照办。

一天，世祖到城北打猎，彻里跟随前往，趁机弹劾桑哥，言辞十分激烈。世祖斥责他诋毁大臣，命令卫士用锤子砸他，打得他血流满面，倒在地上。不一会儿，世祖再次讯问，彻里朗声答道："臣与桑哥无冤无仇，不过是为了国家考虑，所以冒死进谏。如果贪生怕死，奸臣怎么能除掉，百姓的苦难何时能结束？请大汗今天杀了桑哥，明天杀臣，臣死而无恨！"世祖大为感动，又召来不忽术询问，不忽术痛斥桑哥罪恶多端。世祖降旨查办，大臣们这才争着弹劾，你一本我一折，都说桑哥如何不法，如何罪该万死。

世祖召桑哥对质。言官纷纷质问桑哥，任凭桑哥口吐莲花也无法辩驳。况且大多事情都有真凭实据，没法抵赖，桑哥无奈只得叩头请罪。世祖立即把他免职，并下令彻里查抄其家产。彻里见桑哥家中所堆积的珍宝差不多和国库一样多，就奏报了世祖。世祖气愤地说："桑哥作恶至少已有四年，言官们岂有不知道的！知而不言，该当何罪？"御史杜思敬说："任凭皇上裁断！"于是言官中免去大半。阿鲁浑涯里和桑哥是同党，也被夺职抄家。叶李官任枢要，却没有纠正桑哥的错误，世祖下令罢了他的官。桑哥专宠时，一班趋炎附势的官员对桑哥阿谀奉承，提出要为他立辅政碑，得到世祖的允许，并且命令翰林学士阎复撰文，歌功颂德。此时阎复已经改任廉访使，因为这件事也被免官。

世祖打算任用不忽术为宰相，就对他说："朕过于听信桑哥，以致天下不安，眼下悔之晚矣，只好任用贤才弥补过失。朕听说卿年幼时就开始学习政务，现在正好学以致用，爱卿不要推辞。"不忽术却说："臣才疏学浅，如果陛下用臣当宰相，不要说臣自己不敢当，就是朝廷的大臣也未必心服！"世祖又问："据你看来，谁能当宰相？"不忽术回答："完泽。从前查抄阿合马家，查出大批行贿的近臣，只有完泽不在其中。完泽又曾说过桑哥为相必误国事，如今果然不出其所料。完泽有这等才学和威望，当宰相一定能胜任！"世祖于是任命完泽为尚书右丞相，不忽术为平章政事。朝中风气为之一清。

中书崔彧又上奏弹劾桑哥，说桑哥当政的四年，卖官鬻爵，无所不为，他的亲朋好友全都封为要职，恳请派人严加查核，凡是桑哥党羽全部削职为民。世祖准奏，然后派人彻底清查桑哥任用的官员，把京内外的官吏罢免了无数。湖广平章政事要束木是桑哥的妻舅，尤为不法，世祖传旨把他抓捕到京城，没收了他的家产，查出黄金四千两，世祖立即把他正法。穷凶极恶的桑哥下场是被推出朝门，斩首示众。此后，言官又参奏纳速剌丁、忻都、王巨济等人，说他们依附桑哥，为害江南，应当处斩以谢天下。世祖认为忻都善于理财，打算赦免他。不忽术据理力争，一天连上七本奏折痛斥其罪恶，这伙人才被斩首，与桑哥的鬼魂携手同去了。

世祖自从亲征海都回来后，因为查办桑哥余党，已经没有精力顾及防务。此时江南盗贼四起，广东人董贤举、浙江人杨镇龙、柳世英，循州人钟明亮、江西人华大老、黄大老、建昌人邱元、徽州人胡发、饶必成，建平人王静照、芜湖人徐汝安、孙惟俊等，先后揭竿起义。世祖夜以继日操劳，废寝忘食。还要开通运河，沟通南北，连兴大役，因此只好把北方的军务都托付给了皇孙甘麻剌和丞相伯颜。

伯颜出镇和林，很有威望，海都不敢侵犯边境。后来明里铁木儿被海都唆使，来攻和林。伯颜出兵阻截，来到阿撒忽突岭，见敌军已经布下阵势，占据险地扎下大营。伯颜高举令旗，一马当先冲进敌阵。军兵奋勇拼杀，大军顿时闯入敌营。明里铁木儿忙来拦阻，见伯颜兵马像潮水一般涌入，锐不可当，料知抵挡不住，干脆转身逃去。伯颜命令速哥梯迷秃儿等人追杀敌军，自己带兵慢慢退回。

元军走到必失秃岭，已是夕阳西下。伯颜仰望岭上，只见小鸟来回飞翔，不敢投林。于是命令军兵面对大山扎营，整装待命，又对众将说："你们可见岭上的飞鸟吗？天色已晚却不敢归巢，山上定有伏兵。如果鲁莽前进，正中敌人诡计。"众将都说："主帅既然料定他有伏兵，何不上山搜寻，痛剿一番！"伯颜说："夜色苍茫，不便搜剿。"众将再要说话，被伯颜喝退，并下令军中："违令妄动者斩！"继而暮色沉沉，连营寂静，猛听得岭上呼哨四起，伯颜不等探马来报，便命令各营坚壁固守，遇有敌兵袭击，只准在营中放箭，不得出营接战。如有擅动，虽胜也斩。将士严守号令，果然敌兵来袭击几次，都被飞箭射退。

守到天亮，伯颜又传下军令，命令将士立即追击敌军，迟缓者斩。将士遵令，立刻拔营登山，远远望见敌兵已经向山后退去，便摇旗呐喊，纵马奔驰。敌兵行走如飞，伯颜军穷追不舍。眼看要追上了，却见敌兵后队停住，前队纷纷大乱，便趁势杀入。原来，速哥梯迷秃儿追击明里铁木儿，没追上就撤了回来，从小道来会伯颜大军，恰巧遇到敌兵逃走，正好截住。这时敌兵已经斗志全无，怎么禁得起两路夹攻，除了上百个跑得快的侥幸逃生外，其余的都做了刀下之鬼。

伯颜扫尽敌军，打着得胜鼓回到和林。一天，探马捉到一名敌探，伯颜召进审问，赐给他酒饭。众将都要杀他，伯颜不许，放他回去。临走时给他带上了一封书信，又赏给他金银，敌探感激而去。过了几天，得到明里铁木儿的回音，情愿率众归降，诸将这才明白伯颜的妙计，果然胜人一筹。

海都听说明里铁木儿兵败，又大举进犯，伯颜只命令各处要塞严守不战。元廷还以为伯颜胆怯，有人弹劾他久镇北方，观望拖延，没立寸功；甚至有人说他与海都私通。世祖半信半疑，就下诏授予皇孙铁木耳军符，处理北方军务，任命太傅玉昔铁木儿为副职，召伯颜回大同，静待后命。

伯颜听了圣旨，并不恼怒，众将却很是不平，都请求发兵对敌，先除海都，后接钦差。伯颜笑着说："要除海都，也不是什么难事，只怕诸君不听我的命令。"众将齐声说遵命。伯颜说："既然如此，就先派人阻止住钦差，待我除掉海都。"诸将大喜，一面派人阻止铁木耳等人，一面指挥大军出境。等遇到敌军，伯颜命令各军出战，只准败不准胜，违令者斩。众将听令，很是疑惑，无奈因为先前发誓遵令，因此不敢违抗。便出兵与海都交锋，略略交战，当即败退。伯颜退军十里扎寨。第二天，伯颜号令如故，将士们仍旧照行。伯颜又退军十里扎寨。一连五天，交战五次，连败五阵，退军到五十里开外。众将忍耐不住，都交头接耳地谈论伯颜。第六天，伯颜下令，仍然照旧。众将齐声回禀："连日退兵，长他人锐气，灭自己威风，怪不得别人弹劾主帅！还求主帅改令才好。"伯颜把脸一沉说："我与诸君有约在先，如何违言？多言者斩！"众将忍气吞声，不敢不去，不敢不败。接连又是两天，又退兵二十里。一方不停地退后，另一方不停地前进。惹得诸将性起，不管什么死活，又来与伯颜争辩。伯颜说："这就是所谓的骄兵之计，你们哪里知道？"众将齐声道："战了七天，败了七阵，退了七十里，骄兵计也用得够了，难道还要再退吗？"伯颜不禁长叹。诸将又请命："我们愿意出兵灭了海都，如果不胜，甘当重罚！"伯颜说："诸君少安毋躁，待我说明。"

铁木耳北返

伯颜见诸将争议，这才说明本意："海都带军进犯，十步九疑，我如果胜他一仗，他定然逃去。我准备诱他进入险境，使他自投罗网，然后一战可擒。诸君一定要速战，如果被他逃走，哪个敢担当此责任？"众将还是不信，继续请命："主帅高见，本来不错，但皇孙及太傅等人在半路停止，他们不知道您的密计，又向朝廷饶舌，恐怕多有不便，所以利在速战。主帅如果担心海都逃脱，末将等人愿意承担责任！"伯颜又长叹："这也是海都的侥幸，你们出战吧。"一声令下，大家欢呼雀跃，大开营门，蜂拥而出。

海都因为连日得胜，满心得意，毫不防备。正在饮酒消遣，探马来报，敌军来了。海都笑道："不过又来耍把戏。"随即整队上马，出营督战。霎时间，伯颜军已经杀进营盘，生龙活虎一般，无人可挡。海都的部众纷纷败退。海都毕竟作战经验丰富，见伯颜大军此次来攻与从前大不相同，料到以前败退一定是在诱敌，连忙招呼部众，且战且退。幸亏还没进入险境，道路仍然平坦，不过兵马受了些损伤，自己侥幸逃脱。伯颜大军力追数十里，只夺了些军械，抢了些马匹，杀伤了几百个敌兵，眼看着海都的兵马远走，不能抓获，没办法只得收兵而回。伯颜问："我说得怎么样？"众将全都慌张请罪。伯颜说："此后你们出兵一定要审慎，有主帅的命令必须奉命。自己做了主帅，更要小心，老夫年迈力衰，全仗你们努力报国，今天的错误，将来可以改过，我也不再计较了。"众将感激不尽。

伯颜派人去迎接钦差。等铁木耳等人到来，置酒接风，谈了一番军务。第二天就把印信交给了玉昔铁木儿，然后告别要走。铁木耳摆酒饯行，举杯问伯颜："你将离去，有什么用兵的策略教我吗？"伯颜举杯答道："这杯中之物请勿多饮！还有一招应慎记，就是戒女色。"铁木耳说："谨记教诲！"说完，伯颜赴大同而去。

这一年已经是至元三十年，安南派使者进贡，元朝拘禁来使，并再次提起南征的事。原来，至元二十八年，世祖曾派吏部尚书梁曾出使安南，召安南王上朝。当时安南王陈日烜已经死了，儿子陈日燇袭位，听说元使到来，准备从旁门迎接诏书。梁曾见安南国有三个门，却让他走偏门，明明是怀着轻视的意思，于是寓居在安南城外，致书谴责。书信三次往返，梁曾才被允许从中门进城。相见后，梁曾又劝陈日燇上朝。陈日燇不听，只派大臣陶子奇与梁曾回朝。梁曾献上自己与陈日燇辩论的书信，世祖很欣赏，解衣赐给梁曾。大臣见了不免嫉妒，有人说梁曾受了安南的贿赂。世祖又召梁曾询问，梁曾答道："安南曾经拿黄金等物给臣，臣不敢接受，交给了来使陶子奇。"世祖说："有人说你受贿，朕却不信。但你如果禀告朕，接受又有何妨？"大臣又因为陈日燇拒绝上朝，请求扣留陶子奇。世祖同意了，命令将领们整顿兵马，聚集粮草，准备南征。

大军还没出发，忽然彗星出现，光芒达到好几丈。世祖很忧虑，连夜召不忽术进宫，问他如何能弥补天象之变。不忽术说："天有风雨，人有房屋；地有江河，人有舟楫。所谓兵来将挡，水来土掩。汉文帝时，同一天山崩多达二十九处，日食、地震也是连连发生。汉文帝反省过失，征求意见，所以天也不再降罪，天下太平。愿陛下效仿古人，天变自然消除。"世祖听完，还有些担心，不忽术又念起汉文帝的《日食求言诏》。世祖说："古语深合朕意。"又和不忽术谈论了许久，直到四更天才结束。这年冬天，世祖传旨减赋税，赈饥民，大赦天下。

转年元旦，世祖得了重病，停止朝贺。第二天，世祖召伯颜进京。十天后，伯颜从大同回京。又过七天，世祖病危。伯颜与不忽术等人进宫听命。三天后，世祖在紫檀殿驾崩，总计在位三十五年，享年八十岁。

亲王和诸位大臣派使臣到皇孙那里报丧。伯颜暂时代理朝政。兵马司请求每天早上派兵到宫中敲晨钟，晚上鸣昏钟，借以防止贼人变乱。伯颜呵斥："宫中哪有贼人？难道你想做贼吗？"恰恰有个杂役到宫中的库房偷银子被捉，有人要求立即处死，伯颜说："储君还没回来，宫中无主，理应镇静为是。寻常小盗窃，稍加惩罚也就行了，不宜施用大刑，自己显出惊慌。并且杀人必须有皇上的命令，如今谁能下这个命令？"于是宫廷肃静，一如平时。过了几天，办完了丧事，把世祖葬在了诸位先帝的陵旁。世祖一生，功不抵过，连任贪官、屡次兴师却徒劳无功、尊崇僧侣、淫乱后宫四个大错，最为失德。

皇孙铁木耳接到讣告，从和林还朝。快到上都时，遇到右丞张九思率兵接驾，并献上传国御玺一方。这传国御玺并不是世祖的御印，乃是历代相传的御玺。据说先前木华黎的曾孙硕迪死后，家境贫寒，妻子拿出御玺在集市上卖，被中丞崔彧得到。有人找来秘书监丞杨桓辨认印文，写的是"受命于天，既寿永昌"八个大篆字。有人惊异地说："这莫非是秦朝的御玺不成！"于是献给了太子妃弘吉剌氏。

皇孙铁木耳是已故太子真金的第三子，弘吉剌妃所生。王妃得到这块御玺，就拿出来给群臣看，大臣们纷纷祝贺，都说是世祖晏驾以后才出现这方御玺，明明是上天留着赐给皇孙的，真可谓是绝大的喜事。这时，大臣们推举右丞张九思率禁卒数百名，迎接御玺献给皇孙。皇孙铁木耳接受御玺后，喜形于色，对张九思慰劳有加。然后来到燕京，亲王宗亲和文武百官也一同赶到，大家提议奉皇孙为嗣皇帝。亲王中也有人反对，当时太傅玉昔铁木儿也随皇孙一起回京，就对晋王甘麻剌说："先帝驾崩，国不可长期无主，如今天赐御玺已经有了归属，晋王是宗亲的首领，何不早作主张？"甘麻剌点头同意，正要发言，见伯颜带剑上殿，宣布先帝遗命，详细说明了先帝选立皇孙的旨意。甘麻剌于是趁势附和，赞同立皇孙铁木耳。其他亲王此时也不敢不从，立即在殿上叩拜。铁木耳继位，下诏大赦，其中写道：

朕惟太祖圣武皇帝，受天明命，肇造区夏，圣圣相承，光熙前绪。迨我先皇帝体元居正以来，然后典章文物大备，临御三十五年，薄海内外，罔不臣属，宏规远略，厚泽深仁，有以衍皇元万世无疆之祚。我昭考早正储位，德盛功隆，天不假年，四海倾望。顾维眇质，仰荷先皇帝殊眷，往岁之夏，亲授皇太子宝，付以抚军之任。今春宫车远驭，奄弃臣民，乃有宗藩昆弟之贤，戚畹官僚之旧，谓祖训不可以违，神器不可以旷。体承先皇帝凤昔付托之意，合词推戴，诚切意坚。朕勉徇所请，于四月十四日即皇帝位，可大赦天下，尚念先朝庶政，悉有成规，惟慎奉行，罔敢失坠。更赖祖亲勋戚，左右贤良，各尽乃诚，以辅台德。布告远迩，咸使闻知！

诏书传下后，又尊谥先帝为圣德神功文武皇帝，庙号世祖。追尊已故太子真金为裕宗皇帝，生母弘吉剌氏为皇太后，改太后所居住的旧太子府为隆福宫。封玉昔铁木儿为太师，伯颜为太傅，月赤察尔为太保，并封赏了各宗亲和百官。又放回了安南的使臣陶子奇，停止了讨伐安南。朝政逐渐稳定下来，铁木耳这才移驾进入燕京，史称铁木耳为元成宗。

成宗继位后，河东守臣献上益草，说是吉祥的预兆。平章政事不忽术问："这种草在你们那里多吗？"来使答道："只有这几根。"不忽术笑道："如此说来，对百姓无益，那对朝廷又有什么好处？"然后此事搁置不提。

又有西域僧人做佛事，每次都请求释放罪犯，说这样可以祈福，梵语叫秃鲁麻。此后，恶人犯法，全都行贿西域僧人，求他们设法免罪。甚至奴仆杀主、妻妾弑夫也都到西域僧人那里求救，只要西僧一答应，即使弥天的罪恶也能幸免。有时，西域僧人甚至请求给罪犯穿上皇帝或皇后的服饰，乘坐小黄马款款走出宫门，说这样可以增福消灾，超度一切苦难。皇帝、皇后深信不疑，不忽术却愤然道："赏善罚恶是政治的根本，如今只凭僧人的一句话就把罪犯赦免，甚至连大逆不道、伤风败俗的人也不处罚。自古以来，哪有这样的法度！"成宗听后，却斥责丞相完泽："朕曾经告诫过你，不要让不忽术知道，现在他说这种话，反而让朕心生惶恐！"又派人对不忽术说："爱卿不要再说了，朕听从爱卿的意见。"

不久，有个家奴状告主人，主人因罪被诛，成宗下旨把主人的官爵赐给家奴承袭。不忽术又上奏："家奴可以代替主子，这种做法破坏了国家的风俗，将来连君臣上下都可以不顾了，天下岂不乱了章法？请陛下收回成命。"成宗也有些悔悟，就采纳了不忽术的意见。完泽见不忽术位置在自己之下却得到宠信，而且遇事直言，不替自己说话，心中不免生恨。文武百官也有很多人与不忽术有矛盾，就怂恿完泽参劾不忽术。完泽于是暗中提议把不忽术放到外任，出任陕西行省平章政事，成宗表示同意。诏书还没颁下，此事被太后弘吉剌氏听到。太后召成宗进宫，对他说："不忽术是朝廷的忠臣，受先皇托付，你怎么能派他外任？我实在不理解。"成宗这才继续留他在京，仍然任原职。

这年十二月，有大星在西北陨落，声音大如雷鸣。大臣都认为不祥，但却不知道会有什么变故。几天后，忽然有报伯颜病故。成宗停止朝政，悲痛哀悼。伯颜智勇双全、雄才大略，曾经率领二十万大军伐宋，众将对他敬如神明。元将最爱屠杀，伯颜却时时加以禁止，还朝后从不言功。朝廷将他视作国家的长城，推为中流砥柱，他实在是一位出将入相的全才。伯颜享年五十九岁，成宗追封他为太师，谥号忠武公。

转年即成宗元年，年号元贞。这年天下太平，成宗册立托里斯的女儿伯岳吾氏为皇后。伯岳吾皇后颇有才略，成宗对她很是敬畏，因此皇后渐渐干预朝政。

元贞二年，赣州人刘六十聚众一万余人叛乱，自立国号。成宗派将士去征讨，武将们却多半退缩不前，叛兵的势力越来越大。江淮行省左丞董士选亲自征讨，距贼营一百里时，董士选命令将士驻守待命，然后把当地的贪官污吏查实正法。百姓非常感动，争着参军入伍。董士选又带领官军杀进贼营，一鼓荡平叛军，刘六十被擒。董士选上疏报捷，只请求处死几名赃官，并不张扬杀贼功绩。

第二年，成宗改元大德。这年五台山的佛寺修建完成。五台山在山西五台县东北，五峰耸立，高出云端，山上没有林木，形状好像平台，因此得名五台山。先前世祖在世时深信佛教，曾经封拔思巴为帝师，对他宠信备至，所有西域郡县的设官任免都归帝师管辖。每每遇上大朝会，百官分班站立，帝师却端坐在旁边，朝中的大臣没人能同帝师抗衡。甚至皇帝、皇后、皇子、公主，也要到帝师面前受戒，顶礼膜拜，帝师居然受拜不辞。拔思巴靠着些小才，创制出了蒙古新文字，仅一千余字，字母四十一个，世祖传旨颁布天下。世祖又加封拔思巴为大宝法王。拔思巴死后，赐他的封号数不胜数，什么皇天之下、一人之上、宣文辅治、大圣至德、普觉真智、佑国如意、大宝法王、西天佛子、大元帝师等。拔思巴死后，他弟弟亦怜真继任，亦怜真死后，西域僧人答儿麻八剌乞列承袭，权力依然如故。

世祖去世后，宫廷中迷信佛教更严重。成宗的母后弘吉剌氏派人修建五台山佛寺，命令司程陆信等人统率工匠和民夫冒险进入山谷，伐木运石，整个工程死了上万人。佛寺建成后，弘吉剌太后备好车驾临幸。此举惹恼了监察御史李元礼，他递上奏折，极力谏阻。其中有几句简明扼要、言简意赅，照录如下：

五台山创建寺宇，工役俱兴，供亿烦重，民不聊生。伏闻太后临幸五台，尤不可者有五：盛夏禾稼方茂，民食所仰，骑从经过，不无蹂躏，一也。亲劳圣体，经冒风日，往复数千里山川之险，万一调养失宜，悔之何及！二也。天子举动，必书简策，以贻万世，书而不法，将焉用之，三也。财非天降，皆出于民，今日支持调度，百倍曩时，而又劳民伤财，以奉土木，四也。佛以慈悲为教，虽穷天下珍玩供养不为喜，虽无一物为献亦不怒，今太后欲为兆民求福，而亲劳圣体，使天子旷定省之礼，五也。伏望回辕中道，端处深宫，上以循先皇后之懿范，次以尽圣天子之孝诚，下以慰元元之望。如此，则不祈福而福自至矣！

奏折递上去后，中丞崔或见李元礼言辞耿直，不敢上报成宗。于是太后车驾西行，千乘万骑，前呼后拥，说不完的热闹，道不尽的庄严。所过之处，接待铺张浩繁，官员一律跪迎，称太后仁慈，为民祈福。只有河东廉访使王忱说起建工时的伤亡，并且说建寺是为了给百姓造福，

141

如今福没求到，祸害却已经先到，恐怕朝廷的本意不是这样。太后大为动容，下令赏给钱财，好生抚恤工役家属。等太后到了五台山，上香完毕，赏赐僧侣也费了上万银钱，全是民脂民膏。

太后回宫后，忽然侍御史万僧取出李元礼的折子上奏，说崔彧私自包庇汉人，李元礼出言谤佛，都应当治罪。成宗恼怒起来，命令完泽、不忽术逮捕崔、李二人审讯。完泽推说自己不知情，不忽术却说："别的御史都不敢说，只有李元礼直言上谏，臣以为不但无罪，还应当加赏。"成宗考虑了好半天才说："其实李元礼说得很有道理。"于是李元礼官任原职，史万僧被罢免。

平定边患

海都被伯颜战退，两年不敢进犯。后来听说世祖驾崩，伯颜去世，海都又趁机进兵，占据了巴林。巴林在现在的阿尔泰山西北，地势颇为险要。钦察都指挥使床兀儿是土土哈的三儿子，因为随父出征有功，封为昭勇大将军，出镇钦察。床兀儿听说海都占据巴林，立即上奏成宗，然后率北征军越过阿尔泰山，进攻巴林。

巴林南面有条答鲁忽河，河面非常宽广。海都部将帖良台在河边扎营，砍树伐木立成栅栏，把守得非常严密。等床兀儿大军来到，帖良台命令将士手持弓箭，一排排地等着。床兀儿本来想要渡河，看他戒备这般森严，也不敢轻易渡河。箭射不到，马不能前进，怎么进攻呢？床兀儿想出一个办法，命令属下吹起铜号角，声音响亮；又命令全军大声呼喊，喊声响彻原野。帖良台的部下大吃一惊，有些不知所措，全部起身上马。床兀儿趁他们慌乱，立即指挥军队一起渡河，涌起河水拍打河岸，木栅栏浮起。守军没有了掩体，吓得手忙脚乱，手里的弓箭乱放一阵，床兀儿大军奋力冲击，帖良台的人马失去了招架之力。帖良台拨马先逃，其余人马也四散奔逃。床兀儿追出五十里才撤军，把敌人的马匹、帐篷一律搬回。

床兀儿继续进兵到雷次河，远远看见山上有大旗招展。床兀儿料想是海都派来的援军，当下挑选精锐兵马作为前锋，由自己亲自带领直接渡河，冲上山冈。山上的敌将名叫孛伯，刚想下山迎战，冷不防床兀儿的前队已经冲上山，只见床兀儿手执令旗，挥舞短刀，跃马杀来。孛伯壮着胆子上前与他接战，两马交错，床兀儿的部下也大喊着杀到。孛伯来不及与床兀儿争锋，急忙领兵拦截，无奈顾此失彼，不一会儿，已是溃不成军。残兵败将沿着山路奔逃，被床兀儿痛杀一阵，杀死了十之八九。只是没追到孛伯，想必是趁机逃脱了。床兀儿收兵回营，派使者报捷。成宗得到捷报，立即奖赏一番。

此时王公也不干叛变，与海都勾结。阔里吉思承袭了父亲高唐王孛要合的封爵，娶了公主，现在他自告奋勇请求征讨，成宗不同意。阔里吉思再三请求，才获准出兵。成宗派大臣出都饯别，阔里吉思把酒发誓："若不平定西北，誓不南还！"于是慷慨出发。

阔里吉思来到伯牙思一带，突然遭遇敌军来袭，敌军差不多有几万人马。阔里吉思要上前接战，部将都说寡不敌众，应当等后面大军会合才能交战。阔里吉思说："大丈夫立志报国，死都不怕，况且我奉命北征，正为杀敌而来，难道一定要靠别人吗？"然后激励孤军，擂鼓前进。敌兵见他兵少，没加防备，竟然被他杀得大败。阔里吉思当即告捷，成宗立即赏给他貂裘、宝鞍，全都是世祖的遗物。

到了隆冬，众将都说天气寒冷，敌军不会出兵，不必严防。阔里吉思却说："宁可多防，不可少防。今年秋天，敌军中的骑兵出来得很少，这就像鸷鸟一样，在出击猎物之前必定先隐藏形迹，因此不可不防。"众将反而认为他迂腐。阔里吉思也不争辩，只是整顿兵马装备，严加防守。到了残冬，果然敌军大队杀到。阔里吉思与敌人交战，三战三胜，乘胜追杀过去，直入漠北。道旁有许多大山沼泽，崎岖不平，大军随行稍慢，只有阔里吉思一马当先，也不管危险，只身前进。谁知敌兵挖有陷坑，阔里吉思一不小心，竟然失足，被伏兵活捉了去。

敌兵押着阔里吉思来到也不干面前，也不干劝他归降。阔里吉思不答应，也不干劝道："你如果归顺了我，我有爱女，可以许给你为妻。"阔里吉思正色答道："我是天子女婿，岂能再娶你的女儿！况且你身为王族，天子待你不薄，为什么背叛天子，私通海都？我今天被捉，有死无降，你也不必笼络我了！"也不干敬佩他忠勇，没有立即杀他，而是把他拘押了起来。

成宗得到消息，立即派驸马府的阿昔思特到敌营探视。阔里吉思先问两宫是否安好，再问儿子如何，然后不再说话。第二天，主仆再次相见，阔里吉思说："你回去告诉天子，就说我捐躯报国了。"

还没等阿昔思特回京，阔里吉思已经毕命。阿昔思特回去禀报了成宗，成宗追封阔里吉思为赵王。阔里吉思的儿子术安年纪还小，弟弟木忽难继承了爵位。木忽难才华横溢、学识渊博、处事谨慎，管辖的境内秩序井然。等到术安长大成人，木忽难把爵位让给了他。后来术安娶了晋王甘麻剌的女儿，并且请旨迎接父亲的尸首归葬。

海都连年侵犯元朝边境，却始终没能占到便宜。后来，察合台可汗八剌去世，他儿子都哇承袭为汗，都哇出兵帮助海都，于是二人合兵向南侵略。成宗命叔父宁远王阔阔出带兵出征，防御海都。阔阔出懦弱无能，只会连日上奏告急，于是成宗改命侄子海山去代替阔阔出。海山很有谋略，来到军中就大刀阔斧操练士卒，防务比以前严密了许多。海山听说海都大军已经到了阔别列一带，立刻带兵出战，奋战一昼夜，杀退了海都的兵马。

海都撤军休整。过了一年多，又与都哇合兵来犯。海山早已探明，立即命令各路大军会师迎敌。都指挥使床兀儿奉命前来，海山听说他智勇过人，当即迎进大帐。慰劳一番后，海都就与他商议军事。床兀儿说："用兵没有什么特别的策略，只要保持锐气，不气馁，定能得胜。"然后主动请命为先锋。海山应允，又命令各军分为五队向阿尔泰山进发。此时，海都大军已经翻过阿尔泰山到了南坡，来到迭怯里古地界。两军相遇，海都大军倚山固守，声势颇盛。床兀儿带着精锐部队向前突击，左右冲杀，所向披靡，海山率军接应床兀儿，海都只得收兵退去。床兀儿要乘胜追杀，被海山止住，元军回军下寨。

第二天，都哇带兵挑战，床兀儿又跃马出营。海山出去督阵，只见床兀儿挥刀前进，势不可当，不一会儿，已经连斩敌人几员战将。海山不禁惊叹："好壮士！我出战以来，从没见过这样的勇士！"正要进兵援助，那边都哇兵马已经纷纷败退，于是鸣金收兵。床兀儿埋怨海山："我正要追杀都哇，王爷何故鸣金？"海山说："海都此次进犯，听说他倾尽全寨大军而来，志不在小，为什么不耐久战？想必有诈！"床兀儿说："王爷讲得极是。"海山又说："我想明天出战先派亲王、驸马与他们接仗，你我从后面接应如何？"床兀儿领命。

第二天清晨，元军进兵合剌合塔，亲王、驸马各军先去攻击，元军与海都军混战一场。海都带兵后退，亲王和驸马一齐追上。忽然，敌军分作两翼，海都率领右翼，都哇率领左翼，从两边包抄过来，把亲王、驸马的人马围在中间。顿时，喊杀声惊天动地，几乎要把亲王和驸马们全部吞并。亲王、驸马知道中了计，急着突围逃命，可是敌军不肯放过，箭如飞蝗，元军伤亡惨重。正在惊慌失措时，忽然见敌军的左翼大乱，有一员大将催马舞刀，冲锋陷阵，后面带着精兵一千多名，个个骁勇，奋力冲杀。这员大将不是别人，正是都指挥使床兀儿！亲王、驸马大喜，都要跟随他杀出重围。床兀儿说："且慢！"话音未落，敌军的右翼又大乱起来，外面又杀进一支精锐部队，中间拥着一位大帅，正是海山。大队元军把敌军杀得东倒西歪，海山又召集亲王、驸马分兵追杀，大败敌军，海都、都哇全部逃去，海山这才收兵回营。

海山又和床兀儿秘密商议，定下计策。黎明时分，海山下令各军出营攻击敌阵，自己和床兀儿则率领精锐部队从小道而去。两军交战，元军害怕重蹈覆辙，再次陷入埋伏，因此不敢奋力冲杀；海都大军反而趁机掩杀，占了上风。正在海都兴高采烈的时候，忽然后面又有两军杀到，一路是都指挥使床兀儿，一路是元帅海山。海都见前后受敌，知道难以取胜，连忙带兵夺路向北逃去。都哇迟了一步，被海山部将阿什放箭射中膝盖，号哭而逃。海山追了一程，夺得无数辎重，方才收兵。这次大战把海都的野心打掉了一大半，海都郁闷地回到本国，都哇也负伤而去。

海山接连上奏报捷，盛赞床兀儿的战功，并把雅思秃楚王的女儿察吉儿许配给了床兀儿。成宗也非常高兴，派使臣赐给床兀儿御衣。后来海都抑郁成疾，一病身亡。海山派人上奏，成宗大喜道："爱卿镇守边关，屡立大功，就算给爱卿穿上黄金也不足以表达朕的心意。况且多年的叛乱全靠爱卿才得以平定，不光是朕深感欣慰，就是先帝也含笑九泉了。"然后赐给海山金银珠宝等物，又加封他为骠骑卫上将军，仍然派他回去镇守钦察部。

海都死后，儿子察八儿继位。都哇因为前次兵败，已经没了斗志，就劝察八儿投降成宗。察八儿不得不答应，只好和都哇一起派使者请降。钦察汗蒙哥铁木儿势单力孤，也只得束手听命，于是西北四十余年的战乱终于平定。

北方刚刚平定，南方又起了波澜。南方缅国归顺元朝后，每年进贡财物。大德元年，缅王的立普哇拿阿迪提牙派儿子僧合八的带着表文上朝，并提出增加每年进贡的银两。成宗为了表彰他的恭顺，赐给他册封大印，并任命僧合八的为缅国的世子，还赐给虎符。不久，缅国人僧哥伦作乱，缅王发兵征讨，捉住他的大哥阿散哥也，押下大狱，后来又把阿散哥也释放，不再问罪。阿散哥也却心中怀恨，竟然召集余党杀进缅国都城，把缅王关进大牢。继而杀掉缅王，并杀害了世子僧合八的，缅王的二儿子窟麻剌哥撒八逃到了燕京。成宗当即命令云南平章政事薛绰尔发兵一万两千人前去征讨。

薛绰尔奏报军务，提到缅贼阿散哥也倚仗八百媳妇为后援，气焰颇盛，请求增兵。云南行省右丞刘深也上疏丞相，详细列举了八百媳妇的罪状。此时不忽术已经去世，完泽当权，认为刘深的话可信，就上奏成宗："世祖英明神武，统一海内，功盖万世。如今陛下继位，却没立过大功，现在听说西南夷部有个叫八百媳妇的小国叛逆，何不派兵征讨，彰扬武功！"话音刚落，中书省大臣哈喇哈孙出班上奏："南夷小国，距离北国万里之遥，不如派使臣招抚，自然可以召他们来朝廷，何必不远万里耗费兵力呢？况且太后刚刚去世，大丧才过，应当安民节饷，不宜再出兵。"成宗不同意哈喇哈孙的意见，竟然发兵两万，任命刘深为统帅出征八百媳妇。御史中丞董士选上朝力谏，说不要因为轻信一个人而祸及万民，大举远征实在是有害无益。成宗却变了脸色："大军已经调发，还有什么可说的？"董士选只得快快退出。

八百媳妇是西南的一个蛮部，位于缅国的西边，传说他们的酋长有八百个妃子，各领一寨，因此得名八百媳妇。刘深奉命南征，取道顺元。当时正是酷暑，瘟疫盛行，军兵病死了十之七八。民工运粮饷要跋山涉水，一个人只能背几斗米，历经几十天才运完，运粮的死伤竟达几十万人。国人大为震惊，纷纷提出质疑。刘深又突发奇想，要强抢蛮妇蛇节作为自己的小妾。蛇节是水西的一名土官的妻子，艳名远扬，喜爱穿红衣，被当地人称为红娘子。水西土官听说刘深要霸占自己的妻子，哪里肯轻易交出。于是去找蛮夷酋长宋隆济，抵抗元军。

宋隆济捏造谎言欺骗属下："官军要来征讨我们，还要把我们剪发刺面充军。到那时，不但自己身死战场，妻子也要被人霸占，你们愿意吗？"属下当然齐声回答不愿意。宋隆济又问："如果不愿意，如何对付官军？"部众嚷道："干脆造反！"宋隆济却说："造反怎么使得？"部众喊道："同样是死，为什么不造反？"宋隆济又说："造反需要有头领。"部众都说："就在眼前，何必另外再选？"于是众人推举宋隆济为头领，宋隆济又命令水西土官去找蛇节来议事。蛇节来到寨中，果然美艳绝伦，武艺出众。宋隆济于是分拨一千人马归她带领。夜间又召来蛇节，说是秘密商议军事，谁知却与蛇节暗中私通，颠鸾倒凤。宋隆济坐拥娇娃，先尝了滋味，水西土官因为要靠着宋隆济，也不

146

敢发火。

不到几天，宋隆济召集了苗、獠等部落的数千人马，连破杨、黄各寨，进攻贵州。贵州知府张怀德虽然奋力拒战却兵败身死。刘深接到警报忙去救援，恰巧狭路碰着了冤家，就是那个他朝思暮想的红娘子。刘深拼命奋战，恨不得立刻把她抱来取乐，可是红娘子非常狡猾，出阵打了个照面，随即回马逃走。刘深哪里肯舍，下令军中，活捉蛇节者赏千两黄金。于是各军奋力追赶，直到深山密林之中，转了几个弯后，蛇节竟然不知去向。这时，却来了数千名土著，面目狰狞，如一帮罗刹鬼。这帮土著也不管什么阵法，乱砍乱杀，元军手足无措，伤亡惨重。正在元军慌乱的时候，宋隆济率兵杀到，把刘深的官军困在中间，围了个水泄不通。刘深陷入绝地，只好束手待毙，幸亏镇守云南的梁王阔阔率兵前来接应，这才杀退宋隆济，把刘深救出。

宋隆济又进兵围困贵州，刘深整兵再战，还是不能取胜。双方相持了好几个月，元军援尽粮绝，只得带兵退回。宋隆济出兵追击，元军器械全部丢弃，还伤亡了数千士兵。消息传到燕京，成宗改派刘国杰为主帅，杨赛因不花为副帅，率领四川、云南、湖广各省兵马分道讨伐蛮兵。

此时，出征缅国的统帅薛绰尔却受了缅人的贿赂，率兵撤退。元廷还没得知，仍然封窟麻剌哥撒八为缅王，赐给银印，让他回国。窟麻剌哥撒八正要出发，缅贼阿散哥也却派弟弟者苏上朝，交代了自己杀害君主的罪状，祈求成宗宽恕，并愿意保护窟麻剌哥撒八回缅国。此时成宗问起征缅元军的情况，才知道薛绰尔已经退回了云南。

此后，薛绰尔的奏报才到，其中借口酷暑难耐，瘟疫肆虐，不便进兵。而且报称撤军时被金齿蛮部截击，士兵大多战死。成宗大怒，派人查办薛绰尔。经调查得知，薛绰尔围困缅国两个月，缅城粮食和柴草都要用光，眼看就要攻陷，云南参知政事高庆以及宣抚使察罕却受了缅国的贿赂，怂恿薛绰尔撤军，导致功败垂成。于是，成宗把高庆、察罕斩首，贬薛绰尔为庶人。刘深受到完泽的庇护，没有加罪。南台御史陈天祥上奏抗议，弹劾刘深祸国殃民，激起兵变，不正法不足以谢天下。奏折呈上之后却不见回应，于是陈天祥称病辞官，成宗没有挽留他。

祸起蛇节女

这时，西南警报如雪片般飞来，称乌撒、乌蒙、东川芒等部以及武定、威楚、普安等蛮部，全都借口朝廷徭役繁重，不堪忍受，发难叛乱，纷纷攻略州县，闹得一团糟。成宗急忙命令陕西行省平章政事伊逊岱尔率兵征讨叛军，并命令刘国杰接应。刘国杰正在征讨宋隆济等蛮部，根本没有精力兼顾。伊逊岱尔带兵前进，分道征剿，那些蛮部都是一帮乌合之众，不过凭着一时的怒气犯上作乱，一听说官军来到，全都吓得手足无措。一帮人既没有头领，又不懂计谋，被官军杀得大败，顿时逃的逃，降的降，不到一个月就被肃清了。

宋隆济的蛮部已经猖獗了一年多，招集了几万名乱党，横行无忌。宋隆济竟然自称为王，每天带兵四处抢掠，与蛇节淫乱。蛇节妖媚得很，一心一意地跟着宋隆济，并闹着封自己为王妃。宋隆济因为她有丈夫，碍着面子不好公开。可是蛇节心肠狠毒，竟然怂恿宋隆济杀死水西土官，拔除这个眼中钉。

宋隆济被她蛊惑，找了个借口，说水西土官违抗军令，把他斩首。第二天就封蛇节为妃。从此寻欢作乐，更加肆无忌惮。忽然听说元将刘国杰带领数省大军前来征剿自己，不免忧虑起来。蛇节说："怕什么，只要给我五千人马，就能杀他个片甲不留。"宋隆济大喜，第二天清晨，点齐一万人马交给蛇节带领，命她做先锋，自己率领一万人做后应。

蛇节听说官军从广西进兵，当即向东进发。行到播州，正遇到官军，她立即抖擞精神，来同官军交战。刘国杰的前军望见敌阵中的大旗随风飘扬，露出几个大字，似乎是南蛮王妃的字样。各军早就听说了蛇节的美名，都瞪着眼望蛇节，只见蛇节跨着绣鞍，裹着铁甲，脸上不涂脂粉，自然白里透红，眉似新月，唇如朝霞，妖艳中露出三分杀气。元军一个个看得目瞪口呆。不料蛇节竟然挥着大刀斩杀过来，官军还没回过神来，被她冲乱了阵脚，往后退去。蛮兵个个奋勇，步步紧逼，有好几个倒霉的官军早已身首分离。幸亏刘国杰带领大军赶到，一阵力战才把蛮兵杀退。收兵后，刘国杰了解到前队的情况，当即把将士们训斥一顿，命令他们见敌即杀，不得被美色所迷惑。

第二天两军再战，刘国杰令士兵只许前进，不得后退。蛇节不能抵挡，败退十里。转天再战，蛇节又败走，官兵追杀过去，偏偏宋隆济杀到，蛇节也转身回来，两军合力杀败了官兵。刘国杰连忙鸣金收兵，亲自断后。回营一检查，已经伤亡了一千余人。

刘国杰同杨赛因不花商议，二人想了一条计策。命令元军在盾牌上钉钉子，准备妙用。士兵得令后，都摸不着头脑，但只能遵令照办。第二天，士兵把盾牌献上，刘国杰传令："今天出战，前队拿盾牌对敌，稍战就要败走，把盾牌扔在地上；后队听令，准备战斗。"军兵奉命，如法施行。元军接近敌营时，宋隆济、蛇节并马出来，蛮兵人人争先，元军扔下盾牌逃走。宋隆济见部众得胜，命令他们追杀元军，谁知地上都是盾牌，盾牌上全是钉子，马脚站立不稳，多半跌倒，骑马的人随着落马倒地。刘国杰指挥大军一拥而上，大开杀戒，如同砍瓜切菜一般。宋隆济、蛇节慌忙逃走，手下部众死了一半。

刘国杰得胜回营，下令坚壁不动。过了几天，宋隆济、蛇节召集蛮兵再来攻击。刘国杰仍然命令元军坚守，不准出阵。宋隆济、蛇节无可奈何，只得收兵回去。接连几天，刘国杰不发一兵，宋隆济、蛇节连连讨敌骂阵也不见反应。士兵也不知道是什么缘故，只好整装待命。

一天晚上，刘国杰接到探马密报，立即派杨赛因不花率领五千人马连夜出兵。第二天仍然没有动静。直到晚上，方才下令夜袭敌营。当晚三更天，月色迷蒙，刘国杰命令军兵出营，亲自带队悄悄行军。接近宋隆济军营时，元军突然放起火炮，大队人马冲进敌营。宋隆济正抱着蛇节在帐中熟睡，猛听得炮声震天，出帐一看，只听见一片喊杀声，吓得他心惊胆战，连忙拉起蛇节，连外衣都来不及穿，找到两匹战马，同蛇节上马逃走。营里的蛮兵从梦中惊醒，没等明白怎么回事，全部赴了鬼门关。只有后营的几百名守军还有逃跑的工夫，拼命逃去。刘国杰扫光了敌营，天已经大亮，立即下令撤军。

将士们见贼首逃走，都请求追击。刘国杰说："不必，自会有人把他们抓来。"刚刚回营不到一个时辰，果然有士兵来报，说已经把蛮妇蛇节捉到。刘国杰问："杨副帅回来了吗？"士兵答道："宋隆济跳河逃走，杨副帅追去了。"

原来，刘国杰早已定下了擒敌的计策，先前曾经派人探路，料到宋隆济失败后，必然途经墨特川才能逃回老巢，于是派杨赛因不花率领大军绕道截住他的退路。宋隆济、蛇节果然中计，跑到河边时被杨军截杀，

149

宋隆济跳进水中凫水逃走。蛇节不会凫水，只好下马求降。刘国杰命人把蛇节推进来，蛇节只穿着小衣，发髻蓬松，面色微青，气喘吁吁地跪倒案前。刘国杰拍案问道："你是妖妇蛇节吗？"蛇节凄声回答："是。"刘国杰又怒道："你抗拒官军，涂炭生灵，可曾知罪？"蛇节流泪答道："已经知罪。如蒙宽恕，恩同再造，就是收奴为妾，也心甘情愿！"刘国杰厉声道："好没廉耻的淫妇！给我推出去斩首！"将士们听了这道命令，都想求主帅释放蛇节。怎奈刘国杰满脸杀气，眼看着一个美貌少妇，转眼间变作两段。

第二天，杨赛因不花回营，已经把宋隆济捉到。刘国杰立即审问宋隆济，然后押进囚车，请旨处置。不久传来诏书命令把宋隆济就地正法，蛮境从此太平。云、贵两省总算平安无事，八百媳妇也就不再征讨。刘深被罢官，后来又被哈喇哈孙再次弹劾，说他败军辱国，非正法不足以平民愤。于是成宗传旨把刘深斩首示众，南征的事就此了结。

完泽也被言官弹劾，并且有受贿的嫌疑，差点被贬，成宗却包庇他，没有继续追究。但是阎王不肯饶他，不久他害了一场大病，一命呜呼。继任的是哈喇哈孙，副相由阿忽台继任。

成宗起用陈天祥，封他为集贤院大学士。陈天祥再次就职，一片忠心，几次要向成宗陈述时弊，但是成宗流连后宫，经常不上朝。后来成宗又时常患病，宫廷的内政交给了皇后，朝廷的政事委托诸位大臣。陈天祥非常烦恼，压抑不住心中的不平，就上奏称阴阳颠倒是当时的最大弊病，并且把宗庙失火、两浙饥荒、河东地震、太白冲天等种种天灾全部陈述在内，说这些灾难都是由人祸所导致，说得非常恳切。奏折呈上后却被束之高阁，陈天祥只得再次称病辞官。

大德九年，成宗病入膏肓，立儿子德寿为太子。德寿并非元皇后亲生，而是二皇后弘吉剌氏所生。元朝的宫中往往几个皇后并立，所以皇后不止一个人。弘吉剌氏性情安静稳重，一切政务都由元皇后伯岳吾氏主持。太子德寿立了没有几个月就死了，有人说是被伯岳吾皇后暗中谋害的，事情也没有证据，因此无法确认。

成宗的侄子爱育黎拔力八达和他母亲弘吉剌氏，都被伯岳吾皇后所忌恨，皇后暗中进谗言，于是成宗把他们赶到了怀州。爱育黎拔力八达就是海山的弟弟，海山当时封怀宁王，出镇青海，听到这件事很愤怒。无奈因为路途遥远，鞭长莫及，不得已只得静待事态的发展。

这年冬天，成宗旧病复发，而且比以前更加重了。伯岳吾皇后怕有不测，暗中命令心腹去召安西王阿难答和亲王明里铁木儿。阿难答是世祖的孙子，同成宗是兄弟，接到密令后，于次年正月和明里铁木儿一起上朝。伯岳吾皇后立即暗中召见，对他们说："陛下病情加重，恐怕很快就要归天，我召你们来京，无非是为继位问题，需要密商。现在太子已经去世，爱育黎拔力八达以前颇有野心，所以我令他出居怀州。如果海山被立为王，他必定为弟弟报仇，对我们有诸多不利。你们帮我想想办法。"明里铁木儿和阿难答关系密切，就说："何不立安西王？"伯岳吾皇后看着阿难答，端详了一会儿，装作犹豫不决的样子。明里铁木儿又说："皇后莫非考虑嫂叔的嫌疑吗？须知嫂嫂落水，叔叔也必定出手相救，如果安西王得立，必定感恩图报，皇后尽可以临朝听政。"伯岳吾皇后还在犹豫，阿难答也说："这事恐怕不妥。"明里铁木儿说："有了，皇后临朝，皇叔辅政，这就没有什么可疑的了。"伯岳吾皇后同意："这倒是个好主意，你和安西王下去吧。"二王告辞出宫。

没过几天，成宗病逝。成宗在位十三年，享年四十二岁。随后伯岳吾皇后随即垂帘听政，命令安西王阿难答辅政。右丞相阿忽台奉旨召集群臣商议辅政的事，田忠良、张昇说："先帝宗庙的神主上应写明嗣皇帝的名字，现在皇后垂帘听政，安西王辅政，写谁才好？"阿忽台说："将来再写，有什么不可？况且先帝继位时不也是三个月没有君主吗？"何玮问道："世祖驾崩，天下归心于先帝，早就写明了嗣君，怎么能说是没有君主呢？"阿忽台脸色一变说："法制并非天定，全由人订，你们敢阻止国家大事，难道不怕死吗？"何玮说："不义而死，才是可怕。如果舍生取义，有什么好怕的？"

由于右丞相哈喇哈孙没到，不好下结论，众人只好散会。随即有内旨去召哈喇哈孙，他却收来百官的符印，封储在府库之中，自己看守大门，然后称病不到。阿忽台和明里铁木儿等人秘密商议，想找机会谋害哈喇哈孙，然后辅佐皇后正式临朝。哈喇哈孙早有防备，正好怀宁王派康里脱脱来到京城，哈喇哈孙命人去报告康里脱脱，然后派人到怀州去迎接爱育黎拔力八达进京。

爱育黎拔力八达接到报告后，犹豫不决，询问老师李孟。李孟说："庶子不继承，这是世祖的遗命。如今先帝驾崩，怀宁王远在万里，请殿下急速进宫，以安定民心。"爱育黎拔力八达于是同母亲一起返回燕京。走到半路，先派李孟去征求哈喇哈孙的意见。李孟到了丞相府，正要进去，冷不防有人兜头出来，见了李孟停步不行。李孟面不改色，反而上前讯问，那人说是奉皇后差遣，来这里探视丞相的病情。李孟随即说："丞相还好吗？我正为诊病而来。"然后快步进屋，见了哈喇哈孙，深施一礼，随即拉起哈喇哈孙的右手，做出诊脉的样子。哈喇哈孙瞧破了机关，很自然地同他谈论病情，并不提及国事。等皇后的人离去后，才与他密谈起嗣皇帝继位的事，并且赞同爱育黎拔力八达进京。李孟返回告诉爱育黎拔力八达，爱育黎拔力八达却要占卜，李孟暗示占卜人，让他言吉不言凶。此人摇了一卦，果然得了个吉兆，李孟说："好兆头，看来这是天意。"于是拥着爱育黎拔力八达上马赶到燕京。大臣们都跟着爱育黎拔力八达哀悼了先帝，然后爱育黎拔力八达住进了旧宅。

伯岳吾皇后得知爱育黎拔力八达回京，连忙同安西王阿难答、左丞相阿忽台秘密商议。阿忽台说："听说三月三日是爱育黎拔力八达的生辰，可以借口庆贺，逼他出来相见，凭老臣的身手，立刻可以扑杀此人，并可除掉他的党羽。"原来，阿忽台很有勇力，一般人不敢接近，因此非常自信。计划已定，伯岳吾皇后便派人通知哈喇哈孙，约定届时一同前往爱育黎拔力八达府上，为他庆贺生辰。

哈喇哈孙满口答应，然后秘密派人报告了爱育黎拔力八达，并写信定下密计。爱育黎拔力八达看完信，立即派都万户囊加特去邀请亲王秃剌。秃剌是察合台的四世孙，力大无穷，见了囊加特，叙谈一番后，答应出手相助。囊加特返回禀报。于是秃剌提前两天率领卫士进宅，然后假称怀宁王派使者到来，请安西王、左丞相进府议事。

阿难答有些害怕，阿忽台却说："不要紧，有我在此，你怕什么？"二人又邀上明里铁木儿同行。三人来到爱育黎拔力八达府中，刚刚交谈，爱育黎拔力八达忽然拂袖而起，抢步出门，大声喊道："卫士！"话音刚落，外面闯进一帮如狼似虎的卫兵，来拿安西王等人。阿忽台把眼一瞪，大喊："你们莫非来送死吗？"有人接口说："是你自己来送死！还敢口出狂言！"阿忽台抬眼一瞧，失声叫道："不好了！安西王快走！"

荒淫的武宗

阿忽台正要反抗，猛然看见一个雄赳赳的武夫，知道自己不是对手。这人正是亲王秃剌。秃剌指挥卫士来捉阿忽台。阿忽台只怕秃剌，不怕卫兵，卫兵上前，被他推倒好几个，同时找机会逃脱。秃剌只好亲自动手，把他截住。阿忽台虽明知不是对手，也只好拼命搏斗。不到几个回合，阿忽台已经被秃剌摁倒，秃剌指挥卫兵用铁索把阿忽台捆住。安西王阿难答和明里铁木儿本来就没有什么本领，早已被卫兵抓住。爱育黎拔力八达又派人搜杀余党，还囚禁了伯岳吾皇后。

兵变成功。亲王阔阔、牙忽都觐见，对爱育黎拔力八达说："罪人已经就擒，宫禁也已肃清，王兄最好早登大位，以安定人心。"爱育黎拔力八达说："罪人勾结宫廷，乱我家法，所以我才带兵征讨，把他们正法。我的本意并不是要作威作福，继承皇位。怀宁王是我胞兄，应当继承皇位，我已派人带着御玺去迎接，我们只要在这里等候王兄就是了。"

哈喇哈孙决定推戴爱育黎拔力八达监国，自己统领卫兵住在宫中防变，并任用李孟参议政事。李孟处理政务，群臣多有不服。于是李孟叹息："执政大臣应当由天子任命，如今銮驾还在途中，李孟未见天子，不敢冒领大任。"然后再三推辞，没得到同意，他竟然挂起官帽逃走。

此时，海山已经从青海起程，抵达和林，亲王勋戚劝他继位。海山说："我母亲和弟弟都在燕京，等宗亲召开会议，才能决定。"然后停下来专等燕京的消息。

海山的母亲弘吉剌氏曾经找阴阳家为两个儿子算命。阴阳家说："重光大荒落①有灾，旃蒙作噩②长久。"海山生年是辛巳，爱育黎拔力八达生年是乙酉。弘吉剌妃牢记在心，因此派近臣朵耳去和林，传话给海山："你们兄弟二人都是我所生，没有亲疏远近，但阴阳家的话不可不考虑。"

---

① 重光大荒落：后人曾经考证，经年在辛称为"重光"，在巳称为"大荒落"，因此"重光大荒落"的解释就是"辛巳年"。

② 旃蒙作噩：又因为经年在乙称为"旃蒙"，在酉称为"作噩"，因此"旃蒙作噩"的解释就是"乙酉年"。

海山听完，默然不答。既而召康里脱脱进见，对他说："我镇守北方十年，又是长兄，论功劳论年龄，我都应当继位。但我母亲却拘泥于算命先生的话，实在令人费解。如果我继位，上合天心，下顺民望，就算时间再短也足以垂名万世，为什么一定要信阴阳先生的鬼话，而辜负祖宗的重托？据我想来，一定是任事的大臣擅权专断，担心我继位后按名定罪，所以设下这种奸计来加以阻止。你替我去了解一下情况，速来报我！"

康里脱脱奉命来到燕京，禀报弘吉剌妃。弘吉剌妃愕然道："人的命运自有定数，我无非是为他考虑，才给他传话。他既然这样认为，就让他赶快前来吧。"

弘吉剌妃派回康里脱脱，又派阿沙不花去迎接海山，正好海山率军向东而来，途中遇见他二人。阿沙不花讲述了安西王叛乱的始末，以及亲王群臣推戴太弟监国的事。康里脱脱又汇报了王妃的话。海山大喜，立即与二人一同来到上都，任命阿沙不花为平章政事，派他返回接母亲和小弟。于是爱育黎拔力八达同母亲来到上都，亲王大臣也随之赶到，拥戴海山为嗣皇帝。

海山在上都继位，追尊先父答剌麻八剌为顺宗皇帝，母亲弘吉剌氏为皇太后。然后宣旨到燕京，废成宗皇后伯岳吾氏，命令她出居东安州，把安西王阿难答和亲王明里铁木儿、左丞相阿忽台等人一并处死。后来又有人说，安西王阿难答与伯岳吾皇后一同住在宫中，嫂叔有奸情，所以不立侄子，反而要妄立皇叔。根据祖宗大法，二人罪不可赦，应当令伯岳吾皇后自尽。诏书一下，伯岳吾皇后无计可施，只好服毒自杀了。

史家称海山为武宗，当时改元至大，颁诏大赦天下。其中写道：

昔我太祖皇帝以武功定天下，世祖皇帝以文德洽海内，列圣相承，不衍无疆之祚。朕自先朝肃将天威，抚军朔方，殆将十年，亲御甲胄，力战却敌者屡矣，方诸藩内附，边事以宁。遽闻宫车晏驾，乃有宗室亲王，贵戚元勋，相与定策于和林，咸以朕为世祖曾孙之嫡，裕宗正派之传，以功以贤，宜膺大宝。朕谦让未遑，至于再三，还至上都，宗亲大臣，复请于朕。间者奸臣乘隙，谋为不轨，赖祖宗之灵，母弟爱育黎拔力八达，禀命太后，恭行天罚。内难既平，神器不可久虚，宗祚不可乏嗣，合词劝进，诚意益坚，朕勉徇舆情，于五月二十一日即皇帝位。任太守重，若涉渊冰，属嗣服之云初，其与民更始，可大赦天下，此诏。

然后圣驾回到燕京，论功封赏。武宗加封哈喇哈孙为太傅，答剌罕为太保，并任命答剌罕为左丞相，床兀儿、阿沙不花一并封为平章政事。又因为秃剌亲手捉住阿忽台，立功最大，封他为越王。哈喇哈孙提出，祖宗旧制，必须是皇室的至亲才可以加封为一字王，秃剌是远族，不能因为有功劳就废了万世的制度。武宗不听，秃剌却心中记恨哈喇哈孙，暗中进谗言，说安西王谋变时哈喇哈孙也曾经署名。武宗竟然听信了谗言，把哈喇哈孙外调，出任和林行省左丞相，仍兼太傅职衔，表面上好像敬重他，实际上是在疏远他。然后立弟弟爱育黎拔力八达为皇太子，武宗的意思是格外厚待弟弟。武宗又命令大臣议定宗庙位次，因为顺宗是成宗的哥哥，应列成宗的右侧，于是把成宗的灵位移到了顺宗之下。

武宗刚刚继位，很想彰显自己的文治，于是倡导重儒尊道。继位不久，就派人到曲阜祭祀孔子，并且追封孔子为大成至圣文宣王，随后命令全国遵行儒教。中书右丞孛罗铁木儿用蒙古文翻译《孝经》，进呈皇上，得到嘉奖。武宗认为，《孝经》一书是孔圣人的真言，从王公到百姓都应当遵循，又命令中书省刻版模印，赐给各王公大臣。宫廷内外都称赞武宗尊崇圣教，这一时期的武宗颇得人心，可谓有口皆碑。

然而武宗坐享太平，逐渐荒淫起来。每天除了听朝之外，专好在宫中摆宴饮酒，召集妃嫔，莺歌燕舞，彻夜寻欢作乐。有时与左右近臣玩蹴鞠、击球等游戏娱乐。于是媚子奸臣陆续升官。都指挥使马诸沙善于玩角抵，伶官沙的善于吹笙，武宗封他们做了平章政事。武宗又规定乐工犯法，刑部不得查问；宦官犯罪，可以传旨赦免；而且对这帮媚子奸臣封赏过重，毫不吝惜，却把朝廷的政务看得一点也不重。

当时，赤胆忠心的大臣要算阿沙不花，他见武宗日渐昏庸，而且面色也日渐憔悴，就找机会进言："陛下身居九重，关系天下，却流连歌舞，昵宠妃嫔。俗话说，酒是穿肠毒药，色是刮骨钢刀。最近臣见陛下脸色大不如从前，陛下即使不自爱，也要以江山社稷为重，不能长此沉沦呀！"武宗听了这番话也不生气，反而和颜悦色地说："只有爱卿能对朕讲出这番忠言，朕已经知道了。爱卿坐下，与朕同饮几杯。"

阿沙不花却说："臣刚刚劝陛下节制饮酒，陛下却命臣饮酒，看来陛下根本没把臣的话放在心上，臣不敢遵命！"武宗这才沉思起来。左右见皇帝有些不悦，都齐声说："古人说主圣臣直，如今陛下圣明，所以才有直言的大臣，应当向陛下道贺！"然后都黑压压地跪在地上，接着是一片磕头声。武宗不禁大喜，立即任命阿沙不花为右丞相，兼任御史大夫。阿沙不花说："陛下肯接纳臣的愚谏，臣才能受职。"武宗当场答应："这个自然，爱卿尽可放心。"

阿沙不花叩谢而出，左右又捧杯向武宗劝酒。武宗说："你们没听到阿沙不花的话吗？"左右都说："今天庆贺得到直臣，应该畅饮，明天再戒酒不迟。"武宗说："也好。"然后开怀畅饮，直到酩酊大醉，方才回宫。等到了第二天，又把阿沙不花的话撇在脑后了。

过了几个月，上都留守李璧跑到燕京找武宗哭诉。武宗问明原委，原来是西域番僧强买百姓的薪柴发生争执，百姓到李璧那里告状。李璧刚要坐堂审讯，那西僧却率领着党徒，手持木棒闯进官府，不分青红皂白，揪住李璧的头发，按倒地上，一顿痛打，直打得皮开肉绽。然后又把他拉回去关押了好几天，李璧设法逃回才捡了一条命。李璧气愤难忍，只得上朝奏报武宗。武宗见他面有血痕，也勃然震怒，立即命令卫士同李璧返回，逮捕西僧，并押下大狱。不料隔了两天，竟然有赦旨传到上都，命令李璧把西僧释放。李璧不敢违命，只好执行。

不久，僧徒龚柯等人同亲王合儿八剌的妃子争道，把王妃拉到车下，拳脚交加。侍从连忙救护，并且警告僧人殴打王妃是重罪。龚柯却毫不在意，反而说，就算是皇帝老子也要受我们的戒敕，区区王妃，打她何妨？这王妃遭到殴打，又听到讥讽，自然不肯善罢甘休，立刻派人上奏。王妃等了几天，却不见有什么反应，于是来到宣政院查问。据院吏讲，日前接到诏旨，大意是说殴打西僧，罪应断手；辱骂西僧，罪应断舌。亏得皇太子进宫奏阻，武宗才把处罚王妃的诏书收回。

其实，皇宫里面还有一桩隐情。原来在元朝，僧人势力太大，胡作非为是第一大弊政。然而在世祖、成宗时代，僧人的骚扰还只在民间，没有侵入宫廷。到武宗继位后，母后弘吉剌氏修建了一座兴圣宫，规模非常宏大，经常请僧人进宫诵经讲法，拜佛祈福。僧人们不但白天在宫里待着，连夜间也住在宫中。那时，妃嫔、公主以及大臣的妻女全都到兴圣宫拜佛，与西僧混杂不清。西僧多半淫邪，见了这帮美少妇，岂能不动心？渐渐地眉来眼去，拉进密室，干起了无耻的勾当。太后得知后，也不去过问，此后色胆包天的西僧越发肆无忌惮，公然和妃嫔、公主等人裸体交欢，反而造了一个美名舍身大布施。自从这个美名流传，宫中的妃嫔、宫女们纷纷到寺院烧香，只瞒着武宗一个人。武宗所爱的是杯中之物，所爱的是皇后，在灯红酒绿、纸醉金迷的时候，听到的全都是赞美西僧的话，武宗全部信以为真。所以李璧被殴和王妃被打的事，武宗通通搁置一边，不愿追究。

武宗昏庸无道，赏罚不明，今天建造寺院，明天加封西僧。僧人教瓦班善于献媚，武宗竟然封他做了翰林学士。还有个宦官李邦宁，年老体衰，却善于察言观色，也深得武宗宠信。李邦宁本来是南宋宫中的小太监，跟随瀛国公赵显多年，后来进了元宫。世祖留任他为内廷给事，历事三朝，宫廷中所有大小政事，他全部耳熟能详。武宗喜爱他练达，封他为江浙平章政事。李邦宁故意推辞："臣本来是个阉腐罪人，承蒙先帝宽恕，掌管内廷多年，已经自愧不能胜任。如今陛下又要委臣以重任，臣听说宰辅的责任是辅佐天子治理天下，臣是不全之人，担任重任，后世岂不要议论皇上吗？臣不敢当！"武宗大喜，竟然又提升他为大司徒，兼左丞相之职，并兼管太医院的事务。李邦宁这次却叩头拜谢，接受了封赏。

越王秃剌仗着自己功劳大，出入宫中毫无顾忌，就是对武宗也是以你我相称。武宗格外宽容，不和他计较，后来他越来越放肆，曾经对武宗说："你的皇位多亏我，假如没有我，阿难答早已继位，阿忽台掌政，哪个来奉承你呢？"武宗不禁变了脸色，缓缓答道："你也太过分了，下次不要再说这种话！"秃剌还要说什么，武宗已经转身回内室去了，秃剌恨恨离去。

后来武宗到凉亭游玩，秃剌随着，武宗要乘小船，被秃剌拦住，秃剌又出言不逊。从此，武宗更加讨厌他。有一次，武宗在万岁山摆酒宴，秃剌也在座。酒喝到半醉时，秃剌又大声嚷道："今天置酒相会，畅快得很，但如果没有我，哪有你们。你们还记得安西王政变的事吗？"武宗大怒："朕让你不要再多说，你却偏要经常自称功臣。要知道你的功绩朕已经赏过了，你反复说起是什么意思？"秃剌听完，站起来，解了腰带向武宗面前扔过去，并瞪着武宗喊道："你不过给了我这个东西，我还给你就是了！"说完大步离去。

武宗怒火未消，对侍臣说："秃剌这般无礼，朕还能容他吗？"侍臣全都同秃剌有矛盾，哪里还肯劝解，自然回答应该抓捕他。武宗当即命令都指挥使马诸沙等人，率领卫士五百名去捉秃剌。秃剌回到府中就沉沉睡下，任他们加上锁链，如同扛猪一般抬到殿中。等到酒醒，大臣审讯他，秃剌还咆哮不止。大臣上奏说秃剌图谋叛逆，应当立即正法。有旨准奏，秃剌被当场处斩。

明主重振朝纲

武宗至大八年，有人提议设立尚书省，管理财政。先前世祖继位时，审定官阶体制，确立了中书省为行政中心，长官称中书令，左右丞相协助。中书令不常设，往往由右丞相兼任。自从阿合马、桑哥等人相继担任丞相，朝廷担心他们干涉财政，因此特别设立尚书省，独揽财政大权。现在，大臣保八、乐实等人请求重新设立尚书省，旧政由中书省管理，新政归尚书省管理，并推举乞台普济脱、脱虎脱为丞相。武宗准奏，任命乞台普济脱为右丞相，脱虎脱为左丞相，三宝奴、乐实为平章政事；保八为右丞，蒙哥铁木儿为左丞，王罴协助处理政事。这一班新任大臣全是阿合马、桑哥之类的人物，专门喜欢敛财，其实并没有什么妙法，只不过在钞票上打主意，滥发纸币，充作银两。

元代的中统交钞和至元交钞，都是由这帮财政大臣创立、发行的，民间只有纸币，并没有现银，以致物价上涨，民生越来越困苦。如今乐实又说旧钞不合理，应改用新钞，于是改造成大额钞票。无论怎样改变，没有充足的白银、黄金，很难有信用。那帮财政大臣又从中盘剥，中饱私囊，鼓了自己的腰包，百姓更加困苦了。

武宗反而认为脱虎脱、三宝奴两个人办事得力，加封脱虎脱为太师，封义国公；加封三宝奴为太保，封楚国公。后来又封乐实为尚书左丞相，封齐国公。

武宗继位几年，正在壮年，六宫妃嫔多达几百名，却没有正式册封皇后，这是历史上罕见的。此时，皇太子举荐李孟，武宗派人寻访，在许昌陉山找到李孟，召为中书平章政事，封集贤大学士。李孟觐见，首先请求册立皇后以管理后宫，武宗这才立真哥为皇后。真哥皇后也是弘吉剌氏，才色出众。真哥有个堂妹，名叫速哥失里，也深得武宗宠幸，不久武宗又册立她为皇后。

太后弘吉剌氏在兴圣宫颐养天年，除了做些佛事之外，没什么事情，安闲得很。她忽然动了邪念，暗想起妃嫔、公主等人大多同僧徒结下欢喜缘，只有自己身为皇帝的母后，不便做出越轨的事情。有心保全名节，却又心猿意马，按捺不住。顺宗二十九岁去世，当时两个孩子还年幼，她年轻守寡，独守空房，难免孤寂冷清。亏得同族中有个铁木迭儿时常往来，每当她独居无聊时，有铁木迭儿和自己谈心，倒也解了不少闷。后来她被成宗的皇后伯岳吾氏忌恨，迁出怀州，就和铁木迭儿疏远了。成宗又封铁木迭儿为云南行省左丞相，相隔万里，从此二人一个在天涯，一个在海角，就是心里想念，也只好付诸长叹，无可奈何。现在大儿子做了皇帝，自己被尊为太后，一切举动已经没人敢管，正好召幸旧情人，重续前缘。太后当即派了一个密使，去调铁木迭儿回京。

铁木迭儿得到这种机会，哪有不来的道理？快马加鞭，两个月就到了京城。太后早就等得不耐烦了，一见铁木迭儿，乐得如获至宝。铁木迭儿向来善于阿谀奉承，现在更加卖力，竟然在兴圣宫中住了下来，闭门不出。云南行省不见了铁木迭儿，连忙禀报朝廷，说他擅离职守，应当受处分。尚书省立即据实上奏，武宗莫名其妙，命令尚书省访查下落，以便定罪。谁知铁木迭儿早已在安乐窝中穿花度柳，快活得很。过了几天，尚书省又接到圣旨，说是奉皇太后旨意，按照亲族的先例，赦免了铁木迭儿的罪。尚书省中全是一班狐群狗党，哪管宫里的勾当，自然搁起不提。

武宗一心想着玩乐，下令在中都筑城，派司徒萧珍监工，调发兵役数万名，限五个月竣工，逾期治罪。无奈福未享完，阳寿将尽。至大四年元旦，百官全都上殿朝贺，待了半天，竟然传出旨意，武宗不来上朝，免了朝贺大礼。群臣这才知道武宗生了病。过了七天，武宗在玉德殿驾崩，在位五年，享年只有三十一岁。

先前宦官李邦宁曾提醒武宗，说陛下已经壮年，皇子也渐渐长大，自古以来，只有父亲传位给儿子的，没听说有儿子而立弟弟的，应当酌情裁断。武宗听了很不高兴，呵斥李邦宁："朕意已定，你不必多言。"

李邦宁碰了个大钉子，自然不敢再说。皇太子爱育黎拔力八达这才得以保全储位。武宗驾崩后，他顺理成章继承皇位。嗣皇帝继位后的第一件事就是撤销尚书省，把丞相脱虎脱、三宝奴，平章乐实，右丞保八、左丞蒙哥铁木儿，参政王罴等人一律罢免，逮捕入狱。然后任命中书右丞相阿沙不花为知枢密院事，派阿沙不花等人审讯奸臣。结果查出脱虎脱等人祸国殃民，犯下种种不法的罪行，于是传旨把脱虎脱、三宝奴、乐实、保八、王罴等人立即斩首。蒙哥铁木儿犯罪较轻，打了几百棍，发配海南。第二件事就是撤销中都，追夺司徒萧珍的符印，把他也拘禁

159

起来。凡是中都所占的民田全部返还百姓。第三件事，是召还先朝精通政务、德高望重的老臣。如前平章程鹏飞、董士选，前太子少傅李谦，少保张闾，前右丞陈天祥、尚文、刘正，前左丞郝天挺，前中丞董士珍，前参政刘敏中、王思廉、韩从益，前侍御赵君信，前廉访使程文海，前杭州路达鲁噶齐等十六人，全都委以重任。只有陈天祥、刘敏中不到。然后嗣皇帝又重用李孟，准备封为中书右丞相，可是皇太后已经降旨，把中书右丞相的职任封给了铁木迭儿。爱育黎拔力八达不便抗命，只好顺从母亲的意思。太后仍然听信阴阳家的话，命令爱育黎拔力八达在隆福宫继位。御史中丞张珪提出新君继位，应当在正殿，爱育黎拔力八达这才在大明殿登上皇帝位，接受百官朝贺。并下诏大赦：

> 惟昔先帝事皇太后，抚朕藐躬，孝友天至，由朕得托，顺考遗体，重以母弟之嫡，加有削平内难之功，于其践阼，曾未逾月，授以皇太子宝，领中书令枢密使，百揆机务，听所总裁。于今五年，先帝奄弃天下，勋戚元老，咸谓大宝之承，既有成命，非与前圣宾天，而始征集宗亲，议所宜立者比，当稽周、汉、晋、唐故事，正位宸极。朕以国恤方新，诚有未忍，是用经时。今则上奉皇太后勉进之命，下徇亲王劝戴之情。三月十八日，于大都大明殿即皇帝位，凡尚书省误国之臣，先已伏诛，同恶之徒，亦已放殛，百司庶政，悉归中书。命丞相铁木迭儿，平章政事李道复等，从新整治，可大赦天下。此诏！

诏中所说的李道复，就是李孟。李孟字道复，因为先前拥戴功高，并在调停母子、兄弟间关系上格外尽力，所以爱育黎拔力八达特别器重，称他为道复而不称其名。又下诏第二年改元，商议决定用"皇庆"两个字。史家称爱育黎拔力八达为仁宗。

仁宗认为脱虎脱等人虽然已经正法，但党羽还很多，准备一律审讯。延庆使杨朵儿只上疏谏阻，说新皇帝继位，应当施行仁政，不宜杀人太多。仁宗采纳，于是从宽处理，只罢免了陕西平章孛罗铁木儿、江浙平章乌马儿、甘肃平章阔里吉思、河南参政塔失铁木儿、江浙参政史万僧，其余人等既往不咎。

仁宗尊重儒教，优待儒生。派人祭奠先师孔子，只是主祭的人却派了宦官李邦宁。李邦宁曾劝武宗改立皇太子，仁宗登基后，左右也有人上奏此事，请求治他的罪。仁宗宽宏大量，称帝王历数自有天命，不是一个宦官所能改变的，任命李邦宁为集贤院大学士，并且派他祭奠先师孔子。李邦宁摆着仪仗，进入大成殿行礼。大概是先师孔子不愿接受一个宦官的朝拜，忽然狂风大起，卷进殿中，两边的蜡烛全被吹灭，烛台底下的铁锧陷入地里一尺多深。吓得李邦宁魂飞天外，慌忙屈膝跪倒，连连叩头。过了几小时，狂风才停止，这才勉强完成祭礼，李邦宁惭愧了好几天。仁宗听说此事后，对孔子肃然起敬，从此更加尊敬儒臣。

平章政事李孟自幼聪慧，博学多才，精通经史，曾经开门教授徒弟，远近的人争着来求学。后来李孟被封为东宫太子太傅，同仁宗非常有默契。现在仁宗称帝，君臣相得益彰，如鱼得水。仁宗对他说："爱卿是朕的老师，朕有考虑不周之处，全仗爱卿忠心辅佐。"李孟上任后，也深感知遇之恩，全心全意办事，以国事为己任，节约经费，裁撤冗员。一些贵戚奸臣曾多次弹劾李孟，但仁宗对他非常信任，因此小人无机可乘，也只好忍耐过去。

李孟又提出大德以后，封官过多，僧道二教，都设官统治，对抗官府，扰乱政事，为害百姓，奏请惩恶赏善，并且罢免僧道各官，至于风俗日渐奢靡，服饰用车等级混乱，应当严加限制等。仁宗一概准奏，并且同他立下约定："朕在位一天，爱卿也要在中书省一天。"然后封爵秦国公，命令画师画像，并让文臣在画面上题加赞美之词。只要是李孟觐见，仁宗必定赐座，仁宗和李孟讲话言必称卿，或称字。仁宗增选国子生三百人，让李孟统管。李孟进言朝中人才缺乏，急需求才，天下儒士，如果有德才兼备者，请任命为国学翰林秘书太常或儒学提举等职，以激励百姓进取。并且提出人才的选任途径不必过于单一，汉、唐、宋、金，曾经实行科举，深得人心，如今要举贤选能，不如再用科举取士，这样应当比大臣推荐更胜一筹。考试时，一定要先考查德行经学，再考核文才，这样才能得到真正的人才。仁宗决定一切按李孟的方案进行，命令中书省大臣抓紧制定科举程序。

先前世祖曾经提出确立科举制度，却没来得及实行。现在，仁宗命令中书省颁定科举条例，科场每三年一次，以皇庆三年八月为起始，只要年满二十五岁，有孝道、讲信义、有学问、有修养的士子，都可以报名。在科举考试过程中，如果有徇私枉法的官员，监察御史、肃政廉访查后，应严加查办。

考试程序大致如下：考生分为两类。第一类蒙古人、色目人。第一场考经问五道，从《大学》、《论语》、《孟子》、《中庸》中出题，以朱氏章句集注为标准答案，如果回答道理清晰、文辞典雅，就算中选。

第二场，考策论一道，根据时政出题，回答要在五百字以上。第二类汉人、南人。第一场，考明经、答疑二道，也从《大学》、《论语》、《孟子》、《中庸》中出题，以朱氏章句集注为标准答案，并要结合自己的观点，在三百字以上。解释经义一道，《诗经》以朱氏注解为主，《尚书》以蔡氏注解为主，《周易》以程朱注解为主，《礼记》用古注疏，在五百字以上，不限体裁。第二场，考古赋、诏诰、章表。古赋、诏诰用古体，章表参照古体。第三场，考策论一道，经史结合时政出题，不要求辞藻华丽，但求质朴，字数要求在一千字以上。蒙古人、色目人愿意考汉人和南人科目的，考中的人加封一等。蒙古人和色目人作为一榜，汉人和南人作为一榜。第一名赐进士并封官，官阶为从六品；第二名以下至第二甲，都封为正七品；第三甲全都封为正八品。两榜一并封官。

仁宗当即下诏道：

唯我祖宗以神武定天下，世祖皇帝设官分职，征用儒雅，崇学校为育材之地，议科举为取士之方，规模宏远矣。

朕以眇躬，获承丕祚，继志述事，祖训是式，若稽三代以来，取士各有科目，要其本末，举人宜以德行为首，试艺则以经术为先，词章次之，浮华过实，则所不取。爰命中书参酌古今，定其条制，其以皇庆三年八月为始。天下郡县，兴其贤者能者，充试有司。次年二月，会试京师，中选者朕将亲策焉。

皇庆三年，仁宗改元延祐，本年开始科举考试选人，第二年殿试，护都沓儿、张起岩等五十六人榜上有名。因出身有差别分为两榜，蒙古人、色目人为右，汉人、南人为左，从此定为常例。

仁宗又任用齐履谦、吴澄为国子司业。齐履谦字伯恒，汝南人，自幼学习预测、天文、历法等学问，年纪稍大些又读《洙泗》、《伊洛遗书》，研究自然科学。至元二十九年，被封为星历教授；大德二年，升任保章正；至大三年，升任侍郎，兼管冬官政事。仁宗即位后，因为齐履谦学识渊博，派他教国学子弟。齐履谦同吴澄一起任教。每天五更去教学，风雨无阻。

吴澄字幼清，抚州人，宋末考进士落榜，隐居布水谷，著书立说，久负盛名。至元年间曾奉召到燕京，元廷有意要封官，吴澄却请求回家赡养老母，然后辞去。至大元年，被封为国子监丞；皇庆元年，封为司业。吴澄用程颢和朱熹的教法：一学经学，二学行为，三学文艺，四学

162

治事，逐条规定，不厌其详。

吴澄告老还乡，仁宗调齐履谦为司业。齐履谦严于律己，教学也很严谨，曾经设立升斋积分等方法。学生根据学分确定级别，每年积满八分的，评为高等，限额四十人，然后集贤院及礼部每年从中选出六人，作为岁贡，封给官职。三年学不通一经的，以及在学不满一年的，予以开除。所以人人上进，学生中出了许多人才。元朝的学术水平在皇庆、延祐年间达到极盛。

仁宗又把《贞观政要》、《大学衍义》，以及程复心所著《四书集注》，陆淳所著《春秋纂例》、《辨微疑旨》，连同《资治通鉴》、《农桑辑要》等书作为教材。并传旨把宋儒周敦颐、程颢、程颐、张载、邵雍、司马光、朱熹、张栻、吕祖谦以及元儒许衡、学者洙泗等人的灵位放到祭祀孔子的庙中。

愚孝的仁宗

铁木迭儿奉太后弘吉剌氏的旨意当上了丞相，起初还算守法，没什么不轨的举动。后来仁宗到上都巡游，铁木迭儿等人留守，铁木迭儿按照丞相留治的先例，出入的排场颇为显赫。大臣们都以为先例如此，不足为怪，也没太在意。转年，铁木迭儿忽然得病，奏请辞官，仁宗任命秃忽鲁代理丞相。延祐改元，秃忽鲁被免职，仁宗准备任命左丞相哈克缴继任，哈克缴自认为不是皇门亲族，资历不够，请求再任铁木迭儿。仁宗于是封铁木迭儿为开府仪同三司，掌管军国大事。过了几个月，又升任铁木迭儿为右丞相。铁木迭儿复职后，很快想出一条理财政策，上奏仁宗：

臣蒙陛下垂怜，复擢首相，依阿不言，诚负圣眷。比闻内侍隔越奉旨者众，倘非禁止，致治实难，请敕诸司，自今中书政务，毋辄干预。又往时富民往诸番商贩，率获厚利。商者益众，中国物轻，番货反重。今请以江浙右丞曹立领其事，发舟十纲，给牒以往，归则征税如制，私往者没其货，又经用不给，苟不豫为规画，必至愆误。臣等集诸老议，皆谓动钞本则钞法愈虚，加赋税则毒流黎庶，增课额则比国初已倍五十矣。惟预买山东河间运使来岁盐引，及各冶铁货，庶可以足今岁之用。又江南田粮，往岁虽尝经理，多未核实。可始自江浙以及江东西，宜先

163

事严限，格信罪赏，令田主手实顷亩状入官。诸王、驸马、学校寺观，亦令如之，仍禁私匿民田，贵戚势家，毋得阻挠。请敕台臣协力以成，则国用足矣。谨奏。

奏折中提到的建议，主要是理清积弊，彻查私贩，既有利于国家增加税收，又对平民百姓没什么损害，是利国利民的政策。无奈古代的官吏大多是贪财之辈，只要遇到变更旧制，贪官污吏便趁机利用。无论多么好的政策，到头来总是弊多利少，结果是百姓遭殃，国库仍然空虚，所得的金钱大都进了一班奸臣的腰包。做皇帝的高高在上，哪里知道其中的弊端。仁宗还算元代的一个明主，看了铁木迭儿的奏章，认为是个好政策，立即准予施行。铁木迭儿马上部署，责令各省扩田增税。地方官借机搜刮，江西使臣昵匝马丁尤其残酷暴虐，仅信丰一县，就拆毁民房一千九百多所，甚至夷平墓地作为田地，亡人的尸骨随地乱扔，百姓怨声载道，恨之入骨。

州中的土豪蔡五九孔武有力，而且为人颇为侠义，被乡民推为首领，抗拒官府。一夫起兵，万民响应。顿时江漳各路接连叛乱，蔡五九趁机占领了汀州、宁化县，杀掉官员，居然称王建号，号令四方。江浙行省平章政事张闾奉旨去剿匪，蔡五九率众前来抵抗，毕竟是一帮乌合之众，抵挡不住大队官军，战了几次，十个人中死掉九个，最后蔡五九走投无路，逃进大山，被官军生擒活捉，审讯正法，做了无头之鬼。

张闾上表告捷，仁宗才稍稍放心。继而言官上奏称蔡五九作乱是因为扩田增税所导致，请求罢免各省财政官员。仁宗有旨准奏。只是铁木迭儿仍然独揽大权，并且越来越贪婪凶恶，满朝大臣虽然不满，无奈铁木迭儿气焰熏天，想要弹劾他好比以卵击石，不但动不了他，反而还会招来杀身之祸。大家保命要紧，自然三缄其口。

不久，太后传下旨意，封铁木迭儿为太师。中书平章政事张珪向来疾恶如仇，大胆进言："太师论道治国，必须德才兼备之人才能当此重任，像铁木迭儿这种人恐怕不称职。"仁宗本来器重张珪，但因为迫于母命，不便违抗，只好封铁木迭儿为太师，兼任总宣政院事。

仁宗再次到上都巡游，刚刚离京，徽政院使失列门就传太后旨意，召张珪责问。张珪据理力争，惹得失列门性起，竟然喝令左右杖打张珪。可怜这位为国尽忠的义士，平白无故地挨了一顿杖打！被打得皮开肉绽，鲜血直流。第二天，张珪就交还了印信，带着家眷直接出了京城。张珪的儿子张景元，随驾掌管御玺，听说父亲被杖打受伤，于是上奏说父亲病危，请求回家探望。仁宗惊诧地问："爱卿临别时，父亲还没病，怎么现在就病危了？"张景元只是叩头哭泣，却不敢提起父亲被打的事。仁宗知道有隐情，就派使臣赐张珪美酒，加封大司徒。张珪已经回老家养病，上奏表达了谢意，却不再接受封赏。

仁宗回京，并没有追究失列门的过错，大臣们心中更加不平。此时，上都富人张弼因杀人被押进大狱，然后行贿铁木迭儿，铁木迭儿密派家奴威胁上都留守贺巴延，命令他放人。贺巴延不肯，据实上奏。侍御史杨朵儿只已经升任中丞，与平章政事萧拜住早就想除掉奸臣，就会同监察御史四十余人，联名上奏：

铁木迭儿，桀黠奸贪，阴贼险狠，蒙上罔下，蠹政害民，佈置爪牙，咸詟朝野，凡可以诬害善人，要功利己者，靡所不至。取晋王田千余亩，兴教寺后墙园地三十亩，卫兵牧地二十余亩，窃食郊庙供祀马，受诸王哈喇班第使人钞十四万贯，宝珠玉带氍毹币帛，又值钞十余万贯，受杭州永兴寺僧章自福赂金一百五十两，取杀人囚张弼钞五万贯。且既已位极人臣，又领宣政院事，以其子巴尔济苏为之使。诸子无功于国，尽居贵显，纵家奴凌虐官府，为害百端。以致阴阳不和，山移地震，灾异数见，百姓流亡。己乃恬然略无省悔，私家之富，在阿合马、桑哥之上，四海疾怨已久，咸愿车裂斩首，以快其心。如蒙早加显戮，以示天下，庶使后之为臣者，知所警戒，臣等不胜迫切待命之至！

仁宗看了这份奏章，大为震怒，立即下诏逮捕铁木迭儿审问。铁木迭儿得到消息，惊慌起来，忙跑到兴圣宫里，给太后下跪磕响头，如同捣蒜一般。太后惊问什么事，铁木迭儿答道："老臣赤胆忠心报国，可是遭到台臣的嫉妒，诬告臣犯了重罪，请太后务必为臣辩白，臣死也感恩！"

太后又问："皇儿难道不知道吗？"铁木迭儿说："皇上已经有旨，要逮问老臣。"太后生气地说："他怎么这么糊涂！"铁木迭儿说："台臣联名上奏，怪不得皇上动怒。"太后安慰铁木迭儿："你先起来，无论什么大事，有我做主，你怕什么？"铁木迭儿叩头谢恩："圣母的大恩，如同再造，但老臣一时无处容身，不知如何是好？"太后笑道："你这老头也会放刁，你在宫中时常进出，今天就住在宫中，自然没人欺负你。"铁木迭儿问："明天呢？"太后说："明天也住在这里，还不行吗？"铁木迭儿又说："老臣常住宫中，不更要被人议论了吗？"太后瞪了他一眼，呵斥道："你怕议论，就快点出去。别来惹我！"铁木迭儿又假装害怕，抱住太后的双膝，做出一副老泪纵横的样子。果然太后格外体恤，伸手把他扶起，并命令贴身的侍女准备酒菜替他压惊。当晚，铁木迭儿陪宿兴圣宫。

第二天，杨朵儿只又上朝当面奏请，说铁木迭儿藏在宫中，除了皇上亲自查办，别人无法逮到，说得仁宗大动肝火。退了朝，仁宗来到兴圣宫。侍女得知消息，忙去通报太后。太后立即把铁木迭儿藏到了别的屋子。等仁宗进来，她却装成没事，仁宗拜见母亲，太后赐座，略问了一些朝中的事，渐渐地提到了铁木迭儿。

仁宗说："铁木迭儿收受贿赂，盘剥吏民，御史中丞杨朵儿只等人联名弹劾，儿臣下令刑部逮问，据说查无下落，不知他藏在何处？"太后听了这话，脸色一变："铁木迭儿是前朝老臣，现在身居相位，不辞劳苦，所以我让你优待他，加封为太师。自古忠贤当国，易遭嫉妒，你应当调查确实才能审问，难道凭着一面之词就能加罪吗？"仁宗说："台臣约有四十多人联名，奏折中历数铁木迭儿的罪状，我想总会有所依据，不能凭空捏造。"太后大怒："我说的话你全然不信，台臣的奏请你却作为实据，你眼里还有我这个母亲吗？像你这般不孝不义，恐怕祖宗的江山都要被你断送了！"说完又扑簌簌地流下泪来。仁宗一向孝顺，看见这种情形，心中大为不忍，跪地谢罪。太后又唠唠叨叨地说了许多，逼得仁宗连连叩头，方才出去。

仁宗传下诏书，只罢免了铁木迭儿的右丞相之职，任命哈克缴代任，又改任杨朵儿只为集贤学士。大臣们无不叹息，却又无可奈何。

既而接到陕西平章塔察儿的急奏，报称周王和世瑓要叛乱。和世瑓是武宗的长子，从前武宗继位时已经立下了仁宗为太子，丞相三宝奴为了巩固地位，曾经同康里脱脱密谈，准备劝武宗放弃弟弟改立儿子。康里脱脱说："太弟安定社稷，已经正式立储，住进了东宫，将来兄弟叔侄，世代相承，还怕倒乱次序吗？"三宝奴却说："今天哥哥传位给弟弟，将来能保证叔侄没有矛盾吗？"康里脱脱答道："古语有云'宁人负我，勿我负人！'我不负约，自然问心无愧，别人如果失信，自有天谴。所以劝立皇子，我不赞成。"三宝奴怏怏退出。

后来延祐改元，仁宗准备立太子，却颇为犹豫。铁木迭儿看透了皇上的心思，秘密上奏："先帝舍子立弟，是为了报答陛下。如果当年陛下在京城登上皇位，还有谁人敢说？就是先帝也只能退让。如今皇子年纪也渐渐大了，何不早日立储君，免得别人有想法。"仁宗说："侄儿和

166

世瑓比朕的儿子年龄较长，而且是先帝的儿子，朕的皇位从哥哥那里继承，因此应当立侄子为储君，才对得起先帝。"

铁木迭儿说："宋太宗曾经舍侄立子，后世也没有非议。想那宋朝开国，全是宋太祖的威德，宋太宗并没立下什么功劳，并且有誓言在先，宋太宗却违背了前盟，立了自己的儿子，尚且相安无事。陛下首先肃清宫廷，继而让位给先帝，论德行论功劳，都应当名传万世，难道皇侄还能代替吗？"仁宗还是沉默不语，铁木迭儿又蛊惑仁宗："陛下即使让了储君，恐怕后代君主也未必能长久相安。老臣为陛下考虑，并为国家考虑，所以才仗义执言。"仁宗不等他说完就问："你说舍弃儿子立皇侄则不能相安，莫非有争夺皇位的危险不成？"铁木迭儿答道："正如陛下所说！自古帝王往往因为储位未定而同室操戈，骨肉相残。比如我朝开国，君位相传没有遵循父传嫡子的规矩，所以海都叛乱，导致三汗联兵，争战数十年，至今尚未安定。陛下一定要惩前毖后，立下规矩，免得后人争夺皇位！"仁宗黯然道："爱卿言之有理，容朕再考虑考虑。"铁木迭儿退出。

一年过去了，立储的事仍然没见动静。铁木迭儿暗中焦急，就私下和失列门商议。失列门就是先前传太后旨意，擅自杖打张珪的徽政院使。原来，太后越老越淫秽，因为铁木迭儿年老体衰，不能满足她的淫欲，她有时就出言埋怨。铁木迭儿看出了太后的心思，就找了个接班人失列门。

太后得了失列门，特别合意，对他大加宠幸。因此，失列门的权势渐渐超过铁木迭儿。铁木迭儿找他商议，说起先前密奏的事，失列门笑道："太师的奏请，说得还不够动人。"铁木迭儿问："照你的意思，应当怎么说呢？"失列门说："太师难道忘了釜底抽薪的计策吗？如今皇侄在京都，又没什么大过错，你叫主子如何处置他？在下倒有一个法子，先把他调到边关，自然好立皇子了。"铁木迭儿喜形于色，拱手说道："这还要仰仗你呀！"失列门大包大揽："太师放心，在下有三寸不烂之舌，不怕此事不成。"果然过了几天，有旨封和世瑓为周王，赐他金印，命他出镇云南。

过了一年，仁宗立皇子硕德八剌为太子，兼任中书令枢密使。此时和世瑓在云南已经设置了一班官吏，听说仁宗立了儿子为太子，大为不满。于是同属下谋士秃忽鲁、尚家奴及武宗旧臣鳌日、沙不目丁、哈八儿、秃教化等人商议。秃教化说："天下是我武宗的天下，当初王爷出镇，本来不是皇上的意思，大概是由奸臣进谗言所致。请王爷先上奏朝廷，疏远奸臣，然后再会同各省大臣火速兴兵，进京清君侧，不怕皇上不改成命。"大家鼓掌说好。秃教化又说："陕西丞相阿思罕以前曾职任太师，被铁木迭儿排挤，调到远地，如果派人找他去商议，他一定可以成为我们的帮手。"和世琜同意："既然如此，就劳你走一趟了。"

秃教化带领随从来到陕西，阿思罕问明情形，很是赞成。当下召集平章政事塔察儿、行台御史大夫脱里伯、中丞脱欢共议大事。塔察儿等人听说后，嘴里表示同情，还说得天花乱坠，如何征兵，如何进军，不由阿思罕不信。于是阿思罕决定调动关中的兵马，分道从河中府进兵。不料塔察儿却在暗地里写了封奏章，飞报仁宗。

奸臣当道

塔察儿飞马上奏到了京城，仁宗看完之后传下密旨，命他暗中防备。塔察儿奉旨准备，假装调集关中大军，请阿思罕、秃教化二人带领，发兵河中，去迎接周王和世琜，自己和脱欢带兵在后面紧随，陆续到达河中府。与周王相遇后，塔察儿借口运粮犒劳云南军，请求周王查收，周王却委托阿思罕、秃教化二人代替自己前去。不料车中全都藏着兵器，一声暗号响起，士兵从车中取出兵器，杀奔阿思罕等人。阿思罕、秃教化手下只有随从数十名，哪里抵挡得住，一阵乱杀，将阿思罕、秃教化二人剁成了肉酱。塔察儿指挥军兵杀奔周王大营，周王命不该绝，早已得到逃回的兵卒的禀报，从小路逃走。塔察儿搜寻不着，还以为他跑回了云南，连忙派军兵向南追赶。其实周王却往北跑了，等追兵回来往北追，周王早就逃远了。塔察儿一面上奏仁宗，一面发兵往北追，追到长城以北，忽然遇到一支大军把他截住，对方以逸待劳，竟然把塔察儿的大军杀死了一大半，剩下几个残兵败将逃回了陕西。

这支大军从何而来呢？原来是察合台可汗也先不花派来迎接周王的大军。也先不花是都哇的儿子。都哇在世时，曾经劝海都的儿子察八儿一同投降成宗。后来察八儿起了造反的念头，都哇上疏告变，请元廷派兵夹击察八儿。当时成宗已经驾崩，武宗继位，派和林右丞相月赤察儿发兵接应都哇，到了也儿的石河边，攻破察八儿，察八儿向北逃走，又被都哇截杀一阵，最后走投无路，只好投降武宗。窝阔台汗国的土地从

168

此被都哇吞并。都哇死后，他的儿子也先不花继承王位，又起兵反抗元朝。起初打算进兵袭击和林，不料弄巧成拙，吃了败仗，反而被和林留守把他东边土地夺去了。他丢了东边，转而想攻打西边，刚刚进入呼罗珊，正碰上周王和世琜跑到金山，写急信求援。于是也先不花掉转马头来迎接和世琜。既而同和世琜相会，也先不花把人马驻扎在边境上，专等追兵。果然塔察儿发兵赶到，于是大杀一阵，大败追兵，得胜而回。和世琜随他回国，二人定下盟约，彼此非常投机。和世琜一住好几年，元廷也不再攻讨，总算相安无事。

一波未平，一波又起。周王和世琜刚刚逃走，魏王阿木哥却又从东面杀来。阿木哥是仁宗的兄弟。顺宗年少时，随着裕宗进宫做侍卫，当时世祖还在，世祖特别钟爱顺宗，特地赐宫女郭氏给他。郭氏生下儿子阿木哥。顺宗因为郭氏出身卑贱，虽然生了儿子，终究不便立为正室，又另娶了弘吉剌氏为妃，就是武宗、仁宗的亲生之母，那个现在颐养兴圣宫中、恣情娱乐的皇太后。仁宗迁居怀州时，阿木哥被迁到了高丽，武宗在位时，封他为魏王。到了延祐四年，有个叫赵子玉的术士，好谈王道，同王府司马脱不台往来密切，私下通信说阿木哥的名字是应着天机，将来应当做皇帝。脱不台信以为真，暗中储备粮饷兵器，然后约赵子玉为内应，鼓动阿木哥率兵从高丽航海，取道关东，直杀到利津县。途中遇着探子，说李子玉等人在京城泄露了机密，已经被斩，于是阿木哥、脱不台等人慌忙向东逃窜，仍旧回到高丽。

因为两次变乱都是由至亲骨肉挑起，仁宗不禁想起铁木迭儿的密奏，幸亏已经先立了皇子，才得到臣民响应，平定了内患。事后论功行赏，应当推铁木迭儿为首功，因此又生出了起用他的意思。铁木迭儿虽然被免去了相位，却仍然住在京城，同兴圣宫的皇太后私通。

大凡乱臣贼子，专能窥伺皇上的意图。仁宗回宫中休息时，难免提起铁木迭儿的大名。那帮铁木迭儿的旧党自然趁机附和，撺掇仁宗起用这位铁太师。仁宗还有些顾忌，兴圣宫中的皇太后又出来帮忙，传旨仁宗，令他起用铁木迭儿再为右相。仁宗含糊答应，暗想如果再次任用铁木迭儿为丞相，大臣们必定又来攻击，不如封他为太子太师，两边都不得罪。主意已定，当即下诏。

第二天，就有御史中丞赵世延呈上奏章，其中陈述了铁不迭儿从前的劣迹，达数十件。仁宗不等看完，就把奏折放了起来。又过了几天，内外大臣陆续上奏，有好几十本。仁宗大略一看，奏折中的大意都说铁木迭儿奸邪，不宜辅导东宫，当下非常烦恼，干脆把所有奏折全都扔掉。正好桌案上有几本金字佛经，仁宗顺手读起来，读了好几页，津津有味，暗自叹息："人生不过'生老病死'四个字，所以我佛如来厌倦红尘，进山修道。朕名为人主，日理万机，反而弄得寝食不安，就连任用一个大臣，还惹来言官絮絮叨叨。古人说天子最贵，在朕想来有什么趣味？倒不如想个好办法，做个逍遥自在的闲人。"说完又仔细地想了一番，自言自语："有了，就照这么办。"然后合上佛经，起身回寝宫去了。

这几本金字佛经就是《维摩经》。仁宗命令番僧制成，作为御览，共花费黄金三千多两。仁宗奉若神灵，每每披阅奏折的闲暇，就读上几段。

仁宗产生了厌倦朝政的心思，就传旨太子参与处理朝政。大臣们见了诏书，多半心中犯疑，都说皇上正值壮年，为什么要授权给太子呢，莫非是铁木迭儿从中怂恿不成。当即都秘密托近侍宦官，观察皇上的动静。

那些侍臣宦官在仁宗面前察言观色，一时也探不出什么虚实。只听得仁宗经常说："卿等以为朕身为皇帝，就能尽享安乐吗？朕却想祖宗创业艰难，常常担心不能守成，无法安我万民，所以日夜操劳。卿等哪里知道我的苦衷呢？"侍臣莫名其妙，只好面面相觑，不敢多言。过了几天，仁宗又对左右说："前代曾有太上皇的名号，如今太子已经长大，可以继位了。朕想明年就禅位给太子，自己当个太上皇，和你们一起游览西山，安享晚年，岂不更好吗？"左右齐声说好，只有右司郎中月鲁铁木儿反驳："陛下年富力强，正当效法尧舜，为国造福，为民造福，如果只羡慕太上皇的虚名，实属无益。臣听说前代的唐玄宗、宋徽宗，都是因为身陷祸乱，不得已才禅位给太子，陛下为什么生出这种念头呢？"这一席话说得仁宗瞠目结舌，这才把禅位的念头打消。从此，又励精图治，把所有佛经束之高阁，不再阅读。

后来，仁宗的皇姐大长公主祥哥剌吉想要做佛事，释放了全宁府重罪囚犯二十七人。这件事被仁宗听说，仁宗勃然大怒："这是多年的弊政，如果长期不除，百姓岂不是都要作恶了？"然后颁发严旨，查问全宁府守臣阿从不法，并追回所释放的囚犯，押还狱中。既而中书省的大臣上奏弹劾白云宗总摄沈明仁，强夺民田二万余顷，诈骗百姓多达十万多人，并贿赂近臣，应下旨罢免，严惩僧徒，追还民田。仁宗一一准奏，

170

并下诏称沈明仁奸恶不法，命令刑官严加查办，不得包庇纵容，违者同罪。这两道诏书一经颁布，不但僧侣为之咋舌，就是元廷的大臣们也感到相当意外。

延祐七年元旦，仁宗身体不适，传旨停止朝贺。又过了二十天，仁宗病危，太子硕德八剌烧香祷告："父皇以仁慈治理天下，政绩卓著，四海清平。而今天降大病，不如罚在我身上，使父皇长为民主。天若有灵，幸蒙昭鉴!"然后又拜跪了好几次。次日晚上，再次祷告。无奈人生苦短，各有定数。正月二十一日，仁宗在光天宫驾崩，享年三十六岁，在位十年。史称仁宗天性慈孝，聪明恭俭，通达儒术，妙悟释典，不事游猎，不好征伐，不贪货利，可谓元代守文明主。也有人认为仁宗顺母纵奸，未免愚孝；立子负兄，未免过慈，也不是没有缺点的。

仁宗驾崩，太子尽哀守丧，每天只吃一碗粥。那时太后弘吉剌氏趁机宣旨，封太子太师铁木迭儿为右丞相。没过几天，又封江浙行省黑驴为中书平章政事。黑驴没什么功绩，也没什么名望，只是因为伯母亦列失八在兴圣宫侍奉太后，颇得宠信，因此黑驴也得到破格提升，一下子位列宰相之职。从此，铁木迭儿的一帮爪牙重新得势。

参议中书省事乞失监一向巴结铁木迭儿，现在更仗势卖官，被言官弹劾，按罪应当杖打，他连忙暗中求铁木迭儿到太后那里说情。太后召见太子，命令他赦免乞失监的杖刑。太子不同意，太后又令他改为鞭刑。太子却说："法律是治理天下的准绳，如果因为徇私情就改重从轻，将来还怎么治理天下?"最终没听太后的话，杖打结案。

徽政院使失列门打着太后的旗号，申请升任朝官。太子驳斥道："国丧还没结束，怎么能改任朝官呢? 而且先帝的旧臣哪能轻易变动，等继位后，召集宗亲元老商议，才能任免官员。"失列门沮丧退出。

于是宫廷内外，都敬畏太子英明。只有铁木迭儿趁着太子尚未继位，伺机打击仇人。第一个目标就是御史中丞杨朵儿只，第二个是前平章政事萧拜住，第三个是上都留守贺巴延，第四个是前御史中丞赵世延，第五个是前中书平章政事李孟。上都距燕京稍远，不便将贺巴延逮捕，赵世延已经出任为四川平章政事，李孟也已经称病告老还乡，只有杨朵儿只、萧拜住两个人还在燕京任职。

铁木迭儿假传太后旨意，召杨朵儿只和萧拜住到徽政院，自己和失列门、秃秃哈坐堂审问，指责他们先前违抗太后旨意，应得重罪。杨朵儿只勃然大怒，指着铁木迭儿骂道："朝廷的御史中丞，本来是为除奸而设，你祸国殃民、罪大恶极，恨不得斩了你以谢天下！如果我违抗太后旨意，早就把你处斩了，你还有今天吗？"铁木迭儿听完又羞又恼，对左右说："他擅自违抗太后，不法已极，还敢咆哮公堂，藐视丞相，这等人该当何罪？"旁边有两个御史说："应当正法。"杨朵儿只唾了两个御史一口："你们也是朝廷大臣，竟然干出这种见不得人的事？"萧拜住对杨朵儿只说："豺狼当道，何必问狐狸？我们俩今天不幸遭遇此劫，还是死了爽快。只怕他也是一座冰山，迟早要化了！"两个御史不禁低头无话。

铁木迭儿大怒，起身离座，上马奔向后宫。大约过了一个时辰，就带着太后的旨意来到徽政院，下令将萧拜住、杨朵儿只处斩。左右把二人反绑起来，推到刑场。临刑时，杨朵儿只仰天长叹："苍天啊！苍天啊！我杨朵儿只忠心报国，不知身犯何罪，竟然被处极刑？"萧拜住也大呼冤枉。行刑之后，忽然狂风陡起，飞沙走石，吓得监刑官魂不附体，飞马逃回。京中人士全都叹息，暗暗称冤。

杨朵儿只的妻子刘氏颇有姿色，铁木迭儿有一个家奴曾经同她见过一面，暗中垂涎，听说杨朵儿只已死，当即禀明铁木迭儿，请求把她占为己有，铁木迭儿同意。那家奴大喜过望，赶着车直奔杨府，传太师的命令，威胁刘氏赶奔相府。刘氏哭着说："丞相已经杀了我丈夫，还要我去有什么用？"家奴见她泪流满面，更加怜惜，便奸笑着说："正因为你丈夫已死，所以丞相可怜你，命我来接你，并且把你赏给我为妻。你如果顺从我，将来你要什么有什么，保管叫你快活无忧。"

刘氏不等他说完已经柳眉倒竖，大声呵斥："我丈夫尽忠，我应当尽义，你是哪里的狗奴，敢来胡说八道！"说到这儿，突然转身来到桌案前，取了一把剪刀，在脸上划了两道口子，顿时血流满面。又把头发剪下一把，向家奴扔去，跺脚大骂："你仗着狗势，敢来欺负我！然而我已经视死如归，借你的狗嘴回报你们主子，说我死了，一定要找冥王告状，去找你们主子索命，叫老贼预备好了！"

家奴无可奈何，只好返回相府。正赶上铁木迭儿在朝中办事，就一口气跑到朝房如实禀告。铁木迭儿大怒："这个贱人，不识抬举，你去把她捉来，让她也下鬼门关，去寻她丈夫算了。"旁边左丞相张思明听到这话，连忙对铁木迭儿说："如今正遇国丧，新君未立，丞相乱行杀戮，万一亲王驸马等人因此怀疑，说丞相谋反，丞相还能说得清吗？"铁木迭儿沉思了好半天，才恍然大悟："幸亏左丞相提醒，否则差点误了我的

172

事。"然后喝退家奴，家奴怏怏而回，杨妻刘氏这才得以活命。

铁木迭儿还不解恨，又上奏太后，捏造李孟以前的过错，说他诽谤后宫。太后信以为真，命令把前任平章政事李孟的封爵全部削去，并把李孟先人的墓碑一律毁掉，总算为铁木迭儿稍稍出了口气。只是赵世延已经出居四川，一时找不到把柄，铁木迭儿就绞尽脑汁，暗中派党羽用重金利诱赵世延的堂弟，前来诬告赵世延。赵世延的堂弟胥益儿哈呼利令智昏，竟然跑到刑部，说赵世延如何贪婪，如何有野心。刑部早就领会了铁木迭儿的意图，立即将胥益儿哈呼的供词上奏太后。不久旨意传下，太后派人飞马赶赴四川，逮捕赵世延。

阴谋败露

赵世延时任四川平章政事，毕竟路途遥远，即使要逮捕审问，往返也需要很长时间。

京中不能长期没有皇帝，太子择日登基，继承大统。三月十一日，太子在大明殿继位。照例大赦天下，当即颁发诏书：

洪维太祖皇帝，膺期抚运，肇开帝业；世祖皇帝，神机睿略，统一四海，以圣继圣。迨我先皇帝至仁厚德，涵濡群生，君临万国，十年于兹。以社稷之远图，定天下之大本，协谋宗亲，授予册宝。方春宫之与政，遽昭考之宾天，诸王贵戚，元勋硕辅，咸谓朕宜体先帝付托之重。皇太后拥护之慈，既深系于人心，讵可虚于神器？合词劝进，诚意交孚，乃于三月十一日即皇帝位于大明殿，可大赦天下，咸与维新！此诏。

太子继位后，追尊先帝为仁宗皇帝，尊皇太后弘吉剌氏为太皇太后，皇后鸿吉哩氏为皇太后。

太子守丧期间，所有政务都由太后交给了铁木迭儿。铁木迭儿独断独行，太子曾经出面干涉，太后有些不快。到了继位的日子，太后也来道贺。太子见了太后，态度却有些冷淡。太后回到兴圣宫，暗自悔恨："我不该主张立这个孩子！"从此太后转喜成忧，渐渐地积郁成疾。太皇太后册封文书，元代先前没有先例，于是由文臣执笔，精心写成。其中写道：

王政之先，无以加孝；人伦之本，莫大尊亲。肆予临御之初，首举

173

推崇之典。恭维太皇太后陛下，仁施溥博，明烛幽微。爰自居渊潜之宫，已有母天下之望。方武宗之北狩，适成庙之宾天，旋克振于乾纲，谅再安于宗祐。虽有在躬之历数，实司创业之艰难。仪式表于慈闱，动协谋于先帝，莫究补天之妙，尤如扶日之升。位履至尊，两翼成于圣子；嗣登大宝，复拥佑于藐躬，翙德迈涂山，功高文母，"是宜加于"四字，或益衍于徽称。谨奉御册御宝，加上尊号，曰："仪天兴圣慈仁昭懿寿元全德泰宁福庆徽文崇佑太皇太后。"于戏！兹虽涉于虚名，庶庸申于善颂。九州四海，养未足于孝心；万岁千秋，愿永膺于寿祉。

又有皇太后册封文书一篇，也写得珠圆玉润：

坤承乾德，所以著两仪之称；母统父尊，所以崇一体之号。故因亲而立爱，宜考礼以正名。恭惟圣母温慈惠和。淑哲端懿，上以奉宗祧之重，下以叙伦纪之常。恢王化于二南，嗣徽音于三母。辅佐先考，忧勤警戒之虑深；拥佑眇躬，抚育提携之恩至。迨于今日，绍我丕基，规模一出于慈闱，付托益彰于祖训。致天下之养以为乐，未足尽于孝心；极域中之大以为尊，庶可尊其懿美。式遵贵贵之义，用罄亲亲之情，谨遣某官某奉册上尊号曰"皇太后"。伏维周宗绵绵，长信穆穆，备洛书之锡福，粲坤极之仪天，启佑后人，永锡胤祚！

太皇太后及皇太后相继接受百官朝贺，礼节极其繁琐。

太子硕德八剌继位后，史称英宗。英宗大赦天下，又封赏群臣，特地加封铁木迭儿为上柱国太师，并规定满朝文武不得对铁木迭儿的主张提出反对。铁木迭儿更加横行，把李孟降职为集贤侍讲学士，召他前来就职。铁木迭儿认为李孟一定不肯来，然后就可以说他抗旨不遵，图谋不轨，加上一个大大的罪名。不料，李孟欣然接受。途中遇见翰林学士刘赓，二人一同来到京城，立即赶到集贤院中。

宣徽使上奏称李孟到任，照例应当赐酒。英宗愕然说道："李道复真的肯屈尊到集贤院就职吗？"正好铁木迭儿的儿子巴尔济苏在旁边，英宗问他："你们说他不肯奉命，现在怎么样？"巴尔济苏低头无话。英宗召见李孟，大加慰劳，谗言因此不能得逞。李孟曾经对别人说过："老臣年事已高，不能处理政事，但皇恩浩荡，不夺我的俸禄，我也就心满意足了。"英宗听到后格外赞赏。不久李孟去世，御史连连上疏为李孟鸣不平。英宗传旨恢复李孟的官职，后来又追封太保，加封魏国公，谥号文忠公。皇庆、延祐年间，只要有荒唐的政策，人们必然说是铁木迭儿干的，每每有善政，人们必定归功于李孟，所以李孟流

174

芳百世。

当年五月，英宗巡游上都，铁木迭儿随驾同去。他想陷害留守贺巴延，就在派人去通报时，故意把英宗的行程晚报一天。贺巴延计算路程，需要五天才能到达，不料第四天的午后，皇上的车驾就到了上都。贺巴延手忙脚乱，来不及整理衣冠，先迎使臣，随后才穿了朝服出迎英宗。英宗住进行宫，铁木迭儿立即弹劾贺巴延便服迎接使臣，犯下大不敬的罪过，请英宗严惩。英宗本来不想追究，可是铁木迭儿没完没了："如此逆臣，还能姑息吗？现在不严行查办，将来谁还把皇上放在眼里？"说得英宗不能不听。于是把贺巴延免职，押下大狱。铁木迭儿秘密吩咐狱卒，把他置死，可怜秉正不阿的贺留守，为了张弼一案触怒奸臣，竟然被陷害，惨死在狱中。地方官报称贺巴延病死，铁木迭儿出面作证，就算英宗明知他们舞弊，也只好睁一只眼闭一只眼。

铁木迭儿听说赵世延已经被押到京城，飞马传令刑部从严审讯。刑部又暗中嘱咐赵世延的堂弟，叫他坚持前面的供词。赵世延的堂弟胥益儿哈呼同赵世延对簿公堂，全然不顾兄弟情意，一味瞎编乱造，一口咬定赵世延的罪状。赵世延先前还与他争辩，后来见刑部偏袒堂弟，转怒为笑道："我的弟弟从前还很安分，不敢如此撒谎，今天突然昧起良心，必定是有人唆使。你们这班官吏也应当存点公道，明察曲直，不要专门依附权奸，陷害忠良。须知天道昭彰，报应不爽，一时得势，能保得住将来吗？"刑部官吏大声呵斥，赵世延说："何必如此！铁木迭儿与我有仇，只要叫我死就好了，何必要找人诬陷，计策也太拙劣了吧？"胥益儿哈呼听到哥哥的话，自知理屈，默然无语。刑部却胡乱判定，奏请英宗处死赵世延。英宗返回燕京，看完刑部的奏章，批示赵世延犯法在赦免之前，现已经大赦，不应追究。

铁木迭儿用尽心思要害赵世延，怎么肯善罢甘休！当即上奏英宗，说赵世延之罪十恶不赦。英宗不同意，铁木迭儿又命令刑部官吏威吓赵世延，逼其自尽。赵世延却反问："我如果有罪，应该明正言顺地典刑，以正国法，为什么要我自尽？"刑部也没了办法，又想暗杀赵世延，幸亏英宗传旨刑部，警告他们不得私自用刑。赵世延才得以安然住在狱中。

铁木迭儿又串通侍臣找机会进谗言。一天，英宗要到北凉亭出猎，有言官上疏谏阻，英宗不答应。侍臣于是趁机进言："狩猎是我朝的祖制，言官无端谏阻，是想借此邀名，此风断不可长。先前的御史中丞赵世延，遇事就上奏阻止，朝中都称他敢谏，其实不过是沽名钓誉罢了。"英宗说："你们是在为铁木迭儿做说客吗？赵世延是忠臣，连先帝都对他尊敬有加，只有铁木迭儿同他有仇，非要治他死罪，朕岂能替铁木迭儿报私仇？你们也不必向朕饶舌了！"侍臣见英宗窥透阴谋，不禁面红耳赤，慌忙跪下叩头，齐称万岁圣明。

此后，赵世延的堂弟自知理亏，不敢再对质，也偷偷逃走。赵世延在狱中关押两年，直到拜住当丞相，替他申冤，他才被释放。铁木迭儿要杀赵世延，英宗却始终不同意，铁木迭儿心中很是愤懑。一天，铁木迭儿看望太皇太后，太皇太后正抱病在床，铁木迭儿慰问了一番。太皇太后无精打采地应答着。铁木迭儿又谈起朝中的事，太皇太后连声长叹。铁木迭儿问："新皇帝很是英明，太皇太后何故长叹？"太皇太后说："我老了，不中用了。要见机行事，识相一点，一朝天子一朝臣，不要自投罗网。"铁木迭儿听了这话，好像冷水浇头一般，顿时哑口无言。

这时旁边一个老妇插嘴："太皇太后慈体不安，正是因为新皇帝。"话没说完，被太皇太后听到，狠狠瞪了老妇一眼："你也不必多说了，我死后你们不必进宫，如果有良心，每年春秋能祭奠一杯清酒，纪念老身一下，就算没白陪伴我半辈子了。"说完潸然泪下。那老妇人也陪着呜咽，铁木迭儿也不知不觉地凄楚起来。这个老妇就是上文提到的亦列失八。

亦列失八呜咽了一会儿，便用眼神示意铁木迭儿，铁木迭儿起身告别。亦列失八也随了出来，带着铁木迭儿到了另外的房间。亦列失八说："太皇太后的情形，太师看透了吗？"铁木迭儿不说话，只是用手捋着胡须。亦列失八焦躁起来，不禁冷笑着说："好一位从容镇定的太师！事已燃眉，捋胡须有什么用？"铁木迭儿问："国家并没有乱事，你为什么这般慌张？"亦列失八说："太皇太后的病根正在新皇帝。太皇太后要做的事，新皇帝多半不听，太师身为丞相，理应为主人分忧，怎么反而袖手旁观，倒不如我一个妇人呢？"

铁木迭儿又问："据你说来，我应当怎么办？"亦列失八说："太师这是装糊涂吧。"铁木迭儿辩解道："不是我糊涂，实在是一时没有办法，还需请教你！"亦列失八接着说："我一个妇人，懂什么国事。就是有些愚见，太师也不见得听呀！"铁木迭儿说道："自古以来智妇的谋略往往胜过男子，你何必过谦。"亦列失八欲言又止，沉思了好一阵，铁木迭儿起身，对亦列失八耳语说："有话不妨直说，无论什么大事，我发誓不走漏半点风声！"亦列失八问："果真吗？"铁木迭儿对天一指："有天为证！"亦列失八欲言又止，又出门四外看了一圈，然后才回到室内，对铁木迭儿附耳密谈。铁木迭儿先是点头，接着摇头，继而又推脱："我不能这么做！"亦列失八说："只要太师不泄露密谋，必然可以使得。"铁木迭儿接着说："我已经发誓，你不要疑心。只是我不便帮忙，你要体谅我。"亦列失八说："此事如果成功，太师也有功劳，但不知天意如何？"铁木迭儿连忙说："我不便参与，怎么敢贪功呢？"随即告辞出宫。

亦列失八找来平章政事黑驴、徽政使失列门，以及平章政事哈克缴、御史大夫脱武哈，秘密商议了许多次，专等机会到来，以便发动阴谋。不料英宗命不该绝，此时出了一位开国元勋的后裔，识破了奸计，让一场弑君大案烟消云散。此人是谁呢？正是木华黎后人安童的孙子拜住。

拜住五岁丧父，由母亲教养成人。母亲怯烈氏年仅二十二岁就寡居守节。拜住有什么举动，必定秉承母亲的训导，偶尔有失礼的事情，母亲必定严惩不贷，因此拜住光明磊落，一身正气。起初世袭为宿卫长，不久升任大司徒，办事果断，颇有声望。英宗在东宫时就听到过拜住的名字，派使臣召见。拜住却说："我掌管天子宿卫，私自往来东宫，会因此获罪，皇太子也多有不便，还请为我婉言推辞。"来使返报英宗，英宗连连称赞。

英宗继位后，封拜住为平章政事，并且随时召见，安排他密访奸党。拜住朝夕留意，隐约听说黑驴等人要暗杀英宗，便密奏英宗。英宗派出干练的官吏设法侦察，果然查得黑驴等人谋变的详情。

英宗很有孝心，准备四季亲自到太庙祭奠，命令礼部与中书翰林等官员商议典礼事宜。群臣商议后上奏，无非是大摆排场，所有法器、祭服都应细心准备，祭祀之前三天，就要出宫沐浴吃斋，表明诚心。英宗自然准奏。黑驴等人听到消息后，就找失列门商议，打算趁英宗出宫沐浴时派刺客暗杀英宗。这时，英宗升任拜住为左丞相，把哈克缴罢职，命令他出任岭北行省。哈克缴愤愤不平，告知失列门，失列门就把他当做了自己人，又通报亦列失八，决定提前行事。谁知阴谋越急，泄露越快。

英宗得知此事，立即召拜住商议。拜住说："恶人专权已久，早就应当把他们铲除。幸亏上天有眼，让他们的逆谋泄露，此时不除，更待何时？"英宗还没回答，拜住又说："当断不断，反受其乱。万一奸党怀疑，起兵反叛，恐怕整个京城都要大乱。"英宗被他说服："朕意已决，卿当为我效力，灭此奸贼！"拜住退下，召集一千名卫士，四处捉拿乱党。不到一天，已经把黑驴、失列门、哈克缴、脱忒哈等人抓到，把亦列失八也一起抓来。罪人捕到，当即上奏英宗，请交刑部审问。英宗说："如果他们供出太皇太后，朕反而为难，不如立即诛杀为是。"拜住领命，马上派人把这四男一妇斩首。

恶有恶报

就在黑驴等人叛逆弑君时，铁木迭儿始终置身局外，坐观成败。因此黑驴等人处斩后，铁木迭儿不但没遭牵连，反而得了许多赏赐。这赏赐从何而来呢？原来是因为黑驴、失列门、哈克缴等人的家产全部被查抄，每家都有万贯家财，失列门平日仗着太皇太后宠幸，几乎把皇宫的珍玩宝贝都搬到了自己家中，金银钱币、裘马珠宝，数不胜数。此次由拜住指挥卫士，一律抄出，一半充了国库，一半赏给功臣。铁木迭儿身居相位，所得的赏赐自然较多。拜住等人也按功行赏，奸臣失势，忠臣扬眉，朝中风气为之一振。

到了冬季，英宗亲自到太庙祭祀，这是元代的一次盛典，非常隆重。礼毕回宫，鼓乐齐鸣，道旁百姓叹为观止。英宗当即下诏改元，年号至治。其文写道：

朕祗丞贻谋，获承丕绪，念付托之维重，顾继述之敢忘。爰以延祐七年十一月丙子，被服衮冕，恭谢于太庙。既大礼之告成，宜普天之均庆，属兹逾岁，用协纪元，于以导天地之至和，于以法春秋之谨始。可以明年为至治元年，特此布敕，宣告有众。

至治元年元旦，英宗亲临大明殿，接受百官朝贺。第二天，命令僧侣在文德殿举行佛事。朝中大臣有了异议，只因元代一向敬重佛教，因此不便劝阻。而且英宗继位时，曾命令各郡修建帝师拔思巴大殿，规模比孔庙还宏大，大家都看出了皇上的心意，谁还肯出来谏阻？转眼间快到元宵节，英宗准备在宫中张灯。礼部尚书兼参议中书省事张养浩终于忍耐不住，打算上奏谏阻，写好了奏折，托拜住转达。拜住展开奏折，略去起首套话，阅读重要部分：

世祖临御三十余年，每值元夕，间阎之间，灯火亦禁。况阙庭之严，宫掖之邃，尤当戒慎！

读到这里，拜住看了张养浩一眼问："你真想劝阻张灯吗？听说主子已经下令筹办，恐怕不会照准。"随即又读下去：

今灯出之构，臣以为所玩者小，所系者大；所乐者浅，所患者深。伏愿以崇俭虑远为法，以喜奢乐近为戒，国家幸甚！臣民幸甚！

拜住说："写得痛快！"张养浩说："大事多从小事开始，今天张灯，明天歌舞，色荒酒荒，在所难免。您身为大臣，受主上宠信，所以养浩特来拜托。若主子肯采纳，就是防微杜渐的大好事，您以为如何？"拜住答道："这等善举，自当相助，我即刻进宫，奏闻主子便是。"张养浩道谢告别。

拜住果然怀揣着张养浩的奏折进了宫，英宗接见，问他何事，拜住就呈上了张养浩的奏章。英宗看后，勃然大怒："朕以为什么大事，区区张灯的事情也来谏阻，难道做主子的只可日日愁劳，连一天的消遣都不可以吗？"拜住摘下帽子叩头上奏："孔子说过为君难，为君有什么难？只因一举一动，史官必然书写，应扬善除恶，所以称做难。张灯虽然是小事，怎奈一夕消遣，千载流传，倘若后世帝王以此为开端，以致纵欲祸国，岂不是要笑话那个始作俑者吗？还求陛下三思！"英宗这才转怒为喜："这么说来，张希孟是直言上奏，爱卿是忠心谏言，朕就命令他们停办吧。"拜住叩头退出。希孟是张养浩的字，称字不称名，是英宗特别敬重的意思。

第二天，英宗赐给张养浩礼服和金织币帛各一套，表彰他的忠直。不久，英宗要改建上都行宫。拜住进谏："北方寒冷，入夏才开始种粟麦。陛下刚登大宝，不体恤民苦，却先兴起大役，恐怕妨害农事，导致百姓失望，不如等上几年再兴劳工。"英宗点头称是，传旨停止工程。只是英宗决意修建万寿山大刹，役使百姓数万人，其间冶炼五十万斤铜，铸造佛像，全都劳民伤财，一意孤行。

监察御史观音保、锁咬儿哈的迷失以及成珪、李谦亨等人上疏直谏，大意是说连年饥荒，应当休养生息，而且当时是春季，正是老百姓耕种的季节，更不应当大兴徭役。这道奏折上奏，却惹怒了英宗，把奏折驳回。铁木迭儿的次子锁南官封治书侍御史，同观音保等人有矛盾，于是密奏他们沽名钓誉，犯下大不敬的罪过。英宗便传旨逮捕观音保等人，亲自审讯，观音保说："上谏是为臣的责任，臣甘当比干，也不愿陛下身为纣王！"锁咬儿哈的迷失也说："普天之下，僧侣横行，陛下还要这般迷信，难道靠着这班秃头能治国安邦吗？锁南专会逢迎君主，臣等却是直言上谏。谁人有罪，谁人无罪？即使一时不明，后世也自有公论！"英宗生气地说："你们毁谤朕，犹可以忍，诋毁僧人及佛祖，实在有罪，朕无法宽恕！"然后把这些人交给刑部审问，刑部回复应当处斩，于是英宗传旨把观音保和锁咬儿哈的迷失斩首，成珪和李谦亨二人因为罪轻，杖打了一顿，放逐到了辽东的奴儿乾。

铁木迭儿见儿子锁南得宠，自己正好趁此机会笼络英宗。左思右想，又把从前做过的把戏再演一出，想效仿当年贬谪周王和世瓎的故例。当年，仁宗曾为了铁木迭儿的一番话，把和世瓎调往云南，激成变乱，后来好不容易才把和世瓎逐出漠北。和世瓎有一位胞弟图帖睦尔，一直安居在燕都，没有受到连累。可是铁木迭儿暗中使计，想把他也驱逐出去，就和中政使咬住商议。咬住是墙头草，见铁木迭儿得势，乐得趋言奉承。一谈到图帖睦尔的事，咬住就说："不劳师相费心，晚辈一句话，保管他被贬谪远方。"铁木迭儿大喜告别。

咬住当即密上了一道奏折。果然奏折刚递上，就有诏书传下，命令图帖睦尔出居琼州。琼州是南海大岛，属粤东管辖，距离京城七千余里，当地炎热逼人，瘟疫盛行。满朝大臣都不知道图帖睦尔犯了什么罪过，竟然被流放到这种边远之地。后来才得知是英宗看了咬住的密奏，说图帖睦尔与术士往来，恐怕要图谋不轨，请英宗先事预防，不要重蹈魏王的覆辙。英宗的帝位本来就是从武宗的两个儿子手中夺来的，他在位一天就防着一天。这次咬住的密奏，比刀枪还要厉害，不论是真是假，英宗决意先发制人，因此把图帖睦尔发配到远方，免得他在京城作梗。

铁木迭儿以为自己事事得手，又想得到专宠。于是推荐参知政事张思明为左丞，作为得力助手。张思明忌恨拜住，经常同人密谋，设计陷害拜住。有人提醒拜住加以戒备，拜住坦然说："我祖上是国家元勋，世代忠贞，已经有一百多年了，我现在正年轻，受到皇上宠信，无非是因为皇上念我祖上之功。国家大幸，莫过于大臣和气。如果因为左丞仇视我，我就报复，以致纷争不休，不但是我们二人的不幸，也对国家不利。我尽心尽力，上不负君，下不负民，死生有命，祸福在天。请你们不必多说了！"

从此拜住更加效力，张思明等人也无机可乘。铁木迭儿曾奏请杀掉平章王毅和右丞高昉。英宗密问拜住是否当杀，拜住惊问他们犯了什么错。英宗说："铁木迭儿奏称，京城的粮食储备出现巨额亏空，王、高负责管理粮仓，玩忽职守，罪在不赦，所以应加严刑。"拜住却说："平章和右丞都是宰相的副手，宰相应当管理钱谷这类事。况且王、高二臣本来是由右相推荐，莫非他们不善逢迎，因此产生矛盾。否则，为什么出尔反尔，前面推荐，现在又要处斩呢？"英宗沉思了好半天才说："爱卿言之有理。"于是没听铁木迭儿的话。

　　铁木迭儿大为失望，上奏请病假，好多天不上朝，英宗也没去慰问。只是册立皇后亦启烈氏大典时，英宗派铁木迭儿前去迎接。典礼结束后，铁木迭儿仍旧称病不上朝。后来拜住奉旨回范阳原籍，为祖上安童立忠宪王碑，铁木迭儿才乘车上朝。到了殿门，英宗派左丞速速赐酒并安慰他："爱卿年纪大了，应当爱惜自己的身体。等到新年再上朝也不为迟。"铁木迭儿怏怏退出。

　　当时奸臣布满朝廷，遇有大的政务，必然到铁木迭儿家详细禀告。铁木迭儿多次想陷害拜住，无奈拜住正得重用，任他绞尽脑汁，终究不能得逞，因此这位铁太师渐渐懊丧起来。不到两个月，竟然疾病缠身，卧床不起。可是不如意的事情接连而来，他的心腹张思明随英宗到上都，被拜住奏了一本，杖打了数十下，赶回了老家。铁木迭儿听到以后，感到很不安。不料拜住又连奏两件案子，都牵连到铁木迭儿，那时的铁太师就算没有病死，也快要气死了。

　　头一件案子是司徒刘夔夔购买数千亩田地，贿赂宣政使八剌吉思，借口买僧寺，假传圣旨骗出国库钱币六百五十万贯，支付买地款。八剌吉思来找铁木迭儿商量，铁木迭儿父子以及御史大夫铁失共得赃款数万。此案被拜住揭发，刘夔夔、八剌吉思自然按罪伏法，斩首示众，只是赦免了铁失一个人。另一件案子是，术士蔡道泰强奸杀人，已经审讯完毕，判他抵命，他私下贿赂铁木迭儿，打通关系，唆使狱官，篡改供词改判。此事又被拜住告发，立即把蔡道泰斩首，狱官也连带被判刑。铁木迭儿虽然没有被捉拿审问，毕竟做贼心虚，连惊带吓，又悔又恨，病情自然加重。继而医治无效，一命呜呼。事有凑巧，太皇太后弘吉剌氏的病情也严重起来，不久也崩逝了。距离铁木迭儿病死不过一二十天。

　　原来，太皇太后自从英宗继位后就得了病，接连是失列门被斩，失

181

去了一个贴心的幸臣，亦列失八被杀，又少了一个知情的同伴。一枕凄凉，万般苦楚，而且又不便说明，好像哑巴吃黄连，只有自己明白，无人能够了解。亏得宫中有名贵药物成天服用，总算勉强拖了一年，后来又听说铁木迭儿死了，太皇太后病情更加严重，挨了十几天，也命丧黄泉。英宗照例举行丧礼，追谥为昭献元圣皇后。

冬季祭祀后，英宗加封拜住为右丞相，命他监修国史。拜住推辞不敢接受，英宗说："爱卿辅佐朕两年，不避权贵，任劳任怨。朕看满朝文武没有人能超过爱卿，因此加官晋爵，作为爱卿的酬劳。右相一职，除了爱卿，还有谁人能够担当？你就不要再推辞了。"

第二天，英宗任命拜住为右丞相，传旨天下。左丞相一缺却不再另外设人，英宗的意思是让拜住能够政令统一，不受别人掣肘。拜住也感恩图报，连连推荐贤才。首先推荐张珪为平章政事，并建议英宗召用旧臣王约、韩从益等人，让他们在家办公，每天到中书省议事。又建议英宗起用吴澄为翰林直学士。吴澄年事已高，因为听说拜住求贤若渴，这才拄着拐杖上朝。

英宗命人写金字藏经，派速速代传旨意，令吴澄写一篇超度先帝的序言。吴澄婉言拒绝："主上写经，如果是要为民祈福，倒是善举。如果让臣写成超度的序言，臣却无从下笔。因为佛家好谈轮回，不过是说善人死去会到极乐世界，恶人死去则会被打入十八层地狱。僧徒不明此理，反而说诵经、设道场可以超度灵魂。我朝的列祖列宗功德盖世，有什么必要超度？而且从开国以来，写经超度已经不知有多少次了，如果说无效，是蔑视佛祖；如果说有效，是诬蔑祖先，真让人左右为难。臣如何下笔？即使是遵旨写成，也是欺人之谈，请大人为我上奏！"

速速如实上奏，正赶上拜住在英宗身旁，拜住便道："吴学士的话很有道理。自古以来，得民心者得天下，失民心者失天下，那些虚无缥缈的东西能有什么实效？梁武帝因为迷信佛教亡国，愿陛下详查！"英宗说："近来有人说佛教可以治理天下，难道这话不对吗？"拜住说："佛教讲究清净寂灭，用于修身还可以；如果要治理天下，臣以为除了仁义道德之外，没有其他的方法。陛下想想佛教的宗旨，无君臣父子之纲常，无兄弟夫妇之义理，天下如果照这样治理，人种都要灭绝，还有什么伦常规矩呢？"英宗当即夸奖拜住："唐太宗时有位魏征，堪称是敢谏之臣，爱卿可以算是当代的魏征了！"拜住说："有善于纳谏的太宗，自然

182

有敢谏的魏征，陛下能从谏如流，言官中也不乏忠臣，何止臣一个呢？"英宗说："爱卿言之有理。朕应当采纳，所有政务愿爱卿能深思熟虑，谨慎行事。"拜住谢恩退出。

又过了几天，监察御史盖继元、宋翼上奏铁木迭儿作奸贪污，祸国殃民，活着时逃过刑罚，死后也不能放过，应当追削官爵，查没家产。英宗询问拜住，拜住答道："御史等人言之有理。"英宗便传旨追夺了铁木迭儿的原职以及一切封赏，又命令卫士查抄家产，搜出的金银珠宝不计其数。于是铁木迭儿的遗党人人自危，朝思暮想，彼此筹划，竟然闹出了一场天大的叛逆血案。

英宗遇刺

御史大夫铁失是铁木迭儿的走狗，曾经拜铁木迭儿为义父，自称干儿子。现在铁木迭儿被夺官抄家，儿子锁南也被免职，铁失、锁南二人极度怨恨，恨不得把英宗和拜住两个人立刻除掉。无奈英宗和拜住君臣关系密切，拜住说一件事，英宗依一件事；拜住说两件事，英宗依两件事。铁失、锁南只怕拜住再弹劾下去，自己轻则必遭严惩，重则脑袋就要搬家。因此日夜密谋，准备下手。还有知枢密院事也先铁木儿、大司农失秃儿、前平章政事赤斤铁木儿、前云南平章政事完者、典瑞院使脱火赤、枢密院副使阿散、金书枢密院事章台、卫士秃满，以及亲王按梯不花、孛罗、月鲁不花、曲吕不花、兀鲁思不花，还有铁失的弟弟索诺木等人全都串通一气，等待时机。正巧英宗到上都巡游，拜住随同前往，奸党有的跟随，有的留在京城，于是内外合谋，打算趁机行刺英宗。

一天晚上，英宗在行宫忽然觉得坐立不安，上床就寝，又仿佛有鬼在旁边，辗转反侧睡不着。心中暗想，莫非真有鬼怪不成？第二天早起，就派左右传旨，准备做佛事。拜住听到后上奏："目前国库空虚，做佛事白白花费钱财，没有好处，请陛下收回成命。"英宗迟疑了一阵才说："不做佛事也无妨。"拜住退下。不到半天，又有西僧上奏，大意是说陛下受到惊吓，国家恐怕要有难，必须大做佛事，赦免罪犯，才能消灾祈福。英宗说："右相说佛事无益，所以才没做，你去同右相说明，然后再作商议。"

西僧奉旨前往与拜住商议。拜住把眼一瞪，呵斥道："你们专门以做佛事为借口骗取金银，这还可以宽恕，只是一做佛事就要赦免罪犯，朝廷有法典来治理天下，岂容你们这帮僧徒破坏？放掉重罪囚犯，贻害无穷，你们借此敛财，佛祖如果有灵，应当先行诛杀你们！只要我辅政一天，你们就休想作乱，快给我退下，不必在此饶舌！"西僧撞了一鼻子灰，出去就告知了奸党。

原来，这个西僧进言也是奸党主使的，无非是想借此赦免罪行，逃避惩处。可是拜住铁面无私，严词呵斥。一帮奸党顿时怒不可遏，齐声喊道："不杀拜住，誓不罢休！"铁失当时也在场，便道："你们也不要瞎闹，一定要想出一个万全之计才能成功。今天的事情，只杀一个拜住恐怕不能成事，看来需要连根拔除！"大家连声说："讲得好！这种主子要他有什么用？不如一块儿杀了他。"铁失问："除掉这个主子，应当立谁呢？"这一句可问住了一帮贼人。铁失笑道："我早就安排妥当了。晋王现在正镇守北边，何不迎立他为帝？"大家齐声赞成。铁失说："晋王府史倒剌沙和我往来甚密，他的儿子哈散曾经做过宫中宿卫。我已经让哈散告知他父亲，找一个叫探忒的宣徽使秘密禀报晋王，大事一成，便可以去迎接晋王。"贼人又问："嗣皇帝已经有了着落，刺杀的大事怎么安排？"铁失回答："听说昏君要回燕京，途中便可以行事。好在我领着阿克苏卫兵，命他们围住行营，不怕二人不落入我的手心。到时候，他们就是插翅也难飞出去！"说完哈哈大笑。众人都喊道："好极了！好极了！但也必须派人密报晋王，免得临事仓皇失措。"铁失说："这个自然，我这就派人去报。"当下派遣斡罗思去通风报信。

斡罗思即日起程，没几天就到了晋王府中。不巧晋王到秃剌出猎，只有探忒留守。二人密谈。探忒说："我与倒剌沙已经商议过多次，倒剌沙很是赞成。只是晋王的意思还没确定。"斡罗思问："倒剌沙有没有陪晋王同去？"探忒答道："去了。"斡罗思说："事不宜迟，我和你一起去见晋王，如何？"探忒答应，然后便到秃剌去见晋王。

晋王问有什么事，斡罗思说："铁御史派我前来给王爷请安，现在铁御史已经同也先铁木儿、失秃儿、哈散等人谋定了大事。如果能成功，打算推立王爷您为嗣皇帝。"这话说完，还以为晋王能笑脸相迎。不料晋王脸色大变，大声呵斥："你们敢叫我谋杀皇侄！这等奸臣留你何用，快推出去斩首！"斡罗思被他一吓，身子像杀鸡一般抖起来。只见旁边走出一人，下跪劝阻晋王："王爷如果杀了斡罗思，反而会让皇帝疑为擅自杀害大臣，不如将他囚解到上都，让他作证逆谋，较为妥当。"晋王一看，说话的是府史别烈迷失，便道："你说得有理。就命你押解去吧。"于是命左右带过囚车，把斡罗思加上镣铐，推进车里，由别烈迷失带上一百多名卫兵押送上都。

晋王名叫也孙铁木儿，是裕宗真金的大孙子、老晋王甘麻剌的儿子。甘麻剌曾经受封镇守漠北，管辖太祖发祥地一带，管理四大鄂尔多地，蒙语称为四大斡耳朵。世祖去世时，甘麻剌奔丧到上都拥立成宗。大德二年，甘麻剌去世，儿子也孙铁木儿继承王位，仍然镇守北疆。武宗、仁宗先后继位，也孙铁木儿全都拥戴，立有盟书。因此现在不愿叛逆，押解斡罗思赶赴上都。英宗此时正在回京的路上，还不知大祸已经临头。一位英明的皇帝和一位忠良右相，竟然被铁失兄弟等人害死在南坡。

南坡距离上都约有一百余里，英宗从上都起程，必然到南坡暂住。这天夜里，铁失密令阿克苏的卫兵守住行营，自己率领奸党持刀闯进行宫。拜住正要就寝，猛然听见外面有喧闹声，马上拿着蜡烛出来，只见铁失的弟弟索诺木手执明晃晃的长刀冲在前面。拜住厉声喝道："你们想要干什么？"话音未落，索诺木抢先一步，手起刀落，把拜住拿蜡烛的右臂砍落在地。拜住大叫一声，随即倒地，乱党趁势乱砍，把拜住砍死了。

拜住已死，铁失带着逆党闯入皇帝的寝宫。英宗当时已经睡着，听到喧闹声起来，正披衣下床，逆党已经破门而入。英宗连忙叫宿卫护驾，卫士却不知去向，丧心病狂的铁失居然冲到御榻前，挥刀把英宗杀死。英宗在位三年，年仅二十一岁。

铁失等人杀掉拜住，弑了英宗，就推立按梯不花、也先铁木儿为首领，捧着御玺、绶带，到漠北去迎晋王也孙铁木儿。也孙铁木儿听到这场变故，一时也无法追究逆党，只好在龙居河旁设起黄帷，接受了御宝，登上了皇帝宝位，颁告天下。这道诏书是用蒙古文写成的，读起来很可笑，抄录如下：

薛禅皇帝[①]！

可怜见嫡孙裕宗皇帝长子我仁慈甘麻剌爷爷根底封授晋王，统领成

---

① 薛禅皇帝：蒙语尊称世祖为薛禅皇帝，"薛禅"是天生聪明的意思。

吉思皇帝四个大斡耳朵，及军马、达达①国土都付来。依着薛禅皇帝圣旨，小心谨慎。但凡军马人民的，不拣甚么勾留里，遵守正道行来的上头。数年之间，百姓得安业。在后完泽笃皇帝②，教我继承位次，大斡耳朵里委付了来，已付了的大营盘看守着。扶立了两个哥哥，曲律皇帝③，普颜笃皇帝④，宗为普颜笃皇帝，普颜笃者有福之谓。侄硕德八剌皇帝。我累朝皇帝根底，不谋异心，不图位次，依次本分，与国家出气力行来。诸王兄弟每，众百姓每，也都理会的也者。今我的侄皇帝，昇天了也么道，迤南诸王、大臣军士的诸王驸马臣僚、达达百姓每，众人商量着大位次不宜久虚，唯我是薛禅皇帝嫡派，裕宗皇帝长孙，大位次里合坐地的体例有，其余争立的哥哥兄弟也无有。这般晏驾，其间比及整治以来。人心难测，宜安抚百姓，使天下人心得宁，早就这里即位。提说上头，从着众人的心，九月初四日，于成吉思皇帝的大斡耳朵里，大位次里坐了也，交众百姓每心安的上头，赦书行有。

　　当天，晋王任命也先铁木儿为中书右丞相，倒剌沙为中书平章政事，铁失为知枢密院事，其余的像失秃儿、赤斤铁木儿、完者、秃满等人也都加官晋爵。然后，晋王派使臣到上都，祭告天地宗庙社稷，派右相也先铁木儿调集侍卫，准备仪仗队，择日起程向京师进发。

　　也先铁木儿自以为功高，又得到高官，心中异常喜悦，就写信给铁失，叫他前来迎驾。铁失却说京师重地不便轻易离开，只派了完者、锁南、秃满等人带着贺表前来迎驾。完者等人到了行宫，拜见嗣皇帝，也得到了奖赏，高兴得心花怒放。等到完者等人和也先铁木儿相见，彼此道贺，大家都说铁失的计策是妙计，赞扬不止。

　　也先铁木儿捋着胡须得意地说："铁失是功不可没的，但如果没有我帮助，恐怕也不能成事。况且现在的嗣皇帝，先前已经囚解斡罗思，准备揭发我们，后来是我带着御玺、绶带来到此处。晋王还出言责问，亏得我三寸不烂之舌说得面面俱到，才得到同意，各给封赏。各位想想，我的功绩比铁失怎么样啊？"说完哈哈大笑。完者等人本来就是拍马屁的高手，现在见也先铁木儿位居右相，权势显赫，乐得见风使舵，巴结奉承，齐声说道："全仗右相栽培。"也先铁木儿笑容可掬地说："各位都

---

① 达达：即鞑子。
② 完泽笃皇帝：蒙语称成宗为完泽笃皇帝，"完泽笃"是长寿的意思。
③ 曲律皇帝：蒙语称武宗为曲律皇帝，"曲律"是杰出的意思。
④ 普颜笃皇帝：蒙语称仁宗为普颜笃皇帝，"普颜笃"是有福的意思。

是我的知己，我在位一天，定会让各位安乐一天，富贵与共，各位以为好不好？"完者等人又连声道谢。也先铁木儿便命人摆酒接风，大家喝得酩酊大醉，方才散去。

过了几天，车驾、护卫等都已经准备妥当，嗣皇帝起程回京。侍卫等人全归也先铁木儿管辖，也先铁木儿的行辕和嗣皇帝的排场几乎不相上下，传达命令甚至比嗣皇帝还威严。

回到上都，留守官吏都出城迎接，先拜见嗣皇帝，又拜见右丞相，也先铁木儿只在马上点了点头。进城后，免不得又有一番酒宴，晋王准备在行宫小住几天再起程。上都以前留有行宫，包括中书行省各个官署，各处都有人掌管。此时正是秋天，气候还没到严寒时节，但是这年格外寒冷。北风凛冽，大雪纷飞，官吏穿着裘衣还觉得冷得刺骨。大宁、蒙古等地尤为奇寒，牛、羊、骆驼等牲畜大半冻死。嗣皇帝体恤民情，传旨发放京城的米粮赈灾。北方正在放赈，南方又报有水灾。漳州、南康等地霪雨霏霏，连月不开晴，洪水泛滥，淹没房屋不计其数。中书省照例请求赈济，嗣皇帝当即准奏。只有也先铁木儿得意扬扬，丝毫不把国计民生放在心上，整天围着火炉，饮酒取乐。

这天天气稍暖，也先铁木儿和完者、锁南等人带着一帮仆役出门闲逛。只见漫山都是白雪，太阳也没有了光芒，一片萧条，没什么好看的景色。又走了一里多地，更觉得寒风刺骨，景色苍凉。也先铁木儿便道："天太冷了，不如回去吧！"完者等人自然遵命，又顺原路返回。快到城门时，忽然迎面来了两辆车。前面的车里坐着一位半老徐娘，红装绿鬓，姿色未衰，也先铁木儿看在眼里已是暗暗喝彩。随后的车里是一个妙龄少女，艳如桃李，美若芙蓉，十五六岁的年纪。也先铁木儿失声说："好一个女郎！不知是谁家的女儿？"

锁南说："可以去问一声。"完者随即命仆役询问车夫，车夫回答是朱太医的家眷。也先铁木儿听完只好站在一旁，让他们过去。然后低声对完者说："想必她们是母女，如果能得到这般佳人作为眷属，也不枉活一生了！"完者说："凭相爷的权力，有什么事办不到的！"也先铁木儿问："难道能去抢劫不成？"完者说："有什么不行的！"也先铁木儿说："她们也是太医家的妻女，不像平民，怎么可以抢劫呢？"锁南说："朱太医不过是一个小官，相爷如果娶他的女儿为姜，还不是他的福分！"完者说："我去问问她们答不答应，再考虑下一步。"也先铁木儿同意："也好。"

187

完者带着仆役抢步上前，喊车夫停车。车夫不肯听从，如狼似虎的仆役强行拦住，称相爷有话，叫他把车赶回去。车夫无奈，只得把车赶到中书省门前，勒住车马，叫二人下车，朱家母女吓得呆若木鸡，浑身发抖。完者说："装什么相！相爷要娶你女儿为妾，你们快快下车！"二人坐着不动，完者呵斥仆役："快拉她们出来！"仆役听完，就一齐动手，把母女二人拉下车，送到了也先铁木儿的住所。然后随着也先铁木儿进门，并拱手道贺："相爷今天进入温柔乡，明天要赏我们一杯喜酒啊！"

也先铁木儿说："如果她母女不答应怎么办？"完者、锁南齐声说："凭相爷的权力，要是不能制伏这两个妇女，怎么可以制伏其他人？"

也先铁木儿来到寝室，见了朱太医的妻女。只见她二人相对坐着，花容惨淡，泪流满面，不由得兽兴大发，竟去抱那位少女。谁知没等抱到少女，脸上却"啪"的一声挨了一掌。

买奴除恶

也先铁木儿刚要抱着少女取乐，脸上忽然被打了一巴掌。这巴掌倒不是少女打的，是她的母亲从旁边打过来的。当下惹恼了也先铁木儿，出外喊来一大帮侍女，把她们母女扒去衣裳，赤条条地绑在床上，盖上大被。然后烤着火炉，煮上了一壶春酒，狂饮了几大杯。乘着酒兴揭被奸淫，先奸污老母，后奸污少女。朱家母女无计可施，口中虽然痛骂，无奈身子却动弹不得，只能任他兽行。

第二天晚上，也先铁木儿又去奸淫两次。可怜朱家母女，求生不得，求死不能。满心指望朱太医能设法相救，谁知望眼欲穿却毫无音讯。直到第三天，才有侍女进来帮母女二人穿好衣服，梳洗打扮，送出大门，扶上马车，由车夫带回朱家去了。

朱家母女能够得以释放，也是朱太医从中营救的结果。原来，朱太医听说妻女被也先铁木儿所劫，就知道大事不好。先到中书省中求人设法解救，却一点儿也没有效果。转身去求留守，留守也推说新皇继位，正宠任也先铁木儿，不便在虎头搔痒。朱太医焦急万分，也想不出个办法。幸好天道惩恶，奸人气数已尽，出来了一个大救星，不但解救出了朱太医的妻女，并且把一帮奸臣贼子以及一班狐群狗党一网打尽。

这位救星是谁呢？就是元朝宗室中的一位王爷，名叫买奴。买奴先前曾经随着英宗从上都起驾回京。到南坡变乱时，买奴孤掌难鸣，只好跑到晋王府中，表示愿意效力讨贼。可是晋王急于继位，把讨逆的事暂时搁置不提，并且命令他在晋王府中整理文书。等晋王在上都暂住，他才赶到京城。朱太医曾经与他相识，忙去觐见，求他搭救妻女。买奴听完，怒发冲冠，指天对朱太医说："我誓与逆贼不共戴天！你回去等着消息，待我入见陛下，也先铁木儿必有报应。"

朱太医拜谢，刚要走，买奴又说："这事还在其次，刺杀天子的事大，我为你考虑，不便说起这事，不如从讨逆入手，才好一网打尽。"朱太医说："全听王爷的安排。"于是朱太医回家，买奴拜见晋王。晋王慰劳已毕，买奴示意屏退左右，以便密奏。晋王照准，命令侍从退出。

买奴于是秘密上奏："陛下继位，应天顺人，却为什么任命也先铁木儿为丞相呢？"晋王说："他有奉御玺拥戴朕的功劳，所以任命他为右相。"买奴却说："他如果能自立为帝，早就黄袍加身了，还肯拿着御玺拥戴陛下吗？他与奸贼铁失等人合谋，刺杀了先皇，陛下应当首先把他正法，才是替天行道啊！"晋王默然不答，买奴又说："逆贼能刺杀先皇，岂能真心辅佐陛下？他们不过是因为陛下先前镇守漠北，害怕讨伐他们，他们无法自保，所以奉上御玺、绶带，请驾进都。如果权力落到他们手上，陛下反而会成为傀儡。此后一举一动，必然被逆党所牵制，逆贼能够安享荣华富贵，陛下反而会落下恶名，天下人说不定还要怀疑陛下篡国呢！"晋王惊愕地说："朕哪里有心篡逆？据你说来，朕是在为他们承担恶名，看来不得不立即除掉贼逆了。"买奴说："陛下前后左右大多是逆贼的心腹，既然决意要讨逆，事不宜迟，最好在今天晚上，不要让他们狗急跳墙。"晋王说："讲得有道理，那就劳你替朕捉拿逆党，斩首示众。"买奴请晋王写下诏书。晋王当即写好，给了买奴，并派晋王府的卫兵当晚前去捉拿也先铁木儿等人。

买奴出了行宫，立即召集卫士来到中书省。此时的也先铁木儿已经得报买奴密奏晋王，他以为只是奸淫的事败露，只要放了朱太医的妻女回家，就可以毁灭证据，洗清罪恶。而且可以弹劾买奴诬告自己，反而治他的罪。因此把朱家母女放回去后，也先铁木儿就去饮酒，一副从容自在的样子。

买奴率领卫士杀进也先铁木儿府中，见他还在自斟自饮，便笑着说：

"右相一个人饮酒岂不无聊,何不叫朱太医的妻女陪侍?那才够欢喜啊!"也先铁木儿起座,假装惊讶:"王爷说什么话?哪来的朱太医妻女?"买奴说:"朱家的事先不追究,有旨捉拿你这逆贼!"也先铁木儿振振有词:"我是保主功臣,你竟敢说我是逆贼!莫不是你想叛逆吗?"买奴说:"我没工夫和你辩论,你去见先皇说理吧!"随即喝令卫士马上动手。也先铁木儿还想抵抗,哪里挡得住。卫士一拥齐上,把他反绑,上了镣铐,牵出省门,继而把完者、锁南、秃满等人全部捉到。也先铁木儿请求觐见晋王,当面述说委屈。买奴却说:"你是先皇的旧臣,应当在先皇面前伏罪,何必再觐见晋王!"当即设下香案,上面供起先皇的灵牌,命令也先铁木儿等人在案前跪着,然后买奴朗声宣旨:

也先铁木儿、完者、锁南、秃满等,合谋弑逆,神人共愤。饬王买奴带领卫卒,即夕密拿。该逆等凶恶昭彰,罪在不赦;拿住后,着即斩首以谢天下,毋庸再鞫!

宣读完毕,把也先铁木儿等人推出,一声炮响,刽子手刀随炮声落下,一帮奸臣乱党全部身首异处。

买奴上奏晋王,晋王改封宣政院使旭迈杰为中书右丞相,陕西中书左丞秃鲁以及通政院使纽泽一并封为御史大夫,封速速为御史中丞,并派旭迈杰、纽泽率兵到京师搜捕逆党。旭迈杰担心铁失在京抗命作乱,于是连夜进兵来到京城。先派人通知铁失以及失秃儿、赤斤铁木儿、脱火赤、章台等人,命令他们出城迎驾。铁失等人曾获封赏,现在当然没防备,便坦然出迎。旭迈杰、纽泽早已密令军兵列队站立。等铁失等人下马相见,便命令他们跪听圣旨。旭迈杰宣旨:

先皇御宇三年,未闻失德。而铁失、也先铁木儿等,敢行大逆,竟有南坡之变,骇人听闻!朕因诸王大臣推戴,嗣登宸极,若非首除奸恶,既无以安先帝之灵,并无以泄天下之愤。为此甫抵上都,即将也先铁木儿等,声罪正法。

惟在京逆党,如铁失辈,尚逍遥法外,特命中书右丞相旭迈杰,御史大夫纽泽,率兵到京。立将铁失、失秃儿、赤斤铁木儿、脱火赤、章台等,拿下正法,余如逆党爪牙,亦饬令旭迈杰、纽泽,彻底查拿,毋得瞻徇。应加刑法,候复奏定议。

铁失等人听着旭迈杰宣旨,开口便抬出"先皇"两个字,早已魂飞魄散,等读到"拿下正法"四个字时,更吓得心惊胆战。想要起身逃窜,只见两边卫士已布下天罗地网，插翅难飞。旭迈杰读完圣旨，随即叫卫士过来把铁失等人除去冠带，下令立即正法。霎时间人头全部落地，一帮奸臣都到地狱中去了。

把铁失等人斩首后，旭迈杰马上进城，搜拿亲王月鲁不花、按梯不花、曲吕不花、孛罗、兀鲁思不花，以及铁失的弟弟索诺木，一并交给刑官。旭迈杰又查得御史台经历朵儿只班、御史撒儿塔罕、兀都蛮郭、也先忽都等人一向依附铁失，朋比为奸，于是一并上奏。月鲁不花等人罪该赐死，朵儿只班等人应当发配。后来新皇帝下旨，所有亲王全部罪减一等，应当赐死的减为充军发配，应当发配的减为免去官职。

当时中书平章政事张珪听到这道旨意，勃然大怒："国法上，叛逆罪不分首犯、从犯，从犯也要判死。索诺木曾经参与叛乱，亲自砍断丞相拜住的右臂，竟然还要留下他的性命？"然后写了份奏折，送到行宫，说索诺木亲手杀死拜住，参与逆谋，请求将他斩首示众。晋王准奏，立即把索诺木斩首，流放月鲁不花到云南，按梯不花到海南，曲吕不花到奴儿乾，孛罗及兀鲁思不花到海岛，朵儿只班等人一律削职为民。一场逆案，总算处置完毕，内外肃清了。

晋王起驾进京，亲临大明殿，接受百官的朝贺。继位礼毕，追尊父亲为皇帝，庙号显宗，母亲弘吉剌氏为宣懿淑圣皇后。尊先皇硕德八剌为睿圣文孝皇帝，庙号英宗。准备于次年改元，称为泰定元年。史家称晋王为泰定帝。

言官又奏称，先前铁木迭儿专政时，曾诬杀杨朵儿只、萧拜住、贺伯延、观音保、锁咬儿哈的迷失等人，杖打李谦亨、成珪、罢免王毅、高昉、张志弼，天下都知道杨朵儿只等人的冤屈，请旨平反昭雪。随即传下圣旨，命令活着的仍然召回录用，死去的追封官爵。旭迈杰上奏，逆党作乱，亲王买奴赶赴晋王府，愿效死力，此次能铲除逆党，多亏买奴一人，论起功劳，没人能比得上买奴，应当大加封赏。因此泰定帝加赏买奴泰宁县五千户子民，封买奴为泰宁王。继而奖赏讨逆功臣，赐旭迈杰黄金十锭、白银三十锭、钱钞七十锭。加封倒剌沙为中书左丞相。知枢密院事马某沙、御史大夫纽泽、宣政院使锁秃全部加封为光禄大夫，各赐金银不等。追封故丞相拜住为太师，赐爵东平王，谥号忠献公，封拜住的儿子答儿麻失里为宗仁卫亲军都指挥使。泰定帝论功行赏，赏罚分明，泰定初期的政风深得百姓的称颂。

转眼间已是泰定元年，泰定帝亲临圣殿，接受文武百官的朝贺，然后传旨各亲王回归本部，并从琼州召回了图帖睦尔，从大同召回了阿木哥。浙江行省左丞赵简开办经学，泰定帝命令太子及亲王大臣的子孙上学，任命平章政事张珪、翰林学士承旨忽都儿都鲁迷失、学士吴澄、集贤直学士邓文原为老师，用《帝范》、《资治通鉴》、《大学衍义》、《贞观政要》等书作为教材，开课授书。然后册封皇后弘吉剌氏，并立皇子阿速吉八为皇太子。册立当天，风雨交加，乌云密布，官民都颇为惊愕。泰定帝却不以为然，又选了一对姐妹花作为妃嫔，一个名叫必罕，一个名叫速哥答里，都是弘吉剌氏。她们的父亲名叫买住罕，曾封为衮王。

泰定帝继位改元后，正要到太庙祭祀，谁知太庙里的祖先灵位竟然丢了两座，一个是仁宗的，另一个是仁宗皇后的。先前，太常博士李好文曾建议太庙的灵位应当用木制，不宜用金饰。所有的金玉祭器必须储藏到密室，以免遗失。无奈元代的定制是先帝的灵位一概由黄金制成，当时人们还认为李好文的建议迂腐，况且宗庙社稷都有官员看守，谁敢来盗窃，因此仍然按照旧例，并未改革。现在竟发生了先帝牌位被盗一事，大臣们全都追悔莫及。泰定帝命令把守京城的各个官员派人缉拿盗贼，但是追查了十多天，毫无进展。监察御史宋本、赵成庆、李嘉宾等人上奏，说太庙灵位失窃，应当归罪于太常守卫不严，建议治罪。奏折递上去却没有回音。当时参知政事马剌兼任太常礼仪使，不但没受处罚，反而有升迁为左丞相的消息传出。此事惹怒了平章政事张珪，抗议说太常奉旨看守太庙，祖宗牌位失窃，负有不可推卸的责任。如今神主被窃，本应当治罪却反而升官，这是赏罚不明，纪纲倒置，对上无法向祖宗交代，对下则难以惩治盗窃之风。应当功过分明，才可惩贪除邪。这番话说得明晰痛切，满以为泰定帝能准奏照办，不料等了几天也没有批示，只是马剌升迁的事总算取消了。

此时，还有一件荒唐事。武备卿即烈和故太尉不花接受家奴撒梯的贿赂，帮助撒梯强行霸占了寡妇古哈。古哈是郑国宝的妻子，曾被封为诰命夫人。郑国宝死后遗产颇多，撒梯暗中垂涎，见古哈仍在中年，自己又刚刚丧偶，于是托人去劝古哈再嫁。古哈为人忠贞，立志守节，拒绝不从。可是撒梯贪财恋色，一定要把她娶到手，就去贿赂即烈、不花二人。二人强行出头，逼她改嫁撒梯。古哈仍然不肯答应，即烈等人骑虎难下，竟然诈称奉旨令古哈再嫁。古哈是一介寡妇，哪里敢抗圣旨？

只好脱掉丧服，改穿艳装，乘车来到撒梯家同他成婚。

撒梯得了古哈非常欢喜，并把她家的人畜、家产一并取来。可是言官不肯成全他的美事，当即据实上奏，并弹劾即烈、不花假传圣旨的罪状。皇上命令刑部审讯。即烈、不花无法抵赖，暗中却向左丞相倒剌沙送上金银无数，托他解救。果然，有钱能使鬼推磨。不到两天，泰定帝传下一道赦免的旨意，说二人是世祖的旧臣，理当从宽处理。

辽王脱脱镇守辽东，趁着泰定帝新立的时机，在颁诏大赦以前报复私仇，妄杀了亲王、妃子、公主一百多人，霸占羊马畜产无数。经言官奏请惩处，也不见回音。后来，山崩地震，雷雨狂风各种灾害接连发生。泰定帝只是传旨西域僧人大做佛事，并且命令在寿安的山寺中集中僧人诵经，念上三年。泰定帝自己却到上都去游玩起来。于是平章政事张珪邀集枢密院、御史台、翰林和集贤两院官员讨论时政弊端，决定直言上谏。正巧上都有旨到来，倡议文武百官上疏针砭时弊，百官于是公推张珪主笔。张珪正满怀痛愤，随即草拟数千言，写成了一篇空前绝后的大奏章，准备亲自到上都面奏泰定帝。大家见了，无不称赞为大手笔。

老丞相一怒辞官

平章政事张珪写好奏章，出示百官，由员外郎宋文瓒代为朗读，其中写道：

国之安危，在乎论相。昔唐玄宗前用姚崇、宋璟则治，后用李林甫、杨国忠，天下骚动，几致亡国，虽赖郭子仪诸将，效忠竭力，克复旧物，然自是藩镇纵横，纪纲亦不复振矣。良由李林甫妒害忠良，布置邪党，奸惑蒙蔽，保禄养祸所致，死有余辜。如前宰相铁木迭儿，奸狡险深，阴谋丛出。专政十年，凡宗戚忤己者，巧饰危间，阴中以法，忠直被诛，窜者甚众。始以赃败，诇附权奸失列门，及嬖幸也里失班之徒，苟全其生。寻任太子太师。未几，仁宗宾天，乘时幸变，再入中书。当英庙之初，与失列门等恩义相许，表里为奸，诬杀萧、杨等以快私怨，天讨元凶，失列门之党既诛，坐邀上功，遂获信任。诸子内布宿卫，外据显要；蔽上抑下，杜绝言路；卖官鬻爵，威福己出。一令发口，上下股栗，稍不附己，其祸立至，权势日炽，中外寒心。由是群邪并进，如逆贼铁失之徒，名为义子，实其腹心。忠良屏迹，坐待收系。先帝悟其奸恶，仆碑夺爵，籍没其家，终以遗患，构成弑逆。其子锁南，亲与逆谋，所由来者渐矣。虽剖棺戮尸，夷灭其家，犹不足以塞责。今复回给所籍家产，诸子尚在京师，夤缘再入宿卫。世祖时，阿合马贪残败事，虽死犹正其罪，况如铁木迭儿之奸恶者哉！臣等宜遵成宪，仍籍铁木迭儿家产，远窜其子孙于外郡，以惩大奸。

君父之仇，不共戴天，所以明纲常，别上下也。铁失之党，结谋弑逆，君相遇害，天下之人，痛心疾首，所不忍闻。比奉旨以铁失之徒，既伏其辜，诸王按梯不花、孛罗、月鲁不花、曲吕不花、兀鲁思不花，亦已流窜，逆党胁从者众，何可尽诛？后之言事者，其勿复举。臣等议古法弑逆，凡在官者杀无赦，圣朝立法，强盗劫杀庶民，其同情者犹且首从俱罪，况弑逆之党，天地不容，宜诛按梯不花之徒以谢天下。

书曰：惟辟作福，惟辟作威，臣无有作福作威。臣而有作福作威，害于而家，凶于而国。盖生杀予夺，天子之权，非臣下所得盗用也。辽王脱脱，位冠宗室，居镇辽东，属任非轻。国家不幸有非常之变，不能讨贼，而乃觊幸赦恩，报复仇怨，杀亲王妃主百余人，分其羊马畜产，残忍骨肉，盗窃主权，闻者切齿。今不之罪，乃复厚赐放还，仍守爵土，臣恐国之纪纲，由此不振，设或效尤，何法以治。且辽东地广，素号重镇，若使脱脱久居，彼既纵肆，得无忌惮。况令死者含冤，感伤和气，臣等议累朝宪典，闻赦杀人，罪在不原，宜夺削其爵土，置之他所，以彰天威。

刑以惩恶，国有常宪。武备卿即烈，前太尉不花，以累朝待遇之隆，俱致高列，不思补报，专务奸欺，诈称奉旨，令撒梯强收郑国宝妻古哈，贪其家人畜产，自恃权贵，莫敢如何。事闻之官，刑曹逮鞫服实，竟原其罪，辇毂之下，肆行无忌，远在外郡，何事不为！夫京师天下之本，纵恶如此，何以为政？古人有言："一妇衔冤，三年不雨。"以此论之，即非细务。臣等议宜以即烈、不花，付刑曹鞫之。中卖宝物，世祖时不闻其事，自成宗以来，始有此弊。分珠寸石，售直数万。当时民怀愤怨，台察交言。且所酬之钞，率皆天下穷民膏血，锱铢取之，从以箠挞，何其用之不吝！夫以经国有用之宝，而易此不济饥寒之物，是皆时贵与斡脱中宝之人，妄称呈献，冒给回赐，高其直且十倍。蚕蠹国财，暗行分用，如沙不丁之徒，顷以增价中宝事败，具存吏牍。陛下即位之初，首知其弊，下令禁止，天下欣幸。臣等比闻中书，乃复奏给累朝未酬宝价四十余万锭，较其元值，利已数倍。有事经年远者，计三十余万锭。复令给以市舶番货。计今天下所征包银差发，岁入止十一万锭，已是四年征入之数，比以经费弗足，急于科征。臣等议番舶之货，宜以资国用，纾民力，宝价请俟国用饶给之日议之。

太庙神主，祖宗之所妥灵。国家孝治天下，四时大祀，诚为重典。比者仁宗皇帝皇后神主，盗利其金而窃之，至今未获。斯乃非常之事，而捕盗官兵，不闻杖责。臣等议庶民失盗，应捕官兵，尚有三限之法，监临主守，倘失官物，亦有不行知觉之罪。今失神主，宜罪太常，请拣其官属免之。

国家经费，皆出于民。量入为出，有司之事。比者建西山寺，损军害民，费以亿万计。刺绣经幡，驰驿江浙，逼迫郡县，杂役男女，动经年岁，穷奢致怨。近诏虽已罢之，又闻奸人乘间，奏请复欲兴修，流言喧播，群情惊骇。臣等议宜守前诏。示民有信，其创造刺绣事，非岁用之常者悉罢之。

人有怨抑，必当昭雪，事有枉直，尤宜明辨。平章政事萧拜住，中丞杨朵儿只等，枉遭铁木迭儿诬陷，籍其家以分赐人，闻者嗟悼。比奉明诏，还给原业，子孙奉祀家庙，修葺苟完。未及宁处，复以其家财仍赐旧人，止酬以值，即与再雠断没无异。臣等议宜如前诏，以原业还之，量其值以酬后所赐者，则人无冤愤矣。

德以出治，刑以防奸。若刑罚不立，奸宄滋长，虽有智者，不能禁止。比者也先铁木儿之徒，遇朱太医妻女，过省门外，强拽以入，奸宿馆所。事闻有司，以扈从上都为解，竟勿就鞫。元恶虽诛，羽翼未戢。臣等议宜遵世祖成宪，凡助恶为虐者，悉执付有司鞫之。臣等议天下囚系，不无冤滞。方今盛夏，宜命省台选官审录，结正重刑，疏决轻系，疑者申问详谳。

边镇利病，宜命行省行台，体究兴除。广海镇戍卒更病者给粥食药，力死者人给钞二十五贯，责所司及同乡者归骨于其家。岁贡方物有常制，广州东莞县大步海，及惠州珠池，始自大德元年，奸民刘进、程连言利，分蜑户七百余家官给之粮，三年一采，仅获小珠五六两，入水为虫鱼伤死者众，遂罢珠户为民。其后，同知广州路事塔察儿等，又献利于失列门，创设提举司监采。廉访司言其扰民，复罢归有司。既而内正少卿魏暗都剌，冒启中旨，驰驿督采，耗廪食，疲民驿，非旧制，请悉罢遣归民。

善良死于非命，国法当为昭雪。铁失弑逆之变，学士不花，指挥不颜忽里，院使秃古思，皆以无罪死，未得褒赠。铁木迭儿专权之际，御史徐元素以言事锁项死东平，及贾秃坚不花之属，皆未申理。臣等议宜追赠死者，优叙其子孙，且命刑部及监察御史体勘，其余有冤抑者具实以闻。

政出多门，古人所戒。今内外增置官署，员冗俸滥，白丁骤升，出身入流，壅塞日甚，军民俱蒙其害。夫为治之要，莫先于安民。安民之道，莫急于除滥费，汰冗员。世祖设官分职，俱有定制。至元三十年以后，改升创设，日积月增。虽尝奉旨取勘减降，近侍各私其署，夤缘保禄，姑息中止。至英宗时，始锐然减罢崇祥、寿福院之属十有三署，徽政院、断事官江淮财赋之属六十余署，不幸遭罹大故，未竟其余。比奉诏凡事悉遵世祖成宪，若复寻常取勘，调虚文，延岁月，必无实效，即与诏旨异矣。臣等议宜敕中外军民，署置官吏，有非世祖之制，及至元三十年以后，改升创设员冗者，诏至日悉减除之。

自古圣君，惟诚于治政，可以动天地，感鬼神。初未尝徼福于僧道，以厉民病国也。且以至元三十年言之，醮事佛事之目，止百有二。大德七年，再立功德使司，积五百有余。今年一增其目，明年即指为例，已倍四之上矣。僧徒又复营干近侍，买作佛事，自称特奉传奉，所司不敢致问，供给恐后。夫佛以清净为本，不奔不欲。而僧徒贪慕货利，自违其教，一事所需，金银钞币，不可数计，岁用钞数千万锭，数倍于至元间矣。凡所供物，悉为己有，布施等钞，复出其外，生民脂膏，纵其所欲，取以自利，畜养妻子。彼既行不修洁，适足亵慢天神，何以邀福？比年佛事愈繁，累朝享国不永，致灾愈远，事无应验，断可知矣。臣等议宜罢功德使司，其在至元三十年以前，及累朝忌日醮祠佛事名目，止令宣政院主领修举，余悉减罢。近侍之属，并不得巧计擅奏，妄增名目。若有特奉传奉，从中书复奏乃行。

古今帝王治国理财之要，莫先于节用。盖侈用则伤财，伤财必至于害民。国用匮而重敛生，如盐课增价之类，皆足以厉民矣。比年游惰之徒，妄投宿卫部属，及官者女红、太医、阴阳之属，不可胜数。一人收籍，一门蠲复，一岁所请衣马刍粮，数十户所征入，不足以给之。耗国损民，莫此为甚。臣等议诸宿卫宦女之属，宜如世祖时支请之数给之，余悉简汰。

阔端赤牧养马驼，岁有常法，分布郡县，各有常数。而宿卫近侍，委之仆御，役民放牧，始至即夺其居，俾饮食之，残伤桑果，百害蜂起，其仆御四出，无所拘钤，私鬻刍豆，瘠损马驼。大德中，始责州县正官监视，盖暖棚团槽枥以牧之。至治初复散之民间，其害如故。监察御史及河间路守臣屡言之。臣等议宜如大德团槽之制，正官监临，阅视肥瘠，拘钤宿卫仆御，著为令。

兵戎之兴，号为凶器，擅开边衅，非国之福。蛮夷无如，少梗王化，得之无益，失之无损。至治三年，参卜郎盗劫杀使臣，利其财物而已，至用大师，期年不戢，伤我士卒，费国资粮。臣等议好生恶死，人之恒性。宜令宣政院督守将，严边防，遣良使抵巢招谕，简罢冗兵，明敕边吏，谨守御，勿生事，则远人格矣。天下官田岁入，所以赡卫士，给戍卒。自至元三十一年以后，累朝以是田分赐诸王公主驸马，及百官宦者寺观之属，遂令中书酬直海漕，虚耗国储。其受田之家，各任土革，奸吏为赃官，催甲斗级，巧名多取。又且驱迫邮传，征求饩廪，折辱州县，闭偿遗负。至仓之日，变鬻以归，官司交恣，农民窘窜。臣等议惟诸王公主驸马寺观，如所与公主桑哥剌吉，及普安三寺之制输之公廪，计月值折支以钞，令有司。兼令输之省部，给之大都。其所赐百官及宦者之田，悉拘还官著为令。

国家经费，皆取于民。世祖时，淮北内地，惟输丁税。铁木迭儿为相，专务聚敛，遣使括勘两淮、河南田土，重并科粮，又以两淮、荆襄沙碛，作熟收征，徼名兴利，农民流徙。臣等议宜如旧制，止征丁税，其括勘重并之粮，及沙碛不可田亩之税悉除之。世祖之制，凡有田者悉役之民，典卖田随收入户。铁木迭儿为相，纳江南诸寺贿赂，奏令僧人买民田者，毋役之以里正主首之属，逮今流毒细民。臣等议惟累朝所赐僧寺田，及亡宋旧业，如旧制勿征。其僧道典买民田，及民间所施产业，宜悉役之著为令。

僧道出家，屏绝妻孥，盖欲超出世表，是以国家优视，无所徭役。且处之官寺，宜清净绝俗为心，诵经祝寿。比年僧道，往往畜妻子无异常人。如蔡道泰、班讲主之徒，伤人逞欲，坏教干刑者，何可胜数？俾奉祠典，岂不亵天渎神！臣等议僧道之畜妻子者，宜罪以旧刑，罢遣为民。

赏功劝善，人主大柄，岂宜轻以与人？世祖临御三十五年，左右之臣，虽甚爱幸，未闻无功而给一赏者。比年赏赐泛滥，盖因近侍之人，窥伺天颜喜悦之际，或称乏财无居，或称嫁女娶妇，或以技物呈献。殊

197

无寸功小善，递互奏请，要求赏赐，奄有国家金银珠玉，及断没人畜产业。似此无功受赏，何以激劝？既伤财用，复启幸门。臣等议非有功勋劳效，著明实迹，不宜加以赏赐，乞著为令。

臣等所言弑逆未讨，奸恶未除，忠愤未雪，冤枉未理，政令不信，赏罚不公，赋役不均，财用不节，民怨神怒，感伤和气，唯陛下裁择以答天意，消弭灾变。臣等不胜翘切待命之至！

宋文瓒一口气读完，枢密院、御史台、翰林和集贤两院官员全都称赞："当前的弊政全部由张平章说出了。如果这份奏折上去能得到圣上赞同，并批准施行，那就真是国家的大幸了！"张珪说："我准备亲自到上都，当面向皇上递上此奏，免得内臣误事。"宋文瓒也说："晚生愿意跟随老平章同去，怎么样？"张珪欣然同意："好极了！但抄录奏稿，还要靠你的手笔。我已经老了，写不好蝇头小楷了。"宋文瓒说："晚生理当效劳。"

宋文瓒回府后把奏稿工工整整地用小楷抄录下来，用了大半天的时间才抄写完成，结尾署上了参与讨论的各个官员的名字。第二天，张珪和宋文瓒赶赴上都。张珪拜见泰定帝，递上奏章。泰定帝打开奏章，看了好一会儿，似乎有些不耐烦，淡淡地答了句："朕知道了，爱卿从京城到此，未免劳累，先到驿馆休息一下吧。"张珪叩谢而出。

张珪等了两天，并不见有答复的圣旨传下来，心中很是烦闷。宋文瓒前来询问，张珪说："我们的奏议如石沉大海，一条也没有被批准实行，难道这样下去能治理好国家吗？"宋文瓒也说："老平章何不再上一本奏折？总要让皇上有所采纳，才能逐渐去除时弊啊。"张珪点头，第二天早晨，又来到行宫拜见泰定帝，再次启奏："臣听说出现日食就应当修正德行，出现月食就应当修正刑罚。顺应天意要用实际行动，不一定非要下达文书；打动百姓也要用行动，不一定非要说大话。如今刑政失衡，所以天象变异，陛下一定要细心体察，臣等所上的奏议请陛下核准施行！"泰定帝答道："等朕返回京师后，选择要紧的施行就是了。"张珪不便再说，只得告退。

既而御史台臣秃忽鲁、纽泽等人，再次上奏灾害和异常屡次出现，宰相应当辞官以顺应天变，并且提出自己身为陛下耳目，不能纠察奸臣，严重失职，也请求辞官。泰定帝看了这份奏章，随即批示："御史所提出的种种弊端，失误在朕，你们不必辞官。"丞相旭迈杰、倒剌沙二人心

198

中不安，也递上一份奏折，说天象告警，陛下应当以天下为忧，反躬自省，谨遵祖宗圣训，责令大臣各司其职，勤政爱民。然后，旭迈杰和倒剌沙也提出辞官。泰定帝批示："卿等如果全都辞官，国家大事谁为朕处理？你们只要忠于职守，自然可以挽回过失，不必再提辞官的事。"从此以后不再下诏书，连回京师的期限也拖延了下去。

张珪非常愤懑，于是借口年老多病，上表请辞。泰定帝却答复特批张珪上朝免跪，并赐给他一乘肩舆，可以直达殿门下。张珪又请求泰定帝马上回京，总算获得批准。泰定帝回京后，文武大臣满心指望他能兑现前言，施行改革，然而泰定帝传下两道荒唐的诏旨，一道是禁止再提继位以前的事，另一道是把继位以前没收的家产如数还给本人。此时的张平章义愤填膺，当即上奏病情加剧，无法上朝，恳请告老还乡。

泰定帝丧命

张珪一心想辞官，泰定帝却不答应，只让他在西山养病，并加封蔡国公。张珪搬到西山，过了腊月，再次上疏请求告老还乡，终于获得准许。不久又接到圣旨，召他商议中书省的政事，张珪借口病重不肯回朝。泰定四年在老家去世，留下遗命上交蔡国公印。张珪是张弘范的儿子，字公端，小时候跟着父亲颠沛流离。南宋礼部侍郎邓光荐要投水自尽，被张弘范搭救。邓光荐非常感激，就把平生的心得写成了《相业》一书，并教张珪熟读，张珪由此成了文武双全的人才。元朝中叶，要推这位张老平章是能臣了。

张珪去世后，朝中少了一个忠臣，泰定帝散朝无事，一意向佛。每次做佛事，动不动就要调来几万僧人，赐给数千贯铜钱。泰定帝还命令各地修建佛寺，雕梁画栋，雕刻镀金佛像，所花资费以亿万计，毫不吝惜。泰定帝又亲自接受佛法洗礼，连皇后弘吉剌氏等人也都在帝师面前受戒。这时候的帝师名叫亦思宅卜，每年所得的赏赐不计其数。帝师的弟弟衮噶伊实从西域来京城，泰定帝命令中书省摆酒接风，对他非常尊敬。帝师的哥哥索诺木藏布官拜西番三道宣慰司事，泰定帝又加封他为白兰王，赐给金印圆符，并把公主嫁给他为妻。僧人中好多被封为司空、司徒、国公，佩戴金玉印章，气焰嚣张，无所不为。僧人们在京城都敢横行霸道，出了京城就更加肆无忌惮，只要有女子、财宝便欢欢喜喜，如果得不到就大肆咆哮。西台御史李昌痛心疾首，据实上奏：

臣尝经平凉府，静会、定西等州，见西番僧佩金字圆符，络绎道途，驰骑累百。传舍至不能容，则假馆民舍，因而迫逐男子，奸污妇女。奉元一路，自正月至七月，往返一百八十五次，用马至八百四十余匹。较之诸王行省之馆，十多六七，驿户无所控诉，台察莫得谁何。且国家之制圆符，本为边防警报之虞，僧人何事而辄佩之？乞更正僧人给驿法，且得以纠察良莠，毋使混淆。是所以肃僧规，即所以遵佛戒也，伏乞陛下准奏施行！

奏章递上去却不见回音，后来听说僧侣扰民越来越严重，泰定帝才传旨禁止，其实仍是一纸空文，敷衍了事。不久，泰定帝又命令在卢师寺修建显宗神御殿。卢师寺在宛平县卢邱山，过去称为大刹，此次大兴土木，出动民工数万人，花费白银数百万两，装饰得金碧辉煌，天下无双。然后建造显宗神器，供奉在殿中，悬挂匾额，取名为大天源延圣寺。赐给住持僧铜钱二万贯，以及吉安、临江二路的田地上千顷。中书省大臣看不过去，又联名上奏：

臣等闻养给军民，必藉地利。地之所生有限，军民犹惧不足，况移供他用乎？昔世祖建大宣文、弘教等寺，赐僧永业，当时已号虚费。而成宗复构天寿万宁寺，较之世祖，用增倍半若。武宗之崇恩、福元，仁宗之承华、普庆，租榷所入，益又甚焉。英宗凿山开寺，损兵伤农，而卒无益。夫土地祖宗所有，子孙当共惜之。臣恐兹后借为口实，妄兴工役，徼福利以逞私欲，福未至而祸已集矣。唯陛下察之！

泰定帝看到这份奏章后也有所收敛，但心中仍然迷信，遇着天灾人祸，总要让僧人大做佛事，认为这样可以消灾解难。僧人照例请求释放因犯，因此大赦的旨意屡见不鲜。那些奸盗贪淫的罪犯很容易就被赦免，而且出狱后的累犯刚刚被逮捕，又会被释放。天下能有几个诚心悔过的罪人？往往法律越宽，人心越坏。泰定帝过度迷信佛法，渐渐导致京城之中无法无天，外省就更加有过之而无不及了。

泰定帝却始终没有醒悟，并且因为得了次子，就以为是佛法保佑，刚刚满月就让孩子受戒。为了拜佛反而把祭天祭祖的大礼搁在了一边。监察御史赵思鲁见祭祀礼节迟迟不举行，就上奏请天子亲自到郊庙祭祀，以精诚之心为民祈福。并提到这是历代帝王的定例，应当予以遵循。泰定帝却不以为然，满朝文武大为惊讶，大臣们再次上朝当面陈述。泰定帝说："世祖的成例中，没听说有亲自祭祀郊庙的说法。朕只知道效法世祖，世祖所做的事情，朕一定会遵行；世祖没做的事情，朕也不愿意增添。此后到郊庙祭天可以派大臣代替就是了。"言官还想再争取，泰定帝竟然拂袖退朝。

后来帝师圆寂，泰定帝大做佛事，命令塔失铁木儿、纽泽监督，召集京城一带的僧侣诵经念佛，念了几十天。另外请来西域僧人藏班藏卜为帝师，并授给玉印，传旨天下。又命令在天寿万宁寺建造宗神御殿，规模同显宗神御殿相似。

正在大兴土木的时候，忽然太常上奏，称宗庙里的武宗灵位以及所有祭器全被盗贼偷走。泰定帝命令再制作一套灵位祭器安放在庙中，至于抓捕盗贼等事情也都不了了之。后来因为言官弹劾，泰定帝才斥责了太常礼仪等官员，只是祖宗牌位不翼而飞，始终没有下落。

接下来扬州路的崇明州、海门县海水暴涨，汴梁路的畎沟、兰阳河水暴涨，建德、杭州、衢州属县发生水灾，还有真定、晋宁、延安、河南等地屯田遭遇了旱灾。大都河间、奉元、怀庆等地遇上了蝗灾，巩昌府通漕县山崩，磵门地震，晴天打雷，天昏地暗。天全道山崩地裂，飞石砸死路人，凤翔、兴元、成都、峡州、江陵同一天地震。各地的警报络绎不绝，泰定帝只是同僧人商量，叫他们念经求佛，顶礼膜拜，消灾祈福，又派出京内外官员到五岳等各地的名山大川祭祀。泰定帝以为神佛有灵，自然会保佑自己，谁知旱荒、水荒、虫灾、风灾等种种灾害却接踵而来，弄得泰定帝心慌意乱。最后泰定帝却想了改元的法子，当即和大臣们商议，定下了"致和"两个字，于泰定五年春季，改泰定为致和。而且传旨帝师，命令僧侣做佛事祈福，并派人在沿海各地建造佛寺二百一十六座，镇压海水泛滥。

帝师藏班藏卜上奏，皇帝虽然已经接受佛法洗礼，但如果要益寿增福，还必须亲自接受无量寿佛的戒持。泰定帝当即准奏，选择吉日亲临兴圣殿，邀请帝师到来，摆设经坛。经坛上面供起无量寿佛的金牌，下面张设绫罗绸缎，悬挂乐钟。僧人们吹起法号，摇动金铃，接着敲锣打钹。帝师身穿红衣，头戴高帽，先到法坛前焚香祷告，口中不知念着什么咒语，嘛呢叭哞地说了一阵，然后引着泰定帝来到坛前跪着，帝师在旁边念诵祝词，又念了无数遍佛号，才让泰定帝学着僧人的规矩，顶礼膜拜受戒。

此时，皇后、嫔妃等人在坛前聚了一大帮，兴圣殿内外挤得水泄不通。一班僧侣探头探脑，评头品足，你说那个美丽，我说这个妖娆，就是口中所念的波罗蜜经、阿弥陀佛也颠倒错乱，语无伦次了。

礼仪过后，赏给僧徒的金银又不知花费了多少万两。泰定帝以为可以增福增寿，非常欣慰。后来泰定帝到柳林出猎，偶感风寒，竟然多日身体不适，于是又想到上都游春解闷。安排西安王阿剌忒纳失里和签书枢密院事燕铁木儿留守京师，泰定帝自己带着皇后、皇太子，以及丞相倒剌沙等人向北而去。从春至夏留住行宫，整天流连酒色，不问朝政。

一天，殊祥院使也捏从建康来到上都，密告丞相倒剌沙，怀王要谋反，不可不防。倒剌沙立即上奏泰定帝，请旨把怀王迁居江陵。怀王是谁呢？就是武宗的二儿子图帖睦尔。先前泰定帝继位时，召亲王回京，图帖睦尔也从琼州被召回，封为怀王。泰定二年，泰定帝又命他出居建康。也先捏是怀王的卫士，同怀王有矛盾，于是私自跑到上都，暗中进谗言。泰定帝也不细查，竟然照着倒剌沙的奏请，派宗正扎鲁忽赤雍古台南下，命令怀王徙居江陵。怀王遵旨迁居。此时，泰定帝已经一天比一天病重，最终在七月驾崩，年仅三十六岁。

丞相倒剌沙说太子年幼不宜马上继位，然后自己总揽大权，独断专行。一时间天怒人怨，众叛亲离，国家因此发生了大变故，发难的人就是留守京师的燕铁木儿。

燕铁木儿是从前钦察都指挥使床兀儿的三儿子，武宗镇守北方时，他身为宿卫，深得皇帝宠幸。床兀儿去世，燕铁木儿继承了左卫亲军都指挥使之职。泰定二年，加封太仆卿。致和元年，升任签书枢密院事，留守京都，实际上掌握了枢密院的大权。自从听说泰定帝患病，他就开始心怀不轨，暗想自己身受武宗的宠信，如果不能辅佐武宗的两个儿子继承皇帝之位，未免有负皇恩。因此，燕铁木儿与继母察吉儿公主、族党阿剌铁木儿以及密友孛伦赤等人商议，打算在泰定帝驾崩之后，迎立怀王图帖睦尔，继承武宗的遗统。

泰定帝驾崩，皇后弘吉剌氏派使臣来到京师，命令平章政事乌都伯剌收掌百官印章，安抚百姓。燕铁木儿知道形势紧急，当即向西安王进言："故主已崩，太子年幼，国家必须择立一位年长的君主才能安定。况且天下的正统应当归属武宗的子孙，如今应当正名定分，迎立武宗的嗣子。机不可失，时不再来，王爷以为如何？"西安王阿剌忒纳失里说："你说得也有道理，但周王远在漠北，怎么办呢？"燕铁木儿提议："怀王在江陵，何不迎立怀王？"西安王有些迟疑："立弟不立兄，此事还需斟酌。"燕铁木儿解释："可以先迎怀王入都安定人心，然后再迎接周王，效仿仁宗的先例。"西安王说："上都刚来了命令，命乌都伯刺收缴印章，我们要举事，如果大臣们不听，这事又难办了。"燕铁木儿说："古人有言，先发制人。王爷如果真要举大事，只要用重赏招募勇士，就能成功。"西安王点头说："你去安排吧。"

燕铁木儿当天就召集心腹，准备妥当。第二天黎明，西安王下令召集百官到兴圣宫商议要事。平章政事乌都伯刺、伯颜察儿带领文武百官先到，西安王也乘车而来。

大臣们入座后，乌都伯刺正要宣布皇后的旨意，下令百官上缴印章。忽然，燕铁木儿带着阿刺铁木儿、李伦赤等十七人带刀闯入，门外还有几百名武士。乌都伯刺知道有变，大声喝问："你想干什么？"燕铁木儿厉声说："武宗皇帝有两个儿子，全都忠孝仁义，德高望重，如今却一个远在大漠，一个发配南疆，武宗有灵也会深感伤心。况且天下本来就是武宗的天下，岂可一误再误？今天正统归宗，自应归还武宗的嗣子，如果敢有扰乱邦纪，不从义举的，就和乱臣贼子一样，按律当斩！"说完拔刀出鞘，怒目而视。

乌都伯刺、伯颜察儿两个人还想抗议，燕铁木儿不容分说，立即命令阿刺铁木儿、李伦赤等人动手，把他二人拿下。中书左丞朵朵等人惊问："签书莫非要造反不成？"话音未落，已经被燕铁木儿砍倒，顿时满座大乱。燕铁木儿指挥武士捆住朵朵，并拿下了参知政事王士熙，参议中书省事脱脱、吴秉道，侍御史铁木哥、邱士杰，治书侍御史脱欢，太子詹事丞王桓等人，然后一概押进大狱。自己同西安王在枢密院安排下心腹，在东华门夹道布置武士，派人往来传令，严防再变，又召集百官上朝听命，燕铁木儿命令前河南行省参知政事明里董阿、前宣政院使答刺麻失里，乘着快马到江陵迎接怀王图帖睦尔，再调河南行省平章伯颜派兵护驾，不得有误。

明里董阿等人离去后，燕铁木儿封住府库，缴齐了百官的大印，派兵守在要害，任命前湖广行省左丞相别不花为中书左丞相，詹事塔失海涯为平章，前湖广行省右丞速速为中书左丞，前陕西行省参政王不怜台吉为枢密副使。萧忙古解仍为通政院使，协助中书右丞赵世延等人处理政务。然后燕铁木儿招兵买马，调运粮饷，部署防务，再派使者到各行省调集钱粮兵器，以防不测。

203

当时有侍卫哗变，燕铁木儿当即重新任免军官，一律发给符牌，静候调遣。新任军官上任后，不知道向谁谢恩，都呆呆地站着。中书省官员指使他们向南拜谢，大家战战兢兢，这才知道要拥立怀王了。

燕铁木儿在宫中指挥，一天晚上要换几处住所，谁也不知道他的行踪，有时通宵坐着不睡。他暗想弟弟撒敦和儿子唐其势还在上都，于是密派塔失铁木儿去召他们回京。两个人都丢下家眷，连夜赶了回来。当时京中无主，言论沸腾，燕铁木儿担心人心不安，假称已经任命塔失铁木儿为南使，说怀王马上就会来到京城，劝百姓不要疑惧。燕铁木儿又诈称已经命令乃马台为北使，说周王也已经奔京城而来。然后命令撒敦率兵把守居庸关，唐其势率兵防守古北口，防止上都兵变。再派撒里不花、锁南班去江陵敦促怀王。

此时，明里董阿等人早已经到了河南，见到了伯颜，暗中同他密谋。伯颜告诉曲烈京城的变故以及燕铁木儿的意图，曲烈却不愿听从，伯颜一时性起，竟然把曲烈杀掉，另外招募了五千兵马，命令蒙哥不花带领着去迎怀王。自己也厉兵秣马，严阵以待。

参政脱别台进谏："现在蒙古兵马与侍卫都在上都，内地守兵力单势弱，恐怕此事不易成功。"伯颜怒斥："你敢扰乱军心吗？违令者斩！"脱别台慌忙退出。当晚，脱别台怀揣利刃刺杀伯颜，被伯颜察觉，拔剑将他砍死，并夺去了他所掌管的武器装备，没收战马一千二百匹。当时怀王在江陵经撒里不花等人催促，已经动身。怀王先派撒里不花去报告伯颜，封他为河南行省左丞相。等怀王到了河南，伯颜率官吏、百姓在郊外恭迎，进城后跪称万岁，并叩头劝怀王继位。怀王解下金铠御服和宝刀赐给伯颜，又命他护卫着自己向北进发。

东挡西杀的爵帅

怀王图帖睦尔命令伯颜护驾北行，任命前翰林学士承旨阿里海牙继伯颜后留守河南，又派前万户李罗等人带兵把守潼关。随后，怀王又分别部署，召宣靖王买奴、镇南王铁木儿不花、威顺王宽彻不花、高昌王铁木儿补化等亲王来相会。亲王们陆续到来，然后一行人整装向北进发。此时上都的亲王满秃、阿马剌台以及宗正扎鲁忽赤、阔阔出、前河南平章政事买闾、集贤侍读学士兀鲁思不花、太常礼仪院使哈海赤等十八人已经得到燕铁木儿的密信，约他们里应外合，响应京师。这些人正在暗中安排，不料事情泄露，被倒刺沙听说，倒刺沙亲自带领卫兵到处缉拿。不到一天，就把这十八人全部捉住，并请示了泰定皇后一律处斩。

倒刺沙考虑到一个多月没有皇帝毕竟不妥，于是拜见泰定皇后，提出拥立皇太子阿速吉八继位。泰定皇后自然乐于听从。致和元年八月，泰定皇后召集梁王王禅、辽王脱脱、右丞相塔什特穆尔、太尉不花、御史大夫纽泽等人，拥立皇太子阿速吉八在上都继位，尊皇后弘吉刺氏为皇太后，准备于次年改元天顺。天顺帝当时只有九岁，接受朝贺时，由倒刺沙扶着才举行完了典礼。然后，天顺帝命令亲王失刺、平章政事乃马台、詹事钦察等人率兵攻打京城。阿速卫指挥使脱脱木儿奉了京师的命令驻守古北口。他已经得知失刺等人暗中派兵来袭，立即出兵宜兴，四面设下埋伏。

失刺兵分三路，先后南下。第一队归乃马台统率，第二队归钦察统率，第三队由自己率领，大队人马浩浩荡荡出发了。前军到达宜兴，准备扎营做饭，炊烟刚刚升起，突然听到号炮声响。军兵正在四下张望，猛然见敌军蜂拥杀到，连忙上马截杀。霎时间，没等列齐阵式，敌兵已经杀进大营，乃马台兵被杀得人仰马翻，丢盔弃甲，乃马台措手不及，被脱脱木儿刺落马下，生擒活捉了去。

脱脱木儿旗开得胜，正好趁着现成的饭，命令军兵饱餐一顿，继续前进。第二队人马由钦察带队前来，途中接到消息，连忙上前来救援，很快同脱脱木儿军相遇。脱脱木儿握着一柄大刀，一马当先，后面的军兵紧紧跟随。钦察不知深浅，拍马舞刀来战脱脱木儿，没几个回合，忽听得脱脱木儿大喝一声"着"，钦察的头颅已经滚落地上。钦察一死，还有谁敢来抵抗？霎时间钦察军纷纷逃窜，跑得慢的都做了无头鬼。

失刺所带领的后军在途中接连得到两队的坏消息，自知不能抵挡，慌忙命令后队变作前队，向北退去。待脱脱木儿赶到，失刺已经逃远，只有殿后的数百名军兵被脱脱木儿军屠杀干净，其余的侥幸逃走了。

脱脱木儿追了十多里，然后收兵回营，当即报捷京师。燕铁木儿等人摆酒祝贺。正在庆功时，撒里不花又来报称怀王从河南出发，现在距京师只有一百多里了。燕铁木儿说："太好了！"撒里不花接着说："还有一件可贺的事，怀王已经任命您为知枢密院事了！"燕铁木儿大喜，立刻派人去迎接怀王。酒宴结束后，燕铁木儿命令太常礼仪使准备接驾。

　　两天之后，燕铁木儿听说怀王抵达京郊，马上带领亲王和文武百官到郊外出迎。怀王好言慰劳，一行人欢欢喜喜进了京城。燕铁木儿和西安王阿剌忒纳失里等人劝怀王继位。怀王说："大哥还在北方，我不便越位，等两都平乱之后，我再派使者迎接大哥。目前可以暂时由我监国，愿各位公卿不要误解我的本意。"燕铁木儿建议："大王的礼让之德，实在可敬，只是形势紧迫，大王还是先入主皇宫，其他的事以后再议吧。"怀王这才住进宫中。

　　第二天，怀王任命速速为中书平章政事，前御史中丞曹立为中书右丞，江浙行省参知政事张友谅为中书参知政事，河南行省左丞相伯颜为御史大夫，中书右丞赵世延为御史中丞，几位官员领命上任。

　　过了两天，怀王接到探马来报，称上都的梁王王禅、右丞相塔什特穆尔、太尉不花、御史大夫纽泽等人又兴兵进犯了。怀王召燕铁木儿商议军情，燕铁木儿自告奋勇，请求出征。怀王大喜，发兵数万由燕铁木儿调遣。燕铁木儿带兵来到居庸关，弟弟撒敦将他迎接进帐。燕铁木儿问："听说上都兴兵进犯，小弟为什么不出兵抵挡，反而在这里观望？难道要坐以待毙吗？"撒敦回答说："听说大哥当了统帅，所以在此等候调度，不敢贸然前进。"燕铁木儿说："我不犯人，人却犯我。你赶快率领一万人前去截住北军，我做你的后应。"

　　撒敦领命，率兵出关，浩浩荡荡地杀奔榆林。正遇上北军到来，撒敦也不答话，带兵猛攻。北军来不及布阵，被他一阵乱砍乱杀，不一会儿，就把北军杀得七零八落，向北奔逃。

　　撒敦乘胜追击，一直追到怀来，看见燕铁木儿督军到来，撒敦下马报捷，并请求乘胜攻打上都。燕铁木儿说："且慢进兵，还是回关再商议一下吧。"撒敦反问："大哥先前责备小弟坐以待毙，如今小弟要反问大哥了，北军既然败退，不乘此机会直捣上都，还待何时？"燕铁木儿解释："小弟有所不知，用兵打仗，气势最重要，气盛则胜，气馁必败。我先前并非责备你，实际是激将法，是为了鼓舞你军的士气。如今你军已经得胜，军兵锐气减弱，如果再进兵到上都城下屯兵，那时士气即将衰竭，岂不是进退两难吗？"撒敦无话可说，只得跟随哥哥返回关中。燕铁木儿上疏怀王报捷，不久得到复命，令他即日回京。燕铁木儿留下弟弟守关，自己奉命还朝。

　　燕铁木儿回京后，把先前拿下的乌都伯剌以及此次捉住的乃马台全

206

部斩首。然后约上亲王大臣，跪在朝廷上疏，请求怀王早登皇位以安定天下，怀王还是推辞。燕铁木儿说："人心所向，不可违背。现在兵戈不断，如果不马上正皇帝之名，不足以安定人心。万一天下失望，岂不悔之晚矣？"怀王说："万不得已时，也一定要把我的本意明示天下，才能暂时登上摄帝之位。"继而命令大臣拟定诏旨，于九月十三日在大明殿登上皇帝之位，接受亲王百官朝贺，颁诏天下：

洪维我太祖皇帝，统一海宇。爰立定制以一统绪，宗亲各受分地，勿敢妄生觊觎。此不易之成规，万世所共守者也。世祖之后，成宗、武宗、仁宗、英宗，以公天下之心，以次相传。宗王贵戚，咸遵祖训。至于晋邸，具有盟书，愿守藩服。而与贼臣铁失、也先铁木儿等，潜通阴谋，冒干宝位，使英宗不幸罹于大故。朕兄弟播越南北，备历艰险，临御之事，岂获与闻？朕以叔父之故，顺承唯谨。于今六年，灾异迭见。权臣倒刺沙、乌都伯刺等，专权自用，疏远勋旧，废弃忠良，变乱祖宗法度，空府库以私其党类。大行上宾，利于立幼，显握国柄，用成其奸。宗王大臣以宗社之重，统绪之正，协谋推戴，属于眇躬。朕以菲德，宜俟大兄，固让再三，宗戚将相，百僚耆老，以为神器不可以久虚，天下不可以无主。周王辽隔朔漠，民庶皇皇，已及三月。诚恳迫切，朕固从其请，谨俟大兄之至，以遂朕固让之心。已于致和元年九月十三日，即皇帝位于大明殿，其以致和元年为天历元年，可大赦天下。自九月十三日昧爽以前，除谋杀祖父母、父母，妻妾杀夫，奴婢杀主，谋故杀人，但犯强盗印造伪钞不赦外，其余罪无轻重，咸赦除之。于戏！朕岂有意于天下哉！重念祖宗开创之艰，恐隳大业，是以勉徇舆请，尚赖尔中外文武臣僚，协心相予，辑宁亿兆，以成治功，咨尔多方，体予至意！

当天，怀王封赏群臣及军中将士。朵朵、王士熙、伯颜察儿、脱欢等人身处远州，反对怀王，怀王传旨没收了他们的家产，分给亲王大臣。一天，忽然从辽东传来急报，称平章秃满迭儿以及亲王也先铁木儿等人率兵进犯，攻打蓟州。怀王封燕铁木儿为太平王，并任命他为中书右丞相，兼任知枢密院事，赐黄金五百两、白银二千五百两、铜钱一万贯、各色绸缎两千匹、平江官地两百顷，然后命他即日出兵蓟州，抵挡辽东军。

燕铁木儿受命后立即出发，并且调撒敦前来会师。大兵才到三河，就接到通州的急报，称梁王王禅等人已经攻入居庸关。燕铁木儿不由得

207

大惊："居庸关被破，不仅通州危险，连京师也要危在旦夕。我军必须回去保住京师，以免京城被踩躏！"于是留下部分兵马抵挡辽东军，自己与撒敦连夜赶回。

燕铁木儿抵达榆河关，听说怀王亲自出齐化门督战，焦急万分。一路快马加鞭直奔京城，觐见怀王，并急切地问："陛下怎么能亲自督战呢？"怀王说："寇兵已经攻破居庸关，眼看就要进犯京城了，等不到爱卿，所以朕亲自督师。"燕铁木儿说："陛下出京，民心必定惊慌，抵御贼寇的事尽可以交给臣来处理。陛下赶快回宫，安定民心要紧！"怀王说："如今你到此地，朕也就放心了，军事由卿做主，朕当听从爱卿，回京安民。"说完，怀王与燕铁木儿告别而去。

燕铁木儿来到军中，梁王王禅等人乘胜进逼，与燕铁木儿军隔榆河列阵。燕铁木儿升帐誓师："敌寇已经近在眼前，京城危机，胜负在此一举！将士们理当奋力杀敌，如果有退缩不前的，本爵帅只有军法从事，你等休得后悔！"将士们唯唯听命，燕铁木儿下令开营接战。

两下交锋，正是棋逢敌手，难解难分。一边是誓扶幼主，想立大功；一边是力保新君，全力以赴，战了三四个时辰也不分胜负。燕铁木儿一马当先，带兵冲锋。部下见主帅奋勇，自然格外效力，无不以一当十，以十当百，北军渐渐败下阵来，退到红桥。

燕铁木儿步步进逼，丝毫不肯放松，惹恼了梁王的两名部将：一个叫阿剌铁木儿，此人曾任枢密副使；一个叫忽都铁木儿，曾任上都指挥。二人素来骁勇，现在挺身而出，回马杀入燕铁木儿阵中。燕铁木儿正挥刀前进，阿剌铁木儿冲到马前，挺枪刺来，亏得燕铁木儿眼明手快，将身子闪过一边，右手用刀格住长枪，左手拔剑砍去，不偏不倚，正中阿剌铁木儿左臂。阿剌铁木儿惨叫一声，拨马就逃。燕铁木儿紧追不舍，又来了忽都铁木儿，二人接着厮杀，奋战了数十个回合，仍不分胜负。

燕铁木儿手下有个矮将名叫和尚，善使双锤，精悍绝伦。他担心主帅有失，急忙拨马助战。忽都铁木儿见他个子小，根本没把他放在眼里，谁知和尚非常矫捷，左右突击，防不胜防。忽都铁木儿慌忙躲闪，左臂上已经挨了一锤，差点跌落马下，幸亏其他部将前来救护，才得以逃脱。北军见两将败退，个个气馁，夺路逃过红桥。燕铁木儿怕军兵疲惫，不想再追杀，只命令弓弩手用箭攒射，把北军射退，然后收兵。

208

第二天，燕铁木儿兵分三路，也速答儿率左，八都儿率右，自己率领其余兵士进逼北军。那时北军已退到白浮，见燕铁木儿挑战，就出来接战。燕铁木儿带兵假装败退，等北军追来，他又命令左右两路包抄过去。北军正杀得高兴，猛见也速答儿从左边杀来，忙分军抵挡。正在酣战之时，右边又杀出了八都儿军，接着分军抵住，不料燕铁木儿又转身杀到。三路夹攻，北军招架不住，只好且战且走，退后十里扎寨。燕铁木儿见北军虽然兵败，阵式却仍然整齐，只好鸣金收兵。

　　转天再战，北军抖擞精神前来冲锋。燕铁木儿也不肯相让，督军猛击，从早晨杀到正午，双方相持不下。正在酣战，猛然见燕铁木儿阵中冲出数百名精兵，燕铁木儿亲自率领，向北军冲杀过去。北军前来抵挡，被燕铁木儿亲手斩了七人，北军连忙退去。燕铁木儿再次鸣金收兵。

　　当夜二更天，燕铁木儿召孛伦赤、岳来吉进帐密议说："连日酣战，两军都已疲惫，长此下去，怎么能退敌？"孛伦赤提议："不如今夜发兵劫营，想必敌兵也很疲倦，一定中计。"燕铁木儿说："我也想到了这招，但两军对垒，对方岂有不防之理？从前三国时候，甘宁率领百骑夜劫曹营，我想效仿他一下，至少可以扰乱敌人军心，或许会使他们退兵。"孛伦赤、岳来吉二人齐声说："末将愿效死力！"燕铁木儿大喜，便调集精锐骑兵一百名，命令他们各带弓箭，手持战鼓，随孛伦赤、岳来吉二人一同前往，临行时又吩咐他们："你们到达敌营，只要猛烈击鼓，四面骑射，不必同敌人厮杀，只要能使他们惊扰就算立了头功。"孛伦赤等领命离去。

　　梁王王禅担心燕铁木儿劫营，命令军兵小心严防。到了三更天，突然听到外面鼓声大震，忙令各营出战，军兵开营出击，只见来兵东跑西射，漫无纪律。当下冒着弓箭追杀，可追到这边，他们到了那边，追到那边，他们又回到这边。来兵越来越多，彼此混战，多有杀伤。待战到天亮彼此相见，才知道所杀伤的都是自家人，不禁异常沮丧。这时的孛伦赤、岳来吉二人早已召集一百名骑兵，回营报功去了。

209

南北之争

孛伦赤、岳来吉等人回营报功，燕铁木儿把二人的功绩记在了功劳簿上，并命令撒敦带着小股人马出营巡哨。当天大雾迷漫，撒敦巡杀到敌营时，已经人去寨空了。走进去一看，只有几个小兵还在收拾行李，见了撒敦等人一哄而逃，被撒敦带兵追上，捉住两个人。经撒敦审讯，才知道北军已经逃窜进山谷中。撒敦把两个小兵带回，报知燕铁木儿。

燕铁木儿说："王禅并没有大败就藏进山里，我料他必定有诈，定是要乘我不备前来袭击。"然后下令将士，严阵以待，不得私自出营，违令者斩。第二天晚上，又下令，如果遇到敌寇袭击，只准固守，不准出战，违令者斩。到了夜间，防备尤其严密，四面布下探马，侦察消息。突然，鸡声报晓，远远地听到号角声，燕铁木儿立刻说："敌兵来了！"连忙升帐，探马也来禀报，说是北军大举出山，距此地只有数里了。燕铁木儿仍然派各军严守军令，不得有违。大约又过了一个时辰，北军大军杀到，攻击了几次，丝毫不见效果，只好退后扎下大营。

燕铁木儿派撒敦、八都儿二人各率一军，分别授给密计，命令他们等到天黑，分兵出击。二人依计而行。当天晚上，四面阴霾，北军也严行防备，没有就寝。一更天以后，只听得后面有号角声，吹得非常响亮，北军不由得慌起来，梁王王禅因为有前车之鉴，只命令各营静守，不敢出兵。前面又响起号角声。此时是深秋，正是风声鹤、草木皆兵的时候，加上号角声响彻四野，北军越发胆怯起来，个个不寒而栗。三更天以后，号角声吹得越来越响，仿佛有千军万马从四面杀来。北军军心散乱，四处逃窜，任凭王禅怎样阻止也是弹压不住。王禅禁不住叹息："罢了！罢了！看来幼主无福，偏偏遇到这个诡计多端的燕铁木儿，不如就此退兵吧。"当下拔营退去。

这号角声就是撒敦和八都儿奉了燕铁木儿的密计而吹的，目的是虚张声势，吓唬敌兵。原来，撒敦从营后出兵，绕到北军后面吹起号角；八都儿从营前出兵，直逼北军前面，吹号角呼应撒敦。北军果然中计，连夜逃去。

撒敦等人来报燕铁木儿称北军败退，燕铁木儿立即命令大军追击，一直追到昌平州才追上北军。燕铁木儿大军追杀过去，北军早就吓得肝胆俱裂，哪个还敢抵挡？燕铁木儿军乘势掩杀一阵，斩首数千人，那些来不及逃走的北军顾命要紧，一概投降。燕铁木儿共收降北军一万余人。

燕铁木儿正要带兵再追，忽然有钦差到来，忙下马接旨。旨意中大略是说丞相亲临前线，恐怕有不测，万一受伤，皇上依赖谁。从今以后，只要在后方督战，视察将士即可，不要再亲自冒险，免得皇上担忧。燕铁木儿叩头谢恩，然后对来使说："我并非好死厌生，只是大敌当前，不得不身先士卒。现在敌寇已经败退，自当遵旨小心，请钦差转达御前，叫皇上不必担心。"钦差答应着离去。

燕铁木儿带兵再上，杀得王禅等人丢盔弃甲，抱头逃窜。随后，燕铁木儿勒住战马，只派也速答儿、也不伦和弟弟撒敦等人率领三万人马继续追击北军，自己率领其余军兵在后面接应。快到居庸关时，接到也速答儿军报，称北军已经逃出关外去了，继而也速答儿等人也撤军。燕铁木儿命令也速答儿留守居庸关，彻里铁木儿为副将，统领三万人马留下防守，自己率领得胜大军向南回京。

一行人马来到昌平南，又传来了古北口的急报，称上都军已经攻克古北口，进犯石漕。燕铁木儿愤愤地说："居庸关方才收回，古北口又失守，如何是好？"撒敦上前进言："兵来将挡，水来土掩，怕他什么？小弟愿意前去，杀他个片甲不留！"燕铁木儿说："一定要小心才是！"撒敦领命，当即领着一万人马向古北口杀去。燕铁木儿率领大军做后应，紧随其后。撒敦带兵杀到石漕，也不管利害，冲上前去一阵掩杀，敌军正在吃午餐，仓促间来不及应战，只得向北逃去。撒敦追击数十里，杀死敌军无数。

撒敦正要扎营，燕铁木儿大军随后赶到，两下相会，撒敦报捷。燕铁木儿问敌军主将的姓名，撒敦却一概不知。燕铁木儿说："小弟杀了一天，难道连敌将的姓名也没问明吗？"撒敦说："问他姓名干什么？我只知道见敌就杀，得胜就报功。"燕铁木儿说："幸亏你遇上的都是庸将，如果遇着将才，恐怕就有败无胜了。"

燕铁木儿派探马打探敌将姓名，一个是驸马亭罗铁木儿，一个是平章答失雅失铁木儿，一个是院使撒儿讨温。燕铁木儿笑道："这等乳臭未干的小儿也来领兵，真是可笑！待我用一条小计，捉住三人。"撒敦问："用什么计？小弟前去，包管将他们捉来。"燕铁木儿责备他说：

"你只知道蛮战，不懂得智取，难道敌将会绑上双手，任你来捉吗？"说完问探马，"我见前面有一座大山，此山叫什么山？"探马回答："此山名叫牛头山。"撒敦说："哥哥专会使刁，查了敌将姓氏，还要问山名，有什么用意？"燕铁木儿大怒："你不要瞎说！我如果不是顾着兄弟情意，定将你一顿杖打。"撒敦怏怏退下。燕铁木儿换了便服，带上几名探子出营而去，直到天黑方才回营。

第二天升帐，燕铁木儿召集众将当面嘱咐："我昨晚登上牛头山，望见敌营扎在山后，料想他是想依山固守。但是山中却有小路可以通过，我军如果从上打下，便可踏破敌营。敌营一破，敌将必然逃走，要想生擒敌将就困难了，不如引他进山，陷入我们的埋伏，我军再前后夹攻，他必然走投无路，束手就擒了。"众将都拍手称赞。

燕铁木儿命令八都儿："你今天夜里带一千名军兵，悄悄摸上牛头山，在小路上挖下陷阱，上面做好暗记，令我军便于躲避，就算成功。等陷阱挖好，你就翻山劫营，只许败不许胜，敌兵赶来，你就引他上小路，我自有兵接应，不得有误！"八都儿依计而去。燕铁木儿又命令裨将亦讷思："你率领一千名军兵，备好挠钩，在山上的小路旁埋伏着，待敌兵来到，自然可以一并捉住。"亦讷思也领命离去。燕铁木儿又命令撒敦："你领兵一万人，绕到山前，在敌营左右埋伏，只要听见山上有号炮声响，你便杀出，断他后路，不得有误！"撒敦也领命前去了。燕铁木儿又命令其余众将："你等随我上山，看我的大旗所指，奋力杀敌，明天就可大获全胜了。"众将点头称是。到了傍晚，燕铁木儿命令将士饱餐战饭，随后各带干粮、火器，向牛头山进发。

此时，八都儿已经挖好陷阱，乘着夜色翻过大山，去劫敌营。敌人的探马打探到八都儿到来，便去禀报主将。北军带兵的驸马孛罗铁木儿年轻好胜，立即上马，领兵出营接仗。八都儿上前交战，战了几个回合转身败走。孛罗铁木儿不知是计，催马紧追。平章答失雅失铁木儿与院使撒儿讨温也出营接应，撒儿讨温说："驸马去追，恐怕有闪失，况且夜色迷茫，山岭崎岖，如有不测，该如何是好？不如另派他人。"答失雅失铁木儿便派人去追，不一会儿去使回报，说驸马认为月色明亮，可以夜战，请平章、院使速去接应，要一举消灭敌人。撒儿讨温又说："营寨也非常重要，请平章守住不要动，我带兵接应就是了。"答失雅失铁木儿答应着，便分兵给撒儿讨温前去接应驸马。

那时，孛罗铁木儿已经被八都儿诱进山中，走上小道。猛听得一声

212

鼓响，山冈上火把齐明，竖起一面大旗，上面写着"太平王右丞相"字样。孛罗铁木儿说："燕铁木儿就在山上，我军快去杀了他！"话音未落，山上冲下一班将士，来敌孛罗铁木儿。孛罗铁木儿并不畏怯，只是山路狭窄，不便战斗，只好勒马退回，不料"扑通"一声，连人带马跌入陷阱里去了。亦讷思早就准备好了，命令军兵钩起孛罗铁木儿，捆绑而去。

孛罗铁木儿部下的士卒争相来救，无奈走近一个陷落一个，走近两个陷落一双，后面的只好夺路逃走。燕铁木儿的将士已从四面杀来，北军心中一慌，脚下更站立不稳，一半跌入陷坑，一半死于刀下。

此时的撒儿讨温还不知道前军的败状，正在领兵进山接应驸马。一进小道，就望见大旗飞扬，料知孛罗铁木儿必定遭遇伏兵，凶多吉少，又不能不去救援，只好硬着头皮催马前进，边前进，边命令左右分头射箭，以防不测。谁知山上的喊杀声渐渐逼近，虽然北军严行防备，仍然有些心惊胆战。转眼间，敌军从四面八方杀来，任凭北军如何放箭也是射不到敌人。撒儿讨温指挥军士随射随退，走不多远，见军士都陷进地里了，慌忙察看，突然自己也随战马陷落。两旁冲出亦讷思的军兵，掉进陷阱的北军全部被他们用挠钩钩起，捆绑了去。其余人马走投无路，只得投降。

答失雅失铁木儿正在留守营盘，远远地听见有炮声，心中忐忑不安，忽然营外有兵马来到，他还以为是撒儿讨温等人回营了。正要出来迎接，不料来军异常凶猛，如蛟龙搅海一般杀进大营。答失雅失铁木儿急忙上马抵挡，正巧遇着撒敦，一枪刺来，正中他的左腕，答失雅失铁木儿倒于马下。撒敦麾下的军兵上来把他抓走了。

北军顿时四散奔逃，撒敦追击一阵，杀死大半。此时天还没亮，撒敦就绑着答失雅失铁木儿上山报捷。燕铁木儿又命令他追击残敌，他立即回马下山，把敌兵追杀出了古北口，然后撤军。

燕铁木儿召集各军回到大营。这时天刚亮，军兵推上孛罗铁木儿、撒儿讨温和答失雅失铁木儿。燕铁木儿拍案而起："你等助逆叛乱，死有余辜，本爵帅岂能轻饶？"孛罗铁木儿等人破口大骂，燕铁木儿申明军法，喝令斩首。

燕铁木儿刚刚派人报捷，帐外又传来紧急文书，燕铁木儿看了一遍，急忙对众将说："叛王也先铁木儿与秃满迭儿攻陷了通州，叛军已经快到京师了。京中召我回去救援，我等救怀王要紧，赶快起程！"众将不敢怠慢，立即随燕铁木儿拔营向南而去。两天后，燕铁木儿大军到达通州，那时已经日落西山，炊烟四起。众将请求择地扎营，燕铁木儿说："敌寇就在附近，不去杀他，还待何时？"说完指挥军兵继续前进，果然走出不多远，就遇上了敌兵。敌兵丝毫也没有防备，被杀得狼狈奔逃，燕铁木儿追杀了一里多地，因为天色昏黑，才传令扎营。

第二天黎明，燕铁木儿起兵继续追击敌人，向西追到潞河，见敌军在河对岸列好了阵势，阵容非常整齐，燕铁木儿也不敢进逼。到了夜间，燕铁木儿准备渡河袭击敌军，无奈对岸灯火通明，映在河中，光芒四射，只好按兵不动。待到黎明，远远地望见敌营中已经没了声响，只有几个人静静地沿着河边站着。燕铁木儿便指挥军兵扎木筏渡河，大军安然渡过。等到达对岸，军兵持刀砍人，不料却都是稻草做的，上面披着衣裳，这才知道敌人已经连夜逃走，只不过放了些火把作为疑兵罢了。

燕铁木儿大怒，率兵猛追，快到檀子山时，见四面都是枣林。这枣林正有敌兵埋伏，见燕铁木儿率兵前来，突然从斜刺里杀出，亏得燕铁木儿军纪严整，阵势才没有被冲乱。猛见也速铁木儿和秃满迭儿纠集了阳翟王太平、国王朵罗台、平章塔海的大军气势汹汹地杀来，差不多有五六万人。燕铁木儿不敢轻敌，先下令军兵列好阵势，前面的手持弓箭，后面的手执长刀、盾牌，再后面的举着长矛。待敌兵逼近，燕铁木儿一声令下，万箭齐发，好像飞蝗一般射向敌阵，可是敌兵手持盾牌而来，冒死冲锋。燕铁木儿又下令停止射箭，派出刀盾、长矛两队上前厮杀。两军混战在一处，互有死伤，眼看红日将落，敌兵却毫不退却，只顾拼命搏斗。

燕铁木儿的儿子唐其势见对方激战不退，不禁恼怒，催马冲进敌阵。阳翟王太平挺枪来战，唐其势大吼一声，吓得太平倒退了好几步。没等招架，已经被唐其势用戈刺着，翻身落马。唐其势的军兵乘势踩踏，把太平踩成了肉酱。敌兵见太平被杀，顿时惊慌失措。燕铁木儿借此机会追上，杀得敌军尸横遍野，血流成河。正要收兵，正巧撒敦赶到，燕铁木儿得了一支生力军，便传令撒敦继续追杀，自己率大军撤回。撒敦追了数十里，又杀死了数百名北军，然后收兵。

此时，上都的亲王忽剌台指挥阿剌铁木儿以及安童等人，攻克了紫荆关，进犯良乡，前锋直逼燕京南郊。燕铁木儿接到警报，立即出发前去解救，边行军边吃饭。日夜兼程，到了卢沟河，却并没有见到敌军。

后来得到探报，说忽剌台等人听说燕铁木儿赶到，吓得闻风丧胆，向西逃窜。

燕铁木儿到了京师，拜见怀王，刚到肃清门，就见京城百姓烧着香前来迎接，在燕铁木儿马前列队下拜。燕铁木儿不敢接受，百姓齐声喊道："没有王爷忠诚报国，我等怎能活命？此恩此德，怎能不拜谢？"燕铁木儿下马慰劳："这都是仰仗天子的威望，我有什么功劳？"到了内城，怀王亲自出迎。燕铁木儿下马行礼，怀王亲手扶起，拉着燕铁木儿进了城。随即在兴圣殿赐宴，赏赐不计其数，又亲自授给燕铁木儿太平王黄金印。燕铁木儿准备休息几天再出兵，忽然接到撒敦的军报，称古北口又被攻陷了。

太平王平定天下

燕铁木儿接到撒敦的警报，报称古北口再次被攻陷，心中大怒，当即召集大军，出了京城向北杀去。途中又接到紫荆关的急报，燕铁木儿苦于无法分身，只得派快马到辽东，飞调脱脱木儿前去救援。

这次攻陷古北口和紫荆关的兵马又是从哪来的呢？原来是秃满迭儿、忽剌台、阿剌铁木儿等人带领的军队。秃满迭儿等人被燕铁木儿杀败，逃出关外，召集残兵败将，决定分兵攻打古北口和紫荆关。秃满迭儿率领一支军队袭击古北口，忽剌台、阿剌铁木儿、安童、朵罗台、塔海等人联军袭击紫荆关，打算两面夹攻，叫燕铁木儿无法兼顾，以图转败为胜。不料燕铁木儿神勇无比，秃满迭儿刚刚攻克古北口，燕铁木儿已经到了檀州，两军从南北相对进兵，很快对垒，一场大战，秃满迭儿又被杀败，向辽东逃去。后军被燕铁木儿截住，带兵的头目是东路蒙古万户哈剌那怀，他见大势已去，只好束手就擒。燕铁木儿收降了一万多人，也来不及细心检查，只留下几员部将管束，守住古北口。自己率领精兵出发，日夜兼程去救援脱脱木儿。

脱脱木儿先前奉调发兵，只带了四千人，到紫荆关同忽剌台等人对阵。双方兵力相差悬殊，北军有三四万人马，脱脱木儿和紫荆关上的守军合起来还不到一万人。脱脱木儿暗想寡不敌众，如果出击恐怕要打败仗，不如闭关固守，还可以勉强支撑。待燕铁木儿率兵星夜兼程赶到时，脱脱木儿喜出望外。燕铁木儿问明了情况，便对脱脱木儿说："我带兵来增援，敌人还不知道，你只管开关挑战，诱他进关，我带领大军埋伏在关内。他如果贸然进来，我们便可闭住关门，杀他个片甲不留。"

脱脱木儿领命，率本部四千人打开关门，来战北军。北军逗留关外多日，猛然见脱脱木儿出战，倒也吃了一惊，等看见出关的军兵不过几千人，胆子顿时大了起来，当下分作两翼，围攻脱脱木儿。脱脱木儿来不及撤退，已经被敌军围住，他仗着有后援，丝毫不觉害怕，抖擞精神，奋力厮杀。

燕铁木儿在关内瞧见脱脱木儿不能脱身，马上变了一计，故意下令鸣金收兵，催促脱脱木儿退回，又下令虚掩紫荆关门。敌军中的阿剌铁木儿望见关门半开半闭，大叫道："此时不去抢关，更待何时？"话音未落，已经挺枪跃马冲进关中。忽剌台、安童、朵罗台、塔海等人唯恐阿剌铁木儿夺了头功，也催马跟着杀入。北军进了关门，只见守军还在往前跑，以为他们是在逃命，又紧紧地追了一程。猛然间，四面八方号炮声响，伏兵四起。忽剌台、安童、朵罗台、塔海等人知道大事不妙，慌忙撤退。无奈后面的军兵已经进关，前挤后压，调动不灵。等几个人退到关门，手下人马已多半被杀。忽剌台、安童等人如漏网之鱼、丧家之犬，一心想跑出关外，保全性命，可是关门已经紧闭，吓得他们魂飞天外。忽剌台等人欲哭无泪，勉强冲杀。不一会儿，安童、塔海二人战马被刺，双双坠落马下，被抓了去。忽剌台、朵罗台急得左右乱撞，也都中了箭，一同坠马，双双束手就擒。只有阿剌铁木儿还像发疯一般左冲右突。

燕铁木儿知道阿剌铁木儿骁勇，命令部将缠住他，同他车轮般地厮杀。等到忽剌台等人全部被擒，部将便一拥齐上，任凭阿剌铁木儿力气再大也无济于事，当即被众人击倒，已是身受重伤，奄奄一息了。燕铁木儿下令："投降的免死。"于是入关的北军全部举手投降。

燕铁木儿打开关门，接应脱脱木儿，谁知关门外却空无一人。原来阿剌铁木儿等人冲进关时，手下全都随着主帅一拥而入，外面同脱脱木儿相持的不过几千人。脱脱木儿见北军中计，勇气大增，一支大戟上下飞舞，挨着就死，碰到就伤，敌军渐渐支撑不住，又见关门忽然紧闭，更加惊慌，一股脑儿向北逃去。脱脱木儿带兵奋力追杀，又斩杀了一大半，只有寥寥数百人命不该死，四散逃脱。

脱脱木儿收兵回营时正遇着大军接应，等彼此说明了战况，全都乐得合不拢嘴。大家高奏凯歌，收兵回营。燕铁木儿休整两天，然后押着囚车，把囚犯送到京师。怀王亲自迎接，自然又有一番赏赐。

之前，燕铁木儿曾派人召陕西平章马赤和行台御史马札儿台，二人全都未到。怀王继位，颁诏书到陕西，又被马赤一把火烧掉，并把使臣押送到了上都。既而浙江省的官员也纷纷抗拒传诏的使臣。使臣回京报告，怀王大怒，当即同燕铁木儿商议，打算把这几个抗命的大臣一律杀头。燕铁木儿的态度却模棱两可，怀王也就没有下旨。

左司郎中自当听到这个消息，拜见燕铁木儿并说道："云南、四川还没有臣服，如果再杀行省大臣，恐怕会激起变乱，不如等上都平定再作惩罚也不为迟。"燕铁木儿还有些犹豫不决，继而又从河南传来警报，称靖安王阔不花等人叛乱，响应上都。乱军一路从陕西攻破潼关，连连攻下阌乡、陕州，又分兵北渡河中，杀奔怀孟；另一路向南过武关，直逼襄阳，猖獗得不得了。燕铁木儿看完马上求见怀王，详细奏报了河南的叛乱，并阐述了先平上都的意思。怀王说："上都未平，确实很令人忧虑，看来又要有劳爱卿出马了。"燕铁木儿说："圣上不必多虑，臣已经密令齐王月鲁铁木儿以及东路蒙古元帅不花铁木儿进攻上都去了。"怀王欣慰地说："爱卿神机妙算，此次必定成功。"过了十几天，果然传来捷报，上都投降。

自从梁王王禅等人败回上都后，上都的声势日渐衰落，幸亏那时京城还没有发起进攻，得以苟延残喘。后来齐王月鲁铁木儿和元帅不花铁木儿等人受燕铁木儿的密令，举兵进攻上都，大军很快包围了上都。王禅等人率兵出战，屡战屡败，军心大乱。秃满迭儿又逃回辽东，忽剌台等人全部兵败，上都城孤立无援，军兵斗志全无，只有倒剌沙谈笑自若，好像没事人一般。王禅与他商议几次，也不见他有什么好办法。王禅暗想，身陷孤城，危机万分，不如乘夜逃走，还算是上策。主意已定，王禅便在夜间借口巡城逃走了。

城中没有了王禅把守，变得更加恐慌，倒剌沙竟然暗中派使同齐王沟通，约定第二天出降。齐王月鲁铁木儿自然应允。第二天上午，果然见南门大开。月鲁铁木儿等人指挥军兵进城，倒剌沙捧着御玺伺立在道旁，见到齐王，倒剌沙立即屈膝请安，把御玺呈上，请求饶恕自己。齐王说："这件事我难以做主，必须等大都裁夺。"然后齐王命令左右把倒剌沙带下，再把御玺保存好。正要催马再进时，忽见辽王脱脱领着数十名骑兵持刀前来。齐王一看，不是来投降的意思，立即准备迎战。脱脱到了齐王马前举刀便刺，亏得齐王早有防备，战了几个回合，齐王属下的将士都上前助战，你一枪，我一刀，把脱脱剁成数段，其余的几十名骑兵也全都死于乱军之中。

齐王杀进行宫，查明后妃等人都还在宫里住着，只有小皇帝阿速吉八不知去向。讯问泰定皇后，她却只会呜呜哭泣，泪流满面，不说一句话。齐王转身出宫，只留下部分军兵守住宫门，盘查出入。

上都平定，齐王带着御玺以及亲王百官的符印回到燕京。倒剌沙等一帮俘虏也被押解到了京师。怀王接到上都的捷报喜出望外，亲王百官们全都上表道贺。中书省大臣又上奏，称上都的亲王大臣不念祖宗的规矩，被倒剌沙迷惑，多次进犯京城，如今上都已平，所有俘虏全部应当斩首示众。怀王照准，把阿剌铁木儿、忽剌台、安童、朵罗台、塔海等人一律斩首示众。怀王在金殿门前接受俘虏，传旨把倒剌沙等人暂时押在狱中，然后登上兴圣殿接受了御玺，传旨天下，停战安民。

此时，靖安王阔不花已经大破河南守军，缴获辎重无数，然后又继续进拔虎牢关，转而攻克汴梁。听说上都被攻陷，阔不花连声叹息，后来又接到怀王招安的圣旨，料到自己独木难支，只得退兵。只有四川的平章政事囊嘉岱自称镇西王，任命左丞托克托为平章，前云南廉访杨静为左丞，烧断栈道，独霸一方。其余各个行省的官员全都随风转向，只要能保存俸禄，无不拱手听命。

怀王封赏功臣，功劳最大的非燕铁木儿莫属，怀王赐号答剌罕，子孙世袭，又赐他珠衣两件、七宝带一条、白金罐一只、黄金瓶两个，还有白鹰、文豹等宝物不计其数。不久又设下大都督府，归燕铁木儿统辖，特批他佩戴第一等的降虎符，并派他赶赴上都，安置泰定帝的后妃，并料理军务后事。

燕铁木儿出发后，怀王传旨悬赏缉拿逃犯。王禅、纽泽、也先铁木儿以及马某沙等人全被缉拿；还有湘宁王八剌失里曾经和忽剌台等人南侵，现在被元帅也速答儿抓捕，押送京师。怀王命令将倒剌沙处死，王禅赐自尽，纽泽、也先铁木儿、马某沙等人全部斩首示众，并把罪犯的妻室家产分给功臣，只有八剌失里的罪行较轻，保住了人头。

燕铁木儿到了上都，齐王月鲁铁木儿和元帅不花铁木儿出城迎接，彼此寒暄之后，谈起了安置后妃的命令。月鲁铁木儿说：“我早就派兵守住了皇宫，除了阿速吉八不知下落以外，其他所有泰定帝的后妃全部在宫里，一个也没有逃脱。"燕铁木儿点头说好，随即起身离座说道："我进行宫传旨，命他们早做准备，以便动身。"月鲁铁木儿说："请公自便。"

　　燕铁木儿进入行宫，早有宫女报知泰定皇后，泰定皇后担心有处斩的命令，吓得脸色苍白。妃子必罕和速哥答里两个姐妹也都吓得娇躯发颤，连哭带抖，缩作一团。燕铁木儿到了宫门，守兵早已分队站好，却不见后妃等人出来相迎，不免心中懊恼。正要呵斥，忽然眼帘中映入几位红颜，不禁为之一动，又见泰定皇后悲惨中带着几分婀娜，虽然徐娘半老，但风韵犹存，令人忍不住怜惜。背后又站着一对姊妹花，全都绿鬟高绾，粉颈低垂，凤眼中含着泪珠，更让人觉得楚楚可怜。

　　燕铁木儿对泰定皇后说："皇后不必惊慌！大都也没有什么严旨，不过因为皇后在此诸多不便，所以暂时让你等移居，一切饮食、服饰全部照常。请不必担忧！"泰定皇后潸然泪下："先皇去世后，拥立皇子全是倒刺沙的主意，我等女流之辈并没有什么主见。如今嗣子已死，大势已去，剩下我们几个寡妇就够苦命了，还要移居到哪里呀？"燕铁木儿安慰道："无非移居到东安州，途程也近，不会艰难，你们尽管放心。"泰定皇后又说："今天要我迁居，明天就要我性命，始终总是一死，不如死在这里算了！"燕铁木儿忙婉言劝慰："皇后还有后福，不要自寻短见。只要有我燕铁木儿在，皇后自可放心。如果有人敢来欺负皇后，我燕铁木儿决不轻饶他！"泰定皇后这才转悲为喜："既然有太平王关照，我等就奉命起程吧。"说着忙叫两个妃子上前拜谢。那时，那对姊妹花也渐渐放了心，按着泰定皇后的嘱咐，双双走近燕铁木儿面前一同下拜，慌得燕铁木儿赶忙避在一旁，连称不敢，一双色眼却细细地瞧着两个妃子。二妃似乎感觉到了，也抬起头来向他微笑。

虚情假意让皇位

　　泰定帝的两个妃子同燕铁木儿相见，一笑传情。这时候的燕铁木儿心痒难忍，恨不得把两个美女吞进肚子里去，只因为众目睽睽不便动手动脚。等二妃行过了礼，燕铁木儿对泰定皇后说："明天皇后如果动身，我一定派兵保护，送你们到东安州。"泰定皇后点头答应，燕铁木儿这才出了行宫。

当晚，燕铁木儿辗转反侧，夜不成眠，难免有些疲倦。刚迷糊了一阵，便听见鸡叫声，当即披衣起身，早餐后就跑到行宫。见过泰定帝的后妃，又帮她们收拾行装，连脂粉等物件都要亲自检点。料理清楚后，才出来嘱咐亲兵，命他们途中伺候后妃必须格外周到，不得有误。吩咐完毕，再次进宫陪同后妃出宫，看着她们上车，自己也上马扬鞭，送她们出城。

刚刚起程，对面却来了京城使臣，燕铁木儿不得不下马相见。京使宣读诏书，命令他即日回朝。燕铁木儿很是懊丧，又不好当面直说，只得与京使敷衍了几句，要他进城等着，以便一起上路。

把京使送进了城，燕铁木儿快马加鞭赶到泰定后妃的车驾旁，和颜悦色地说："今天皇后、皇妃东去，在下本打算亲自护送，无奈大都有圣旨召回，还望你等多多保重，后会有期，本王决不负言！"泰定皇后连连称谢，二妃从旁插话："王爷也保重！我们姊妹二人有幸得到王爷的庇护，也不会忘恩！"说着不觉得四目盈盈，泪眼闪闪。燕铁木儿恋恋不舍，凄然说道："我去了。你们一路保重！"于是勒马而回。临别时还回望车驾，惆怅不已。

当天午后，燕铁木儿同京使还朝，入见怀王，禀明了迁置后妃的事，并问有什么事急着召回。怀王说："上都平定，余孽扫除，这般大功全部由爱卿一人立下，朕很感动。但朕的本意是想把皇位让给长兄，所以召卿回来商议，朕打算派使臣去迎立兄长。"燕铁木儿听完，一时竟然没了回话。怀王又问："卿意下如何？"燕铁木儿答道："自古以来确立君主，有立嫡、立长、立功三大原则。如果采取立长的话，陛下应当让位给长兄；如果根据功劳而言，陛下也不妨继位。唐太宗喋血宫门，后世还称他为贤君呢！"怀王说："话虽如此，但朕心终究不安，宁可让位给兄长，兄长如果不受，再作商议。"燕铁木儿说："现在已经隆冬，漠北严寒不便行走，来年春天再派使臣也不为迟。"怀王却说："朕兄回京师，不妨约定来年春天。但朕派使臣却应在今冬，免得朕兄怀疑。"燕铁木儿只得附和："陛下说得对！"怀王说："如今社稷已安，天下太平，朕与卿也可以稍稍放松放松。朕听说爱卿只有一位王妃，何不再续几人？皇室中不乏好女，由卿选择，朕即日就可以下诏出嫁。"燕铁木儿推辞："陛下关心微臣，竟替臣想到这层，大恩大德，臣无以为报。但陛下尚未册立正宫，臣怎么敢娶皇家之女呢？请陛下收回成命。"怀王反对："朕的大哥和生母还没有封号，如何册立皇后？"燕铁木儿又说："追尊皇母自然要紧，但册立皇后也不宜从缓，两件事同等重要，应当同日举行。"怀王说："还是等来年春天再举行吧。"燕铁木儿退下。

第二天，怀王竟然下诏赐给燕铁木儿四位公主。燕铁木儿吓了一跳："我昨天已经当面推辞，为什么今天又赐给臣四位公主？这事实在使不得！我要上朝说明。"说完便吩咐手下备车，刚出大门，猛听得一阵管弦声，不禁大惊。不一会儿，见有四辆绣车迎面过来，前面是鼓乐开道，后面跟着侍从，大队车马冉冉赶到。燕铁木儿失声说："哎哟！公主已经来了，这可如何是好？"正说着，宣旨官已经来到门前，下马同燕铁木儿相见。燕铁木儿不得不恭敬迎接。宣旨官宣读诏书，令燕铁木儿接旨。燕铁木儿下跪听旨，圣旨中无非是盛赞燕铁木儿的功劳，理应颁给厚赐，特赐给公主四人以及侍女若干名。

燕铁木儿谢恩而起，接过圣旨，挂在中堂。宣旨官向他贺喜，燕铁木儿大惊："这事从何说起？我已经在陛下面前再三推辞，今天反而命我迎娶四位公主，自问何德何能，敢邀如此隆恩？还请公公替我传话回绝，我立即去朝中当面上奏，一定不让公公为难！"宣旨官笑着说："王爷未免太过迂腐。圣旨岂可违抗？况且四位公主已经送来，也不便中途折回，请王爷不必迟疑。今天就是黄道吉日，正好可以谢恩成亲。"说完命令侍从等人赶进绣车，停在大厅。随后命令仆从布置室外，侍女布置室内，所有铺设等物件，除了太平王府现成的布置之外，其余的全部由皇帝赐给。

太平王府本来就大得很，以前那些罪犯的宅第大半都赏给了燕铁木儿，几乎占了京师里面半座城。府中仆从无数，再加上四位公主带来的侍从又不下千名，人多好办事，内外布置不过一两个时辰就备办齐了。宣旨官当即请燕铁木儿祭告天地，并向北谢恩，然后请四位公主下车，先行了君臣之礼，后行了夫妇之礼。此时的燕铁木儿又惊又喜，又喜又忧，但事已至此，乐得眼前受享。夫妇礼毕，又请出继母公主察吉儿，再行婆媳之礼，然后送入洞房。亲王百官陆续来贺，灯红酒绿，大开宴席，琼浆玉液，山珍海味，说不尽的繁华，道不完的喜庆。到了黄昏散席，宣旨官与来宾等人全部散去，燕铁木儿进入洞房，四位公主列坐相陪。酒不醉人人自醉，色不迷人人自迷，况且燕铁木儿本来就是个色中饿鬼，见了这如花似玉的佳人，哪有坐怀不乱的？当即左拥右抱，宽衣解带。

次日，燕铁木儿上朝当面谢过怀王，退朝后又同那四位公主把酒言欢。正在饮酒调情的时候，突然看见侍女中有一个淡妆的妇人，长得非常娇艳，比起四位公主又另有一种天然的风韵。当下触目动心，不免走了神，连公主和他谈话也忘了。公主起了疑心，连忙询问，他也觉得好笑，立刻找了个借口：“我忽然想起一桩国事，准备今晚起草奏折，刚才同公主等人饮酒谈心，差点儿忘了，所以一想着不知不觉就走神了。”四位公主齐声说：“王爷既然有军国大事，何不早说？千万不能因私废公。”燕铁木儿说：“不要紧，晚间再起草不迟。现在有花有酒，不如再饮几杯。”于是又同饮了一阵，才命令撤席。乘着酒兴，告别了绣房，跟跟跄跄来到书斋，秘密命令心腹小厮暗中去召那位淡妆少妇。

不一会儿，少妇跟着小厮款款而来，见了燕铁木儿便上前请安。燕铁木儿命她起身，仔细一瞧，只见她眉不画而翠，唇不施而红，脸不擦粉而白，发不抹膏而黑，身材窈窕，风姿绰约。那少妇也从旁偷觑，见燕铁木儿身长七尺，虎头猿臂，精神饱满，气宇轩昂，是人间少有的男子汉。当时两下相对，脉脉含羞，少妇被燕铁木儿盯住双眼，顿时觉得桃花面上映出绯红，只好摆弄腰带。燕铁木儿这才问：“你是哪里人氏？”连问了几声，竟然不见少妇回答。

燕铁木儿有些惊讶，猛然见小厮站在一旁，就命他退去，然后再问少妇。只见少妇皱着双眉，呜呜咽咽地说：“奴家数年前也是命官的妇人，如今家亡身辱，充没宫廷，随着公主前来，命运凄苦，因此不愿提起。”燕铁木儿见她愁容惨淡，却不失娇艳，于是由怜生羡，由羡生爱，堆起满面笑容，婉言再问。

这个少妇不是别人，原来是前徽政院使失列门的妻室。燕铁木儿叹息：“官途危险，家室流离，失列门就不必说了，又连累你年轻守寡，独守空房，岂不可叹？”少妇听了这话，禁不住泪流满面。燕铁木儿说：“既然到了我家，我自然不会辱没了你。”少妇说：“全仗王爷庇护。”说完已被燕铁木儿揽住娇躯，抱入怀中。燕铁木儿替她擦干了眼泪，又温存了一番，二人情投意合，男欢女爱，竟然携手入了罗帏。公主们只以为燕铁木儿在草拟奏章，不便惊动，直到夜深人静才派侍女催促他休息。那时二人早已经云收雨散，定了后约，各自回到寝室。

时光易逝，转眼间已是天历二年，怀王册立王妃弘吉剌氏为皇后。皇后名叫卜答失里，是鲁国公主桑哥吉剌的女儿，曾经同怀王一起出居建康，并流放到江陵，后来怀王进京，她也随驾同行。怀王认为她是患难夫妻，应该安乐与共，因此把她册立为后。同时追尊生母唐兀氏以及王兄的母亲亦乞烈氏为武宗皇后，再派使臣撒迪、哈散等人赶赴漠北，恭迎周王。

撒迪等人来到周王行宫，周王召见，问明大都的情况。撒迪一一说明，并启奏周王："大王德高望重，年又居长，应当拥有天下。臣奉命前来，是请大王早正帝位，一则安天下人心，二则成皇弟的礼让美德。请大王不要迟疑！"周王推辞不受："平定上都，全是我弟一手安排，并且他已经称帝改元，君臣名分已定，我如果再继承皇位，岂不是多了一个皇帝吗？"撒迪说："仁宗平息叛乱，仍然迎立武宗，后来武宗归天，仁宗才继承大统。故例犹在，尽可遵行。"周王问："据你说来，我继位后，可效仿前例，立弟为皇太子吗？"撒迪回答："这个自然，兄弟禅让，仁德两全，岂不是可与尧舜媲美吗？"周王还犹豫不决，又召集王府官员商议。王府官员侍从周王多年，遇着这个绝大的机会，哪个不想攀龙附凤，做个册命功臣？既然周王咨询，自然极力赞成，纷纷劝周王继位。劝说之下，周王决定继位。天历二年正月，在和宁北陆举行登基大礼，继承皇位，史称明宗。漠北的亲王大臣以及撒迪、哈散等人一齐祝贺。

两天后，又有两名使臣从燕京到来，原来是奉送金银钱帛，进供御用。两名使臣一个是前翰林学士不答失里，一个是太府太监沙剌班。二人来到行宫觐见。明宗见过两位来使，慰问了一番，二使呈上贡物，明宗很是欢喜，便命令撒迪等人回京师，并对撒迪说："朕弟一向喜爱读史书，近时不知还读吗？希望他听政闲暇时，同贤士大夫经常讲论些史籍，考察古今治乱得失。卿等回到京师，一定把朕的意思转告皇弟，不得有误！"撒迪等人唯唯而返。

一行人到了京师，立即把明宗的意思转告怀王，怀王默然不答。当晚，怀王召燕铁木儿进宫商议。燕铁木儿进宫谈论多时，左右全都屏退，没人得知秘密。第二天清晨，怀王便派燕铁木儿带着御玺赶赴漠北，并派知枢密院事秃儿哈铁木儿、御史中丞八即剌、翰林直学士马哈某、瑞典使教化的、宣徽副使章吉、金中政院事脱因、通政使那海、太医使吕廷玉、给事中咬驴、中书断事官忽儿忽答、右司郎中字别出、左司员外郎王德明、礼部尚书八剌哈赤等人一同前往；又命官员带着黄金一千五百两、白银七千五百两、币帛各四百匹，以及金腰带二十条以备行宫

223

赏赐之用。怀王对在京的大臣说："御玺既然已经北上，从今以后，国家政事应派人奏闻行宫，我不便处理了。"大臣们都赞扬怀王礼让之德冠绝古今。

明宗暴崩

明宗继位后，先派人制造车辆、服饰以及近臣内侍的服饰、用品，以备典礼之用，又命令中书左丞跃里铁木儿等办沿途供应事宜。行署人员全都忙得不亦乐乎。继而燕铁木儿带着御玺前来，率领随从拜见明宗。明宗自然嘉奖，封燕铁木儿为太师，仍然任命为中书右丞相，其余官爵一概照旧，然后宣布："凡是京城的百官，经皇弟录用的，一并照旧任原职，卿等一定把朕的意思转告皇弟及百官。"燕铁木儿提议："陛下君临四方，万民瞩目，国家大事主要应由中书省、枢密院、御史台三处掌管，请陛下知人善任，免得形成冗员。"明宗赞同，于是任用哈八儿秃为中书平章政事，伯铁木儿为知枢密院事，孛罗为御史大夫。这三个人都是武宗的旧臣，明宗不忘他们的功劳，所以任命要职。既而在殿上大宴亲王大臣，特地对言官说："太祖有训，美色名马，人人都喜爱，然而心中一旦被这些喜好所累，难免要败坏名德。卿等的职责就是正风纪，一定要关注这些。世祖当初设立御史台时，特地任命塔察儿、奔帖杰儿二人协助政务，修整纲纪。天下好比一个人的身子，中书乃是右手，枢密乃是左手，左右手有病，必须用良医调治，省、院的失误，全仗御史台调治。从此以后，所有亲王百官违法越礼的，你等可以一律弹劾，从重惩处，这样贪官才知道害怕。这就好比刀斧锋利，入木才深。就是朕有了过失，卿等也应当上奏，朕绝不责备你们！"言官全都齐声允诺。

次日，明宗让孛罗转告燕铁木儿等人："世祖设立中书省、枢密院、御史台，规定文武百官共同治理天下，大小职责已经有一定之规。世祖还确立了大臣集中议事的章程，成宗以来一脉相承。如今朕继承太祖、世祖的先例，凡是省院大臣的重大政务，一定要报告朕。至于军务机密，应当由枢密院上奏。其他事务，必须先呈给中书省大臣，文武百官以及近臣等人，不得越级上奏。如有违反，必罚无赦！"过了几天，明宗派武宁王彻彻秃和哈八儿秃去燕京，立怀王为皇太子。

彻彻秃等人来到京师，传达行署的旨意。怀王恭敬地接受了诏书，并派使臣前往行署，请明宗起程到燕京，然后亲自出京，在半路上恭迎。

此时，陕西大旱，民不聊生，甚至出现了卖儿卖女的情形。太子詹事铁木儿补化等人请求辞官消灾。太子批示："皇帝远在漠北，本王暂摄大权。如今陕西发生旱灾，都是因我的过失所致，你等应勉力职守，也许可以感动上天，辞官有什么用？"于是起用前参议中书省事张养浩为陕西行台御史中丞，命他前去赈灾。

先前，张养浩曾辞官回乡，怀王七次征召，他都不愿复出，现在听说陕西大旱，张养浩立即登车前往。他看见道旁的饥民，就施给米粮；看见沟里的死尸，就盖上黄土。经过华山时，张养浩到西岳祠亲自祷告，哭泣着下拜。突然间黑云密布，天气阴沉，先是淅沥小雨，继而普降大雨，一下就是三天。到任后，张养浩又在社坛祷告，再次大雨如注，水满三尺，天才放晴。陕西从泰定二年至天历二年，其间五六年大旱，大地干裂，百草不生。至此遇到了这位张中丞，诚意祷告天神，精诚所至，居然感动了风师雨伯来救百姓。一时间土地湿润，庄稼重生，一片白地又重新焕发出勃勃生机。陕西百姓感激涕零。

当时，一斗米值十三贯铜钱，百姓拿钱买米，只要钱色灰黑，米商就不收。百姓到官府换，一帮贪官又从中作弊，十文只换给五文，并且不能当时得到，百姓困苦不堪。张养浩洞察民情，立即检验库中的旧钞，找出字迹能辨认的铜钱，得到一千零八十五万五千余贯，另外加盖印信，颁发给市场流通。张养浩又命人刻了大量十贯、五贯的钱券发给散户贫民，命令米商见印信即出米，然后到官府验数，换成现银。贪官再也不敢作弊。张养浩又倡导富民出米，请朝廷颁布纳米补官的新令作为奖励。因此，富民也慷慨开仓，救济穷人。张养浩得知穷民无米下锅，甚至有杀掉子女给母亲吃的事，不禁大哭不已。于是他自己掏钱给以周济，命令出示被杀的小孩子的肉给官吏们看，责备他们不能赈灾。张养浩到任四个月没有在家居住，一直住在公署，夜间祈祷上天，白天外出赈灾，夜以继日地工作。每每念及民生痛苦，就放声大哭，因此得病不起。后经医治无效，竟然与世长辞，享年六十岁。陕西百姓如丧父母，万民哀悼，朝廷追封张养浩为滨国公，谥号文忠公。

皇太子派人赈灾后，又把铁木儿补化请辞等事情报告了行署。明宗对阔儿吉思等人说："修德应天是君臣应尽的职务，铁木儿补化等人所言甚合朕意。皇太子来会，朕当与他共同商议，如果对百姓有益，自当一一推行，以顺天意。"

监察御史把的于思上奏："自从去年秋天出师平乱以来，国库供给军需，赏赐将士，花费不计其数，比收入经费超出数倍。如今亲王上朝的一切供给都还没有发给，而且陕西等处灾害不断，加以冬春交接之时干旱少雨，麦苗枯死，秋田没种，民心惶恐不安。臣以为此情此景，应力行节俭，不宜浪费。如果有功一定要赏，也要视官级高低，酌量轻重。其他近侍大臣奏请恩赐的，则应当一律停止，以节省民力。"明宗看完奏折，大为动容，当即传旨，要节约用度，并提出进京路上的一切供应都应当从俭。官员们虽然都接到旨意，毕竟不敢过于节省，一路上彼此争相比豪华。明宗虽然看在眼里，却仍是漠然不理，无非以为他们既然照例如此，不如得过且过罢了。

明宗到了王忽察都，皇太子率领群臣也到了。两下相见，握手言欢，名分上虽然是君臣，情意上终究是骨肉。明宗格外欢喜，大开宴席，畅谈了多时，大家才就寝。燕铁木儿来见太子，又密谈了半夜。太子还在犹豫不决，一连密谈三天才做了决定。

天历二年八月六日，天已大亮，明宗还没起床。皇后八不沙以为明宗连日劳累，不敢惊动，等到日上三竿，还没听到起床的声音，才有些惊讶起来。皇后走到床前揭开帐子一看，顿时吓得面无人色。原来明宗已经七窍流血，四肢青黑，硬挺挺地卧在床上。八不沙皇后究竟是女流之辈，吓得连话都说不出来了。幸亏有侍女在旁边，急忙报告近臣，传太子来到寝宫。

太子正与燕铁木儿等待消息，得到了这个消息，立即来到寝宫。见了明宗的死状，太子情不自禁，失声痛哭。燕铁木儿却从容地说："皇帝已经驾崩，不能复生，太子关系天下，千万不能惊慌。现在回京要紧，万一有不测，岂不是贻误国家吗？"说着向御榻里探望，见御玺还在枕边，便伸手取来，递给太子说："这是皇帝留下传给太子的，太子不妨接受。况且皇后在此，论理也该命人交给太子，太子责无旁贷，就不要再推辞了！"那时的八不沙皇后只知道哭，还管什么御玺，就连燕铁木儿的一番话也没听见。太子见此情景，知道皇后无能，就接受了御玺，并止住了哭声。太子想去劝慰皇后，见燕铁木儿使了个眼色，也就顾不上许多了，直接出了行宫。燕铁木儿紧随其后，扶太子上马，太子疾驰而去。途中传令任命伯颜为中书左丞相，加封太保，封钦察台、阿儿思兰海牙、赵世延为中书平章政事。封朵儿只为中书右丞，前中书参议阿荣、太子詹事赵世安一并封为中书参知政事，前右丞相塔失铁木儿封为知枢密院事，铁木儿补化以及上都留守脱铁木儿一并封为御史大夫。于是明宗所用的一班旧臣又被弃置不用。

太子到了上都，监察御史徐奭立即上疏劝太子登基，说天下不可一日无君，先皇帝驾崩已经几天了，望太子早日继位，上祭祖宗社稷，下安百姓之心。太子于是选择吉日登基，亲临大安阁，接受亲王百官朝贺。又有一道诏敕，其文云：

朕惟昔上天启我太祖皇帝，肇造帝业，列圣相承。世祖皇帝，既大一统，即建储贰，而我裕皇天不假年！成宗入继，才十余载。我皇考武宗，归膺大宝，克享天心，志存不私，以仁庙居东宫，遂嗣宸极。甫及英皇，降割我家。晋邸违盟拘逆，据有神器，天示谴告，竟陨厥身。于是宗戚旧臣，协谋以举义，正名以讨罪，揆诸统绪，属在藐躬。朕兴念大兄播迁朔漠，以贤以长，历数宜归，力拒群言，至于再四。乃曰：艰难之际，天位久虚，则众志勿固，恐隳大业。朕虽从请而临御，实秉初志之不移，是以固让之诏始颁，奉迎之使已遣。寻命燕铁木儿，奉皇帝御玺，远迓于途。受宝即位之日，即遣使授朕皇太子宝。朕幸释重负，实获素心，乃率臣民北迎大驾。而先皇帝川涉山跋，蒙犯霜露，道里辽远，自春徂秋，怀险阻于历年，望都邑而增慨。徒御勿慎，屡爽节宣。信使往来，相望于道路。彼此思见，交切于怀。八月一日，大驾次王忽察都，朕欣瞻对之有期，独兼程而先进。相见之顷，悲喜交集。何数日之间，而宫车勿驾。国家多难，遽至于斯，念之痛心，以夜继旦！诸王大臣以为祖宗基业之隆，先帝付托之重，天命所在，诚不可违，请即正位以安九有。朕以先皇帝奄弃方新，摧怛何忍，衔哀辞对，固请弥坚。执谊伏阙者三日，皆宗社大计，乃以八月十五日，即皇帝位于上都。可大赦天下，自天历二年八月十五日昧爽以前，罪无轻重，咸赦除之。于戏！戡定之余，莫急乎与民休息；丕变之道，莫大乎使民知义，亦唯尔中外大小之臣，各究乃心，以称朕意！

可怜明宗称帝，只有七个月，连改元的圣旨都没来得及下，竟然被人暗算，中毒身亡，年仅三十岁，空留了一个"明"字作为尊号。其实这"明"字并不贴切，如果真明智，怎么能被图帖睦尔和燕铁木儿二人谋杀呢？

227

图帖睦尔这次登基同前次不同。前次还称为暂摄，这次名正言顺，史称文宗。文宗先派阿荣、赵世安二人在建康督建龙翔集庆寺，又派大臣前往监工，南台御史联名上奏阻止，说得痛切详尽，不由文宗不听，其中写道：

陛下龙潜建业，居民困于供给，幸而获睹今日，莫不跂望非常之恩。今夺民时，毁民居，以创佛寺，台臣表正百官，委以监造，岂其礼哉？昔汉高祖复丰、沛两县，光武帝免南阳税三年，今不务此，而隆重佛教，何以慰斯民之望？且佛教慈悲方便，今尊佛氏而害生民，无乃违其教乎！臣等心以为危，故不避斧钺，惶恐上陈！

不久得到诏旨，召回了监工大臣，文宗也算采纳谏言了。但文宗的心中总想皈依佛教，忏悔一切罪恶，所以继位之初没施行别的政策，却先建寺院，并且因为帝师圆寂，就改立西僧辇真乞剌思为帝师。新帝师从西域到来，文宗命令大臣出迎，凡是位列一品以下的都要参加。帝师大模大样乘车进京。帝师来到金殿，文宗恭立在大门内，亲自给帝师行礼，帝师傲然自若，不过略略合掌，便算答礼。帝师入座后，文宗命大臣俯身敬酒，帝师仍然傲慢不动。惹恼了国子祭酒富珠里翀，他大踏步走到帝师座前，满满地斟了一杯，递给帝师说："帝师信奉释迦，是天下僧人的宗师；我们却供奉孔子，是天下儒生的宗师。彼此各有尊崇，各不施礼，想必帝师也能原谅。"帝师听完，无法驳辩，却起身一笑，一饮而尽，大臣们都惊出了一身冷汗，富珠里翀却从容退下。文宗也不加斥责，君臣尽欢而散。

文宗因为燕铁木儿功勋无比，追封他家三代为王。他的曾祖父班都察被封为溧阳王，曾祖母王龙撒被封为溧阳王夫人；祖父土土哈被封为升王，祖母太塔你被封为升王夫人；父亲床兀儿封为扬王，母亲也先帖你以及继母公主察吉儿一并封为扬王夫人。又命令礼部尚书马祖常记录燕铁木儿的功绩，制文刻碑，立在北郊。文宗感觉种种赏赐仍不足以回报燕铁木儿的功劳，特别任命他专任宰辅，改任伯颜为知枢密院事，不设左丞相，并颁诏以示宠信：

燕铁木儿勋劳惟旧，忠勇多谋，奋大义以成功，致治平于期月，宜专独运以重秉钧，授以开府仪同三司上柱国太师、太平王、答剌罕、中书右丞相，录军国重事，监修国史，提调燕王宫相府事，大都督领龙翊亲军都指挥使司事。凡号令、刑名、选法、钱粮、造作，一切中书政务，悉听总裁。诸王、公主、驸马近侍人员，大小诸衙门官员人等，敢有隔

228

越奏闻，以违制论，特诏。

从此，燕铁木儿的权势越来越大，为所欲为，因此宫廷内外只知道有太平王，竟然不知有文宗了。

惊遇冤魂

文宗天历三年，改元至顺。当年明宗皇后从漠北回京，文宗将她迎进宫中，赐给玉帛二百匹作为用度，并封明宗之子懿璘质班为鄜王。懿璘质班年仅五岁，是明宗的嫡生子，也就是八不沙皇后所生。明宗还有一个儿子名叫妥欢帖睦尔，比懿璘质班年纪稍大，母亲名叫迈来迪，相传迈来迪原来是北方的娼妓。前朝宋恭帝赵㬎被掳到燕京时，受封瀛国公，赵㬎安居北方，无所事事，不免寻花问柳，见迈来迪容貌美丽，就同她结成外眷，生下一子，就是妥欢帖睦尔。后来赵㬎病逝，迈来迪颜色不减，被明宗和世㻋遇见，纳为侍妾，接入府中。妥欢帖睦尔也随母亲进了王府，居然成了明宗的长子。明宗左右颇有闲话，明宗却不以为然。现在妥欢帖睦尔又一同进了皇宫，文宗也不愿追究，对待他同别的孩子一样，任他出入宫中，同样抚养成人。不过懿璘质班是嫡生子，嫡子和庶子不能没有区别，所以一个封了王，一个不封王。

八不沙皇后虽然进了宫中，受到文宗的礼遇，但心中仍不无怨恨。有时暗中流泪，有时对人诉苦，文宗虽然有所耳闻，但也没有理睬。只是文宗的皇后卜答失里同八不沙本来就不亲，现在一同住在宫中，表面上虽然和睦，暗中却不无矛盾。彼此相见，有时免不得冷嘲热讽。八不沙皇后本来就没什么心计，身处这种尴尬的境地，又不能泰然处之，每每不如意就迁怒左右。侍女们没有什么见识，得着主宠便是欢喜，碰着主怒便是懊恼，谁肯体贴心意，曲意奉承？况且八不沙是过去的皇后，留住宫中好像一个寄生虫，怎么比得上卜答失里是当时的国母，控制着六宫呢？所以八不沙的一举一动，都由侍女们传话过去，卜答失里无不知晓。

冤家路窄，又出了一个太监同八不沙硬作对。这个太监与英宗时的贤相拜住同一大名。但是名同心不同，这个拜住却是个十足的小人。一天，太监拜住在宫中碰巧遇着八不沙皇后，也不上前请安，反而在旁边指手画脚和小太监调笑。八不沙皇后不禁气恼，便对他呵斥："你区区

229

一个太监，也敢这般无礼！人家欺负我命苦，你这太监也拿我当奴仆一般。你们以为仗着皇后的威势，就敢无法无天，要知道我也是个皇后，不过因为先帝忠厚，不加防备，被那狗男女从中暗算，暴然崩逝。难道皇天瞎眼，叫行善的遭殃，作恶的反而享福？泰山也有坍塌的日子，你等也应留点余地，不要做得太绝！"说完赌气离去。

太监拜住冷笑了几声，慢腾腾地走进中宫，见了皇后卜答失里便跪倒在地上，呜呜咽咽地哭起来。卜答失里本来就宠爱拜住，瞧见他这副模样，忙问："你受了何人的委屈，来找我诉苦？"拜住回答："奴才不敢说！"卜答失里很生气："叫你说却不说，那为何向我诉苦？你莫非无事生非不成？"拜住磕头说："奴才怎么敢！只是此事关系重大，不可不说，要说又不敢。"卜答失里有些不耐烦了："你尽管说来，有我做主，你怕什么？"拜住这才把八不沙皇后所说的话添油加醋地转述一遍，并且捏造几句骂人话，惹得卜答失里大怒，猛然起身，要找八不沙皇后算账。拜住却又劝阻。卜答失里恨得直跺脚："我和她势不两立，一定要她死在我手里，才能出我胸中的恶气！"拜住说："这也不难，只要禀明皇上，赐她自尽不就行了。"卜答失里说："我也曾说过几次，怎奈皇上不肯听从。"拜住又说："从太子入手，便好办了。"卜答失里沉思了一会儿说："你先起来，好好商量商量。"拜住起身。

卜答失里屏退侍女，秘密与拜住商量。拜住说："皇子虽然年幼，然而将来总是储君，现在郯王已立，同住在宫中，必然在一旁窥伺，万一皇上舍子立侄，皇子、皇后如何是好？"卜答失里问："我也防着这一手，现在有什么好办法吗？"拜住答道："只要禀告皇上，说明宗皇后暗中勾结大臣，阴谋立郯王为太子，不怕皇上不信。"卜答失里又问："皇上曾经有过立侄子的意思，倘若弄假成真，又如何是好？"拜住说："明宗暴崩，谣言四起，都说太平王燕铁木儿为主谋，连皇上也牵扯在内，就是明宗皇后也怀着疑心，所以话中带刺。我想皇上礼让之德已经昭显，立储一事断不会再让给侄子了，如果把这些话一一上奏，管保皇上动气，定会下决心早些斩草除根，免得留下后患。"卜答失里还在摇头，拜住接着说，"再进一层，说她图谋不轨，要对皇上不利，皇上莫非还能再让她不成？"卜答失里连连点头，拜住退下。

待文宗回宫后，她便一层一层详细告知。文宗虽然动怒，却不肯马上下手，卜答失里软磨硬泡，文宗最终被她蛊惑。枕边风最厉害，况且关系到父子夫妇的性命，就是铁石之人也要动心。文宗不由得叹息：

"凡事身不由己，我先前被燕铁木儿所迷惑，做了不仁不义之事；而今又被形势所逼，我再做一次，岂不是错上加错吗？但箭在弦上，不得不发，我只好将错就错了！"便对皇后卜答失里说，"照你说来，是一定要处死八不沙皇后了，但我终究于心不忍。还是由别人去处置她吧，我不好再去赐死。"卜答失里无话。

第二天，文宗上朝。卜答失里立即召拜住密谋，把文宗的话原原本本地转述了一遍。拜住说："皇上太过仁慈，此事只能由皇后做主了。"卜答失里问："你叫我去杀她吗？"拜住回答："请皇后传一道密旨，只说皇上有命，赐她自尽，她向何人去说，只好自己死掉。"卜答失里又问："果真可行吗？"拜住说："有什么不可行的？又不会为难皇上。"卜答失里说："你小心去做吧。"拜住出去，拟好密旨，并亲自带上毒酒，向八不沙皇后住处走去。

八不沙皇后刚刚梳洗完毕，猛然见拜住来到，令她下跪接旨，不禁发起抖来。拜住怒目喊道："快跪下听旨，以便复命！"八不沙皇后无可奈何，只得遵命跪下。拜住宣读伪诏，说她图谋不轨，谋立自己的儿子，应当恩赐自尽。八不沙哭着说："既杀我先皇，又要杀我，我死后必定化作厉鬼索命！"说完从拜住手中夺过毒酒，一饮而尽。不一会儿毒发，倒地身亡。拜住见她暴毙，立即回报卜答失里。卜答失里很是快慰。等见到文宗，只说八不沙皇后暴病身亡，文宗明知有鬼，但因为断绝了后面的祸根，也感到很惬意。

卜答失里打算确立名分，立自己的儿子阿剌忒刺答为太子，文宗应允。文宗先把八不沙皇后的丧葬草草处理完毕，然后安排册封大礼。正要命令太常等官员商议册立太子的礼仪，可是皇后卜答失里和太监拜住计上生计，又想出了一条毒计。他们见鄜王懿璘质班和妥欢帖睦尔还在宫中，究竟不是了结，又打算把他二人驱逐出宫，拔去眼中钉。于是整天在文宗面前絮叨，把祸福利害的关系反复阐述，文宗认为二人年纪还小，不便驱逐，只说是从长计议。

卜答失里仍然不肯放手，暗中唆使妥欢帖睦尔的乳母，叫她告知其夫觐见文宗，就说妥欢帖睦尔并非明宗所生，是一个娼妓的杂种。明宗在时，就打算要把他驱逐了，现在正好借着立太子的机会把他赶出皇宫，不要一误再误。于是文宗下令，把妥欢帖睦尔母子驱逐出宫，放逐到高丽，幽居在大青岛上，不准与人来往。

妥欢帖睦尔被赶走后，宫中只剩下懿璘质班一人，孤苦伶仃，无人抚育。卜答失里还想把他调开，可是文宗不答应。拜住又献计："一个小孩子晓得什么计策？只要在糕点中放点毒药，便可以把他毒死。"话音未落，忽然感觉有人从后面猛击，拜住竟然头晕目眩，跌倒在地。卜答失里大为惊讶，忙令侍女搀扶拜住，冷不防拜住反而瞪起眼睛怒斥："谁敢来救他？他是一个小太监，却恃宠横行，阴谋害死了我，还要谋害我儿子吗？"这话一出，吓得卜答失里浑身发抖，面如死灰。拜住又指着卜答失里痛骂："都是你这狠心妇使的阴谋诡计，要把我们母子置于死地，所以家奴走狗也横行霸道，阿谀奉承。天下是我家的天下，你等害我先皇，夺我帝位还不满足，又假传旨意把我毒死，我死得好苦啊！"说完，顿足捶胸大哭。继而又惨然说道："可怜我夫妇二人，全都遭你等毒手，现在只剩了一个孤儿，只有四五岁，你等也应存点天良，好好照顾他。死生有命，就算阳寿尽了，也不该死在你们手上！你以为害了我儿子，你儿子就能长寿，万岁为君吗？你且看看，我先索了这狗奴的性命，回去再说！"说完寂然不动。等卜答失里惊魂渐渐定下，再仔细一瞧拜住，已经是满口鲜血，咬舌而死。

从此，六院深宫常带阴气，宫娥彩女互相惊吓，不是说有鬼叫，就是说有鬼的脚印，白天时结伴才敢进出，夜静时关门闭户还觉得阴森。卜答失里由惊生畏，由畏生忧，又同文宗商议，要在帝师面前受佛戒。

文宗本来就心虚，又听说宫中时常闹鬼，也觉得毛骨悚然。听了皇后的话，自然满口应允，当下告知帝师辇真乞剌思择日受戒。辇真乞剌思自然乐于从命。届时，帝师来到兴圣殿，文宗率领皇后以及皇子阿剌忒剌答，全都到坛前行受戒之礼。好在一切仪式都有成例，不过由太常官多费些手续，僧徒多念些真言，便算大礼告成了。文宗又让懿璘质班也受了佛戒。满心指望慈航普度，佛法无边，能保佑平安无事。宫中的一切人等也以为有如来保护，可以消除魔障，纵然有鬼怪也不敢为害了。从此，宫中稍稍安静。文宗又封皇子阿剌忒剌答为燕王，设立宫府，任命燕铁木儿总领府中之事。从此，文宗一心信佛，命令西僧在明智殿大做佛事，从四月初一起，直到腊月才结束。

故相铁木迭儿的儿子锁住世袭得官，封为将作使，他却因为将作使一职地位卑微而心存不满，于是和弟弟观音奴阴谋作乱。无奈二人势单力孤，一时无法发难，就和姐夫太医使野理牙暗中谋划，打算用魔法暗害文宗。一伙奸党听说宫中有鬼作祟，更加迷信，以为趁机作法应当灵验。野里牙的姐姐阿纳昔木思信奉道教，就向道教徒求得几张道符，在院中设起神坛，上面供奉北斗星君的牌位。每天早晚顶礼膜拜，口中念念有词，祈求新君和宰相快死，另换真命天子治理天下。还有前刑部尚书乌马喇、前御史大夫孛罗，以及前上都留守马儿，全都失职闲居，心中怨恨。这几个人平日就与锁住等人来往密切，现在听说锁住得了这种法术，全部赞成。哪知谋事不密，竟被别人揭发，当即燕铁木儿奏报文宗。文宗把锁住、观音奴、野理牙三人逮捕查问，中书省臣严刑审讯，后来审出乌马喇、孛罗、马儿及野理牙的姐姐阿纳昔木思四人一同参与密谋。随即把他们四人一并捉拿，审讯属实，加上大逆不道的罪名，一律推出正法。

一波未平，一波又起。知枢密院事阔彻伯脱脱木儿、通政使只儿哈郎、翰林学士承旨伯颜也不干、燕王宫相斡罗思、中政使尚家奴秃乌台、右阿速卫指挥使那海察拜住等人，因为燕铁木儿横行霸道，不忍坐视不理，想要兴兵问罪，以清君侧。可是却被燕铁木儿的爪牙也的迷失脱迷的看出了破绽，先去密报。燕铁木儿先发制人，立即率兵抓捕，共拿住十二人，全部斩首，并把他们的家产查没充公。

亲王大臣因为内乱扫平，全都向太平王贺喜。燕铁木儿率领文武百官和僧人道士，跪在金殿上疏，请文宗加称尊号。文宗也很开心，答应了请求，亲临大明殿，由燕铁木儿等人手捧御册、御宝，上尊号为钦天统圣至德诚功大文孝皇帝。御史大臣又想好事成双，请求立燕王为皇太子。文宗说：“朕子尚年幼，容日后再议。”

过了一个多月，又有亲王大臣请求立储。文宗又说：“卿等所言也有道理，但燕王年幼，恐怕识虑有限，不堪重任，等他年纪大些再议也不为迟。”但是皇后卜答失里急着立儿子为太子，暗中勾结亲王大臣，让他们再三奏请，自己也趁机极力劝说，请求文宗赶快答应群臣的建议。文宗不好固执己见，只好命令太保伯颜祭告宗庙，然后立燕王阿剌忒纳答剌为皇太子。礼仪结束的第二天，皇太子却忽然生起病来，热了三天三夜，全身出红斑，仿佛痘疹一般，急得皇帝、皇后坐立不安。二人正在照料，突然皇太子大叫道：“你想立太子吗？我二人特来索命！”文宗听完，不觉惊倒在地上。

寄养皇儿

　　文宗被冤魂一吓，惊倒在地，晕了过去。慌得皇后卜答失里没了主意，连忙跪倒在地，口称该死，只求先皇、先后不念前嫌，留下太子性命。只听太子冷笑着说："早知今日，何必当初？你夫妇昧着良心，毒死我夫妇，如今生杀大权在我手上，看你等还能害我吗?"卜答失里又跪地哀求："如果能保全太子，情愿做佛事三年，超度先灵。"太子又冷笑了一声："佛事只可欺人，不能欺鬼，我要索命，任你做佛事三十年也没用处。"卜答失里又说："先皇、先后如果不肯饶恕，我宁可代替儿子去死。皇子无知，还求先皇、先后宽恕!"太子又说："像你这般狼心狗肺，自有现世的报应，不劳我们出力。"卜答失里仍旧磕头不已。太子又感叹："你既然撇不掉儿子，就再宽限你几天，再作处理。"说完又寂然无声了。

　　文宗醒来，听到这番对话不禁悔恨万分。又见卜答失里还跪着，就流着泪说："你站起来吧，前面的事已经做错，跪求恐怕也于事无补了。"卜答失里这才起身，瞧见文宗落泪，更惶恐不安，转身摸太子身上，仍然像火炭一般，似醒非醒，似睡非睡。她叫了几声也不见回答，急得无计可施，只好同文宗泪眼相对。文宗说："我当初本不打算立储，你们内外逼迫，才促成此举。看来先兄先嫂不肯容我过去，我只有改立皇侄，告慰先灵，或许能保全孩儿的性命。"卜答失里承诺："如果皇子病愈，一定改立太子。"正在商议，忽然外面呈进奏报，原来是豫王从云南发来的，奏报中详细叙述了军情。文宗看过，大意是说军事非常顺利，请皇上不必忧虑。文宗心中稍稍宽慰，然后嘱咐皇后照顾儿子，自己出宫上朝去了。

　　原来，先前上都变乱时，各省就大多怀有二心，后来燕铁木儿等人平定上都，各省才平静下来。四川平章囊嘉岱曾自称镇西王，四处骚扰。明宗继位后派使者传诏书，囊嘉岱才束手听命，削王称臣。以后明宗暴崩，文宗再次登基，听说囊嘉岱又有违抗的意思，就召他上朝，谎称朝廷要加以重任。囊嘉岱信以为真，动身离开四川。刚出四川，地方官吏就奉密旨把他捉住，押送进京。中书省审问，称他大逆不道，立即斩首，家产没收。

这个消息传到云南，亲王秃坚大为不服，就同万户伯忽、阿禾等人谋反。四处传送檄文，声称文宗弑兄自立，诱杀大臣，罪大恶极。接着兴兵攻陷中庆路，杀死廉访使等人，并活捉了左丞忻都，威胁他协助处理文书。随后秃坚自称云南王，封伯忽为丞相，阿禾等人为平章等官职，继而修筑防御工事，焚毁仓库，对抗朝廷。

文宗接到警报，立即封河南行省平章乞住为云南行省平章兼八番顺元宣慰使，铁木儿不花为云南行省左丞，派二人率兵南下讨伐，又派豫王阿纳忒剌失里监制各军。

当时有个云南土官叫禄余，骁勇绝伦，名震南方。文宗派豫王招降禄余，约他夹攻秃坚。禄余开始还听从命令，招集各部蛮军效力出征，连败秃坚的军队，文宗降旨封他为宣慰使，兼任云南行省参知政事。不防秃坚却暗中行贿，买通禄余，唆使他背叛元廷。禄余贪财如命，竟然又归附秃坚，率蛮兵一千人，在乌撒、顺元一带立关固守，抗击元军。

重庆五路万户的大军奉了豫王的调遣，来到云南境内，被禄余袭击，陷入绝境，全军覆没。千户祝天祥作为后应，亏得迟来了一步，得到前军的失败的消息，仓促逃回。此事上奏元朝廷，再派亲王云都思铁木儿调集江浙、河南、江西三省重兵，同湖广行省平章脱欢合兵南下讨伐。各路兵马还没有进入云南，铁木儿不花又被罗罗思蛮兵在途中截击，斩首而去，元朝廷大为震惊。

枢密院大臣上奏称秃坚、伯忽等人势力猖獗，禄余等也乘势纠集乌蒙、东川、茫部的蛮兵进逼顺元。大臣们请求文宗严命各军加紧进攻，并责令边境巩固防守。于是文宗又颁发诏旨，命令豫王阿纳忒剌失里等人紧急会师进兵讨伐叛军。因为乌蒙、乌撒及罗罗思等地接近西番，与碉门安抚司唇齿相依，文宗又命令当地军民严加守备，再命巩昌都总帅府分头调兵，防守四川开元、大同、真定、冀宁、广平各路。一时间官军形成了大兵压境之势，围攻云南。

云南茫部路九村的土著人听说大军陆续南来，料知难以抵挡，便公推头目阿斡阿里赶奔四川行省，提出情愿准备粮草四百石、壮丁一千人助大军南征。当时四川省大臣据实上奏，文宗因为阿斡阿里等人归顺朝廷，大加赞赏。

从此，土著人大多归顺朝廷，豫王阿纳忒剌失里和亲王云都思铁木儿分别监督各军，同时集结。还有镇西武靖王搠思班，是世祖的六儿子，现在也领兵来会。总计十多万人马，大举进攻叛军。

官军先夺了金沙江，抵达对岸。正遇上云南阿禾的叛军，官军奋力冲杀，阿禾抵挡不住，夺路退兵，官军哪里肯舍，向前急追。阿禾无路可逃，只好回来拼命，又被官军射倒，捉住斩首了事。

大军进至中庆路，遇上伯忽带兵来战。两军在马金山相遇，官军先占了上风，如排山倒海一般掩杀过去。伯忽虽然勇猛，怎奈官军势不可当，况且自己所带领的蛮军向来没有纪律，见官军人多势众，都纷纷如鸟兽般散去，只剩下伯忽一支孤军，且战且退。正在穷途末路的时候，斜刺里忽然闪出一支伏兵，为首的一员大将挺枪入阵，竟将伯忽刺死于马下。这人不是别人，正是太宗的儿子库腾的孙子，曾封为荆王，名叫也速也不干。他和武靖王搠思班一同镇守西南，听说大军进讨云南，他带领亲兵，绕到伯忽背后，静悄悄地埋伏着，正巧伯忽败走，于是趁机杀出，将他刺死。

也速也不干与豫王等人相会，合军再次进兵，一直杀进云南。秃坚兵败身死，禄余远逃。豫王等人这才派使者上奏报捷，并请留下荆王镇守云南，自己撤回其余的官军。文宗上朝后，与中书省等大臣商议，决定采纳豫王的建议，命令豫王等人班师，留荆王驻守要塞，另封特默齐为云南行省平章，总管当地军事。特默齐到任后，又进兵搜剿余孽。罗罗思的土著首领撒加伯暗中派把事曹通勾结西番，打算占据大渡河，进犯建昌。特默齐急忙调云南省官跃里铁木儿出兵袭击，把曹通杀死，又派万户统领周戡直奔罗罗思部，控制西番以及各个蛮部。土著官撒加伯无计可施，落荒逃去。

既而禄余又出头招集余党，进犯顺元等地。云南省臣因为禄余骁勇善战，准备以高官厚禄引诱，招他归降。于是派都事诺海到禄余军中，传令封禄余为参政制命。禄余不受，反而把诺海杀死。都元帅怯烈向来勇武有名，听说诺海遇害，奋然起兵，连夜进攻，击破贼寨，杀死蛮军五百多人。秃坚的大弟必剌都古豢失全家投河身亡，其他两个小弟和三个儿子都被怯烈捉住，就地正法。只有禄余不知下落，大约是远奔西域了。余党全部扫平，云南从此安定了下来。

文宗因为西南平定，外患已除，倒也稍稍放心。只是太子阿剌忒答疹病不但没有痊愈，反而一天比一天加重。有时热得发昏，满口鬼话，不是明宗附体，就是八不沙皇后缠身。太医进宫静诊脉象，也说是有鬼气。急得皇后卜答失里成天祈祷鬼神，却没有一点效果，她已经束手无策，只好求帝师帮她忏悔。帝师有什么能力？只会说潜心修佛事，才可以挽回。于是，文宗命令宫廷内外筑起八所佛坛，由帝师亲自登坛，召集西僧虔诚顶礼膜拜。今天忏悔，明天念经，皇宫里的男女没有一个不斋戒，没有一个不祈祷。就连皇后卜答失里此时也宣起佛号，从白天到晚上，把阿弥陀佛以及救苦救难观世音等佛家的梵语念到几万遍。怎奈莲座失灵，佛法无力，任凭她每日祷告，无奈西天相隔遥远，总不见效。

卜答失里无可奈何，整天以泪洗面，起初还求先皇、先后保佑，后来儿子的病一天天加重，祷告无效，又改为怨骂。一天晚上，卜答失里坐在太子面前，连哭带骂，忽然见太子两手抓挠，跺着脚，怒目瞪着皇后说："你还要出言不逊吗？我见你苦苦哀求，才留你儿的性命延缓几天，你反而怨我骂我，真是不识好歹！罢了，像你这等狠心的妇人，总是始终不改，我们先要你长子的性命，再来取你次子，叫你看看我们的手段！"原来文宗有两个儿子，长子名叫阿剌忒剌答，次子名叫古纳答剌，两个儿子都还年幼。这次卜答失里听了鬼语，急得不得了，忙派侍女去请文宗。

文宗到来，太子又厉声说："你既然想做皇帝，尽管自己做好了，何必虚情假意卖什么美名，派使臣迎我？我在漠北，并没有与你争位，你却派使臣阿谀奉承，硬要奉我登基。你既已忌恨我，就不应让我；既已让我，就不应害我。况且我虽然有儿子，却不忍心埋没你的功劳，仍然立你为皇太子，我若寿终，帝位自然为你所有。你不过晚做几年，何故阴谋加害？害了我还不算完，我皇后与你有何仇恨？一个年轻孀妇，寄居宫中，有什么能力，总难逃你的手掌。你偏又听信悍妇，生生地将她毒死，全不念同胞骨肉，亲情手足。你既然如此，我还要顾念什么？"文宗也吓得胆战心惊，请求改立鄜王为太子。只见太子哈哈大笑："迟了！你也该遭天谴了。善有善报，恶有恶报，积因成果，不要以为神灵无知！"

文宗还要求饶，太子已经两眼一翻道："我要走了！你儿子先随我去了，此后你也应防着，不要再听那长舌妇的话了！"话音才落，文宗知道不好，急忙起身看太子，太子已经喘作一团，不到半刻，就一命呜呼。文宗和皇后卜答失里心如刀割，抚尸痛哭，悲痛欲绝。

文宗悲痛万分，召画师画下儿子的像留作遗念，然后特制桐棺，亲自装殓。他先把儿子的尸首用香汤沐浴，穿衣含玉，一切仪式如同成人，后又命令宫中广设祭坛道场，召集西僧一百多人超度亡灵。忙碌了好多

237

天才安排下葬，抬棺材的役夫竟达数千名。太子葬在祖陵后，又建造陵墓，再把太子的灵位供奉在庆寿寺，一切规格与历朝皇帝一样。

　　葬礼才完，次子古纳答剌又染上疹病，病势不轻于已故的太子。这一惊非同小可，不但文宗和皇后捏了一把冷汗，就连宫廷内外也都说是先皇、先后不肯放手。顿时风声鹤唳，杯弓蛇影。文宗图帖睦尔以及皇后卜答失里更是惊慌失措，头脑发昏。猛然想起太平王燕铁木儿足智多谋，或许会有解救的办法，便急忙命内侍宣召。燕铁木儿立即赶到，文宗和皇后同他商议。

　　燕铁木儿是阳世奸臣，不是地府的阎王，冥思苦想，也想不出什么法子。见皇帝、皇后二人急得泪流满面，很让人悲伤，于是委婉进言："宫中既然有阴气，皇次子不宜再住，俗话说趋吉避凶，据臣看来，如果暂且让皇次子避开此地，或许可以逢凶化吉。"文宗问："何处可以避祸呢？"燕铁木儿回答："京城中不乏亲王、公主，总有老成谨慎的，便可以托付。"皇后卜答失里立即插话："最好是太平王府中，我看此事也只能托付你了，还望你不要推辞！"燕铁木儿说："臣深受皇恩，不敢不尽力！但在臣家中，恐怕亵渎了皇次子，还求再议。"文宗又说："朕子就是卿子，说什么亵渎不亵渎！"燕铁木儿又说："臣家比邻有一所吉宅，乃是前亲王阿鲁浑撒里的故居，请陛下颁发敕令，将此宅作为皇次子的宅第，微臣也能够朝夕侍奉，岂不两全其美。"文宗说："故王的宅第不便擅自夺取，不如作价买下吧。"燕铁木儿赶紧奉承："这是皇恩浩荡，臣当代为谢恩。"说罢便跪地叩头。文宗亲手搀扶，叫他免礼，并且当面嘱咐："事不宜迟，就定在明天吧。"燕铁木儿领旨而出，当晚就布置妥当。次日上午，燕铁木儿再次进宫，准备了一辆暖车，拉着皇次子古纳答剌出了宫门。

皇后嫁丞相

　　燕铁木儿护送皇次子古纳答剌出宫，来到阿鲁浑撒里的故居安心调养。跟随来的宫女有数十人，又从太平王府中选派了多名妇女，小心侍奉。太平王的继母察吉儿公主，以及燕铁木儿刚娶的公主们也都每天过来探望，问寒问暖。果然，冤魂再没出现过，皇次子渐渐好转。燕铁木儿上奏宫中，皇帝、皇后很高兴，立即赐给燕铁木儿以及公主察吉儿每

238

人黄金一百两、白银五百两、铜钱两千贯，就连燕铁木儿的弟弟撒敦也得到了大量的赏赐。

文宗传旨在兴圣宫西南筑造一座宅第，作为燕铁木儿的外宅，并在虹桥南畔修建太平王祠堂，为太平王树碑立传，歌功颂德。文宗召燕铁木儿的儿子塔剌海进宫，赐给他金银无数，并收他作为养子。文宗还给皇次子古纳答剌改名燕铁古思，同燕铁木儿的名字有两个字相同，表明义父义子的关系。燕铁木儿上朝推辞，文宗拉着燕铁木儿的手感慨地说："卿功高盖世，朕常恨赏赐过少。朕把爱卿看做亲人一般，卿子可以为朕子，朕子亦可以为卿子，不分彼此才好。"燕铁木儿叩头推辞："臣的儿子深受皇恩，臣也就不敢推辞了，而皇次子是皇亲骨肉，臣是一介平民，怎敢认作义子呢？务必请陛下收回成命！"文宗说："名字已经改过，你就不要再推辞了。朕有换儿子的意思，愿不愿意卿自己选择吧。"燕铁木儿拜谢而出。

过了几天，太平王妃忽然病逝。文宗亲自去哀悼，并赐给厚礼。丧葬才过，文宗又把皇家的几个公主下嫁给燕铁木儿，以解他的丧妻之痛。宫中有一个高丽女子，名叫不颜帖你，聪明过人，深得皇帝宠爱，现在文宗也割爱赐给燕铁木儿。燕铁木儿推辞不掉，干脆做了一床大被子，让文宗所赐的美女全和自己同床而睡，凭着天生神力，每天晚上和几个美女巫山云雨，肆意淫乐，说不尽的温柔滋味。只是正室的位置仍然空着，大家全都莫名其妙，其实却有一段隐情。

原来，早在燕铁木儿迁置泰定后妃的时候，就有了决定。无奈进京以后，内外多生变故，政务繁忙，他又专权不放，一切军国大事都要过问，因此疲于应付，连王府中的公主等人都不免独守空房。既而云南平复，燕铁木儿本以为可以放松放松，不料皇次子燕帖古思又要他抚养，一步也不好脱离。后来皇次子渐渐痊愈，王妃又故去，又有一番忙碌。等把王妃的后事安排完之后，燕铁木儿正要移花接木，兑现先前的承诺，去接泰定后妃，偏偏皇上又降恩赐给他几个公主，他不得不竭力周旋，忙得燕铁木儿好像穿花蝴蝶天天舞，点水蜻蜓款款飞。

又过了一个月，终于国家无事。燕铁木儿暗想："此时不去东安州，还有什么机会？"就借口出猎，带了几名亲兵，匆匆向东安州赶去。到了东安，燕铁木儿立即去见泰定皇后。有侍女通报，泰定皇后带领着两位先皇妃笑脸相迎。几位美女美貌依旧，燕铁木儿定睛细看，竟然两眼发直，说不出话来。还是泰定皇后先开了口："分别一年，王爷好像瘦了许多，莫非为国家大事劳损精神了吗？"燕铁木儿这才说："正是如此。"
二妃也在旁边插嘴："今天遇着什么风，把王爷吹到这里来了呢？"燕
铁木儿说："我天天惦念着皇后、皇妃。只因先有叛乱，后有内忧，
所以无法分身，一直到今天才推开繁忙来到此处。"泰定后妃齐声说
不敢当，然后邀请燕铁木儿进屋，燕铁木儿与泰定皇后相对坐下，二妃
列坐一旁。

泰定皇后这才问起内忧外患的情况，燕铁木儿大略叙述了一遍。泰
定皇后说："有这么多变故，怪不得王爷瘦了许多。"燕铁木儿又说：
"还有一件可悲的家事，我的妃子去世了。"泰定皇后叹道："可惜！可
惜！"燕铁木儿说："这大概也是命中注定吧！"二妃也跟着插嘴："王
爷的侧室想必多得很吧。只要王爷挑选一个称做王妃，不就解决了吗？"
燕铁木儿却说："侧室虽然有几个，但大多是皇上所赐，不合我意，最
好是另行选择，才能弥补遗憾呀！"二妃又问："不知何处淑女有此厚
福，能配上王爷？"燕铁木儿却睁着一双色眼，偷眼看那泰定皇后，又
对二妃说："我心里倒有一个人，只是不知道她肯不肯屈就？"二妃听
到"屈就"两个字，已经料到三分。再看泰定皇后的神色，似乎也有了
察觉，泰定皇后却故意对侍女吩咐："今天王爷到此，理应备酒接风，
你赶快去吩咐厨役准备。"侍女领命离去。燕铁木儿说："我曾经给
州官写信，叫他小心伺候皇后、皇妃，所有供奉不得怠慢，他们按我的
意思办了吗？"泰定皇后说："州官供奉非常周到，我们在这里并没有
觉得苦。多亏王爷细心照应，实在感谢！"燕铁木儿说："区区小事，
不足挂齿。"正说着，有侍女来报，说州官求见。燕铁木儿问："他来
见我干什么？"说完又想了想，才吩咐侍女："他既然来了，我就去见
见他。"

原来，燕铁木儿这次到东安州是微服出游，并没有什么仪仗，而且
急着去会泰定后妃，是秘密前来，所以州官先前并不知道。后来探听到
燕铁木儿来了，慌忙穿戴整齐，前来拜会。燕铁木儿出去应酬了一番，
州官自然曲意逢迎。等州官走后，燕铁木儿又进屋，酒宴已经安排妥当，
燕铁木儿吩咐移进内室，以便细谈。

入席后，泰定皇后先斟了一杯酒，算是敬客的礼仪，自己因为避着
嫌疑，退到了旁边，不和燕铁木儿同席。燕铁木儿起身提议："举酒独
饮有什么趣味？既然皇后、皇妃优待，何不一同畅饮？彼此又不是外人，
一起喝一杯何妨？"泰定皇后还是怕羞，犹豫了半天，燕铁木儿一再催

240

逼，这才让二妃入席陪酒。燕铁木儿又说："妃子同席，皇后却在一旁，这成什么道理？"说着竟然来到泰定皇后面前，去拉皇后的衣裳，泰定皇后见难以推却，只好让过燕铁木儿，拣了一个座位要坐下，燕铁木儿还是不肯答应，一定要请皇后上座。泰定皇后说："王爷不必过谦了！"于是燕铁木儿坐在客位，泰定皇后坐在主位，两旁站着二妃。燕铁木儿说："二妃怎么不坐？"二妃这才在左右坐下。

于是酒宴开始，起初大家还有些拘束，若即若离。几杯酒过后，彼此都有了酒意，就放纵起来。燕铁木儿仔细瞧着泰定皇后，又瞧着二妃，一个是淡妆如菊，秀色可餐，两个是浓妆艳抹，面似桃花，燕铁木儿不禁眉飞色舞，用眼神挑逗。二妃也频频劝酒，脉脉含情。泰定皇后到后来也有些情不自禁，只不过勉强镇定，装出正经的模样。

燕铁木儿斟满了一杯，捧起递给泰定皇后说："感谢主人盛情款待，理应回敬一杯。"泰定皇后不好用手接，只等燕铁木儿把酒放在桌上。可是燕铁木儿双手捧着，一定要泰定皇后直接喝，弄得泰定皇后两颊微红，没办法只好喝了一口。燕铁木儿这才放下酒杯，瞧着泰定皇后说："在下有一句话，不知当讲不当讲？"泰定皇后说："有话只管讲吧！"燕铁木儿说："皇后寄居在这里，郁郁寡欢，实在可叹。二妃也随着同住，这大好青春，怎么忍心辜负呢？"泰定皇后听到这话，暗暗伤心，二妃更忍耐不住，差点流下泪来。

燕铁木儿又说："人生在世，有如朝露，何必拘泥于小节？只要眼前快乐就是乐事。请问皇后、二妃，何必自寻烦恼？"泰定皇后说："我已经老了，还想什么乐趣？只是两位妃子随我受苦，却是可怜！"燕铁木儿笑道："皇后虽然将近中年，却好像只有二十出头，如果肯稍稍屈尊，我就要……"说到"要"字，却把后半句含住。泰定皇后不便再问，二妃却已擦干眼泪，齐声问："王爷要什么？"燕铁木儿竟然厚着脸皮说："要皇后屈做王妃呀！"泰定皇后嫣然一笑说："王爷的话太谦虚了！别说我不便嫁给王爷，就是嫁了，要我这老太太有什么用？"燕铁木儿说："哪里老呀！如果皇后答应，我明天就迎娶。"泰定皇后说："容我与二妃商量商量。"燕铁木儿又承诺："有难同当，有福同享。皇后如果肯屈尊，二妃自然同去。"此时，二妃起身离座，避了出去，侍女等人也早已出去，只剩下泰定皇后自己坐着。燕铁木儿走到泰定皇后身旁，悄悄地拉她的衣服。泰定皇后慌忙让开，却缓缓地向内室走去。

燕铁木儿自然追上，随着进了内室，又大胆搂住她的细腰，抱到床前。泰定皇后回头假意生气地说："王爷太讨厌了！不怕先皇恼怒吗？"燕铁木儿却说："先皇有灵，也不忍皇后孤独。今天一定要皇后开心！"泰定皇后是个饥渴已久的妇人，遇到这个情魔，哪能不令她心醉！当下半推半就，任随燕铁木儿为所欲为，成就了一段意外的姻缘。正在行云布雨的时候，那两个妃子突然进来，泰定皇后无地自容。燕铁木儿却一鼓作气，完了正本，然后又另行开场。二妃本来就春心荡漾，自然依次成全了好事。

　　从此以后，四人同床。又淫乐了好几天，燕铁木儿才回京。临走时，对泰定皇后和二妃说："我一到京师，马上会安排妥当，派车驾来迎娶。你三人定要一同前去，不得推辞！"三人含泪送别，恋恋不舍。燕铁木儿说："分别不过几天，此后就会同住一家，安享后半生的安逸了。好景还长着呢，何必黯然伤心？"三人这才送他出门离去。

　　燕铁木儿一到京师，立即派卫队和亲信赶奔东安州，去迎接泰定后妃，嘱咐路上格外小心；然后就在文宗新赐的宅第中开始布置，作为藏娇的金屋。后来，泰定皇后下嫁燕铁木儿，二妃也甘心做妾。泰定皇后名为巴巴罕，二妃名为必罕和速哥答里。

　　巴巴罕等人在东安州天天盼望着京城的来使，等了好多天，使者才赶到。三人非常欢喜，当天就动身。州官急忙来送，并献上了许多礼物。巴巴罕等人道过了谢。车驾上路，卫兵侍从前呼后拥，同上次燕铁木儿到东安州时的情景大不相同。

　　不几天就到了京师，燕铁木儿早已派人把三人迎进了新宅。京城中的官员也不知道是怎么回事，都在暗暗猜测。只有燕铁木儿的心腹知道此事，放出些风来，大家也不敢议论，只是陆续到太平王府送礼贺喜。一传十，十传百，连宫廷里都听说了燕铁木儿继娶王妃的事，全都去道贺。文宗还不知道娶的是谁，问太保伯颜才弄清楚。蒙古的风俗中本来就没名节的概念，况且是一个冷落的先帝皇后，哪管她再嫁不再嫁。文宗也派太常礼仪使带着许多礼品赐给了燕铁木儿。

　　到了成亲的那天，燕铁木儿先到新宅，派手下人带着彩车去迎接三人。巴巴罕等人打扮得像天仙一般。一到新宅，巴巴罕下车登堂，和燕铁木儿行过了夫妻交拜之礼，必罕姐妹也盈盈下拜，大家看着那新娘的容貌，也并不觉得老，反而比先前丰满了些，真是个天生尤物。等到新王妃和察吉儿公主相见，巴巴罕感觉面熟，只好低头见礼，然后四位新人进入洞房。

燕铁木儿又出来应酬了一阵子，天一黑，马上回到洞房，巴巴罕等人起身相迎。燕铁木儿拉着巴巴罕的手说："名花有主，夫人虽然屈尊下嫁，然而夫人的性命从此保全，我才觉得宽心！"巴巴罕惊问原因，燕铁木儿说，"明宗皇后都被毒死，难道上头不记着夫人吗？上头屡次有心加害，我为了此事费了许多周折。夫人如果长住在东安，终究难免遭遇不测，现在做了我的夫人，自然可以没事了。"巴巴罕格外感激，对燕铁木儿说："王爷的大恩，今生今世难以报答！"燕铁木儿说："既然是夫妇，何必过谦呢？"又对必罕姐妹说，"你二人各有卧室，今天暂且分住一晚，明天来续欢吧。"二人告别而去。

燕铁木儿和巴巴罕温存了一番，然后宽衣解带，同入罗帏，一夜恩爱，自不必说。第二天晚上，燕铁木儿又和必罕姐妹共叙旧情，自然另有一种滋味。

舍子立侄

燕铁木儿纳泰定皇后为妃，又得了必罕姐妹，并有先前文宗所赐的公主等人，总计后房佳丽已经有二三十人，每天左拥右抱，夜以继日，快活得很。俗话说色是刮骨钢刀，平常一夫一妇还要节制，况且一个男子陪着几十个妇人，就是铁打的筋骨也难以持久，燕铁木儿日渐消瘦。但他却仍然好色如命，喜新厌旧，听说哪里有美女就一定要弄到手。无论皇亲国戚，还是少女寡妇，只要太平王一句话，就必须亲自送上门去，任他玩弄。从至顺元年到三年，燕铁木儿共霸占了数十人，有的成亲三天就送回老家。百姓忍气吞声，背地里都诅咒他快死。他却丝毫不知悔改，甚至妻妾太多了，竟然不能认全。有道是天作孽犹可为，自作孽不可活，虽然燕铁木儿还在苟延残喘，但死期却也不远了。

文宗继位以后，第一个宠臣是燕铁木儿，第二个就是伯颜。至顺元年，文宗改任伯颜为知枢密院事，还觉得不足以表示宠信，又把元世祖的儿子阔出的孙女嫁给了伯颜为妻，并赐给他卫士三百名，还赐给黄金双龙符，上面刻着广宣忠义正节振武佐运功臣。至顺二年，又加封伯颜为浚宁王，并兼任侍正府侍正，追封其前三代为王，不久又加封他为昭功宣毅万户、忠翊侍卫都指挥使。至顺三年，拜伯颜为太傅，加封徽政使。

当时的燕铁木儿深居简出，每天只知道和妻妾寻欢作乐，没心思过问国事。因此，一切朝政都由伯颜主持，伯颜的权力不小于燕铁木儿。于是趋炎附势的百官，前面讨好太平王，现在又来巴结浚宁王，朝秦暮楚，摇尾乞怜，只要浚宁王允许，平白无故也可以升官。

监察御史陈思谦目睹时政腐败，痛心疾首，上奏文宗，针砭时弊。文宗虽然表面应允，无奈暗中有伯颜把持朝政，只要贿赂到手，无不设法提拔。陈思谦又上奏弹劾：

臣观近日铨衡之弊，约有四端：入仕之门太多，黜陟之法太简，州郡之任太淹，朝省之除太速。欲救四弊，计有三策：一曰，至元三十年以后，增设衙门，冗滥不急者，从实减并，其外有选法者，并入中书。二曰，宜参酌古制，设辟举之科，令三品以下，各举所知，得材则受赏，失责则受罚。三曰，古者刺史入为三公，郎官出宰百里，盖使外职识朝廷治体，内官知民间利病。今后历县尹有能声善政者，授郎官御史；历郡守有奇才异绩者，任宪使尚书。其余各验资品通迁，在内者不得三考连任京官，在外者须历两任，乃迁内职。绩非出类，守不败官者，则循以年劳，处以常调。凡朝缺官员，须二十月之上，方可迁除，庶仕路澄清，贤者益劝，而不肖者无从干进矣。臣为整顿铨法计，故冒昧上陈，伏乞采择！

当时河北道廉访副使僧家奴也奏了一本，上写道：

自古求忠臣必于孝子之门。今官于朝者十年，不省觐者有之；非无思亲之心，实由朝廷无给假省亲之制，而有擅离官次之禁。古律，诸职官父母在三百里外，三年一给定省，假二十日；无父母者，五年一给拜墓，假二十日。以此推之，父母在三百里以至万里，宜计道里远近，定立假期。其应省觐，匿而不省觐者，坐以罪；若诈冒假期，规避以掩其罪，与诈奔丧者同科，则天下无背亲之人，亦即无背君之人！移孝作忠，端在此举，伏乞宸鉴！

御史台臣不好隐匿，只得把原奏呈上，文宗把这两道奏章一并批示，令中书省、礼部、刑部以及翰林、集贤两院认真审理。一帮昏官明知奏章全部属实，却碍于伯颜的情面，模棱两可，斟酌了一篇圆滑的奏章呈上去。文宗又批示下来，大意是说用人必须谨慎，治丧要尽哀，说得有理有据，但其实也不过是一纸空文，于事无补。

不久，江浙洪水泛滥，毁坏田地十八万八千七百三十八顷。第二年，江西、湖广、云南又闹起了大饥荒。既而天象也发生变异，白色的长虹和太阳一起出现，长度跨越满天。京师及陇西地震，东北晴天打雷。文宗一边派人赈灾，一边传旨大做佛事。到了秋天，文宗气数已尽，忽然得了一种怪病，整天昏昏沉沉，满嘴胡话。皇后卜答失里在病床前侍候，听见文宗所说的都是那些旧日阴谋，有时还大声喊痛，就像挨打一般。医官每天来诊治，也看不出是什么病，所开的药也不见一点儿效果。

一天晚上，文宗忽然拉住卜答失里的手，大喊："皇兄饶命！皇嫂饶命！"吓得卜答失里毛骨悚然，却无计可施，只得在一旁哀求。过了好半天，文宗神志稍稍清醒，卜答失里才敢问明原委。文宗不禁叹息："朕的病恐怕治不好了，我今生造了大孽，得罪了皇兄、皇嫂，追悔莫及。朕死后，皇帝之位一定要传给皇侄鄜王，千万不能违背了誓言！"卜答失里呜咽着说："皇侄登基，皇子怎么办？"文宗喝道："你还要顾全皇子吗？恐怕连你也保不住性命了！"卜答失里说："召太平王商议一下如何？"文宗说："太平王，太平王，朕就是被太平王害死的！而且他也死在眼前了，召他有什么用？"卜答失里唯唯听命。后来派太监密召燕铁木儿，果然燕铁木儿已经抱病在床，尿血不止。于是改召伯颜进宫商议。

伯颜到了寝宫，见文宗满嘴说胡话，也未免心惊。见过卜答失里，卜答失里提起文宗死后准备立鄜王的事，伯颜问："皇子的年龄和鄜王相仿，何必另立皇侄呢？"卜答失里用手指了指文宗，暗示是文宗的意思。伯颜也已经察觉到了，又悄悄对卜答失里说："圣上龙体欠佳，以致神志错乱，才会有这种说法。还是等圣上恢复康泰之后，再商议立储之事也不为迟。"话音未落，忽然听文宗说："你是太傅伯颜吗？朕虽然病重，头脑却还清醒。先皇继位不过几个月，我已经在位五年了，一旦有意外，理应把皇位传给鄜王，朕才能见先皇的亡灵啊！你不要再提异议了。"伯颜还要再说什么，文宗又对卜答失里说："朕已经决定，此后如果再有改动，不要说先皇、先后不依，就是我也死不瞑目！"伯颜又说："圣上正年富力强，稍稍调理一下就能够痊愈，何必担忧？"文宗摇头说道："朕已经不行了。朕以前做过的种种事情，后悔已晚，现在阳寿将尽，无可挽回。太平王也应遭劫难，将来的国事要仗卿做主了。卿一定要改过从善，竭忠尽诚，不要效仿太平王那个家伙贪淫狡诈！"伯颜听了这番话觉得毛骨悚然，既而告退出宫。

当晚，文宗病势骤然加重，一命呜呼。临终时还在叮嘱皇后，不要忘了遗嘱。文宗在位只有五年，享年仅二十九岁。

燕铁木儿听到噩耗，也勉强起身，跟跄着进宫哀悼。此时的皇子燕铁古思早已回到宫里，在床前送终。他还是个乳臭未干的小孩子，懂得什么悲伤？看见燕铁木儿到来，就连蹦带跳地出去笑脸相迎。燕铁木儿就称他为小皇帝，拉着他的手去拜见皇后。只见皇后、皇妃们全都放声痛哭，才不得已在一旁陪了几点眼泪。

过了好一会儿，皇后、皇妃们还在大哭，燕铁木儿不禁烦躁起来，大声说道："皇上驾崩，应由皇子继位。此时请皇后颁下遗诏，传位皇子才是！"皇后卜答失里也不回答，更加号啕不止。燕铁木儿非常惊讶，只好婉言劝慰，后来皇后渐渐停止了哭声，这才提起传位的事。皇后卜答失里说："陛下已有遗嘱，命鄜王继承大统。"燕铁木儿连连跺脚说："传位给鄜王吗？臣是不是听错了，臣不敢苟同！"卜答失里说："此事已定，无法更改了。太傅伯颜曾经亲耳听到先皇的面谕，太平王可以去问他，自然就明白了。"燕铁木儿不好再说，只得出宫而去。

当即安排丧葬仪式。只是皇帝之位虽然已定，但鄜王年仅七岁，不能掌管国政，于是太平王燕铁木儿召集亲王商议，提出凡是文武百官的政务，一律先禀报后宫才能决定执行。转眼间已经是十月，亲王会集京城，由太师燕铁木儿以及太傅伯颜主持，鄜王在大明殿继位，大赦天下，照例下诏道：

洪维太祖皇帝，启辟疆宇；世祖皇帝，统一万方，列圣相承，法度明着，我曲律皇帝，入纂大统，修举庶政，动合成法，授大宝位于普颜笃皇帝，以及格坚皇帝[①]，历数之间，实当在我忽都笃皇帝[②]，札牙笃皇帝[③]，而各播越辽远。时则有若燕铁木儿建议效忠，戡平内难，以定邦国，协恭推戴札牙笃皇帝。登基之始，即以让兄之诏，明告天下，随奉玺绶，远迓忽都笃皇帝。朔方言还，奄弃臣庶，札牙笃皇帝，荐正宸极，仁义之至，视民如伤，恩泽旁被，无间远迩，顾育眇躬，尤笃慈爱。宾天之日，皇后传顾命于太师太平王右丞相答剌罕燕铁木儿，太傅浚宁王知枢密院事伯颜等，谓圣体弥留，益推固让之初志，以宗社之重，属诸大兄忽都笃皇帝之世嫡，乃遣使召诸王宗亲，以十月一日来会于大都，

①格坚皇帝：即英宗。

②忽都笃皇帝：即明宗，"忽都笃"是蒙古语，意思是有禄。

③札牙笃皇帝：即文宗，"札牙笃"是蒙古语，意思是有天命。

与宗王大臣同奉遗诏，揆诸成宪，宜御神器。以至顺三年十月初四日，即皇帝位于大明殿，可大赦天下。自至顺三年十月初四日昧爽以前，除谋反大逆谋杀祖父母父母，妻妾杀夫，奴婢杀主，谋故杀人，但犯强盗，印造伪钞，蛊毒魇魅犯上者不赦外，其余一切罪犯，咸赦除之。大都、上都、兴和三路，差税免三年，腹里差发，并其余诸郡，不纳差发去处税粮，十分为率免二分，江淮以南，夏税亦免二分。土木工役，除仓库必合修理外，毋复创造以纾民力。民间在前应有逋欠差税课程，尽行蠲免。监察御史肃政廉访司官，并内外三品以上正官，岁举才堪守令者一人，申达省部，先行录用。如果称职举官，优加旌擢，一任之内，或犯赃私者，量其轻重，黜罚其不该。原免重囚淹禁三年以上，疑不能决者，申达省部详谳释放。学校农桑，孝弟贞节，科举取士，国学贡试，并依旧制。广海、云南梗化之民，诏书到日，限六十日内出官与免本罪，许以自新。于戏！肆予冲人，托于天下臣民之上，任大守重，若涉渊冰，尚赖宗王大臣百司庶府，交修乃职，思尽厥忠，嘉与亿兆之民，共保承平之治。咨尔多方，体予至意，故兹诏示，想宜知悉！

这道诏旨传下之后，又尊皇后卜答失里为皇太后。皇太后祭告先祖和宗庙社稷，然后来到兴圣殿接受朝贺。还有一件怪事，七岁的小皇帝居然立了一位皇后，这位皇后名叫也忒迷失，也是弘吉剌氏人，和小皇帝的年龄不相上下。

燕铁木儿遭天杀

郦王十月继位，才过了十几天就立了一个小皇后。同住在宫中，两小无猜，倒也是元史中的一段奇闻。转眼间又到了年终，于是皇太后召集群臣商议改元的事，没等商议出结果，小皇帝却患上绝症，不到几天竟一命呜呼。

亲王、大臣都惊讶不已，只有燕铁木儿泰然说："我本来就主张立皇子，不知先帝是什么意图，一定要另立郦王。太后又拘泥得很，非要谨遵遗命。到底郦王没福，继位不过六七十天就已病逝，这次总应当立皇子了吧。"于是又进宫拜见太后，先劝慰了一番，然后提起继位的事。

太后说："国家不幸，才立新君马上又病故，真令人可悲可叹！"燕铁木儿说："这是命中注定，往事也就不必再提了。国家不可一日无君，如今正好继立皇帝。"太后问："据卿的意思，莫不是要立我儿燕铁古思吗?"燕铁木儿应声说是。太后仍然反对："我儿年纪还太小，不应当继位，还是另立吧。"燕铁木儿说："先前立鄜王是遵照遗嘱，大公无私。现在鄜王已经驾崩，自然应当立皇子，此外还有何人?"太后说："明宗的长子妥欢帖睦尔先前出居高丽，现在住在静江，今年已经十三岁了，可以迎立继位。"

燕铁木儿质疑："先帝在时曾有明示，称妥欢帖睦尔不是明宗亲生之子，所以先放逐到高丽，后来又迁到静江。如今太后竟然要立他?"太后主意已定："立他再说，等他百年之后，再立我儿不迟。"燕铁木儿却说："人心难料，太后优待皇侄，恐怕皇侄未必感念太后!"太后说："这也只能凭他自己的良心了，我只要对得住先皇和明宗皇帝、皇后，就算尽心了。"燕铁木儿还是摇头，太后又说，"太平王，你忘了王忽察都的事了吗? 先皇为了此事始终不安，我也吓得够受了。我的长子又因此病逝，现在只剩下了一棵独苗，年纪不过五六岁，我希望他多活几年，所以宁可立皇侄。不管妥欢帖睦尔是不是明宗亲生，明宗总归管他叫儿子，我迎他继位，明宗夫妇九泉有知，也应当不再怨我了。"燕铁木儿还是反对："太后也未免太迷信了! 皇次子出宫后由臣奉养，并不曾发现有鬼怪，怕他做什么?"太后却说："太平王，你也不要太得意了! 先皇还说你也将不久于世呢!"

燕铁木儿暗暗地吃了一惊，又沉思了一阵子才问："太后已经决定了吗?"太后说："我意已决，不必再议了!"燕铁木儿叹息而出。太后命中书右丞阔里吉思快马加鞭，前往广西的静江县去迎立妥欢帖睦尔。没等接回来已经是元旦了，于是仍然依至顺年号，称为至顺四年。

又过了几天，阔里吉思派使急报，说嗣皇快到京城了。太后命太常礼仪使准备仪式，出京迎接，文武百官全部前往。到了良乡，接到了圣驾，百官在道旁跪拜，只有燕铁木儿仗着自己功高，只是下马站立。

妥欢帖睦尔才十几岁，以前曾经见过燕铁木儿的威仪，现在再次见到，燕铁木儿容貌虽然有些憔悴，但余威还在。妥欢帖睦尔有些害怕，竟然转头不看他。阔里吉思在旁边小声上奏："太平王在此迎驾，陛下应顾念他是老功臣，格外尊敬才是。"妥欢帖睦尔听了，无可奈何，只得下马同燕铁木儿相见。燕铁木儿屈膝请安，妥欢帖睦尔也还了一礼。阔

248

里吉思又宣旨百官免礼，于是百官起身。妥欢帖睦尔随即上马，燕铁木儿也上马同行。

两匹马并排而行，不分先后。燕铁木儿扬着马鞭对妥欢帖睦尔说："嗣皇这次来，可知道迎立的意思出自何人吗？"妥欢帖睦尔默然不答。燕铁木儿接着说："这是太后的旨意。文宗皇帝临终前，曾留下遗嘱舍子立侄，传位给鄜王。不幸的是，鄜王继位不久后突然病故，太后按照文宗皇帝的意思，派使臣迎驾，还望嗣皇明鉴！"妥欢帖睦尔仍然不说话。燕铁木儿说："老臣历经三朝，感念皇恩，对文宗皇帝的大公无私很是敬佩，所以文宗遗命立鄜王时，老臣不敢违背，这次迎立嗣皇，老臣也很是赞同。"

说到这儿，目不转睛地看着妥欢帖睦尔，不料妥欢帖睦尔仍然不答。燕铁木儿不觉心中恼怒，勉强忍住，又说："嗣皇进京后一定要孝敬太后。自古圣明的皇帝全都以孝心为先，况且太后明明有儿子，却甘心让位，可谓慈善之至，嗣皇难道能不尽孝吗？"说到后来的"尽孝"两个字时，不由得声色俱厉，可是妥欢帖睦尔却还是一言不发，好像木偶一般。燕铁木儿暗中惊叹："看他并不是傀儡模样，怎么始终一言不发？莫非明宗暴崩的事，他已经得知我等的密谋了？看来此人深不可测，我只要在朝中一天，一定不能让他得志。"然后也不再说话，只是和妥欢帖睦尔并马进了京城。

妥欢帖睦尔拜见太后，燕铁木儿又进宫把途中所说的话对太后讲了一遍，接着又对太后说："臣看嗣皇的为人，年龄虽小，城府却颇深，如果让他掌握大权，必然要有一番举动，恐怕对太后不利呀！"太后说："既然已经迎立，也就难阻止他了，凡事听天由命吧！"燕铁木儿说："事先预防也有必要。不妨先把他留在宫中，看他有什么反应，再作处理。而且太后主政时间也不短了，大臣们并没有什么怨言，现在不如以嗣皇年纪小为由，朝政仍旧取决于太后，谁敢反抗呢？"太后犹豫不决，燕铁木儿又说，"并非老臣有私心，实在是为太后着想，为天下考虑，总归慎重些才好。"太后淡淡地应了一声，燕铁木儿告退。

第二天，太史大臣密奏太后，说迎立的嗣皇实在不应当继位，继位则天下必乱。太后半信半疑，召太史当面询问，太史回答是根据占卜得出的结论。于是，太后也迟疑起来。从正月至三月，国事都由燕铁木儿主持，表面上还禀报太后。妥欢帖睦尔住在宫中，名义上是嗣皇，其实像没有此事一般。燕铁木儿还不满足，总想除掉他才算安心，但一时又找不着借口，不得已只能拖延着。

　　前平章政事赵世延平时与燕铁木儿很是亲密，燕铁木儿把他当做心腹，两人往来密切。如今他见燕铁木儿愁眉不展，也替燕铁木儿担忧，苦于无计可施，只好借着花酒为他解闷。

　　一天，赵世延邀燕铁木儿饮酒，燕铁木儿带了几个家眷一同列席。赵世延又命自己的妻妾也出来相陪，男男女女混坐在一起，眉飞色舞，有说有笑，燕铁木儿的心情不觉舒畅起来。四面一看，妇女也不少，自己带来的不必仔细端详，另外有几个是赵宅的妻妾，以前也曾经见过，姿色不过中人，就算是年轻的也没什么悦目的。忽然看见客座的右首有一位佳丽，豆蔻年华，面如桃花，体态优美。醉眼蒙眬之下，越发觉得美丽，看得燕铁木儿眼花缭乱，心痒难搔，便对赵世延说："对面坐的美女是什么人？"赵世延指着美女问燕铁木儿："你问的是她吗？"燕铁木儿点头称是。赵世延不禁微笑着说："此人与王爷关系不浅，难道王爷不认识了？"话音未落，满座的妇女都哧哧地笑起来。

　　原来列座的人都知道她的来历，顿时哄堂大笑。燕铁木儿还是有些摸不着头脑，问赵世延："你们为什么笑我？"赵世延也忍着笑道："王爷如果喜爱此妇，尽管送给王爷。"燕铁木儿说："谢谢你的美意，但不知她到底是谁？"赵世延取笑说："王爷可看仔细了，她明明是王爷的爱妾，天天相见，怎么却不认识了？"燕铁木儿听完又起身离座，来到少妇身旁仔细端详了一会儿，自己也笑了，对赵世延说："我今天多喝了几杯，连小妾鸳鸯都不认识了，难怪各位取笑呢！"赵世延忙说："这也没什么奇怪的！一群妇人哪里晓得王爷的苦衷呢？王爷为了国家，日理万机，就算有妻妾多人，也不过只在家里充数，所以到了别处，自然不敢相认了。"燕铁木儿也相视一笑。宾主尽欢，酒宴才结束，燕铁木儿便带上鸳鸯一同上车而回。

　　当晚留下鸳鸯陪侍，果然别有一番滋味。燕铁木儿仍然感觉喜忧参半，忧的是嗣皇一旦继位，一定要追究自己先前的罪行；喜的是美女如云，权且图个眼前快乐。于是每天召集妻妾列座饮酒，喝到半醉时，也不管体面，就在妻妾当中随便挑选一个当众交合。每天夜里又要几个妻妾侍寝。俗话说，酒中带毒，色里藏刀。人非金石，怎么能禁得起呢？况且燕铁木儿向来好杀生害命，造孽多端，相传太平王府里有时一顿饭就要宰十二匹马，如此穷奢极欲，岂能长久享受？钢筋铁骨也有崩断的日子，燕铁木儿权力再大，毕竟不是钢筋铁骨，荒淫了一两个月，渐渐身心憔悴，老病复发，虽有好药也难以治疗。古人云："运退金失色，时衰鬼来欺。"燕铁木儿从不信鬼，现在也胆小如鼠，每天派人贴身防卫，仍然觉得眼前有鬼。

这天，燕铁木儿正拄着拐杖在院子里缓缓散步，忽然大叫一声，晕倒在地上。左右连忙扶起，把他抬进屋里，他却不省人事，满嘴胡言乱语，旁人仔细一听，全是自述罪过。大家急忙找来太医，共请了几位名医共同诊治。太医们全都摇头，勉强地商议了一个药方，并对王府家人交代："照此方下药，也只不过可以拖延几天，看来王爷已经精神耗尽，脉象快要绝了，还是预备后事要紧，我等也无能为力了！"

王妃巴巴罕等一帮妻妾全都慌了手脚。药灌下去后，却也有些作用，燕铁木儿尿了一些血，稍稍觉得神气清醒了一些。只见妃妾等人围绕两旁，还有子女们也一并站着，便气喘吁吁地说："我要和你们作别了。"巴巴罕说："王爷千万不要这么说。"燕铁木儿道："夫人！夫人！你负泰定帝，我负夫人。你我都是咎由自取，还有什么可说的！"巴巴罕不禁伤心落泪，燕铁木儿又说，"人生总有一死，不过我这辈子罪孽深重，近则报应在我，远则报应子孙，这是不变的至理，只后悔我以前没有觉悟啊！"

正在道别的时候，外面来了许多官员，全都是来探望燕铁木儿的。燕铁木儿召进他们，简单地谈了一会儿。燕铁木儿问起太傅伯颜，见他没来，于是自言自语："生死之时，才见交情。我以前曾经替他出力，如今我身患重病，他却视同陌路，可见生死之交不易得呀！"众人又劝慰了一番，然后告辞而去。

燕铁木儿召来弟弟撒敦和儿子唐其势、塔剌海等人嘱咐后事，让他们谨慎保家，又自己感叹："炎炎的终将毁灭，隆隆的总要灭绝。我，我……"说了两个"我"字，痰已上涌，竟然接不下去。过了一会儿，突然脸色大变，双目圆睁，只听燕铁木儿喊道："先皇、先后饶恕臣吧，臣这就去，臣这就去！"喊完之后，一命呜呼。接着似乎远远地听见一片呵斥声、惨叫声，阴气森森，令人毛骨悚然。

巴巴罕等人连惊带怕，吓得面如土色。等众人惊魂稍定，才想起挂孝治丧。可叹巴巴罕身为皇后，曾经母仪天下，却情根未断，甘心受辱，下嫁燕铁木儿为妃。不料没过多久，又再次守寡，终究空欢喜一场，悔不该当初颠鸾倒凤！

伯颜得势

妥欢帖睦尔在宫中住了三个月。因为燕铁木儿已死，太后就和大臣们商议立妥欢帖睦尔继位的事，并且约定在他百年之后传位给燕铁古思，效仿武宗、仁宗的先例。亲王和大臣们全都赞成，于是妥欢帖睦尔带上御玺、绶带，于至顺四年六月，赴上都继位，又有一道大赦的诏书写道：

洪维我太祖皇帝，受命于天，肇造区夏。世祖皇帝，奄有四海，治功大备。列圣相传，丕承前烈。我皇祖武宗皇帝，入纂大统，及致和之季，皇考明宗皇帝，远居沙漠，札牙笃皇帝，戡定内难，让以天下。我皇考宾天，札牙笃皇帝，复正宸极，治化方隆，奄弃臣庶。今皇太后召大臣燕铁木儿、伯颜等曰："昔者阔彻、脱脱木儿、只儿哈郎等谋逆，以明宗太子为名，又先为八不沙，始以嫉妒妄构诬言，疏离骨肉，逆臣等既正其罪，太子遂迁于外。札牙笃皇帝，后知其妄，寻至大渐，顾命有曰：'朕之大位，其以朕兄子继之。'"时以朕远征南服，以朕弟懿璘质班，登大位以安百姓，乃遽至大故。皇太后体承札牙笃皇帝遗意，以武宗皇帝之玄孙，明宗皇帝之世嫡，以贤以长，在予一人，遣使迎还，征集宗室诸王来会，合辞推戴。今奉皇太后勉进之笃，宗亲大臣恳请之至，以至顺四年六月初八日，即皇帝位于上都。于戏！惟天惟祖宗，全付予有家，栗栗危惧，若涉渊冰，罔知攸济。尚赖宗亲臣邻，交修不逮，以底隆平。其赦天下，俾众周知！

诏书一下，妥欢帖睦尔就成了元朝的末代皇帝。后来明兵攻入燕京，妥欢帖睦尔退到了大漠，明太祖见他知道顺从天命，主动退避，特地给他加了个封号为顺帝。

顺帝有个亲信大臣名叫阿鲁辉铁木儿，上奏称天下事一定要委任宰相，这样责权明晰，天下才能太平。皇帝如果事必躬亲，则难免背上恶名。顺帝信以为真，于是封伯颜为太师中书右丞相，监修国史，兼任奎章阁大学士，管理学士院，太史院，回族、汉人祭天等事；又封撒敦为左丞相，并加号太傅，封唐其势为御史大夫。

燕铁木儿有个女儿名叫答纳失里，太后认为燕铁木儿生前功劳卓著，就把答纳失里召进后宫，册立她为顺帝的皇后。顺帝那时还不敢自作主张，自然遵命，一切仪式全都遵循旧例。册封的诏旨写道：

天之元统二气，配莫厚于坤仪；月之道循右行，明同贞于乾耀。若昔帝王之宅后，居多辅相之世勋；盖选德于亢宗，亦畴庸于先正；造周资任、姒之化，兴汉表马、邓之功。咨尔皇后钦察氏，雍肃慈惠，谦裕静淑。乃祖乃父，凤坚翼亮之心，于国于家，实获修齐之助，朕缵丕图之初载，亲承太后之睿谟，眷我元臣，简兹硕媛，相严禋而率典，奉慈极以愉颜，用彰祎翟之华，式著旂常之旧，爰授御册宝章，命尔为皇后，备成嘉礼，宏赉大猷。于戏！嵩高生贤，予笃怀于良佐，关雎正始，尔勉嗣于徽音。永锡寿康，昭示悠久。

顺帝册封完皇后，又封赏她的家族，加封撒敦为荣王，赐给他庐州。唐其势继承太平王的爵位，加封金紫光禄大夫；接着又封伯颜为秦王，让他同荣王撒敦总管朝政。随后顺帝召群臣商议改元，把至顺四年改为元统元年。既而追封札牙笃皇帝谥号为圣明元孝皇帝，庙号文宗；追封鄜王谥号为冲圣嗣孝皇帝，庙号宁宗。后来经过大臣们商议，又追封真哥为武宗皇后，并加上了皇太后的尊号。再次大赦天下，并免百姓当年一半的租税。

左丞相撒敦因年老多病辞官，顺帝顾念他是皇后本家，提升唐其势代替，但遇有中书省的大事仍然召撒敦来商议。唐其势就任没几天，就和伯颜闹了多次矛盾，于是上奏提出辞官。顺帝挽留不住，只得仍旧召回撒敦，再任命他为左丞相，并追封燕铁木儿为公忠开济弘谟同德翊运佐命功臣、仪同三司、太师、中书右丞相，加封德王，谥号忠武。其余大臣也多数邀功请赏，只有奎章阁侍书虞集称病请求告老还乡。

虞集学问渊博，为人正直。先前御史中丞马祖常曾经托虞集引荐同乡人袭伯燧，虞集没答应他的请求，因此二人产生了矛盾。顺帝前往上都时，召虞集随行，马祖常派人转告虞集："御史托我给你捎个话，你要小心点了。"虞集知道马祖常要陷害自己，顺帝即位后随即称病归隐。

原来，当年文宗曾经让虞集起草诏书，称妥欢帖睦尔不是明宗的儿子，所以马祖常打算借此找机会陷害他。虞集去后，近臣还有人上奏顺帝，提起虞集书写此前那道诏书的事，顺帝有些不耐烦："这是朕的家事，与你们何干？"不久，顺帝派使臣赐给虞集美酒和钱财，召他还朝，虞集始终没同意。十五年后，虞集卒于临川原籍，谥号文靖公，时人称为邵庵先生。

顺帝继位以后，天灾人祸接连不断。京郊发大水，黄河泛滥，两淮大旱，徽州、秦州、凤州的大山相继崩塌。元统二年元旦，汴梁竟下起了血水，沾在衣服上，衣服都染红了。到了春天，彰德路又下起了白毛，连续成线，当地人大惊，有人管它叫做菩萨线，有人把它称为老君须。既而民间编成歌谣："天雨线，民起怨。中原地，事必变。"百姓议论纷纷，都认为是不祥之兆。此后水灾、旱灾、各种疾病以及山崩地震等诸多怪异事件屡屡出现，太史接连报警，顺帝只知道开恩大赦，至于政务改革却不见动静。

　　时光易逝，转眼已是元统三年，顺帝打算到柳林出猎，御史大臣联名上奏："陛下正年轻，应当考虑文宗托付的重任，修养德行，施行仁政。如今，天下百姓正在耕种，人、财、物力都很紧张，陛下要出猎，难免劳民伤财，恐怕不是先帝所希望看到的，况且百姓也不会愿意。"顺帝这才改变主意，没有出行。

　　不久，左丞相撒敦病逝，伯颜独揽朝政。唐其势心里很不平衡，对好友说："天下本来是我家的，伯颜是个什么东西，位置却在我之上，实在可恨！"这话传到伯颜耳朵里，心中非常不悦，于是上了份奏章，提出要把右丞相的职位让给唐其势。顺帝不同意，只是加封唐其势为左丞相，唐其势仍然闷闷不乐。

　　撒敦的弟弟答里曾受封句容郡王，和亲王晃火铁木儿往来密切。唐其势给答里写信，说伯颜专权，顺帝昏庸，应当起兵清理朝政，并且废了顺帝另立他人。答里于是去找晃火铁木儿商议，晃火铁木儿也早有谋反的意思，当即劝答里兴兵造反。答里给唐其势回信，约定里应外合。唐其势于是决定发难。郯王彻彻秃察觉到了这伙人的阴谋，密报顺帝。顺帝当即传旨召答里上朝，却久等不到，于是密令伯颜暗中防备。

　　六月的一天，唐其势在东郊设下伏兵，自己率士兵冲向皇宫。刚到紫禁城，侍卫军兵一齐拥出，伯颜率领着完者铁木儿等人大刀阔斧前来掩杀。唐其势还以为可以出其不意，不料四面八方全是敌兵，叫苦不迭，慌忙抵挡。战了没几个回合，毕竟寡不敌众，手下士兵伤亡惨重。伯颜又下令："活捉唐其势者赏万金，立即升官！"侍卫听到这话，奋力上前，把唐其势团团围住。唐其势只好拼命苦斗，怎奈双拳难敌四手，渐渐支撑不住，被卫士扯落马下，七手八脚拖进宫中。

　　伯颜扫清叛贼，又带兵前往东郊。唐其势的弟弟塔剌海还不知道哥哥被擒，竟领着伏兵前来接应。无奈伏兵也不多，伯颜一阵冲杀，塔剌海的手下东逃西窜。塔剌海拨马逃跑，被卫兵射落马下，活捉了去。

伯颜捉住唐其势兄弟，来到宫中，请顺帝上殿审讯。顺帝说："逆贼兴兵叛乱，无须再审，爱卿照律惩办就是了。"伯颜立即命令卫兵动手，把唐其势兄弟推出斩首。唐其势抓住殿栏杆，大声喊道："陛下曾有承诺，赦免臣父子死罪，为什么今天食言了？"顺帝怒叱："你兴兵谋逆，十恶不赦，还想保住人头吗？"卫士都来拉唐其势，直拉到栏杆折断才把唐其势拽出，一刀斩为两段。塔剌海年少胆小，竟然躲避到皇后的座下，皇后因为他是自己的亲弟弟，还在用裙子遮盖。伯颜喝令卫士从皇后座下拉出塔剌海，拔剑出鞘，亲手把塔剌海杀掉，鲜血溅了皇后一身，吓得皇后答纳失里战战兢兢地缩成一团。

伯颜启奏："皇后兄弟谋逆，皇后也应当治罪。况且当众袒护兄弟，显然是同党，请陛下大义灭亲，以警戒后人！"顺帝没回答，伯颜命令卫士去拉皇后出宫。卫士不敢动手，伯颜竟然来到皇后面前，揪住皇后的头发就往外走。皇后号哭着说："陛下救我！陛下救我！"顺帝到这时也只能呜咽着说："你兄弟大逆不道，罪在不赦，朕也不能救你了。"话音未落，伯颜已经把皇后拉出，交给卫士。卫士押着皇后出了宫门，送到开平民房暂时关押。伯颜仍然不肯罢休，派人带了毒酒逼着皇后饮下。可怜皇后进入皇宫不满两年，却因为兄弟谋反被伯颜毒死！这也是造化弄人，可悲可叹。

叛党投奔答里，答里立即举兵反叛。顺帝派使臣哈儿哈伦阿鲁灰招降，答里不听，反而把使臣捆绑起来，砍下人头祭旗。顺帝又派阿弼招降，又被答里杀死。于是顺帝命搠思监、火儿灰、哈剌那海等人领兵讨伐，答里率领和尚、剌剌等人迎战。两军相遇，一场激战。和尚、剌剌等人败逃，答里也逃之夭夭，准备去投奔晃火铁木儿。不料半路上突然杀出一支人马，主帅名叫阿里浑察，奉上都之命前来夹攻答里。答里仓促之间来不及备战，被阿里浑察冲到马前，一戟刺于马下，把他捉住，押送上都，最后照律处死了。

晃火铁木儿听说内外叛党全部败死，大惊失色。忽然又有报称元将孛罗晃火儿不花带领一万人马杀来。晃火铁木儿不得已征了几千兵马出去对阵，无奈军心不稳，遇到敌将全都丢盔弃甲，四散奔逃。晃火铁木儿自知难免一死，服毒自杀。

还有个怯薛官阿察赤也和唐其势勾结，要暗杀伯颜。伯颜调查确实，发兵逮捕，把他们一党全部斩首。一场叛乱顷刻之间烟消云散。

顺帝又把燕铁木儿和唐其势推荐的官员一并罢免，并颁下一道圣旨，其中写道：

> 曩者文宗皇帝，以燕铁木儿尝有劳伐，父子兄弟，显列朝廷，而辄造事衅，出朕远方。文皇寻悟其妄，有旨传次于予。燕铁木儿贪利幼弱，复立朕弟懿璘质班，不幸崩殂。今丞相伯颜，追奉遗诏，迎朕于南。既至大都，燕铁木儿犹怀两端，迁延数月。天陨厥躬，伯颜等同时翊戴，乃正宸极。后撒敦、答里、唐其势相袭用事，交通宗王晃火铁木儿，图危社稷。阿察赤亦尝与谋。伯颜等以次掩捕，明正其罪。元凶构难，贻我皇太后震惊，朕用兢惕。永惟皇太后后其所生之子，一以至公为心，亲挈大宝，畀予兄弟，迹其定策两朝，功德隆盛，近古罕比，虽尝奉上尊号，揆之朕心，犹未为尽，已命大臣特议加礼。伯颜为武宗捍御北边，翼戴文皇，兹又克清大憝，明饬国宪，爰赐答剌罕之号，至于子孙，世世永赖，可赦天下，俾众咸悉！

从此，秦王伯颜更加得宠，独任中书右丞相，差不多和从前的燕铁木儿一样。而后，唐其势的家产被尽行查没，燕铁木儿家族也最终落得家破人亡。

顺帝改元

伯颜自从削平逆党后独揽大权，更加作威作福起来。江浙平章彻里铁木儿升任中书平章政事，提议废除科举制度，把学堂的田地赐给军队种粮。原来彻里铁木儿任江浙平章时，正赶上科举考试，各地需要许多主考官，组织考试的过程花费巨大。彻里铁木儿心里很不痛快，就打算废除科举制度。

御史吕思诚等人极力反对，联名弹劾彻里铁木儿。奏折递上去却没什么反应，顺帝反而贬吕思诚为广西金事。其余上表的大臣异常愤懑，全部辞官离去。参政许有壬很为他们鸣不平，又听说顺帝废止科举的诏书已经拟好了，就差盖御玺了。许有壬忍无可忍，当即来到秦王府中，问伯颜："太师主持朝政，理当重视人才，为什么听说有人要废除科举却不去尽力挽回呢？"伯颜大怒道："科举有什么用处？言官此前因为这事弹劾彻里铁木儿，莫非你也暗中勾结言官不成？"许有壬没料到被他呵斥，差点说不出话来，亏得参政多年练就了灵活应变的本领，稍加思索，朗声答道："太师提升彻里铁木儿担任中书，御史等三十人不怕太师，却听许有壬的指示，难道我的权力比太师还大吗？"伯颜听了这话，才露出微笑，似乎怒意稍解。

许有壬又说："如果废除科举，天下人才一定失望！"伯颜说："很多人靠贿赂得官，朝廷每年花费许多金钱，反而养了一班贪官污吏，我很不赞成。"许有壬反驳："以前没实行科举时，大臣中行贿受贿的不计其数，贿赂的事不能全归咎于科举吧。"伯颜又说："人才虽然多，但朝中可任用的却只不过你许参政一个人罢了。"许有壬继续反驳："科举人才张梦臣、马伯庸等人都可以担当大任，就是文学人才欧阳元也不是一般人所能比的。"伯颜说："就算废止了科举，年轻人如果想求得丰衣美食，也能立志求学，何必一定要实行科举呢？"许有壬说："有志之士并不是想谋求温饱，如果有了科举，它可以作为志士晋升的阶梯，将来才好参议政事，施展才华，治国安邦呀！"

伯颜想了半天，才又说道："科举取官，妨碍了选任之法的施行。"许有壬说："现在的通事、知印等地方官员，共有三千三百多名，今年从四月至九月，通过选任法从百姓当中选任的共有七十三人。而采用科举的办法，每年只任命三十多人，据此计算，科举对选任法并没有什么妨碍。况且科举制度已经实行了几十年，是祖宗的既成制度，并不是只有弊端没有好处，不应当突然废除。还请太师明察！"伯颜只得说："箭在弦上，不得不发。此事已经有了决定，不便撤销，参政还要体谅我的苦心啊！"许有壬见话说到了这个份上，也就没法再说了，只得起身告辞。

伯颜送出许有壬，暗想此人实在可恨，硬要出头反对我。我一定要找机会当众羞辱他一番，作为警告，免得别人再来掣肘。当即思考了一番，想出了一个阴损的法子。第二天上朝，伯颜请顺帝在停办科举的诏书上盖了御玺，然后带着诏书，宣集百官，指名许有壬站在文武百官的前面宣读诏书。许有壬还不知道是什么诏书，等接过来一看，才知道是废除科举的诏书，当时读也不是，不读又不行，勉强读了一遍。

治书御史普化等他读完，对他一笑，弄得许有壬羞惭难当。不一会儿退朝，普化对许有壬说："御史可谓见风使舵啊！"许有壬满脸通红，一言不发，回府后称病不出门。原来，许有壬和普化是最要好的朋友，先前曾经和普化商量，一定要阻止这件事。普化认为伯颜专权，无法挽回，不如默不作声，明哲保身。许有壬却很气愤，不甘心服输，当即对普化发誓，说坚决要力争，后来却弄到这种结果，许有壬面子上怎么能过得去呢？因此引为奇耻大辱，只好借口有病不上朝了。

伯颜废除了科举，又下令各地的儒学贡士所经营的田地改给卫兵耕种。卫兵们白得了许多田地，十分感激伯颜。只有那些秀才纷纷提出抗议。无奈当时君主专制，凡事全都由君主和丞相做主，就算秀才抱怨，也只能是忍气吞声，无可奈何。

只是天象仍然反常，星象屡次出现异况。今天有人上报说辰星冲犯房宿，明天又有人上报太阴冲犯太微星，还有人报称太白星白天出现，流星陨落如雨，等等。顺帝很担忧，召伯颜商议，伯颜却说："星象变化和人事没什么关系，陛下不必过于担心！"顺帝说："自从我朝统治以来，寿命最长的莫过于世祖。世祖的年号是至元，朕想效法世祖，今年改元，也用至元年号，卿以为如何？"伯颜答道："陛下想要如何改就如何改，臣没意见。"顺帝于是决定改元。

这事传到言官耳朵里，大家又交头接耳，议论纷纷。监察御史李好文当即起草一道奏章，大意是说使用前代的年号，自古闻所未闻，而且只改虚名，不实行政务革新，恐怕也于事无补。正在书写的时候，外面有人报称改元的诏旨已经颁下了。李好文连忙来到御史台，看见一纸诏书，上写道：

朕祗绍天明，入缵丕绪，于今三年，夙夜寅畏，罔敢怠荒。兹者年谷顺成，海宇清谧，朕方增修厥德，日以敬天恤民为务，属太史上言，星文示儆，将朕德菲薄，有所未逮欤？天心仁爱，俾予以治，有所告戒欤？弭灾有道，善政为先，更号纪元，实惟旧典。惟世祖皇帝在位长久，天人协和，诸福咸至。祖述之志，良切朕怀，今特改元统三年，仍为至元元年。通遵成宪，诞布宽条，庶格祯祥，永绥景祚，可赦天下。

李好文看完，哑然失笑，随即转身回去，列出时弊十多条，比较当今和世祖时代的政况，认为古今相差太远，如果有志复兴，应当纠正时弊，施行仁政，才是治本之策。奏稿写成后，李好文从头至尾读了一遍，自觉得措辞比较满意，又重新用端正的小楷抄写了一遍，抄完后呈交顺帝御览。过了几天毫无音信，大概又被束之高阁了。

李好文很气愤，打算出去找人解闷，他和参政许有壬是好友，就去找他诉苦。许有壬的气已经消得差不多了，见了李好文，两人叙谈，免不得说起国事。李好文说："今天皇帝下诏改元,用'至元'年号,这真是古今没有的奇闻。我在几天前曾奏本上去,时至今日,不见回音。难道改了'至元'两个字,就能和我朝的全盛时代一样天下太平吗?"

许有壬接着说："朝政糊涂透顶,这个还是小事呢!"李好文问:"还有什么大事吗?"许有壬说:"你没听说尊崇皇太后的事情吗?"李好文说:"上次颁下诏书,命令大臣商议给皇太后加礼,我也参与了两次,在我看来,给皇太后加个尊号,也就算是尊崇了。"许有壬说:"有人竟然提议,应当尊称皇太后为太皇太后,你听说了吗?"李好文笑道:"这简直是无稽之谈,不值一提。"许有壬说:"足下说是无稽之谈,上头竟要实行呢!"李好文又说:"太皇太后乃是历代帝王尊奉祖母的尊号,现在的皇太后是皇上的婶母,怎么能称为太皇太后呢?"许有壬无奈地说:"你说得自然有道理,可是皇上认为此事可行,皇太后也喜爱这个称号,有什么办法!"

李好文愤然说道:"朝廷养我们是干什么的?一定要据实上谏阻止。"许有壬却说:"我已经和言官们商议过,准备联名上谏,但言官们因为前次奏请科举的事,碰了一鼻子灰,怕这次又重蹈覆辙,所以不想再劝谏。大家你推我拖,还没有决定。"李好文说:"你位列参政,何不独自奏上一本。"许有壬说:"说了也没用,还要被人嘲笑。"

李好文不等他说完,便大声反驳:"做一天臣子,就应当尽一天的心力。如果害怕别人嘲笑,就再也不出声,不光有负君主,恐怕也对不起自己!"许有壬说:"监察御史泰不华也是这么说的,他已经约了几名志同道合的大臣上疏谏阻,并劝我独自奏上一本,表明是非。我正在起草,足下到来,所以暂时停下。"李好文笑道:"这么说我倒成了催租的了。只是这篇奏稿也不要说太多,只要使皇上摆正了名分,也就达到目的了。"许有壬说:"我也是这么想的,我去把奏稿取来,给足下看一下。"说完,便派仆役去取奏稿。不一会儿奏稿取到,李好文一看,其中有几句话:

皇上于太后,母子也;若加太皇太后,则为孙矣。且今制封赠祖父母,降父母一等;盖推恩之法,近重而远轻,今尊皇太后为太皇太后,是推而远之,乃反轻矣!

李好文看过了这几句,连声称赞:"好极了!好极了!这道奏折上去,皇上必然会回心转意了。快快上奏,好让皇上早些觉悟。我要告辞了。"

许有壬也不再挽留，送客之后，把奏稿完成，派人抄录，第二天上奏顺帝。监察御史泰不华也带着言官递上奏章，提出祖母的称号不宜加在婶母身上。两道奏折上去后，仍是无声无息，好几天不见回应。许有壬只能叹息，泰不华却还在打探消息，非常关注此事。

一天，忽然有同僚对泰不华说："你等闯祸了，还在这里跟没事人似的!"泰不华问："是为了反对改称太皇太后的那道奏折吗?"那个人说："听说皇太后看了那道奏折勃然大怒，要给你等降罪。恐怕明天就要下旨了。"言官听完，哗然大乱，和泰不华一同上奏的官员更吓坏了，有几个胆小的竟然发起抖来，都来请泰不华想一条保全性命的办法。泰不华心平气和地安慰大家："这事由我发起，皇太后如果要降罪，由我一人承担，决不连累各位!"于是大家才稍稍放心。

又过了几天，并不见有降罪的诏旨下来，宫中反而赐给泰不华等人不少金银，泰不华不觉惊诧，私下问宫中太监。太监解释说："太后刚见奏章时，原是有怒意的，打算治言官的罪。昨天怒气已消，又说朝中有这样敢仗义执言的大臣却也难得，应当赏赐金银，张扬正声，所以今天才有这些赏赐。"泰不华于是上疏谢恩。

只是太皇太后的议案却没有改变，由礼仪使定下仪式程序，交礼部核定，然后又派人制造太皇太后的御册、御宝。御册、御宝制成后，恭上太皇太后尊号，称为赞天开圣徽懿宣诏贞文慈右储善衍庆福元太皇太后，并下诏书布告天下：

钦惟太皇太后，承九庙之托，启两朝之业，亲以大宝付之眇躬，尚依拥佑之慈，恪遵仁让之训。爰极尊崇之典，以昭报本之忱，用上徽称，宣告中外。

此时已是至元元年十二月，距离改元的诏旨不过一个月。改元的诏书是元统三年十一月颁发的，史家因为顺帝已经改元，于是把元统三年称为至元元年。也有人因为世祖年号已经称为至元，顺帝又用这个称谓，怕后人无法辨别，就在"至元"两字前特地加了一个"后"字，以区别于前面的至元。

太皇太后选择吉日登上兴圣殿，接受亲王百官的朝贺。从元代开国以来，除了顺宗皇后弘吉剌氏册封大典外，这要算是第二次盛典了，仪式非常隆重。这边是文武百官参拜，衣冠华丽；那边是美女添香，珮环齐鸣。太皇太后喜出望外，自然不必说，就连皇宫内外也没有一个不欢呼雀跃。只有先前上奏阻止的言官心里总有些不舒服，不过事到如今已无法挽回，也只有随波逐流了。庆贺已毕，又由国库拨出金银钱币，分赏亲王百官，连同各个大臣的家眷也都得到了赏赐。彻里铁木儿异想天开，竟然把妻子的妹妹阿鲁浑沙儿认作是自己的女儿，冒领了许多珠宝等赏赐。

　　一班御史言官得着这个证据，立即上奏章弹劾，并说彻里铁木儿曾经指斥武宗为"那壁①"。顺帝看过奏章，召来伯颜，问他是否应当惩处。伯颜说应该贬谪，于是顺帝把彻里铁木儿免职，贬到南安。也有人说是因为铁木儿渐渐骄横，有时也同伯颜闹矛盾，因此伯颜先前袒护他，后来又把他排挤掉了。

脱脱大义灭亲

　　元顺帝特别宠信伯颜，经常赏赐金银珍宝以及田地等财产，甚至把御服也作为赐品。伯颜也不推辞，只是上奏提议追尊顺帝的生母，算是报效顺帝显示自己的忠心。顺帝的生母迈来迪出身卑微，现在伯颜奏请为她正名，正中顺帝心意，于是命令礼部议定尊称，追尊生母迈来迪为贞裕徽圣皇后。顺帝因为伯颜提议在先，对他更加宠信，又令他世袭塔刺罕的称号，并打算封伯颜的弟弟马札儿台为王。

　　马札儿台先前曾辅佐武宗，后来辅佐仁宗，忠心耿耿，和他哥哥伯颜截然不同，此时任知枢密院事，听说顺帝要封自己为王，就上朝推辞。顺帝问他为什么，马札儿台说："臣的哥哥已封秦王，臣不宜再接受封王，以免重蹈太平王的覆辙，请陛下收回成命！"顺帝说："卿真是小心翼翼啊！"马札儿台叩谢而退。顺帝于心不安，封他为太保，命他分管枢密院，镇守北方。

　　马札儿台只好遵旨，出京上任。到任后减轻赋税，深得民心。只是伯颜无恶不作，马札儿台多次写信劝说，却始终不见效果。伯颜越来越任性横行，贪赃枉法，文武百官无不痛恨。广东朱光卿联合同党石昆山、钟大明聚众造反，称大金国，改元赤符。惠州百姓聂秀卿等人也起兵响应朱光卿。河南强盗棒胡又聚众作乱，中原大为震惊。元朝廷派河

---

　　① 那壁："那壁"两个字相当于"彼"字，在当时有不敬的意思。

南左丞庆童去讨伐叛党，庆童将缴获的旗帜、宣敕、金印等物，派人上交朝廷。

伯颜接到报告立即上朝，命令来使呈上旗帜、宣敕等物品。顺帝问大臣："这些物件是干什么用的？"伯颜上奏："这都是汉人做的，请陛下问明汉官。"参政许有壬正在朝中，听到伯颜的话，知道他不怀好意，忙跪地奏道："这是反贼造反的证物，陛下何必再问，只需命令前去平贼的大臣竭力痛剿就是了！"顺帝却说："爱卿说得对！汉人作乱，应当由汉官想办法剿灭，爱卿是汉官，可以传朕的旨意，命令所有汉官商议讨伐的办法，然后上奏，朕当酌情施行。"许有壬连声说遵命，顺帝退朝。伯颜也快快而出。伯颜打的是什么鬼主意呢？原来，他料定汉官一定会避讳提起汉贼，他可以当做借口，兴起大狱。不料许有壬识破机关，竟然直言不讳，弄得他反而说不下去了，因此失意退朝。后来，又有四川合州人韩法师自立为王，号称南朝越王，警报天天传来。元廷立即严令各路围剿，才逐渐荡平。各路人马接连报捷，并上报俘获的叛民姓氏，其中以张、王、刘、李、赵五姓为最多。伯颜想入非非，竟然进宫密奏，提出要把这五姓的汉人一律诛灭。幸亏顺帝还有些头脑，说这五姓当中也是良莠不齐，不能一律诛杀，伯颜又没能得逞，赌气而回。

转眼间已是至元四年，顺帝前往上都，途经八里塘。当时正是春夏之交，天上忽然下起了冰雹，大的像拳头一般，而且还奇形怪状。有的像小孩子的环佩，有的像狮子等等。官员、百姓全都惊异，议论纷纷。不久，又有漳州人李志甫和袁州人周子旺相继作乱，骚乱了好几个月，朝廷出兵清剿，叛匪全军覆没，议论才平息了一些。顺帝又归功于伯颜，命人在涿州、汴梁两处为伯颜建立祠堂，加封伯颜为大丞相，赐元德上辅功臣的封号，并赐给他七宝玉书、龙虎金符。

伯颜越发骄横放肆，召集了一帮卫兵，任命党羽燕者不花为统领。伯颜出行时侍从前呼后拥，甚至连皇帝的车驾、侍卫都显得稀稀落落了。天下只知道有伯颜，不知道有顺帝，因此顺帝宠眷的心思渐渐地变成畏惧了。

伯颜发现郯王彻彻秃也很得顺帝的宠信，有时甚至和自己过不去，就想把他除掉，免得出来个对头。于是诬奏彻彻秃阴谋反叛，应当斩首。顺帝暗想："从前唐其势等人谋变时，彻彻秃首先剿灭叛逆，那时都没有和逆党勾结，难道现在却要造反吗？这一定是伯颜暗中嫉妒，万万不能听信。"就没理会伯颜的弹劾。

第二天，伯颜又进宫上奏，而且连带了宣让王铁木儿不花和威顺王宽彻普化，请求把他们一律诛杀或放逐。顺帝淡淡地答道："这件事还需查有实据，才能下诏。"伯颜又说了许多证据，大半是捕风捉影，似是而非，顺帝也不答话，只是默然。

伯颜见顺帝不答话，愤愤地走了出去。顺帝还以为他扫兴回府，不会再纠缠了，谁知他竟然秘密召集党羽，伪造了一道圣旨，传到郯王府中，把彻彻秃捆了出来，一刀了断了他的性命。伯颜又假传圣旨，勒令宣让王、威顺王二人即日出京，不准逗留。等顺帝听说时，被杀的早已死去，被逐的也已经撵出，不由得龙心大怒，有心要把伯颜治罪斩首。无奈此时顺帝的权力赶不上伯颜，投鼠忌器，顺帝害怕万一不慎，连皇帝的位置都保不住，没办法只得耐着性子，慢慢想对策。然而恶人终有恶报，即使伯颜身为大丞相，位高权重，等到恶贯满盈的时候，总会有人出来取他的性命。

这位大丞相伯颜的结局说来奇怪，不是死在别人手中，而是死在他自己的侄子手里。真是天网恢恢，疏而不漏。他的侄子名叫脱脱，是马札儿台的长子。先前唐其势作乱时，脱脱曾经带兵讨伐，因立功而升官，被封为金紫光禄大夫。伯颜安排他进宫做侍卫，侦察顺帝的行动。伯颜又怕专用自己的亲属招人非议，就派知枢密院事汪家奴和翰林院承旨沙剌班同脱脱一起进宫。脱脱刚进宫时，听到消息必定报知伯颜，后来见伯颜为所欲为，也不免忧虑起来。

那时马札儿台还没有出京镇守北方，脱脱曾秘密禀报马札儿台："伯父越来越骄横放肆，万一天子震怒，处以重罪，那时我们家族恐怕就要灭亡了！"马札儿台说："我也担心此事，只是他不肯改过，有什么办法！"脱脱说："总要事先预防才好。"马札儿台点头称是。后来马札儿台奉命出京，脱脱无人可以禀告，心里非常焦急，暗想外人又无法商量，只有幼年时的老师吴直方与自己志趣相投，可以请教。

脱脱秘密来到老师的家里，拜见吴直方，并询问这件事应当如何处置。吴直方慨然说道："古人有言，大义灭亲。你应当为国尽忠，不要袒护亲族！"脱脱拜谢："学生记下了。"然后辞别而归。

一天，脱脱在顺帝身旁侍卫，见顺帝愁眉不展，就陈述了自己要舍家报国的想法。顺帝起初不相信，私下和阿鲁、世杰班两个人提起脱脱说的话，令他们暗中查访。阿鲁、世杰班是顺帝的心腹，听了顺帝的命令，就和脱脱交上了朋友，每每谈起忠义之事，脱脱必然慷慨激昂，甚至痛哭流涕，二人非常钦佩他。于是，二人密报顺帝，说脱脱是个靠得住的忠臣。

继而郯王被伯颜所杀，宣让、威顺二王被逐，顺帝敢怒不敢言，只是成天在宫中唉声叹气。脱脱见此情景，便跪到地上请求为顺帝分忧。顺帝叹息："爱卿固然忠诚，但此事不便让卿效力，如何是好？"脱脱答道："臣伺候陛下，就是想让陛下得以安心，就算粉身碎骨，臣也在所不惜。"顺帝又问："此事关系卿家亲人，卿能为朕想办法吗？"脱脱说："臣自幼读书，深知大义，舍家为国，在所不辞！"顺帝这才把伯颜专横跋扈的劣迹详细地讲了一遍，边说边哭，脱脱也伤心泪下，不禁奏道："臣定当竭力设法，为主分忧！"顺帝点头称赞。

脱脱退出，又去禀告吴直方。吴直方说："这件事关系重大，社稷安危在此一举，但不知你上奏时，有没有旁人听着。"脱脱说："只有两个人，一个是阿鲁，一个是脱脱木儿，这两个人都是皇上的亲信，料想不至于泄露机密。"吴直方又说："你伯父权势通天，满朝多是他的党羽，他们二人如果想谋求富贵，就难免泄露密谋，到那时不但你要被杀，恐怕连皇上也要遭遇不测了。"脱脱听了这话，不禁露出慌张的表情。吴直方说："好在时间不长，想必还不至于泄密，我还有一计，可以挽回。"脱脱大喜，当即请教。吴直方对他附耳说明计策。脱脱欢喜而出，忙去邀请阿鲁和脱脱木儿到家里饮酒取乐，殷勤款待，从白天到夜晚，始终不让他们出门。自己却找了个借口起身离座，出去找世杰班，在朝门设下埋伏，专等第二天早晨伯颜上朝，拿他问罪。

脱脱回府，天还没亮，伯颜已经派人来召脱脱，脱脱不敢不去。等见到伯颜，竟然遭到责问。伯颜问起宫廷内外为什么突然增兵，当时脱脱心中大惊，勉强定了定神，缓缓答道："近来盗贼四起，难保不暗中进入京城，所以先行戒严。"伯颜又呵斥："你为什么不先报告我？"脱脱连连谢罪而出。

脱脱料到此事难以速成，又去通知世杰班，让他缓一缓再想办法。果然伯颜有了戒心，第二天上朝时竟然带上了卫兵。等退朝后，又上了一道奏章，请顺帝到柳林出猎。

脱脱回家，和阿鲁、脱脱木儿结为异姓兄弟，发誓一同报国。忽然宫中太监宣召，催促脱脱进宫议事，于是脱脱三人一起进宫。顺帝把伯颜的奏章递给脱脱。脱脱看完后启奏："陛下不宜出猎，否则难保安全。"顺帝说："朕也是这么想的。只怕伯颜急着要害朕，卿等务必替朕严防！"话音未落，太监又呈进一道奏折，还是伯颜催请顺帝出猎。顺帝大致看了看，又问脱脱："怎么办？他又来催朕了。"脱脱说："臣有一计，不妨借口生病，只派太子代行，这样就可以无忧了。"顺帝大喜："这个办法太好了，明天早晨就可以颁旨，有劳爱卿替朕起草诏书吧。"脱脱遵命，当即写下诏书，呈给顺帝御览。顺帝盖了御玺，第二天早晨颁发下去。从此脱脱等人留在宫中，和顺帝秘密商议对策。三个臭皮匠，顶个诸葛亮，这次伯颜真要中计了。

伯颜接旨后，暗想太子代行，这事就难办了，诏书中命令右丞相保护，自己又不好不去。绞尽脑汁想了好半天，才想出一条废帝的计策来。他打算趁这次出猎的时候，挟持太子，号召各路兵马进京废了顺帝。计划已定，便召齐卫士，请太子起程，大队人马簇拥着太子出了城，奔柳林而去。

太子就是文宗的次子燕铁古思。先前顺帝继位时，曾经奉太后的旨意，将来一定要传位给燕铁古思，所以立了燕铁古思为太子。

伯颜护卫太子出了京城，脱脱就和阿鲁等人密谋，没收了燕京城门的钥匙。安排亲信埋伏在城下，并连夜保护顺帝移居玉德殿，又召文武大臣觐见，命令百官出午门听候命令。随后召来都指挥月可察儿，定下密计，派他率领三十名骑兵赶奔柳林，接太子回京，又召翰林院中杨瑀、范汇二人进宫起草诏书，详细列举了伯颜的罪状，把他贬为河南行省左丞相。派平章政事只儿瓦歹到柳林传旨。脱脱自己率卫士巡城。等派出的人出城后，脱脱关了城门，登城等待。

不到几个时辰，月可察儿已经保护太子回来。来人传下暗号，脱脱开城将他们迎进，仍然把城门关住。原来柳林距离京师只有几十里，半天就可以往返。月可察儿二更天从京城起程，快马加鞭疾驰而去，到柳林时正是半夜。当时太子的左右是脱脱的心腹，作为内应，等他们和月可察儿相见，彼此心照不宣，立即保护太子跟随月可察儿一同回京。

伯颜正在睡梦之中，哪里知道这些计划。待到五更天后，才从卫士那里得知太子已经回了京城。伯颜急得直跺脚。正在惊疑之间，只儿瓦歹到来，宣读圣旨。伯颜听他读完，还仗着先前的势力，不予理睬，竟然出帐上马，带着卫士一口气跑到京城大门。

当时天已破晓，城门还没开。只见脱脱身佩宝剑，一身戎装，站在城上。伯颜大声呵斥，喊脱脱开城。脱脱在城上回答："皇上有旨，只罢免丞相一人，其余官员全都无罪，可以回归本朝。"伯颜问："我即使有罪被皇上贬逐，也应当上朝当面辞别皇上，为什么不让我进城？"脱脱说："圣旨难违，请你自便！"伯颜质问："你是我侄儿脱脱吗？你小的时候，我把你当做自己的儿子一样抚养，你今天怎么这样负我？"脱脱答道："为了国家，只能如此，不能顾私情了。况且伯父这次虽然被贬，仍能保全家族，不至于像太平王家那样被灭门，已经算是万幸了。"

伯颜还要再说，脱脱已经下城离去，再回头看自己的侍从，已散去了一大半，伯颜无计可施，不得已回马而去。走到直定时，百姓见他灰溜溜的样子，都说丞相伯颜也有今天呀。有几个淳朴的父老生了怜悯之心，给伯颜送了杯酒。伯颜好言道谢，并且问："你们听说过有逆子害父的事情吗？"父老都说："小民身处偏僻乡野，只听说过逆臣逼君，没听说过逆子害父。"

伯颜被他们一驳，也有些良心发现，低头不语。随后与父老告别，狼狈南下，途中又接到朝廷传来的诏书，大致是说伯颜罪重罚轻，应当再行加罚，把它安置在南恩州阳春县。南恩州远在岭南，整天烟瘴冲天，常人都难以忍受，更何况这位养尊处优的大丞相伯颜？被充发到那里，哪里能受得了这痛苦？他也明知是死路一条，今天挨，明天拖，等走到江西隆兴驿时，已经奄奄成病，卧在了土炕上。那个驿官又势利得很，对伯颜冷嘲热讽，任意奚落，伯颜连病带气，竟被活活地气死了。

伯颜一死，元廷立刻召马札儿台还朝，封他为太师右丞相，脱脱任知枢密院事。其余如阿鲁、世杰班等人也都各有封赏，后来又加封马札儿台为忠王，赐号答剌罕。马札儿台坚决推辞，并称病辞官。御史台上奏请求顺帝同意，并宣告天下以表彰马札儿台谦让的美德。顺帝允许，传旨封马札儿台为太师，告老还乡，加封脱脱为右丞相，掌管军国重事。脱脱一改伯颜的旧政，恢复了科举取士的制度，为郯王彻彻秃平反昭雪，召回了宣让、威顺二王，让二人仍然居住旧宅，又废除不合理的禁忌，减轻盐税，并重开学校，优选儒生授课。天下百姓拍手称快，称脱脱为贤相。

没主见的主子

顺帝放逐了伯颜，除掉了心头大患，非常喜悦，宫中的近臣全都受到封赏。但顺帝却是个优柔寡断的主子，喜欢听近臣们的阿谀奉承。先前伯颜在朝时，顺帝手中没权，宫中的一班近臣为了讨好伯颜，成天在顺帝面前说伯颜如何忠心勤勉，如何处事练达，所以顺帝深信不疑，连加恩宠。伯颜死后，近臣又换了一副嘴脸，一心曲意逢迎顺帝。太子燕铁古思不服顺帝教训，顺帝不免愤怒，近臣乘隙而入，说燕铁古思的坏处，并且奏称不应当让燕铁古思做储君。顺帝碍着太皇太后的面子，不好立即废储，犹豫不决。近臣们煽风点火，推波助澜，把太皇太后的旧事，以及文宗被索命时的情形一股脑儿搬了出来，又添了几句诬陷的话。顺帝深信不疑。

顺帝虽然相信近臣，却因为太皇太后对自己有保护之恩，始终不忍心下手。后来顺帝打算宣召脱脱商量，请他帮忙解决这个问题。近臣担心脱脱参与进来阻止这个提议，又上奏提出此事应当由顺帝亲自处置，不必同右丞相商量；并且说太皇太后离间骨肉，罪恶更重，况且太皇太后的称号也是古今罕见，天下没有管婶母叫祖母的事情，陛下如果不纠正称号，反而会给后人留下笑柄。顺帝被他们激怒，也不与脱脱等人商议，只命近臣拟写诏旨，突然颁发，公告天下。其中写道：

昔我皇祖武宗皇帝，升遐之后，祖母太皇太后惑于蹀嬖，俾皇考明宗皇帝，出封云南。英宗遇害，正统寝偏，我皇考以武宗之嫡子，逃居朔漠，宗王大臣，同心翊戴。于是以地近先迎文宗，暂总机务。继知天理人伦所在，假让位之名，以宝玺来上。皇考推诚不疑，即授以皇太子宝。文宗稔恶不悛，当躬迓之际，乃与其臣月鲁不花、也里牙、明里董阿等谋为不轨，使我皇考饮恨上宾。归而再御宸极，又私图传子，乃构邪言，嫁祸于八不沙皇后，谓朕非明宗之子，遂俾出居遐陬，祖宗大业，几于不继。内怀愧慊，则杀也里牙以杜口。上天不佑，随降殒罚，叔婶卜答失里，怙其势焰，不立明考之冢嗣，而立孺稚之弟懿璘质班。奄复不年，诸王大臣，以贤以长，扶朕践位。每念治必本于尽孝，事莫先于正名，赖天之灵，权奸屏黜，尽孝正名，不容复缓，永惟鞠育罔极之恩，

267

忍忘不共戴天之义？既往之罪，不可胜诛，其命太常脱脱木儿，撤去文宗图帖睦尔在庙之主。卜答失里本朕之婶，乃阴构奸臣，弗体朕意，僭膺太皇太后之号。迹其闺门之祸，离间骨肉，罪恶尤重，揆之大义，削去鸿名，徙东安州安置。燕铁古思昔虽幼冲，理难同处，朕终不陷于覆辙，专务残酷，惟放诸高丽。当时贼臣月鲁不花、也里牙已死，其以明里董阿等，明正典刑。以示朕尽孝正名之至意！此诏。

　　这道诏书一经颁发，满朝文武大为哗然，公推脱脱上朝请顺帝取消成命。脱脱也不推辞，来到宫中当面进谏阻止。顺帝说："你为了国家可以逐去伯父，朕也为了国家逐去叔婶。伯父可以逐，难道叔婶就不可逐吗？"说得脱脱瞠目结舌，无言以对。脱脱又重提太皇太后往日的种种恩情，无奈顺帝置之不理，脱脱只好退出。文武大臣见脱脱上奏都不被采纳，其他人就更不用说了，众人一腔热忱化作冷冰。太皇太后卜答失里没有什么能力，好像庙里的城隍娘娘一般。先前铸像装金，上庙升殿，庄严得很，万众瞻仰，焚香跪拜；遭遇不幸时却被人侮辱，雕像也扔在地上，也不见显灵，于是人们不再敬奉，视若阿猫阿狗，甚至任意践踏。实在可悲可叹！

　　文宗的灵位被脱脱木儿撤出太庙，顺帝又派左右逼太后母子出宫。太后束手无策，只好和小儿子燕铁古思相对痛哭。怎奈不仅没人怜惜，那帮近臣反而恶语相加，强行胁迫。太后由悲生怒，当即草草收拾行装，拉上小儿子，赌气出走。一出宫门，那帮狐群狗党又拉开他们母子，逼迫他们分道而去。古人有言，生离甚于死别，况且是母子分离？实在惨不忍睹！这种场面被御史崔敬看见了，大为不忍，连忙起草了一篇奏折，大意说的是：

　　文皇获不轨之愆，已撤庙祀；叔母有阶祸之罪，亦削鸿名，尽孝正名，斯亦足矣。唯念皇弟燕帖古思太子，年方在幼，罹此播迁，天理人情，有所不忍。明皇当上宾之日，太子在襁褓之间，尚未有知，义当矜悯！盖武宗视明、文二帝，皆亲子也，陛下与太子，皆嫡孙也，以武皇之心为心，则皆子孙，固无亲疏；以陛下之心为心，未免有彼此之论。臣请以世俗喻之：常人有百金之产，尚置义田，宗族困厄者为之教养，不使失所，况皇上贵为天子，富有四海，子育黎元，当使一夫一妇，无不得其所。今乃以同气之人，置之度外，适足贻笑边邦，取辱外国！况蛮夷之心，不可测度，倘生他变，关系非轻。兴言至此，良为寒心！臣愿杀身以赎太子之罪，望陛下遣近臣迎归太后母子，以全母子之情，尽骨肉之义。天意回，人心悦，则宗社幸甚！

写好后，立即呈上顺帝，却并不见有什么批示，眼见得太后母子流离分别，却爱莫能助。太后到了东安州，满目凄凉，旧时的侍女大半离散，只剩了两三名老妇在一旁服侍，还是腿脚不灵便的。气得太后肝胆俱裂，一病不起。临死时满眼含着泪说："我不听燕太师的话，得到这般结果，后悔也迟了！"然后又望着东方哀叹，"我儿啊我儿！我死就死了！你才几岁，竟然被谗言陷害，想也保不住性命，我在黄泉等你吧！"说完一命呜呼。

燕铁古思和母亲骨肉分离，心里已经异常悲伤了，而且前后左右无人熟识，还要天天受骂，于是啼哭不止。监押官月阔察儿凶暴得很，听见哭声，一味恐吓。孩子的天性大多喜欢抚慰，最怕痛骂，况且先前当太子时是何等的娇生惯养，没有一个人敢违背自己的意思，此时却横遭虐待，自然悲从中来。月阔察儿骂得越凶，燕铁古思哭得越厉害，等走到山海关外，距京城已经很远，天高皇帝远，可恨这个月阔察儿竟然使出残酷手段，呵斥还不满足，继而鞭打。小小的身躯怎么禁得住这般蹂躏，几声呼号，倒地毕命。月阔察儿并不慌张，命令手下把燕铁古思的尸体葬在道旁，另外派人报知宫中，谎称燕铁古思因病身亡。顺帝本来就希望他快点死掉，得了这个报告，暗暗欢喜，哪里会去追究。从此，文宗图帖睦尔的后代就断绝了。

顺帝逐去文宗皇后母子、杀了明里董阿等人，还感到余怒未息，又把文宗所增设的官属如太禧、宗禋等院以及奎章阁、艺文监等部门全部撤销。翰林学士丞旨巎巎上奏称百姓中有千金家产的人家，尚且设有私塾，聘请先生，堂堂天朝竟然不能容一个学馆，未免被天下人耻笑。顺帝不得已才把奎章阁改为宣文阁，艺文监改为崇文监，只把这两处学校保留，其余的全部撤去，然后追尊明宗为顺天立道睿文智武大圣孝皇帝。既而又到年终，顺帝想除旧布新，下令改元。百官商议，把"至元"二字的年号留下一个"至"字，改了一个"正"字。商议已定，次年元旦下诏道：

朕惟帝皇之道，德莫大于克孝，治莫大于得贤。朕早历多难，入绍大统，仰思祖宗付托之重，战兢惕厉，于兹八年。慨念皇考久劳于外，甫即大命，四海觖望，夙夜追慕，不忘于怀。乃以至元六年十月初四日，奉御册、御宝，追上皇考曰顺天立道睿文智武大圣孝皇帝，被服衮冕，祼于太室，式展孝诚。十有一月六日，勉徇大礼庆成之请，御大明殿，受群臣朝贺。忆自去春畴咨于众，以知枢密院事马札儿台为太师右丞相，以正百官，以亲万民，寻即陛辞，养疾私第。再三谕旨，勉令就位，自春徂秋，其请益固。朕悯其劳日久，察其至诚，不忍烦之以政，俾解机务，仍为太师，而知枢密院事脱脱，早岁辅朕，克着忠贞，乃命为中书右丞相；宗正札鲁忽赤、铁木儿不花，尝历政府，嘉绩著闻，为中书左丞相，并录军国重事。夫三公论道，以辅予德，二相总政，以弼予治，其以至元七年为至正元年，与天下更始。

顺帝独掌朝纲，内无母后，外无权臣，所有政务全部亲自裁决。起初顺帝也励精图治，兴办学馆，任用贤才，并重用脱脱，大兴文教。还特地下诏命人修订辽、金、宋三朝历史，任命脱脱为都总裁官，中书平章政事铁木儿塔识、中书右丞太平御史中丞张起严、翰林学士欧阳玄、侍御史吕思诚、翰林侍讲学士揭傒斯为总裁官。

先前世祖设立国史院，曾经命王鹗修订辽、金二代历史，宋亡后，又命令史臣通修三代史。到了仁宗、文宗年间，又多次下诏修编，却一直没能完成。脱脱奉命后，分派各官员搜集资料，查阅讨论，夜以继日地工作。又因为欧阳玄擅长文艺，所有论、赞、表、奏等类文字，全部由他执笔修订。他把以前的文献略加修正，先编成了辽史，后修订完成了金、宋两史。

顺帝曾经视察宣文阁，脱脱上奏提议："陛下继位以来，天下无事，应当留心读些先贤儒学。最近臣听说左右近臣暗中阻挠陛下读史，难道经史全都没有可借鉴之处吗？如果那样，从前世祖在世的时候，何必用儒学教化皇族呢？"顺帝连声称是。脱脱立即从秘书监中取出裕宗所留下的书籍，进献顺帝，又举荐了处士完者图、执理哈琅、杜本、董立、李孝光、张枢等人，顺帝传旨宣召。完者图、执理哈琅、董立、李孝光到京，有旨封完者图、执理哈琅为翰林侍制，参与修编史书，李孝光被封为著作郎。只有杜本隐居清江，张枢隐居金华，坚决推辞不到。顺帝听说二人不肯从命，很是惋惜。

既而罢免左丞相铁木儿不花，令别儿怯不花继任。别儿怯不花和脱脱不合，多次闹矛盾。二人共事了一年多，脱脱积劳成疾，上表辞官。顺帝不准，脱脱上表达十七次，顺帝才召见脱脱，问他谁可以继任，脱脱推荐阿鲁图。阿鲁图是世祖的功臣博尔术的四世孙，曾任知枢密院事，世袭广平王爵位。因脱脱推荐，顺帝便命他继任右丞相。另封脱脱为郑王，赏赐无数，脱脱全都推辞不受。阿鲁图就职后，顺帝任命他为国史总裁，阿鲁图以没读过史书为借口推辞，偏偏顺帝不准。幸亏脱脱虽然辞了相位，但仍然参与修订史书一事，所以辽、金、宋三代史终于告成。

至正五年，阿鲁图等人进献三代史。顺帝说："史书既然写成，成就甚大。因为前代君主的善恶无不实录。那些行善的君主，朕自当效法；作恶的君主，朕自当引以为戒，这是朕所应当做的事情。但史书不止警劝人君，其中也兼录人臣，卿等也应当从善戒恶，加以效法。如果朕有失误，卿等不妨直言，不得隐瞒！"阿鲁图等人叩头拜谢，然后欢呼雀跃而出。

翰林学士承旨巎巎在京城去世，顺帝听到噩耗，深表哀悼。巎巎从小进入国学馆，博览群书，曾经是许衡的得意门生，深得正心修身的真谛。顺帝初年，巎巎身为经筵官，每天劝顺帝就学。顺帝要拜他为老师，巎巎再三推辞。一天，巎巎陪侍在顺帝身旁，顺帝要看画，巎巎取来《比干剖心图》献上，并且称商纣王不听忠谏以致亡国。顺帝为之动容。又有一天，顺帝看到宋徽宗的画连声称赞，巎巎却上奏："徽宗多才，只有一事不能。"顺帝问是什么事，巎巎说："唯独不会当人君！陛下试想徽宗当年，自身被掳，国家将亡，如果他能懂得为君之道，哪至于落得如此下场！可见身居九五之尊的君主，第一件大事是要学会为君，此外之事大可不必留意。"顺帝也恍然大悟："卿可谓知大体了。"

至正四年，巎巎出任江浙平章政事，次年，又被召还。正好中书平章的位置空缺，近臣要荐引自己人，秘密上奏。顺帝说："平章已经有了贤才，现正在途中，即日就要到了。"近臣知道了顺帝的心意，于是不敢再提。巎巎到京却得了热病，七天就病逝了。因为身边没钱，竟然无法入殓。顺帝听说后，赐给官银五锭，并赐给布帛，为他办理丧事，谥号文忠公。

左丞相别儿怯不花和阿鲁图同掌国政，彼此很是亲密，有时随驾出游，二人同车出入。当时，人们以为二相和谐，天下可望太平，其实全是别儿怯不花的诡计。别儿怯不花打算陷害脱脱，不得不联络阿鲁图作为帮手。等相处融洽后，就把自己的私心告知了阿鲁图。阿鲁图却正色说道："我们也有退隐的日子，何苦倾轧别人呢？"这一句话说得别儿怯不花满面羞愧，继而恼羞成怒，暗地里勾结言官，唆使他们弹劾阿鲁图。

阿鲁图听说言官上奏，当即辞官出城，亲友全都替他鸣不平。阿鲁

271

图却说："我是功臣的后代，世袭王爵，区区一个相位何足留恋！去年因为奉了主命，不敢推辞，如今御史弹劾我，我正好离去。御史台是世祖所设，我抵抗御史，便是抵抗世祖了。"说完就离去了，顺帝也不再挽留，竟然提升别儿怯不花为右丞相，左丞相一职任用了铁木儿塔识。别儿怯不花假装推辞，顺帝再次下诏，他才接任了右丞相的位置。大权一旦到了奸臣之手，谗言就要肆虐，因此右丞相脱脱一家免不得要遭祸了。

贤相受蒙蔽

别儿怯不花执政后，因为和脱脱向来不合，就一心想要排挤脱脱，屡次进宫密奏脱脱的过失。顺帝半信半疑。别儿怯不花又诬陷脱脱的父亲马札儿台，说他假称在家养病，实际上是结党营私，图谋不轨。于是顺帝转疑为信，竟然下了一道圣旨，放逐马札儿台到西宁州。马札儿台正要奉旨出行，脱脱提出情愿随父亲一同前往，上奏顺帝请求同行。随即得旨准奏，脱脱整装出京，当时马札儿台已经老态龙钟，起居饮食都需要人服侍。亏得脱脱随行，寸步不离，早晚问寒问暖，小心侍候。因此一路奔走，虽然未免风吹雨淋，马札儿台却丝毫没觉得劳苦，竟然安安稳稳地到了西宁。

别儿怯不花听说马札儿台父子安然抵达西宁，心中很是不快，又唆使言官上奏诬告，牵扯到马札儿台。顺帝当时已经被奸臣所迷，不辨真假，竟然接连传下诏旨，再贬马札儿台至西域，地名叫撒思，是一个非常艰苦的地方。马札儿台父子不敢抗旨，又只好冒险起程。到了半路，又接到诏书召二人回甘肃，赦免了他们。

原来别儿怯不花专权以后，水灾、地震的变异时有发生；河南、山东盗贼猖獗；江淮一带也冒出了许多暴徒，四处劫掠；继而湖广又有叛乱。有几个刚正不阿的言官弹劾丞相胡作非为，导致天怒人怨，天下大乱。别儿怯不花也觉得惶恐不安，只得上朝辞官。顺帝准奏，封了他一个太师的称号，将他打发回了老家。御史大夫亦怜真班趁着这个机会，保奏脱脱父子，说马札儿台当初有谦让的美德，脱脱也为国操劳，二人全都有功无过，为什么要将他们贬谪远方，逼到险地。于是顺帝稍稍觉悟，又传旨把父子二人召回了甘肃。

马札儿台中途折回，路上受了些风寒，到达甘肃后，病情日益加剧。脱脱衣不解带，耐心地服侍了多日，可是马札儿台毕竟年老体衰，拖延了几天，竟然去世了。脱脱经历了这场变故后，悲愤交加，恨不得把朝中奸臣一概除掉，为老父亲报仇。

可巧，别儿怯不花又遭言官弹劾，被贬谪到渤海，不久得病而死。左丞相铁木儿塔识也因病去世，元廷任用了朵儿只为右丞相，太平为左丞相。朵儿只是元朝功勋木华黎的六世之孙，也就是已故丞相拜住的堂弟，起初官拜御史大夫，因为铁木儿塔识病故，升任为左丞相，不久又调任右丞相。朵儿只性情非常宽厚，能识大体，顾全大局。

太平本来姓贺，名惟一，至正四年，被封为中书平章政事。至正六年，升任御史大夫。元朝重蒙轻汉，凡是三品以上的正官，不是国姓的一概不任用，贺惟一因此坚决推辞。顺帝不答应，特地赐他国姓，并改名为太平。太平和脱脱父子本来没什么交情，只是听说马札儿台身死甘肃，不能归葬，未免有些同情。于是上奏极力请求，令脱脱护送父亲的灵柩回京，以尽孝道。奏折递上去后顺帝却没有答复，太平竟然进宫当面上奏："脱脱尽忠王室，大义灭亲，如今其父已经病故，如果不许归葬，将来的忠臣义士岂不寒心？求陛下特别开恩赦他归还，为忠良示范！"顺帝还是不回答，太平又说："陛下难道忘了云州的往事了吗？"顺帝不等他说完便道："如果不是爱卿提起，朕差点忘了。脱脱确是忠臣，爱卿即刻传朕的旨意，派使臣将他召回。"太平叩谢而出。

原来元统三年，顺帝的皇后答纳失里因为兄弟谋反，被赶出宫，最后毒死在民宅。答纳失里没生儿女。两年后，顺帝又册立皇后弘吉剌氏。皇后名叫伯颜忽都，是真哥皇后的侄孙女，父亲名叫孛罗铁木儿，曾被封为毓德王。皇后被册立后，不久生下一个儿子，取名真金，两岁夭折。

那时，徽政院使秃满迭儿曾进献了一个高丽女子奇氏。奇氏名叫完者忽都，秀外慧中，善解人意。顺帝爱她秀美娇媚，又因为她善于煮茶，就命她掌管宫中的饮食，她于是有了每天接近顺帝的机会。从此眉目传情，顺帝把持不住，竟然和她同上龙床，做了一对鸾交凤友。这件事被正宫皇后得知，心中大怒，召来奇氏，鞭打、羞辱了好几次。后来皇后被毒死，顺帝就打算立奇氏为皇后。可是大丞相伯颜硬行阻止，顺帝没办法，只得改立弘吉剌氏为皇后。这位皇后与先前的皇后大不相同，她性情温婉，宽宏大量，不和奇氏争宠，所以奇氏仍得宠。奇氏时来运转，生下一个男孩，取名爱猷识理达腊，此后奇氏更加得到顺帝的欢心。奇氏因宠生骄，因骄成妒，除了和性情温和的皇后弘吉剌氏没有矛盾之外，其他的如宫中的太后母子、朝廷的权相伯颜等人，她全都视为眼中钉，常在顺帝面前说他们的短处。后来伯颜被贬，太后母子被逐，虽然也有其他原因，然而大半是由奇氏暗中做手脚，所以先后发生变端。

奇氏私心得逞，又和奸臣沙剌班秘密商量，想趁此机会升为皇后。不过，因皇后对她有恩，不忍恩将仇报，因此没下决心。沙剌班急中生智，猛然记起先代曾有数位皇后，现在也不妨援引先例，奏上一本，谁敢有异议？沙剌班当即禀告奇氏，奇氏大喜，命他立即上奏。果然立竿见影，顺帝马上册封奇氏为第二皇后。大礼完成，奇氏居然身穿锦衣美服，入主兴圣西宫。

转眼间，皇子爱猷识理达腊已经离了怀抱，渐渐长大了。顺帝爱母及子，成天带着皇子，甚至每次出游也带着小儿子同行。当时脱脱还在任，正为顺帝所宠信，所以脱脱进宫时，顺帝曾经让皇子拜他为师，并命令他随时教导。脱脱受命不忘，格外注意，有时皇子到脱脱家，一住就是几天。偶然生了病，脱脱就亲自为他煎药，自己先尝，然后才给小皇子服用。

一天，顺帝到上都游玩，皇子随行，脱脱也陪王伴驾。路过云州时，突然遇上狂风暴雨，山洪暴发，车马人畜大多被洪水冲走，顺帝只顾着自己性命，也来不及救皇子了，慌忙登山避水。脱脱见顺帝自己离去，连忙涉水来到御辇旁，抱出皇子，背在身上，光着脚跑上山冈。顺帝这才想起皇子，在山上向下张望，只见脱脱背着皇子跑上来。顺帝好像得了宝贝一般，立即上前抱下皇子，然后抚慰脱脱："爱卿舍命救出朕的儿子，此恩此德朕必定不忘！"脱脱当即谢恩。谁知过了两年，顺帝竟然听信谗言，把脱脱父子远谪，所以太平为之鸣不平，提起云州往事，让顺帝自己反省。顺帝被他一说，也后悔食言，于是同意脱脱护送父亲的灵柩回京安葬。

脱脱回到京师，安葬完父亲，上表谢恩。顺帝任命他为太子太傅，管理东宫事宜。脱脱接受任命，暗想这次重新被起用，一定是有人从中调停，大恩大德不可不报。凑巧侍御史哈麻来拜访，脱脱将他迎进，二人谈起别后情况，感慨万千。

哈麻是宁宗乳母的儿子，父亲名叫图噜，受封冀国公。哈麻和弟弟雪雪早年都曾当过皇宫侍卫，二人深得顺帝宠信。特别是哈麻，口才敏捷，更为顺帝所喜爱，多次被破格提拔，现任殿中侍卫史。脱脱为右丞相时，哈麻和他交往非常密切，实际上不过是曲意奉承罢了。后来脱脱被罢免，随父远行，哈麻也曾在顺帝面前替他说过几句好话。现在哈麻和脱脱叙旧，自然把此前营救的功劳都揽到自己身上，并且添枝加叶，说自己是如何想念，如何费心排解。脱脱秉性忠厚，当然以为他说的全是真话，因此非常感激。哈麻说一句，脱脱谢一声，哈麻走后，脱脱已经把他当成了大恩人。而太平为人向来秉公办事，对于保奏脱脱的事情他从未提起过，所以脱脱全然不知。

后来，太平认为哈麻在宫中迷惑顺帝，有心把他驱逐出宫，于是找御史大夫韩嘉纳商议。韩嘉纳也很赞成，便授意监察御史沃呼海寿，让他弹劾哈麻，历数哈麻的罪状。第一条，是在御榻后私设帷帐，犯上不敬。第二条，是出入明宗妃子脱忽思的禁宫，越轨无礼。还有私受贿赂，作威作福等也列在了奏折中。还没上奏，消息却泄露了，传到哈麻的耳朵里，哈麻立即跑到顺帝面前哭诉，称太平、韩嘉纳陷害自己，唆使沃呼海寿出头弹劾自己。然后哈麻提出辞官，以免被害。顺帝摸不着头脑，只说是奏章还没上来何必着急，哈麻又说沃呼海寿已经写好了奏章，第二天就要呈上。

按照常理，台官的奏折还没呈上，哈麻却已经预先得知，并跑到顺帝那里哭诉，其中肯定有隐情。如果是明白的主子，见哈麻如此狡猾，必定会怀疑他暗中安插了爪牙，所以才能事前获悉，恶人先告状。这种伎俩，只要加以斥责，便会无处遮掩。无奈顺帝昏庸得很，平时又特别宠爱哈麻，与他一起掷骰子、踢足毬，将他视为亲信，听说他要辞官，怎么能舍得呢？免不得好言挽留。

次日上朝，韩嘉纳果然呈上奏章，其中署着沃呼海寿的名字，弹劾哈麻。顺帝不等看完，便扔到了桌案上，悻悻退朝。韩嘉纳见苗头不对，连忙找太平商议。太平不禁气愤地说："有哈麻，无太平；有太平，无哈麻，明天早晨我定要上朝当面奏请。"

第二天天刚亮，太平就和韩嘉纳一起上朝。等顺帝登殿，太平便直接弹劾哈麻兄弟，指责他们盘踞宫中，权倾内外的罪状。顺帝缓缓答道："哈麻的罪状，应当不至于这么严重吧。"太平说："历代以来的奸臣，在没有显露叛逆行迹的时候，必定会阿谀献媚，表面上爱戴君主，暗地里却欺君罔上。齐桓公宠信三个小人，终究导致乱国；宋徽宗信任六个奸贼，最终丧命。陛下只要借鉴古人，就可知哈麻兄弟实在是祸患，理应早日驱逐!"顺帝默然不答。

韩嘉纳出列叩头说:"左丞相太平的奏请关系国家兴亡,请陛下务必采纳施行。"顺帝大怒:"你们器量也太狭窄了,怎么就不肯容这哈麻兄弟呢?"韩嘉纳再次叩头奏道:"臣并非为了自己考虑,实在是为国家着想。哈麻兄弟这样欺君误国,请陛下务必把他们贬逐。陛下如果能放逐哈麻兄弟,臣甘心受罚,以谢天下!"顺帝还是不悦,太平又上奏,"陛下如果仍然信任哈麻兄弟,臣请求解职归田!"顺帝说:"朕知道了,你们不用再说了!"说完,拂袖回宫。

当时哈麻已经得知了详情,又跑到顺帝面前诉委屈,顺帝厌烦起来,干脆把双方一概罢免。当即命侍臣拟写两道诏旨,一道是免去哈麻和雪雪的官职,出居草原;另一道是罢免左丞相太平,降为翰林学士承旨,逐出御史大夫韩嘉纳,降为江浙行省平章政事,贬沃呀海寿为陕西廉访副使。诏旨一下,朵儿只也深感不安,奏请辞官。顺帝准奏,派他出镇辽阳。仍然任命脱脱为右丞相,赐给名马和御带,并兼管端本堂的事。端本堂是皇子的学堂,顺帝曾经任命李好文和归旸为老师,命他们教导皇子,开课授书。

脱脱重新掌握大权,尊荣和从前一样。听说哈麻兄弟被放逐,不免替他们鸣不平。哈麻到脱脱那里辞行,并谎称太平陷害自己,脱脱劝慰:"只要我在朝,必定不会让他们得志!你暂且出去几天,等有机会,我自当代你请求官复原职,你不必担忧!"哈麻大喜,连声道谢而去。脱脱详细调查了朝中官员,查到参政孔思立等人都是由太平举荐的,竟然不问青红皂白,一概找借口将他们罢免,改用乌古孙良桢、龚伯遂、汝中柏等人。汝中柏是左司郎中,向来和太平有矛盾,现在更是在脱脱面前捏造太平的罪状,并说太平的儿子也先忽都娶了公主,勾结亲王,谋求要职。

脱脱正恨太平,就把汝中柏所说的话写入奏章。正要呈送顺帝,被老母蓟国夫人看见,立即对脱脱说:"我知道太平是好人,你为什么谎言诬告,指善为恶呢?"脱脱说:"这是左司郎中汝中柏所说,想必应当是确实的,不至于说谎。"蓟国夫人又说:"无论是真是假,可以让他汝中柏自己去说,太平和你无冤无仇,你为什么一定要加害人家呢?"脱脱被母亲一番责备,也有些犹豫起来。蓟国夫人大怒:"你如果不听我的,从此就不要认我这个母亲了!"脱脱本来就是个孝子,见老母面带怒色,连忙下跪,连称不敢。蓟国夫人又取了奏章,随手撕毁,于是一场弹劾案才烟消云散。

不料太平、韩嘉纳等人又交晦运，一个降职一个贬谪还嫌不足，不到半年，又有圣旨颁下，削去沃哷海寿的官职，流放韩嘉纳到尼噜罕，并放太平回归故里。太平即日被赶出京城，同僚田复劝他自尽，太平说："我本来无罪，自当听天由命。如果无故自尽，反而好像我畏罪而死，死也会蒙羞。"说完，扬长而去，回奉元原籍。韩嘉纳秉性刚直，难免结怨树敌，被贬的诏书一下，又被仇人诬奏贪赃，打了一百棍子；起程后，途中又受了无数苦难，棍伤溃烂不堪，竟然丧了性命。

天灾人祸

太平被赶回老家，韩嘉纳被贬而死，沃哷海寿削职为民，这些处罚又是从何而起的呢？原来是因为脱忽思皇后在顺帝面前哭诉，才有了这道诏书。脱忽思皇后原是明宗的妃子。顺帝继位后，尊称脱忽思为皇后。沃哷海寿弹劾哈麻时，曾经说他出入脱忽思禁宫，越轨无礼。这话被脱忽思皇后听说，哪里受得了？况且哈麻又被贬谪，脱忽思更加痛恨沃哷海寿等人，就哭着去找顺帝，说沃哷海寿等人无端诬陷，血口喷人，一边说一边流泪。顺帝见她楚楚可怜的样子，自然怒上加怒，立即颁发了那道严厉的诏书。

右丞相脱脱执掌朝政，深得顺帝信任，脱脱的弟弟也先铁木儿被任命为御史大夫。兄弟同任要职，一帮文武百官免不得又来迎合。当时中统、至元等钞票和钱币流通太久，导致假钞泛滥，脱脱准备改革币制。吏部尚书契哲笃建议改造至正交钞，以钞票为本币，以铜钱为流通货币。脱脱召集朝中大臣共同商议此事，众人全都唯唯听命。

国子祭酒吕思诚却说："铜钱为本，钞票为辅，钱钞并行是成例，为什么要倒置呢？而且历代铜钱和钞票相等时，百姓尚且喜欢储藏铜钱，不喜欢储藏钞票。如果再新增加一种钞票，钞票越来越多，铜钱越来越少，下则坑害百姓，上则危害国家。"契哲笃说："至元钞票假币太多，所以改造。"吕思诚反问："至元钞票假币为什么多？是因为奸人牟利仿造。试想旧钞票流通多年，百姓已经非常熟悉，还有伪钞掺杂；如果再发行新钞票，百姓还来不及认识，假钞岂不是更多了？"契哲笃说："铜钱、钞票同时发行，想必就没有这种弊病了。"吕思诚正色说道：

"铜钱、钞票同时发行，谁轻谁重？以谁为本币，谁为流通货币？你不懂财政，却只会巧言令色，取悦大臣，安的什么心？"契哲笃被他驳斥，恼羞成怒："你到底有什么意见？"吕思诚说："我只有三个大字。"契哲笃又问是什么，吕思诚厉声说："行不通！"脱脱见二人争论起来，只好出面解劝，说是以后再议，吕思诚这才退下。

脱脱的弟弟也先铁木儿说："吕祭酒的话也有道理。但在朝廷上大喊大叫，未免有失体统。"脱脱点头。言官看见脱脱的态度，就在会议散去之后起草了一篇奏章，第二天呈给顺帝，弹劾吕思诚狂妄。不久，有旨贬吕思诚为湖广行省左丞。很快，朝廷就造出了至正新钞票，在全国发行。由于钞票多铜钱少，导致物价飞涨，达十倍之多，各个郡县全都以实物交易，通货膨胀，币制大乱，国库日益空虚。继而黄河屡次决堤，祸及济南、河间，损失惨重。

听闻此消息后，脱脱召集群臣商议，大家议论纷纷，莫衷一是。工部郎中贾鲁刚刚就任都水监，曾经亲自探察河道，留意要害。如今提议修整河道，塞住北段，疏通南段，让黄河恢复故道，才能解除灾害。贾鲁所说的黄河故道，究竟在何处呢？原来黄河发源自昆仑山，曲折向东，流经甘肃，出长城，由北向东，由东折南，形成一大弯曲，取名为河套；从此南下，经壶口、龙门两座山谷，成为山西、陕西两省的界线；再向东折入潼关，流经砥柱山麓，进入河南省，这才由高地陡落到平原，地势平坦，河水容易改道。

从古时大禹治水以后，黄河不为患大约有八百年。殷商开始又屡次泛滥，此后多次决口，忽南忽北，从殷、周起，到元朝顺帝年间，河流的变迁已经不计其数，大变迁也有五六次。大禹治水，就是从大陆以北，分为九条河，在天津汇合入海。大陆也就是后来的河北省西北的宁晋泊。到周定王五年黄河迁徙，从运河抵达天津入海；王莽建国三年时，再次变迁，从徒骇到利津入海；宋仁宗庆历八年又改道，从大运河抵达天津入海；金章宗明昌五年又改道，分为南北两条支流，北支流从济水入海，南支流从淮水入海；元世祖至元二十五年，黄河再次改道，两条支流又汇合，从淮河入海，即后来江苏省内的淤黄河遗迹。

元世祖后，黄河屡次决口，连年修筑防御大堤，始终没有实效。顺帝至元元年，黄河在开封决口；至正四年，又在曹州决堤；不久又于汴梁决口；至正五年又决于济阴。元廷只好设立山东、河南等处行都水监，专管治河。贾鲁所说的塞住北段疏通南段，恢复旧道，就是要河流仍然汇合到淮水，流到以前的入海口。但如果按照这种办法去做，必须大兴徭役，才能成功。脱脱让贾鲁估算，需用军民二十万人，脱脱不免大吃一惊，遂派工部尚书成遵和大司农秃鲁先视察河道，加以核实。

成遵等人从京城出发，南下山东，西到河南，沿途细心勘察、规划，所有地势的高低、水量的浅深，成遵全都测量精确，并绘成了草图，附加解说。随后成遵等人回到京城，来到相府，拜见脱脱。脱脱立即问明了河道的情形。成遵开口便说黄河的旧道千万不能恢复，贾鲁的提议根本不可行。脱脱问是什么原因，成遵就把图纸呈上，脱脱看了半天，又放到了桌案上，淡淡地答道："你等沿途辛苦，暂且休息一天，明天到中书省再议吧。"二人告辞而去。

第二天一大早，二人就到中书省等候。不一会儿，脱脱来到，贾鲁也跟着赶来，其余各官也先后赶到。当即商议，成遵和贾鲁两个人意见分歧，彼此各执一词，免不得争论起来。其他官吏没有亲身考察，平时在京城当太平官，也不太留意黄河的防务，只好看着他们辩论。从早晨辩论到中午，二人仍然争论不休，经各官劝解，才散去就餐。

吃过午饭，再次议论，双方仍然是争论不休。脱脱对成遵说："贾友恒的计划是想一劳永逸，你为什么这么固执呢？"成遵说："黄河旧道能不能恢复暂且不论，单从国计民生方面讲，目前国库日见空虚，如果再大兴工程，恐怕难以支付；而且山东一带连年歉收，百姓生活已经极度困苦，如果再调集二十万民众，骚扰民间，将来祸乱四起，恐怕比黄河水患还要严重啊！"脱脱脸色一变，道："你是说百姓要造反吗？"成遵道："恐怕难免！"百官见成遵太固执，竟然和丞相斗起嘴来，就把成遵劝开了。

脱脱余怒未消，对百官说："主上爱民如子，做大臣的理应为主分忧。明知河流湍急，最难治理，如果拖延下去，将来为祸更大。这就像人有疾病却拖延不治，最终定会导致毙命。黄河是中国的大病，我想把它治愈，可是有人硬来拦阻，怎么办？"文武百官听完脱脱的一番话，齐声答道："丞相执掌朝纲，这事完全可以自己裁决，何必受他人左右呢？"脱脱又道："好在今天得了贾友恒，派他治河，必能成功。"贾鲁字友恒，脱脱器重贾鲁，所以称字不称名。众官又齐声赞成。贾鲁却上前坚决推辞。脱脱道："此事非你办不行，明天我上奏就是了。"

第二天上朝，成遵也早早来到。有几个参政大员和成遵是朋友，私下对成遵说："丞相已经决定治河，并且已有人负责，你此后就别再多言了。"成遵说："手腕可断，意见不能更改！"既而上朝，顺帝升殿，脱脱奏称贾鲁的才华可以担当大任，令他治河，必能胜任。顺帝大喜，宣召贾鲁。贾鲁奏对得体，顺帝很满意，当即命令他退朝候旨。成遵见不便出奏，只好一同退朝。

　　第二天有圣旨颁下，罢免成遵的官职，命他出任河间盐运使；还特别任命贾鲁为工部尚书，充管治河防使，升为二品，赏给银章；调集黄河南北兵民十七万，归贾鲁调遣，修缮河道。原来脱脱退朝后，又把贾鲁的计划详细奏了一本，并说成遵怯懦无能，所以顺帝下了这道诏旨。

　　贾鲁受命治理黄河，倒也尽心竭力，不敢有丝毫松懈，当天就出京就任去了。到了山东，一面征集工役，一面巡视堤防。这里派万人修缮，那里派万人加固，总之是主张堵塞，不让河水泛溢。后又从山东来到河南，从黄陵冈起，南达白茅，直抵黄固、哈只等河口，见有淤积阻塞的地方，就派人疏通，遇有过于曲折的地方，就裁弯取直。又从黄陵冈向西到杨青村，在北面加固防堤，在南面凿通河道，总计修治地段达二百八十多里。

　　这位敏达干练的贾尚书，整日往来跋涉，风尘仆仆，夜里还要核工考绩，对簿理财，真是任劳任怨，不辞辛劳。元廷虽然派了中书右丞玉枢虎儿吐华和知枢密院事黑厮，作为贾尚书的帮手，怎奈二人只会袖手旁观，不能出力，所以一切工作全要靠贾尚书主持。至正十一年四月兴工，七月竣工，八月决水到故道，九月舟船通行。十一月黄河恢复故道，向南汇入淮水，东流入海。贾鲁上报交旨，顺帝异常欢喜，当即派使臣祭祀河伯，并召贾鲁回京。贾鲁回京上朝，顺帝好言抚慰，当即加封贾鲁为集贤大学士，并因为脱脱举荐贤才有功，赐号答剌罕，令他世袭。其他跟随贾鲁治河的官员，也都得到了封赏。随后令翰林学士承旨欧阳玄修造河平碑，表彰脱脱丞相以及贾尚书的功绩。

　　脱脱正在暗自欣慰，不料黄河才顺，兵变又接连兴起。元朝一百多年的江山，竟然从此土崩瓦解。至正十年，河南、河北就有童谣道："石人一只眼，挑动黄河天下反！"当时有人听到，大都迷惑不解。后来贾鲁治河，督工开凿黄陵冈，果然从地下挖起一个石人，只有一只眼睛，役工大为惊讶，报知贾鲁。贾鲁看到石人也暗暗称奇，只是表面上毫不动容，命令民工用锄头打碎。功成回京后也从没提起，可是汝、颍一带叛乱四起，正应了童谣。因为叛乱太多，这里简要编排如下：

一、颍州人刘福通推立韩山童的儿子韩林儿为帝，在颍州起兵。

韩山童是栾城人，其祖父曾创建白莲会烧香惑众，因此被贬谪永平。传到韩山童时，他又诈称天下大乱，弥勒佛出世，河南及江淮一带的愚民信为真言。颍州人刘福通和他的同党杜遵道、罗文素、盛文郁、王显忠、韩咬儿等人又诡称韩山童是宋徽宗的后代，理当成为君主，然后招集民众设坛起誓，在京郊起兵叛乱。地方官立即派兵搜捕，擒住韩山童，刘福通带着韩山童的妻子杨氏以及儿子韩林儿逃到河南，召集党羽达数万人，都用红巾为号，称为红巾军，横行河南。

二、萧县人李二，在徐州变乱。

李二是一个无赖，曾经烧香聚众，勾结同党赵均用、彭早住等人攻陷徐州作为盘踞地。李二绰号"芝麻李"。

三、罗田人徐寿辉，在蕲水造反。

徐寿辉是一个商人，贩布为生。有个僧人彭莹玉，好谈论妖异，见徐寿辉相貌奇特，称为贵相，就和同党邹普胜、倪文俊等人推立徐寿辉当了主子，攻陷蕲水及黄州路，也以红巾为号，时人也称为红巾军。

四、至正八年十一月间，台州人方国珍作乱。

方国珍以贩盐为生，在海上做生意。当时有个海盗叫蔡乱头被官府缉捕，有人告发说方国珍也有通寇行径，方国珍很害怕，于是航海为盗，劫掠官税。他又捉住江浙参政朵儿只班，胁迫他奏闻元朝廷，赦免自己的罪过并封给官职。有诏书封方国珍为定海尉，方国珍嫌官小不肯接受，又进攻温州，越来越猖獗。

五、至正十二年二月间，定远人郭子兴作乱。

郭子兴年轻有侠义之气，喜欢和壮士结交，后来见汝、颍起兵，自己也和同党孙德崖等人举兵作乱，自称元帅，攻陷濠州。

六、至正十三年三月间，泰州人张士诚作乱。

张士诚和弟弟张士德、张士信等人都靠舟船运盐为生，富人视贩盐为低贱的行业，动不动就施加侮辱。有个弓手邱义侮辱他们最甚，张士诚大怒，率领壮士十八人杀死邱义和几个富家，然后招集盐丁，占据了泰州。继而张士诚攻陷高邮，杀掉知府李齐，自称诚王。

一时间，天下大乱，警报像雪片般飞到元廷，顺帝大惊，连忙调动兵马，分道出征。

宰相出马

顺帝连连接到警报，很是焦虑，慌忙找丞相脱脱商议。脱脱道："中州是全国的心腹地带，如今红巾贼叛乱正在中州，实在是心腹大患。臣准备先发大军剿灭红巾贼寇，肃清腹地，然后再依次进兵，讨平其余贼寇。"顺帝道："各地全都告急，如何是好？"脱脱道："各地都有守将，请陛下分别颁下诏书，命令他们就近救援，清剿和安抚兼施。待中州平定了，其余的贼寇自然瓦解。"顺帝道："派谁去讨贼呢？"脱脱道："臣深受皇恩，愿带兵平寇，报答圣上。"顺帝道："爱卿是朕的左膀右臂，朕一天也离不开，朕听说爱卿的弟弟也很有才，派他去讨贼怎么样？"脱脱道："臣弟可以去，但必须再找个帮手，助他一臂之力。"顺帝道："卫王宽彻哥如何？"脱脱道："圣上明鉴，派他应当没有问题。"

主意已定，顺帝任命御史大夫也先铁木儿为知枢密院事，和卫王宽彻哥率领大军十余万人马出征河南平寇。顺帝颁发诏旨给各路将领，命令他们就近清剿或安抚。也先铁木儿奉旨讨贼，当即会同卫王率兵出京。

也先铁木儿为人张狂，猛然间手握大权，更加趾高气扬，目中无人。官军到了上蔡，城池已经被叛党韩咬儿占据。官军在城下扎营，安排攻城器械，连夜围城。

韩咬儿登上城墙，见元兵四面包围，黑压压好像蚂蚁一般，顿时大吃一惊。无奈事已至此，骑虎难下，只得带领党羽勉强防守。元兵围了好几天，始终不能攻克。也先铁木儿大怒，严申军令，限期破城，下令如果过了期限再攻不下就把将士斩首。将士们听了这道军令都非常惊慌，幸好上蔡城池狭窄，叛党不过几千人，城外又没有别的贼寇接应，只要合力进攻，不难得手。当下将士拼命，四面架上云梯，冒死攻城。韩咬儿顾此失彼，一不小心被元兵劈开城门，蜂拥而入，元军与韩咬儿等叛贼巷战起来，两下厮杀多时，叛贼大半被杀，韩咬儿被元兵捉住。

也先铁木儿大喜，立即派人报捷，并把韩咬儿押解到京城。顺帝斩了韩咬儿，传旨奖赏官军，赏赐钱钞无数。也先铁木儿得了这种好事，更加骄横，不但虐待将士，就连对同行的卫王也不屑一顾，一切军政全部独断独行。将士们怨声载道，不过因为奉了朝廷的旨意，一时不便反抗，没办法只得跟随他前进。

刘福通听说韩咬儿被捉，连忙分派党羽严守要塞，阻止官军。也先铁木儿虽然有十多万人马，却大都观望不前，不管也先铁木儿如何严厉，军兵们总是不肯出力，甚至暗中逃走。也先铁木儿无计可施，只好在中途逗留，等待叛贼自己灭亡。

可是，贼寇的气焰却越来越嚣张。刘福通依旧猖獗，其他如芝麻李等人也肆意横行，其中最厉害的要算徐寿辉。徐寿辉占据蕲水后，居然自称皇帝，号称天完国，改元治平。又任命邹普胜为太师，出兵江西，攻陷饶州、信州。另派部将丁普郎等人逆长江而上，接连攻陷汉阳、兴国、武昌等地，威顺王宽彻普化以及湖广平章政事和尚弃城逃走。贼寇又转而攻陷沔阳，元将俞述祖被擒，怒骂徐寿辉，最终被杀害。叛军再攻陷安陆府，知府丑驴阵亡。徐寿辉又派部将欧普祥等人进犯九江，沿江各地元兵闻风而逃。

江州总管李黼传令兵民，招募壮丁，同贼寇血战多次，水路、陆路全都获胜。后来因为附近城池大多被攻破，贼寇大军云集城下，昼夜围攻，平章秃坚不花又临阵逃走，内外无援，难以再守。李黼仍然奋力防御多日，最后贼寇从东门攻入，李黼挥剑连斩了数十人，终因寡不敌众，和侄子李秉昭一同殉难。

江州陷落，袁州、瑞州等地也接连失守，元朝廷连连接到警报，连忙又召集群臣商议。脱脱等人决定分路进兵，责成统帅全权负责，责权分明，以利于指挥。四川行省平章政事咬住，率兵讨伐荆襄；江西行省左丞相亦怜真班，率兵防守江东西关隘。知枢密院事也先铁木儿和陕西行省平章政事月鲁铁木儿，合兵讨伐南阳、襄阳贼寇；刑部尚书阿鲁，讨伐海宁贼寇；江西右丞火你赤和参知政事朵罕，讨伐江西贼人；江西右丞兀忽失等人征讨饶信等处叛贼。

分派已定，宫廷稍稍安定。不久，朝廷又听说方国珍兄弟一会儿投降一会儿叛变，浙东道宣慰使都元帅泰不华战死，就派江浙左丞左答纳失里去讨伐方国珍。

原来方国珍专在海上骚扰，攻略沿海州郡，官军大多不战自败。元朝廷派大司农达什铁木儿等人南下黄岩，招他投降。方国珍接受招降，带领两个弟弟上岸在道旁下拜。达什铁木儿大喜，封方国珍为官，方国珍兄弟欢喜而去。浙东宣慰使泰不华知道他狡诈，夜间拜访达什铁木儿，打算商议派人刺杀方国珍。达什铁木儿不同意，而且斥责泰不华抗旨贪功，泰不华的想法没能实现。达什铁木儿一回京城，方国珍果然再次在海上抢掠。泰不华派义士王大用去招降，却被方国珍扣住，泰不华另派亲党陈仲达招降，方国珍又称愿意归降。泰不华率领部将陈仲达和手下数十人上了船，挂起受降大旗，乘着潮水前进。行到半路，船却触了沙底不能动。泰不华猛然见方国珍大船前来，方国珍大声喊陈仲达，让他依计行事。泰不华再看陈仲达，发现他眼神不对，就知道有阴谋，立即亲手斩了陈仲达，随即上前去夺方国珍的大船，射死叛贼头目五人。方国珍船中却藏满了伏兵，一跃而起，登上泰不华的小船，泰不华夺刀乱砍，杀死贼人多名。贼人围攻泰不华，泰不华身受重伤，鲜血直喷，仍然屹立不倒，最终以身殉国，手下随从全部战死。朝廷得知此事，追封泰不华为魏国公，谥号忠介公。后又派左丞左答纳失里即日进兵讨伐，左答纳失里奉命出兵。

顺帝又颁下诏旨，命令各路统帅见机行事，独自裁决。满心希望他们能旗开得胜，马到成功。不料最令朝廷瞩目的人马竟然无端溃散，从沙河败退到朱仙镇，几乎溃不成军，统帅就是脱脱丞相的亲弟弟也先铁木儿。也先铁木儿自从上蔡得胜后，进兵到了沙河，驻扎了两三个月也没有同叛贼开战。一天，忽然军中谣言四起，竟然称刘福通纠合贼寇要来劫营，吓得也先铁木儿朝夕防备，寝食不安。忙乱了好几天，也不见有贼寇到来，也先铁木儿十分恼火，把所有军官骂了个狗血喷头，并下令此后不得胡言乱语，违令者斩。军官们本来就心怀不满，又被他痛骂了一顿，干脆一哄而散，连夜逃去。也先铁木儿对此浑然不知。

第二天日上三竿，也先铁木儿升帐检阅，只有几百名亲兵还在守着，其余的官兵全都不知去向。也先铁木儿慌忙去请卫王，卫王也骑马走了。也先铁木儿仓皇失措，也只好上马而逃。待逃到了朱仙镇，才遇见卫王宽彻哥，卫王带着一半散兵在镇上扎营。也先铁木儿还在莫名其妙，于是责问卫王，卫王含糊地应付了几句，也先铁木儿没办法只得上奏朝廷。继而得到诏旨，派中书平章政事蛮子代为统帅，召也先铁木儿回京。他立刻把兵符交给卫王，即日撤回。

回到京师，也先铁木儿仍然担任御史大夫。西台御史范文怀着满腔忠心，联络刘希曾等十二人上疏弹劾，说也先铁木儿败军辱国，罪不可赦。中台御史周伯琦反而弹劾范文等人越级上奏，沽名钓誉。两篇奏章，先后呈给顺帝。顺帝竟然采纳周伯琦的奏章，斥责范文等十二人，并把他们一律降为各郡判官，又降罪西台御史大夫朵尔直班，说他授意属下倾轧大臣，外迁为湖广平章政事。朵尔直班本来就已经染上风寒，一出京城，病情加剧，走到黄州时，又奉旨筹措粮饷，各路统帅成天来絮叨，朵尔直班连气带累，最后吐血而死。

满朝官员从此不敢说话。脱脱虽然深受蒙蔽，但心里始终忧国忧民。暗想各路将帅已经手握重兵，只有徐州被李二占据，尚未攻克，于是决定亲自出征，收复徐州。脱脱上朝请旨，顺帝特许，命令他以答剌罕、太傅、右丞相的身份总管各路兵马，掌握生杀予夺的大权，并派遣知枢密院事咬咬、中书平章政事搠思监、也可札鲁忽赤①福寿跟随脱脱出兵。脱脱在出兵之前，又上奏推荐哈麻兄弟，称他们可以重用。顺帝自然准奏，立即任命哈麻为中书右丞，雪雪为同知枢密院事。二人连夜进京来送脱脱，脱脱语重心长地向他二人托付国家大事，嘱咐他们尽职效忠。二人唯唯听命。脱脱带兵出京，渡黄河南下，直达徐州，在西门外扎下大营。

李二是个大盗，听说丞相脱脱亲自到来，便召集盗贼一齐杀出，袭击官军。幸亏脱脱军纪严明，官军毫不慌乱，各自抵挡。正在交战时，忽听李二阵中梆声一响，飞箭应声射来。元兵前队没有准备，被射死了几十人。脱脱担心中军退缩，连忙催马向前，领兵杀上。说时迟，那时快，脱脱所乘的战马中了一箭，战马几乎站立不住，卫兵急忙来扶住脱脱。脱脱喝退卫兵，换了匹马，仍旧指挥前进。属下见主帅拼了命，谁还敢退后，勇猛冲杀一阵，把李二的叛军逼回城中。李二慌忙下令关闭城门，才关上一半，元兵已经如潮水一般涌上，势不可当。亏得徐州还有内城可以自保，李二急忙闭门固守。

脱脱乘胜攻城，城上弓箭、大石头如雨点般砸下来，脱脱见一时难以攻下，才命各军休养一宿。第二天，又督军围攻，喊声如雷，震天动地。李二倒也厉害，把平日积攒的防守器械全部取出对付元兵。双方一连几天相持不下，脱脱觉得同李二相持下去不是长久之计，就命令军兵从西南撤退，专攻东北。白天下令猛攻，夜间休息。城里的赵均用、

---

① 也可札鲁忽赤：元代官职名。

285

彭早住二人见元兵攻势减弱，就向李二献计道："元兵远道而来，攻城多日，必定疲乏，所以锐气渐渐衰落了，我等可以乘夜出兵掩杀过去，定可获胜。"李二道："今天夜里恐怕来不及了，明天半夜我率众出南门，你二人率兵出西门，左右夹攻，岂不更好？"赵、彭二人拍掌说好。

第二天，城上城下攻守依旧。二更时候，李二和赵、彭二人分头出城，前来袭击元军大营。营外有元兵站岗，见李二等人杀来，岗哨纷纷逃走，李二等人直捣大营，来擒脱脱，谁知营内只有灯火，并没有人马。李二这才知道中了计，慌忙下令退兵，忽听得炮声四起，元兵大军杀到，把李二等人困在当中。李二此时也顾不上赵、彭二人了，只好拼命杀出，逃出南门，抬头一望却叫苦不迭。

原来城楼上面灯火通明，火光中闪出一位紫袍金带、八面威风的元丞相。惊得这个芝麻李魂飞天外，回马急逃。元兵又乘胜追杀，杀得李二的手下七零八落，李二已经无心恋战，只顾夺路奔逃。元军还要追杀，只听城内已经鸣金收兵，于是元军回营，任由他逃去。此时彭、赵两个盗贼见无家可归，就杀开血路，逃出外城，向濠州逃去。等李二出了外城，二人已经逃得老远。李二垂头丧气，去投奔泗阳，后来不知下落。

天刚大亮，各路元将进城报功，斩首敌寇约有数千人，并获得黄伞、旗鼓等物，脱脱一一检阅，记录功劳，论功行赏。脱脱又下令屠城，福寿上前谏阻道："大盗李二等人，丞相都不想穷追；百姓无辜，为什么偏要下令屠杀？"脱脱道："你只知其一，不知其二。我围城多日，只见叛贼和百姓齐心守御，料定不易攻入，所以我撤围西南，故意显示松懈，引他前来袭击。我传授众将密计，四处埋伏，截断他的去路，以便我军趁机进城。攻城时，百姓还来抵抗，好不容易被杀退，后来李二等人出走，还有百姓随着，我恐怕城中再乱，所以鸣金收兵。看来这里全是刁民，不能再留，只有一律屠杀才能免除后顾之忧。"福寿不便再多说，众将奉命，把城中男女老少全部杀光，随后脱脱上疏告捷。

顺帝得到捷报，立刻派平章政事普化等人到军中犒赏，又加封脱脱为太师，召回朝中，并改徐州为武安州，立碑记功。脱脱班师还朝，顺帝派使臣到郊外迎接，然后又亲自接见，赏给脱脱上尊珠衣和白玉宝鞍，继而赐宴，命令皇太子亲自去陪宴，真是极尽荣耀，天下无双。

因为东南叛贼四起，后勤补给困难，脱脱又奏请在京郊设立分司农

286

司，自任大司农职务。顺帝命令右丞悟良哈台和左丞乌克孙良桢兼任大司农卿，作为脱脱的助手。从此西到西山，东到迁民镇，南到保定、河间，北到檀顺州，全部兴修水利，耕种稻麦。不到一年，居然禾麦茂盛，大获丰收，京城粮仓充足，解决了粮饷问题。顺帝见宰相能干，干脆把一切国政都交给他处理，自己整天在宫中纵情酒色。阿谀奉承的哈麻又在宫中朝夕伺候，想出了一个取乐的法子，引诱顺帝肆意淫乐。

荒淫无道的元顺帝

哈麻兄弟经脱脱推荐，再次被召回重用。此时，顺帝已经厌倦国事，一心寻欢作乐。哈麻就引进了一个西番僧人，他每天不离顺帝左右，教唆顺帝取乐。这个番僧也没有别的技能，只会一种演揲儿法。什么叫做演揲儿呢？翻译成汉语就是"大喜乐"的意思。"大喜乐"三个字还有些含糊，后人从《元史》中考证，其实这是一种运气的房中术。顺帝正在研究此道，得了这名番僧更是如获至宝，当即封为司徒，命他在宫中讲授，自己悉心练习，到了实地试行的时候果然和以前大不相同，就连三宫六院的妃嫔也暗中高兴不已。

哈麻有个妹夫名叫秃鲁铁木儿，官拜集贤院学士，经常出入皇宫，深得顺帝宠幸。他密奏顺帝道："陛下虽然贵为天子，富有四海，也不过只能保存现世罢了。臣听说黄帝因为修炼房中术成仙，彭祖也靠着采集女阴长寿，陛下如果熟练这种法术，不但温柔乡里乐趣无穷，而且可以飞升成仙，长生不老。"顺帝不等他说完便道："你难道没听过演揲儿吗？朕已经学会其中的要诀了。"秃鲁铁木儿道："还有一种双修法，比演揲儿更妙，演揲儿仅用于男子，双修法男女同修。陛下试想房中行乐，如果阳盛阴不应，上行下不交，还有什么趣味呀？"顺帝大喜，问："爱卿会这种法术吗？"秃鲁铁木儿道："臣是不能，但有一名西域僧人名叫伽璘真，颇善此术。"顺帝道："爱卿赶快替朕宣召，朕当拜他为师。"

秃鲁铁木儿奉旨，立刻召伽璘真进宫。顺帝接见，格外尊敬，马上让他传授自己秘诀。伽璘真道："这种法术必须龙凤双修，才会完美。"顺帝道："朕的正宫皇后素来拘谨，不便学习。其他皇妃也许能勉强学习，但恐怕一时难成啊！"伽璘真道："普天之下的女子，哪一个不是陛下的臣妾？陛下何必一定要拘泥于皇后、皇妃呢？只要派人挑选良家女子进宫练习，自然多多益善了。"顺帝大喜，便当即封西域僧人为大元国师，然后一面虚心求教，一面命令秃鲁铁木儿率领宦官，到民间挑选美女进宫，练习种种密术。

伽璘真一团和气，和蔼可亲，进宫没几天就和宫娥彩女们打成了一片，就连前次进宫的西番僧人也和他往来密切，结为密友。顺帝分别赐给宫女三四人，服侍他们。二僧白天传授顺帝秘法，夜里则肆意淫乐，逍遥自在。伽璘真又想出一个法子，教宫女学跳天魔舞。召集宫女十六人列成一队，宫女们长发结辫，头戴象牙佛冠，身披璎珞大红销金长裙，手中各执乐器，连舞带敲。韵律悠扬，仿佛月宫的雅乐；长袖荡漾，好似天女散花。跳舞时先念佛号，舞蹈后再唱甜歌，乐得顺帝心花怒放，趁着高兴的时候，随时抱起几个宫女进入密室，行云布雨，亲自演练演揲儿和双修法。两个西域僧人也乐得随缘，左拥右抱，肉身说法。还有一个叫八郎的亲王，是顺帝的兄弟，趁这个机会也来偷香窃玉。秃鲁铁木儿又勾结年轻官僚八九人进宫伺候，顺帝赐予他们美名，叫做倚纳。倚纳共有十人，都可以进入密室。密室的别名叫做色济克乌格，"色济克乌格"五个字翻译成汉语，是事事无碍的意思。后来顺帝一帮人越加放肆，不论君臣上下，全在一处淫乐，甚至男女裸体，公然相对，艳语淫声传到了户外。两个僧人又私自招引僧侣出入宫中，除了正宫皇后之外，后宫嫔妃全都弄得一塌糊涂，不明不白。

顺帝又命人建造清宁殿，以及前山、子月等宫殿，派宦官留守也速迭儿和都少水监陈阿木哥等人监工。竣工后，顺帝又在内廷增设龙舟，首尾长一百二十尺，宽二十尺。上面建有五间宫殿，龙身和殿宇全都用五彩金银装饰，船上有水手二十四人，全部穿金戴银。从后宫到前宫，山下人工湖内，龙舟往来游戏。龙舟一动，龙头、龙口、龙眼以及龙爪、龙尾无不活动，栩栩如生。

后来又制造了一个精巧的计时宫漏，高六七尺，宽三四尺，用名木做盒子。宫漏里面藏着水壶，水在里面上下流动，盒子上刻有西方三圣殿，盒子中部雕刻着美女，美女的腰里刻着时辰，时辰一到则水面上升。美女的左右立着两个金甲神，一个拿钟，一个拿铃，夜间由神人打更，能自动按更打击，分毫不差。鸣钟铃时，左边的狮子和右边的凤凰能自动跳舞。盒子左右又有日月宫，刻有六名仙人站立宫前，到了子时和午时仙人能自动前进，度过仙桥，到达三圣殿，时辰一过又退立原处，真

288

是巧夺天工，精妙绝伦。

　　皇子爱猷识理达腊渐渐长大，见宫中如此荒淫，恨不得把这帮妖僧淫贼全部杀掉。可惜手中无权，力不从心。皇子整天忐忑不安，只好悄悄出了东宫，去拜访太师脱脱。脱脱刚从保定回京，同皇子相见，寒暄过后，皇子谈起宫中的近况。脱脱叹息道："臣为了屯田供应粮食，往来督察，已经没有了精力。最近天下大乱，听说汝、颍、江、淮纷纷起兵造反，每天都要调遣将士，分守各地。尚且警报频传，我日夜焦虑，五内如焚，所以宫中的事情也没心思过问了。"皇子道："现在平乱的事情怎么样了？"脱脱道："刘福通出没汝、颍，徐寿辉扰乱江淮，方国珍剽掠温台，张士诚盘踞高邮，大盗如毛，剿抚两难。近来听说池州、太平等郡又被贼党赵普胜等人攻陷，江西平章星吉同叛贼在湖口交战，兵败身死。我正要上奏，再次出兵讨伐。不料宫中会闹到这般情形，难道哈麻等人每天辅佐皇上，竟然也不去规劝吗？"皇子道："太师不要提起哈麻了，他正是罪魁祸首啊！"脱脱大为惊异，皇太子又详细讲述了淫乱的原因。脱脱道："哈麻如此作恶，不光有负皇上，而且负我，我一定进宫上谏，以正君心。"皇子道："全仗太师了！"脱脱道："食君俸禄，就要尽职，这是人臣本分。"皇太子道谢而出。

　　脱脱还有些怀疑，再去询问汝中柏。汝中柏极言哈麻的种种不法行径，惹怒了脱脱太师，脱脱立即来到朝中。原来，汝中柏深得脱脱信任，由左司郎中提升为中书省参议。他仗着脱脱的权力，遇事独断专行，满朝文武没人敢同他抗衡，只有哈麻不买他的账，屡次同他争执。汝中柏怀恨已久，脱脱一问，他便趁机发泄，极力斥责哈麻。

　　脱脱怒气冲冲地上朝，到殿门下车，大步来到内廷，不料被把门的宦官拦住。脱脱怒斥道："我有要事上奏皇上，你为何阻拦我？"宦官道："万岁有旨，不准外人擅自闯入！"脱脱道："我不是外人，进去不妨。"宦官还想说话，被脱脱推开一旁，径直闯了进去。这时候的顺帝正在密室淫乐，忽听秃鲁铁木儿报称："不好了！丞相脱脱来了！"顺帝喘着气道："我……我没工夫见他！把门的……把门的何在？怎么让他擅自闯进来了？"秃鲁铁木儿道："他是当朝丞相，气焰熏天，谁敢阻拦？"顺帝道："罢了！罢了！我这就出来，你快去拦住他，命他在外面候着。"

　　秃鲁铁木儿出去，顺帝这才收了云雨，穿上衣裳，慢腾腾地走了出来。只见脱脱怒目而视，秃鲁铁木儿等人全都垂头丧气，想必已经受了脱脱的训斥。顺帝问脱脱："丞相来此有什么事呀？"脱脱上前叩拜，顺帝让他站起身讲话，脱脱起身谢过了恩，然后启奏道："请陛下传旨，革去哈麻的职务，赶走西域番僧和秃鲁铁木儿等人，以杜绝淫乱！"顺帝道："哈麻等人有什么罪？"脱脱道："古时所说的暴君，莫过夏桀、商纣。夏桀宠爱妹喜，祸起于赵梁；商纣宠幸妲己，祸起于费仲。如今哈麻等人妖言惑主，也同赵梁、费仲一样，如果陛下还要宠信，不加惩处，恐怕后人要把陛下比作夏桀、商纣了。"顺帝道："哈麻是卿所举荐，怎么今天反而来弹劾他了？"脱脱道："臣一时糊涂，误荐歹人，求陛下一并降罪！"顺帝道："这倒不必！人生几何，不妨及时行乐，况且军国大事有卿主持，朕可以无忧，爱卿就让朕乐一乐吧！"脱脱道："如今变乱迭起，贼寇猖獗，还不是陛下行乐的时候啊！陛下应当赶快任用贤臣，惩处邪恶，施行仁德，远离酒色，这样才能拨乱反正，转危为安，否则大祸不远了！"顺帝道："丞相暂且退下，容朕仔细想想。"

脱脱只得出了内廷，等了几天，并不见有什么改过的诏旨。只是各省的警报又陆续到来。先是张士诚占据高邮，脱脱命令福寿发兵征讨；后来得到福寿禀报，称张士诚负隅顽抗，并且转攻扬州，杀败达什铁木儿军。于是脱脱上奏请求亲自出兵，并再次弹劾宫中淫乱奸臣，希望能清君侧。顺帝只是把哈麻降为宣政使，其余人一概不追问。随后，又下诏命令脱脱总领各路兵马，即日南征。脱脱奉命出征，途中召集各路大军依次南下。这次出师比前次还要显赫，各省、院、部、司听选官一律随行，全部受脱脱管辖。还有西番也发兵来助战，旌旗遮天蔽日，鼓声响彻云霄，真是威风凛凛，杀气腾腾。

脱脱到了济宁，派官员祭祀孔子，过邹县时又祭祀孟子。到达高邮时，张士诚派兵抵抗，两下也不答话，立即开战。脱脱的兵将如同虎豹出山，蛟龙搅海，任凭强寇身经百战，也是抵挡不住，战了几个回合，张士诚的叛兵纷纷败退。脱脱率军进逼，直抵城下，张士诚又自行出战，激战了半天也抵挡不住，只得退守城中。脱脱一面攻城，一面分兵断绝他的援兵。张士诚孤城无援，千方百计地谋求解围，有时率精兵出战，有时夜间袭击，都被脱脱带兵杀退，急得张士诚惊恐万分，无计可施。

脱脱正准备鼓励将士一鼓作气破城，忽然接到京城颁下的诏旨，派河南行省左丞相太不花、中书平章政事月阔察儿、同知枢密院事雪雪代替自己的职位，指挥作战。脱脱正在惊异，帐外的军兵又报称京城的宣诏使到来。军中参议龚伯遂，料知这次的诏书必定要加罪于脱脱，连忙秘密禀告脱脱："将在外，君令有所不受。丞相只管进兵征讨，不要接读诏书，如果诏书一开，清除叛贼的大事也功亏一篑了。"脱脱道："天子有旨，我如果不从，便是抗命。我只知道君臣大义，生死利害我从不计较。"说完便请进宣诏使，自己跪听诏命。诏书中大致是说丞相脱脱劳师费财，不胜重任，立即削去官爵，调到淮安。将官们听完诏旨全都大惊失色，只有脱脱面不改色，并且叩头道："臣本来愚钝，有负天子宠信，天子委臣军国大事，臣早就战战兢兢，担心不能胜任，如今得以放下重负，也算是皇恩深重了！"

脱脱送走使臣，当即召集将士，嘱咐众将听从后任统帅的统领，又拨出兵甲和名马三千套作为赏赐。将士们全都泪流满面，客省副使哈刺答纵身跳起道："丞相这一走，我们必定死在他人手中，今天宁可死在丞相面前，以报知遇之恩。"说完拔剑在手，往脖子上一横。脱脱连忙出座阻拦，已经来不及了，只见鲜血四溅，哈刺答倒在地上。脱脱抚尸大哭，众将也不胜悲伤，哭声如雷。

脱脱命令把尸首安葬，并把军符封上，交送太不花，自己率领几十名随从赶赴淮安。途中听说弟弟也先铁木儿也被削职出都，调到宁夏，虽然是意料之中，但仍不免愁上加愁。当时正是残冬，四野萧条，寒风惨惨，大雪纷飞，满目凄凉令人难以忍受。脱脱在驿馆中过了除夕，正月初才到淮安。才过几天，又接到朝廷传来的旨意，命令他再迁到甘肃行省的亦集乃路。脱脱不得不行，刚起程，又来了一道严厉的诏旨，不但命令他转徙云南，并且把他弟弟也先铁木儿迁徙到四川，他的长子哈刺章发配到肃州，次子三宝奴发配到兰州，所有家产全部没收充官。脱脱听完，叹息道："罢了！罢了！哈麻！你也太恶毒了。"

原来哈麻被降职后，听说是被脱脱弹劾，气得暴跳如雷，七窍生烟，暗想脱脱如此可恶，一定要把他置于死地。于是一面勾结宠妃奇氏，一面嘱托言官袁赛因不花，让他们内外勾连，陷害脱脱全家。顺帝沉湎酒色，昏庸无道，而且又因为前次脱脱闯宫强谏，一直暗中怀恨。现在内有美女蛊惑，外有奸臣诬告，正如火上浇油，顺帝不问是非，接连传下昏乱的诏旨。

脱脱迁徙到云南，来到大理腾冲，遇见知府高惠，高惠殷勤接见，盛情款待。酒过三巡，高惠开口道："公乃国家中流砥柱，虽

291

然偶遭晦运，转瞬间就会重见光明，还请不要担忧！"脱脱道："我已负国恩，皇上不赐我死，安置此地，已经是万幸了。"高惠道："你太过谦虚了。"

谈话间，忽然屏风后面有一位妙龄美女冉冉出来，只见她柳眉杏眼，面如桃花，羞羞答答地来到高惠座旁站住。高惠命她拜见脱脱，惊得脱脱连忙起身离座，答了半礼，忙问高惠："这是公家什么人？"高惠道："这就是小女，因为我见公不是常人，所以让小女拜见。"脱脱口中连称不敢。高惠又让女儿入内，然后请脱脱就座，再次斟酒道："公此来不带眷属，一切起居诸多不便。小女虽然出身低微，配不上公，然而手脚勤快，倒还可以使用。鄙人有意献给公做妾，还望不要推却才是！"脱脱大惊："我是一个罪人，哪敢委屈名门之女！"高惠不等脱脱说完便道："公今天来到这里，明天就会被重新起用，此后如果遇到顺境，前途必定不可限量，鄙人等都要托你关照呢。"脱脱摇头道："我自知得罪当道，自家性命恐怕难保，还指望什么荣华富贵呢？"高惠道："不要紧！我当为公建筑一处密室，就算有人加害，有我在此，一定可以保你无忧。"脱脱只是坚决推辞。高惠有些生气，等脱脱走后，竟然派铁甲军监视他的行踪。等他走到阿轻乞，铁甲军就把脱脱的驿舍围住。脱脱心中已经横下一个"死"字，倒也不怎么惊慌，无奈京城密诏又飞马传到云南，眼见得脱脱性命难保了。

朱元璋起义

脱脱被流放到云南，忽然又接到密诏，竟是赐他一杯毒酒，要他的性命。实际上，这道诏旨是哈麻假造出来的。此时哈麻已经接连升官，身为左丞相，因为脱脱没死，总感到不安，所以壮着胆子假传圣旨，赐脱脱毒酒，令他自尽。脱脱还以为是皇上的命令，竟然向北叩头，然后接过毒酒一饮而尽，不一会儿毒药发作，呜呼哀哉！年仅四十二岁。

脱脱身材魁梧，器宇轩昂，仗义疏财，不贪女色，礼贤下士，平易近人，而且始终忠心耿耿，守君臣大义。只是后期听信奸臣，急着报杀父之仇，报答小恩小惠，竟然被小人陷害，流离致死，京城人士全都深深叹惜。直到至正二十三年，监察御史张冲等人上疏诉冤，顺帝才下诏书恢复脱脱的官爵，并归还他的家产，召脱脱的两个儿子哈剌章和三宝奴回朝。只是也先铁木儿已死，无法召回。

至正二十六年，言官又上奏为脱脱平反，称当初奸臣陷害大臣，以致临敌换将，国家军务从此一蹶不振，钱粮耗竭，盗贼从此猖獗，民生从此涂炭。如果脱脱还在，必定不会导致天下大乱，因此请求顺帝加封功臣后代，并追赐脱脱爵位、谥号，以慰藉忠魂。顺帝听完也觉得后悔，立即加封哈剌章、三宝奴官职，并且命令大臣商议脱脱的谥号。不料此事还没实行，朱元璋的大军已经杀到，顺帝连逃命都来不及，还有什么心思顾着这件事，所以脱脱丞相的谥号最终也没有着落。

河南行省左丞相太不花没有什么军事才能，做了统帅后却十分骄横，不听朝廷命令。部下见主帅如此懈怠，乐得四出劫掠，不但抢金银财宝，而且抢劫民女，图个眼前痛快，根本没心思夺徐州了。言官弹劾太不花寸功未立却骚扰百姓，应当立即撤免，另换统帅。顺帝于是派平章政事答失八都鲁去代替太不花，又削去太不花官职，命他在军中效力。军中一再换帅，自然军心混乱，无心讨贼。其他的各路招讨将领也大半胆小如鼠，没有功绩。于是乱党更加猖狂，甚至颇有燎原之势。

河南大盗刘福通推立韩林儿为明王，也称起了皇帝，建都亳州，国号为宋，改元龙凤，又尊韩林儿的母亲杨氏为太后，刘福通自封为丞相。然后又分兵四面出击，在河南烧杀抢掠，为害一方。元朝廷派答失八都鲁带兵讨伐，答失八都鲁奉命出兵，来到许州时正碰上刘福通派来的叛军。双方一阵厮杀，官军竟然被叛军杀得大败，答失八都鲁逃得无影无踪。

答失八都鲁逃到了中牟，残兵败将才稍稍聚集，忽然又有一路兵马到来。答失八都鲁慌忙派人探听，原来是京城派来的援兵，统领叫刘哈剌不花。答失八都鲁这才把心放下，出营迎接，说起兵败的情况。刘哈剌不花颇有些忠勇之气，便道："连年征战，却没有一处扫平，我们身为将帅，岂不羞死！明天决一死战，我为先锋，公为后援，如果打了胜仗，也可为我辈扬眉吐气。"答失八都鲁只好依从。

第二天清晨，刘哈剌不花誓师出营，仗着一股锐气杀奔敌营。敌兵来不及防备，猛然被元兵袭击，杀了个精光。答失八都鲁带兵赶到时，已经不见了一个敌人。当下两军合兵并进，从汴梁直达太康，刘福通亲自出战，又被刘哈剌不花杀退。元军乘胜抵达亳州，昼夜攻击，吓得韩林儿魂飞胆丧，和刘福通打开后门，逃奔了安丰。

刘哈剌不花等人进城，立即上表告捷。元廷见亳州已破，就召刘哈剌不花回京。猛将一走，贼寇再度气焰嚣张，刘福通又四处出兵，勾结各路叛贼作为后援。于是各路叛贼纷纷响应，在鸣阳的濠州一带，竟然出了一位真命天子，此人就是明太祖朱元璋。

朱元璋的先祖居住在沛州，然后迁居泗州，父亲朱世珍又搬家到濠州，住在钟离县。朱元璋十七岁时，父母相继去世，朱元璋孤苦无依，进皇觉寺当了和尚，四处云游，后来又回到寺中。后来郭子兴起兵濠州，百姓不得安生，纷纷逃亡。朱元璋也想避难，先占卜了一卦，去留都不吉利，不禁嬉笑道："莫非要我做皇帝不成？"再次占卜得到吉兆，于是决定投军。

朱元璋来到濠州拜见郭子兴。郭子兴见他身体魁梧，相貌奇特，就留下他作为亲兵。正赶上元将彻里不花带兵来攻，朱元璋随郭子兴出战，他作战格外英勇，竟然把元兵杀败。元廷又派贾鲁进兵围攻，濠州城几乎被攻陷，亏得朱元璋招集死士出城冲杀，才把贾鲁杀退。郭子兴大喜，把朱元璋提升为镇抚，又把养女马氏嫁给他为妻。后来马氏妻随夫贵，竟然做了明朝第一代的皇后，这真是所谓天生佳偶了。

那时，李二的余党赵均用、彭早住投奔郭子兴。这帮人狂暴骄横，有谋逆作乱的意图。朱元璋见郭子兴懦弱，不足以共谋大事，于是自己率领同乡的徐达、汤和等人向南攻占定远，用计收降了驴牌寨的三千人马。随后继续向东出击，在横冈山夜袭张知院，收降三万人马。继而又遇到定远人李善长，二人谈得非常投机，朱元璋任用他为谋士，进兵攻陷滁州。不久，朱元璋听说郭子兴被赵均用围困，他又设计救出郭子兴，把他迎到滁州。郭子兴随即派朱元璋去刚刚攻克的和州镇守，总管各路人马。

既而郭子兴病逝，儿子郭天叙继承父业。郭天叙得到刘福通的书信，封他为都元帅，张天佑和朱元璋为左右副元帅。朱元璋开始不愿接受，继而考虑到伪宋主韩林儿气焰正盛，暂时可以倚靠，就借用他的龙凤年号，号令军中。忽然听说怀远人常遇春前来归降，朱元璋连忙将他迎进，见他相貌堂堂，威风凛凛，立即任命为帐下总兵。接连又有巢湖大帅写来书信，愿意率领水军战船一千艘前来投诚。朱元璋看过书信大喜道："我正担心没有船只渡江，如今巢湖大帅廖永忠、俞通海等人愿意来归降，真是天助我也！"

朱元璋率兵到巢湖，和廖、俞等人相见，以诚相待，彼此相处得非常融洽。留住三天，扬帆出发，到了铜城闸，遇到元中丞率领的军队，守住要塞，战船无法前进。恰好天降大雨，河水大涨，战船从小港通过，袭击元兵，一鼓击退，继而顺风直达牛渚。牛渚南岸有个采石矶，向来称为要隘，和牛渚互为犄角，两岸全有元兵驻守，刀枪林立，壁垒森严。

朱元璋命令先攻牛渚，后攻采石矶，众将应声而出，猛攻牛渚。元兵也一齐来抵御，无奈朱元璋军兵奋勇，元军渐渐败退。常遇春身先士卒，杀死元兵无数，元兵纷纷逃去。牛渚攻克，再攻采石矶。采石矶高出水面约有一丈多，众将士乘舟进攻，都被弓箭和石头击退。常遇春左手持盾，右手持矛，一跃登上采石矶，刺死守矶头目老星卜喇，率先杀入。将士们见常遇春杀开了血路，于是随着一拥齐上，霎时间攻破采石矶，把元兵一扫而光，然后乘胜进攻太平，元总管靳义战死。众将迎朱元璋进城，朱元璋设置太平兴国翼元帅府，召当地人陶安参议政务，封大儒李习为知府，出榜安民，严申军令，民心大悦。

休息了几个月，朱元璋又率兵进攻集庆，连破元将大营，直逼城下。此时，元将福寿为江南行台御史大夫，奉命防守集庆，屡次带兵出战，始终不能获胜。最终城池被攻陷，百官纷纷逃走，只有福寿坚持到最后，被乱军所杀。

朱元璋进城，抚慰军民，改集庆为应天府，自称吴国公，后又派将四面出兵，分攻邻近郡县，镇江、广德等处也相继被攻下。

这时候刘福通招集了一帮亡命之徒，气焰日益嚣张，分兵攻城略地。朱元璋派毛贵出兵山东，李武、崔德出兵陕西，关先生、破头潘、冯长舅、沙刘二、王士诚出兵晋、冀，白不信、大刀敖、李喜喜出兵秦陇。朱元璋自己在河南调度，指挥各军。毛贵颇有智勇，率众向东进攻，接连攻陷胶州、莱州、益都、般阳等郡县。济南飞章告急，顺帝派知枢密院事卜兰奚，率同董搏霄等人日夜兼程去救援。

朝廷的援军出发后，御史张桢上奏顺帝提出当时朝中的十种祸患，说得句句痛切，字字苍凉，可以说是元末的大手笔。奏章所说的根本上的祸端有六条：一是轻视大臣，二是权力分散，三是贪图安逸，四是言路不畅，五是人心背离，六是滥施刑罚。所提出的军事失误有四条：一是不善调度，二是不采纳群策，三是赏罚不明，四是将帅任人不当。他又逐条分析，其中贪图安逸的根源和赏罚不明的根源说得淋漓痛快，略加记录如下：

臣伏见陛下以盛年入纂大统，履艰难而登大宝；因循治安，不预防虑，宽仁恭俭，渐不如初。今天下可谓多事矣，海内可谓不宁矣，天道可谓变常矣，民情可谓难保矣，是陛下警省之时，战兢惕厉之日也。陛下宜卧薪尝胆，奋发悔过，思祖宗创业之难，而今日坠亡之易，于是修实德，则可以答天意；推至诚，至可以回人心。凡土木之劳，声色之好，宴安鸩毒之戒，皆宜痛撤勇改，有不尽者，亦宜防微杜渐，而禁于未然。黜宫女，节浮费，畏天恤人，而陛下乃安焉处之，如天下太平无事，此所谓根本之祸也。

臣又见调兵六年，初无纪律之法，又无激劝之宜，将帅因败为功，指虚为实，大小相谩，上下相依，其性情不一，而邀功求赏则同。是以有覆军之将、残民之将、怯懦之将、贪婪之将，曾无惩戒；所经之处，鸡犬一空，货财俱尽，及其面谀游说，反以克复受赏。今克复之地，悉为荒墟，河南提封三千余里，郡县星罗棋布，岁输钱谷数百万计，而今所存者，封邱、延津、登封、偃师三四县而已；两淮之北，大河之南，所在萧条。

夫有土有人有财，然后可望军旅不乏，馈饷不竭。今寇敌已至之境，固不忍言，未至之处，尤可寒心。即使天雨粟，地涌金，朝夕存亡，且不能保，况以地方有限之费，供将帅无穷之欲哉！颍上之寇，始结白莲，以佛法诱众，终饰威权，以兵抗拒，视其所向，骎骎可畏，其势不至于亡吾社稷，烬吾国家不已也。堂堂天朝，不思靖乱，而反阶乱，其祸至惨，其毒至深，其关系至大。有识者为之扼腕，有志者为之痛心，此征讨之祸也。

奏折呈上却不见反应。奸臣们恨他多事，反而弹劾他沽名钓誉，于是顺帝把他贬为山南道廉访佥事。顺帝如此糊涂，还能保得住江山吗？

卜兰奚到了山东，派董搏霄救援济南，自己救援益都。董搏霄带兵出征，在济南城下连败贼寇。贼寇退却，顺帝封董搏霄为山东宣慰使都元帅。此时的太尉纽的该，刚刚率领各路兵马防守东昌，听说济南已经平定，就催促董搏霄出征益都。董搏霄道："我一离开，济南必定不保。我最近又生了病，不如派我弟弟董昂霄前往。"于是把自己的意思上奏朝廷，顺帝准奏，封董昂霄为淮南行院判官，调兵赶奔益都。

不久，顺帝又有诏旨，命令董搏霄移守长芦，董搏霄不得已只得向北出征。谁知毛贵却乘虚而入，再次进兵攻陷济南，继而率领精锐部队追击董搏霄的后路。董搏霄才到南皮县，就望见毛贵率领大队人马赶来，红巾遮天，铁骑飞扬。董搏霄部下将士大惊，禀报董搏霄："敌众我寡，营垒还没有修完，如何是好？"董搏霄道："我奉命到此，只有以死报国，此外还有什么说的！"于是拔剑出营，督军奋战，杀死敌兵无数。

敌人前赴后继，反而张开两翼，包围董搏霄。双方从中午激战到黄昏，董搏霄的元兵伤亡过半。贼寇杀到董搏霄马前，把董搏霄刺于马下，大声问道："你是什么人？"董搏霄厉声道："我就是你们的董老爷！"话音未落，众贼寇用长矛把他刺死，只见几道白气冲向空中，化作一团，向天上飞去。尸身上并不见有血迹，连贼寇都大为惊骇，以为是神仙升天了。当天益都官军也大败，董昂霄战死。此事被朝廷得知，追封董搏霄为魏国公，谥号忠定公；追封董昂霄为陇西郡侯，谥号忠毅公。

毛贵破了董家军，又从河间杀奔直沽，攻陷蓟州，进犯柳林，直逼京郊。枢密副使达国珍战死，元廷大惊，大臣们纷纷提出迁都。亏得知枢密院事刘哈剌不花率领禁军出兵柳林，同毛贵激战一场，杀得毛贵大败而逃，京师才稍稍安定。

毛贵退回济南，气焰渐渐衰落，后来被赵均用杀死。赵均用又被续继祖所杀。此时李武、崔德进攻陕西，破商州，攻武关，直逼长安，分兵攻打同华各州。白不信、李喜喜等人出兵秦陇，占据巩昌，攻陷兴元，包围凤翔。关先生、破头潘等人杀奔晋、冀，然后分兵两路：一路出兵绛州，一路出兵沁州。一行人跨过太行山，焚烧上党郡，攻破辽州，抢掠辽阳，进兵攻陷上都。元朝祖宗历代经营的宫阙付之一炬，变成了一片焦土！刘福通趁机攻入汴梁，赶走守将竹贞，迎接伪宋帝韩林儿。至此，大河南北的万里江山，几乎全都落入了叛贼的手中。那时又突然出了一个著名的人物，为元廷效力，转战东西，竟然把所失的各地，收复了一大半。

元朝最后一员猛将

刘福通分兵出征，正猖獗的时候，元廷却出了一员猛将。此人是颍州沈邱人，名叫察罕铁木儿。他见天下大乱，便大举招募勇士，仗义讨贼。察罕铁木儿是阔阔台的后代，阔阔台收复河南时在颍州成家。当时颍州盗贼四起，察罕铁木儿招募勇士几百人，和罗山人李思齐设下奇计，袭破贼寇，平定了罗山。元廷听到捷报，立即加封察罕铁木儿为汝宁府达鲁花赤，加封李思齐为知府。于是附近的义士全都率兵来会，得到一万余人，自成一军，转战南北，所向无敌，颍州的群盗望风而逃，因此察罕铁木儿威名大震。

后来，刘福通派兵西进，攻占陕州，知枢密院事答失八都鲁进兵河南，统领各路元军。答失八都鲁听说陕州被攻陷，急忙给察罕铁木儿、李思齐写信求援。察罕铁木儿接到书信独自出兵，来到陕州。他见城池坚固，无法强攻，便想了一条计策，命人在营中烧着马粪，好像炊烟的样子，作为疑兵，自己则率军夜袭灵宝。灵宝与陕州互为唇齿，此时也被贼寇攻陷，守城的贼寇毫无防备，察罕铁木儿一举攻破，然后返回去攻打陕州。陕州贼寇斗志全无，闻风而逃，察罕铁木儿追杀数十里，歼敌无数。因为战功卓著，顺帝加封他为河北行省知枢密院事。

继而叛党李武、崔德等人进逼长安，分兵攻打同、华各州。陕西行台长官豫王阿剌忒剌失里，采纳侍御史王思诚的建议，也给察罕铁木儿写信求发援兵。察罕铁木儿刚刚收复陕州，得到求救的书信欣然同意，于是点上五千轻兵，和李思齐日夜兼程去救援。李武、崔德等人早已听说察罕铁木儿的大名，不敢轻敌，立刻挑选精兵前来迎战。察罕铁木儿和李思齐分兵夹攻，二人手下军兵个个如猛虎下山，霎时间，寇兵四散，李武、崔德阻止不住，只得败阵逃走。察罕铁木儿和李思齐追到南山，杀敌无数，方才收兵。豫王连忙上表告捷，归功于察罕铁木儿和李思齐二人。顺帝下诏提升察罕铁木儿为陕西左丞，李思齐为四川左丞，协助防守关陕，授予军政大权。

过了几个月，白不信、李喜喜等人从巩昌进兵凤翔。察罕铁木儿打探得知，先分兵防守凤翔城，等白不信进兵到城下时，立即率领数千铁骑连夜杀出。快接近敌营时，察罕铁木儿兵分左右两翼掩杀过去，城中的守兵也奋勇杀出来，内外夹击。喊杀声震天动地，吓得白不信等人抱头鼠窜，残兵败将自相踩踏，死伤数万人，只有命不该绝的几个毛贼逃走了。

关、陇刚刚平定，四川又叛乱。随州人明玉珍起初投到徐寿辉部下，跟随徐寿辉的同党倪文俊攻破沔阳，留守城中。后来见蜀中空虚，就率领水师乘着五十艘战船，袭击重庆，右丞完者都逃走了，重庆陷没。完者都逃到嘉定，遇到平章朗华歹、参政赵资，三个人招集残余部队打算收复重庆，不料明玉珍的贼兵突然袭击，三人措手不及，都被捉了去。明玉珍威胁招降，三人全都英勇不屈而遇害，蜀人称为"三忠"，此后蜀中的郡县大多被明玉珍占据。

察罕铁木儿得知消息，准备开关出兵，去讨伐明玉珍，忽然接到京城飞信，称毛贵进犯京郊，命令他去防卫。察罕铁木儿当即派部将关保等人分兵把守关陕要塞，自己率重兵东征。察罕铁木儿来到山西，听说关先生、破头潘等人在塞外大肆抢掠了一番，正满载而归，不禁义愤填膺，拍案而起。随后带兵赶到闻喜、绛阳，截住关先生等人的归路，并派将士埋伏在南山险要关隘，堵住小道。两下里安排妥当，专等贼兵来到，好来祭刀。

关先生等人却也小心，探听到察罕铁木儿屯兵要塞，不敢前来冒犯，只得舍了大道专走小路。才进南山，炮声四起，前后左右全都竖起了陕西左丞的旗帜，一队队的雄师猛将分头杀来。关先生忙令部众弃了辎重，逃进山谷，由于辎重太多，遗弃在道旁阻碍了道路，所以伏兵虽然得势，不免被牵制，只杀了几百人，便鸣金收兵，搬了大量辎重而回。察罕铁木儿听说贼党进山，担心他们再出来作乱，急忙兵分三路，截住了贼人的出路。一路军屯兵泽州，挡住碗子城；一路军屯兵上党，防守吾儿谷；一路军屯兵并州，阻塞井陉口。果然贼寇多次出兵，血战了五六次，全被官兵杀败，斩首数万，残余贼寇远远逃走，黄河以东地区恢复了太平。

察罕铁木儿连连告捷，又被提升为陕西行省右丞，兼行台侍御史，镇守关陕、晋冀、兼顾汉沔、襄阳，全权处理军政大事。察罕铁木儿更加练兵重农，立志收复中原，休养了半年，大发秦、晋兵马，直捣汴梁。

此时，韩林儿从安丰进入汴梁，名义上算皇帝，却事事被刘福通牵制。在外的众将又不服刘福通，弄得上下解体，内外离心。各路兵马多半溃败，河南的各个郡县得而复失，汴梁一座城池已经陷入孤危的境地。突然听说察罕铁木儿带着大军，水陆齐下，前来进攻，韩林儿等人吓得抖作一团。还是刘福通有些胆量，招集全城壮丁登城守御，亲自督军出城迎战，列阵以待。

察罕铁木儿指挥大军杀到，迎头痛击，像泰山压顶一般，叛军挨着就死，碰到就亡。刘福通勉强支撑，杀了数十个回合，终究抵挡不住，只好拨马退回。察罕铁木儿见刘福通败退，急忙跃马前进，紧追刘福通。刘福通才进城门，不防察罕铁木儿也追到门口。这时关门已经来不及，只好舍命搏斗，再次厮杀。怎奈察罕铁木儿的兵将一拥齐上，刘福通见城门不能关闭，慌忙命令贼兵弃了外城，撤进内城。察罕铁木儿还要跟进，内城门已经关住，进不去了。于是察罕铁木儿包围城池，设下壁垒，全力围攻。刘福通登城固守，察罕铁木儿指挥大军攻了多日，始终不能攻下。察罕铁木儿趁着夜间，在城南设下埋伏，等到天亮，派士兵稍稍攻城，然后向东撤退。守军出城追杀，中了埋伏，多半死掉。察罕铁木儿又派老弱残兵在外城设立栅栏，守军出城来夺，冷不防官军铁骑杀出，把守兵全部捉住。从此，察罕铁木儿屡次诱敌，敌军不敢再出战，相持了多日，城中粮食将尽。刘福通正要逃走，猛听得城头人声鼎沸，喊杀连天，料到官军已经攻入，忙拉着伪皇帝韩林儿从东门逃去，又逃回了安丰。其余叛军来不及逃走，全部投降。

察罕铁木儿下令出榜安民，又上疏告捷，顺帝传旨加封察罕铁木儿为河南平章兼知枢密院事。察罕铁木儿厉兵秣马，计划收复山东。忽然从冀宁传来急报，称大同镇将孛罗铁木儿从石岭关进兵，前来攻城了。察罕铁木儿道："冀宁一带由我亲手平定，孛罗铁木儿是个什么东西，敢来袭击！"当下调遣人马，赶去救援。

孛罗铁木儿是答失八都鲁的儿子。答失八都鲁在河南带兵时屡战屡败，朝廷多次加以诘责，答失八都鲁抑郁而死。孛罗铁木儿曾任四川左丞，随父亲出征，父亲死后所遗留下的部众归他带领，孛罗铁木儿打了很多胜仗，接连收复了曹、濮各州。后来察罕铁木儿移军河南，孛罗铁木儿也奉命镇守山西，驻扎在大同，保卫京师。因想占据晋冀，扩充权力，所以发兵袭击冀宁。察罕铁木儿怎么肯善罢甘休，自然调兵交战。朝廷听说两个元帅互相争斗，连忙派参知政事也先不花等人去调停，命令孛罗铁木儿守石岭关以北，察罕铁木儿守石岭关以南，两下各自遵守约定退兵。不料隔了几天，又有诏旨命令孛罗铁木儿防守冀宁，孛罗铁木儿立即出兵来到冀宁城下，守兵不接纳。察罕铁木儿派兵去袭击孛罗铁木儿，彼此混战一场，互有死伤。此后，双方交战了好几个月，经元廷派使臣调解，才各自撤兵。

察罕铁木儿以为夙怨已解，又一心一意去东征，从陕州抵达洛阳，召集众将商议军情。商议决定调集并州兵马出征井陉，发辽沁军出征邯郸，派泽潞兵出征磁州，怀卫军出征白马，汴洛军出征孟津，五路并进，水陆齐下。当时山东的叛贼正在自相残杀，伪宋将田丰据守济宁，王士诚据守东平，二贼最为强悍。察罕铁木儿渡过黄河向东挺进，大军所向披靡，收复了冠州，招降了东昌，接着要乘势攻打济宁、东平。养子扩廓铁木儿主动请战，称大军攻打济宁的同时，自己要带领偏师直捣东平。

察罕铁木儿立即拨给扩廓铁木儿五万兵马，并派关保、虎林赤等良将协助，扩廓铁木儿统兵出发。扩廓铁木儿本姓王，小字保保，是察罕铁木儿的外甥，察罕铁木儿爱他骁勇，收为养子，当时扩廓铁木儿已经受封为副詹事。他领着五万人马奋勇前进，途中遇到敌军则奋力冲杀，摧枯拉朽一般，歼敌一万余人，直抵东平城下。王士诚出战被击败，势力逐渐衰落，忙派人找田丰求救，谁知田丰已经归降察罕铁木儿了。此时王士诚孤立无援，也只好开城投降。原来，察罕铁木儿写信给田丰，详细分析了利害关系，劝他投诚，田丰自知难以抵挡，所以出降。

济宁、东平收复，济南、益都一带还被贼寇占据。察罕铁木儿亲自率领大军进逼济南，另派将士进攻益都。济南城防守坚固，察罕铁木儿费尽心力，攻打了三个多月才攻下。沿海郡县望风投降，只有益都孤城没有攻克。元廷加封察罕铁木儿为中书平章政事。

察罕铁木儿出兵包围益都，各路大军并进。贼众全力拒守，忽然天空生出一道白气，长达五百余丈。从危宿星起，直扫紫微星，军中将士全都大为惊异，察罕铁木儿却丝毫不在意。此时，降将田丰请他检阅军营，众将都说天象示警，纷纷上谏阻止察罕铁木儿出营。察罕铁木儿坦然道："我以诚心待人，别人自然服从，如果发生意外，也是命运使然，无法预防。"众将又请他多带卫士，察罕铁木儿不同意，只带了十一个随从就出发了。刚进入田丰的大营，帐下伏兵便一拥而出，挺枪猛刺，刺入察罕铁木儿的小腹。察罕铁木儿从马上一跃而起，大叫一声而亡。

这位行刺的将官就是降将王士诚。原来益都的叛贼头目叫陈猱须，曾经和田丰、王士诚等人串通一气，见察罕铁木儿围城紧急，陈猱须便派人秘密来官军中引诱叛将，并带来了重金行贿。田丰、王士诚利令智昏，于是设计刺死察罕铁木儿。

察罕铁木儿去世，全军失去主帅，幸好有扩廓铁木儿代为主持，军心还算稳定。扩廓铁木儿满怀哀痛举行丧葬之礼，正在发丧，京城使者赶到，传下诏旨，说是天象大变恐怕应在山东，告诫官军不要轻举妄动。扩廓铁木儿接到诏旨大为悲痛，当即对京城使臣说了祸变，使臣也很悲痛。过了几天，又有诏旨颁到，追封察罕铁木儿为颍川王，谥号忠义公，所有各军全由扩廓铁木儿统领，全权继承。

扩廓铁木儿受命后誓师复仇，加紧攻城。田丰、王士诚已经跑到城中，帮助贼人防御。城外千方百计攻城，城内也千方百计防守，相持了几个月仍然不能攻下。扩廓铁木儿大怒，密令军兵挖掘地道，重赏招募死士，从地道进城，自己率领大军从城外架云梯猛攻。守贼只防着外敌，不料城中钻出一帮精兵，纵起火来。顿时全城大乱，元朝官军一半已经登城，一半还在外面围攻，登城的军兵杀进城中，捉住贼首陈猱须以及其属下二百余人。围攻的军兵正在城门旁边埋伏着，正巧遇着田丰、王士诚二人逃出，一声炮响，奋起捉拿，二人全被活捉。

扩廓铁木儿扫尽贼寇，便摆设香案，供起父亲的牌位，把田丰、王士诚推到案前，解开上衣，剖心祭祀。祭祀完毕，又把陈猱须等二百余人押送京城，然后再派兵清剿其余郡县。不久，山东全境太平，扩廓铁木儿方才带兵回河南去了。

这是至正十六年到至正二十一年间的事情。这四五年间，北方一带兵荒马乱，南方一带也混乱不堪。南方的徐寿辉自从占据江西以后，派倪文俊攻陷沔阳，继而进兵攻破中兴。元统帅朵儿只班战死。倪文俊又转而攻克汉阳，迎接徐寿辉，占据汉阳为伪都。沔阳人陈友谅略通文墨，起初投到倪文俊军中，身为簿书官，不久也自己带领一支军队，势力差不多和倪文俊相同。倪文俊表面上顺着徐寿辉，暗中却想刺杀他，被陈友谅察觉，陈友谅杀掉倪文俊并接管了他的军兵，自称平章政事。随后，他带领水军顺流而下，直捣安庆。

淮南行省左丞余阙奉诏防守安庆城，号令严明，防守坚固，江淮较为安定。余阙指挥官军防御，屡次击败陈友谅的叛军。陈友谅大怒，写信召集饶州叛贼祝寇、巢湖叛贼赵普胜，水陆夹攻，直逼城下。余阙开城血战，杀死敌兵无数，自己身中十多枪，这才进城休息。这时西门已经被贼寇攻破，火焰冲天，余阙自知难以再守，拔刀自刎。妻子耶卜氏、儿子德生、女儿福童全部投井而死。守将韩建也满门被害。百姓拼死反抗，大多被贼寇烧死。

陈友谅进兵攻陷龙兴，杀死平章政事道童，再派悍将王奉国带兵进犯信州。江东廉访副使伯颜不花的斤，从衢州去救援信州，和守兵内外夹击，战退王奉国。既而陈友谅的弟弟陈友德前来接应王奉国，再次攻城，双方日夜鏖战，不分胜负。后来，城中粮食吃尽，以致杀掉老弱病残给士卒吃，军心虽然没散，但军兵已经无力支撑，终被王奉国等人攻陷，伯颜不花的斤以及守将海鲁丁等人全部战死。

陈友谅占据了千里土地，也想南面为尊，称孤道寡，做起了皇帝梦。此时，徐寿辉要迁都龙兴，带兵东下。大军来到江州，陈友谅在城西设下埋伏，自己假意出迎。等徐寿辉进城，城门突然关闭，伏兵四起，把徐寿辉所带的亲兵全部杀死，只饶了徐寿辉和几名文官。随后，陈友谅仗着数十艘战舰攻入太平。太平是朱元璋所在之地，留守花云以及养子朱文逊等人防守，二人力战被擒，不屈而死。

陈友谅更加骄纵，急着要当皇帝，进兵占据采石矶。他又招募多名死士，假装派使者到徐寿辉那里，徐寿辉接见。死士从袖子里取出铁锤，奋力猛击。徐寿辉脑浆迸流，死于非命。陈友谅把采石矶的五通庙作为行殿，做起了皇帝，国号为汉，改元大义，任用邹普胜为太师，张必先为丞相。正要排班举行典礼，忽然天昏似墨，飞沙走石，车轮般的旋风从大江上吹来。

奇皇后祸国殃民

陈友谅自称皇帝之时，突然狂风大作，江水沸腾，继而大雨倾盆，弄得这帮亡命之徒全部拖泥带水，狼狈不堪。众人见风沙弥漫，典礼不能完成，非常不安。陈友谅也变得懊丧异常。忽然接到朱元璋麾下康茂才的来信，催促他赶快进攻应天，说自己愿意做内应。康茂才和陈友谅相识多年，如今奉了朱元璋的命令来引诱陈友谅。陈友谅大喜，立即带兵东下，来到江东桥，突然四面伏兵齐起，杀得陈友谅军落花流水，陈友谅乘着一只小船逃走。朱元璋又进兵夺取江州，招降龙兴，平定建昌、饶、袁各州，从此名声大震，朱元璋自称吴王。

陈友谅逃到武昌，日渐衰败。明玉珍先前归顺了徐寿辉，听说徐寿辉被陈友谅所害，不免心中愤恨。于是严守夔关，拒绝陈友谅，不再和他来往，因此陈友谅更加孤立。明玉珍又派兵攻陷云南，占据了滇、蜀，自称帝号，立国号为夏，改元天统。随后减赋税、兴科举，蜀中百姓稍稍安定。元末盗贼横行，专门烧杀淫掠，比较而言，还算明玉珍稍得民心，偏据一方，已经断了元廷的左臂。

方国珍、张士诚等人出没江浙，元廷多次派使臣招抚，毕竟贼寇狼子野心，反复无常，忽而投降，忽而反叛，始终不服元朝命令。其余的跳梁小丑，也乘着乱世四面出击。江西平章政事星吉战死在鄱阳湖，江东廉访使褚不华战死在淮安城，二人都是元朝名将，身经百战，却最终毕命疆场。于是东南半壁江山无人防守，交给了那帮草莽英雄，彼此争夺。

元廷接连得到警报，反而习以为常了。顺帝昏迷如故，任凭天下大乱，也是全然不管，一味荒淫。所任用的左、右丞相，不是奸佞小人，就是平庸之辈，所以外患没除，内乱又起。

先前哈麻当丞相时，他的弟弟雪雪也被加封为御史大夫，国家大权全都归他兄弟二人掌管。哈麻忽然感到引进番僧有些可耻，就告诉了父亲图噜，称妹夫秃鲁铁木儿在皇宫引诱顺帝淫乐，实属可恨；自己兄弟二人位居宰辅，理应除奸；并且说主上沉迷酒色，不能治理天下，皇子年长聪明，不如劝皇帝禅位，还可以转危为安。图噜认为有道理，恰好女儿回娘家，图噜就提出了哈麻的意见，并嘱咐她转告丈夫，立刻改过自新。

秃鲁铁木儿得知了这个消息，暗想皇太子继位，自己必定性命难保，忙去报知顺帝。顺帝惊问什么事，秃鲁铁木儿道：“哈麻说陛下年老，应当马上禅位。”顺帝道：“朕头发没白，牙齿没落，怎么能说老呢？想必是哈麻别有异图，卿一定要为朕效劳，除去哈麻！”秃鲁铁木儿点头而出，随即去授意御史大夫搠思监，让他弹劾哈麻。搠思监自然从命，第二天，搠思监来到宫中，痛陈哈麻兄弟的罪恶。顺帝却说哈麻兄弟服侍自己日久，并且与皇弟宁宗是至亲，姑且缓刑。搠思监暗想：“这下完蛋了！”快步退出，跑到右丞相府中。

此时的右丞相是定住，见搠思监形色仓皇，忙问为什么。搠思监说：“皇上要除去哈麻，密令秃鲁铁木儿授意给我，令我上疏弹劾。我想上疏多有不便，不如进宫当面陈述，谁知皇上却又主张缓罚。这件事如果被哈麻听说，岂不要记恨，暗中陷害我？我的性命恐怕要送掉了！"
定住笑道："你不必惊慌，没有奏章，他凭什么立案处罚呢？"搠思监
道："那您看，应当怎么办？"定住道："你不要怕，有我在此，保你
平安无事。"搠思监详细询问，定住和他密谈了半天，他才欢欢喜喜地
道谢而去。

定住和平章政事桑哥失里联名上奏，极言哈麻兄弟不法的罪状。果
然，奏折晚间呈上，第二天一早就传下诏旨，把哈麻兄弟革职，哈麻被
发配到惠州，雪雪被发配到肇州。二人被押出京城，途中得罪了监押
官，把二人活活打死。朝廷也不加追究，想必是丞相授意，监押官才敢
如此。

顺帝加封搠思监为左丞相。不久，定住也被免官，搠思监调任右丞
相，左丞相一职起用太平继任。搠思监先向奇皇后献媚，又讨好皇子，
一时间成了朝廷的红人，权势逼人。只有太平刚正无私，不肯阿谀奉
承搠思监。当时，皇子爱猷识理达腊见顺帝昏庸不悟，常以为忧。先
前听说哈麻倡议内禅，心中很是赞成，后来哈麻被害死，内禅的事没
人再提，爱猷识理达腊不禁转喜为悲，秘密和生母奇皇后商议，想让皇
帝内禅。

奇皇后怕太平不同意，就派宦官朴不花先去探听口风，太平却闭口
不答。后来奇皇后召太平到宫中，赐给他美酒，让他支持内禅，无奈太
平还是不表态，虽然奇皇后百般劝说，太平却只是说些模棱两可的话支
吾过去。奇皇后母子从此记恨太平。左丞成遵和参知政事赵中，都是太
平提拔的，皇太子命令监察御史灵住等人诬告他二人贪赃枉法，将他们
杖打致死。太平知道自己也不能再留任了，于是称病辞官，顺帝封他为
太保，叫他回家养病。

那时，阳翟王阿鲁辉铁木儿拥兵抗命，进犯京郊。顺帝命令少保鲁
章带兵截击。两军交战许久，不分胜负。皇太子禀告顺帝，请求派太平
出京督战，顺帝照准。太平知道皇太子要害自己，立即奉命出京。太平
督战，阳翟王兵败，其部将脱欢绑住阿鲁辉铁木儿献上，太平下令押送
他到宫殿之下，然后正法。太平平安无事。随后，太平上表请求回归故
里，顺帝封他为太傅，赐给田地数顷，太平拜谢而归。

既而顺帝要任命伯撒里为丞相，伯撒里奏道："臣年事已高，不足
以胜任，如果一定要臣担当，臣非与太平共事不可。"顺帝道："太平才
出发不久，想必还没到原籍，卿可以传朕的密旨，让他留在中途听候命

令。"伯撒里连声说遵旨。退朝后，伯撒里急忙派使臣截住太平，太平只好留在了半路。不料，御史大夫普化竟然上疏弹劾太平，说他在中途逗留，抗旨不遵。这位昏头昏脑的元顺帝又忘了前面说过的话，竟然下诏削去太平的官职。搠思监接了奇皇后的密旨，再次诬奏太平的罪状。有旨命令把太平发配到土蕃。太平走到东胜州，又有密使到来，逼他自尽。太平从容赋诗，服毒而死，享年六十三岁。

太平的儿子也先忽都身为宣政院使，搠思监表面上劝慰，暗地里却阴谋加害，竟然酿成一件大案，闯出惊天大祸。这场大祸扰得天下震惊，把许多大臣都送到了鬼门关，连元朝一百多年的江山社稷也因此断送。

原来，奇皇后身边有一名宦官，和奇皇后是同乡。奇皇后得宠后，就把这名宦官召入后宫，大加宠幸，这宦官就是上文所说的朴不花。朴不花在宫中勾结奇皇后，在朝中勾结丞相，气焰嚣张。宣政院使脱欢曲意巴结，和他同流合污，成了元末的大奸臣。监察御史傅公让等人联名弹劾朴不花和脱欢，被奇皇后母子得知，不但私藏奏折，而且把傅公让等人一律贬官。这下惹怒了整个御史台的官吏，他们全部请辞。

治书侍御史陈祖仁上疏太子，直言劝谏，太子虽然不高兴，无奈已经酿成大祸，不得不据实上奏顺帝。顺帝这才得知真相，立刻把两个奸臣停职。陈祖仁还不罢休，一定要把两个奸臣撤职查办，同台御史李国凤也称二人应当严惩，顺帝嫌他们絮叨，竟然要把陈、李二人降罪。御史大夫老的沙是顺帝的舅舅，极力劝谏，说不应当降罪于陈、李二人，顺帝这才只命令把陈、李二人降职。奇皇后母子却怀恨不已，竟然诬陷老的沙。顺帝因为他是自己的舅舅不忍心加以惩处，只好封为雍王，让他回家养老，然后任命朴不花为集贤大学士。老的沙愤愤离去。知枢密院事秃坚铁木儿和老的沙是好友，而且和中书右丞也先不花有矛盾，现在也随着老的沙西去大同。

大同元帅孛罗铁木儿和秃坚铁木儿是老朋友，就留下他们二人在军中。搠思监探知消息，竟然诬陷老的沙等人图谋不轨，并且把太平的儿子也先忽都也牵连入在内。此外，在京的人员与自己稍有不合的全部牵连在内。最终屈打成招，酿成了一场大冤案。也先忽都等人在被贬的路上死去，搠思监派人到大同，索要老的沙等人。孛罗铁木儿替老的沙他们辩护，扣押了来使。搠思监和朴不花弹劾孛罗铁木儿私藏罪犯，图谋造反。顺帝头脑不清，立即传下严旨，削去孛罗铁木儿的官爵，解除兵权，发配到四川。

孛罗铁木儿是个骄横跋扈的武夫，听到这种昏庸的命令哪里肯服从，当即分拨精兵，派秃坚铁木儿统领，杀入居庸关。知枢密院事也速等人接战不利，警报传到宫廷，皇太子率侍卫兵出光熙门，准备去阻击。还没到古北口，卫兵逃散，皇太子没脸回去，只得向东逃到兴松。秃坚铁木儿乘势直入，在清河列营，京城大为震惊，官员、百姓纷纷逃走。顺帝派国师达达去斥责秃坚铁木儿，命令他撤兵。秃坚铁木儿道："撤兵不难，只要把奸相搠思监和权阉朴不花押送军前，我就退兵待罪。"

达达返回，报告顺帝，急得顺帝没办法，不得已如约而行。此时的奇皇后也只有流泪，不能保全两个奸臣了，眼见他们双双上绑，押送出京。秃坚铁木儿见到这二人，也不说废话，立刻命令军兵把他们剁死。随后带兵进入建德门，在延春阁拜见顺帝，伏地大哭请罪。顺帝只得好言慰劳，并赐给御宴，加封他为平章政事，而且恢复了孛罗铁木儿的官爵，又加封太保，仍然命令秃坚铁木儿镇守大同，秃坚铁木儿这才带兵撤回大同去了。

顺帝见外兵已退，传旨召回太子。太子还宫后余恨难消，一定要除掉孛罗铁木儿，于是派使臣来到扩廓铁木儿军中，命令他调兵北伐。扩廓铁木儿一直痛恨孛罗铁木儿，当即领命发兵。孛罗铁木儿得知消息，不等扩廓铁木儿兵到，就先和老的沙、秃坚铁木儿二人率兵进犯京城，前军杀进居庸关。皇太子又亲自带领卫兵出战，在清河防守，太子的军兵仍然斗志全无，四散奔逃。太子孤掌难鸣，只得从小路向西逃去，投奔扩廓铁木儿。孛罗铁木儿等人长驱直入，直抵建德门，大喊开城。守军飞马上奏顺帝，顺帝束手无策，忙与老臣伯撒里商议。伯撒里提议出城抚慰，并主动请求出行，顺帝转忧为喜。

伯撒里出城，见到孛罗铁木儿，说朝廷调兵遣将的事由太子而起，并非顺帝的意思。孛罗铁木儿请求觐见顺帝。伯撒里提出把兵马留在城外，才能进城。孛罗铁木儿同意，只和老的沙、秃坚铁木儿二人随伯撒里上朝。见了顺帝，三人都说自己无罪，边说边哭，顺帝也陪着落泪。当下又赐酒宴，犒赏三军，并加封孛罗铁木儿为左丞相，老的沙为平章政事，秃坚铁木儿为御史大夫。不久又升任孛罗铁木儿为右丞相，统领天下军马。

孛罗铁木儿掌握大权后，把朝廷的所有要职都换上了自己的人，赶

307

走了宫中的西域番僧，杀掉了秃鲁铁木儿等十多人，并派使臣请太子回京，同时下诏削去扩廓铁木儿的官职。扩廓铁木儿扣留使臣，打着太子的旗号召集各路人马，进兵讨伐孛罗铁木儿。孛罗铁木儿大怒，带剑进宫，硬要顺帝交出奇皇后。顺帝只是发抖，吓得说不出话来。惹得孛罗铁木儿性起，逼迫宦官和宫女押着奇皇后出宫，幽禁到总管府，并调也速抵挡扩廓铁木儿大军。也速见孛罗铁木儿大逆不道，就表面上奉命出发，暗中却派人联络扩廓铁木儿以及辽阳的亲王。等安排妥当，也速历数孛罗铁木儿的罪状，然后倒戈讨伐孛罗铁木儿。

孛罗铁木儿得到警报，连忙派骁将姚伯颜不花出兵拒守通州。正赶上河水大涨，大军只得驻扎在虹桥边。不料夜间河水灌进大营，军兵惊醒，已经来不及逃命，姚伯颜不花凫水出营。突然来了许多小筏子，上面全是敌军，为首的筏子上站立一员大将，挺枪来刺姚伯颜不花。姚伯颜不花慌忙躲进水中，谁知下面已经埋伏着水手，竟然把他一把抓住。筏子上的大将就是也速。他乘着涨水来袭姚伯颜不花大营，顺流决堤，水淹敌营，姚伯颜不花中计，被他生擒活捉。姚伯颜不花被擒以后，哪里还能活命？孛罗铁木儿大怒，亲自领兵去通州防御，路上遇到大雨，三天不止，只得回京。

正在此时，凑巧来了一个宦官，带着几个美女到府上进献。孛罗铁木儿一看，全是亭亭玉立，楚楚风姿，不由得喜笑颜开，忙问宦官："何人有此美意，送我许多美人？"宦官回答，是奇皇后派人送来为丞相解闷的。孛罗铁木儿心情大悦："难得奇皇后这般好心，你去为我道谢，转告奇皇后，尽可马上还宫。"宦官得令离去。孛罗铁木儿忙去邀请老的沙来府上宴饮，老的沙立刻赴约，宾主入席，眼前全是美女，真是花好月圆，纸醉金迷。酒过三巡，那些美女又起座歌舞，珠喉婉转，玉佩齐鸣，差不多像赵飞燕、杨玉环一般美妙。等酒宴结束，客人离去，孛罗铁木儿任意淫乐。从此，孛罗铁木儿沉迷于酒色之中，哪里还有心思管外面的事，直到警报从四面八方传到，他才派秃坚铁木儿出兵防御，自己仍然成天淫乐。

一天，孛罗铁木儿接到顺帝急诏，催他进宫。孛罗铁木儿不得已上马而去，刚到宫门，猛然见一帮勇士持刀出来，不等孛罗铁木儿说话，刀锋已经砍到，当即脑浆迸流，倒地而亡。原来，威顺王子和尚痛恨孛罗铁木儿目中无君，秘密禀告顺帝，召集勇士上都马、金那海、伯达儿等人暗中埋伏在宫门，然后召孛罗铁木儿进宫，趁机下手。孛罗铁木儿果然中计身亡。老的沙听说孛罗铁木儿被杀，急忙跑到孛罗铁木儿家中，带上他的眷属出京城向北逃走。伯达儿等人奉旨追杀，中途追上老的沙他们，不分男女老幼全部杀死。秃坚铁木儿接到京城的警报，带兵逃走，逃到八思儿时，被守兵所杀。

顺帝派使臣带上孛罗铁木儿的人头，前往冀宁，召太子回京。扩廓铁木儿护送太子回京师，途中忽然接到奇皇后的密旨，让他率兵保护太子进城，逼顺帝禅位。扩廓铁木儿不同意，快到京城时，就打发回了护卫军，只带着几名随从上朝。奇皇后母子又恨起了扩廓铁木儿。顺帝见了太子很是欢喜，并嘉奖扩廓铁木儿，封为右丞相，扩廓铁木儿推辞，顺帝于是封伯撒里为右丞相，扩廓铁木儿为左丞相。伯撒里是三朝老臣，扩廓铁木儿是后生晚进，两下意见不能融洽。过了两个月，扩廓铁木儿请求出外阅兵。此时江淮、川蜀一带已经全部陷没，皇太子多次请求出兵征讨，都被顺帝拒绝。如今扩廓铁木儿奏请阅兵，于是顺帝加封他为太傅河南王，总领关、陕、晋、冀、山东各道兵马，所有军中大事全都可以见机行事。

既而皇后弘吉剌氏去世，顺帝打算册立次皇后奇氏为皇后。然而又因为奇氏出身高丽族，立为正后，不免有违祖宗的制度，当即召集大臣商议，想出了一个没办法的办法，改赐奇氏为肃良合氏，算作蒙族的后代，接着加封奇氏祖宗三代为王爵。

元朝告终

奇皇后母子怨恨扩廓铁木儿，于是专门找扩廓铁木儿的过失，以便下手陷害。扩廓铁木儿不加防备，出京南下，军容齐整，仪仗森严，绵延几十里。大军来到河南，他便传令各路将帅会师。当时，河南、河北还算太平，人马也都能听从调遣。当年资深的老将咬住、亦怜真班、月鲁铁木儿等人，死的死，老的老，有的内用，有的罢官。因此受调的兵马多半来到。只有关、陕一带，还有李思齐、张良弼、孔兴、脱列伯等人拥兵自立，图谋不轨。当他们接到扩廓铁木儿的命令，张良弼首先抗命。张良弼曾任陕西参政，驻军蓝田，当年察罕铁木儿奉命总领大军时，张良弼就已经不受控制。察罕铁木儿曾经和李思齐联兵去讨伐他，经元廷派使臣调解，方才罢手。

察罕铁木儿是扩廓铁木儿的父亲，曾立下赫赫战功，张良弼都要抗拒，何况轮到扩廓铁木儿身上，哪里肯低头忍受？扩廓铁木儿见镇将不听调遣，不便讨贼，就派出关保、虎林赤等人西攻张良弼，又派人和李思齐联盟。李思齐和察罕铁木儿是老朋友，现在却要受扩廓铁木儿的制约，心里也很不平衡。张良弼又讨好李思齐，提出情愿派出自己的儿子为人质，约李思齐联兵抗拒扩廓铁木儿，因此，李思齐拒绝了扩廓铁木儿的来使，竟然和张良弼勾结在一起。

关保等人出兵交战不利，扩廓铁木儿于是亲自去讨伐张良弼，留下弟弟脱因铁木儿驻守济南，防御南方叛军。张良弼听说扩廓铁木儿亲自杀到，连忙邀同孔兴、脱列伯等人商议，推戴李思齐为盟主，合兵防御。两下交战，互有胜负，皇太子趁机进言，称扩廓铁木儿奉命南征，反而向西进兵，显然有违抗朝廷的意图。顺帝于是派使臣到扩廓铁木儿军中，命令他立即停战，专攻江淮。扩廓铁木儿复奏称必须平定关、陕，然后才能东行。满朝文武大为震惊。皇太子请求亲自出征扩廓铁木儿，顺帝下诏道：

曩者障塞决河，本以拯民昏垫，岂期妖盗横造讹言，簧鼓愚顽，涂炭郡邑。前察罕铁木儿仗义兴师，献功敌忾，迅扫汴洛，克平青齐，为国捐躯，深可哀悼。其子扩廓铁木儿，克继先志，用成骏功。皇太子爱猷识理达腊，计安宗社，累请出师，朕以国本至重，讵宜轻出。遂授扩廓铁木儿总戎重寄，畀以王爵，俾代其行。李思齐、张良弼等，各怀异见，构兵不已，以致盗贼愈炽，深贻朕忧。询诸众谋，佥谓皇太子聪明仁孝，文武兼备，聿遵旧典，爰命以中书令枢密使，悉总天下兵马，一应军机政务，如出朕裁。其扩廓铁木儿总领本部军马，自潼关以东，肃清江淮；李思齐总统本部军马，自凤翔以西，进取川蜀；以少保秃鲁为陕西行省左丞相，总本部及张良弼、孔兴、脱列伯各支军马，进取襄樊。诏书到日，宜洗心涤虑，共济时难，毋负朕命！

诏旨传下后，扩廓铁木儿和李思齐、张良弼等人全都不理睬，仍然互相厮杀。皇太子留在京城不出兵，只是派人离间扩廓铁木儿的属下，挑拨他们和扩廓铁木儿脱离关系，归顺朝廷。于是关保、貉高等人都背叛扩廓铁木儿，归顺了朝廷。皇太子禀明顺帝，建议收回扩廓铁木儿的兵权，削去他太傅、左丞相的职衔，降为原来的河南王，所有先前统领的各军一概派别的将官分领。扩廓铁木儿仍然不受命，只是退军回到泽州。顺帝命李思齐、张良弼等人向东出关，关保、貉高等人向西进逼，

310

两路夹攻扩廓铁木儿。扩廓铁木儿大怒，竟然带兵占据太原，杀光元廷所任命的官吏，干脆造反了。顺帝撤销他的官职，命令各路大军四面围攻，扩廓铁木儿也觉得人单势孤，只得从太原退守平阳。

正在难解难分的时候，忽然霹雳一声震天响，出了一位明主，把纷纷扰扰的江山一概扫净，各路大军纷纷瓦解，现出一个大明国来！原来，河北的众将自相残杀，没心思顾及南方。那时吴国公朱元璋网罗人才，招兵买马，武有徐达、常遇春、胡大海、俞通海、李文忠等人，文有李善长、刘基、宋濂、叶琛、章溢、王祎等人，先攻陷浙东，再扫平江苏，所过之地秋毫无犯，人心所向，望风投诚。

元廷曾派户部尚书张旭到江东，封朱元璋为江西平章政事。朱元璋极言元廷腐败，不愿意为之效力，说得张旭也被感动，竟然留在朱元璋营中，辅佐朱元璋。就连海上的魔王方国珍也因为朱元璋威德服人，派使者递交降书，愿意献上温、台、庆元三郡。只有陈友谅和张士诚勾结，抗击朱元璋。

张士诚派部将吕珍攻入安丰，杀掉刘福通，拘押韩林儿。朱元璋率领徐达、常遇春等人去救援，赶走吕珍，迎韩林儿回归滁州。陈友谅听说朱元璋解救安丰，又大兴水师来围洪都。洪都是龙兴的别名，朱元璋留下侄子朱文正和偏将邓愈等人防守此地。陈友谅进攻，洪都守将一边率兵防御，一边告急。朱元璋亲率大兵援救，大军行到湖口，陈友谅撤去包围向东而行，渡过鄱阳湖，在康郎山遇到朱元璋大军。朱元璋带兵力战，放火烧掉陈友谅的战船，陈友谅大败，中箭而死。陈友谅的骁将张定边带着陈友谅的次子陈理逃回武昌。朱元璋派常遇春领兵进攻，自己回到应天，又亲自率军直捣武昌，收降陈理和张定边，湖广、江西各郡县依次荡平。

朱元璋下令讨伐张士诚。当时张士诚所占据的地方南至绍兴，北到通、泰、高邮、淮安、濠泗，直达济宁。徐达、常遇春等人奉朱元璋的命令攻取淮安等地，连败张士诚军，濠、徐、宿各州相继被攻下。徐达、常遇春又分兵进攻浙西，连拔湖州、嘉兴、杭州，继而向东杀奔绍兴。那时韩林儿已死，朱元璋于是除去龙凤年号，建国称吴，立宗庙社稷。后来又命令徐达等人进逼平江，张士诚固守了几个月，城池陷没，张士诚见大势已去，上吊自杀。

方国珍先前投降朱元璋，后来又自立称王。经朱元璋的部将汤和、廖永忠等人水陆夹攻，方国珍无奈再次请降。汤和押着方国珍回到应天，不久方国珍病死。

此后，朱元璋攻取福州，拔永平，杀死福建平章陈友定。继而进兵广州，收降广东行省左丞何真，诛杀海盗邵宗愚，各个郡县相继归降，连九真、日南、朱崖、儋耳等城也都纳印归降，百姓心悦诚服。于是南方大定，吴相国李善长等人连连上表劝进，拥戴吴王朱元璋称帝。

朱元璋于元顺帝至正二十八年正月初四，行登基大礼，国号为明，建元洪武。一班开国功臣簇拥着吴王朱元璋出应天府，先到南郊祭告天地，由太史官刘基代读祝文。其文如下：

唯大明洪武元年，岁次戊申，正月壬辰，朔，越四日乙亥，皇帝臣朱元璋，敢昭告于皇天后土曰：伏以上天生民，俾以司牧，是以圣贤相承，继天立极，抚临亿兆，尧舜禅让，汤武吊伐，行虽不同，受命则一。今胡元乱世，宇宙洪荒，四海有蜂虿之忧，八方有蛇蝎之祸；群雄并起，使山河瓜分，寇盗齐生，致乾坤弃灭。臣生于淮河，起自濠梁，提三尺以聚英雄，统一旅而救困苦。托天之德，驱陆军以破肆毒之东吴，仗天之威，连战舰以诛枭雄之北汉。因苍生无主，为群臣所推，臣承天之基，即帝之位，恭为天吏，以治万民。今改元洪武，国号大明，仰仗明威，扫尽中原，肃清华夏，使乾坤一统，万姓咸宁。沐浴虔诚，斋心仰告，专祈默佑，永荷洪庥。尚飨！

读完祝文，朱元璋率群臣行九叩之礼，然后面南称尊。文武百官以及都城父老欢呼雀跃，三呼万岁。只见天朗气清，风和日丽，居然现出一番太平的气象。从此，朱元璋就成了明太祖高皇帝。随后朱元璋进城升殿，接受群臣朝贺，追尊列祖为皇帝，册封马氏为皇后，儿子朱标为皇太子，任命李善长、徐达、为左、右丞相，各个功臣全部论功行赏。

第二天，朱元璋下诏讨伐元朝。任命徐达为征虏大将军，常遇春为副将军，率大军二十五万即日北行。大军过淮河、黄河，直取山东，势如破竹，接连攻陷沂州、峄州、般阳、济宁、莱州、济南、东平等地，元军土崩瓦解。明军转攻河南，入虎牢关，大破元将脱因铁木儿，乘胜攻入汴梁。元将李思齐、张良弼等人多次接到顺帝诏旨，命令他们出兵潼关，抵御南军，他们却拖延不动。直到明军已经攻入河南，不得已才率兵驻扎在潼关。不料明军很是厉害，几天就到了潼关，放起一把大火，把张良弼的军兵烧得焦头烂额。张良弼逃去，李思齐跑回了凤翔，大好的一座潼关就这样轻而易举被明军占据。

扩廓铁木儿听说李思齐等人被明军所困，就趁机出兵，袭击关保、貊高，二人猝不及防，都被他活捉了去。扩廓铁木儿还要继续进兵，险些逼近京师。顺帝大惊，慌忙下诏归罪太子，并恢复扩廓铁木儿的官爵，仍然封为河南王左丞相，命令他带兵南下，截击明军。扩廓铁木儿却退守平阳，逗留不发。

明将徐达接连攻下卫辉、彰德、广平，进兵临清，然后召集众将，分兵向北进攻。明军行进到德州，又合兵长驱直入。元兵水陆全都败北，明军进而攻陷通州。元知枢密院事卜颜铁木儿力战被擒，英勇不屈而遇害，元廷大为惊恐。

顺帝无计可施，只得召集大臣和三宫后妃，商议向北逃避的事。知枢密院事黑厮、宦官赵伯颜不花等人极力反对，顺帝却一心要逃。赵伯颜不花痛哭道："天下是世祖的天下，陛下应当死守，怎么能轻易出逃呢？臣愿率兵出城抵御，请陛下固守京都。"顺帝还在沉吟，可是警报又到，报称明军马上就要抵达京城了。顺帝当时吓得手忙脚乱，急忙命令皇后、皇妃及太子等人收拾行装，然后命令淮王铁木儿不花代理朝政，任命庆童为左丞相，命二人一同防守京师。过了黄昏，便带上皇后、皇妃、太子等人，打开建德门向北而去。等明军抵达齐化门时，京城中已经惊恐万分，淮王带着残兵防守了几天，哪里能挡得住百战百胜的明军？

至正二十八年八月二十，明军进城，淮王铁木儿不花、左丞相庆童、右丞相张康伯、平章政事迭儿必失、朴赛因不花、御史中丞满川、都路总管郭允中全部战死。元朝从此灭亡，总计元朝从太祖开国到顺帝北逃，共一百六十二年。从世祖统一中原到顺帝亡国，只有八十九年。

徐达指挥明军进城后，禁止士卒施暴抢掠，封住国库以及图籍、宝物，命令指挥张胜监守宫门，任何人不得进入。百姓安然无恙，城内秩序井然。随后徐达报捷，明太祖传旨奖赏，并命令明军继续出兵向西进攻。徐达又率领常遇春等人进攻山西，击败扩廓铁木儿，顺道杀奔关中，收降李思齐等人。后来听说元兵仍然出没塞外，又撤军回到燕京，准备北伐。到洪武二年，出师拔掉开平，元顺帝逃奔和林。洪武三年，再次北伐，元顺帝逃奔应昌。不久，顺帝逝世，谥号为惠宗。明太祖因为顺帝顺天退位，追封谥号为顺帝。

明军进兵攻克应昌，元太子爱猷识理达腊仓促北逃，他的儿子买的里八剌以及后妃、亲王等人来不及随行，全被抓获，送到应天。明太祖下诏特赦，并且封买的里八剌为崇礼侯。元朝的参政刘益在辽阳投降。漠北平定，明太祖颁诏天下。洪武四年，明太祖派汤和、傅友德进军四川，当时明玉珍已经死了，儿子明升继位，发兵抵抗明军，屡战屡败，没办法只得投降，明太祖封明升为归义侯。于是华夏大地全部归入大明。

元朝的疆土不久也土崩瓦解了。先前西域分封时共有四国，自从察合台汗也先不花吞并窝阔台汗封地之后，就成了鼎足三分之势。也先不花死后，国势逐渐衰落，到元顺帝至正十九年，察合台的后裔特库尔克继位，检阅军马，征服叛乱。部下有个首领叫铁木儿，骁勇善战，所向无敌。

特库尔克死后，儿子爱里阿司继位，同铁木儿不合。铁木儿占据了中央亚细亚，自行建国，定都撒马儿罕。后来，铁木儿又赶走了爱里阿司，吞并了察合台汗国全境。当时伊儿国可汗亚尔巴孔软弱不振，部下大多割据独立，互相争斗不止，铁木儿又出兵扫平，然后乘势占领，两国合并为一。最后只剩下一个钦察汗国同他抗衡。

钦察可汗统辖俄罗斯各部，威震西方，拔都的后代月即别可汗以及儿子札尼别可汗二代统治俄罗斯诸侯，气焰嚣张。莫斯科大公宜万一世最受钦察汗的信任，宜万一世借势发展，后来俄罗斯的兴盛实际上是从那时开始。札尼别死后，国家大乱，俄罗斯诸侯纷纷独立。铁木儿出兵讨伐，不久全境平定，铁木儿扶立脱克达米昔为钦察可汗。铁木儿撤军后，脱克达米昔又拓展土地，反而入侵铁木儿境内。铁木儿怎肯善罢甘休？又亲自率领大军讨伐，赶走脱克达米昔，另立一位可汗叫可里的克。钦察各部表面上让他管辖，实际上仍归铁木儿控制。

铁木儿吞并西域后，又向南侵略印度，攻陷叠尔黑。不久，因为突厥遗种阿斯曼国①首领巴贾塞脱勾结非洲的埃及国，夹击铁木儿的属地，铁木儿这才撤军防御。刚一交战，铁木儿即大破埃及军，再战又活捉巴贾塞脱，平定了小亚细亚全境，声威大震。

然后铁木儿召集蒙古各个王族，大举向东进兵，竟然想要恢复中原，复兴元世祖的伟业。无奈天意难违，元朝气数已尽，这位大名鼎鼎的铁木儿竟然中途病死，没有损伤明朝一片土地，元朝至此完全灭亡。

---

① 阿斯曼国：即现在的土耳基。

有人曾作诗四首以纪念元朝兴衰成败，记录如下，作为全书的结束，其诗曰：

开疆容易守疆难，文治无闻运已残；
八十九年元社稷，徒留战史付人看！

累朝佞佛太无知，释子居然作帝师；
果有如来应一笑，百年幻梦被僧欺。

到底华夷俗不同，上丞下乱竟成风；
濠梁幸有真人出，才把腥膻一扫空。

大好江山付劫灰，前车已覆后车来；
须知殷鉴原非远，试看全书六十篇。

元朝世系图

(公元 1206 年—公元 1368 年)

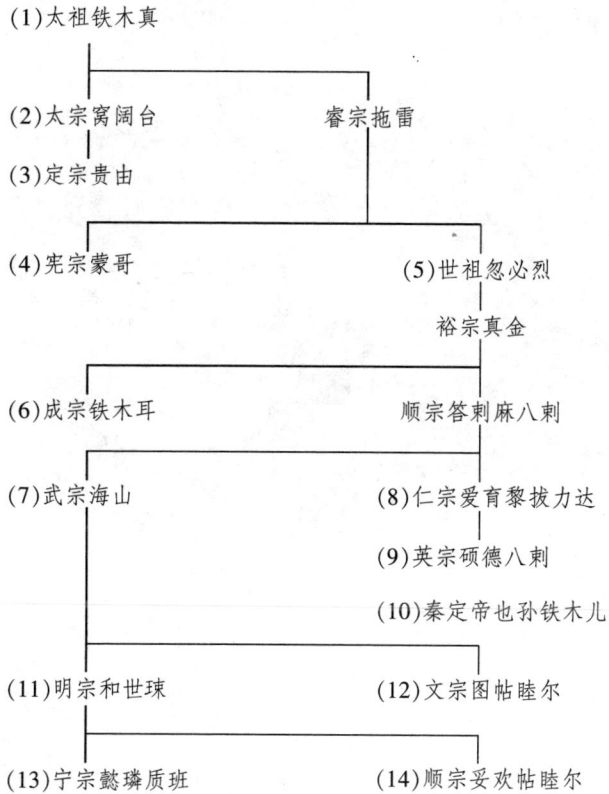

(1) 太祖铁木真

(2) 太宗窝阔台　　　　　　睿宗拖雷

(3) 定宗贵由

(4) 宪宗蒙哥　　　　　(5) 世祖忽必烈

　　　　　　　　　　　裕宗真金

(6) 成宗铁木耳　　　　　顺宗答剌麻八剌

(7) 武宗海山　　　　　(8) 仁宗爱育黎拔力达

　　　　　　　　　　(9) 英宗硕德八剌

　　　　　　　　　　(10) 秦定帝也孙铁木儿

(11) 明宗和世瓎　　　　(12) 文宗图帖睦尔

(13) 宁宗懿璘质班　　　(14) 顺宗妥欢帖睦尔

图书在版编目（CIP）数据

元史 / 蔡东藩著；李珂译释. — 北京：北京联合出版公司，
2014.10（2019.3重印）
（蔡东藩中华史）
ISBN 978-7-5502-3364-5

Ⅰ．①元… Ⅱ．①蔡… ②李… Ⅲ．①章回小说－中国－现代 Ⅳ.
①I246.4

中国版本图书馆CIP数据核字(2014)第173273号

元史

出版统筹：新华先锋
责任编辑：管　文
特约编辑：王亚松
封面设计：王　鑫
版式设计：朱明月

北京联合出版公司出版
（北京市西城区德外大街83号楼9层 100088）
大厂回族自治县德诚印务有限公司印刷　新华书店经销
字数288千字　787毫米×1092毫米　1/16　20.5印张
2019年3月第2版　2019年3月第3次印刷
ISBN 978-7-5502-3364-5
定价：69.00元